宋代文学评论

SONG DAI WEN XUE PING LUN

（第四辑）

钱建状　刘京臣　主编

中国社会科学出版社

图书在版编目(CIP)数据

宋代文学评论. 第4辑/钱建状,刘京臣主编. —北京：中国社会科学出版社, 2021.5
ISBN 978-7-5203-8092-8

Ⅰ.①宋… Ⅱ.①钱…②刘… Ⅲ.①中国文学—古典文学研究—宋代—文集 Ⅳ.①I206.2-53

中国版本图书馆CIP数据核字(2021)第047365号

出版人	赵剑英
责任编辑	郭晓鸿
特约编辑	杜若佳
责任校对	师敏革
责任印制	戴 宽

出　版	中国社会科学出版社
社　址	北京鼓楼西大街甲158号
邮　编	100720
网　址	http://www.csspw.cn
发行部	010-84083685
门市部	010-84029450
经　销	新华书店及其他书店

印　刷	北京明恒达印务有限公司
装　订	廊坊市广阳区广增装订厂
版　次	2021年5月第1版
印　次	2021年5月第1次印刷

开　本	710×1000 1/16
印　张	23
插　页	2
字　数	355千字
定　价	128.00元

凡购买中国社会科学出版社图书，如有质量问题请与本社营销中心联系调换
电话：010-84083683
版权所有　侵权必究

目 录

日常生活史与中国古典文学研究 …………………………… 张　剑(1)
听见都城:北宋文学对东京基调声景的书写 ………………… 李　贵(9)
论宋代的日记体诗 …………………………………………… 马东瑶(27)
日常活动的非日常叙述:杨万里的阅读生活 ………………… 汪　超(48)
"切"的诗学:日常镜像与诗歌事境 …………………………… 周剑之(63)
盛衰体验对欧阳修诗歌日常化书写的影响 ………………… 刘　宁(80)
阴阳交感:欧阳修的音乐思想与诗学 ………………………… 成　玮(97)
王安石日常行实疑难考 ……………………………………… 刘成国(113)
王安石半山时期的空间书写 ………………………………… 陈珀如(130)
在否定语境中走向经典
　　——王安石散文经典化历程及文化内涵
　　(1127—1279 年) ……………………………………… 裴云龙(154)
苏轼前身故事的真相与改写 ………………… 朱　刚　赵惠俊(175)
苏轼七言古诗中的对仗艺术
　　——兼论古体诗"律化"的问题 ……………………… 张　淘(195)
苏轼与杨万里诗中山水的拟人化 …………………………… 浅见洋二(222)
论南宋祠官文学的多维面相:以周必大为例 ……………… 侯体健(241)
汉诗、雅集与汉文化圈的余韵:1922 年东亚三次
　　赤壁会考论 ……………………………………………… 卞东波(267)
诗曲交侵下的词体重构 ……………………………………… 李飞跃(289)

第三条道路:词乐式微与格律词的日用之道 …………… 叶　晔(307)

他者视域中的数字方志建设

　　——以燕行录中的蓟州为中心 ………………… 刘京臣(328)

宋代词科与士人的文学交游 ………………………… 钱建状(343)

日常生活史与中国古典文学研究

北京大学中文系　张　剑

　　三千年的中国古典文学，提供了丰厚的文献资源和强大的阐释传统。但也形成了陈陈相因的研究模式和轻视非经典文献的弊端。如何深化传统的文学研究？如何开发利用海量的非经典文献？从中国古典文学发展的实际状况看，日常生活史的视角可能会带来一种拓展性。但日常生活史的视角不等于非文学研究，而是关注活生生的人，关注事件背后人类的生活情趣和生存智慧；日常生活史的视角也不等于研究的碎片化，而是要从琐碎的材料中发现能够影响到人生存方式和行为选择的普遍性命题；日常生活史的视角，还要建立在尊重文本、读懂文本的基础上，避免浅尝辄止而形成新的视野遮蔽。

一　文学阐释传统的优长与局限

　　古代文学和作为艺术的其他门类一样，都是人类精神生活的产物。我们现在常用的文学阐释方法，主要吸纳了两方面的精神遗产：一是三千年来中国古代文学的发展实际，留下了大量专门的诗文评（《诗品》《文心雕龙》《诗词曲话》等）和从各种诗文中提炼出的文学观念（如论诗绝句，作品集序等），形成了强大的文学研究和阐释传统。二是20世纪初新文化运动兴起后，受西方文学观念影响（包括苏联）而撰写的各种中国文学史，中华人民共和国成立后甚至作为大专院校中文系的主要教材之一，形塑出一套行之有效的研究模式，即以作家、作品为中心，扩大为包括"社会背景""作家生平""作品内容""艺术特色""源流地位"等内容的"五分模式"（有时可灵活做些增减）。

接收这些遗产，其益处显而易见。首先，它使我们拥有可以借鉴的丰富资源和经验，看看我们大多数的文学史和批评史，从观点到例证，基本是古代诗文评著述的剪裁和选读，最多给他们穿戴一些现代文学观念的靴帽。其次，"五分模式"简单明了，它的不断巩固与成熟，使研究者能够很快上手，得到基本有效的训练，即使面对陌生的对象，也有话说，只是这些"话"不乏套话，如情景交融、想象丰富、善用比喻等。

应该注意的是，格套式研究的弊端是显而易见的。第一，借鉴古代资源和现代文学经验，虽无著作权的担心，但都不是自己的，少有创新；第二，借鉴现有方法，司空见惯，容易浅尝辄止，形不成问题意识，模式即是研究结果，只需要在模式前添加上不同的研究对象的名称，然后寻找一些例证；第三，可能是最大的问题，即传统的经验和现有的文学史观念，都是经典诗学（主要指重视审美和艺术经验的诗学）的路数，遮蔽了大量的非经典文献，而非经典文献恰恰占集部文献的绝大多数。换言之，那些从审美和艺术上看来并不出色的作品才是文学世界的主流，如果对这些作品仍以经典诗学的标准去对待，那他们的意义只是负面的，只是为了映衬经典作品而存在，缺少独立存在的意义。但文学研究难道真的只能是经典文学的研究吗？如果是那样，我们的研究出路无疑会越来越狭窄。因为我们只精耕细作了古代文学少量的"沃土"，耕作得太密太勤，以致产量大降甚至难有收获。与此同时，大量的文学荒地却被忽视和闲置，这难道不是文学研究者的悲哀吗？

这里说许多作品"看上去并不出色"是隐含着发掘的期待的。也就是说，当我们对古代文学研究从观念到方法加以一定的更新的话，便可能从日常中剔除庸常，从日用之道中发现新的审美的内质，从常识性中看到新的经典性的价值。因此，看什么，怎样看，就显得尤为重要。预设价值前提，则将形成自我局限，不利于文学研究的深入发展。

二 日常生活史研究引入的可能性

面对古代文学研究的困境，不少研究者确也更新了思路，从文化学的思路切入对文学的考察，如科举、传播、地域、家族、团体、党争、印刷、女权、身体等，取得了不少优秀成果。其中，日常生活史因可以有效利用非经典文献，有着广阔的发展空间，逐渐引起了研究者的注意。

1. 一个老话题：什么是文学？

布迪厄在《艺术的法则：文学场的生成和结构》提出一个疑问："对文学文本的阅读必定是文学的吗？"[1] 他认为文学的内部分析或外部分析都是片面的，只有"场"的概念，才能超越这种对立（因为文学场、艺术场、权力场、经济场、社会场等具有同源性），将多种对立统一起来，"通过科学分析，对作品的感性之爱能够在一种心智之爱中达到完美，这种心智之爱是将客体融合在主体之中，将主体溶解到客体之中，是对文学客体（它自身在不止一种情况下，是一种类似的服从的产物）的特殊必要性的积极服从"。[2] 这就是布氏的文学社会学的分析要点，他不承认文学的自足性。其实，按照某些更激进的后现代主义者的理论，所谓"文学性"不过是某种观念或趣味（如康德的审美无利害和艺术自律观念）暂时建立起的统治秩序，随着历史的发展和社会各因素的介入，它当然会不断改变自己的边界。而今天的文学所指，无疑应该是对纯文学有所扩容的"大文学"概念了。退一步讲，即使我们对后现代思潮持保留态度，而依然维护强调审美和艺术价值的纯文学观念，我们也不可能否认人对文学的重要性，从某种意义上讲，文学即人学，人的家国、族群、社团、个体等存在经验及相互关系，理所当然应该成为文学乃至纯文学表现的内容。而日常生活史，简单地讲，即指一个人或群体日常的活动（包括物质活动、交际活动、文化活动、思想观念活动等），因此，不论在审美的纯文学的语境

---

[1] 参看［法］皮埃尔·布迪厄《艺术的法则：文学场的生成和结构》，刘晖译，中央编译出版社2001年版。

[2] 同上书，第5页。

中，还是在后现代主义的文学语境中，对日常生活史的研究都具有某种合法性。

不惟如此，日常生活史研究同样符合马克思主义的经典论述，显示出强大的适应性。马克思在《〈政治经济学批判〉序言》中曾说："物质生活的生产方式制约着整个社会生活、政治生活和精神生活的过程。"① 这其中有两个要点，一是物质生活是一切生活的前提；二是生产方式决定生活过程。第一点提示我们要重视物质生活史包括日常生活史的研究；第二点提示我们要重视技术革命的力量。技术革命建立在物质生活的基础之上，两者密切相关。文学文本的载体经历了从口头到抄本，从抄本到印刷，从印刷到网络的生产方式的变化，这一变化造成的一大后果是知识被所谓的精英阶层垄断的局面逐渐被打破，知识可以成为日常化、普泛化的获得，网络的无限性和虚拟性，使参与者的参与可以最大化，文学的生产、发表、传播和流通成为每个人的可能，审美和艺术被日常生活化了。

值得注意的是，日常生活史理论自20世纪70年代起开始在西方流行，至今仍有着强劲的生命力。但我们今天在这里谈论日常生活史研究，并不是对西方理论的照搬，而是时代的发展，是物质生活的生产方式决定了我们会这样想。日常生活史研究的思路源自内部，而非自外流入。当然，这并不意味着我们要排斥西方理论，恰恰相反，其积累的经验和教训足资借鉴，必须充分重视。

2. 日常生活史研究与古代文学实际生态

笔者在《情境诗学：理解近世诗歌的另一种路径》② 一文中，曾就宋代以降诗文日常化的转向做了初步探讨，指出其明显特征有：大量转向日常琐细生活中要诗料，诗歌成为其生活和生命的自然反映；以及诗歌语言的俗化；诗歌话语空间的地域化和私人化；诗人身份的下层化等。③ 这里还可以做进一步补充：

一是宋代以降小说戏曲逐渐的繁荣，更具体地反映出以人为中心的日

---

① 《马克思恩格斯全集》第13卷，人民出版社1995年版，第8页。
② 张剑：《情境诗学：理解近世诗歌的另一种路径》，《上海大学学报》2015年第1期。
③ 同上。

常生活，契合了人们生活和精神的需要，它们与诗文一齐构成了日常生活史研究内容的重要两翼。但是由于文学观念没有跟上，宋以后近千年，小说戏曲仍被人视为不登大雅的东西。直到五四时期，观念虽有转变，但仍囿于纯文学观念，小说戏曲因古代文人不重视，创作和保存的数量都较少，而从纯文学角度去研究，很快就被挖掘一空，难以置喙。事实上每个时代各有自己的特色，都有必要对以往的研究成果予以知识体系、观念方法地重构。在人类进入21世纪以来，至少对于那些非经典的文学作品应予以发掘和重视，使它们除了能够烘托传统经典文艺作品的价值外，还能够彰显自己其他方面的价值。

二是即使单纯从中国诗歌发展史看，日常生活史研究也是值得肯定的一种路向。它不仅体现于宋代以降，而且在宋代之前，诗歌从创作到研究，每有日常生活角度的介入，便能推陈出新、焕发生机。如晋宋时期的文人诗由雅化渐趋僵化，齐梁文人则以世俗生活化的题材和自然平易化的语言起而新之，"能在日常生活中展开丰富的想像"[①]、使"诗与日常生活打成一片"[②]。只不过齐梁文人的问题在于"其情性本身的平庸无聊和肤浅，在于宫廷贵族生活视野的狭窄"，"他们所诗化的日常生活只是帝王显贵无聊的寄生生活，一般文人的性情也缺乏高尚的志趣和深刻的意蕴"。[③]而到了中唐的元白诗派，在开元、天宝诗歌全盛之后的停滞期，提倡平易化、世俗化的写作，同时扩大了齐梁文人狭窄的生活题材，使诗歌表现日常生活的范围大大增加，对唐代以后文学产生了重大影响。宋代以降，诗歌表现日常生活的角度更加广阔和丰富，下层诗人数量越来越多，他们的创作在艺术表现上也许不够精致，甚至有些杂芜，但能显露日常生活本身的真实面相，同样能够震撼人心，濡染世情。

更重要的是，这一时期，朝野上下，诗歌那些空洞的经天纬地的口号虽然依然在喊，但因重复过多已经被人们自动"免疫"，人们越来越爱把诗歌当作日常生活的记录工具。清末曾任江西巡抚的李嘉乐奉身以俭，是

---

① 林庚：《中国文学简史》，北京大学出版社1995年版，第175页。
② 同上书，第179页。
③ 葛晓音：《论齐梁文人革新晋宋诗风的功绩》，《北京大学学报》1985年第3期。

著名的节俭官员,但他写起诗来一点都不节俭,他自序其《仿潜斋诗钞》云:"自十五岁至五十二岁,存诗一千五百六十首,计十五卷,续刊卷俟附后。此数十寒暑中,鸿泥驹隙,赖覆瓿物为记事珠,偶一披阅,聊以自娱,非敢问世,遑论传世耶。"① 他的说法是有代表性的,诗歌似乎地位下降了,却与人们日常生活的联系更紧密了,显得更有用了。晚清常熟藏书家张大镛的说法则更为直接和具体:"夫人学问不同如其面焉,余不能假古人之面以为己面,又岂能自掩其面乎。况一夕之叙、片刻之谈,事过辄忘,有韵语纪之,虽越数十年,而展卷寻绎,恍然于某地之与某人游、某事之与某人文,光景流连,历历如绘,斯亦纪事编年之亚也。"② 在没有相机、录音机、手机的时代,还有什么能比诗歌更方便快捷地传递人们片段的情感与信息呢?而且这一形式是通用的,几乎不分贫贱,被所有文人所接纳。以通用的形式承载着日常生活的内容,这是另外一种意味的诗史。

三 日常生活史研究方法的讨论

一如其他文学文化学的研究方法,日常生活史研究如果不能把握好尺度,可能会变成文化学的研究而非文学文化学的研究;如果不能有效开掘其深度和广度,可能很快会出现新的模式化和成果重复化现象。目前从日常生活史角度研究古代文学的成功之作还不多,因此对其研究方法的系统化总结时机尚不成熟,这里先提几点备忘录性质的注意事项。

第一,我们这里讨论的日常生活史研究是研究文学的一种方法,不是纯粹的历史学研究。因此我们利用那些经典文献和非经典文献时,关注的重点不仅仅是日常生活中的种种制度,更应该是制度中人的生活选择和心理变化;关注的重点不仅仅是器物,更应该是器物中反映出的人的生活情趣和价值观念;关注的重点不仅仅是事件过程,更应该是事件背后流动着的感觉、情感与经验。总之,我们更加关注的是活生生的人——不仅是自然的人,还是作为文学家的人,他们如何通过创作,呈现和成就了他们自

---

① 李嘉乐:《仿潜斋诗钞》(卷首),清光绪刊本。
② 张大镛:《吾面斋诗存》(卷首),清道光十六年刊本。

己。日常生活之道的文学研究，应体现"日常"中的"审美"性，如果等同于史学研究，则失去了"文学"研究的立场与方向了。

第二，日常生活史研究不等于研究的琐碎化，而是要从琐碎的材料中发现普遍性或某种具有稳定性的命题。常建华曾总结日常生活史研究的三个特点："一是生活的'日常性'，即重视重复进行的'日常'的活动；二是一定要以'人'为中心，不能以'物'为中心；三是'综合性'，由于日常生活是一种综合性的日常活动，单研究某一种个别活动不能反映当时人的完整生活，因此对日常生活的研究一定要在单项研究的基础上进行综合研究。"① 所谓综合性的研究，就是要在看似偶然的、个别的研究基础上有规律性的发现。如古人丁忧期间例不赋诗，虽有例外，但确系具有稳定性和制约性的习俗，有学者曾就此研究②，获得了学界的首肯和称赞。

第三，避免平面罗列现象，逐层深入分析问题。有不少论题，经过一些作者的研究，许多有特点的东西都变得常识化、空洞化、表面化，这样的研究当然价值有限。我们要从看似常识的现象中抓出问题，经过研究，将其特点化、深刻化、层次化。比如"昼寝"这一看似平常的生活现象，在一位年轻学者笔下，变成了可以窥探唐宋文化转型的一个侧面。文章首先从宋前昼寝诗谈起，认为中唐以前写及昼寝，基本上以女性为对象，没有特殊的文化内涵；中唐以后，以白居易为代表的诗人笔下，士人昼寝现象开始增多，并脱离了昼寝非礼的思想语境，注入安贫乐道、不营名利的生活美学。其次论述北宋昼寝诗的矛盾面向，来自传统礼仪和思想的教训使其在表现闲适疏慵的生活趣味之外，还带着心理和思想上的焦虑感。再次论述以苏轼、黄庭坚为代表的诗人对昼寝诗思想内容及审美趣味的诗意

---

① 常建华：《从社会生活到日常生活——中国社会史研究的再出发》，《人民日报》（理论版）2011年3月31日。

② 参见黄强《中国古代诗歌史上的千年约定："居丧不赋诗"习俗探析》，《文学遗产》2015年第1期。其认为"这一习俗始自六朝，严于北宋，延续至晚清，俨然是中国古代诗歌史上的千年约定……这一习俗的践行大大削减了诗歌创作的总量，并导致中国古代悼忆文学中'悼亲诗'这一品类的总体薄弱和'悼亡诗'的一枝独秀，但就人类文明史而言，其无疑是一种至高无上而又极为纯粹的精神仪式。上下千年，纵横万里，无数平素执意以诗歌品尝人生况味的诗人，以缩短自己创作生命的神圣方式，向人间最可贵的亲情作集体的心理朝拜，体现了儒家诗教的根本追求"。

提升，使昼寝诗终于摆脱其在传统道德意义的缺陷，获得了象征自由、自适和梦想的新的文化内涵。最后论述道释文化对昼寝题材文学的影响。①论文层层深入，笔调明快，给人较深的印象。

第四，尊重文本，读懂文本。其实这是学术研究的基本要求，但很多研究论著未能达到。优秀学者的论题，往往是从文本的细致阅读中逐渐发现并归纳出来的。只要认真研读文本，就会发现古代文学中其实空白点并不少，如骈文，文本进入很难，由此可知有大量未知领域等待开拓。即以诗文中的日常生活史料来说，衣食住行的古今变化，凡前人不清楚者经研究弄明白，即是有价值的学问。如能在此基础上以小见大、层层推进，则更入胜境。如茶是宋人生活中的重要饮品，见诸诗文的茶事不胜枚举，但很多茶事细究起来却难知其究竟。扬之水的《两宋茶诗与茶事》一文专门探讨宋诗描写的茶事中，前人未能探讨或虽有探讨却存在误解的细枝末节，使分茶与斗茶、点茶与点汤得以具象化，从而对宋诗描写事物的细微深广有了进一步的体认。② 这同样是值得鼓励的研究。

当然，文学研究的方法、路径是多元化的，没有哪一种方法、路径可以独尊。日常生活史的视角同样并非万能的全知视角，它只是研究方法的一种，是对文学研究路径的拓展和丰富。对于这一点，研究者必须有非常清醒的认识。

---

① 曹逸梅：《午枕的伦理：昼寝诗文化内涵的唐宋转型》，《文学遗产》2014 年第 6 期。
② 扬之水：《两宋茶诗与茶事》，《文学遗产》2003 年第 2 期。

听见都城:北宋文学对东京基调声景的书写

上海师范大学人文学院 李 贵

有关北宋首都东京(今河南开封)的研究可谓多矣,独不见对声音环境的关注。① 在日常生活中,任何一个地方的自然地理和社会环境都不可能没有声音,人们对空间和地方生态环境的感知,最重要的方式固然是视觉,但听觉也非常重要。一方面,声音在空间和时间上都具有流动性,给空间赋予意义,帮助塑造了地方特征;另一方面,"通过弥漫时间和空间,诸如音乐之类的声音跟视觉一样重要,也能帮助所有人确定生活所处的方位",② 作为主体的人通过声音感知地方,声音勾连起个体的经历、感受和其他社会文化因素,产生独特的地方感知和地方认同。有鉴于此,作曲家和生态学家谢弗相对于"风景"(landscape,或译"地景")一词,提出"声音景观"(soundscape,简称"声景")的概念,并创立"世界声景项目"(World Soundscape Project,简称 WSP)。在该项目组织出版的《声音生态学手册》中,作者特鲁瓦克斯(Truax)明确地把声音景观定义为"一种声音环境","强调的是被个体或社会感知和理解的方式"。③ 谢弗认为,声景有三个主要的基本声音面相:一是基调声(keynote sounds),由

---

① 参见周宝珠《宋代东京研究》,河南大学出版社1992年版;徐苹芳《北宋开封大相国寺平面复原图说》,《徐苹芳文集:中国历史考古学论集》,上海古籍出版社2012年版;刘春迎《北宋东京城研究》,科学出版社2004年版;[日]久保田和男《宋代开封研究》,郭万平译,上海古籍出版社2010年版;包伟民《宋代城市研究》,中华书局2014年版。

② A. Saldanha, "Soundscapes", in R. Kitchin R. & N. Thrift eds., *International Encyclopedia of Human Geography: Social and Cultural Geography*, Vol. 10, Oxford: Elsevier, 2009, pp. 236–240.

③ Barry Truax, ed., *Handbook of Acoustic Ecology*, Vancouver: ARC Publications, 1978, p. 126.

自然产生的声音，如风、水、森林、平原、动物等发出的声音；二是信号声（sound signals），被有意设计并传递确切内容意义的声音，如报警装置声、钟声、哨声、号角声、警笛声等；三是标志声（soundmark），对一个地方而言是唯一或独有的声音，是该地区的声音标志。[①] 已有论文从声音景观的视角讨论徽宗时期首都的音乐文化，[②] 但尚不足以复原东京的声音生态系统。限于篇幅，本文先从自然声音出发，以当时人的感知、理解为对象，揭示北宋文学里表现的东京最突出的基调声景，以此探讨声音、环境与人的相互关系。

一　莺啼：首都、皇权和承平

东京作为一座大城市，是一个空间结构，若从高处俯视、远处遥望，首先是一种视觉印象；若是在城里生活，则时刻会有听觉感受。基调声就是人类日常生活环境中的一种自然生态声，发自天然，入于人耳。东京的基调声无疑是多样的：鸟鸣犬吠，风吹树叶，夏雨冬雪，汴河和御沟的流水声，等等。录存东京声景的最佳方式当然是实地录音，但当时尚无技术条件，能够记述声音并流传下来的只有文字书写，后人欲了解北宋首都日常生活中的基调声，也端赖其时作者的记述。在北宋文学对东京自然声响的描写中，最突出的基调声景是莺啼蝉鸣。兹按季节顺序，先论莺啼。

宋初名臣田锡（940—1004）撰有律赋《晓莺赋》，编在省试、殿试律赋之后，盖进士登第为官后作，中有"宝帐酒醒宫漏浅"之语，当系赋汴京晓莺：

> 烟树苍苍，春深景芳。听黄鹂之巧语，带残月之余光。金袂菊衣，新整平迁乔羽翼；歌喉辩舌，斗成乎一片宫商。尝以清汉云斜，东方欲晓，华堂静兮寂寂，珠箔深兮悄悄。新声可画，初历落于花

[①] R. Murray Schafer, *The Soundscape: Our Sonic Environment and the Tuning of the World*, Rochester, Vt.: Destiny Books, 1993, pp. 9 – 10.

[②] 黄艺鸥：《北宋都城汴京的音乐文化与声音景观研究》，《音乐艺术》2014 年第 2 期。

间；余哢弥清，旋间关于树杪。宛转堪听，缠绵有情。伊宝柱之清瑟，与银簧之暖笙。虽用交奏，而咸艳声。未若我胧月淡烟之际，莺舌轻清。听者踌躇，闻之怡悦。若清露之玉佩，触仙衣之宝珡。随步谐音，成文中节。未若我晓花曙柳之间，莺声清切。美夫藻井霞鲜，金盘露圆，语因繁兮乍默，韵将绝兮重连。窗背红烛，星稀碧天。楚襄王春梦觉来，还应默尔；陈皇后香魂断处，宁不依然。有时杨柳回塘，梧桐深井，声烟袅兮忽断，意春牵兮自永。新篁宿寒，芳店朝景。关关枝上，带花露之清香；喋喋风传，入月帘之静影。楼阁轻阴，房廊悄深。引万重之芳意，成百态之余吟。绿窗梦断玉炉残，堪怜俊品；宝帐酒醒宫漏浅，弥称清音。余以为春帝之命，敷宣词令，鄙桃李之无言，嫌百舌之多佞。知仙翰兮善歌，可司花于香径。巧绪非一，词端靡定。其声也，累累然端若贯珠，悦春朝之采听。①

作者自注，全赋以"芳天晓景悦听清音"为韵。京城莺啼之音在赋中渐次铺陈。起首破题，点明题旨是拂晓时分听黄鹂之巧语。次以黎明之寂静，衬莺啼之新声。相比清瑟、暖笙的"艳声"，莺声显得婉转缠绵、轻清清切。相较桃李之无言、百舌之聒噪，莺声的节奏音高恰到好处。结题再次强调莺声连贯成珠、悦耳动听，是春天的标志性声音。全赋句式错落灵动，音律谐协婉转，风格"芊眠清丽"，②对莺啼声的描写刻画可谓淋漓尽致，入木三分，尤其"伊宝柱之清瑟……未若我晓花曙柳之间，莺声清切"数句，整个长骈句共82字，其中有六六对、四四对、九四对、当句对，对偶奇巧，令人印象深刻。清李调元论宋朝律赋当以田锡、文彦博为"正则"，赞许《晓莺赋》"关关枝上……入月帘之静影"数句"犹有唐人遗意"，③又引宋人《赋钞》称田锡《春色赋》《晓莺赋》等五篇体物赋

---

① 《田锡集》卷九，罗国威校点，巴蜀书社2008年版，第86页。
② 浦铣：《复小斋赋话》卷上，《历代赋话校证》附，何新文、路成文校证，上海古籍出版社2007年版，第374页。
③ 李调元：《雨村赋话》卷五，清乾隆四十三年（1778）刻本，第1页A、第3页B。

"传诵人口"。① 《晓莺赋》烘托出承平时期首都的自然声景，其艺术成就和广泛传播奠定了东京莺啼声的基调。

莺啼声弥漫东京城内外。夏竦（985—1051）《闻莺》："春光容与晓风高，花映金涂见羽毛。莫讶绿杨留不住，内园新雨熟含桃。"② 石延年（994—1041）《莺》："何处传新哢，间关出建章。至清无奈玉，更巧莫如簧。谷口凄寒甚，花阴淑景长。上林栖处稳，慎勿近雕梁。"③ 这是在皇宫园囿内。刘敞（1019—1068）《西掖闻莺》："宫树阴阴翠盖成，熏风尽日语流莺。只应欲助归田兴，故作林间旧友声。"④ 这是在中书省。欧阳修（1007—1072）《夏享太庙摄事斋宫闻莺寄原甫》："四月田家麦穗稠，桑枝生椹鸟喞啾。凤城绿树知多少，何处飞来黄栗留？"⑤ 这是初夏在太庙，位于大内皇宫的左前方。梅尧臣《送赵谏议知徐州》："雨过短亭云断续，莺啼高柳路西东。"⑥ 这是在汴京郊外。自春至夏，从宫城到街道，从城内到郊外，莺啼声遍布东京。

在欧阳修笔下，莺啼声不仅是京城的基调声，也是过往生活的标记。嘉祐四年（1059）孟夏，朝廷荐享太庙，欧阳修在太庙后庙摄太尉行事，刘敞在太庙集禧观，欧阳修先作诗《原甫致斋集禧余亦摄事后庙谨呈拙句兼简圣俞》："受命分行摄上公，紫微人在玉华宫。楼台碧瓦辉云日，莲芰清香带水风。每接少年嗟老病，尚能联句恼诗翁。凌晨已事追佳赏，绿李甘瓜兴未穷。"⑦ 既带着对清雅舒适生活的欣赏，也包含对年华老去的伤感。又作《夏享太庙摄事斋宫闻莺寄原甫》，诗见前述。太庙的莺声触发其诗思，也深印其脑海。刘敞有唱和《和永叔宿斋太庙闻莺二韵》："碧树凋零满眼秋，黄鹂飞去使人愁。翰林仙老斋房客，犹恨人间岁月流。"⑧ 点

---

① 李调元：《雨村赋话》卷一〇，第 3 页 B。
② 北京大学古文献研究所编：《全宋诗》第 3 册，北京大学出版社 1991 年版，第 1818 页。
③ 《全宋诗》第 3 册，第 2005 页。
④ 《全宋诗》第 9 册，第 5914 页。
⑤ 欧阳修：《居士集》卷一三，洪本健《欧阳修诗文集校笺》上册，上海古籍出版社 2009 年版，第 407 页。
⑥ 梅尧臣撰，朱东润校注：《梅尧臣集编年校注》，上海古籍出版社 1980 年版，第 619 页。
⑦ 《居士外集》卷七，《欧阳修诗文集校笺》下册，第 1489 页。
⑧ 《全宋诗》第 9 册，第 5930 页。

出了惜时伤逝的主题。嘉祐七年（1062），欧阳修用前韵再致刘敞，《斋宫感事寄原甫学士》诗云：

  曾向斋宫咏麦秋，绿阴佳树覆墙头。重来满地新霜叶，却忆初闻黄栗留。①

重来太庙，时值秋天，但四年前孟夏的莺声始终萦绕心头。治平元年（1064），欧阳修又作《斋宫尚有残雪思作学士时摄事于此尝有闻莺诗寄原父因而有感四首》，② 其一云：

  雪压枯条脉未抽，春寒惏慄作春愁。却思绿叶清阴下，来此曾闻黄栗留。

三到太庙，这次是春天，仍让诗人想起那年夏天的莺声。其二：

  老来何与青春事，闲处方知白日长。自恨乞身今未得，齿牙浮动鬓苍浪。

其四：

  诗篇自觉随年老，酒力犹能助气豪。兴味不衰惟此尔，其余万事一牛毛。

后两首透露出作者反复咏叹太庙莺啼的根本原因在于对青春已逝的悲哀和年老无聊的无奈。欧阳修是在用整个身体和文化去感知东京的莺声。对他而言，变化的是岁月和世事，不变的是莺啼声及其记忆。莺声仿佛有一种魔力，帮助他更深地理解了空间和生活，如影随形，成为其情感的触

---

① 《居士外集》卷七，《欧阳修诗文集校笺》下册，第1505页。
② 《居士集》卷一三，《欧阳修诗文集校笺》上册，第422页。

媒和记忆的载体，他的反复书写反过来强化了莺声的存在。《夏享太庙摄事斋宫闻莺寄原甫》一诗被历代选入多种类书、选本，[①] 影响广泛，在文学史上突出了东京莺声的意象。

莺声在物候学上本是春天的象征，《礼记·月令》言"仲春之月""仓庚鸣"，郑玄注以仓庚（鸧鹒）为"骊黄"，即黄莺。[②] 此外，《诗经·小雅·伐木》诗云："伐木丁丁，鸟鸣嘤嘤。出自幽谷，迁于乔木。"[③] 后世遂以"出谷莺"比喻升迁者，以"迁莺"喻指境遇好转、职位升迁；唐宋科举时代更直接将迁莺与中举等同，词牌"喜迁莺"的早期作品即咏进士及第之状。到北宋，文人常将莺声与皇宫结合用以歌功颂德，莺啼从而又与首都和皇权联系在一起。如晏殊《奉和圣制立春日》其一，为了夸耀城里皇宫的春天早于城外的农田，选用的意象是宫苑内的莺鸟早早啼叫："上林莺啭早，南亩雪消迟。"[④] 郭积《朱萼亭侍宴》则谓莺声压过了御宴上的歌管声，[⑤] 这只有在莺声被作为首都和皇权的象征物之后才能如此高调。华镇（1052—?）《春日杂兴十五首》其一二可谓首都春天的颂歌："宫槐出华阙，御柳夹银河。玄鸟杂飞舞，黄鹂竞鸣歌。"[⑥] 诗以黄莺竞唱收束，余音袅袅，营造出所谓太平盛世的听觉氛围。

到徽宗朝，莺啼与盛世的结合更为明显。大晟词人万俟咏《三台·清明应制》奉承当世是"好时代、朝野多欢，遍九陌、太平箫鼓"，又描述"乍莺儿百啭断续，燕子飞来飞去"，[⑦] 黄莺时断时续、动听婉转的啼声被用以标志"好时代"的欢呼。徽宗本人更亲自塑造这一声景，其画作《桃竹黄莺》卷尾题画诗云：

---

① 如南宋祝穆《古今事文类聚》后集卷四五，《新编古今事文类聚》，书目文献出版社影元刻本1991年版；明李蓘《宋艺圃集》卷九，文渊阁《四库全书》本；清康熙《御选宋金元明四朝诗·御选宋诗》卷六五，康熙四十八年（1709）内府刊本。
② 阮元校刻：《十三经注疏》本，上海古籍出版社1997年影印本，上册第1361页中。
③ 《十三经注疏》本，上册第410页下。
④ 《全宋诗》第3册，第1949页。
⑤ 同上书，第2034页。
⑥ 《全宋诗》第18册，第12301页。
⑦ 唐圭璋编纂，王仲闻参订，孔凡礼补辑：《全宋词》第2册，中华书局1999年版，第1047页。

出谷传声美,迁乔立志高。故教桃竹映,不使近蓬蒿。

又有《金林檎游春莺》画卷,题诗云:

佳名何拔萃,美誉占游春。三月来禽媚,嬉娱异众伦。①

二诗指出黄莺声美志高,远离蓬蒿俗物,其声名出类拔萃,是春天物候之冠。"出谷迁乔"固然典出《诗经》,但由皇帝在皇宫中作画题诗来定调,这种"钦定"方式具有定格意义。

经过众多文人的书写,再由皇帝作画御题,莺声、首都、皇权和承平之间的紧密联系就在北宋文学中建构起来。北宋末年,吕颐浩(1071—1139)在真定(今河北正定)任河北都转运使,作诗《真定城中闻莺声方响和贾明仲》:

谁家方响闻莺声,恰似年时在帝京。宝马金鞍芳草路,却教潘鬓二毛生。②

方响是一种敲击乐器,唐宋诗词咏方响者多矣,独吕颐浩听方响乐音而联想到莺声,又由莺声联系到帝京,这种独特的感受反映出汴京莺声始终深藏于作者心底,一有触媒即浮现眼前。联想到莺声即想起首都东京,莺啼与东京之间互相隐喻的关系非常直接而明显。莺声把真定和东京两处空间压缩在一个平面内,因了莺啼,关于昔日东京生活的种种记忆浮现于该平面。吕颐浩尝撰《燕魏杂记》,称真定:"府城周围三十里,居民繁庶,佛宫禅刹,掩映于花竹流水之间,世云塞北江南。"③当地如此美景,恰与莺声匹配,诗人却由此而思念昔年在帝都之场景,感慨

---

① 录文见佚名《南宋馆阁续录》卷三,张富祥点校,中华书局1998年版。今艺术市场有拍卖宋徽宗《桃竹黄莺》图卷者,未审真伪,暂不从。
② 《全宋诗》第23册,第15390页。
③ 朱易安、傅璇琮等总主编:《全宋笔记》第2编第8册,大象出版社2006年版,第245页。

人生渐老，是因为莺声联系着京城，指向政治权力的中心，象征着个人的仕途迁转。

在北宋众多的东京莺啼书写中，初期田锡《晓莺赋》较早烘托出承平时期首都的自然声景，其艺术成就和广泛传播奠定了东京莺啼声的基调。中期的欧阳修将莺啼与个人的生命体验、自我认知结合在一起，在文学史上突出了东京莺啼的声景。末期，宋徽宗通过作画题诗而将莺啼与首都、皇权、承平之间的联系定格起来，莺啼成为权力运作的声音表征，外任的吕颐浩则将莺啼与东京互为隐喻。莺啼是北宋文学为东京建构出来的一个自然声景，给首都赋予美好平和的意义。

二　蝉鸣：单调的虫声与复调的首都

相比莺啼声，北宋文学中的东京蝉鸣声的含义更为丰富。通常，婉转的莺声受人喜爱，单调的蝉声则令人厌烦，在闷热的夏天更觉其刺耳乏味。但文学的价值恰恰体现在对凡庸的日常生活的超越，东京蝉鸣声在北宋文学里建构了空间形塑的多重意义，虽只是一种声响，却呈现多种感受，单调的虫声在被反复书写后获得了流动性，构成复调的首都声景。

首先，东京蝉声烘托出清幽的宫禁环境和承平的时代氛围，这与传统上借蝉声叹逝伤怀的主流写法截然不同。[①] 宋初徐铉《奉和御制闻早蝉》：

> 绿树阴阴惬豫游，早蝉清韵远还收。唤回昼梦和官漏，引起微凉助麦秋。禁柳烟中飞乍觉，御沟声里听偏幽。群生遂性宸章悦，从此人间不识愁。[②]

环境不同，对同一声音的感受就不同。因为是在宫中听蝉，又是迎合

[①] 关于蝉诗写作传统，参见［美］宇文所安《初唐诗》，贾晋华译，生活·读书·新知三联书店2004年版，第37—39页；［日］川合康三《蟬の詩に見る詩の轉變》，《中国文学报》1998年第57辑，第27—55页。

[②] 徐铉：《徐公文集》卷二一，《宋集珍本丛刊》影印清影宋本，线装书局2004年版。

皇帝，徐铉就感知到早蝉的"清韵"而非传统的悲秋。杨亿《禁中庭树》诗："直干依金阕，繁阴覆绮楹。累珠晨露重，嘒管夜蝉清。"[1] 亦以禁中蝉声之清高衬高官生活之闲雅。北宋中期，宋庠《从幸亲稼殿观新秧稻奏御》咏叹道："弭灾消暴蟥，迎稔嘒鸣蝉。"[2] 清脆的蝉声是丰收的预兆。后期，有苏辙《学士院端午贴子二十七首·夫人阁四首》其四：

> 御沟绕殿细无声，飞洒彤墀晓气清。开到石榴花欲尽，阴阴高柳一蝉鸣。[3]

时维盛夏，御沟水缓，丹墀气清，石榴花盛开，最后以绿阴高柳上的一声蝉鸣收束，余音不尽。从北宋初期到后期，皇城里的蝉声是清平的象征。

其次，借东京蝉声伤怀悲秋、表达自我。《西昆酬唱集》中有作于真宗景德三年（1006）的同题七律《馆中新蝉》，参加酬唱的有刘筠、杨亿、钱惟演、张咏、李宗谔、刘骘等六位达官重臣。[4] 六诗描写在收藏皇家古籍的秘阁里听到初蝉新声所引起的感受，既实写馆中蝉声，也想象内城西墙宜秋门乃至郊外长亭短亭的情景，率多伤时惜别之叹，不无优游舒适之情。其中李宗谔诗云："雨过新声出苑墙，烟轻余韵度回塘。短亭疏柳临官道，平野西风更夕阳。八斗陈思饶赋咏，二毛潘岳易悲凉。感时偏动骚人思，不问天涯与帝乡。"想象馆中蝉声越出宫墙，环绕陂塘，飞临郊外官道，在夕照西风里嘶鸣不已。虽然尾联议论不论身处江湖或魏阙，蝉声都容易触动诗人感时恨别的情思，但首联和颔联的这些想象在在强化了都城蝉声的主导地位。诸作用事精巧、丰富藻丽，在"杨刘风采，耸动天下"的真宗、仁宗朝，[5] 集体建构起首都蝉声的景观，堪称声

---

[1] 王仲荦：《西昆酬唱集注》，上海书店出版社2001年版，第19—20页。
[2] 《全宋诗》第4册，第2235页。
[3] 苏辙：《栾城集》，曾枣庄、马德富校点，上海古籍出版社1987年版，第407页。
[4] 王仲荦：《西昆酬唱集注》，第52—58页。
[5] 欧阳修语，见刘克庄《后村诗话》前集卷二，王秀梅点校，中华书局1983年版，第22页。

势浩大。

　　需要指出，西昆体诗"务积故实"，①"必于一物之上，入故事、人名、年代及金、玉、锦、绣等以实之"，② 近似类书的诗化，③《馆中新蝉》同题诸诗的写实性不强，但借助西昆体的流行，人们对宫禁蝉声留下了印象。如欧阳修《六一诗话》谓"杨大年与钱刘数公唱和，自《西昆集》出，时人争效之，诗体一变"，并赞扬刘筠《馆中新蝉》"风来玉宇乌先转，露下金茎鹤未知"一联虽用故实，未害为佳句。④ 欧阳修的摘录好评扩大了宫禁蝉声的影响。

　　除了西昆派的集体发声外，其他作者也先后借京城蝉声表达自我。寇准《新蝉》诗：

　　　　寂寂宫槐雨乍晴，高枝微带夕阳明。临风忽起悲秋思，独听新蝉第一声。⑤

　　尽管身居高位，寇准在宫禁中并无优游闲适之感，首句的"寂寂"和尾句的"独"形成呼应，孤独的人在寂静的宫城里听到新蝉的第一声嘶鸣，兴起悲秋之思，作者和蝉声是一种相互隐喻的关系。北宋人说寇准"富贵之时，所作诗皆凄楚愁怨"，⑥ 此新蝉诗亦属此类。宋庠《禁中寒蝉》：

　　　　何处幽林蜕，来依禁树鸣。风绫非冒宠，露腹只知清。晓韵飘觚阙，残嘶逗彩甍。秋螀多怒臂，寂寞好全生。⑦

----

　　① 魏泰：《临汉隐居诗话》，何文焕辑《历代诗话》本，中华书局1981年版，上册第328页。
　　② 方回语，见方回选评，李庆甲集评校点《瀛奎律髓汇评》卷一八，上海古籍出版社2005年版，中册第717页。
　　③ 详见李贵《中唐至北宋的典范选择与诗歌因革》，复旦大学出版社2012年版，第122—130页。
　　④ 欧阳修：《六一诗话》，何文焕辑《历代诗话》本，上册第270页。
　　⑤ 寇准：《忠愍公诗集》，《四部丛刊》影明刊本，卷中。
　　⑥ 文莹：《湘山野录》卷上，郑世刚等点校，中华书局1984年版，第8页。
　　⑦《全宋诗》第4册，第2187页。

古人认为蝉餐风饮露，遂以为品行高洁之象征，此诗颔联即指此端，亦借以自我辩白：自己的所作所为非为邀宠，自我是清白的。颈联言蝉声从早至晚围绕宫阙不去，言下之意即对朝廷忠心耿耿。尾联要秋蝉警惕螳螂捕蝉，应该寂静无声，不引起螳螂注意，才能保全生命，实是以蝉声自喻，自戒自警，似是针对因弟宋祁之子与张彦方游而被谏官包拯弹劾一事。① 寇准自比孤独的新蝉初声，宋庠自我辩解噤若寒蝉，与西昆酬唱诸人一起呈现出丰富多样的东京蝉声景观。

最后，与莺声类似，北宋文学在蝉声与首都、皇权之间构筑起直接的联系。王禹偁长诗《七夕》：

> 去年七月七，直庐闲独坐。西日下紫微，东窗晖青琐。露柳蜩忽鸣，风帘燕频过。……宠辱方若惊，倚伏忽成祸。九月谪商於，羁縻复穷饿。凤仪困鸱吓，骥足翻鳖跛。山城已僻陋，旅舍甚丛脞。……自念一岁间，荣辱两偏颇。赖大道依据，故得心安妥。……②

王禹偁被贬商州（今陕西商洛）后，生活艰苦寂寞，故无限怀念前此在京城的日子，直史馆高柳上传来的蝉声犹在耳边，贯穿在一年之间荣辱升沉的极大反差之中，是东京日常生活的标记和作者个体记忆的凭借。其后，寇准《秋兴浩然追忆馆殿幽致偶成长句寄徐休学士》诗：

> 轺车南去咏江天，闲忆群贤倍黯然。御水莎青孤立鹭，官槐烟冷数声蝉。石渠吏散帘风静，凤阙云归霁景鲜。幽致不知何日共，思君唯赋帝京篇。③

---

① 事见李焘《续资治通鉴长编》卷一七〇第 12 册，仁宗皇祐三年二月戊申条，中华书局 1985 年版，第 4081—4082 页。参见段莉萍《宋庠传》，傅璇琮主编《宋才子传笺证·北宋前期卷》，辽海出版社 2011 年版，第 344—346 页。
② 王禹偁：《小畜集》卷三，《四部丛刊》影宋刊本。
③ 寇准：《忠愍公诗集》卷中。

如前所述，寇准在宫禁里独听蝉声而起悲秋之思，作《新蝉》诗，提笔即云"寂寂宫槐雨乍晴"；而此诗乃诗人离京南下后追忆京城生活，仍旧聚焦宫槐树上的蝉声，以之作为"帝京"景物的代表。经过众多作者的书写和追忆，东京的蝉鸣声已成为一代又一代人关于都城的集体记忆。

在北宋文学有关东京蝉声的个体记忆和集体记忆中，有三篇不同体裁的作品影响最大，需要分论。

一是欧阳修《鸣蝉赋》[①]。据作者自序，嘉祐元年（1056）夏，大雨成灾，奉诏祈晴于醴泉宫，闻鸣蝉声，有感而作。其铺写蝉声云：

> 古木数株，空庭草间，爰有一物，鸣于树颠。引清风以长啸，抱纤柯而永叹。嘒嘒非管，泠泠若弦。裂方号而复咽，凄欲断而还连。吐孤韵以难律，含五音之自然。吾不知其何物，其名曰蝉。

先铺叙声音，再引出此为何物的问答，固然是出于"设为问答"的赋体要求，同时也首先突出了京城醴泉宫的蝉声。接下来推测发出不同蝉声的主体是：

> 岂非因物造形能变化者邪？出自粪壤慕清虚者邪？凌风高飞知所止者邪？嘉木茂树喜清阴者邪？呼吸风露能尸解者邪？绰约双鬟修婵娟者邪？

这六种蝉声主体，指向不同的士人臣子，则蝉声亦为人声。蝉声的性质是：

> 其为声也，不乐不哀，非宫非徵，胡然而鸣，亦胡然而止。

蝉声无关哀乐，无关宫商，不为任何原因而发声或停止，仅仅出于天

[①] 《居士集》卷一五，《欧阳修诗文集校笺》上册，第474—476页。

性，故赋作紧接着解释说"吾尝悲夫万物莫不好鸣"，这显然继承了欧阳修所师法的唐代韩愈《送孟东野序》"大凡物不得其平则鸣"的言论，①但已翻过一层，是平也好鸣，不平也好鸣，无关平与不平，只因天性使然。物犹如此，人将如何？欧阳修展开议论：

  呜呼！达士所齐，万物一类，人于其间，所以为贵。盖已巧其语言，又能传于文字。是以穷彼思虑，耗其血气，或吟哦其穷愁，或发扬其志意。虽共尽于万物，乃长鸣于百世，予亦安知其然哉？聊为乐以自喜。方将考得失，较同异，俄而阴云复兴，雷电俱击，大雨既作，蝉声遂息。

  从蝉声到万物鸣声再到士人以语言文字发声，最终导出要"考得失，较同异"的个人理想，欧阳修从京城的蝉鸣声延伸到自身的写作天性和谏诤职志。此前仁宗对身为翰林学士的欧阳修赞叹道："举笔不忘规谏，真侍从之臣也。"② 史学家亦指出："从年轻直至老年，欧阳修的政治生涯一直以谏诤为第一关心点。"③ 在写《鸣蝉赋》之前的二月份，欧阳修上《论修河第三状》，主张速罢六塔河之役，未从。四月一日，六塔河成，朝廷引黄河水入故道，当晚河堤决口，水死者难以胜计。五月大雨成灾，江河决溢，河北尤甚，汴京城公私庐舍浸坏数万。六月十四日，欧阳修奉诏祈晴醴泉宫，闻听鸣蝉声，作《鸣蝉赋》；二十五日，京城又大雨，太社和太稷坛毁坏，上《论水入太社札子》，请修社稷坛，从之。七月，上《论水灾状》《再论水灾状》，又上《论狄青札子》，请罢狄青枢密使，后从之。④《鸣蝉赋》的写作背景和欧阳修在此前后的言行清楚表明了此处的

---

  ① 韩愈撰，马其昶校注，马茂元整理：《韩昌黎文集校注》，上海古籍出版社1987年版，第233页。
  ② 《欧阳文忠公集》附录卷五《事迹》，《四部丛刊》影宋刻本。
  ③ 小林义广：《欧阳修的谏诤观和舆论观》，朱刚编《欧阳修与宋代士大夫》，上海人民出版社2007年版，第4页。
  ④ 刘德清：《欧阳修纪年录》，上海古籍出版社2006年版，第278—285页。

蝉鸣声指涉个人的谏诤志业和公共关怀。①

二是王安石诗《题西太一宫壁二首》。

其一：柳叶鸣蜩绿暗，荷花落日红酣。三十六陂春水，白头想见江南。

其二：三十年前此地，父兄持我东西。今日重来白首，欲寻陈迹都迷。②

仁宗景祐三年（1036），十六岁的王安石随父亲王益、兄王安仁到过汴京；神宗熙宁元年（1068），神宗召四十八岁的王安石入京，准备变法。前后相隔三十二年，符合诗中所言"三十年前"的成数。西太一宫在汴京西南八角镇，王安石旧地重游，以今昔对照感慨人世沧桑。柳叶密而绿暗，见出鸣蝉乃藏于浓绿之中，不见其形，只闻其声，蝉声更为显豁。诗人的可见世界从高处的柳叶到水中的荷花，视角转换，而听觉的蝉声一路伴随，弥漫整个空间。时移世易，陈迹难觅，时间空间都不可长久，唯有这西太一宫的蝉声萦绕作者耳边，成为挥之不去的私人记忆。

哲宗元祐元年（1086）五月，王安石在失意中离世。七月立秋，朝廷祭祀西太一宫，韩川作诗《奉祠西太一宫四首》（已佚），苏轼、黄庭坚、张耒等皆有和诗。苏黄就在这时见到王安石的题壁诗，王诗令作为政治对手的苏黄二人赞赏不已，自叹弗如。③苏轼作《西太一见王荆公旧诗偶次其韵二首》，黄庭坚作《次韵王荆公题西太乙宫壁二首》，后又作《有怀半山老人再次韵二首》。这些和作让王诗中西太一宫的蝉声一再鸣响。④黄庭

---

① 许东海已指出《蝉鸣赋》与欧阳修以诤臣自许的关系，见其《蝉声·谏诤·立言——论欧阳修〈鸣蝉赋〉之诤臣身影及其困境隐喻》，《安徽大学学报》2013年第1期。但本文的逻辑起点和论证方法与许文不同。

② 王安石撰，李壁注：《王荆文公诗笺注》卷四〇下册，高克勤点校，上海古籍出版社2010年版，第1028页。

③ 蔡絛：《西清诗话》卷中，张伯伟编校《稀见本宋人诗话四种》，江苏古籍出版社2002年版，第206页；何汶：《竹庄诗话》卷九，常振国等点校，中华书局1984年版，第176页。

④ 参见村越贵代美《西太一宫をお祀りする——北宋の官僚文人の生活と文学》，《庆应义塾大学日吉纪要·中国研究》2017年第10期。

坚《有怀半山老人再次韵二首》其一,结尾道:"欲问老翁归处,帝乡无路云迷。"时神宗已薨,荆公亦逝,不惟"欲寻陈迹都迷",人间和天上的帝乡亦皆无路可循,大概只有记忆中帝乡的蝉声伴随荆公失落的灵魂。

三是柳永《雨霖铃》词:

寒蝉凄切。对长亭晚,骤雨初歇。都门帐饮无绪,留恋处、兰舟催发。执手相看泪眼,竟无语凝噎。念去去、千里烟波,暮霭沉沉楚天阔。

多情自古伤离别。更那堪、冷落清秋节。今宵酒醒何处?杨柳岸、晓风残月。此去经年,应是良辰、好景虚设。便纵有、千种风情,更与何人说?①

此词脍炙人口,千古传诵。自来皆以"今宵"三句为全篇警策,但从结构着眼,起首"寒蝉凄切"四字亦颇重要。抒情主人公的恋人在京城门外的长亭设宴为他饯别,秋景萧瑟,暮色阴沉。一场急促的暴雨刚刚结束,被狂风暴雨吹打过的寒蝉再次鸣叫,声音凄切。开头凄切的蝉声奠定了全词伤时惜别的情感基调,贯穿全篇,也成为离别后彼此共同的场景记忆和感应桥梁。在寒蝉声的笼罩下,柳永道出了"多情自古伤离别"的普遍感受。此词在不同阶层、不同时空皆广为传播,汴京城外那一声声凄切的寒蝉鸣叫寄寓着大众的普遍情感。

北宋文学中的东京蝉声烘托出清幽的宫禁环境和承平的时代氛围,作者们又借东京蝉声表达自我、寄存记忆,将蝉声与首都、皇权直接联系起来。从欧阳修、王安石到柳永,三篇不同体裁的东京蝉声名作分别隐喻了公共关怀、私人记忆和大众情感。这些思想情感彼此叠加,就使蝉声成为东京日常生活的标记,聒噪的蝉声不再单调,它们构成了复调的首都声景。

---

① 柳永撰,薛瑞生校注:《乐章集校注》,中华书局1994年版,第59页。

三　都城：从视觉空间到听觉空间

"声音景观"的概念是西方当代人提出的，但中国古代人也有近似的观念。《礼记·乐记》云："地气上齐，天气下降，阴阳相摩，天地相荡，鼓之以雷霆，奋之以风雨，动之以四时，暖之以日月，而百化兴焉。如此，则乐者天地之和也。"① 这里描述的宇宙化生过程中，雷霆、风雨之声就是参与了空间建构的基调声态。明代造园艺术名著《园冶·园说》描绘："萧寺可以卜邻，梵音到耳……紫气青霞，鹤声送来枕上……夜雨芭蕉，似杂鲛人之泣泪；晓风杨柳，若翻蛮女之纤腰……溶溶月色，瑟瑟风声；静扰一榻琴书，动涵半轮秋水。"② 在营造园林环境时，已充分注意到自然声音对园林美感的塑造。清代张潮《幽梦影》一书，从声音方面描述人世乐事："春听鸟声，夏听蝉声，秋听虫声，冬听雪声；白昼听棋声，月下听箫声，山中听松风声，水际听欸乃声：方不虚生此耳。若恶少斥辱，悍妻诟谇，真不若耳聋也。"黄仙裳（黄云）评曰："此诸种声颇易得，在人能领略耳。"③ 张潮的描述和黄云的评论都突出了自然声响对风景的决定性意义，尤其强调了此种人地关系中个体的主观能动性以及感受方式的社会性，这与当代西方的相关理论暗合。因此，引入声景概念考察北宋东京是符合中国传统文化精神的。

　　声景概念也能解释中国文学的一些创作实践。此前本文从声音景观的视角，先从自然声音出发，探讨了汴京声音、环境与人的相互关系（欧阳修的《秋声赋》虽作于东京，但所写声音乃泛指，而非专指首都，故不涉及）。在北宋文学对东京自然声响的描写中，最突出的基调声景是莺啼蝉鸣。经过众多文人的书写，再由徽宗作画御题，莺声、首都、皇权和承平之间的紧密联系被建构起来，莺啼是北宋文学为东京建构出来的一个自然声景，给首都赋予美好平和的意义，其中欧阳修的东京莺声书写尤为重

---

① 《十三经注疏》本，第1531页。
② 计成撰，陈植注：《园冶注释》，中国建筑工业出版社1988年版，第51页。
③ 张潮：《幽梦影》，中央书店1935年版，第4页。

要。莺啼声不仅是京城的基调声,也是过往生活的标记。东京蝉鸣声的含义更加丰富,单调的虫声在被反复书写后获得流动性,构成复调的首都声景。书写者借东京蝉声伤怀悲秋、表达自我、寄存记忆。与莺声类似,北宋文学在蝉声与首都、皇权之间也构筑起直接的联系。经过文本叠加和互涉,东京的蝉鸣声成为一代又一代人关于都城的集体记忆。

莺啼蝉鸣声环绕、穿梭在有关东京的现实和记忆当中,成为首都环境的标志物和作者情感的催化剂,弥漫性的声音通过其延展性而营造了空间性,东京因此而变得立体而丰满、多面而生动。通过阅读北宋文学对东京基调声景的书写,自宋至今的读者得以听见都城,体会北宋繁华首都空间的复调声部和多重面相。

在过往对北宋东京的研究中,学术界对声音和听觉对物质空间及文化空间的积极建构作用缺乏关注。不仅如此,整个 20 世纪堪称"图像时代",视觉中心主宰制着人文学术。加拿大传播学家麦克卢汉认为,视觉人创造的环境是强烈分割的、疏离的,完整的世界需要建立与"视觉空间"感受相异的"听觉空间",后者"是有机的、不可分割的,是通过各种感官的同步互动而感觉到的空间"。[①] 谢弗有关"声音景观"的研究设想即受此启发。事实上,正如当代影响深远的空间理论家列斐伏尔在其名著《空间的生产》中所指出,听觉在大脑认知空间的偏侧优势(Lateralization)上起着决定性作用,空间是被看到的,也是被听到的,空间在进入人的视野之前首先被听到;在某些纪念空间里,空间是被耳朵测度的。[②] 以上北宋文学对东京基调声景的书写即是其例。声音确实会定义和改变人们对空间及生活的感觉,书写者常常在用听觉感受空间的形状和文化的灵魂。人对场所的认同感是通过对场所的体验获得的,传统的"声音"研究偏重听觉性,而"声音景观"的视角则偏重空间性,强调处于特定空间中的人对声音的独特感受。北宋文学在对东京莺啼蝉鸣的书写中塑造

[①] [加]埃里克·麦克卢汉、秦格龙编:《麦克卢汉精粹》,何道宽译,南京大学出版社 2000 年版,第 364—365 页。

[②] H. Lefebvre, *The Production of Space*, Nicholson-Smith Trans., Oxford: Blackwell, 1991, pp. 199–200, 225.

了首都的基调声景，呈现出都城的日常生活，体现出皇帝、士人各自的文化、记忆和身份认同，折射出国家和社会之间的权力关系，让首都空间流动起来。

  北宋东京的声音景观是丰富复杂的。限于篇幅，本文只论及作为自然声响的基调声。此外还有信号声和标志声，前者如钟鼓声、军声、号角声等，后者如宫城朝参之声、贡院考试之声、管弦声、市声等，在宋代文学中都有形态多样的呈现，有待研究者去挖掘、解读和阐释。如果要复原北宋东京的声音景观，两宋文学就是最主要的凭据材料。长期以来我们过分依赖观看，并由此产生了主体和客体的分离甚至对立。我们亟须重新学会倾听，与客体建立亲密关系。声音具有时间感和空间感，没有倾听，声景就将消失，空间将要缺失，我们的听觉会退化，最终我们自身也不再完整。为了完整地理解世界和我们自身，有必要深入研究文学中的声音景观。

  （承蒙林岩、罗时进二位教授赐示宝贵意见，谨致谢忱！）

论宋代的日记体诗[*]

北京师范大学人文学院　马东瑶

日记在中国古代发展已久。俞樾认为日记起源于东汉，其证据是马第伯逐日记载光武帝封禅泰山之事的《封禅仪记》[①]。到了宋代，日记一体已相当繁盛。据顾宏义《宋代日记丛编》，仅传世日记便有55种（含存、残、辑佚）[②]，其中不乏《入蜀记》《吴船录》等我们耳熟能详的名作。顾氏将宋人日记分为三类：出使行游、参政、其他（个人生活与读书功课及物候等）。从日记的文体特性来说，其关键词应当是"真实"和"个人化"，但正如鲁迅对李慈铭《越缦堂日记》的评价："早给人家看，钞，自以为一部著作了。"[③] 事实上，这些流传于世的日记，即使记录个人生活，往往也并无不可传诸人口的隐秘之事，这与创作者着重于"记录"而非"私密"的文体认知有关。这一特点也影响到其他相近文类。

两宋时期，与日记勃兴的同时，诗歌当中出现了大量标示日期的作

---

[*] 本文为国家社会科学基金青年项目《中国古代的文人庭园与文学写作》（项目编号：11CZW051）和中央高校基本科研基金项目《历代文学经典的传承与中华人文精神的塑造》（项目编号：SKZZB2015030）阶段性成果。

[①] 俞樾《日本竹添井井〈栈云峡雨日记〉序》："文章家排日纪行，始于东汉马第伯《封禅仪记》。其造语之奇，状物之妙，洵柳州游记之滥觞。"参见《春在堂杂文》，文海出版社1969年版。

[②] 顾宏义、李文整理标校：《宋代日记丛编·前言》，上海书店出版社2013年版，第6页。

[③] 鲁迅：《怎么写》（夜记之一），见《鲁迅全集》第四卷《三闲集》，人民文学出版社2005年版，第24页。

品。陆游在《东邻筑舍与儿辈访之为小留》诗中说："年丰日有携尊兴，家乘从今不一书。"①诗后自注："黄鲁直有日记，谓之《家乘》。"②其《老学庵笔记》也提到："黄鲁直有日记，谓之《家乘》，至宜州犹不辍书。"③这种"日记"的观念对陆游的创作影响甚深，他的《入蜀记》便是一部行旅日记；而这一观念不仅体现在其笔记散文的写作中，也影响到诗歌创作；不仅体现在诗题上日期的标示，更带来诗歌题材和内容的新变。陆游固然是宋代日记体诗创作上里程碑式的人物，但事实上，写《家乘》的黄庭坚，以及梅尧臣、司马光、苏轼、王十朋、杨万里、文天祥等，都有很多日记体诗，从而形成了宋诗当中显著的诗歌类型之一的日记体诗。

　　学界对这一问题已有关注。胡传志《"日课一诗"论》从"日课一诗"的角度谈到陆游"每日坚持作诗"的创作方式和生活方式，以及由此带来的宋诗日常化、生活化特色的形成④。鲜于煌则明确以"日记体诗歌"称呼杜甫的纪行诗⑤，不过作者将杜甫可以逐月排列的诗都归为日记体诗，则未免过于泛化；同样，尽管多有学者关注到陆游"以写日记的方式在写诗"⑥，尽管陆游在写《入蜀记》的同时也有诗歌创作，从文体的角度进行诗文对读不失为一个有趣的视角，但并不能因此将那些可以确定写作时间的诗都视为日记体诗，因为文本本身具有时间表现上的类型特征，和读者可以判定作品的写作时间，仍然是不同的。

---

　　① 陆游著，钱仲联校注：《剑南诗稿校注》卷二五第4册，上海古籍出版社2005年版，第1799页。
　　② 罗大经《鹤林玉露》乙编卷四："山谷晚年作日录，题曰《家乘》，取孟子晋之《乘》之义。"中华书局1983年版，第181页。"乘"即"史"，"家乘"大略与"官史"相对，是个人私史的记录，即通常所说日记。
　　③ 陆游撰，李剑雄、刘德权点校：《老学庵笔记》卷三，中华书局1979年版，第33页。
　　④ 胡传志：《日课一诗论》，《文学遗产》2015年第1期。
　　⑤ 鲜于煌：《杜甫日记体诗歌与日本圆仁〈入唐求法巡礼行记〉比较研究》，《贵州文史丛刊》1999年第1期。
　　⑥ [日]吉川幸次郎：《宋元明诗概说》，李庆等译，中州古籍出版社1999年版，第118页；林岩：《晚年陆游的乡居身份与自我意识——兼及南宋"退居型士大夫"的提出》，《华南师范大学学报》2016年第1期。

故此，本文借鉴"日记体诗"的称呼，将之界定为诗题中标示了日期的作品。① 而按照俞樾对马第伯《封禅仪记》作为"日记"的界定，"逐日性"是否也当为"日记体诗"的必要条件呢？明人贺复徵便曾定义日记为"逐日所书，随意命笔"。② 事实上，即使在存诗近万首的陆游作品中，具有日期标示的连续性的诗作也并不多。从陆游的个人情况来说，其诗十不存一，删削厉害；从一般诗人的创作来说，日记体诗毕竟只是对日记的部分特色的借鉴，而"逐日性"并非不可或缺之要素。那么，什么才是日记体诗的根本特色？

一 记录意识与时间意识

尽管受到日记这一文体的影响，但日记体诗自有其内部的发展轨迹，可以说在诗史上延绵已久。较早写作这类诗的是南北朝时期的诗人。如陶渊明《己酉岁九月九日》③、谢灵运《永初三年七月十六日之郡初发都诗》、江总《庚寅年二月十二日游虎丘山精舍诗》，但总的说来魏晋时期的诗题，标明年月的不少，具体到日期的却并不多见。前人常常提及陶渊明诗题中的时间标示，但主要关注的是陶渊明的纪年方式和背后的政治寓意，而不是从日记体的角度阐发。

---

① 题目中虽无日期，但在序或注中标示日期的，亦可看作是日记体。如梅尧臣《梦登河汉》（题注：六月二十九日）、陆游《梦中作》（序：甲子十月二日夜鸡初鸣梦宴客大楼上山河奇丽东南隅有古关尤壮酒半乐阕索笔赋诗终篇而觉不遗一字遂录之亦不复加窜定也）。至于宋代数量众多的唱和诗，如果原唱标示了时间，而酬唱诗并不一定标示时间，是否都可视作日记体诗？如苏轼《武昌西山》诗，序中明确标示作于"元祐元年十一月二十九日"，当时或其后次韵之作多达十数首，皆未标示时间。笔者认为，这些次韵诗固然与原唱有密切关联，但其关联主要体现在内容而非时间性上，日记体的特色已淡化，因而不再纳入我们的观照视野。
② 贺复徵：《文章辨体汇选》卷六三九《日记一》，《景印文渊阁四库全书》第1409册，台湾商务印书馆1983年版，第645页。
③ 此篇为感秋之作，而非重阳节的节候诗。三月三日、五月五日、七月七日、九月九日以及中秋、元夕等诗题有标示的节候诗，亦属日记体范畴，但学界从节庆的角度论述已多，故本文不作重点讨论。

推动日记体诗发展的重要人物是杜甫。他既有叙事性强的长题①，如《七月三日亭午已后校热退晚加小凉稳睡有诗因论壮年乐事戏呈元二十一曹长》②，也有极短的短题，如《十月一日》《十二月一日三首》，后者正是为后世诗人所本的日记体无题诗。在杜甫近两千首诗中，标明日期的作品并不算多，但开创意义颇大，此后，其日记体特点在中唐元白诗中得到大力发扬，这也正是影响宋人至深的日常化、生活化、琐细化特点的表现之一。白居易的诗题如《十年三月三十日别微之于沣上十四年三月十一日夜遇微之于峡中停舟夷陵三宿而别言不尽者以诗终之因赋七言十七韵以赠且欲记所遇之地与相见之时为他年会话张本也》，体现出明确的"记录"意识。张哲俊先生以白居易诗为例，提出"日记化就是历史化"③。应当说，日记体的写作确实与诗人们的历史观有一定关系。

元白的日记体诗在晚唐并未得到积极响应，至北宋则有了迅速发展。被视为宋诗开山祖师的梅尧臣在日记体诗的写作上，亦可谓是宋人的先行者，诗题上标示有日期的作品多达近百首。他以日记体表现观花、赏景、"喜雪"、"雨中饮"、"见白髭一茎"，以及交游、记梦等，清晰地表现出记录意识和时间意识。同一时期的司马光、宋祁也有众多日记体诗。相比梅尧臣较为短暂的史官经历，司马光和宋祁更以撰修史书著称于世。众所周知，司马光是《资治通鉴》的主要撰写者，宋祁是《新唐书》的主要撰写者。这种经历是否会使"诗"带上"乘"的特点？司马光的诗，以三月为例，有《三月晦日登丰州故城》《三月二十五日安之以诗二绝见招作真率会光以无从者不及赴依韵和呈》《三月十五日宿魏云夫山庄》《三月三十日微雨偶成诗二十四韵书怀献留守开府太尉兼呈真率诸公》等多首日记体；宋祁的诗，如《七月二十七日》《七月二十八日》《七月六日绝句》

---

① 关于长题的叙事性，参见黄小珠《论诗歌长题和题序在唐宋间的变化——以杜甫、白居易、苏轼为中心》，《江海学刊》2014年第6期。
② 杜甫著，谢思炜校注：《杜甫集校注》第3册，上海古籍出版社2015年版，第918页。
③ 张哲俊：《诗歌为史的模式：日记化就是历史化——以白居易的诗歌为例》，《文化与诗学》2010年第2期。

等，更是典型的日记体。从他们的具体创作来看，所谓"乘"的影响，并不体现在对于重要历史事件的记录，也不体现在诗歌叙事性的加强，而主要体现在时间意识即标题对于日期的记录上。正如苏轼《十月十六日记所见》、陆游《绍熙辛亥九月四日雨后白龙挂西北方复雨三日作长句记之》这类诗所示，前者表现一天之内连续遭遇的浓雾、大风、冰雹、惊雷，后者表现一场百年难见的大雨，皆非国家大事，诗人详录日期并"记所见"，都体现了鲜明的时间意识和记录意识。这种时间记录不仅使读者在阅读诗集时，能够获得诗人更为清晰的情感和精神心态之"史"，更能获得诗人借以传达的许多深层内涵。以北宋创作日记体诗数量多、影响大的苏轼为例。

苏轼因乌台诗案贬居黄州时，作《正月二十日与潘郭二生出郊寻春忽记去年是日同至女王城作诗乃和前韵》："东风未肯入东门，走马还寻去岁村。人似秋鸿来有信，事如春梦了无痕。江城白酒三杯酽，野老苍颜一笑温。已约年年为此会，故人不用赋招魂。"①"正月二十日"成为连接三年三首同韵七律的纽带。先是"去年"（元丰四年）此日，诗人与潘郭二生同至女王城，作诗《正月二十日往岐亭郡人潘古郭三人送余于女王城东禅庄院》，诗中回忆起去年（元丰四年）此日正行走在京城贬来黄州的路上，思及当时情景，不由得生出"细雨梅花正断魂"的无限感慨；到了今年（元丰五年）此日，诗人与潘郭二生出郊寻春，本来并无明确目的地，因了"去年是日"的指引，便"走马还寻去岁村"。诗人更由此发出关于世事人生的深沉感慨："人似秋鸿来有信，事如春梦了无痕。"相比唐人崔护"人面不知何处去，桃花依旧笑春风"（《题都城南庄》）那青春的浪漫与美丽的伤感，同样由"去年今日"和"今年今日"的对照而生发感慨的苏轼，他的"春梦"却并不浪漫。（元丰五年）正月二十日的时间指向性，其背后所联系的与苏轼有关的"事"，使作者"事如春梦了无痕"的感慨有了多重含义，既是访旧不得的怅然，也是世事一场大梦的解脱。等到再一年（元丰六年）的此日，苏轼又有《六年正月二十日复出东门仍用前

---

① 苏轼著，孔凡礼点校：《苏轼诗集》卷二一第 4 册，中华书局 1982 年版，第 1105 页。

韵》:"乱山环合水侵门,身在淮南尽处村。五亩渐成终老计,九重新扫旧巢痕。岂惟见惯沙鸥熟,已觉来多钓石温。长与东风约今日,暗香先返玉梅魂。"虽然与潘郭二生"年年为此会"的约定未获实现,诗人自己却在"正月二十日"的指引下"复出东门"。是要再次寻访"去岁村"吗?自然不是。诗人去年"事如春梦了无痕"的感慨并没有斩断他与政治的联系,"五亩渐成终老计,九重新扫旧巢痕",这一联"痕"字韵诗的背后,仍然体现着关于政治的隐喻和诗人在仕隐之间的复杂心绪。

事实上,诗题中的日期对于我们考察苏轼诗歌与政治的关系有多方的引导性。《十二月二十八日蒙恩责授检校水部员外郎黄州团练副使复用前韵二首》《六月二十日夜渡海》这类诗自不必说,其中的日期直接关联着苏轼的贬谪生涯,体现着日记体的记录性。有意味的是像《元祐元年二月八日朝退独在起居院读汉书儒林传感申公故事作小诗一绝》这样的作品:"寂寞申公谢客时,自言已见穆生机。绾臧下吏明堂废,又作龙钟病免归。"这个长长的诗题,如果是爱好简洁的初盛唐人来设定,大约会叫《读〈申公传〉》或《申公》,而苏轼特意点明是"元祐元年二月八日,朝退,独在起居院读",就不仅仅是为了告知读者自己读申公故事的时间地点。从诗题可看出,此时苏轼刚刚结束漫长的黄州之贬,重回政治中心,担任起居舍人的要职,然而他咏申公不咏其成就与得意之时,却感慨申公及其弟子赵绾、王臧失败的政治命运,背后无疑有关于时局的冷静思考。

刘攽、孔平仲、苏辙、黄庭坚、张耒等也都颇多日记体创作。如孔平仲有《六月五日》《七月六日作》《七月二十六日》等;张耒有作于前后两年的《七月六日二首》共四首绝句,其中说:"黄昏楼角看新月,还是去年牛女时",[1]正是对苏轼"正月二十日"诗的日记体特色的继承。有学者认为苏辙诗的纪年月是受《春秋》的影响,[2]这自可成为一种理解的视角,不过从诗歌史内部的发展来看,更直接的源头当是从杜甫、苏轼等而

---

[1] 如无单独出注,本文所引宋诗皆出自傅璇琮等主编《全宋诗》,北京大学出版社1991年版。

[2] 朱刚:《论苏辙晚年诗》,《文学遗产》2005年第3期。

来的日记体。到了南宋，日记体诗大量增加，在王十朋、陆游、杨万里、范成大、周必大、韩淲、周紫芝、岳珂、刘克庄、舒岳祥、文天祥、马廷鸾等人的创作中都随处可见，日记体已成为南宋诗坛的常见类型。其中文天祥的诗较为特别。如前所述，一般诗人的日记体既不书写重大历史事件，也不具有逐日性的特征，文天祥的诗则恰恰兼具这两点。长篇七古《二月六日海上大战国事不济孤臣天祥坐北舟中向南恸哭为之诗曰》是记录宋亡之诗史。祥兴二年（1279）二月初六，宋军与蒙元军队在崖山决战，最后张世杰带领的宋军战败，陆秀夫背负年幼的皇帝蹈海殉国。此时，与张世杰、陆秀夫并称"宋末三杰"的文天祥已在海丰被俘，正好拘禁在元军船舰上，目睹了宋军大败，写下这首血泪交加的长诗。诗中说："一朝天昏风雨恶，炮火雷飞箭星落。谁雌谁雄顷刻分，流尸漂血洋水浑。昨朝南船满崖海，今朝只有北船在。昨夜两边桴鼓鸣，今朝船船鼾睡声。北兵去家八千里，椎牛酾酒人人喜。惟有孤臣雨泪垂，冥冥不敢向人啼。"① 以战场亲历者的视角表现惨烈的崖山决战和诗人惨切的心情，与一般日记体诗的日常化、琐细化大不相同。而文天祥一批逐日书写的纪行诗亦独具特色。崖山兵败后，文天祥被执北上，其诗集中从八月三十日的《发高邮（三十日）》开始，中间经淮安、桃源、邳州、徐州、沛县、鱼台、潭口，过黄河，经汶阳、郓州，过东阿、高唐，经平原、陵州（德县）到献县，渡滹沱河，至河间，直到《保涿州三诗》（题注：在保州，二十九日起三十日到），其后到达燕京，几乎是逐日书写。作者运用题后加日期的方式进行标注，比陆游的入蜀纪行诗有更为明确的时间意识。这些诗追思古之先贤，抒写楚囚南冠之痛，表达守节之志。它们固然是文天祥个人的"私史"，但这私史联系着家国破亡的巨变，因而也是国家之史。这是文天祥日记体诗的显著特色。

二　诗题与内容的张力

"日记体"的标示，主要是在诗歌题目上。宋人的日记体诗，在诗题

---

① 文天祥：《文天祥全集》卷十四，中国书店1985年影印版，第349页。

和内容的关联度上体现出或松或紧的不同特色，而使诗歌呈现出丰富的内涵。从诗题与内容的关系来看，宋人的日记体诗大体可分为三类。

第一类诗内容与诗题呼应，且与诗题所示日期有关。这类诗多体现在天气节候的书写当中。对天气节候的关注古已有之，但大多较为粗线条地以四季为区分，或表现季节的轮转，或表现不同季节中的风雨雪雾天气，像《诗经·七月》这样以月为区分的已属少见。宋人的日记体诗则将时间细化至一年中的每一日。如梅尧臣《二月五日雪》、刘敞《五月十一日早行是日风寒如八九月》、苏轼《三月二十日多叶杏盛开》、范成大《三月四日骤煖》、陆游《嘉泰辛酉八月四日雨后殊凄冷新雁已至夜复风雨不止是岁八月一日白露》等，都表现了具体到日期的季候特征和天气感受。苏轼《六月二十七日望湖楼醉书》五绝紧扣夏末江南的物候特征，表现西湖的荷花、翠翘、杜若、乌菱白芡、青菰绿盘等种种景致以及迅疾来去的暴雨，由此抒写了适意自在的生活和心情。梅尧臣《二月十四夜霜》则惊异于"欣欣东园杏，忽值春飞霜"，因此感叹"天理固难测，谁要必其常"，由春日飞霜而感慨天理之难测。

陆游以下诗作则体现出"日记体"的连续性：

> 乌藤真好友，伴我出荆扉。落叶纷如积，鸣禽暖不归。露浓松鬣长，土润术苗肥。未尽幽寻兴，还家趁夕晖。（《九月十八日至山园是日颇有春意》）

> 乌桕赤于枫，园林九月中。天寒山惨淡，云薄日曈昽。旋摘分猿果，宽编养鹤笼。身闲足幽事，归卧莫匆匆。（《明日又来天微阴再赋》其一）

> 河岸风樯远，村陂牧笛长。短篱围麂眼，幽径缭羊肠。照水须眉见，搓橙指爪香。衣裘又关念，砧杵满斜阳。（《明日又来天微阴再赋》其二）

九月中下旬已是渐入深秋，纷纷飘下的落叶也印证了这一点，不过诗人却因在山园中感受到暖暖的春意而兴味盎然，不忍还家。尽管诗歌最后以踏着夕阳归家的充满诗意而又意境完整的收束结束了，也就是说，第一首诗是完全可以独立存在的，然而第二、三首诗的"明日"却不具有自足性。它们是与第一首有紧密关联的续篇。尽管天气寒冷、山色惨淡，诗人却似乎兴致不减。第二、三首中的"幽事""幽径"呼应了第一首的"幽兴"，诗人在牧笛声中，身闲心静。诗歌最后，"砧杵满斜阳"的结句，虽然与第一首的结句一样写夕阳晚照，但是"砧杵"的意象却常常伴随秋天、捣衣、天气渐寒等意思出现，从而强化了秋寒之意。

除了通过季候和大自然的变化表现时间意识，诗人们还常常以"周年性"表达感慨。如陆游《予以壬戌六月十四日入都门癸亥五月十四日去国而中有闰月盖相距正一年矣慨然有赋》："三百六十日，扶衰得出都"；《十月十九日与客饮忽记去年此时自锦屏归山南道中小猎今又将去此矣》："去年纵猎韩坛侧，玉鞭自探南山雪。今年痛饮蜀江边，金杯却吸峨嵋月。"张九成《二月八日偶成》其一："今年春色可胜嗟，二月山中未见花。长忆去年今夜月，海棠花影到窗纱。""周年性"的表达，诗词中并不少见，如欧阳修（一说宋淑真）《生查子》："去年元夜时，花市灯如昼""今年元夜时，月与灯依旧"。以两个元宵节的对比来写爱情，这种与节庆有关的书写在诗词中极多。宋诗"周年性"所体现的典型日记性质则在于，诗中日期往往是与作者个人生活有关而与节庆无关的普通日期。文天祥的"周年性"则更具"诗史"的沉厚气质：

> 去冬阳月朔，吾始至幽燕。浩劫真千载，浮生又一年。天南照天北，山后接山前。梦里乾坤老，孤臣雪咽毡。（《己卯十月一日予入燕城岁月冉冉忽复周星而予犹未得死也因赋八句》）

> 石晋旧燕赵，钟仪新楚囚。山河千古痛，风雨一年周。过雁催人老，寒花送客愁。卷帘云满座，抱膝意悠悠。（《己卯十月五日予入燕狱今三十有六旬感兴一首》）

> 君不见常山太守骂羯奴，天津桥上舌尽刳。又不见睢阳将军怒切齿，三十六人同日死。去冬长至前一日，朔庭呼我弗为屈。丈夫开口即见胆，意谓生死在顷刻。赭衣冉冉生苍苔，书云时节忽复来。鬼影

青灯照孤坐，梦啼死血丹心破。只今便作渭水囚，食粟已是西山羞。悔不当年跳东海，空有鲁连心独在。(《去年十月九日余至燕城今周星不报为赋长句》)

去年今日遁崖山，望见龙舟咫尺间。海上楼台俄已变，河阳车驾不须还。可怜羝乳烟横塞，空想鹃啼月掩关。人世流光忽如此，东风吹雪鬓毛斑。(《正月十三日》)

从"己卯十月一日"入燕城，到"己卯十月五日"入燕狱，从去年今日的崖山，到今年今时的楚囚，从"一年"与"千载""千古"的对照，到"三十六旬"的以旬纪日，对于作者来说，囚禁中的每一日都是漫长的，一年的"三十六旬"似乎比十二个月更加漫长；可是相比千古的民族浩劫和山河之痛，个人的不幸又算得了什么？诗人或写孤臣楚囚之沉痛，或抒烈士丈夫之义气，令人感佩。在日、旬、月、年等关于时间的一再书写当中，诗人的家国情怀历历呈现。

陆游、文天祥等还一再写到自己的生日。这既是"日记体"创作的必然结果，也往往因为个人的际遇中折射着特殊的时代风云。如陆游《十月十七日予生日也孤村风雨萧然偶得二绝句予生淮上是日平旦大风雨骇人及予堕地雨乃止》："少傅奉诏朝京师，樯船生我淮之湄。宣和七年冬十月，犹是中原无事时。"诗人由生日思及生年，其中暗含着对于宋室被迫南渡的深沉感怀。文天祥亦有多首生日诗，如《生日和聂吉甫》（题注：五月初二日）、《生日山中和萧敬夫韵》、《五月二日生朝》、《庚辰四十五岁》、《生日和谢爱山长句》、《生日谢朱约山和来韵》、《生日》等。早年的生日诗尚有"细味诗工部，闲评字率更"（《生日和聂吉甫》）的悠游岁月的闲适之意，随着时局的变迁，渐转深沉，作年最晚的《生日》则几可作为诗人生平史和家国巨变下的心灵史。诗歌从"忆昔"开始，回顾承平时期自己过生日时，"升堂拜亲寿，抠衣接宾荣。载酒出郊去，江花相送迎。诗歌和盈轴，铿戛金石声"。谁知风云突变、宾僚荡覆、妻子飘零，自己也身陷图圄，虽然早已做好杀身成仁的准备，可是在这又一个生日到来之际，思及家人友朋，仍然不禁心旌摇荡，涕泗交零。生日联系的是诗人个人之"史"，但陆游、文天祥等诗人的生日书写联系了靖康之难、宋元易代的国家之"史"，由个体的生活挖掘出集体情感，较好地处理了日记体诗个人化和普泛化表达之间的关系。

  第二类诗诗题虽与内容呼应，日期的标示却关联不大。这类诗比第一类更为明显地体现出"日记体"特色，即日期的主要功能在于记录诗歌的写作时间。这些诗或是对重要事件的记录，或是对日常生活的书写。如梅尧臣《三月九日迎驾》、陆游《八月二十二日嘉州大阅》《十二月十一日视筑堤》相当于"工作日志"，梅尧臣《十六日会灵火》《十一日垂拱殿起居闻南捷》是时事新闻的记录，米芾《绍圣二年八月十八日观潮于浙江亭书》、毛滂《八月二十八日挈家泛舟游上渚诗》、王十朋《丁丑二月二十一日集英殿赐第》、陆游《十一月十八日蒙恩再领冲佑邻里来贺谢以长句》、刘克庄《三月二十一日泛舟十绝》则是诗人"私史"的书写。

  诗人往往都有自己的"朋友圈"，也多作交游之诗，但宋前的诗人一般没有明确的时间记录意识。到了宋代，日记体交游诗大量出现。如梅尧臣《十月二十一日得许昌晏相公书》《九月晦日谒韩子华遂留邀江邻几同饮是夕值其内宿不终席明日有诗予次其韵》《九月五日得姑苏谢学士寄木兰堂官酿》《乙酉六月二十一日予应辟许昌京师内外之亲则有刁氏昆弟蔡氏子予之二季友人则胥平叔宋中道裴如晦各携肴酒送我于王氏之园尽欢而去明日予作诗以寄焉》，孔文仲《四月三十日慈孝寺山亭席上口占送子敦都运待制赴河北》，王十朋《五月二十五日钱安国舍人于荐福洪右史王宗丞来会坐间用前韵》《五月晦日会知宗提舶通判纳凉云榭提舶用仙字韵即席赋诗中寓四字次韵以酬》《五月四日与同僚南楼观竞渡因成小诗四首明日同行可元章登楼又成五首》，等等。举凡收到书信、获赠礼物、聚会送别、举酒共饮、相互拜访、携手同游，都在诗题上标示时间，以示记录。如梅尧臣《四月二十七日与王正仲饮》[①]：

    我来自楚君自吴，相遇汎波衔舳舻。时时举酒共笑乐，莫问罂盎

[①] 朱东润：《梅尧臣集编年校注》，上海古籍出版社2006年版，第560页。

有与无。醉忆曩同吾永叔，倒冠落佩来西都。是时豪快不顾俗，留守赠榻少尹俱。高吟持去拥鼻学，雅阕付唱纤腰姝。山东腐儒漫侧目，洛下才子争归趋。自兹离散二十载，不复更有一日娱。如今旧友已无几，岁晚得子欣为徒。

皇祐三年（1051）二月，梅尧臣父丧服除，由宣城舟行去往汴京，途中偶遇妻甥王存，杯酒谈笑间，回忆起二十年前与好友欧阳修、尹洙等在西京洛阳的快意人生，而今旧友离散凋零，世事难料，这使诗人格外珍惜每一次相聚。或许这正是作者明确记录相聚之日为"四月二十七"的原因所在。

相比短题，长题往往有着更多的叙事信息，与诗歌内容形成互动或"互助"。如梅尧臣《乙酉六月二十一日予应辟许昌京师内外之亲则有刁氏昆弟蔡氏子予之二季友人则胥平叔宋中道裴如晦各携肴酒送我于王氏之园尽欢而去明日予作诗以寄焉》，将写此诗的时间、前因后果以及诗中所写"晚节相知人，唯有胥宋裴"，在诗题中一一道来。又如苏轼《圆通禅院先君旧游也四月二十四日晚至宿焉明日先君忌日也乃手写宝积献盖颂佛一偈以赠长老仙公仙公抚掌笑曰昨夜梦宝盖飞下着处辄出火岂此祥乎乃作是诗院有蜀僧宣逮事讷长老识先君云》：

　　石耳峰头路接天，梵音堂下月临泉。此生初饮庐山水，他日徒参雪窦禅。袖里宝书犹未出，梦中飞盖已先传。何人更识嵇中散，野鹤昂藏未是仙。

诗题如同一篇小品文，有着丰富的叙事内容。日期的书写涉及作者对某次禅寺经历的记录，也涉及其父苏洵的忌日。这类长题诗在体裁上往往搭配短小的近体律绝，作者可以在诗中凝练地写景抒情，由此形成抒情性和叙事性的"互助"。例如"袖里"一联，正是诗题主要叙事的诗意化表达；如果没有诗题的叙述原委，读者对于此联的意思会有理解上的困难。

第三类诗则更为鲜明地体现出"日记体"特色：抛弃日期加内容的题目形式，而完全以日期命名（或有夜、夜半、鸡鸣前等更具体的时间标示），如梅尧臣《十月十八日》，宋祁《七月二十七日》，苏轼《三月二十九日二首》，张耒《十一月七日》五首，王十朋《六月一日》，陆游《二月四日作》、《三月二十二日作》、《四月一日作》、《九月十日》、《十月九日》和《十二月一日》二首，白玉蟾《十月十四夜》，丘葵《六月初二日作》，韩淲《三月八日》三首，刘克庄《四月八日三绝》，方岳《十二月十日》，文天祥《十二月二十日作》《二十四日》，等等。这类诗在题材内容上不受限制，田园景色、风土人情、闲情逸致、人生感触、家国情怀，无所不包。其中陆游创作尤多，但它们在写景抒情上多有相近。这既与陆游一生尤其是后期常年卜居山阴的生活状态的不变有关，也与其"日课一诗"的创作方式有关，从而进一步加重了"日记体"的程式化特征。例如在体裁选择上，他的这类"无题"之作大部分采用了近体律绝的形式，七律尤多。如：

  不须扇障庾公尘，散地翛然学隐沦。风帽可怜成昨梦，菊花已觉是陈人。昏昏但苦余醒在，草草久无佳句新。叹息吾生行已矣，老来岁月似奔轮。（《九月十日》）
  堪笑枯肠渐畏茶，夜阑坐起听城笳。炉温自拨深培火，灯暗犹垂半结花。断梦不妨寻枕上，孤愁还似客天涯。扫尘拾得残诗稿，满纸风鸦字半斜。（《九月二十五日鸡鸣前起待旦》）
  薄晚悠然下草堂，纶巾鹤氅弄秋光。风经树杪声初紧，月入门扉影正方。一世不知谁后死，四时可爱是新凉。从今觅醉其当勉，酒似鹅儿破壳黄。（《八月九日晚赋》）

  这自与陆游擅长七律有关，但其中是否也暗含着陆游对李商隐"无题"诗在某些方面的继承呢？吴承学先生指出，李商隐把七律诗和无题诗结合起来，自此形成古代七律无题诗创作的习惯[①]。不过陆游自己对无题

---

① 吴承学：《论古诗制题制序史》，《文学遗产》1995 年第 5 期。

诗的写作也有明确认知，其《老学庵笔记》"唐宋无题诗"条曰："唐人诗中有曰无题者，率杯酒狎邪之语，以其不可指言，故谓之'无题'，非真无题也。"（《老学庵笔记》卷八，第108页）可见陆游将无题诗的写作限于"杯酒狎邪之语"，而其"日记体"的写作，即使在艺术形态上对无题诗有所借鉴，但更重要的写作传统并不在此。

梅尧臣的"无题诗"便不限于七律。其《十月十八日》诗曰："霜梧叶尽枝影疏，井上青丝转辘轳。西厢舞娥艳如玉，东楣贵郎才且都。缠头谁惜万钱锦，映耳自有明月珠。一为辘轳情不已，一为梧桐心不枯。此心此情日相近，卷起飞泉注玉壶。"以七古的体裁和乐府民歌的比兴特色写爱情，又以"霜梧叶尽"切十月之时令，从而将无题爱情诗与日记体结合起来。舒岳祥、马廷鸾的"无题诗"则结合了阮籍的"咏怀"传统，在艰危的时局中表达了深沉的家国情怀。如舒岳祥《五月二十八日四绝》其一："鸟独沉啼意，萤低照去踪。艰危吾辈老，寂寞此心同。"马廷鸾《十月二十日》二首："太乙宫前戎马乡，思成门外野蒿场。山中一瓣心香在，独遣孤臣病著床"；"强提簪笏睇觚棱，再拜焚蓺泪雨零。千古陈桥仁圣事，不堪重勘旧编青"。黍离之悲，充溢于字里行间。至于如"四山新笋出，一涧野花香"（韩淲《四月二日》五首其一）的写景，"蹭蹬容图双鬓改，苍茫乐事寸心违"（强至《二月二日作》）的抒怀，在日记体无题诗中随处可见。

三　时间观照下的日常化书写

对于诗人们来说，日记体的写作在时间意识的凸显上虽然有"史"的特色，但他们大多并非出于将诗写成"诗史"或"史诗"的目的。在创作上极具家国情怀的杜甫和陆游，他们的"诗史"类作品往往很少标明年月日，即便标明了日期的诗歌作品，多数是写观花、泛舟、赏月、刮风下雨、种稻收豆、季候变化等记录日常生活的平凡琐细之事。明人贺复徵认为日记"正以琐屑毕备为妙"[①]，"琐屑毕备"指出了日记在题材上区别于

---

① 贺复徵：《文章辨体汇选》卷六三九《日记一》，《景印文渊阁四库全书》第1409册，第645页。

家国书写等宏大叙事的不同，但如何才能有文学之"妙"？这是日记与日记体诗都需要解决的问题。

众所周知，宋诗具有日常化、生活化、琐细化的典型特色，那么，宋代的日记体诗如何区分于一般性的宋诗？在宋诗这一典型特色的形成过程中又起到了怎样的作用？事实上，题材的日常化确实是日记体诗的重要特色，这也正是奠定宋诗日常化特色的重要基础；但数量众多的日记体诗如果只是庸凡俗事的枯燥记录和琐细题材的重复书写，其诗歌史价值也就不值一提了。韩淲在十一月的最后一天写了首诗，描写了冬日雪霜路滑、柴扉冷清的景象，最后两句说："不知诗在否，诗亦费心思。"（《十一月晦》）颇为幽默地表现出自己对于日常之中的"诗"和"诗意"的寻找。确乎如此。对于日常生活的书写是日记体诗的题中应有之义，但如何才能体现出日记体诗的独特之"妙"，这是需要诗人费思量的。

日记体诗以时间观照为根本特色，其日常化书写区别于一般宋诗之处也正在于这种时间观照，因而常常独有奇趣。如前所述，不同于诗中常见的季节性书写，日记体诗在时间的表述上是以日期为单位。诗人对于时间和季节的感受因此更加细腻，一些习见的题材便能别开生面。例如表现季节轮转，春去秋来，往往引发诗人无限感慨，或恋春，或悲秋，"送春""秋兴"一类诗不胜枚举。如"残阳寂寞东城去，惆怅春风落尽花"（武元衡《崔敷叹春物将谢恨不同览时余方为事牵束及往寻不遇题之留赠》），"荷叶生时春恨生，荷叶枯时秋恨成"（李商隐《暮秋独游曲江》），大体是在季节转换时以物候变化写出伤春悲秋之情。日记体诗则细化到日，并由此生发出新意。如宋代日记体诗中颇多三月晦日诗。在传统历法中，三月结束就意味着春天结束，所以三月晦日诗也多是表达惜春伤春之意，但诗人往往从晦日作为春天最后一日的象征意义切入，便有了不一样的表达。如以下几首同题（或近似同题）诗：

  倏忽韶光第九旬，无花何处觅残春。长绳万尺非难具，谁与天边绊日轮。（宋祁《三月晦日送春》）

  春光九十更三旬，暗准三旬赚杀人。未到晓钟君莫喜，暮钟声里

已无春。（杨万里《三月晦日》）

九十风光能有几，东风遽作远行人。樽前莫惜今朝醉，明日莺声不是春。（真山民《三月晦日》）

惜春恋春之意显而易见，而如诗题所示，这些诗的独特表现在于，都将春光细分到旬与日，在这最后一旬的最后一日，感叹春的终将离去。而这种感叹，同样由时间性表达出来。"长绳"两句以"绊日轮"的想落天外和否定式表达，抒写了留不住时间、留不住春光的怅惘；"未到"两句反用贾岛"共君今夜不须睡，未到晓钟犹是春"（《三月晦日赠刘评事》）之句，以主观感觉中已无春意的"暮钟"，提前否定了代表春尽的"晓钟"。真山民之诗则用明日、今朝的隐性对照，以明日的莺声虽同、春光已远，写出时光无情逝去中的恋恋惜春之情。至于王十朋的长题诗《三月晦日与同舍送春于梅溪因诵贾阆仙诗云三月更当三十日风光别我苦吟身共君今夜不须睡未到晓钟犹是春时有二十八人遂以齿序分韵》："记得来时手自探，预知今日思难堪。树头绿暗莺如诉，地上红多蝶尚贪。此夜钟声那忍听，明朝酒盏可能酣。却因送别还惊我，老境如蚕已食三。"既是对贾岛诗意的展开表现，又因分韵赋诗，诗人以"老境如蚕已食三"的独特诗思，写出三月已尽、春光已尽之意。这种比年、季、月更加具体的"数日子"的写法在日记体诗中十分普遍。如赵蕃《二月十七日》"春今二月已强半，匆匆何方为羁绊"、李壁《六月十八日作》"三伏已过二，九夏欲宾秋"、陆游《六月晦日作》"长夏忽云过，徂年行且休"以及赵鼎《余去秋七月登舟逮此一年矣六月晦日午睡觉闻儿女辈相谓曰明朝又是秋风起推枕怅然走笔记之》"怅念征鸿一纸书，明朝江上秋风起"等都以对时间的细心关注和细腻感受表达出人生之叹。

与每年都有春去夏来的季节轮转相似，风雨雷电的天象书写在日记体诗中也极为常见。陆游便有多首以"风雨大作"为题之诗，如《五月二十一日风雨大作》《十月二十八日夜风雨大作》《十一月四日风雨大作》《大风雨中作（甲寅八月二十三日夜）》《七月十九日大风雨雷电》等。如不标明日期，诗题几不可区分。当然，日期的标示意义并不在于不同时间的气象记录，而是与诗歌内容的书写和艺术表现有关。以《十一月四日风雨大作》二首为例：

> 风卷江湖雨暗村，四山声作海涛翻。溪柴火软蛮毡暖，我与狸奴不出门。
>
> 僵卧孤村不自哀，尚思为国戍轮台。夜阑卧听风吹雨，铁马冰河入梦来。

第二首为人所熟知，但将它独立出来，并不能代表陆游这类风雨诗的普遍特点，而须将两首诗结合起来。首先，日期的标示说明这些诗往往是对当日天气的实录，也与诗中的写景状物直接相关。如"溪柴火软蛮毡暖"，明显是写冬景。其次，对于"风雨大作"的自然天象的描写是主体。如其一开篇两句便是对风雨之声的生动描写，也是其二"铁马冰河"的梦境得以形成的源头，而并非"风吹雨"这样简单的描写所能诱发。再次，作者由自然天象的描写又往往申发到个人和社会。对陆游个人来说，"我与狸奴不出门"与"铁马冰河入梦来"正代表了他晚年卜居生活的两个侧面，比我们所认知的概念化的"爱国诗人陆游"更为完整和真实。而在这些以"风雨大作"为题的诗中，陆游也常常关注社会民生："老民愿忍须臾死，传檄方闻下百城"；"南邻更可念，布被冬未赎。明朝甑复空，母子相持哭"；"夫岂或使之，忧乃及躬耕。邻曲无人色，妇子泪纵横"。

这种写于同一日的组诗在日记体诗中十分普遍。相比陶渊明《饮酒》《归园田居》、阮籍《咏怀》、陈子昂《感遇》等组诗，其最大特色便是时间性的凸显以及由此而来的内容表现。如韩淲《四月二日》五首、吴芾《六月二十一日早行》十六首、许景衡《乙巳五月十八日沈元鼎招饭昭庆登白莲望湖楼泛舟过灵芝少憩孤山下七绝句》、张嵲《五月二十四日宿永睦将口香积院僧轩东望甚远满山皆松桧声》三首，等等。标题上日期的明确标示，将组诗内容的表现限定于一日之内的所见所感；同时，这类组诗最常采用的绝句体裁，也为"琐屑毕备"的日记式书写提供了恰当的形式。如吴芾《六月二十一日早行》十六首，与纪行类日记十分相似，在一日之中，从四更早行到白日所遇骄阳疏雨、蛙鸣蝉噪，再到返家后的烛下话旧，时间线索十分清晰。不过，这种联章体并非日记体组诗的典型形态，后者在内容表现上往往更为随意自由，也更能体现"日记"之特色。

如果说日常生活的书写典型地体现了宋诗的平淡风格，这一点在日记体诗中亦是如此；相较而言，以记梦诗为代表的题材类型则常常突破平淡，表现出宋人对奇幻、奇趣的某种追求，这也体现在日记体记梦诗中，而时间性的表现则同样是其独到之处。陆游一生创作记梦诗极多，远超清人赵翼所说"核计全集，共九十九首"[1]，但就算以此数论，赵翼也认为"人生安得有如许梦！此必有诗无题，遂托之于梦耳"。这种看法有其道理，但它是一个永远无法得出"终极结论"的问题，只能说，日记体记梦诗为我们理解这一题材类型提供了某种视角。综观宋人记梦诗的写作，有些标了日期，有些则没有，从内容上看，是否标示日期并未形成区分判断的强有力标准，但从读者的接受来说，日期的标示加强了"纪实"色彩，从而凸显了"实"与"幻"、"平"与"奇"之间的张力。这些日记体的记梦诗，既有对日常生活的诗意表现，更以题材之奇、笔法之奇、风格之奇，形成对庸常生活的悖反。"梦"，如同一面镜子，映照着现实生活的种种；也如桃花源的洞口，通向诗人的理想之境。

如交游是文人日常生活书写中的常见题材，自然也成为记梦诗的重要内容。梅尧臣《至和元年四月二十日夜梦蔡紫微君谟同在阁下食樱桃蔡云与君及此再食矣梦中感而有赋觉而录之》诗曰："朱樱再食双盘日，紫禁重颁四月时。滉朗天开云雾阁，依稀身在凤皇池。味兼羊酪何由敌，豉下莼羹不足宜。原庙荐来应已久，黄莺犹在最深枝。"诗中"朱樱""黄莺"以及关于"四月"的表述，都与标题的时间直接呼应。不过，这种过于"清醒"的梦反而不像真正的梦，相比起来，陆游《十二月二日夜梦游沈氏园亭》的似实似幻更贴近一个真实的梦：

    路近城南已怕行，沈家园里更伤情。香穿客袖梅花在，绿蘸寺桥

---

[1] 赵翼：《瓯北诗话》卷六，人民文学出版社1963年版，第80页。

春水生。

城南小陌又逢春，只见梅花不见人。玉骨久成泉下土，墨痕犹锁壁间尘。

陆游此前有怀念前妻唐氏的《沈园》二首，诗中写道："伤心桥下春波绿，曾是惊鸿照影来"，"梦断香消四十年，沈园柳老不吹绵"；又有《禹迹寺南有沈氏小园四十年前尝题小阕壁间偶复一到而园已易主刻小阕于石读之怅然》诗曰："坏壁醉题尘漠漠，断云幽梦事茫茫。"《禹寺》诗曰："暮春之初光景奇，湖平山远最宜诗。尚余一恨无人会，不见蝉声满寺时。"在这些一再的咏叹背后，我们可以模糊地看到这个故事：四十多年前的春天，沈园的重逢，桥下的春波，桥上的情影，以及壁上惆怅的题词。而这些记忆，在一个冬日的夜晚毫无征兆地闯入了诗人的梦乡：他又来到熟悉的沈园，见到熟悉的小桥、春波，然而，尘土覆壁，斯人长逝。所以这不是一个重逢的梦，而是在梦里清醒地表现了现实中的生离死别。对逝去爱人的深情，久已埋藏在诗人日常普通的生活之中，而十二月二日的一个梦，触发了这种深情，于是有了这两首"伤情"的悼亡诗。梅花的意象，在其他怀念唐氏的诗中并不曾出现，而是对诗题所示时间的呼应，这一混杂着今日现实投影和往昔记忆的梦境，有力地证明了此诗并非"托之于梦"。不过，陆游的许多记梦诗，如写收复的《甲午十一月十三夜梦右臂踊出一小剑长八九寸有光既觉犹微痛也》《五月十一日夜且半梦从大驾亲征尽复汉唐故地见城邑人物繁丽云西凉府也喜甚马上作长句未终篇而觉乃足成之》，写交游的《甲子岁十月二十四日夜半梦遇故人于山水间饮酒赋诗既觉仅能记一二乃追补之》《乙丑七月二十九日夜分梦一士友风度甚高一见如宿昔出诗文数纸语皆简淡可爱读未终而觉作长句记之》，内容的表现与诗题所示日期没有必然联系，但作者往往以时间、地点、人物的清晰呈现，以及绘声绘色的过程描写，煞有介事地表现出这梦的真实可信。

梅尧臣的《梦登河汉》（题注：六月二十九日）所示时间则别有意味。这是一首梦中游仙诗：

> 夜梦上河汉，星辰布其傍。位次稍能辩，罗列争光芒。自箕历牛女，与斗直相当。既悟到上天，百事应可详。其中有神官，张目如电光。玄衣乘苍虬，身佩水玉珰。丘蛇与穹鳖，盘结为纪纲。我心恐且怪，再拜忽祸殃。臣实居下土，不意涉此方。既得接威灵，敢问固不量。有牛岂不力，何惮使服箱？有女岂不工，何惮缝衣裳？有斗岂不柄，何惮挹酒浆？卷舌不得言，安用施穹苍？何彼东方箕，有恶务簸扬？唯识此五者，愿言无我忘。神官呼我前，告我无不臧。上天非汝知，何苦诘其常。岂惜尽告汝，于汝恐不祥。至如人间疑，汝敢问于王。扣头谢神官，臣言大为狂。骇汗忽尔觉，残灯荧空堂。

在以"平淡"著称的梅尧臣的诗作中，这首充满奇幻色彩的游仙记梦诗颇为异类。诗人梦见自己来到星罗棋布的九天之上，银河灿烂，群星闪烁。诗人看到了东方苍龙之一的箕星、牵牛星、织女星以及北斗七星；还看到了威严可怖的神官，他目光如电、着黑衣、乘苍虬、左右盘结着丘蛇与穹鳖。诗歌在对河汉进行描写之后，更多的其实是理性的议论。从"既悟到上天，百事应可详"的思虑，到面见神官之后，"我心恐且怪，再拜忽祸殃"的心理状态，以及其后不畏神灵、坚持发问的理性与执着，都表明梅尧臣这个"梦"的真实性颇为"可疑"。

事实上，这首作于庆历五年（1045）的诗，题注所示日期并非像一般日记体记梦诗一样体现记录意识，而是暗示着诗歌所写内容的政治隐喻性。庆历三年（1043），范仲淹开始实施新政，然而一年多后便告失败。庆历五年（1045）的上半年，范仲淹、欧阳修等新政派相继被贬出朝廷。梅尧臣政治地位不显，但他与范、欧等新政派有着千丝万缕的关系。这样一个奇异而理性的梦，正是通过日记体的时间书写而与现实勾连起来。

结　语

日常化、生活化、琐细化作为宋诗的重要特点，已为我们所熟知。它发端于杜甫，在元白诗中逐渐明显，到宋代则成为典型特色。这一发展过程，与我们对日记体诗的梳理高度契合。事实上，日记体诗正是宋诗日常化特色形成与呈现的重要类型。它以"琐屑毕备"的内容、细致的时间观照，为诗歌的日常化书写提供了恰切的形式。日记体诗既典型地体现着宋诗的平淡风格，又以"平"与"奇"、"实"与"幻"的相反相成，深化了平淡的内涵。

　　相比唐诗，宋诗是朝着"易道易晓"的方向发展，这个特点在以欧阳修为代表的庆历时期已逐渐形成。欧阳修重视沟通作者与读者之间的关系，不再追求朦胧含蓄，而追求畅达的语言风格和明快的意思表达[1]。正如清人吴乔所说："宋人作诗，欲人人知其意，故多直达。"[2] 这种特色，在公共题材和泛性情感来说，似能较为清晰地呈现；而对于日记体这种具有较多个人体验的诗歌类型来说，情况要更为复杂一些。从前述日记体诗标题的三种类型即可看出，当诗人用叙事性很强的长题时，往往是对个人体验的详细解释，是要将个人体验清晰地传达给读者；但当诗人只是以日期作为标题，从而以"无题"式日记体诗呈现时，则是对无题诗传统的借鉴和对个人体验的保留。尽管这类无题诗并不像李商隐的那样朦胧含蓄、晦涩难解，但标题的隐去，毕竟为主旨和内涵的多维度理解提供了更多的可能性，也为诗人的个性化表达提供了更多的可能性。

　　［附记］感谢谢佩芬、张剑、侯体健教授的宝贵意见，本文发表于《文学遗产》时，两位匿名评审专家亦提出了十分精当的建议，在此一并致谢！

（本文原发于《文学遗产》2018年第3期）

---

[1] 参见张鸣《宋诗选·前言》，人民文学出版社2009年版，第14页。
[2] 吴乔：《围炉诗话》卷一，《清诗话续编》上册，上海古籍出版社1983年版，第473页。

日常活动的非日常叙述:杨万里的阅读生活

武汉大学文学院　汪　超

在古代,阅读生活是知识精英区别于一般民众最基本的日常生活特质之一。过去,我们多以"读书"来指称此类日常活动,甚至认为"书斋生活也许不是很理想的诗歌题材,因为它的环境比较狭小,内容比较单调,所产生的心态比较平静,这些条件都不利于灵感的产生"[①]。现在看来,阅读生活无疑并非仅是书斋生活,它涉及知识精英日常生活的诸多方面,也是他们建构身份认同的重要方式。杨万里曾自嘲说:"平生刺头钻故纸,晚知此道无多子。从渠散漫汗牛书,笑倚江枫弄江水。"(《题唐德明建一斋》)[②] 看似已经脱离钻故纸堆的惯常,对汗牛充栋的书籍不闻不顾,但平生刺头的努力仍留下了众多痕迹。

需要指出,我们所看到的诚斋诗多是他中年之后所作。除少数回忆片段之外,诚斋少年时代的阅读叙事几乎无从追觅。所以,我们讨论其阅读生活,时间起点是基于诚斋36岁尽焚少作。所以本文展现的是在非科举压

[①] 莫砺锋:《陆游"读书"诗的文学意味》,《浙江社会科学》2003年第2期。本文所论"阅读"与莫先生文中的"读书"概念相较,范围上更宽一些,还包含阅读书画、石刻、题壁等以文字为载体的艺术表现形式。实际上,我们从前理解的"读书"也并非单纯指"书"。因为"书"是物理载体,先民的甲骨、简帛,中古的石本、卷轴等载体与线装书、平装书只不过是载体形式的区别。更何况,古人诗文还有单篇传播的传统形式(可参王兆鹏师《宋代文学传播探原》,武汉大学出版社2013年版),诗人阅读叙述中也经常会提及"读"单篇诗文的现象。就人们接受文本的途径而言,声音与文字也有相似效果。准此而论,"阅读"虽然是个后起概念,但较"读书"似更准确。

[②] 本文所引杨万里诗文均出自辛更儒笺校《杨万里集笺校》,中华书局2007年版,不再一一出注。

力下，诚斋的日常阅读活动状态，并观察他对这一日常活动的去庸俗化、非日常性呈现。相对于同时代的陆游、范成大、辛弃疾等经典作家，这似乎是诚斋阅读生活叙述的一个重要特点。

杨万里阅读生活形态的多重呈现

阅读，被认为是与先贤往圣对话的最佳方式，也是古代文人日常生活的重要活动之一。唐人说："书卷展时逢古人"（白居易《不出门》）[1]；"古人虽已死，书上有其辞。开卷读且想，千载若相期"（韩愈《出门》）。[2] 白居易、韩愈的诗题相反，"开卷"活动却是相同的，似乎不论身在何处，阅读都不可或缺。阅读活动看似只需一编在手，但其中物理条件、心理状态、时空境况的牵扯却复杂而微妙。杨万里书写不同阅读状态，真实而生动，既不刻意表现，又不有意隐藏，可谓诸相毕现。这种多重呈现，交织杂陈，展示其阅读活动的丰富场景，也说明阅读活动在其日常生活中的分量。

1. 不专示人庄严：阅读作为生活习惯

杨万里并不总把阅读活动写得庄严端正，反而时常刻画自己的倦读情绪。他午觉睡醒，"意象殊昏昏也。强取故书，读未竟篇，童子自外来云：'有客。'予急取其谒视之，则永嘉道人冯君"。（《送冯相士序》）"强取"与"急取"的对立动作，形象生动地表达出其情绪变化：日长无事，虽乏阅读欲望，却只能以此消磨闲暇；有客来访，将他从无聊的阅读活动中解放，使他欢欣雀跃。阅读就像诗人的饮食日常，无聊展卷强读，不正是一种习惯性的生活状态吗？

与陆游、辛弃疾十分不同，诚斋很少刻意强调"爱读""苦读"之类的主观情感。陆游的"读书"诗，喜欢叙述"少年志力强，文史富三冬"，"儿时爱书百事废"，追忆苦读而生发"胸怀壮志者未能实现人生

---

[1] 白居易著，朱金城笺注：《白居易集笺校》，上海古籍出版社1988年版，第1895页。
[2] 韩愈著，钱仲联集释：《韩昌黎诗系年集释》，上海古籍出版社1984年版，第4页。

理想的失意之叹"①。同样，辛弃疾也十分强调"苦勤"②。诚斋虽然也说"少日耽书病得癯"（《夜闻萧伯和与子上弟读书》），但更多的是"儿时作剧百不懒，说着读书偏起晚。乃翁作恶嗔儿痴，强遣饥肠馋蠹简"（《谢福建茶使吴德华送东坡新集》）这种刻绘童年懒学的生活场面。《送胡圣闻入太学》中为科考苦读的"夜书细字灯前月，朝茹寒齑瓮中雪"场景虽让作者感同身受，但诚斋细述这种场景的次数并不多，也很少写出鼓励儿孙苦读的作品。诚斋并非没有苦读经历，他曾回忆寒冬读书于僧寺时，"火冷灯清飞雪片"（《寄题刘成功锦里》），轻描淡写地道出此句，似乎苦读经历无甚可炫耀。在日夜修习的过程中，读书就成为他的生活习惯。

　　诚斋一再呈现与阅读相关的生活习惯。他出门习惯携带书册："挟册登车强出山，展来未读眼先昏。无端又被春风妒，叶叶吹开更揭翻"（《轿中风翻书卷》）；"肩舆正好看山色，雨里两窗开不得。此外只有书可观，斜点又来湿书册"（《连岭遇雨》）。虽然携书出门，诗人却更希望欣赏山光水色，心思并不在书册上。阅读只是诗人的习惯选择，"两脚遍云水，群书久网丝。却因三日痛，理得数编诗"（《足痛无聊块坐读江西诗》），写他病中读书。诗人耽溺山水，案头书册缀满蛛网，偶患足疾不能纵游，"无聊"时习惯性地选择读书。除去阅读，还有众多其他休闲活动可以做，但积年养成的生活方式让阅读活动总是成为诗人的"备选项"，不经意间就要冒出头来。

　　从为逃避学习被罚，到寒冬勤学，继而到年老尤不废书，阅读已经成为一种生活习惯，定格在诚斋的生命中了。他的阅读活动叙述并不刻意回避倦怠，也不刻意强调苦勤。这展示了日常生活活动，但作者却并未将其当作普通日常活动加以叙述。《足痛无聊块坐读江西诗》《连岭遇雨》等，观诗题可知其非正常化的日常生活活动，而"强遣饥肠馋蠹简"更是幼年记忆，而非成年后的阅读状态。

---

① 莫砺锋：《陆游"读书"诗的文学意味》，《浙江社会科学》2003 年第 2 期。本文引陆游诗出自钱仲联校注《剑南诗稿校注》，上海古籍出版社 1985 年版，恕不一一出注。
② 汪超：《辛弃疾南渡后的阅读生活初探》，《图书馆论坛》2011 年第 6 期。

2. 为审美的自适：阅读生活的休闲功能

诚斋晚年说自己"予生百无所好，而顾独尤好文词，如好好色也"（《唐李推官推沙集序》），对阅读的兴趣，使他的阅读活动具备了休闲生活的意味。他赞赏公牍劳形之暇，还能保持一片冰心、"夜将官本校家本，万山围里短檠灯"的丘成之（《题丘成之司理明远阁》）。他艳羡修造看山亭的黄才叔能"朝来看山佳有余，为渠更尽一编书"（《题黄才叔看山亭》）。或许是出于这种艳羡，淳熙五年（1178）守常州，他兴建了多稼亭，休沐日"晨起袖书册，急登亭上嬉"（《休日晴晓，读书多稼亭》）。

中年之后，诚斋不再有科举压力，因此阅读活动较为自由。他叙述的阅读时间，晨昏勿论，四季皆宜，极度随意化。前引诸诗已见其夜读、晨读、雪中读、雨中读、病中读、行旅中读，其他诸诗又有《秋夜读书》《雨后清晓梳头，读书怀古堂》《新晴，读樊川诗》……可谓不择时而读。阅读内容以文史为主，《读陈蕃传》《读天宝事》《读白氏长庆集》《读渊明诗》之类的诗题，卷中甚多，但较少涉及内外典籍。诚斋夫子自道："至于好晋、唐人之诗，又好诗中之尤者也"（《唐李推官推沙集序》），又谓"予不知佛书，……所知者，儒书耳"（《石泉寺经藏记》）。可以自主选择阅读时间和内容，诚斋的阅读生活叙事充满自适的意味。

有时，诚斋会特别传达独特的阅读感受。他读于濆、刘驾等人诗歌备感愁怨，写道：

刘驾及于濆，死爱作愁语。未必真许愁，说得乃尔苦。一字入人目，蜇出两睫雨。莫教雨入心，一滴一痛楚。坐令无事人，吞刃割肺腑。我不识二子，偶览二子句。儿曹劝莫读，读着恐愁去。我云宁有是，试读亦未遽。一篇读未竟，永慨声已屡。忽觉二子愁，并来遮不住。何物与解围，伯雅烦尽护。（《读唐人于濆刘驾诗》）

诚斋此篇刻绘自身阅读体验时，颇有曲折，描写阅读过程则一步一喻，互相关联，匠心独运。阅读时，字入眼，即受刺激，被感动生出泪雨。泪雨入心，是品味诗歌的状态，"一滴一痛楚"极言所受感染，再三陈述于刘之诗带给他的心理冲击，然后才说他未听人劝阻，以致心如刀绞，泪如雨下。诗人也知道于刘二人只是好作愁语，并不一定真愁。但只有浸淫其中，才可能受其情感左右。而句中"无事人"三字也正是休闲活动的旁批。

诚斋曾手抄友人欧阳铁诗句，"每鸟啼花落，欣然有会于予心，遣小奴挈癭樽，酤白酒，醮一梨花瓷盏，急取此轴，快读一过以咽之，萧然不知其在尘埃间也"。(《跋欧阳伯威诗句选》) 鸟啼花落的些微变化，让诗人兴发感动。品诗与品酒两种感受，造成生理与心理的双重刺激，形成以食喻诗的效果。而癭樽、梨花瓷盏等酒器之美，也能触发审美体验。此中惬意，诗人以为可以忘却凡尘俗世，也难怪讲究休闲体验的明人会以此为风雅脱俗的趣事①。

杨万里以读书休闲，触发遐思而获得精神愉悦、审美感受。休闲活动本身是日常生活的一种状态，当时人们不论贵贱均应有这种生活状态，只是其表现形式不同。杨万里的阅读活动也与休闲活动有交集，且这一交集应该是文士阶层较普遍的休闲活动方式。而诚斋休闲阅读活动的叙事焦点是在审美体验上，这与日常生活的庸常叙述是有距离的。

3. 体验有正负向：社交性阅读活动

作为生活习惯或者休闲生活，杨万里的阅读活动相当自由，也相对轻松愉悦。私密性的阅读活动突出读者个人兴趣，审美享受也多属于个体体验。但阅读活动有时交际色彩鲜明，呈现正负面阅读效果。

读者与作者社会地位相仿、文学造诣对等，是正向阅读效果发生的有利条件。诚斋与周必大之政治、学术立场不谐，但在乡邦之谊上，却维持着长久的友好关系。且"庆元党禁之中，周、杨力求远祸、萧然事外，在相似的心境之下，二人更易于达成同情与理解"②。往还尺牍记载了杨周乡居期间的阅读交流。杨万里听说他"偶作一二闲文字"为周必大

---

① 陈继儒：《小窗幽记》，中华书局 2008 年版，第 106 页；高濂：《遵生八笺》卷七《起居安乐笺》，巴蜀书社 1992 年版，第 296 页。

② 许浩然：《周必大的历史世界：南宋高、孝、光、宁四朝士人关系之研究》，凤凰出版社 2016 年版，第 296—307 页。

所知，于是"录二通呈似"（《与周丞相》）；周必大要求"尽子诗写来"，杨万里即呈"呓语《忆秦娥》小词"以"仰供仲尼之莞尔，不胜主臣"（《答周丞相》）。征索诗文是当时文人常态，索求对象的才具一般都熟知，认为其诗文会给自己带来审美愉悦。周必大索文，正是对诚斋文学水准的认可。

周杨共同的阅读交流较为充分。周必大读过杨万里所作虞允文墓志（所谓《虞公铭诗》），曾为其指误。诚斋道："示教，当改为《神道碑》……至如书史误以'勤'为'戮'，亦蒙是正。而文病之尤者，乃独不挥匠石斫鼻之斤，不试医生洗肠之方，岂姑摘其细，以塞其求，靳其妙而不屑于教乎？"（《与周丞相》）诚斋对周必大颇有知音推许，所以希望周氏不但正其笔误，且能治其文病。杨万里《纪罗杨二子游南岭石人峰》诗得周氏题跋，"睹者以为某之诗，真足以当此。不知老先生眼力到处，胸中蕴此一段诗评，久未吐此，特因某而发，故借《石人峰》以装铺席"。（《与周丞相》）诚斋盛赞周氏跋文，其中既有对自己诗歌的自信，同时还叹服周的文学造诣。阅读交流活动正是两人乡居交谊的重要方式之一。这也是正向阅读效果的例子。

诚斋叙述酬唱活动总是显得兴致极高，但这些阅读活动的效果颇多负向。杨万里的书序、题跋，不少是无聊应酬之作。他在《千岩摘稿序》《黄御史集序》《约斋南湖集序》等多篇序文提及，他人送书求序，这为诚斋带来文债之苦，自然会产生倦读情绪。《跋萧彦毓梅坡诗集》《谢曹宗臣惠双溪集》两文抓住文集名称发挥，难免吹捧过度之嫌。姑且不论其诗歌技巧，以沈约、谢朓夸人，毋乃太过乎？不过应酬文字，滥用"差比"效果，诚斋也不得不为之。实际上落到诚斋自身，他是有所警觉的[①]。

类似应酬性的阅读活动自由度较低、阅读质量无从保证，《观书》就写出了这样明知无益，却无可回避的懊恼：

[①] 周必大曾以司马迁喻杨万里，诚斋《与周丞相》回复用大半的篇幅对此表示不满。他清醒地认识到周必大的夸赞是出于交际应酬惯习，所以他再三剖白自己求教请益的"一寸丹心"，甚至于问周是否专子长许人。

客从远方至，遗我书一编。览旧眼全痛，诵新神顿还。初披愁欲尽，久玩斁不妍。情知无佳处，闵免复竟篇。庶几槁淬中，或沥腴一涓。终然寂无获，所获倦且昏。倦甚得佳睡，犹胜不得眠。

诗人直言早就知道读之无益，又不得不读。诗人说想翻检"槁淬"、挤压出一点点"腴"，却一无所获。结末以幽默的口吻自我安慰道，虽然读得很辛苦，却有助快速入眠，这总胜过失眠。诗歌幽默而真实地记述了他不愉快的阅读体验，读来令人莞尔又感同身受。

诚斋展现给我们的阅读生活形态十分多元，其面向的话题也极为丰富。以上三端不过略举其大者。诚斋的阅读交流对象不单是朋友、同僚、后进，父子相与论文的场景也曾出现在诚斋笔下。如拖着病体与长子同读杜诗，他写有《与长孺共读杜诗》。初秋时节，与次子次公读书，他作《初凉与次公子共读书册》。读刘承弼《和陶诗》时，"儿跽而请曰：'东坡、西溪之和陶，孰似？'"（《西溪先生和陶诗序》）于是诚斋便与其详细剖析。这也难怪杨万里诸子多能诗，且文学感觉敏锐。诚斋《渡扬子江》二诗曾被"大儿长孺举似范石湖、尤梁溪二公间，皆以为予诗又变，余不自知也"。（《诚斋朝天续集序》）阅读、创作活动与儿子互动，诗人不但获得家庭生活的天伦之乐，更在传承家族文化、进行家庭教育。相对于陆游来说，杨万里书写父子共读、相互论文的作品并不特别多。但形式上更加丰富，结篇构句未有重复，使人读来兴味盎然。

此外，又如族人间的雅集酬赠、鉴藏活动、旅途读题壁、夜听邻人诵书等与阅读相关的活动都在诚斋卷中。这些记述从一定程度上丰富了诚斋阅读生活涉及的宽广度。而诚斋这些阅读活动叙述，有一些是带有一定普遍性的，如交际性阅读中的差比夸赞，休闲性阅读中的审美追寻。但在交际性阅读中，对差比反馈之强烈则是不常见的。至于他叙述阅读活动，并不将阅读活动与庸俗日常生活过多牵连，不像陆放翁隔不了几句就要出现生活场景与阅读活动混一的叙述。不过，诚斋也不刻意突出苦读、勤读的意义，反而经常性地翻出倦读的白眼，写下自己强读的无奈，其笔力之重、程度之深均为一时罕见。

诚斋阅读活动空间叙述与意境的营造

阅读活动需要一定的物理空间展开。活动者书写空间中各种感官体验，营造出特定意境。杨万里书写的空间类型较多，他通过刻意强调阅读空间的特殊性，拉远其与普通生活环境的距离。在阅读空间的呈现上极度审美化，以物质性细节突出其非日常性，营造出特殊的审美意境。有时，诚斋叙述阅读空间情境还有自炫身份的效果。

1. 审美化、去庸俗化：空间美感叙述

日常生活琐碎细屑，与阳春白雪的文艺活动似乎并不兼容。杨万里曾戏谑友人在窘迫的日常生活中坚持创作："低红掩翠曲未终，小儿索饭啼门东。"（《题吴梦与古乐府》）吴梦与沉浸于叙述烟柳繁华的都会乐府创作，但家人有饮食生存的需求。二者取向的矛盾冲突在特定时间点爆发，形成强烈的对比，造成了别样的艺术效果。这也说明诚斋深谙文艺审美与琐碎日常在大部分情况下的格格不入。杨万里守常州，建多稼亭，休沐日"晨起袖书册，急登亭上嬉"，以躲避"若非僮仆病，定复儿女啼"的庸俗日常（《休日晴晓，读书多稼亭》）。他刻意拉开阅读活动与家庭生活的距离，使得阅读空间审美化。这种远离庸俗日常的阅读活动，正是他所艳羡的"朝来看山佳有余，为渠更尽一编书"。诗人看来，青山妩媚、佳气时来的惬意阅读环境，使人心情愉悦，更具审美冲动，因此也更利于阅读。诚斋对阅读、创作环境的要求，赋予多稼亭的审美意义，友人也甚为熟知。范成大说："多稼亭边有所思，冬来撚却几行髭。也应坐拥黄绸被，断角孤鸿总要诗。"[1]（范成大《冬至晚起枕上有怀晋陵杨使君》）句中特别提到多稼亭这一特殊文艺空间与主人拈须吟唱的关系。

阅读活动虽样貌万殊，但与书斋有着天然联系，诚斋对此也有审美化的描述："何如闭目坐斋房，下帘扫地自焚香。听风听雨都有味，健来即行倦来睡。"（《书莫读》）诚斋对书房的私密化尤为强调，其意也在拉开

---

[1] 范成大著，富寿荪标校：《范石湖集》，上海古籍出版社 2006 年版，第 296 页。

与日常生活的距离。他特别说到身处斋房可不必顾忌其他日常生活事务，坐卧其间，听风听雨都可以带来美感，可以陶冶性情，触发感怀。所以，亲手下帘、扫地、焚香等事也具有了诗意。放下帘幕，空间的私密化、个人化更加突出。说到焚香，香料类型本就有个人偏好，燃香又使该空间的非庸常属性越发分明。在这私密空间，诗人可"信手取诗卷，细哦三数章。初披颇欣惬，再揽忽感伤。废卷不能读，起行绕胡床。古人恨如山，吾心澹于江。本不与彼谋，云何断我肠。感罢翻自笑，一蝉催夕阳"（《卧治斋晚坐》）。随意取阅诗卷，感怀今古；不欲读时，又能自由废卷。如此，带给诗人断肠感怀的阅读，又让时间容易消磨。该诗末句以"蝉"与"夕阳"沟通室内外空间，诚斋该诗前云"下帘"似乎隔断了室内外，但声音与阳光均可沟通内外，使得全诗意境更具美感。蝉声催落日，还带着一种淡淡的忧伤。蝉的生命短促与夕阳的美好而短暂，是时间流逝、生命脆弱的忧伤。但书卷中的爱恨，却可以度越时空，让诗人为之兴叹起行。诗人这种细腻的生命感受，通过对空间意境的非日常化处理呈现出来。

相较而言，杨万里诗刻画阅读空间意境美的例子甚多。同时代的范成大诗歌较少关涉阅读话题，对阅读环境的叙述也较为扁平。辛弃疾偶尔也会刻画审美化的阅读空间，如其《踏莎行·赋木樨》有"未堪收拾付薰炉，窗前且把《离骚》读"[①]，提到在桂花盛开的窗前读《离骚》，但相似的呈现不多。陆游的阅读空间时常与生活空间杂陈并叙，如其"夜深青灯耿窗扉，老翁稚子穷相依。齑盐不给脱粟饭，布褐仅有悬鹑衣"（《书叹》）；"出户风霜欺短褐，读书父子共昏灯"（《乞奉祠未报食且不继》）。再加上众多写书灯油膏的作品，哪里有什么美感，读来倒是让人满生穷困之叹。诚斋则不作穷困叹，虽然生活也是细屑琐碎，但字里行间仍有审美的诗意。

2. 细节化、特征化：空间附属物呈现

阅读可以简单到极致，一卷在手，别无他求；也可以非常复杂，物质

[①] 辛弃疾撰，邓广铭笺注：《稼轩词编年笺注（定本）》，上海古籍出版社2007年版，第274页。

要求严苛。杨万里诗文常突出阅读环境的物质细节，并以此区隔空间、营造意境。

他曾数次题写乡校、义学等士人学习的空间，叙述与阅读活动相关的物质，时有惊人之语。"七星岩畔筑斋房，独秀峰尖作笔床。买书堆上天中央，海表学子来奔忙"（《题湖北唐宪桂林义学》）是让笔者非常有感触的句子。他强调桂林义学的书斋环境，"独秀峰尖作笔床"当然是夸张的说法，诗人突出士人课业文具，意在强调该空间的特殊性。"买书"一句承前而来，也是夸张义学藏书之富。不论是笔床还是书籍，都不是饮食日常的必需品，而是表达阅读空间特征的物体。

空间附属物细节描述对阅读生活进行诗意地表达，还呈现了诗人心中理想的阅读环境，营造出具有美学趣味的意境。诗人叙写桂林义学的书籍，只以夸饰数量之巨来产生震撼效果，但对书册的细节还没有展开叙述。杨万里实则十分关注文本物质载体。观赏前辈手卷时，他最先注意纸张，"三韩玉叶展明蠲，诸老银钩卷碧鲜"（《题曾无己所藏高丽匹纸，蔡君谟、欧公笔迹》）；又如"竹坡集里曾相识，惊见兰亭茧纸书"（《跋黄文若诗卷》）。他托人印抚州公使库版书时，曾专门指定用纸："家藏抚州公使库《六经》，偶缺《三传》之释文。敢乞颐指小史，以清江薄纸印补，便中惠我。至幸，不必裁割也。"（《答王提举大著作郎中》其四）站在读者角度，或可推测杨家的《六经》是清江薄纸所印，为与家藏书册尺寸一致，故而特地说"不必裁割"。文本物质载体也是阅读生活审美感受的来源之一。

诚斋《谢福建茶使吴德华送东坡新集》对阅读空间及其附属物的细节呈现十分成功，其诗云：

黄金白璧明月珠，清歌妙舞倾城姝。他家都有侬家无，却有四壁环相如。此外更有一床书，不堪自饱蠹鱼故。故人远送东坡集，旧书避席皆让渠。……病眼将奈故书何，故书一开一长嗟。东坡文集侬亦有，未及终篇已停手。印墨模糊纸不佳，亦非鱼网非科斗。富沙枣木新雕文，传刻疏瘦不失真。纸如雪茧出玉盆，字如霜雁点秋云。

老来两眼如隔雾，逢柳逢花不曾觑。只逢书册佳且新，把玩崇朝那肯去。……故人怜我老愈拙，不寄金册扶病骨。却寄此书来恼人，挑落青灯搔白发。

这首诗本质上是一首应酬之作，但诚斋妙笔写得活泼生新。诗人以黄金、珠璧、美女起句，但这一派暴发户嘴脸在"他家都有侬家无"七字中消解。他却俏皮地逼出一句"四壁环相如"，但满床图书，造成与"他家都有"的对比。读者正要感叹，诗人又说这些书满是蠹鱼，让人又心下黯然。但这满床敝书，既是东坡新集的"对照组"，也是诗人对家中阅读空间的物质化表达，举出实物呈现其阅读功能。从"病眼将奈故书何"直至"把玩崇朝那肯去"这一段，诗人从阅读感受对比新旧本的细节差异，这些细节绝大多数体现在物质层面。诗人以两组比喻分别形容新旧本书：旧书"印墨模糊纸不佳"，又受虫蠹，似渔网之满是孔眼，字迹有如蝌蚪团团不清；"字如霜雁点秋云"一句两喻形容新书，既以秋天白云边的雁行比拟墨迹清晰整饬，白云又可形容纸张之色。这两组比喻颇有想象力，状物贴切。末句是典型的阅读场景，再次出现区隔阅读空间与日常生活空间的"青灯""白头"物象。这些场景的审美意境不输于山水烟霞、河汉星垂，展现了寒门士人安贫乐道的精神境界。

当然，阅读生活毕竟是士人的共同生活经历，涉及的事物并非诚斋独有。例如书灯与苦勤的链接、明窗净几与陶冶性灵的勾连等等，都有普遍性[①]。杨万里也不能免俗，只是他书写时仍然有活泼、生动的特点。唐宋文人乐用的"青灯""白发"对举，这组意象多寓年齿将衰、忧愁渐生之叹。如"白发羞明镜，青灯怯细书"（陈师道《寄答颜长道二首》其一）[②]；"几多愁。白发青灯今夜、不宜秋"（毛滂《相见欢·秋思》)[③]，诗词率皆如此。陆游也喜欢用此，但造句上多有重复，如：

[①] 薛涓《宋诗书灯意象研究》（硕士学位论文，西南大学，2013年）曾对书灯做过一定程度的梳理。"窗明几净"，则更是现代汉语描述书斋的典型词汇。

[②] 陈师道撰，冒广生补笺：《后山诗注补笺》，中华书局1995年版，第511页。

[③] 唐圭璋：《全宋词》，中华书局1965年版，第691页。

白发都门客，青灯夜雪时。（《简何同叔》）
白发秋风里，青灯夜雨时。初心竟当负，搔首叹吾衰。（《搔首》）
千茎白发年华速，一点青灯夜漏徂。（《题北窗二首》其一）
数茎白发悲秋后，一盏青灯病酒中。（《病酒述怀》）

《搔首》四句则与前举诚斋诗"挑落青灯搔白发"表达的情境相近。诚斋虽未说年华衰老，但也感叹时不我与，不能如年轻时那样纵观豪读。以这两例相较，七言说尽放翁20字，言约意丰，诚斋略胜一筹！但放翁也颇有诗味之句，如"白发无情侵老境，青灯有味似儿时"（《秋夜读书每以二鼓尽为节》），写尽对岁月的眷恋、对书籍的热爱，为其诗题做足了注脚。

3. 突出、炫耀：空间叙述与身份矜夸

前文曾提及，诚斋会刻意强调阅读空间的非日常化。有时，空间的叙述拉远了诚斋与他人的距离，造成双方的身份区隔。如《寄题刘成功锦里》："同师同舍同笔砚，火冷灯青飞雪片。春风一夜吹林花，南北飘零各星散。我今头白苦思归，羡君山园芋栗肥。"诗中回忆着少年时代与刘成功同窗苦读，笔砚、书灯在此处也是特征化的空间附属物，突出求学的阅读空间。寒冬时节，火盆冰冷、灯光青莹突出求学的艰辛，但"飞雪片"之"飞"写活了当时气氛，使得该空间并不全然寂寂。"我今"一句，前后对照，他叙述少年故交的生活空间已不再是书舍笔砚，而是盛产芋头板栗的山园。这一组空间对照，在意境的经营上颇堪玩味。少年时代，读书生涯虽辛苦却有春风吹花的视觉效果，极具美感，而中年后同学的日常生活却局限在了芋头、板栗之类的山货上。芋栗的日常属性与笔砚的非日常属性是对立的。虽然作者口中说自己思归不得，羡慕旧友的山园，但在这一空间场景的描述上，已经把对方摆在了另一位置，并不认为对方是如尤袤、范成大、陆游那样可以互相唱和的文友。在心态上，有一点淡淡的优越感。

诚斋这种对自我身份的矜夸会不经意间流露，其中刻意突出非日常化阅读空间就是表现之一。张抑与杨万里早年同官，诚斋了解其文学才干却属偶然。庆元六年（1200）他曾提到初次得知张氏能诗的雀跃心情，说：

> 一日，以王事同斋舍宿于浮屠之宫。谈间忽闻诵五字古诗，则抵掌顿足，舍床起立，惊而自失曰："此陶渊明辈人语也，此声不嗣响久矣。"即索纸手抄一通，以归于执事。（《答福帅张子仪尚书书》）

写这封信时，距二人离别已十三年，杨万里仍清楚地记得一个细节，即"以王事同斋舍宿于浮屠之宫"，这既是叙事，也是作者对双方身份的自炫。当然佛寺环境多清幽安静，宿于其中也有助诗文谈兴。只是诗人强调的重点在"王事"二字。

诚斋集中叙述的各色空间十分多样，最特别的一次是他与尤袤在禁苑纵观光宗几案上的书策。他写道：

> 予昔与尤延之同侍光宗东宫讲读。一日入讲尚蚤，辇未出，因与延之纵观几案上御览书策，有孟浩然、贾岛诗集。二人相视而叹曰……① （《三近斋余录序》）

这是一篇书序，其内容核心应该是后文与尤袤论孟浩然、贾岛诗歌，但诚斋特地提及议论的场所是在东宫。东宫属于皇家禁苑，其空间意涵十分明确，政治属性鲜明。寻常人不能随意进入，更罔论阅读身份贵重的太子所读书册了。突出这本无必要叙述的空间，正是诗人对自我身份的矜持与夸耀；而这也未必不是诚斋阅读生活的多重存在样态之一。此外，我们不得不考虑诗人的社会身份乃是循科举而来，其社会地位正是阅读活动的收获，所以能在内苑观书，本身就是阅读活动的馈赠。叙述特殊空间，自炫身份，本质上也是在强调阅读活动非日常的一面。

在识字率不高的时代，阅读活动本就具有身份区隔的意义。围绕阅读

---

① "因与延之纵观几案上御览书策"一句，辛更儒先生于"纵观"后点断，拙意以为语意未足。

产生的一系列日常生活活动，也多有相似意义。而空间意境的营造和空间属性的突出，虽貌似不经意，却恰如其意地传达了诗人的社会身份。

诚斋叙述阅读活动展开的空间时，通过空间美感的呈现强调阅读空间的非庸俗日常属性，对日常活动进行了非普通日常的叙述。同时，以细节化、特征化方式对空间附属物进行审美化处理，同样达到上述效果。而在阅读空间叙述中，时常自炫身份。突出社会身份也是为了展示不同于寻常百姓的、阳春白雪的生活。与同时代作家比较，诚斋的阅读空间叙述，细节化、审美化的呈现特点十分突出，但不太展示生活中的困顿。阅读活动虽然是文人的日常活动，但诚斋却以非日常的叙述拉开了阅读与普通日常生活的距离。

余 论

相较而言，"中兴四大诗人"存诗数以陆游、杨万里为巨，叙述阅读活动的内容亦多，尤袤、范成大较少涉及这方面的话题。若放到更长的时段，诚斋阅读叙述的各个部分也可以找到同道。如前述书灯、白头意象的运用就是显例。诚斋叙述自己的阅读状态时，并不刻意拔高，倒是会将倦读的情绪展示给读者。但这并非诚斋独得之秘，如司马光《次韵和复古春日五绝句》"堪笑迂儒竹斋里，眼昏逼纸看蝇头"[1]、韩淲《危坐》"强把诗书连夜读，唤回灯火十年心"[2]、张镃《菩萨蛮·遣兴》"翻书欲睡莺惊觉"[3] 说的都是这倦读，但诚斋在散文中的叙述更活泼生动，在诗歌中则融入自然风物，显得尤有诗味。体现出活泼生新的"诚斋风"。

更重要的是，阅读生活虽然是知识精英的日常生活之一，但杨万里进行叙述时，经常将其与普通日常生活活动区隔。通过以上论述，我们从其阅读生活形态的多重呈现、空间叙述的诸多刻意区隔等方面初步了解到杨

---

[1] 傅璇琮等：《全宋诗》第9册，北京大学出版社1992年版，第6201页。
[2] 傅璇琮等：《全宋诗》第52册，北京大学出版社1998年版，第32668页。
[3] 唐圭璋：《全宋词》，中华书局1965年版，第2129页。

万里对日常活动的非日常化叙述特点。如果对比放翁，则尤为明显。陆游的阅读叙述经常与普通生活混同陈述，在"孤村月白闻衣杵，破灶烟青煮芋糜"（《冬夜》）的环境下，仍埋头苦读。家已断炊尚买书，养猫避免书为鼠啮，各种围绕书的家长里短，一一呈现①。面对同一种日常生活，同一时代的经典作家们陈述的角度、展现的方式如此不同。但二者只不过呈现方式上有所不同，其精神内核是同一的。他们都有作为知识精英的自矜，对阅读活动与知识本身都有相当的尊重，其指向殊途同归。若纵观两宋，其他经典作家是否也有这两种不同的表达倾向？其精神实质是否有其他样貌？这还有待来兹校验。

---

① 莫砺锋：《陆游"读书"诗的文学意味》，《浙江社会科学》2003年第2期。

"切"的诗学:日常镜像与诗歌事境

北京师范大学文学院 周剑之

在古代诗论中,"切"是一个出现频率很高的字眼。或单独出现,或与其他字组合出现,如"切当""精切""亲切"等。诗学史上不乏以"切"为中心的著名论断,如《临汉隐居诗话》论白居易"善作长韵叙事,但格制不高,局于浅切"[1],又如《四溟诗话》称"诗不可太切,太切则流于宋矣"[2]等。综观"切"出现的各种论诗语境,以下几种用法尤为突出:第一,谈论对偶是否工整精切;第二,谈论用典是否贴切准确;第三,谈论咏物诗是否确切表现所咏之物的特点;第四,从篇章结构角度谈论诗歌内容与诗题的关系,是否"切题";第五,谈论诗歌内容及艺术表现是否与诗人所处情境相契合。以上几种用法,各有相应的关注重心和诗学背景,本文打算讨论的是最后一种。这种论诗方式在宋以下的近世诗学中获得了长足的发展,而且有涵容前几种的趋势,形成了极为丰富的面相[3]。本文将梳理这一论诗方式的具体表现,剖析其所折射的诗学观念,挖掘其所蕴含的古典诗歌艺术特质,并探索"切"应用于当代诗学理论建构的可能性。

---

[1] 魏泰:《临汉隐居诗话》,何文焕辑《历代诗话》,中华书局1981年版,第327页。
[2] 谢榛:《四溟诗话》卷二,人民文学出版社1961年版,第58页。
[3] 关于此种"切"的专门研究,笔者管见,仅叶倬玮《翁方纲诗学研究》第四章第二节有所讨论,认为翁方纲将"切"视为"自成一家"的标准之一,中国社会科学出版社2013年版,第112—117页。

一　"切"的追求：清代诗学中的一种突出倾向

上文提及"切"的五种用法，相较而言，前两种出现较早，第三、四种相对略晚；第五种流行最晚，主要是在清代诗学中，但却流播极广，蔚为大观。翻检这一时期的诗歌注本或选本，时常可从注释、评语中看到"切"的身影。不妨略举数例：

《读杜心解》卷三《元日寄韦氏妹》"秦城回北斗"句注云：长安城本似斗形，见《三辅黄图》，回北斗，又是用斗柄东而天下皆春意。既切地，亦纪时也。①

《读杜心解》卷三《雨四首·其四》注云："山寒""江晚""神女""鲛人"，切地而状雨景也。②

《杜诗镜铨》卷四评《送翰林张司马南海勒碑》"不知沧海上，天遣几时回"：落句点化乘槎事，切张司马，又切往海上。③

《杜诗详注》卷一《题张氏隐居·其二》"霁潭鳣发发，春草鹿呦呦"注云：以霁对春，正切时景。④

《清诗别裁集》卷十五评毛师柱《舟中两梦亡妇诗以志感》云：切舟中，切梦，并切两梦，别于寻常悼亡。⑤

诗学领域中的"切"，核心意义是契合、贴切。前文提及的五种用法，"切"的含义大体一致，主要不同在于具体的谈论对象。清代诸家在使用"切"时，最常见的对象是"时""地""人""事"等，正如以上诸例。他们关注的重点是诗歌内容及艺术表现是否与特定的时间、地点及具体的

---

① 浦起龙：《读杜心解》卷三，中华书局1961年版，第360—361页。
② 《读杜心解》卷三，第506页。
③ 杨伦：《杜诗镜铨》卷四，上海古籍出版社1980年版，第179页。
④ 仇兆鳌：《杜诗详注》卷一，中华书局1979年版，第12页。
⑤ 沈德潜：《清诗别裁集》卷十五，上海古籍出版社1984年版，第623页。

人物、事件相吻合，是否与诗人所处的情境相吻合。这些关于"切"的评述，几乎都秉持了肯定的态度。可略加辨析的是第三、第五例。此二例借助诗题来判断是否"切"，与前述第四种用法有所相似但实质不同。它们并非从篇章结构角度立论，举出诗题的根本目的，仍在于证明诗句与具体情境的相契相合。

选本及注本中对"切"的使用，属于具体的批评实践，因而最为直观地体现着"切"在此期论诗话语体系中的凸显。相较而言，诗话及其他专门著述中出现的"切"，更具理论价值。仍略举数列：

怀古必切时地。……刘沧咸阳、邺都、长洲诸咏，设色写景，可互相统易，是以酬应为怀古矣。①

钱郎赠送之作，当时引以为重。应酬诗，前人亦不尽废也。然必所赠之人何人、所往之地何地，一一按切，而复以己之情性流露于中，自然可咏可歌。非幕下张君房辈所能代作。②

阮亭之诗多牵率成章，其所取情景，与其时其地其人，皆不必切，此即是不解去陈言之故。③

上而敷陈雅颂，远而咏史论古，迩之人伦赠处，大之山川境遇，细之一名一物一卉木虫鱼，每有托兴，必切此身所处分际，乃所谓不苟为炳烺也。④

若不切彼我之亲疏情事，而徒知写景，则作者先自不能立脚，而尚何诗之足云乎？⑤

诗必能切己、切时、切事、一一具有实地，而后渐能几于化也。⑥

---

① 沈德潜：《说诗晬语》卷下，人民文学出版社1979年版，第244—245页。
② 《说诗晬语》卷下，第250页。
③ 方东树：《昭昧詹言》卷一第110条末补录，人民文学出版社1961年版，第36页。
④ 翁方纲：《苏斋笔记》卷十一，《复初斋文集》手稿影印本，台湾文海出版社1974年版，第8763页。
⑤ 同上。
⑥ 翁方纲：《复初斋文集》卷八，《清代诗文集汇编》第382册，上海古籍出版社2010年版，第86页。

以上数条，都强调"切"对于诗歌的重要性。沈德潜认为"切时地"是怀古诗的题中应有之义，不可"互相统易"；与所赠之人、所往之地相"切"是"可咏可歌"的必要条件。方东树则意识到，诗歌若"不切""其时其地其人"，很可能流为陈言。翁方纲对"切"的推举最为有力，将"切"视为诗歌的基本质素，若是"不切"，甚至不足以称为"诗"；"切己、切时、切事"是诗歌出神入化的必经之路。

将以上两组例子合而观之，批评实践与批评理论遥相呼应，可以清晰地看到一条关于"切"的诗学道路。概括来说，"切"的具体指向是"时""地""人""己""事""情"等。每首诗的写作都有具体的情境，包括时间、地点、写作对象、写作目的以及作者的个人情况和思想情志等，诗歌所写须与以上要素相吻合。这种"吻合"被提到了极重要的地位。

"切"在清代诗学中的地位凸显，建立在对明代诗学及诗歌创作的反思基础上。明代复古诗学带来的明显弊端，是盲目效古、流于模仿、缺少对现实情境和真实自我的呈现。从明人开始，已不断有人提出"真"的口号，这一呼声在清代日渐高涨，成为清代诗学的主流话语之一①。"切"的凸显，实与这一倾向密切相关。

"真"固然已成为众多诗人的追求，但如何做到"真"，仍是一个有待解决的问题。诗中要"有我"，或者要有"性情"，这是不少人提出的解决方案。在言论上当然有理，但具体到诗歌创作层面，依然不易落实。仅说"有我"和"性情"，终究偏虚。这也可以在一定程度上解释，为何明人亦有追求"真"诗者，却未必真能做到。而当诗论家们从具体的写作层面来考虑问题时，才发现"切"是达成"真"的有效路径。魏象枢认为"古人之诗出于性情"，具体来说就是"所居之地，所处之时，所与之人，所行之事，所历之境，所见之物，至今一展卷了然"，这便是"真诗"②。而翁方纲主张的"全恃乎诗中有我"，亦须通过"持身立品，因时切地"来达

---

① 蒋寅：《清代诗学史（第一卷）》第一章，中国社会科学出版社2012年版，第117—124页。

② 魏象枢：《庸言》，《寒松堂全集》卷一二，中华书局1996年版，第655页。

成,正是在对"切"充分讨论的基础上,翁方纲指出"惟知诗是真境""未有不真而可云诗者也"①。方东树也将"切"与"伪"视为对立的两极。他指摘王士禛的缺点:"所取情景语象,多与题之所指人地时物不相应。既乏性情,是亦伪诗。"②

这也可以解释,为何清代诗论家会给予"切"如此重要的地位。"真切"一词也以极高的频率,出现在这一时期的诗论中。如舒位《瓶水斋诗话》称毛奇龄"颇以多为贵,以速为工,故所作少真切语"③,又如朱庭珍《筱园诗话》称赵执信"意境真切处,固胜阮亭"④。在看待历史上的经典之作时,他们也往往带上"真切"的眼光,如袁枚《随园诗话》以"真切可爱"评价《诗经》⑤,纪昀说白居易、元稹诗佳处在"真切近情"⑥等。

从明到清,"切"的地位有明显的上升。胡应麟曾谈及"工""切"高下的问题:

> 权龙褒《夏日诗》"严霜白皓皓,明月赤团团"诚可笑也。然自是其语可笑,非以不切故。使秋夜得此一联,将遂谓佳句乎!如孟浩然"微云淡河汉,疏雨滴梧桐"二语,本秋夜景,即夏日得此一联,将不谓佳句乎!后世评诗者谓吾不切则可,谓之不工不可。工而不切,何害其工?切而不工,何取于切?⑦

在胡应麟眼中,显然"工"比"切"重要。若能写出精美工丽的句子,即便与现实情况有不符合处,也可以接受。而翁方纲则不会同意这样的意见。据叶倬玮《翁方纲诗学体系研究》,翁氏虽未直接论及"切"与

---

① 《苏斋笔记》卷十一,《复初斋文集》手稿影印本,第8763—8764页。
② 《昭昧詹言》卷一第140条,第45页。
③ 舒位:《瓶水斋诗话》,张寅彭主编《清诗话三编》第4册,上海古籍出版社2014年版,第2323页。
④ 朱庭珍:《筱园诗话》卷二,郭绍虞编《清诗话续编》,上海古籍出版社1983年版,第2358页。
⑤ 袁枚:《随园诗话》卷七,人民文学出版社1982年版,第223页。
⑥ 朱庭珍:《筱园诗话》卷一,《清诗话续编》,第2348页。
⑦ 胡应麟:《诗薮》内篇五,中华书局1962年版,第99页。

"工"的高下，但在他具体的论说中，"切"的重要性显然在"工"之上①。正如前文所引，"每有托兴，必切此身所处分际，乃所谓不苟为炳烺也"，"若不切彼我之亲疏情事，而徒知写景……尚何诗之足云乎"。在翁氏看来，有"切"方能显现诗人独特之性情，故称："遇一事而见性情焉，赋一物而见性情焉，所以为言志也。若其仅仅晓起夜坐，自说自道之语，古今诗人盈千累万之积愫，虽工何益？"②诚然，胡翁二人论述的针对性有所不同，对"切"的理解也并不完全一致。但从他们的抑扬倾向中依然可看出，"切"在清代诗学的地位确实有了明显提高，成为评判诗歌好坏的一个重要标准。

总之，对"切"的追求是清代诗学中的一种突出倾向。这一倾向在理论建构、批评实践及具体创作中都有着非常鲜明的表现。那么，"切"的背后究竟有着怎样的诗学观念，又折射着古典诗歌怎样的艺术特质呢？

二 "切"的底色：近世诗歌的日常化

"切"在诗学中的凸显，与近世诗歌③的日常化趋势有密切的关联。与日常生活的贴近，本就是中国古典诗歌的一大特色。吉川幸次郎提到，中国古典诗歌以"个人性质的经验"为素材，特别是"日常生活里的经验"和"围绕在人们日常生活四周的自然界中的经验"④。自《诗经》开始，诗歌所吟咏的就多是日常的素材。陶渊明、杜甫、白居易，都是其中较为突出的人物。而更为细微的描写，是从宋代开始出现的⑤。宋诗开拓题材的一个重要表现，便是将日常生活的各种细微之处普遍纳入诗歌吟咏的范

---

① 参见叶倬玮《翁方纲诗学体系研究》，第114页。
② 《苏斋笔记》卷十一，《复初斋文集》手稿影印本，第8760页。
③ 关于"近世"的概念，笔者取内藤湖南所说："唐代是中世的结束，而宋代则是近世的开始。"见《概括的唐宋时代观》，《日本学者研究中国史论著选译》第1卷，中华书局1992年版，第10页。
④ 吉川幸次郎：《中国文学史的一种理解》，《中国诗史》，复旦大学出版社2012年版，第1页。
⑤ 较早且具有代表性的观点见吉川幸次郎《宋诗概说》，《宋元明诗概说》，复旦大学出版社2012年版，第15页。

围。这种趋势在元明清三代不断深化。近世诗歌对于日常生活的开掘几乎无所不至。读书、散步、夜坐、乘凉，皆可作诗，吃饭、梳头、洗脚、落齿，皆可入诗。日常化趋势的不断推衍，使得诗歌成为反映日常生活的镜子，甚至具备了私人生活史、心灵史的性质[①]。

关于诗歌日常化的讨论，过去多从题材入手（也会涉及写作行为、诗歌功能等方面），正如吉川幸次郎所做的那样。题材选择固然关键，不过诗人对题材的处理亦不可忽视。"日常"与"日常化"毕竟是不同的。笔者理解的日常化，不仅包括对日常题材的书写，甚至也包括对一些非日常题材的"日常化"处理。比如战争，不能说是"日常生活"，但不少诗人仍能将这样的题材写出日常感。如吕本中《兵乱后自嬉杂诗》，虽涉及金兵占领开封等战事，但就整体而言，却让人看到诗人在此特殊情境中的日常形态。类似情形非常多见。所以说，诗歌对人所共知的日常生活的描写，固然是日常化的一种体现，但不可忽视的另一种体现是，诗歌也是对诗人人生中真实经历的"日常生活"之片段的呈现。陈与义《伤春》以"初怪上都闻战马，岂知穷海看飞龙"写开封失守、高宗被金兵追至海上等事，其事并非"日常"，但却在"伤春"的题目之下，在"初怪""岂知"的情感判断中呈现为诗人的一段"日常"。用诗歌表现日常一己之所见所历、所思所感，这其实是诗歌日常化进程中相当重要的一个面相。

沿着这一方向，接下来值得思考的是，就诗歌表现层面来说，有哪些选择促成了诗歌的日常化？

笔者认为，有三点值得关注。第一，诗人对真实呈现日常生活的主动追求。这种趋势在宋代以后尤为明晰。宋人注重诗歌的纪实性，时常以篇幅极长的诗题或诗序来说明作诗的具体情境，以印证诗歌内容的真实。在解读诗歌时，也倾向于纪实的视角。如关于唐诗"夜半钟声到客船"的讨论，无论是欧阳修批评的"诗人贪求好句，而理有不通"，还是朱弁引史书反驳"前代自有半夜钟"，又或是叶梦得所说"今吴中山寺，实以夜半

[①] 张剑：《情境诗学：理解近世诗歌的另一种路径》，《上海大学学报》2015年第1期。

打钟"①，都是以诗歌真实呈现日常生活为基本出发点。即便是写荒诞离奇的梦境，对于做梦、梦醒的描绘也会极具真实感，陆游的记梦诗就是极好的例子。真实而非虚构，对于日常感的形成是必要的。这一主动的追求，是促成诗歌日常化的重要基石。

第二，对具体细节的呈现。诗歌篇幅相对有限，尤其是近体诗，诗人需要选取最具表现力的片段，以凝练的字句加以表现，这是古典诗歌的传统。就单首诗而言，对日常生活全面而完整的呈现，通常是不易实现的。在此种情况下，选择特定的细节，以准确而精彩的字句来呈现细节的具体面貌，不但能凸显诗歌的真实感，而且有利于展现诗歌的独特性。此即诗人偏好具体细节的原因。这些细节来自多个层面：也许是某些特定的风景，也许是某些特定的行为，也包括特定的事件和特定的情感。细节与细节之间未必衔接，有时甚至显得零散、琐碎。但正是零散的、琐碎的细节，却在一定程度上符合我们对日常的感受。我们的日常本就是琐细而具体的，有一点无序，有一点错杂。因此，在对细节的呈现中，其实弥漫着一种日常化的思维方式。

第三，以诗人的视角为基本出发点。景物是诗人所见之景物，事件是诗人所经历的事件；即便是他人所见所历，也往往会加上诗人的"滤镜"、作为诗人的见闻进入诗中。前引《伤春》即属此类。也就是说，诗人将所写内容限制在"身之所历，目之所见"②的范围——王夫之眼中的这条"铁门限"，揭示了古典诗歌写作的一条重要原则。这种做法，一方面使得各种日常的，甚至非日常的题材都能转化为诗人的所见所历，从而成为诗人的"日常"；另一方面，读者容易被代入诗歌的情境，仿佛通过诗人的眼光观看世界，从而拥有鲜明的在场感，进而转化为日常感。

以上三点，是诗歌日常化的重要支点。沿着以上三点继续延伸，"切"的追求也就顺理成章。如前所言，"切"的核心意旨是契合、贴切。诗歌内容要与真实情况相符合，诗歌表现的细节要具体不浮泛，诗歌所写要与

---

① 分别见欧阳修《六一诗话》(《历代诗话》，第269页)、朱弁《风月堂诗话》卷下（中华书局1988年版，第110页)、叶梦得《石林诗话》卷中（《历代诗话》，第426页)。

② 王夫之：《姜斋诗话》卷二，人民文学出版社1961年版，第147页。

诗人所见所历相一致——换言之，就是要"切"。

如杜甫《独酌》有云："仰蜂粘落絮，行蚁上枯梨。"《徐步》云："芹泥随燕嘴，花蕊上蜂须。"马永卿《懒真子》指出："独酌则无献酬也，徐步则非奔走也，以故蜂蚁之类，细微之物，皆能见之。若夫与客对谈，急趋而过，则何暇视详至于如是载？"① 蜜蜂、蚂蚁、燕子的行为、情态，都是具体而微的细节。这些细节的出现，与诗人独酌、徐步的情境状态完全契合；这些细节又是如此细腻真切，给人以如在目前的感受。类似的论述在古代诗论中比比皆是。虽然不一定用到"切"的说法，但其本质是相通的。清代诗学中凸显出来的"切"，正处于此种诗学思维的延长线上。

西方文论有所谓的"再现说"和"表现说"，这一说法也曾在国内学界流行一时，并应用于古典诗歌的研究②。"切"的观念，某种意义上是近于"再现说"的。但这种"再现"与西方式的"再现"有所不同。西方的"再现说"有一种更为形象的说法——"镜子说"，即认为文学应当如镜子般映照现实，现实有什么，镜子就映照什么。日常化的中国古典诗歌，其实也具有"镜子"的特性，"切"的追求即是明证。不过，中国古典诗歌的"镜子"不是完整的"一面"，倒更像是许多零散的小镜子，错落悬置在空间中，分别从不同角度映照出现实的局部，而诗人掌控并调整着这些镜子的角度，最终从这些分散的小镜子中映照出"现实"。

这也正是"切"之诗学观念的特色。"切"虽然追求真实性，但并不追求对客观现实的完整再现。"切"所联结的，往往是具体的细节。如前文所引《读杜心解》注杜甫《雨》"神女花钿落，鲛人织杼悲"云："切地而状雨景也。"杜甫此诗作于夔州瀼水西岸，神女即巫山神女，鲛人居于水中，因此这两句雨景描写完全契合诗人所处之地点。又如《杜诗详注》评《严公仲夏枉驾草堂兼携酒馔》云："五切草堂，六切仲夏。"诗歌五、六两句为："百年地僻柴门迥，五月江深草阁寒。"注释想要强调的

---

① 马永卿：《懒真子》，中华书局1985年版，第8页。
② 如钱志熙《表现与再现的消长互补》对宋以前表现与再现两种诗学倾向的消长互补、矛盾统一关系作出了探讨，《文学遗产》1996年第1期。

是：第五句所写的是草堂之独特景象，为他处所无；第六句写的是仲夏景色，故云"五月江深"。①《昭昧詹言》评韦应物《自巩洛舟行人黄河即事寄府县僚友》五、六句"孤村几岁临伊岸，一雁初晴下朔风"为"切地"②，也是因为这一景物描写与"自巩洛舟行人黄河"的地理位置非常吻合。"切"的着眼点正是这类细节。这些细节看似琐细，却与诗人身处的具体情境直接相关，多项细节的组合、叠加，即可大体勾勒出整体情境。也正是有"切"，读者才有可能再现原本的情境，产生"真切如见""如在目前"的感受。

总之，每首诗的写作都有具体的情境，包括时间、地点、写作对象、写作目的以及作者的个人情况和思想情志等。一首诗并不需要将以上要素一一呈现出来，只是所写的内容，无论写景、叙事还是抒怀，都应与这些要素中的一种或几种存在紧密的呼应关系。这种呼应关系应当是不可移用的：景物只能是这个时间和地点所能见到的景物；事件只能是诗人所见所历的独特事件；情感只能是诗人在该情境中特有的情感。这是"切"的本来面目，也是古典诗歌"再现"现实世界的独特方式，众多日常而琐细的片断因此得以呈现。"切"的观念的盛行，进一步推进了诗歌日常化的趋势，更为精细地雕塑了日常化的诗歌风貌。

三　"切"与诗歌叙事性

在日常化底色上得以发展衍化的，还有诗歌的叙事性。宋代以降，诗歌叙事性渐趋增强。而诗人对日常生活的观照与刻画，促使诗歌叙事性滋长出浓厚的日常感。映照现实世界的"切"，也在这一层面与诗歌叙事性发生着千丝万缕的勾连。

首先需要说明的是，诗歌叙事性与小说、散文中叙事性有明显的不同。古典诗歌叙事性的独特，与古人对"事"极度宽泛的认识有关："事"既包括相对完整的事件，也包括事的要素或片段；而且在许多情况下，"事"

---

① 《杜诗详注》卷十一，第904页。
② 《昭昧詹言》卷十八，第424页。

与"物"界限不分明,"事"与"情"相互浑融,"事态"与"事件"亦不加区分。笔者将其称为"泛事观"①。诗歌中的"叙事",也比小说、散文的叙事宽泛得多,可以是表现人物的某些行为或动态,也可以是叙述事物所处的某种现象、状态,还可以是呈现某一事件情境中的相关景物和场景乃至事件情境中的人物情绪、感受、思考等。

古典诗歌的叙事性是以"赋"法为基础的。"赋""比""兴",是古典诗歌纲领性的创作方式。历代对它们有着极其纷杂的解释,但大体而言,"比"强调托物寓意,"兴"强调以物起兴,"比""兴"又常常连用,而与"赋"区分开来;"赋"强调直陈其事、铺写物象。如果要从源头上找的话,那么"切"的内在血脉主要是"赋"。"切"体现了诗歌对现实世界的映照(即便这种映照是片段式的、分散而非全面的),其对真实性的注重、对具体细节的呈现,实与"赋"相通。也就是说,当诗歌以一种"再现"的方式呈现现实情境时,即已包含了一定的叙事性。

"切"与"诗史"说的密切关联,也可以印证"切"与叙事性的内在因缘。"诗史"说体现了一种忠实记录外在世界的诗学观念②。杜诗之所以被称为"诗史",是因为他"善陈时事""善叙事"③,对外在的一事一物均有如实的记载。"诗史"与"赋"也关联甚密。杨慎曾批驳宋人"诗史"之说,反对以诗"直陈时事"的做法,认为"约情合性""含蓄蕴藉"是自《诗经》以来的传统。王世贞反对说:"《诗》固有赋,以述情切事为快。"④朱庭珍也认为,杜甫诗中自有"直陈其事之赋体",杨慎不应拿去与《诗经》中的比兴体作对比⑤。正是在这种思维的影响下,后人对杜诗的评注才会尤其关注诗歌内容与客观现实之间的关系。如元人程钜夫评杜诗:"秦蜀纪行等篇,山川风景,一一如画,逮今犹可想见。他

---

① 参见周剑之《泛事观与中国古典诗歌的叙事传统》,《国学学刊》2013年第1期。
② 张晖:《中国"诗史"传统》,生活·读书·新知三联书店2012年版,第270页。
③ 分别见《新唐书》卷二〇一《杜甫传赞》(中华书局1975年版,第5738页)、蔡居厚《蔡宽夫诗话》"荆公选杜韩诗"条(《宋诗话辑佚》,中华书局1980年版,第393页)。
④ 王世贞:《艺苑卮言》卷四,丁福保辑《历代诗话续编》,中华书局1983年版,第1010页。
⑤ 《筱园诗话》卷三,《清诗话续编》,第2390页。

诗所咏，亦无非一时事物之实，谓之'诗史'信然。"① 这正是"切"之诗学的着眼点。杜诗注本中"切"的说法出现得最为频繁，也是出于这样的原因。

后人用"诗史"的眼光解读杜诗，认为诗中的年月、地理、数字、人物一一俱为实录。黄彻《䂬溪诗话》举《北征》"皇帝二载秋，闰八月初吉"等诗句来证明杜诗的"史笔森严"②，蔡絛《西清诗话》引《送重表侄王砯》"我之曾老姑，尔之高祖母"来论证《唐书·烈女传》中王珪母亲姓氏的谬误，都是秉持这样的眼光③。这与清人"切时""切地""切人"诸说同一思理。既然"诗史"具备实录的特点，那么对"切"的追求也就在情理之中。"切"与叙事性的因缘也于此可见。

从结果来说，"切"的追求推动了诗歌叙事性的增强。而基于日常化特质而凸显的"切"，则使诗歌叙事性染上了浓厚的日常感。"诗史"内涵的发展演变，也可说明这一点。"诗史"最初偏重对时事的反映，多为关涉家国民生的宏大历史，但到后来，个人生活史、心灵史的意味愈渐突出。明末清初钱澄之亦有"诗史"之称，潘耒即称其诗"情事切至"④。钱澄之自称："遭遇之坎壈，行役之崎岖，以至山川之盛概，风俗之殊态，天时人事之变移，一览可见。披斯集者，以作予年谱可也，诗史云乎哉？"⑤ 钱氏的诗歌是对自己所见所历的真实呈现，折射着日常生活的种种形态。而这正是他所理解的"诗史"，具备个人"年谱"的性质。

我们还可以从"即事"这一常见诗题中获得更为具体的启示。"即事"自唐代开始作为诗题出现，但数量还不算多。宋代以降，此题日益流广，很多诗人写过"即事"之作。这是一个极具日常化特色的诗题。"即"有"当下"之意，"即事"对应着当下所处的情况。即事诗的内容主要是诗人

---

① 程钜夫：《王寅夫诗序》，《雪楼集》卷十四，《景印文渊阁四库全书》第 1202 册，台湾商务印书馆 1986 年版，第 177 页下。
② 黄彻：《䂬溪诗话》卷一，《历代诗话续编》，第 348—349 页。
③ 蔡絛：《西清诗话》卷上，张伯伟编校《稀见本宋人诗话四种》，江苏古籍出版社 2002 年版，第 173 页。
④ 潘耒：《钱饮光八十寿序》，《遂初堂集》文集卷十，清康熙刻本。
⑤ 钱澄之：《生还集自序》，《藏山阁集》文存卷三，清光绪三十四年本。

当下所处之情境、当下所见所闻所感，这也正是"切"。

"即事"之作，当有与某一事件直接相关、叙事性鲜明的作品①，不过更多即事诗是没有特定的事件的，仅是对诗人某些日常生活片段的再现。陆游可以作为一个典型例子。陆游以"即事"为题的诗作今存121首（包括"××即事"的作品）②。虽然拥有相似甚至相同的题目，但细析诗歌内容，却各各不同。同为《即事》，"雅闻岷下多区芋，聊试寒炉玉糁羹"必定写于入蜀期间，"归卧已如狐首丘，不妨解剑换吴牛"当作于山阴时期；同是在山阴，有"三更急雨打窗破，正是拥炉危坐时"的夜间，也有"日上小窗东，禽鸣高树中"的清晨。一些诗题给出了较为具体的"即事"情境，可以更加清楚地看到诗歌内容与写作情境的对应关系：《春晚即事》有"老农爱犊行泥缓，幼妇忧蚕采叶忙"的景象，《秋获后即事》则有"社酒粥酾供晚酌，秋菇玉洁茝晨烹"的书写，《九月下旬即事》则是"储药扶持老，收薪准备冬"。诗中那些经由诗人眼光拣择过的具体而真实的细节，充分显现了"切"的诉求，同时体现出极其鲜明的日常感。

以后世的眼光来看，这类诗歌似乎更偏重景物描写和情感抒发，但诗题却偏偏是"即事"，这让我们不得不正视泛事观的存在及其深刻影响。由于对"事"的认识极其宽泛，事与物的界线并不分明，事态与事件也不加区分，诗人不太追求完整详细的叙事，更多借助景物的描摹、片段的事态来表现"事"，而这正是古典诗歌叙事的主流方式。对真实性的追求、具体而片段式的细节呈现以及诗人视角的滤镜，均与诗歌日常化的趋向一致。可见，"切"是古典诗歌的叙事性的重要依托，日常性遂成为诗歌叙事的重要属性。

---

① 如杜甫《即事》："闻道花门破，和亲事却非。人怜汉公主，生得渡河归。秋思抛云髻，腰支胜宝衣。群凶犹索战，回首意多违。"乾元元年，唐肃宗将宁国公主下嫁回纥，不久后回纥却举兵相向；乾元二年，可汗死，公主终得归唐。杜诗所写即此事。参见《杜诗详注》卷七，第604页。

② 据北京大学《全宋诗》检索系统统计。

四 "切"与诗歌事境的构筑

张晖《中国"诗史"传统》曾指出:"到清初的时候,传统诗学中强调作品对于外部世界忠实的模仿很有可能突破抒情传统,形成另外一套类似于西方诗学中的模仿理论",不过"终因与强大的抒情传统完全背离,因此难以充分发展出一套模仿理论"。[①] 张氏以西律中,难免会觉得不够"充分"。若从中国自身传统来看,则应认为,古典诗歌对外部世界自有一套"再现"的方式。只是主客观并无那么截然的分别,因此内部世界与外部世界往往处于融通的状态,抒情、叙事也并不像西学中那样判然两途。

基于这样一种映照世界的方式,我们会发现,古典诗歌存在这样一种境界,它是对外部世界的真实反映,但并非整体性的再现,而是多角度的、片段式的、分散式的,诗人通过对各个镜面的调整、对片段细节的选择,呈现出一个真实具体、具备叙事意味的诗境。这一诗境并非"意境"一词可以简单概括,可能更接近古人所说的"事境":

> 凡诗写事境宜近,写意境宜远。近则亲切不泛,远则想味不尽。作文作画亦然[②]。

方东树《昭昧詹言》的这段话指出,"事境"与"意境"是诗歌两种相对应的境界。"意境"偏虚,要写得玄远空灵,给人以余味无穷的感受;"事境"偏实,应给人亲切不泛的感受,故而写作时应以"近"为追求。"切"的诗学,可以说正与"事境"相契合。谢榛《四溟诗话》言:"诗不可太切,太切则流于宋矣。"谢榛是站在学唐的立场下此论断的。他认为"作诗不宜逼真""妙在含糊"[③],因而更推崇不那么"切"的唐诗,反对"太切"的宋诗。撇开扬唐抑宋的取向,谢氏此论实与方东树所说的

[①] 《中国"诗史"传统》,第270—271页。
[②] 《昭昧詹言》卷二十一,第504页。
[③] 《四溟诗话》卷三,第74页。

"意境"相合。相较而言,宋诗确实比唐诗更切更尽,也正是在宋诗中,具备事境的诗歌更多且更典型。

翁方纲的论述也值得参看:

> 诗必切人、切时、切地,然后性情出焉,事境合焉。①

"事境"在翁方纲诗学中是颇为重要的一个概念,张健《清代诗学研究》、叶倬玮《翁方纲诗学研究》都曾论及这一点②。在翁方纲看来,每首诗都与特定的事境相关联,每首诗的事境也各不相同,而诗歌应与事境相吻合,"文词与事境合一"。故诗歌当"切",与人、时、地等一一吻合。事境不真切,便不可能是"真诗"。翁方纲的事境主要指的是诗人所处的情境,是现实的外在世界;方东树的"事境"则是诗歌中的一种境界。二人侧重点虽有不同,但相互连通,最终都深化了"事境"的诗学价值。

站在今天的立场回看,"事境"与"切"的概念都值得重视,它们标识着古典诗歌反映现实世界的独特方式,同时也是认识和把握古典诗歌叙事性的关键入口。上一部分讨论了即事诗,其实即事类的诗歌在古代非常常见,除了"即事",还有"记事""纪事"等,更有许多不以即事为题、但写法与即事并无本质不同的诗歌。这类诗歌,从写作目的上说,诗人常有立此存照的心态;从艺术表现上说,其境界往往建立在映照现实的基础上。要更好地解读这类诗歌,探索其艺术境界,揭示其诗学价值,"事境"与"切"的概念是必要的。

"事境"可视为一种独特的诗境。它具备较为鲜明的叙事性,其生成有赖于"切",其特色也与"切"直接相关,显示出一种日常化、片段化,既真实又细碎的基本形态。日常化的事境,实乃古代诗歌极为普遍亦极为基本的存在。

事境追求真实切近的表达效果,因而"切"又可视为评价事境好坏的

---

① 《苏斋笔记》卷十一,《复初斋文集》手稿影印本,第8725页。
② 参见张健《清代诗学研究》第十五章《学人之诗与文人之诗的理论总结:翁方纲以宋诗为基点的诗学》,北京大学出版社1999年版,第697页;叶倬玮《翁方纲诗学研究》,第153页。

一条重要标准。翁方纲曾指摘王士禛诗歌的缺点，认为"渔洋之诗所以未能餍惬于人心者"，正在于未能"切人、切时、切地"①，如《咏焦山鼎》《咏汉碑》等诗，都是"事境""未能深切者"②。方东树批评王士禛诗"与其时其地其人，皆不必切"，与翁氏同一机杼。对于那些"试掩作者名氏，则一部姓族谱中，人人皆可承冒为其所作"的诗歌，方东树最是厌弃，若"不知作者为何人，游为何时何地何情，与此地故事，交代不明"，那就只是一首"死诗"③。而能解决这些问题的，就是"切"。唯有"切"，才能实现对现实世界的映照，构筑出一个真切可感的事境，成就一首有血有肉的诗。

不过，对"切"的评价还有另外一面。仍是方东树所言："不切固泛，须知太求切，又成俗人所为。"④ 不切不行，太切也不行。如白居易诗，虽有"真切近情"、道事"深切"的正面论断，但同时也有"局于浅切"的负面评价。这固然是传统的辩证思维，但细加思索，又会对"事境"潜藏的另一项特性有更深入的认识：正因为不追求对现实世界完整的、无距离的反映，所以"切"是有限度的，"事境"依然是区别于现实的。"写事境"虽然宜"近"，但毕竟还存着距离。若诗歌对现实的映照太过详尽，以至不能与现实世界拉开一定的距离，会让人觉得太浅太尽，也就失掉了诗的特性。把握"切"的分寸，在对日常生活的观照基础上精心甄选并加以呈现，近而不泥，切而不迫，方能构筑优秀的诗歌事境。

结　语

本文以"切"为中心，梳理了"切"的诗学追求、发展脉络和本质特性，认为近世诗歌的日常化是推动"切"之诗学发展的底色；"切"的追求与诗歌叙事性存在千丝万缕的关联，亦使诗歌叙事性染上了浓厚的日常

---

① 《苏斋笔记》卷十一，《复初斋文集》手稿影印本，第8725页。
② 翁方纲：《神韵论下》，《清代诗文集汇编》第382册，第87页。
③ 《昭昧詹言》卷六，第171页。
④ 同上。

感,并在此基础上促生了诗歌的"事境"。"切"与"事境"概念的梳理,或可应用于当代诗学建构,有助于解读古代大量存在的映照日常世界的诗歌,实现对其艺术境界的深入探索。

关于"切"与"事境",尚有许多可讨论的空间。比如,"切"在诗歌写作中是如何具体实践的?"事境"阐释效力的范围在哪?"事境"与"意境"的边界又何在?……想要一次性回答这些问题恐怕很难,但愿对"切"的诗学的认识,能够提供看待古典诗歌的一种新视角,以及探索古典诗境的一种新的可能性。

盛衰体验对欧阳修诗歌日常化书写的影响

中国社会科学院 文学研究所 刘 宁

欧阳修是宋诗"日常化"的重要开拓者,对此学界已多有关注和讨论,[①] 但对欧诗"日常化"写作的精神内涵及其诗歌史意义,有关的研究还留有许多继续思考的空间,其中欧阳修强烈的盛衰体验对其诗歌"日常化"书写的影响,就很值得作进一步观察。

欧阳修对生命的脆弱易衰、人情世事的难以久恃,都有浓重的焦虑,其内心萦绕着强烈的盛衰之叹。[②] 作为一个崇尚理性,追求刚健有为的士人,他不依靠佛老庄禅来寻求解脱,渴望通过理智的省察与积极的进取来恢廓心胸,然而精神的茫然始终未能从根本上得到平复。从思想史的角度来看,欧阳修盛衰体验中所包含的生命思考、社会反思,折射出宋代士大夫特有的精神矛盾,对于理解宋代思想的起伏演变有重要意义。

[①] 关于欧诗的"日常化",柯霂(Colin Hawes)、朱刚有深入的讨论,参见柯霂《凡俗中的超越:论欧阳修诗歌对日常题材的表现》,载复旦大学思想史研究中心《思想史研究》第四辑《欧阳修与宋代士大夫》,上海人民出版社 2007 年版;朱刚《"日常化"的意义及其局限》,载《文学遗产》2013 年第 2 期。

[②] 对于欧阳修的生命思考,张宁宁、黎英围绕其诗词有细致的观察,参见张宁宁《欧阳修的主体生命意识:从思颍诗及其序文谈起》,载《湖北文理学院学报》2014 年第 35 卷第 10 期;黎英《感流年而欲驻急景:论欧阳修词的一种生命意识》,载《西昌学院学报》2014 年第 26 卷第 2 期;谢琰对欧阳修金石活动中的"不朽"思考,做了十分深入的分析与阐发,参见谢琰《"不朽"的焦虑:从思想史角度看欧阳修的金石活动》,载《华东师范大学学报》2017 年第 2 期。这些讨论对本文的思考都有积极的启发。

作为精神世界的核心焦虑，欧阳修的盛衰体验也深刻地影响了他的诗文创作。在欧文中，盛衰慨叹所包含的复杂内涵，构成了"六一风神"的重要精神基础；而在诗歌创作中，强烈的盛衰领悟，使欧诗对日常化题材呈现出十分独特的观照视角，与前代诗人如陶渊明、白居易、韩愈等人诗作的日常化书写形成明显差异，开拓了诗歌"日常化"的新道路。梅尧臣作为与欧阳修志趣相投的诗友，其诗作也很关注日常。梅诗刻画日常，长于状物，但相较于欧诗缺少精神张力。欧梅的差异进一步体现出欧阳修对宋诗日常化书写的重要贡献。

一 欧阳修盛衰体验的情感内涵

盛衰之叹是欧阳修屡屡见诸辞端的情绪，它包含了年华短促的悲叹，友朋离散、繁华难再的伤感以及对世事起伏的茫然等复杂感触。嘉祐四年欧阳修所创作的《秋声赋》对于理解其盛衰体验的独特内涵颇具代表性。

悲秋题材在不同的诗文体裁中有不同的表现传统，从赋的传统来看，西晋潘岳的《秋兴赋》，唐代李德裕《秋声赋》、刘禹锡的《秋声赋》，都是欧阳修写作《秋声赋》时会加以关注的前代典范。从内容上看，潘岳之作上承宋玉《九辩》的悲秋之叹，着力书写的是世路失意的伤感，其辞云："宵耿介而不寐兮，独辗转于华省，悟时岁之遒尽兮，慨俯首而自省。斑鬓髟以承弁兮，素发飒以垂领。仰群俊之逸轨兮，攀云汉以游骋。登春台之熙熙兮，珥金貂之炯炯。苟趣舍之殊涂兮，庸讵识其躁静。"[1]潘岳作此赋时，才三十二岁，"始见二毛"，身当壮岁而作此悲音，其迟暮之叹中，萦绕的是有志不获骋的摧抑之苦，他努力通过"齐天地于一指"来化解内心的盛衰荣瘁之悲。

李德裕与刘禹锡的《秋声赋》，则将书写的重点，转向功业成就之后的光阴之叹和感伤生命的脆弱易逝。李德裕《秋声赋·序》云："昔潘岳寓直骑省，因感二毛，遂作《秋兴赋》。况余百龄过半，承明三入，发已

---

[1] 萧统：《六臣注文选》，中华书局1987年版，第249页。

皓白，清秋可悲。"① 刘禹锡亦称李德裕之作是"得时行道之余兴，犹动光阴之叹"（《秋声赋·序》）。② 生命的脆弱与光阴的易逝，在李刘笔下，都是无解的矛盾，两篇赋作亦萦绕着难以化解的低沉旋律。李德裕感伤于秋声的摧抑苦痛："既慷慨而谁诉，独汍澜而流缨。虽复苏门傲世，秦青送行，讵能写自然之天籁，究吹万之清泠。"③ 刘禹锡则感叹无论功业如何辉煌，都无法化解秋声的凄凉："则有安石风流，巨源多可。平六符而佐主，施九流而自我。犹复感阴虫之鸣轩，叹凉叶之初堕。异宋玉之悲伤，觉潘郎之么么。嗟乎！骥伏枥而已老，鹰在鞲而有情。聆朔风而心动，盼天籁而神惊。"④

与前代之作相比，欧阳修的《秋声赋》呈现出更为复杂的内涵，面对萧瑟秋声的凄切呼号、凛凛秋意的肃杀摧折，他既未如潘岳以达道齐物来化解，也未像李德裕与刘禹锡那样一味低沉悲抑，而是在思考无解的命运中，表达无奈与不甘交织的复杂心情："嗟乎！草木无情，有时飘零。人为动物，惟物之灵。百忧感其心，万事劳其形，有动于中，必摇其精。而况思其力之所不及，忧其智之所不能，宜其渥然丹者为槁木，黟然黑者为星星。奈何以非金石之质，欲与草木而争荣？念谁为之戕贼，亦何恨乎秋声！"⑤ 人非金石之质，生命如此脆弱，然而作为万物之灵的人，又绝不甘心等同于草木，而要忧劳有为，这又不可避免地使脆弱的生命遭受更多的伤害。意志的坚强与生命的脆弱、刚健的进取与命运的无奈，不因脆弱而放弃坚强，却因坚强而更觉人生之脆弱。这种近乎无解的痛苦领悟，使悲秋的内涵有了前所未有的深化，也集中地呈现出欧阳修盛衰慨叹中最为痛苦的思考。

---

① （唐）李德裕撰，傅璇琮、周建国校笺：《李德裕文集校笺》，河北教育出版社2000年版，第577页。
② （唐）刘禹锡著，瞿蜕园笺证：《刘禹锡集笺证》，上海古籍出版社2014年版，第35页。
③ （唐）李德裕撰，傅璇琮、周建国校笺：《李德裕文集校笺》，河北教育出版社2000年版，第577页。
④ （唐）刘禹锡著，瞿蜕园笺证：《刘禹锡集笺证》，上海古籍出版社2014年版，第35—36页。
⑤ （宋）欧阳修撰，洪本健校笺：《欧阳修诗文集校笺》，上海古籍出版社2009年版，第477页。

欧阳修推重刚健有为的人生态度，认为人生的价值在于精进，而要实现不朽，就要自强不息，其《杂说》指出，人之"贵乎万物者"，在于其"精气不夺于物"，要保持精气的不朽，就要永不懈怠，就像日月星辰以从不停息地运转来"相须而成昼夜、四时、寒暑"一样，"人之有君子也，其任亦重矣。万世之所治，万物之所利，故曰'自强不息'，又曰'死而后已'者，其知所任矣。然则君子之学也，其可一日而息乎！"① 其《海陵许氏南园记》称赞许元孝悌著于三世，为善不辍，感叹"事患不为与夫怠而止尔，惟力行不息以止，然后知予言之可信也"。②

对于儒家所追求的"立德""立功""立言"，他也屡屡表达对其不朽价值的信任，认为人的精气思虑"蕴而为思虑，发而为事业，著而为文章，昭乎百世之上而仰乎百世之下，非如星之精气，随其毙而灭也"。（《杂说》）③ 其《苏氏文集序》坚信苏舜钦的文章著述，即使埋没于一时，也必将传于后世："斯文，金玉也，弃掷埋没粪土，不能销蚀。其见遗于一时，必有收而宝之于后世者。虽其埋没而未出，其精气光怪已能常自发见，而物亦不能掩也。……子美屈于今世犹若此，其申于后世宜如何也！公其可无恨。"④ 其《仲氏文集序》亦着力揭示和肯定仲讷对其文章著述"虽抑于一时，必将申于后世而不可掩"⑤ 的自信。其《廖氏文集序》对于不达而早逝的廖偁，则坚信其以德行文章，虽不显于当世，但必有合于将来，所谓"知所待者，必有时而获；知所畜者，必有时而施。苟有志焉，不必有求而后合"。⑥

在《送徐无党南归序》中，欧阳修更进一步深化对不朽的思考，认为立德之于不朽，其意义更在立言之上："其所以为圣贤者，修之于身，施之于事，见之于言，是三者所以能不朽而存也。修于身者，无所不获；施

---

① （宋）欧阳修撰，洪本健校笺：《欧阳修诗文集校笺》，上海古籍出版社2009年版，第491页。
② 同上书，第1028页。
③ 同上书，第491页。
④ 同上书，第1063—1064页。
⑤ 同上书，第1122页。
⑥ 同上书，第1102页。

于事者，有得有不得焉；其见于言者，则又有能有不能也。"[1] 他高度赞扬那些不为一时之穷达所累，坚信德行文章之不朽价值的士人，赞其为"知命"之士，其《永州军事判官郑君墓志铭》所记之郑君正是如此"知命"之典型，其铭云："夫惟自信者不疑，知命者不惑。故能得失不累其心，喜愠不见其色。呜呼郑君！学几于此，斯可谓之君子。"[2] 在这里，"知命"不是无奈接受命运的消极选择，而是坚信德行可以传之无穷的坚强信念。

然而，精神的刚健，却并未能充分化解欧阳修内心对于生命柔脆易逝、世事难于久恃的敏感。其创作于嘉祐元年的《鸣蝉赋》感叹万物皆好鸣，"大小万状，不可悉名，各有气类，随其物形"。然而万千吟唱，都随秋风而消逝："忽时变以物改，咸漠然而无声。"至于人类，则期望长鸣于百世："呜呼！达士所齐，万物一类。人于其间，所以为贵，盖已巧其语言，又能传于文字。是以穷彼思虑，耗其血气，或吟哦其穷愁，或发扬其志意。虽共尽于万物，乃长鸣于百世。"行文至此，似乎是在重复其对不朽的信任，然而其后的笔锋陡然一转——"予亦安知其然哉？聊为乐以自喜。方将考得失，较同异，俄而阴云复兴，雷电俱击，大雨既作，蝉声遂息。"[3] 上文坚定的信念，如同雷雨后止息的蝉鸣，化为一片无解的茫然。

这种对不朽的茫然，欧阳修在早年创作《祭石曼卿文》时，就有鲜明的流露。他坚信石延年会留英名于后世："呜呼曼卿！生而为英，死而为灵。其同乎万物生死，而复归于无物者，暂聚之形；不与万物俱尽，而卓然其不朽者，后世之名。此自古圣贤莫不皆然，而著在简册者昭如日星。"但是，石延年墓地触目惊心的荒凉，却使欧阳修意识到生命衰朽的巨大阴影，陷入难以平复的痛苦："呜呼曼卿！吾不见子久矣，犹能仿佛子之平生。其轩昂磊落，突兀峥嵘，而埋藏于地下者，意其不化为朽壤，而为金玉之精。不然，生长松之千尺，产灵芝而九茎。奈何荒烟野蔓，荆棘纵

---

[1] （宋）欧阳修撰，洪本健校笺：《欧阳修诗文集校笺》，上海古籍出版社2009年版，第1099页。

[2] （宋）欧阳修撰，洪本健校笺：《欧阳修诗文集校笺》，上海古籍出版社2009年版，第918页。

[3] 同上书，第475—476页。

横,风凄露下,走磷飞萤。但见牧童樵叟,歌吟而上下,与夫惊禽骇兽,悲鸣踯躅而咿嘤。今固如此,更千秋而万岁兮,安知其不穴藏狐貉与鼯鼪?此自古圣贤亦皆然兮,独不见夫累累乎旷野与荒城?"① 可见,对德行文章不朽价值的信任,并不能抚平友朋永诀、生命易逝的巨痛。

随着人世风浪的影响日见深入,欧阳修对生命柔脆、世事难凭的感叹更加挥之难去,在其追求不朽的刚健之音中,经常萦绕着强烈的盛衰之慨。在嘉祐二年创作的《河南府司录张君墓表》中,他虽然坚信"惟善者能有后,而托于文字者可以无穷",但文中书及人事凋零,笔意十分凄恻:"今师鲁死且十余年,王顾者死亦六七年矣,其送君而临穴者及与君同府而游者十盖八九死矣,其幸而在者,不老则病且衰,如予是也。呜呼!盛衰生死之际,未始不如是,是岂足道哉?"② 其《张子野墓志铭》感慨洛阳交游之盛,飘零不复可得,亦有同样的悲音:"予时尚少,心壮志得,以为洛阳东西之冲,贤豪所聚者多,为适然耳。其后去洛,来京师,南走夷陵,并江汉,其行万三四千里,山砠水厓,穷居独游,思从曩人,邈不可得。然虽洛人至今皆以谓无如向时之盛,然后知世之贤豪不常聚,而交游之难得为可惜也。初在洛时,已哭尧夫而铭之,其后六年,又哭希深而铭之;今又哭吾子野而铭。于是又知非徒相得之难,而善人君子欲使幸而久在于世,亦不可得,呜呼,可哀也已!"③

这些盛衰的慨叹,很容易使人联想起欧词中异常强烈的伤春之悲。无论是"把酒临风千万恨,欲扫残红犹未忍"(《玉楼春》)、④ "尊前贪爱物华新,不道物新人渐老"(《玉楼春》),⑤ 还是"风月无情人暗换,旧游如梦空断肠"(《蝶恋花》),⑥ 都是对生命柔脆、世事茫然的传达。只是,单

---

① (宋)欧阳修撰,洪本健校笺:《欧阳修诗文集校笺》,上海古籍出版社2009年版,第1244页。

② (宋)欧阳修撰,洪本健校笺:《欧阳修诗文集校笺》,上海古籍出版社2009年版,第684页。

③ 同上书,第743页。

④ (宋)欧阳修著,黄畬笺注:《欧阳修词笺注》,中华书局1986年版,第83页。

⑤ 同上书,第64页。

⑥ 同上书,第46页。

纯阅读这些词作，难以看到欧阳修努力追求不朽的刚健与坚强，事实上，刚健与茫然交织的张力，才是欧阳修生命思考的基本旋律。

从思想史的角度来看，欧阳修生命思考的坚强与脆弱，呈现出相当独特的时代内涵。他对儒家德行、政事、文章之不朽价值的高度信任，与士大夫社会政治地位在宋代的整体提升有着密切的联系。欧阳修和他的士人同道，相信自己可以有所建树，社会会因自己的积极有为而发生重要的改变。在《仲氏文集序》中，他称仲讷生于"有宋百年全盛之际，儒学文章之士得用之时，宜其驰骋上下，发挥其所蓄，振耀于当世"，[①] 这也是他对自身所处时代的体认。然而，在事功的理想可以得到施展的同时，对事功本身的脆弱与虚妄，也会有更深切的体会。政坛的翻覆、友朋的睽离，甚至生命本身的短暂易逝，都会对传统儒家的坚强信念形成挑战。欧阳修立足儒家对德行、政事、文章的精神信念来安身立命，于前人多所凭依的佛老庄禅之说，并没有深刻的关注，而他的盛衰体验和生命苦痛，并不能从其儒学信念中得到彻底的安慰，其实正反映了缺少心性建构的传统儒学在精神领域的局限性。

与欧阳修这种难以消解的盛衰之叹相对照的，是北宋道学家努力面对生死从而获得精神超越与宁静的努力。张载认为生死是气化活动的展现，是受太虚本体支配的自然之事，所谓："太虚不能无气，气不能不聚而为万物，万物不能不散而为太虚。循是出入，是皆不得已而然也。"[②] 人的生死存亡，就是气的聚散变化。人"若能知性知天，则阴阳、鬼神皆吾分内尔"，就可以平静地面对生死。张载认为，人立身的根本在于道，对道的追求可以使人超越生死，托身永恒："道德性命是长在不死之物也，已身则死，此则常在。"[③] 这种超越生死的努力，在方向上与欧阳修的刚健进取并无二致，但张载将之建立在对生死问题的本体论、宇宙论思考之上，在深厚的思想基础上，获得了"存，吾顺事，没，吾宁也"[④] 的坦然。周敦颐手创《太极图

---

① （宋）欧阳修撰，洪本健校笺：《欧阳修诗文集校笺》，上海古籍出版社2009年版，第1122页。
② 《张载集》，中华书局1978年版，第7页。
③ 同上书，第273页。
④ 同上书，第63页。

说》，研究宇宙万物的生成，努力对生死问题做出推本求源的解释，以求摆脱生死的烦扰。[1] 二程认为"生生之理，自然不息。……有生便有死，有始便有终"[2] "死生存亡皆知所从来，胸中莹然无疑，止此理尔。"[3] 这些道学家建立了有着深刻心性内涵的生死观，面对生死也拥有了更为从容的态度。回避心性探索的欧阳修，显然难以像道学家一样获得这种因洞悉心性而拥有的精神支持。

面对刚健与茫然的复杂矛盾，欧阳修始终没有勉强去统一两者。从艺术上看，独特的盛衰之慨与生命体验，对欧文"六一风神"的形成有着重要的影响。例如《释秘演诗集序》《丰乐亭记》《岘山亭记》诸文，是欧文中最具感慨淋漓之致的作品，这样的艺术特点也是"六一风神"的核心特征。《释秘演诗集序》全文从"道其盛时以悲其衰"命笔，充满俯仰悲怀，感慨呜咽之旨；被推为"风神"最完美体现的《丰乐亭记》，全文交织着对盛宋功业的自信以及历史淹灭的茫然，尤其值得注意的是，文中对百年之间滁地干戈战乱湮灭无闻的描绘，并不是一种简单的今夕之慨的抒发，而是贯穿着生命在历史长河中短暂易逝的惆怅。作者期望去寻找记得那段历史的故老，但"欲问其事，而遗老尽矣"，对于当下之人，只能"漠然徒见山高而水清"，[4] 那些真正能记得往昔烽烟的鲜活的生命，早已消逝，这种对生命短暂的悲慨，显然不是盛宋的功业所可以化解，而《丰乐亭记》的复杂况味正来自于此。

同样的意味，在《岘山亭记》中也有深刻的传达，作于熙宁三年的这篇作品对杜预、羊祜之于后世之名的热切关注，表达了复杂微妙的态度。在作者看来，羊、杜二人以其功业，已足以不朽："功烈已盖于当世矣。至于风流余韵蔼然被于江汉之间者，至今人犹思之，而于思叔子也尤深。盖元凯以其功，而叔子以其仁，二子所为虽不同，然皆足以垂于不朽。"[5] 但是，二人

---

[1] 参见郑晓江《周敦颐生死哲学探微》，载《学海》2006年第2期。
[2] （宋）程颢、程颐：《二程集》，中华书局1981年版，第167页。
[3] 同上书，第17页。
[4] （宋）欧阳修撰，洪本健校笺：《欧阳修诗文集校笺》，上海古籍出版社2009年版，第1018页。
[5] 同上书，第1044页。

仍然"汲汲于后世之名",唯恐埋没于后世。欧阳修虽然对此不以为意,但并未加以讥讽和嘲笑,而是对二人的"自待者厚而所思者远"给予了充分的理解。对不朽的执着,正是对生命短暂的忧惧,这样的忧惧,即使是盖世功业,也难以彻底消弭。可见,欧阳修强烈而复杂的盛衰体验,构成理解其散文"六一风神"的一个重要视角。

二 盛衰体验对欧诗"日常化"书写的形塑

在诗歌创作中,欧阳修的盛衰体验也有广泛的传达。年华流逝、心力衰惫,是欧诗屡屡诉诸诗笔的感伤,例如《暮春有感》:"天工施造化,万物感春阳。我独不知春,久病卧空堂。时节去莫挽,浩歌自成伤。"① 又如:"昔在洛阳年少时,春思每先花乱发。萌芽不待杨柳动,探春马蹄常踏雪。到今年才三十九,怕见新花羞白发。颜侵塞下风霜色,病过镇阳桃李月。"(《病中代书寄圣俞二十五兄》)② "镇阳二月春苦寒,东风力溺冰雪顽。北潭跬步病不到,何暇骑马寻郊原。雕丘新晴暖已动,砌下流水来潺潺。但闻檐间鸟语变,不觉桃杏开已阑。人生一世浪自苦,盛衰桃杏开落间。"(《镇阳残杏》)③ 友朋离散、繁华不再的茫然也是屡发难抑的悲音:"倾壶岂徒强君饮,解带且欲留君谈。洛阳旧友一时散,十年会合无二三。"(《圣俞会饮》)④ "朐山顷岁黜,我亦斥江湖。乖离四五载,人事忽焉殊。归来见京师,心老貌已癯。但惊何其衰,岂意今也无。"(《哭曼卿》)⑤

盛衰体验在构成欧诗重要抒情内容的同时,也对欧诗的表现艺术产生微妙的影响,其中最值得关注的,是对日常化书写方式的影响。欧诗对于日常生活的书写,经常与人生的衰病疲惫之叹与世事茫然之悲联系在一起,越到晚年,这种联系就越加紧密。例如作于嘉祐六年的《初食

---

① (宋)欧阳修撰,洪本健校笺:《欧阳修诗文集校笺》,上海古籍出版社2009年版,第54页。
② 同上书,第48页。
③ 同上书,第50页。
④ 同上书,第24页。
⑤ 同上书,第27页。

鸡头有感》：

> 六月京师暑雨多，夜夜南风吹芡嘴。凝祥池锁会灵园，仆射荒陂安可拟。争先园客采新苞，剖蚌得珠从海底。都城百物贵新鲜，厥价难酬与珠比。金盘磊落何所荐，滑台拨醅如玉体。自惭窃食万钱厨，满口飘浮嗟病齿。却思年少在江湖，野艇高歌菱荇里。香新味全手自摘，玉洁沙磨软还美。不瓢固不羡五鼎，万事适情为可喜。何时遂买颍东田，归去结茅临野水。①

诗中描绘鸡头之鲜美昂贵，感叹自己虽能享用如此昂贵的美食，却已是满口病齿，不复如年少时可以在江湖间欢快地采摘、品尝那样快美。面对鲜美的鸡头，诗人因衰老的病齿而触发衰飒的心境，盛衰之慨为日常化题材的书写，赋予了独特的情感视角与观照方式。诗中刻画眼前鸡头"金盘磊落何所荐，滑台拨醅如玉体"，流露的是富足却衰惫的诗人眼中的名贵，而回想当年"香新味全手自摘，玉洁沙磨软还美"，表现的则是年少时采摘与品尝鸡头的清新与快意。

荣瘁盛衰的心境之变，还带来对口腹特殊偏好的体察，例如《二月雪》刻画对杞菊的嗜爱："宁伤桃李花，无损杞与菊。杞菊吾所嗜，惟恐食不足。花开少年事，不入老夫目。老夫无远虑，所急在口腹。风晴日暖雪初销，踏泥自采篱边绿。"② 又如《尝新茶呈圣俞次韵再作》从老人的感触出发，书写品尝新茶的独特感受，以诙谐之笔，刻画衰暮之年的生趣与兴味：

> 吾年向老世味薄，所好未衰惟饮茶。建溪苦远虽不到，自少尝见闽人夸。每嗤江浙凡茗草，丛生狼藉惟藏蛇。岂如含膏入香作金饼，蜿蜒两龙戏以呀。其余品第亦奇绝，愈小愈精皆露芽。泛之白花如粉乳，乍见紫面生光华。手持心爱不欲碾，有类弄印几成窊。论功可以疗百疾，

---

① （宋）欧阳修撰，洪本健校笺：《欧阳修诗文集校笺》，上海古籍出版社2009年版，第251页。

② 同上书，第229页。

轻身久服胜胡麻。我谓斯言颇过矣，其实最能袪睡邪。茶官贡余偶分寄，地远物新来意嘉。亲烹屡酌不知厌，自谓此乐真无涯。未言久食成手颤，已觉疾饥生眼花。客遭水厄疲捧碗，口吻无异蚀月蟆。僮奴傍视疑复笑，嗜好乖僻诚堪嗟。更蒙酬句怪可骇，儿曹助噪声哇哇。①

诗中慨叹建溪新茶的名贵与灵异，对于衰暮之人都没有太大的意义，唯一的作用是可以帮助驱遣瞌睡，但又不能真的放怀品饮，因为衰惫之躯很快就会不胜茶力，"疾饥生眼花"。无论是对建溪新茶"泛之白花如粉乳，乍见紫面生光华"的细腻刻画，还是对自己饮茶后狼狈之态的描摹，这些日常内容，都在盛衰慨叹的观照下拥有了独特的意味。

欧阳修的《有赠余以端溪绿石枕与蕲州竹簟皆佳物也余既喜睡而得此二者不胜其乐奉呈原父舍人圣俞直讲》，亦是体现其日常化特色的代表作，诗中对绿石枕、竹簟的刻画，与老惫、疏懒联系在一起，写出诗人身当晚景的心境：

端溪琢出缺月样，蕲州织成双水纹。呼儿置枕展方簟，赤日正午天无云。黄琉璃光绿玉润，莹净冷滑无埃尘。忆昨开封暂陈力，屡乞残骸避烦剧。圣君哀怜大臣闵，察见衰病非虚饰。犹蒙不使如罪去，特许迁官还旧职。选材临事不堪用，见利无惭惟苟得。一从僦舍居城南，官不坐曹门少客。自然唯与睡相宜，以懒遭闲何惬适。从来羸苶苦疲困。况此烦歊正炎赫。少壮喘息人莫听，中年鼻鼾尤恶声。痴儿掩耳谓雷作，灶妇惊窥疑釜鸣。苍蝇蠛蠓任缘扑，蠹书懒架抛纵横。神昏气浊一如此，言语思虑何由清。尝闻李白好饮酒，欲与锸杓同生死。我今好睡又过之，身与二物为三尔。江西得请在旦暮，收拾归装从此始。终当卷簟携枕去，筑室买田清颍尾。②

---

① （宋）欧阳修撰，洪本健校笺：《欧阳修诗文集校笺》，上海古籍出版社2009年版，第251页。

② （宋）欧阳修撰，洪本健校笺：《欧阳修诗文集校笺》，上海古籍出版社2009年版，第213—214页。

诗中竭力刻画身当迟暮、鼾声令人掩耳不及的尴尬无奈之状，和"黄琉璃光绿玉润，莹净冷滑无埃尘"的石枕竹簟形成微妙的张力，写出了自身对石枕竹簟的喜爱，又在这种喜爱中流露出人生衰惫的无奈。

在欧阳修之前的诗歌史上，陶渊明以及中唐的韩愈、白居易等人，都较多地关注和表现日常生活。值得注意的是，陶渊明和白居易对日常的关注，渗透着浓厚的生命之悲与衰病之叹。在陶诗清新恬淡的田园生活描绘中，往往伴随着生命易逝的惊觉，如《酬刘柴桑》："穷居寡人用，时忘四运周。榈庭多落叶，慨然知已秋。新葵郁北墉，嘉穟养南畴。今我不为乐，知有来岁不？命室携童弱，良日登远游。"① 诗中细腻地刻画庭院、田园中的新葵与嘉穟，感叹欢乐不知能否永远。对于年华短促、欢乐不永的伤感，陶诗常常要将其尖锐地置于平淡恬和的旋律之中，如《诸人共游周家墓柏下诗》："今日天气佳，清吹与鸣弹。感彼柏下人，安得不为欢。清歌散新声，绿酒开芳颜。未知明日事，余襟良已殚。"② 诗中用清丽的笔墨，刻画冢畔的欢歌："清歌散新声，绿酒开芳颜。"然而如此欢乐，却是被"柏下人"、被生命短促的无奈所触发。又如《拟古其七》："日暮天无云，春风扇微和。佳人美清夜，达曙酣且歌。歌竟长叹息，持此感人多。皎皎云间月，灼灼叶中华。岂无一时好，不久当如何？"③ 诗中繁华易逝的感伤，同样在佳人清歌的良夜中，迅速投下浓重的阴影。

中唐白居易亦在诗中自觉地关注日常生活，而其笔下的日常之乐，则与对衰病的人生思考相联系，如《首夏病间》："我生来几时，万有四千日。自省于其间，非忧即有疾。老去虑渐息，年来病初愈。忽喜身与心，泰然两无苦。况兹孟夏月，清和好时节。微风吹袷衣，不寒复不热。移榻树阴下，竟日何所为。或饮一瓯茗，或吟两句诗。内无忧患迫，外无职役羁。此日不自适，何时是适时。"④ 诗中在清和时节"或饮一瓯茗，或吟两句诗"的日常快乐，正是诗人暂时摆脱了人生忧疾、轻松一刻的享受，笔

---

① 《陶渊明集》，中华书局1979年版，第59页。
② （宋）欧阳修撰，洪本健校笺：《欧阳修诗文集校笺》，上海古籍出版社2009年版，第49页。
③ 《陶渊明集》，中华书局1979年版，第113页。
④ 《白居易集》，中华书局1999年版，第112页。

墨间暂得从容的享受，似乎还可以品味出对人间风浪翻覆的忧惧。又如《弄龟罗》："有侄始六岁，字之为阿龟。有女生三年，其名曰罗儿。一始学笑语，一能诵歌诗。朝戏抱我足，夜眠枕我衣。汝生何其晚，我年行已衰。物情小可念，人意老多慈。酒美竟须坏，月圆终有亏。亦如恩爱缘，乃是忧恼资。举世同此累，吾安能去之。"① 面对年幼侄子、女儿的绕膝之乐，诗人在流露浓浓慈爱的同时，又感叹己身衰暮，不要陷入情累的烦扰，笔墨中的怜爱与无奈，亦交织出独特的情感内涵。又如《春寝》："何处春暄来，微和生血气。气熏肌骨畅，东窗一昏睡。是时正月晦，假日无公事。烂熳不能休，自午将及未。缅思少健日，甘寝常自恣。一从衰疾来，枕上无此味。"② 诗中刻画春寝的甘美，亦是从衰病以来甘寝难得的无奈来落笔。人生的衰病之叹，成为白居易诗歌日常书写的最重要的情感视角。

陶渊明田园日常生活书写中所体现的生命意识，白居易日常闲适生活书写中所流露的壮气不再，说明他们对日常的关注，是反思消解儒家功业理想之后的精神寄托。陶渊明对儒家功名思想的反思，以及白居易后期不再以兼济为理想的闲适追求，学界已多有阐发，此不赘述。这种独特的精神背景，也影响到陶、白对日常生活的关注视角和取以入诗的方式。陶诗中的田园日常生活，恬淡和谐、富于清新的意象与朴素和乐的生活场景，折射了面对人生短促之悲，以天真自然自守的精神意趣；白居易笔下的日常生活，则更多饮食、安眠、下棋、养花等平居之乐，流露出暂避人世风浪，在一饮一酌间品味日常的轻松闲适。

与陶、白颇为不同的是，中唐韩愈的诗作，同样关注日常生活内容，却没有在其中渗透生命之悲与衰病之叹，而是展开飞腾的想象，以纵横的诗思，在日常世界中打开奇崛的精神之境，例如《和虞部卢四汀酬翰林钱七徽赤藤杖歌》："赤藤为杖世未窥，台郎始携自滇池。滇王扫宫避使者，跪进再拜语嗢咿。绳桥拄过免倾堕，性命造次蒙扶持。途经百国皆莫识，君臣聚观逐旌麾。共传滇神出水献，赤龙拔须血淋漓。又云羲和操火鞭，暝到西极睡所遗。几重包裹自题署，不以珍怪夸荒夷。归来捧赠同舍子，浮光照手欲把

---

① 《白居易集》，中华书局1999年版，第140页。
② 同上书，第132页。

疑。空堂昼眠倚牖户，飞电著壁搜蛟螭。"① 一根普通的赤藤杖，诗人想象它是赤龙带血的龙须，又想象是羲和挥动的火鞭，散发着炫人心目的浮光，有着"飞电著壁搜蛟螭"的力量。日常世界由此变成瑰异奇丽的境界。

又如《郑群赠簟》："蕲州笛竹天下知，郑君所宝尤瑰奇。携来当昼不得卧，一府传看黄琉璃。体坚色净又藏节，尽眼凝滑无瑕疵。法曹贫贱众所易，腰腹空大何能为，自从五月困暑湿，如坐深甑遭蒸炊。手磨袖拂心语口，慢肤多汗真相宜。日暮归来独惆怅，有卖直欲倾家资。谁谓故人知我意，卷送八尺含风漪。呼奴扫地铺未了，光彩照耀惊童儿。青蝇侧翅蚤虱避，肃肃疑有清飙吹。倒身甘寝百疾愈，却愿天日恒炎曦。明珠青玉不足报，赠子相好无时衰。"② 诗中刻画郑群所赠琉璃簟，仿佛带来清风笼罩天地，诗人甘寝百疾霍然而愈的狂喜，传达的是纵横疏狂的精神气象，与欧阳修以自嘲衰惫鼾声恶态刻画绿石枕与竹簟的笔墨颇为不同。《落齿》一诗，就其题材来看是写衰老不可避免的落齿之痛，但命笔之间，衰老虽然无奈，却似乎在自嘲与诙谐之间呈现出另一种生趣："去年落一牙，今年落一齿。俄然落六七，落势殊未已。余存皆动摇，尽落应始止。忆初落一时，但念豁可耻。及至落二三，始忧衰即死。每一将落时，懔懔恒在已。又牙妨食物，颠倒怯漱水。终焉舍我落，意与崩山比。"③

韩愈对日常生活的独特处理，折射了其身上执着的儒家气质，其弘扬儒道的气魄与不屈于时的精神力量，在这些作品中，透过日常生活的细微之物，打开了广大的艺术空间。在这些作品中，完全读不出生命的悲音和盛衰的伤感，这与陶白之于日常生活的观照，显然大异其趣。

从诗歌史日常书写的历史来观察欧诗，就会发现，欧诗在用奇崛的笔力来恢廓日常生活之艺术空间方面与韩诗颇为接近，但其诗中萦绕的盛衰之慨与衰病之叹，又是韩诗所无而与陶、白颇为接近的，例如《吴学士石屏歌》："晨光入林众鸟惊，腷膊群飞鸦乱鸣。穿林四散投空去，黄口巢中饥待哺。雌者下啄雄高盘，雄雌相呼飞复还。空林无人鸟声乐，古木参天

---

① 屈守元、常思春主编：《韩愈全集校注》，四川大学出版社1996年版，第473页。
② 同上书，第303—304页。
③ 同上书，第125—126页。

枝屈蟠。下有怪石横树间，烟埋草没苔藓斑。借问此景谁图写？乃是吴家石屏者。虢工刳山取山骨。朝镌暮斫非一日，万象皆从石中出。吾嗟人愚不见天地造化之初难，乃云万物生自然。岂知镵镵刻画丑与妍，千状万态不可殚，神愁鬼泣昼夜不得闲。……又疑鬼神好胜憎吾侪，欲极奇怪穷吾才，乃传张生自西来。吴家学士见且咍，醉点紫毫淋墨煤。君才自与鬼神斗，嗟我老矣安能陪。"[①] 诗中对物象穷极笔力的刻画，深得韩诗之精神，然而全诗最后却落笔于"嗟我老矣安能陪"的叹息。

陶白对日常的表现，追求自适与安闲，而韩诗对日常的表现，则充满征服和超越的力量，欧诗有时融合这两种不同的取向，在我与日常之物之间，形成创造与因任、征服与安适相交织的独特关系，例如上面提到的《有赠余以端溪绿石枕与蕲州竹簟皆佳物也余既喜睡而得此二者不胜其乐奉呈原父舍人圣俞直讲》，诗中刻画绿石枕与竹簟，篇末云："尝闻李白好饮酒，欲与锉枸同生死。我今好睡又过之，身与二物为三尔。江西得请在旦暮，收拾归装从此始。终当卷簟携枕去，筑室买田清颍尾。"欧阳修在诗中，认为自己和绿石枕、竹簟二物，可并而为三，一起隐居于颍上。这种"身与二物为三尔"的独特想法，可以和他的《六一居士传》对读：

> 客有问曰："六一，何谓也？"居士曰："吾家藏书一万卷，集录三代以来金石遗文一千卷，有琴一张，有棋一局，而常置酒一壶。"客曰："是为五一尔，奈何？"居士曰："以吾一翁，老于此五物之间，是岂不为'六一'乎？"客笑曰："子欲逃名者乎，而屡易其号，此庄生所谓畏影而走乎日中者也。余将见子疾走大喘渴死，而名不得逃也。"居士曰："吾固知名之不可逃，然亦知夫不必逃也。吾为此名，聊以志吾之乐尔。"客曰："其乐如何？"居士曰："吾之乐可胜道哉！方其得意于五物也，太山在前而不见，疾雷破柱而不惊。虽响九奏于洞庭之野，阅大战于涿鹿之原，未足喻其乐且适也。然常患不得极吾乐于其间者，世事之为吾累者众也。其大者有二焉，轩裳珪组劳吾形

---

① （宋）欧阳修撰，洪本健校笺：《欧阳修诗文集校笺》，上海古籍出版社2009年版，第166页。

于外，忧患思虑劳吾心于内，使吾形不病而已悴，心未老而先衰，尚何暇于五物哉？虽然，吾自乞其身于朝者三年矣。一日天子恻然哀之，赐其骸骨，使得与此五物皆返于田庐，庶几偿其夙愿焉。此吾之所以志也。"客复笑曰："子知轩裳珪组之累其形，而不知五物之累其心乎？"居士曰："不然。累于彼者已劳矣，又多忧；累于此者既佚矣，幸无患。吾其何择哉？"[1]

欧阳修对"六一"得名之由的阐发，可以揭示其如何认识自我与日常生活之乐的关系，对于欧阳修来讲，"吾家藏书一万卷，集录三代以来金石遗文一千卷，有琴一张，有棋一局，而常置酒一壶"，这"五一"之乐，并非陶渊明、白居易自然取之于日常生活的快乐，而是饱含了欧阳修对这些快乐的创造、发掘与开拓，当他面对"五一"时："太山在前而不见，疾雷破柱而不惊。虽响九奏于洞庭之野，阅大战于涿鹿之原，未足喻其乐且适也"这种巨大的、令人精神激越的快乐，绝非陶白随顺自然、因任现实所能体会。从这个意义上讲，欧阳修本人是这"五一"的创造者和主宰者，但欧阳修并未让自己的这个"一翁"高于五者之上，而是与之并为"六一"，这又是其接近陶白因任、随顺之处。欧诗之于日常生活，既驱驾文字、恢廓其境界，又沉吟低回，体味自足与安闲，其复杂的意味，正与其以六一自名息息相通。而其有为与茫然交织的独特的盛衰体验，显然是形成这一复杂意味的重要精神背景。

从上述分析可以看出，欧阳修为诗歌的"日常化"书写，赋予了与陶渊明、白居易、韩愈不同的精神内涵，这也是欧诗对宋诗"日常化"的重要开拓。在这一点上，与欧阳修志趣相投的梅尧臣，虽然也对诗歌的"日常化"多有关注，在表现技巧上亦能变化，但精神格局的开拓性似较欧诗逊色，不少作品注重描摹物态，缺少更为丰满生动的趣味与性情，例如《五月十三日大水》："谁知山中水，忽向舍外流？谁知门前路，已通溪中舟？穷蛇上竹枝，聚蚓登阶陬。我家地势高，四顾如湖滮。浮萍穿篱眼，

---

[1] （宋）欧阳修撰，洪本健校笺：《欧阳修诗文集校笺》，上海古籍出版社 2009 年版，第 1131 页

断苕过屋头。官吏救市桥，停车当市楼，应念此中居，望不辩马牛。危湍泻天河，漫漫无汀洲。群蛙正得时，日夜鸣不休。戢戢后池鱼，随波去难留。扬鬐虽自在，江上多网钩。纷纭闾里儿，踊跃竟学泅。吾慕孔宣父，有意乘桴浮。"①诗中刻画街衢中的大水，既描绘了"穷蛇上竹枝，聚蚓登阶陬""群蛙正得时，日夜鸣不休"的细微物象，亦刻画了"危湍泻天河，漫漫无汀洲"的泛滥之景，但描摹较为平直，缺少内在的张力。

欧诗在表现日常生活时经常流露的盛衰之慨、世事之叹，在梅诗中很少见到，即使是一些气氛萧瑟的作品，也缺少更多的感怀。例如《梅雨》："三日雨不止，蚯蚓上我堂，湿菌生枯篱，润气酦素裳。东池虾蟆儿，无限相跳梁，野草侵花圃，忽与栏干长。门前无车马，苔色何苍苍！屋后昭亭山，又被云蔽藏。四向不可往，静坐唯一床，寂然忘外虑，微诵《黄庭》章。妻子笑我闲，曷不自举觞？已胜伯伦妇，一醉犹在傍。"②诗中刻画梅雨的阴湿低迷，苔色苍苍、云遮四野，其中语及蚯蚓、虾蟆、枯篱、湿菌，荒凉萧瑟之状如在目前，但这种荒凉低迷的气氛，与诗中所刻画的诗人的静坐悠闲，似乎缺少更为内在的精神联系。

欧阳修称赞梅尧臣的诗"状难写之景，如在目前；含不尽之意，见于言外"（《六一诗话》）③，梅尧臣对日常生活的表现，的确有穷尽物态的笔力，但与欧阳修相比，缺少更为充实和丰满的诗人主体情性，其诗作所呈现的诗人面目是较为模糊的。陶渊明、白居易、韩愈之诗对日常生活的表现，都有丰满的主体情性，欧阳修恰恰是继承了这一传统，并出之以新的变化。如果说梅尧臣状难写之景的深刻笔力，开拓了宋诗对日常物象的表现，那么欧阳修从其独特的盛衰体验出发对陶、白、韩加以创变的日常化书写之路，更丰富了宋诗"日常化"的精神空间。透过欧梅的差异，显然可以更深入地理解盛衰体验对欧诗日常化书写的显著影响，以及欧阳修对宋诗"日常化"所做的独特而重要的贡献。

---

① （宋）梅尧臣著，朱东润校注：《梅尧臣集编年校注》，上海古籍出版社1980年版，第792页。

② 同上书，第791页。

③ 《欧阳修全集》，中华书局2001年版，第1952页。

阴阳交感：欧阳修的音乐思想与诗学

华东师范大学国际汉语文化学院　成　玮

宋仁宗明道元年（1032），欧阳修在《书梅圣俞稿后》中提出一个命题："盖诗者，乐之苗裔与！"[①]这是相当系统的一篇文章，将音乐与诗歌同质化，由对音乐的认识出发去规定诗歌。一直以来，学界对这一命题的渊源、内涵与文化史意义似乎尚少通盘考量[②]。今拈出试为之说。

一　音乐与诗：本乎阴阳

《书梅圣俞稿后》说："凡乐，达天地之和而与人之气相接"，及其衰，"其天地人之和气相接者，既不得泄于金石，疑其遂独钟于人。故其人之得者，虽不可和于乐，尚能歌之为诗"。乐与诗的同质性，来自同承"天地之和"。此论接续天圣七年（1029）欧阳修答《国学试策三道》其二的思路而来。当时其对策指出："生禀阴阳之和，故形喜怒哀乐之变"，这是音乐作用于人的前提条件之一[③]。两相比勘，可知所谓"天地之和"，即指阴阳之和。

音乐本乎阴阳二气，是秦汉以前较常见的思想。各家意见有殊，约可

[①]（宋）欧阳修撰，洪本健校笺：《欧阳修诗文集校笺》（以下简称"洪笺本"），上海古籍出版社2009年版，第1907页。

[②]成玮《制度、思想与文学的互动：北宋前期诗坛研究》就此作过一简短讨论，但仅涉及其一部分内涵，并不完整，更未关注其渊源与文化史意义。复旦大学出版社2013年版，第230—232页。

[③]洪笺本，第2020页。

别为三派：一是《左传》昭公元年引医和语："天有六气，降生五味，发为五色，徵为五声，淫为六疾。六气曰阴、阳、风、雨、晦、明也。"据杜预注，五声指宫、商、角、徵、羽。同书昭公二十五年引子产语略同①。《左传》称音乐出于六气，阴与阳仅为六气之一部分，并未笼盖全局，与欧阳修所言不合。二是《礼记·郊特牲》说"饮，养阳气也，故有乐；食，养阴气也，故无声。凡声，阳也"；又说"乐由阳来者也，礼由阴作者也，阴阳合而万物得"。② 这里音乐单归于阳气，而无关乎阴气，也与欧阳修所言不合。三是《吕氏春秋·仲夏季·大乐》说："凡乐，天地之和，阴阳之调也。"《礼记·乐记》说"先王本之情性，稽之度数，制之礼义，合生气之和，道五常之行"而制乐，郑玄注："生气，阴阳气也。"③ 两书皆认为音乐出于阴阳之和，与欧阳修所言相契④；而欧氏那篇对策又引述过《乐记》其他内容⑤，可以确信，其理论直接来源便是《乐记》。诗歌本乎阴阳二气之说则极罕见，当系由音乐见解连类而及。

秦汉以降，乐本阴阳之说，已少有人提到⑥。欧阳修重新拾起，并非纯然复古，而是有所变化。无论《吕氏春秋·大乐》还是《礼记·乐记》的阴阳二气，均为物质性的；欧阳修则摆落其物质性。《大乐》篇说："太一出两仪，两仪出阴阳，阴阳变化，一上一下，合而成章。"高诱注："章犹形也。"阴阳互动而构成形体，显然具有物质性。《乐记》说："地气上齐，天气下降，阴阳相摩，天地相荡，鼓之以雷霆，奋之以风雨，动之以

---

① （晋）杜预集解：《左传》，上海古籍出版社1997年版，第1201、1516页。
② （汉）郑玄注，（唐）孔颖达疏：《礼记正义》，北京大学出版社1999年版，第774、776页。
③ 陈奇猷：《吕氏春秋新校释》，上海古籍出版社2002年版，第259页；（汉）郑玄注，（唐）孔颖达疏：《礼记正义》，第1105页。
④ 缪钺《〈吕氏春秋〉中之音乐理论》指出《吕氏春秋》论音乐，汲取道家、阴阳家成分，《礼记·乐记》正承此派而发展之，于此又得一证。缪钺：《读史存稿》（增订本），北京大学出版社2017年版，第64—71页。
⑤ 欧阳修《国学试策三道》其二："故《乐记》之文，噍杀啴缓之音以随哀乐而应乎外；师乙之说，以《小雅》、《大雅》之异礼信而各安于宜。"洪笺本，第2020页。
⑥ 北朝刘昼《刘子·辨乐》提到先王作乐，"和阴阳之气"云云，但此篇杂糅《荀子·乐论》、《礼记·乐记》及阮籍《乐论》等著述辞句以成章，既乏己见，又无统绪，不足为例。傅亚庶：《刘子校释》，中华书局1998年版，第61页。

四时，暖之以日月，而百化兴焉。如此，则乐者天地之和也。"郑注："百化，百物化生也。"① 阴阳二气生成百物，更非具有物质性莫办。反观欧阳修，《易童子问》卷三驳诘《系辞》中有一条："又曰'精气为物，游魂为变，是故知鬼神之情状'云者，质于夫子平生之语，可以知之矣。"② 原文见《系辞上》"精气为物"一句，孔颖达疏"谓阴阳精灵之气，氤氲积聚而为万物也"③，同样认为阴阳二气具物质性，万物由此化生，而欧氏不以为然。《杂说》三首其二乃详论之④：

  星陨于地，腥矿顽丑，化为恶石。其昭然在上而万物仰之者，精气之聚尔；及其毙也，瓦砾之不若也。人之死，骨肉臭腐，蝼蚁之食尔。其贵乎万物者，亦精气也。其精气不夺于物，则蕴而为思虑，发而为事业，著而为文章，昭乎百世之上而仰乎百世之下，非如星之精气随其毙而灭也。可不贵哉？

精气（阴阳二气）离开星辰，星辰依然保有其物质形体（"恶石"）；离开人，人也依然保有其物质形体（"骨肉"）。而精气的表现，在于思虑、事业、文章等非物质领域。足见欧阳修所说阴阳二气，绝非物质性的。他有时慨叹"万物生于天地之间，其理不可以一概"⑤，至少部分原因在此。譬如《答圣俞白鹦鹉杂言》提到世传兔子望月而生，故自以为其毛色之白，得之于"一阴凝结之纯精"；孰料又见一只鹦鹉，长在南国炎蒸之地而毛色愈白，"乃知物生天地中，万殊难以一理通"⑥。连颜色这样简单的物质属性也无法取决于阴阳。后者与物质性脱钩之彻底，由是可窥一斑。

---

① 陈奇猷：《吕氏春秋新校释》，第 258、261 页；(汉) 郑玄注，(唐) 孔颖达疏：《礼记正义》，第 1095—1096 页。
② 李逸安点校：《欧阳修全集》（以下简称"李校本"），中华书局 2001 年版，第 1123 页。
③ (魏) 王弼注，(唐) 孔颖达疏：《周易正义》，北京大学出版社 2000 年版，第 313 页。
④ 洪笺本，第 491 页。
⑤ 欧阳修：《怪竹辩》，洪笺本，第 565 页。
⑥ 洪笺本，第 218 页。

人的经验无非两类：或为感官知觉，或为精神活动。一旦阴阳二气脱离了物质性，则"与人之气相接"时，自然相对远于感官这样的物质存在，而近于精神活动。《国学试策三道》其二开篇说："人肖天地之貌，故有血气仁智之灵；生禀阴阳之和，故形喜怒哀乐之变。物所以感乎目，情所以动于心，合之为大中，发之为至和。"这里"物感乎目"属于感官知觉，对应"天地之貌"；"情动于心"属于精神活动，对应"阴阳之和"，泾渭分明。《书梅圣俞稿后》开篇说："凡乐，达天地之和而与人之气相接，故其疾徐奋动可以感于心，欢欣恻怆可以察于声。"这里单言阴阳之和，故称作者欢欣恻怆之心，发为疾徐奋动之声，而为闻者所察觉，所论基本不出情感的范围。阴阳的去物质性，落实为音乐的精神效果，确切说，是情感效果。且从后一篇来看，不止于个人情感，还包括人与人之间的情感共振。事实上，这正是乐与诗在作用上的一个核心共通点，故同一文又说，梅尧臣诗"其感人之至，所谓与乐同其苗裔者耶！"

问题是，音乐可以抒发情感，并具感染力，能使人与人产生共振，一般而言系老生常谈，理自易明，不必依托阴阳二气。若仅限于此，岂非叠床架屋？所以尚须进一步观察，植根于非物质性的阴阳二气，会给情感带来什么特殊面貌？

二　情之感人：多样性与普遍性

此处有两点值得注意。

第一，阴阳二气所生发的情感未必雅正，对不尽雅正的情感，也应给予一席之地。《易或问三首》其三说："阴阳，天地之正气也。二气升降，有进退而无老少。"[①]首先，尽管阴阳均是正气，阴气却有入于邪僻的可能。《明用》说"阳极则变而之他"，"阴柔之动，或失于邪"，因而"圣人于阳，尽变通之道；于阴，则有所戒焉"[②]。提防阴气失正而趋邪，是欧

---

① 洪笺本，第537—538页。
② 同上书，第543页。

阳修再三致意的①。其次，更重要的是，二气升降进退，本身即无法全然避免失调。《原弊》说："夫阴阳在天地间，腾降而相推，不能无愆伏，如人身之有血气，不能无疾病也。……善为政者不能使岁无凶荒，备之而已。"② 阴阳失调既属必然，虽非理想状态，也无足深怪。与之相应的情感，同样当作如是观。

欧阳修以音乐上承阴阳之和，特标一"和"字。然而这仅是理想状态，并非凡音乐皆如此。《国学试策三道》其二问道："谓致乐可以导志，将此音不足移人？"换句话说，即音乐能否影响人的情感。欧氏的答案是：有些可以，有些不足。为此他区分了两种音乐：一种是"六乐"，即黄帝、尧、舜、禹、汤、周武王六代古乐。人"生禀阴阳之和，故形喜怒哀乐之变"，可是"七情不能自节，待乐而节之；至性不能自和，待乐而和之"，于是圣人出而作乐，以"顺导其性"。六代古乐得阴阳之和，可以影响情感，使之和平节制。另一种是俞伯牙、钟子期以下的音乐，"斯琐琐之滥音，曾非圣人之至乐。语其悲，适足以蹙匹夫之意；谓其和，而不能畅天下之乐"。这种音乐未得阴阳之和，情感也谈不到节制和平。其悲只能感染匹夫，不能感染君子；其乐也不能遍被天下之人，显与闻者情感不存在必然联系。这两种音乐交替的时间点，则在春秋时期。大约因系应试之作，观点崇尚雅正，所以此文对后一种音乐鄙为"乌足道哉"。不过，就阴阳二气失调的必然性来看，情感不得其和，实为必然，无须责备。《书梅圣俞稿后》谓"三代、春秋之际"，音乐得阴阳之和；其后失之，"虽不能和于乐，尚能歌之为诗"。转折点仍放在春秋时期，而两种音乐的交替，由此变成了音乐与诗歌的交替。春秋以来仅言诗歌，不言音乐。欧阳修就失去和气的音乐作何评价，遂无从直接得知。但他论诗歌，对于得和气而不纯者，未尝无肯定。由于乐与诗的同质性，推想他对于未得和气的音乐，当也不无肯定。他说："汉之苏、李，魏之曹、刘得其正始；宋、齐以下，得其浮淫流佚。唐之时，子昂、李、杜、沈、宋、王维之

---

① 譬如欧阳修《易童子问》卷一论"乾""坤"卦，李校本，第1107页；《进拟御试应天以实不以文赋》，洪笺本，第1946页。

② 洪笺本，第1572页；参看欧阳修《答杨辟喜雨长句》，第1263页。

徒，或得其淳古淡泊之声，或得其舒和高畅之节，而孟郊、贾岛之徒，又得其悲愁郁堙之气。由是而下，得者时有而不纯焉。"这一节专谈诗歌，而学者据此称"这是以表现天、地、人之和气的纯与不纯作为评判诗乐优劣的标准，要求诗乐表现纯正的和气"①，即并举音乐与诗，由诗歌思想逆溯其音乐思想。欧氏虽推崇和气纯正，而于未尽纯正之作，仍不否认其为"得者"。可认真说来，"和"自身便含有无过不及之意。在"得天地之和"的作品里，允许有不纯者出现，实质上已经冲破了"和"的边界。

就音乐而言，此文有一细节。欧氏赞赏梅尧臣诗，称其吟咏之意，深微处难以言诠，自己唯有心领神会，"如伯牙鼓琴，子期听之，不相语而意相知也"。三年前对策中视为无与于阴阳之和、"琐琐滥音"的伯牙琴曲，在这里却获得某种认同，用以形容自己与友人的诗歌交流，或许便透露出他对失去和气的音乐不尽否定的态度。就诗歌而言，上引一段所举，至少包含两处"不纯者"。譬如贾岛，欧阳修《读蟠桃诗寄子美》谓韩愈、孟郊诗希世而特出，"寂寥二百年，至宝埋无光。郊死不为岛，圣愈发其藏"②。他称贾岛不足以传孟郊衣钵，盖因两人诗作相较，前者穷愁更甚③，不符"和"的标准。又如南朝"浮淫流佚"之声，其不尽"纯""和"，自不待言。耐人寻味的是，欧阳修对之也非一味批判，反而以为这些作品于和气尚有所得。在撰写此文前后，他与梅尧臣各有《拟玉台体七首》④，足可旁证二人对南朝诗的态度。

要之，情感主雅正而未尽废偏宕，是欧阳修论乐、论诗的一个立场。

第二，阴阳二气交互感应，为不同类之人的情感筑就了互通基础，极大提升了情感的普遍性与抽象性。《易童子问》卷一论"咸"卦："男女睽而其志通，谓各睽其类也。凡柔与柔为类，刚与刚为类，谓感必同类，则

---

① 蔡仲德：《中国音乐美学史》（修订版），人民音乐出版社 2003 年版，第 644 页。
② 洪笺本，第 59 页。
③ 欧阳修：《试笔·郊岛诗穷》，李校本，第 1981 页。
④ 欧诗见洪笺本，第 1257—1259 页；梅诗见朱东润《梅尧臣集编年校注》，上海古籍出版社 1980 年版，第 45—47 页。欧诗，题注系于明道元年（1032）；梅诗，《校注》也系于是年，均与欧阳修《书梅圣俞稿后》同一年作。

以柔应柔，以刚应刚，可以为'咸'乎？故必二气交感，然后为'咸'也。"① 据《送王陶序》"盖刚为阳，为德，为君子；柔为阴，为险，为小人"②，知刚柔二气即阴阳二气。将人分类，有无数划分标准。欧阳修分成男女两类，由阴阳交感推出男女情志相通，以此证明不同类之人情感的共通性。这个说法一反旧注，别出心裁。《周易》"咸"卦王弼注："凡感之为道，不能感非类者也，故引取女以明同类之义也。同类而不相感应，以其各亢所处也，故女虽应男之物，必下之而后取女，乃吉也。"③ 王氏根本认男女为同类，指明唯同类之间乃可相感。欧氏与他针锋相对，自有其意义。把人分为男女，讨论其类别是一是二，似乎无关紧要；而若换种分法，譬如分为中国之人与蛮夷之人，归为一类便相当困难了。若同类方能相感，则蛮夷之人自当摒于效果范围之外。欧阳修倡言异类相感，目的即在解决这一问题，纳入蛮夷，将情志互通的范围推及天下，无远弗届。《易童子问》这一则，末乃导出结论："天下之广，蛮夷戎狄、四海九州之类，不胜其异也，而能一以感之，此王者所以为大，圣人所以为能。"可谓图穷匕见。情感的普遍性，至此无以复加。再前推一步，情感要普遍化，便不能受缚于固定内容。不同类之人所处环境往往不同，若情感须内容一致，始得相通，难免多有窒碍。情感越普遍，则越脱离固定内容而趋于抽象。这点更贴近音乐的特质，它原是一切艺术门类中与具体内容最不相干的。

在音乐方面，欧阳修较少强调感通及于蛮夷这点，但相信情感的抽象化与互通，则无二致。兹举他和梅尧臣所作《醉翁吟》对同一琴曲的解读为例。沈遵往游欧阳修建造醉翁亭的滁州琅琊山，归而制此曲。欧氏《跋醉翁吟》回忆："余以至和二年（1055）奉使契丹。明年，改元嘉祐，与圣俞作此诗。"④ 欧阳修与梅尧臣约定同作，二人辞旨分殊而又紧相扣合。为便观览，全录两作如次⑤：

---

① 李校本，第 1111 页。
② 洪笺本，第 1084 页。
③ （魏）王弼注，（唐）孔颖达疏：《周易正义》，第 164 页。
④ 洪笺本，第 1942 页。
⑤ 洪笺本，第 486—487 页；（宋）梅尧臣著，朱东润校注：《梅尧臣集编年校注》，第 882 页。

始翁之来，兽见而深伏，鸟见而高飞。翁醒而往兮，醉而归。朝醒暮醉兮，无有四时。鸟鸣乐其林，兽出游其蹊。咿嘤喁哳于翁前兮，醉不知。有心不能以无情兮，有合必有离。水潺潺兮，翁忽去而不顾；山岑岑兮，翁复来而几时？风袅袅兮山木落，春年年兮山草菲。嗟我无德于其人兮，有情于山禽与野麋。贤哉沈子兮，能写我心而慰彼相思。（欧阳修）

翁来，翁来，翁乘马。何以言醉，在泉林之下。日暮烟愁谷暝，蹄耸足音响原野。月从东方出照人，揽晖曾不盈把。酒将醒未醒，又挹玉斝向身泻，翁乎醉也。山花炯兮，山木挺兮，翁酡酊兮。禽鸣右兮，兽鸣左兮，翁魌鹅兮。虫蜩嘐兮，石泉嘈兮，翁酕醄兮。翁朝来以暮往，田叟野父徒倚望兮。翁不我搔，翁自陶陶。翁舍我归，我心依依。博士慰我，写我意之微兮。（梅尧臣）

前一篇从起首到"翁复来而几时"，取滁州父老语气；以下转为欧阳修语气，"嗟我无德于其人"，是曾为滁州太守的欧氏之自谦。诗谓琴曲"能写我心而慰彼相思"，是能抒发欧氏之意。后一篇从起首到"田叟野父徒倚望兮"，取旁观者语气，以下转为滁州"田叟野父"语气，"翁舍我归，我心依依"，是滁州父老对欧氏之不舍。诗谓琴曲"慰我"，正承欧诗"慰彼相思"而来；又谓琴曲"写我意之微兮"，是能抒发田叟野父之意。同一曲，或说表欧阳修之情，或说表滁州父老之情，并行不悖，证明在欧梅心目中，音乐并无固定情感内容，随闻者感受而变动不居。正因如此，官员与野老两类不同人的情感，反而在琴曲里融通无碍。

在诗歌方面，欧阳修称誉梅尧臣"名重天下，一篇一咏，传落夷狄，而异域之人贵重之如此耳"[1]，见出诗感通蛮夷之功。此外，他更加关注诗中情感的互通，甚至拟为科举试题。《问进士策题五道》其一问[2]：

古之人作诗，亦因时之得失，郁其情于中，而发之于咏歌而已。

---

[1] 欧阳修：《六一诗话》，李校本，第1950页。
[2] 洪笺本，第1852页。

一人之为咏歌，欢乐悲瘁，宜若所系者未为重矣。然子夏序《诗》，以谓"动天地，感鬼神，莫近于《诗》"者。《诗》之言，果足以动天地、感鬼神乎？

欧氏一向坚持"天吾不知其心，……地吾不知其心，……鬼神吾不知其心，……若人则可知其情者也，……然会而通之，天地神人无以异也"①，在人的情感中可以上窥天地鬼神之心。所谓"动天地、感鬼神"，最终指标仍在能否感染他人。他的提问是，有具体内容的一己之欢乐悲瘁，何以能连通他人的情感？欧阳修自己的想法，一则见于《梅圣俞诗集序》："凡士之蕴其所有而不得施于世者，……内有忧思感愤之郁积，其兴于怨刺，以道羁臣寡妇之所叹，而写人情之难言，盖愈穷而愈工。"② 诗人怀才不遇之慨，一发于外，便与羁臣、寡妇之情相流通。这里他提及的三类人，处境不一，情感具体内容自不能同，他们的相通点，至多可求之于情感类型。二则见于《礼部唱和集序》。此集之诗，系欧阳修与王珪等人主持礼部贡举时所咏。文中说待将来时移势异，"则是诗也，足以追惟平昔握手，以为笑乐；至于慨然掩卷而流涕嘘嚱者，亦将有之。虽然，岂徒如此而止也？览者其必有取焉"。③ 此篇上文称作时之命意，在用以代燕谈、戏谑等。过后作者由而兴感，或喜或悲，都已是衍生物，且情感类型也较原意更多样化。览者所取犹多过于此，则更和原作情感内容与类型，皆缺乏必要关联了。由是观之，诗歌所引发的情感，不须株守所从出的固定内容甚至情感类型，拥有高度的抽象性，当无可疑。要知诗异于音乐，以语言文字为载体，原本即承载着鲜明的具体内容。语至于此，已是最大限度的抽象化。诗中情感的互通，即建立在这样一个抽象的基础之上。

---

① 欧阳修：《易或问》（稿本）三首其二，洪笺本，第1594页；参看《易童子问》卷一论"谦"卦，李校本，第1109页；《新五代史》卷五九《司天考二》，中华书局2015年版，第793—794页。

② 洪笺本，第1092—1093页。

③ 同上书，第1107页。

要之，尽可能抽去情感具体内容，使之在更普遍的范围内流通感应，是欧阳修论乐、论诗的另一立场。

三 新变之始：在现实与文化的语境中

欧阳修上述思想，犹有未尽完善之处。譬如阴阳二气的去物质性，使其与精神活动更关系密切，但为何进一步缩聚到情感这一点，并无充分而有效的解释。不过将他的思路置于当时语境之下，却彰显出明确的现实与文化意义。

首先考察现实语境。欧阳修主要活动的仁宗朝，正当北宋雅乐屡兴变革之际，景祐年间（1034—1038年）与皇祐年间（1049—1054年）为两大高潮期。景祐二年（1035）二月戊午，仁宗"御延福阁临阅（乐器），奏郊庙五十一曲。因问李照乐如何，照对乐音高，命详陈之"①，自此启动变革。第一期由李照主导，包含两个相互关联的核心内容：调低乐律与重制乐器。推行以来，尽管得仁宗全力支持，然而质疑声不绝于耳，兼以确不适用，三年后，仁宗无奈"诏太常旧乐悉仍旧制，李照所造勿复施用"②。期间阮逸、胡瑗、邓保信各上新乐方案，也均被谏阻③。事隔十余年，仁宗旧事重提，是为第二期。皇祐二年（1050）闰十一月丁巳，内出手诏，命中书、门下省集两制，与太常礼乐官"审定声律是非，按古合今，调谱中和，使经久可用，以发扬祖宗之功德"。手诏有"何惮改为"之语，并专门置局于秘阁，足见态度坚决④。此次改制，由胡瑗等人典其事⑤，同样涉及乐律与乐器两端，先后遭到房庶、范镇、胡宿纠驳⑥，最终

---

① （宋）李焘：《续资治通鉴长编》卷一一六，中华书局2004年版，第2720页。
② （宋）李焘：《续资治通鉴长编》卷一二二，宝元元年（1038）秋七月，第2876页。
③ 参看（宋）李焘《续资治通鉴长编》卷一一九景祐三年八月、九月丁亥条，第2801—2802、2802—2803页。
④ （宋）李焘：《续资治通鉴长编》卷一六九，第4066页。
⑤ （元）脱脱等：《宋史》卷四三二《胡瑗传》，中华书局1985年版，第12837页。
⑥ （宋）李焘：《续资治通鉴长编》卷一七一皇祐三年十二月、卷一七二皇祐四年六月乙酉条、卷一七五皇祐五年八月甲寅条，第4122—4124、4148、4230页。

在嘉祐元年（1056）八月丁丑，仁宗"诏太常恭谢用旧乐"①，也告失败。

反对变革者维护旧乐，除了技术层面的理由，更在音乐与治道关系上立论。后者又分两路：一是继续巩固传统的乐通治乱说。譬如景祐改乐之初，刘羲上言："乐之大本，与政化通，不当轻易其器。"② 但强调雅乐事关重大，未可轻改，并非绝对拒绝，尚不足以抵销变革的推力。后来韩琦进谏，便另走一路，反其道而行，弱化乐与治的联系。他说："乐音之起，生于人心，……非器之然也。……不若穷作乐之原，为致治之本，使政令平简，民物熙洽，……斯乃治古之乐，何得以器象求乎？"政化为本，音乐乃其自然延伸，且不以器象为准，技术因素变得无关轻重。由此，雅乐革新也可有可无；加之改作"虚费邦用"，自不若消歇为愈③。

在修乐争议中，欧阳修似乎始终无所表见，可是立场相当鲜明。他为制作新乐的胡瑗写墓表，对其两度参与议乐，皆一笔带过，语焉不详；为左祖旧乐的谢绛、胡宿写墓志，则缕述其相关论旨④，隐然区别对待。关于李照、胡瑗新造乐器之非宜，欧氏晚年分别有直截了当的批评⑤。他又亲身体验过，五代王朴所定旧乐之得当。《归田录》载景祐中，"得古编钟一枚，工人不敢销毁，遂藏于太常。钟不知何代所作，……叩其声，与王朴'夷则清声'合，……然后知朴博古好学，不为无据也"。参之《集古录跋尾》，命乐工叩击此枚古编钟以试其音，恰是欧阳修本人知太常礼院时所为⑥。凡此种种，足证他属于旧乐派。其正面观点较之韩琦，在技术层面更为保守。景祐改乐之后不久，所作《崇文总目叙释·乐类》说："《（礼记·乐）记》曰：'五帝殊时，不相沿乐'，所以王者有因时制作之

---

① （宋）李焘：《续资治通鉴长编》卷一八三，第4440页。
② （宋）李焘：《续资治通鉴长编》卷一一六，景祐二年夏四月庚午条，第2728页。
③ （宋）李焘：《续资治通鉴长编》卷一一九，景祐三年八月，第2801页。
④ 欧阳修：《胡先生墓表》《尚书兵部员外郎知制诰谢公墓志铭》《赠太子太傅胡公墓志铭》，洪笺本，第697—698、715、908—909页。
⑤ 欧阳修：《归田录》卷一，李校本，第1921—1922、1923—1924页。
⑥ 欧阳修：《归田录》卷一、《集古录跋尾》卷一《古器铭一》，第1923—1924、2071页。

盛，何必区区求古遗缺？至于律吕、钟石，圣人之法，虽更万世可以考也。"① 韩琦认为技术因素无须考量，在这点上，新旧其实是等价的；欧氏认为乐曲不妨逐时改作，乐律、乐器则应万世一揆，在价值上，仍觉新不如旧。不过，在音乐与治道关系层面，欧阳修却比韩琦更进一步。韩琦将音乐视作治道之延伸，则政通人和，乐声自然和雅，音乐趣味仍不违雅正。欧氏则如前所述，取径更广，有条件地给予非雅正之乐一席位置，在仁宗朝可谓孤明先发。这种孤明先发，放入彼时文化语境中更能显其殊异。

其次考察文化语境。先就乐学一面观之。南宋真德秀《赠萧长夫序》慨叹："始余少时，读六一居士序琴之篇，谓其忧深思远，有舜与文王、孔子之遗音；而淳古淡泊，与尧舜三代之言语、孔子之文章，《易》之忧患、《诗》之怨刺无以异。为之喟然，抚卷太息曰：'琴之为技一至此乎？'其后官于都城，以琴来谒者甚众，静而听之，大抵厌古调之希微，夸新声之奇变，使人喜欲起舞，悲欲涕零，求其所谓淳古淡泊者，殆不可得。盖时俗之变，声音从之，虽琴亦郑卫矣。"② 所引欧阳修语出自《送杨寘序》。真氏把耳闻的琴声与欧氏描述相比照，不胜昔雅今俗之慨。然而在后者的时代，士人已感到音乐日趋浇漓。周敦颐《通书·乐上》谓古乐"淡而不伤，和而不淫"③，在"和"字外添出一"淡"字。后来朱熹道其背景："圣人说政以宽为本，而今反欲其严，正如古乐以和为主，而周子反欲其淡。盖今之所谓宽者，乃纵弛；所谓和者，乃哇淫，非古之所谓宽与和者，故必以是矫之，乃得其平耳。"④ 据他说，周氏乃为对治今世之弊，方列出"淡"的标准。所谓"今"，兼北宋而言。而与周敦颐年辈相接的苏

---

① 李校本，第1882页。欧阳修《崇文总目叙释》子部以外部分，作于康定元年（1040）、庆历元年（1041）间，参看陈尚君《欧阳修著述考》，陈尚君《陈尚君自选集》，广西师范大学出版社2000年版，第375页。

② 曾枣庄、刘琳主编：《全宋文》卷七一六七，第313册，上海辞书出版社、安徽教育出版社2006年版，第106页。

③ （宋）周敦颐：《周敦颐集》，中华书局1990年版，第28页。

④ （宋）朱熹：《答廖子晦》其十四，（宋）朱熹《朱子全书》第22册，上海古籍出版社、安徽教育出版社2002年版，第2100页。

阴阳交感:欧阳修的音乐思想与诗学　109

轼,也有"新琴空高张,丝声不附木。宛然七弦筝,动与世好逐"的批评①。作为"周程、欧苏之裂"的两造②,同有这样的说法,足证在当时,这已成为许多人共同的感受。

　　本来,否定时乐中谐俗的一面,追摹古之雅乐的念头,无代无之,不足为奇。值得注意的是,北宋人进而提出一个较彻底的否定,认为所有流传下来的音乐,都已无复雅乐之旧。以琴为例,在古代乐器里,其地位最是崇高。隋唐以后,文士阶层普遍研习③,"它是唯一仍然能够在个人生活中独奏的乐器,而且仍然展示着文人传统所订立的一切崇高的音乐理想"④。欧阳修本人对之便青睐有加,直称其为"有道器";他自号"六一居士",与己为六以供终老的五物中,即有一张琴⑤。年辈略晚的张载却说:"古乐不可见","今之琴亦不远郑、卫,古音必不如是。古音只是长言,声依于永,于声之转处过,得声和婉,决无预前定下腔子"⑥。持此今琴乃古之郑、卫的说法,回视欧阳修所言"余自少不爱郑、卫,独爱琴声"⑦,不啻一种尖锐的对比。欧氏门生苏轼,则前后观念有所转变。嘉祐四年(1059)其《舟中听大人弹琴》说"自从郑、卫乱雅乐,古器残缺世已忘。千年寥落独琴在,有如老仙不死阅兴亡",还承认琴自古传于今,是雅乐之孑遗。熙宁七年(1074)《听僧昭素琴》也承认今日琴声仍有"至和""至平"者⑧。元丰四年(1081)《杂书琴事》却有"琴非雅声"一则,说:"世以琴为雅声,过矣,琴正古之郑、卫耳。今世所谓郑、卫

---

① (宋)苏轼:《破琴诗》,(清)冯应榴《苏轼诗集合注》,上海古籍出版社2001年版,第1685页。
② (元)刘壎:《隐居通议》卷二引云卧吴先生(汝式)语,《丛书集成初编》第212册,商务印书馆1935年版,第17页。
③ [荷]高罗佩:《琴道》,宋慧文等译,中西书局2015年版,第51页。
④ 同上书,第39页。
⑤ 欧阳修:《江上弹琴》,《六一居士传》,洪笺本,第1277、1131页。
⑥ (宋)张载:《经学理窟·礼乐》,(宋)张载《张载集》,中华书局1978年版,第262、263—264页。
⑦ 欧阳修:《三琴记》,洪笺本,第1698页。
⑧ (清)冯应榴:《苏轼诗集合注》,第10—11、550页。

者，乃皆胡部，非复中华之声。"① 他的转变，反映出这风气的迁移，在欧阳修的时代才刚揭开序幕。

细绎苏轼之论，并非表面看来那样决绝。这里存在两层价值高低序列：一是古乐雅、郑之分；一是华乐、胡乐之分，即古乐、今乐之分。琴从属于华乐（古乐），虽在其中地位较低，比之胡乐却胜出一筹，尚不无可取。再看欧阳修，尽管肯定琴的高雅，而也有"琴之为技小矣"之论②。倘说琴系个人陶写之具，不妨薄视之，那么他对于朝廷制礼作乐的态度，更能说明问题。嘉祐元年（1056）吕公著判太常寺，欧氏与之一函，写道："承领太常，此岂足以发贤蕴？然而礼乐残缺，所存无几，自非识虑深远，孰肯勤勤于是？是亦有望于高明也。"③ 根本上以为制作礼乐不足尽发所蕴，可又认定为之也须"识虑深远"。这与他以琴为小技，可又认其为"有道"，思维方式如出一辙；与苏轼以琴为郑、卫，可又有所回护，也互通声气。苏轼之说，在这点上实远于张载而近于欧阳修。欧、苏皆是在音乐地位低落之际，承应时风而又对其保留某种限度的肯定。

复就诗学一面观之。在欧阳修之前，北宋人自王禹偁、赵湘、魏野、孙仅、僧智圆以至范仲淹、宋祁，提及诗歌一体，大都上承唐人之说，目为文章之菁华，予其特出的位置。理由则多半在于，诗能上参造化。此后，贬抑诗为小道的看法日益兴起，苏舜钦、蔡襄、司马光等人均表达过类似见解，而以欧阳修为最早④。但应指出，在诗体地位由高而低的节点上，欧氏一边引领风气；另一边，又试图部分地留住诗的文体价值。其《试笔》"温庭筠严维诗"一则说："诗之为巧，犹画工小笔尔，以此知文章与造化争巧可也。"⑤ 他称诗歌不过小巧之物而已，文体定位相当低；可依然承袭王禹偁等人的意见，谓其堪同造化相侔，从而不致卑之过甚。这与他的音乐观，形态颇为接近。试取《试笔》这条，对照《送杨寘序》论

---

① （宋）苏轼：《苏轼文集》，中华书局1986年版，第2244页。
② 欧阳修：《送杨寘序》，洪笺本，第1073页。
③ 欧阳修：《与吕正献公》其七，[日]东英寿考校，洪本健笺注《新见欧阳修九十六篇书简笺注》，上海古籍出版社2014年版，第33—34页。
④ 参看成玮《制度、思想与文学的互动：北宋前期诗坛研究》，第55—56、239—242页。
⑤ 李校本，第1982页。

琴语"夫琴之为技小矣,及其至也,……喜怒哀乐,动人心深"①,甚至连语言结构也大体相似。

欧阳修给音乐与诗以一定的承认,理由在于二者可以"与造化争巧","动人心深"。通常这样立论,会使诗、乐的位置自然升至最高。但是他将造化具体释为阴阳二气,经由重新描述阴阳之特性,导出对情感的各种规定。一方面,情感流通的普遍性进一步巩固了诗、乐的地位;另一方面,情感在流通中抽去固定内容,阑入传统视为非雅正的成分,这两点又抑制了诗、乐地位的上升。整套思路与当时音乐、诗歌思想的变动轨迹,可谓息息相通。必须在这一背景下,始可理解欧阳修"诗乐相通"说的文化史意义。

论者尝指出,"11世纪左右,中国士大夫对美的追求空前的热烈,开拓了大片的新天地,但也因而造成新的焦虑",就中"欧阳修是个关键人物"②。这些新天地包括石刻拓片、诗话、花谱等;至于书画收藏与词,虽说前已有之,而自此时起又得到长足发展。中国士大夫之所以焦虑,则因其间容纳了许多"以前被认为离经叛道的娱乐和各种对美的追求"③。透过本文的考察,则会发现事情的另一面向:对旧天地的新认识。

音乐(尤其琴)与诗的正统地位,早已牢固树立起来。北宋初年魏野《别同州陈太保》诗说,"至道不在言,至言不在舌。在琴复在诗,谅唯君子别"④,简洁地概括出这一点。在这两个领域,欧氏仍以雅正为主,但既不废其他,实际上已对其崇高性构成小小的逆反。拓展新领域,是在传统观念外围动摇一二;重勘旧领域,则属于入室操戈,主动意味更加浓厚,其心态非仅"焦虑"所能形容了。在此意义上,可能更值得关注。

欧阳修这些思考,在后来者那里"变本加厉",或流布更普遍。诗学方面的情形已如前述,再略论乐学方面。苏轼之说相比欧氏又有所延展。

---

① 洪笺本,第1073页。
② [美]艾朗诺:《美的焦虑:北宋士大夫的审美思想与追求》,杜斐然等译,上海古籍出版社2013年版,第1、2页。
③ 同上书,第3页。
④ 傅璇琮等主编:《全宋诗》第二册,北京大学出版社1991年版,第965页。

后者所接纳的音乐，固含非雅正之声，可在他眼里，琴声始终平和无疵。琴作为乐器的最高一级，仍然为今乐留下一片雅正空间。苏轼视琴为古之郑、卫，无论如何，距离雅正尚远，这点倒与张载相近。而琴是唯一传自上古，可以负载古之雅乐的乐器。这样一来，今乐便与雅乐彻底断了联系。下至南宋，朱熹说"今之乐皆胡乐也，虽古之郑、卫亦不可见矣"①，等于将苏轼（包括张载）琴论对整个今乐体系的否定意蕴给挑明了；且谓郑、卫之声也不可复闻，较之苏张又前行了一步。朱熹深诋苏轼思想，众所周知，在此却处于后者观点的延长线上，足以说明这在两宋已然成为相当一部分士人的共识。

观上所述，北宋新兴起一种在原本正统的文化领域内，引入些许异质因子的倾向，并且恒久不衰，改变了时人对这些文化领域的认识，乐学与诗学可以为例。而欧阳修《书梅圣俞稿后》正可看作一个起点，其文化史意义即在于此。

---

① （宋）黎靖德编：《朱子语类》卷九二，（宋）朱熹《朱子全书》第 17 册，第 3091 页。

王安石日常行实疑难考[*]

华东师范大学古籍所　刘成国

　　北宋政治家、文学家王安石的身后未有行状、墓志铭、神道碑等行世。他一生的事迹，目前主要载于南宋以后的三种史传，即《东都事略》卷七十九《王安石传》、杜大珪《名臣碑传琬琰集》下卷十四《王荆公安石传实录》、《宋史》卷三百二十七《王安石传》。它们的史料来源大半可追溯至元祐旧党，颇有诬枉，[①]且其中所载，重点是熙宁变法，集中于王安石执政以后。李焘《续资治通鉴长编》（以下简称《长编》）也只是详细记载了王安石熙宁三年四月至熙宁九年十月间（1070—1076）的日常政务活动。至于王安石其他阶段的日常行实、交游、治绩等，自南宋后便一直缺乏客观、翔实的史乘记载。清人蔡上翔《王安石年谱考略》虽素称名作，然时至今日，由于史料方面的严重欠缺，已几乎仅具学术史的价值及意义，不能为王安石研究地进一步拓展提供详尽的文献支持。[②]以下本文拟对王安石一生日常行实中若干疑难问题略作考证，以弥补传统史传之阙，纠正笔记传闻

---

[*] 本文属国家社会科学基金"王荆公年谱长编"（项目编号：12CZW057）阶段成果。
[①] 可见裴汝诚《论宋元时期的三个王安石传》，载《半粟集》，河北大学出版社2000年版，第110—135页。
[②] 蔡谱是南宋后首部系统地为王安石翻案、辨诬的著作，引导二十世纪学人重新认识王安石及熙宁变法。然蔡谱未见《长编》及《宋会要辑稿》，对王安石诗文的编年仅有210篇，基本准确的为150篇左右，仅占王安石诗文总数5.4%。蔡上翔《王荆公年谱考略》，《王安石年谱三种》，中华书局1994年版。

之讹。①

一　生辰考

关于北宋著名政治家、文学家、学者王安石的生辰，南宋吴曾《能改斋漫录》有明确的记载，唯版本有异。武英殿聚珍本《能改斋漫录》卷十：

> 王介甫，辛酉十一月十三日辰时生。五十八岁，自首厅求出知江宁府，继乞致仕，以避午上禄败之运。安闲养性，又仅延十年之寿而死。②

文渊阁、文津阁影印四库全书本《能改斋漫录》卷十：

> 王介甫，辛酉十一月十二日辰时生。五十八岁，自首厅求出知江宁府，继乞致仕，以避午上禄败之运。安闲养性，又仅延十年之寿而死。

两种记载，以常情而论，自当以殿本为优。然《续资治通鉴长编》卷二百二十八熙宁四年（1071）十一月癸巳（十二日），"太子中允、崇政殿说书王雱言：'蒙差押赐父安石生辰礼物。旧例，有书送物，赴阁门缴书，申枢密院取旨，出札子许收，兼下榜子谢恩。缘父子同财，理无馈遗，取旨谢恩，一皆伪诈。窃恐君臣父子之际，为理不宜如此。

---

① 除《长编》《东都事略》《宋史》等外，王安石的若干逸事，尚散见于为数颇夥的宋人笔记中。只是，由于作者的撰写态度、政治立场不尽相同，史料来源不一，笔记中这些逸事往往真伪参半，不可尽信。蔡上翔等学者均曾钩玄索隐，考辨抉发。可见《王安石年谱三种》；裴汝诚《〈默记〉研究》，载《半粟集》，第 64—88 页；孙光浩《王安石洗冤录》，台湾：学生书局 1996 年版；顾宏义《〈邵氏闻见录〉有关王安石若干史料辨误》，《河北大学学报》（哲学社会科学版）1998 年第 3 期；等等。

② 吴曾：《能改斋漫录》，上海古籍出版社 1979 年版，第 287 页。

臣欲乞自今应差子孙弟侄押赐，并不用例。'从之"。《宋会要辑稿》刑法二所载同。

由此，有学者撰《王安石生日考》，取文渊阁、文津阁影印四库全书本《能改斋漫录》之说，旁征博引，将王安石生辰考订为真宗天禧五年（1021）辛酉十一月十二日辰时。① 此说已被广泛采纳，几成定论。②

其实，此说最重要的证据，即《续资治通鉴长编》所载熙宁四年（1071）十一月十二日神宗差王雱押赐生日礼物之事，《王安石生日考》轻率引用，未暇细究两宋宰执赐生日礼物之制，导致结论有误。今考宰执赐生辰礼物，始于五代，宋代沿袭。李上交《近事会元》卷一："晋少帝天福六年七月，赐宰臣冯道生辰器币。道辞以幼失父母，不记生日，坚让不受。生辰赐物始此也。"叶梦得《石林燕语》卷六："故事，生日赐礼物，惟亲王、见任执政官、使相，然亦无外赐者。元丰中，王荆公罢相居金陵，除使相，辞未拜，官止特进。神宗特遣内侍赐之，盖异恩也。"汪应辰辩曰，"使相虽在外亦赐，范蜀公《内制》有《赐使相判河阳富弼生日礼物口宣》云：'爱兹震夙之旦，故有匪颁之常。'王荆公熙宁七年以观文殿大学士、吏部尚书知江宁，诏生日依在外使相例取赐"。关于这一制度的具体实施过程、仪式，周必大《玉堂杂记》卷中详细记载："宰执及亲王、使相、太尉生日，天章阁排办牲饩，预申学士院撰诏书，及写赐目一纸，各请御宝（诏用书诏之宝，赐用锡赐之宝）。前一日，差内侍持赐。其诏例画撰进之日，谓如正月旦生，文意必叙岁首，而所画日则是去腊，殊不相应。某为直院，奏乞不拘进诏早晚，但实画生日于后。得旨从之，遂为定制。祖宗时，牲饩外又锡器币，往往就差子弟、姻戚持赐，欲其省费也。过江惟牲饩耳，米面本色，羊准价，皆取之有司。酒则临安酝造，临时加以黄封。拜赐讫，与赐者同升厅，搢笏展读，就坐茶汤。书送钱十五千，从人三千，天章阁使臣、库子、快

---

① 李伯勉：《王安石生日考》，《文史》第1辑，中华书局1963年版，第68页。
② 如漆侠《王安石变法》（增订本），河北人民出版社2001年版，第67页。惟邓广铭取殿本"十三日"，然无考辨，见氏著《北宋政治改革家王安石》，河北教育出版社2000年版，第18页。

行，钱酒各有差。"①

周必大于南宋孝宗朝曾"两入翰苑，自权直院至学士承旨，皆遍为之"。其所著《玉堂杂记》，"凡銮坡制度沿革，及一时宣召奏对之事，随笔纪录，集为此编"。②其中所载，相当可信。据此，则北宋赐宰执生辰礼物，所赐群体包括宰执、亲王、使相、太尉等。所赐诏书，"预申学士院撰"。押赐时间，应于宰执生日"前一日，差内侍持赐"，或遣宰执子弟押赐，欲其省费。故《续资治通鉴长编》所载熙宁四年（1071）十一月十二日王雱蒙差押赐生日礼物，恰恰印证武英殿聚珍本《能改斋漫录》所载"十三日"为是。文渊阁、文津阁四库本书本《能改斋漫录》均讹"三"为"二"。

综上所述，王安石生于宋真宗天禧五年辛酉十一月十三日辰时，可为定论。

二　改字考

王安石，字介甫，或谓其初字介卿，后改字介甫。吴曾《能改斋漫录》卷十四："王荆公初官扬州幕职，曾南丰尚未第，与公甚相好也。尝作《怀友》一首寄公，公遂作《同学》一首别之，荆公集具有其文……然《怀友》一首，《南丰集》竟逸去，岂少作删之耶？其曰介卿者，荆公少字介卿，后易介甫。予偶得其文，今载此云：'……介卿官于扬，予穷居极南，其合之日少，而离别之日多……介卿居今世，行古道，其文章称其行，今之人盖希，古之人固未易有也。为作《怀友》书两通，一自藏，一纳介卿家。'"

吴曾此说，影响深远，朱熹、吴子良等皆沿袭。黎靖德《朱子语类》卷四十五："观曾子固《送黄生序》，以其威仪似介卿，介卿，渠旧字也，故名其序曰'喜似'。"吴子良《林下偶谈》卷一"王介甫初字介卿"："王深甫集有《临河寄介卿》诗，曾南丰集亦有《寄王介卿》诗。《能改

---

① 戴建国主编：《全宋笔记》第五编第八册，大象出版社2012年版，第291页。
② 《四库全书总目》卷七十九，中华书局1965年影印本，第683页。

斋漫录》载南丰《怀友》篇,盖集中所遗者。"①

迄今此说仍有争论,②今略作考辨。

士人改字之风,盛于北宋。如王安石之父王益,"始字损之,年十七,以文干张公咏。张公奇之,改字公舜良"。③ 士人改字,或因避讳而改;或图科举中第、仕途通顺而改;或因原字意义不妥,改字明志,寄寓规训。后者乃士人改字之主流,"反映了在科举社会中,士人们对自己命运的深层关注和焦虑,以及新型的身份意识。即,通过命名表字,来展示个体的志向、理想和价值观,以此凸显个人独特的士人身份"。④"介卿"与"介甫"两字,"介"字表德,而"卿""甫"皆为附加美称,二者意义相同,似无改动之必要。

另,王安石长兄安仁字常甫,仲兄安道字勤甫,⑤弟安国字平甫,安礼字和甫,安上字纯甫。若仅王安石以"卿"为字,似于情理不合。

又考吴曾所举《怀友一首寄介卿》作于仁宗庆历三年(1043),同年,曾巩尚有《酬介甫还自舅家书所感》。朱熹所举"以其威仪似介卿"之句出自《喜似赠黄生序》,作于庆历七年(1047),同年,曾巩有《发松门寄介甫》《江上怀介甫》《与王介甫第一书》等。⑥ 如"介卿"为王安石初字,按宋人改字之惯例,改字之后,初字往往废弃,曾巩不应以初字"介卿"、改字"介甫"混淆相称。

然则曾巩缘何以"介卿"称王安石?窃谓"介卿"乃"介甫"之昵称而已。此"卿"字,即《世说新语》所谓"卿自君我,我自卿君","亲卿爱卿,是以卿卿;我不卿卿,谁当卿卿"之"卿"。此昵称仅限于日

---

① 又见方以智《通雅》卷二十,《方以智全书》第一册,上海古籍出版社1988年版;王士禛《池北偶谈》卷二十五,中华书局1982年版;何焯《义门读书记》卷四十,中华书局1987年版。
② 张海鸥以"卿"为"亲切称谓",《王介甫又称介卿介父》,《阴山学刊》2001年第3期。侯体健以为王安石初字"介",见《王安石字"介"说》,《古典文学知识》2008年第2期。
③ 《临川先生文集》(以下简称《文集》)卷七十一《先大夫述》,中华书局1959年版,第750页。
④ 关于宋人改字之风,可见刘成国《宋代字说考论》,《文学遗产》2013年第6期。
⑤ 《蔡谱》卷四:"安石兄弟七人,长安仁常甫,次安道勤甫。"《王安石年谱三种》,第268页。
⑥ 李震:《曾巩年谱》卷一,苏州大学出版社1997年版,第101—110页。

常交往中极亲密友人。庆历六年（1046），王安石与王回京师定交，王回作《临河寄介卿》。①仁宗至和二年（1055），韩维作《次韵知平甫同介甫当世过饮见招》，谓："介卿后至语闲暇。"②曾巩、王回、韩维皆为熙宁变法之前王安石的至交好友，故有此"特权"。以上诸例，均为日常交往之昵称录诸书面，而非初字"介卿"，以至友人将王安石之初字、新字混称。

三 "长安公"考

王安石因晚年退居江宁半山园，故人称"半山老人""王半山"。以籍贯抚州临川，故人称"临川先生""王临川"。因晚年罢相退居江宁，人又称"王金陵""王江宁""金陵丞相"。因生前曾封舒国公、荆国公，卒后赐谥"文"，追封为舒王，故人多尊称为"王舒公""荆公""王荆公""文公""王文公""王荆文公""舒王"。以上各种称谓，均可于宋人文集、笔记、史乘中习见之。

除以上外，宋人尚称王安石为"长安公"，此则极其罕见。吕南公《灌园集》卷八《王梦锡集序》："会熙宁天子将以经术作新士类，而丞相长安公父子实始受命成之。梦锡家远方，独取所谓《杂说》、《字说》者读而思之，推见其指，乃解《诗》、《孟子》合四十万言。书既成，而雱新说亦出，梦锡又取而读之。"

按，《王梦锡集序》所曰"《杂说》、《字说》"者，乃王安石名著《淮南杂说》《熙宁字说》，治平、熙宁年间（1064—1068）行世，③故"长安公"必指王安石无疑。下文曰"书既成，而雱新说亦出"，"雱"者，王安石长子王雱，字元泽，《宋史》卷三百二十七有传。所谓"新说"，即《三经新义》之《诗经新义》及王雱《孟子义》。

《灌园集》作者吕南公（1047—1086），字次儒，《宋史》卷四百四十四有传："建昌南城人。于书无所不读，于文不肯缀缉陈言。熙宁中，士

---

① 吴子良：《林下偶谈》卷一，《丛书集成初编》本，第3页。
② 韩维：《南阳集》卷四，《文渊阁四库全书》本。
③ 可见刘成国《荆公新学研究》第二章《荆公新学著述考》，上海古籍出版社2006年版。

方推崇马融、王肃、许慎之业,剽掠补拆临摹之艺大行。南公度不能逐时好,一试礼闱不偶,退筑室灌园,不复以进取为意……元祐初,立十科荐士。中书舍人曾肇上疏,称其读书为文,不事俗学,安贫守道,志希古人,堪充师表科。一时廷臣亦多称之,议欲命以官,未及而卒。遗文曰《灌园先生集》,传于世。"吕南公主要生活于北宋仁宗、英宗、神宗三朝,与王安石高足曾肇等颇有交往。他以"长安公"称呼王安石,自属亲见亲闻,决无臆造之嫌。题为苏轼、沈括所撰《苏沈良方》卷七亦载:"治癞方……此丞相长安公家方,医人无数。若头面四体风疮肿痒多汁者,只七八服即瘥。予亲试之。"

除以上两条外,笔者据中华古籍基本库等数据库检索,再无以"长安公"称呼王安石之例。然则"长安公"称呼由何而来?笔者以为,此盖因神宗熙宁二年(1069)二月,王安石自翰林学士除参知政事,封爵长安郡开国侯。制书由知制诰李大临所草,已佚,仅存片段,无从确考。① 然清代陆心源《皕宋楼藏书志》卷四十三所著录《黄帝三部针灸甲乙经》《脉经》,卷四十四所著录《外台祕要方》等三书之序,明确记载熙宁二年(1069)五月二日、熙宁二年(1069)七月十四日,王安石除参知政事后的结衔为:朝散大夫、右谏议大夫、参知政事、护军、长安郡开国侯、食邑一千一百户、赐紫金鱼袋臣王安石。"长安郡开国侯"即王安石除参知事时的封爵。以封爵长安郡,故吕南公称之为"长安公"。朱彧《萍洲可谈》卷一:"本朝五等之爵,自公、侯、伯、子、男,皆带本郡县开国,至封某国公者则称某国公。"长安,亦王姓郡望之一。② 稍后,王安石的封爵由"长安郡"改"太原郡"。太原,王姓郡望中最著者。③《文集》卷八

---

① 徐自明著,王瑞来校补《宋宰辅编年录校补》卷七:"(熙宁二年二月)庚子,王安石参知政事。自翰林学士、工部侍郎兼侍讲,迁右谏议大夫除……二月,安石除右谏议大夫、参知政事,知制诰李大临草制,有曰:'与其明察为公,莫若严重而有制;与其将顺为美,莫若规正而有守。循纪纲,本教化,□宁之久,其在兹乎!'无甚褒异优借之辞。"中华书局1986年版。

② 林宝:《元和姓纂》卷五,中华书局1994年版,第589页。此承梁太济先生提示,谨此致谢!

③ 陈希丰《再谈宋代爵的等级》:"由开国伯、子、男进封到开国公、侯,受封地将由县进封至郡,这时受封地既可能运用原封原则,由原爵中县进封为元封隶属之较大区域的郡,也可能另封一新郡。"《文史》2016年第3辑。

十七《赠司空兼侍中文元贾魏公神道碑》："初卜葬公汴阳里，以水故改卜。熙宁元年八月庚申，葬许州阳翟县三峰乡支流村，奉敕改乡名曰：'大儒'，村名曰'元老里'。朝散大夫、右谏议大夫、参知政事、太原郡开国侯、食邑一千一百户、赐紫金鱼袋臣王某谨记。"

至熙宁三年（1070）十二月，王安石自右谏议大夫、参知政事除礼部侍郎、同平章事，所封爵已自长安郡转为太原郡，进封开国公。《宋大诏令集》卷五十六《王安石宰相制熙宁三年十二月丁卯》："朝散大夫、右谏议大夫、参知政事、上护军、太原郡开国侯、食邑一千一百户、赐紫金鱼袋王安石……可特授金紫光禄大夫、行尚书礼部侍郎、同中书门下平章事、监修国史、上柱国，进封开国公、食邑一千户、实封四百户，仍赐推忠协谋佐理功臣。"王安石的"长安郡开国侯"封爵，仅存于熙宁初任参知政事期间，故宋人罕有以此称呼者。

四　谒范仲淹考

范仲淹与王安石均为宋代名臣。前者于仁宗朝发起庆历革新，后者则于神宗朝主持熙宁变法。范仲淹于真宗大中祥符八年（1015）中进士第，与王安石父亲王益有同年之谊。二者之间的交往，是宋代文史研究中的一个有趣的话题。高克勤认为："范仲淹以其非凡的改革实践影响当时，又以其高尚的人格垂范后世，使后来者受到沾溉，给后来者以深刻的启示。王安石就是后来者中杰出的一位。他既亲受范仲淹的教诲，又与范仲淹有着相同的理想抱负，更有与范仲淹相近的遭际，与范仲淹一样在历史上烙下了自己的印迹。"问题在于，王安石是否曾亲聆范仲淹的教诲，还是仅有礼仪性书启往来？

在《文集》中，有三通王安石上范仲淹的书启。其一为《文集》卷八十一《上范资政先状》："某比者之官敝邑，取道乐郊。引舟将次于近圻，敛板即趋于前屏。瞻望麾戟，下情无任。"先状，"先以状至之意，临见面前所致书信"。① 此状上于仁宗皇祐元年（1049）。庆历八年（1048），王

---

① 唐玲：《"E-考据时代"下的"学问"与"技术"——以传统注释学为中心的考察》，《华南师范大学学报》（哲学社会科学版）2016年第2期。

安石自鄞县返江宁葬父。皇祐元年，他自江宁返归鄞县，途经杭州，撰《伍子胥庙记》，① 而范仲淹恰以资政殿学士知杭州。《宋史》卷三百一十四《范仲淹传》："以疾请邓州，进给事中。徙荆南，邓人遮使者请留，仲淹亦愿留邓，许之。寻徙杭州，再迁户部侍郎，徙青州。"《（乾道）临安志》卷三："皇祐元年正月乙卯，以知邓州、资政殿学士、给事中、礼部侍郎范仲淹知杭州。"状曰"比者之官敝邑，取道乐郊"，谓本年王安石自江宁返鄞途经杭州。范仲淹于真宗大中祥符八年（1015）中进士第，与王安石父亲王益有同年之谊，且素为王安石仰慕之名臣，故王安石上先状。在得到范仲淹回书后，王安石又有启谢之。《文集》卷八十一《谢范资政启》："窃陶大化，瞻若重霄。执讯隆堂，近修于常礼；占辞记室，屡致于尊光。赐逾褒衮之荣，仰极高山之咏。恭想镇海都会，宣国福威。御六气之和，荐百嘉之祐。伏惟某官，道宗当世，名重本朝。思皇廊庙之材，均逸股肱之郡。即还大政，以泽含生。某容迹海滨，被光台照。童乌署第，凤荷于揄扬；立鲤联荣，复深于契眷。幸当栖庇，以处钧成。"范仲淹与王益同年进士，为王安石之父执，故起用"童乌""立鲤"典。既曰"凤荷于揄扬"，"复深于契眷"，则之前范仲淹与王安石应当已有交往或书启往还。

仁宗皇祐二年（1050）春，王安石自鄞县离任。他先返临川，继而与王安国二人自临川至杭州，② 于是得以谒见范仲淹，受其教诲。《文集》卷八十一《上杭州范资政启》："某近游浙壤，久揖孤风。当资斧之无容，幸曳裾之有地。粹玉之彩，开眉宇以照人；缛星之文，借谈端而饰物。羁琐方嗟于中路，逢迎下问于翘材。仍以安石之甥，复见牢之之舅。兹惟雅故，少稔燕闲。"贾三强将此启系于本年："此文必作于皇祐二年王安石解知鄞县事，返归故乡临川，又赴杭州后作。"③ 甚是。详启意，王安石本年自临川如钱塘，因资斧无容，曾谒范仲淹，颇受礼遇。"粹玉之彩，开眉

---

① 李德身：《王安石诗文系年》，陕西人民教育出版社1987年版，第51页。
② 同上书，第61页。
③ 《王安石文系年考》，载韩理洲主编《中华传统文化与新世纪国际学术研讨会论文集》，三秦出版社2004年版。

宇以照人；缛星之文，借谈端而饰物。"据此，王安石确曾谒见范仲淹。王铚《默记》卷下："蒋希鲁守苏州，时范文正守杭州，极下士。王荆公兄弟时寄居于杭，平甫尚布衣少年也。一日过苏，见希鲁，以道服见之，平甫内不能平，时时目其衣。希鲁觉之，因曰：'范希文在杭时，着道服以见客。'平甫对曰：'希文不至如此无礼。'"此亦可为佐证。《文集》卷八十五《祭范颍州文仲淹》："矧鄙不肖，辱公知尤。"当非泛泛而言。陈师道《后山居士文集》卷十《上苏公书》："承谕，人须久而后知，诚如来示。知人固未易，未易之中又有甚难。范文正谓王荆公长于知君子，短于知小人，由今观之，岂特所短，正以反置之耳。古之所谓腹心之臣者，以其同德也，故武王曰：'予有乱臣十人，同心同德。'而荆公以巧智之士为腹心，故王氏之得祸大也……故谓知士当如范公，用士当以王公为戒也。"可见范仲淹于王安石了解颇深，不止一面之缘而已。①

又，王安石兄弟此次过杭，与范仲淹之子范纯仁亦交游颇密。其时范纯仁虽进士及第，然未出仕，侍父游宦。《名臣碑传琬琰集》上卷十一《范忠宣公纯仁世济忠直之碑》："皇祐元年，进士起家，历知常州武进、许州长葛二县，皆不赴。文正公薨，乃出仕。"范纯仁《范仲宣公文集》卷三《和吴君平游蒋山兼呈王安国》其二："钱塘山色饱相从，复此登临景物同。旧国池台余草碧，夕阳楼阁半山红。当时言笑如朝梦，今日心颜尽老翁。终爱岩间坐禅客，能将万事付虚空。"此诗作于英宗治平二年（1065），时范纯仁为江东转运判官，而王安国丁忧居江宁。② 诗曰"钱塘山色饱相从"，即谓此次王安石兄弟杭州之行。

另，居杭期间，王安石与钱塘宰韩缜、杭州观察判官王陶同游望湖楼，有诗。《诗注》卷四十七《杭州望湖楼回马上作呈玉汝乐道》："水光山气碧浮浮，落日将归又少留。从此只应长入梦，梦中还与故人游。"玉

---

① 高克勤：《道宗当世，名重本朝——简论范仲淹与王安石》，载氏著《王安石与北宋文学研究》，复旦大学出版社 2006 年版，第 142 页。

② 《王安石诗文系年》，第 163 页。《长编》卷二百三治平元年（1064）十一月己卯："屯田员外郎、知襄邑县范纯仁为江东转运判官。"中华书局 1979 年版，第 4923 页。《长编》卷二百五治平二年（1065）六月辛卯："江东转运判官、屯田员外郎范纯仁为殿中侍御史。"第 4967 页。

汝即韩缜，时宰钱塘。《名臣碑传琬琰集》下卷二十《韩太保缜传》："缜字玉汝，颍昌人。父亿，事仁宗为参知政事，以父任补将作监主簿。庆历初，擢进士第，知庐州合肥、杭州钱塘县，改光禄寺丞、签书南京留守判官。"韩缜于庆历七年（1047）出宰钱塘，梅尧臣有《韩六玉汝宰钱塘》诗送之。① 其宰钱塘，政绩卓著，与王安石、谢景温、谢景初齐名，有江东四贤之目。《范忠宣公文集》卷十三《谢公墓志铭》："是时，荆公王介甫宰明之鄞县，知枢密院韩玉汝宰杭之钱塘，公弟师直宰越之会稽，环吴越之境，皆以此四邑为法。处士孙侔为文以纪之。"

乐道为王陶之字，时为杭州观察判官。《名臣碑传琬琰集》中卷二十四《王尚书陶墓志铭》："公讳陶，字乐道，其先京兆人。曾祖樵、祖诲，不仕。父应，赠礼部尚书。妣孟氏，追封常山郡太君。公力学博通，庆历二年举进士甲科，调岳州军事判官。丁孟夫人忧，历杭州观察、荆南节度二判官，以书判优等升也。"释文莹《湘山野录》卷四："范文正公镇余杭，今侍读王乐道公在幕。"二人皆王安石同年，故同游。

至于《上杭州范资政启》所曰"言旋桑梓之邦，骤感神麻之咏。写吴绫之危思，未尽攀瞻；凭楚乙之孤风，但伤间阔"，指范仲淹自杭州徙知青州。《（乾道）临安志》卷三："皇祐元年正月乙卯，以知邓州、资政殿学士、给事中、礼部侍郎范仲淹知杭州。二年十一月辛酉，徙京东东路安抚使、知青州。"青州，与范仲淹故居淄州毗邻。江少虞《宋朝事实类苑》卷三十四："范文正公未免乳，丧其父，随母嫁淄州长山朱氏……仕宦四十年，晚镇青州，西望故居才百余里。"

皇祐四年（1052）五月二十日，范仲淹卒，② 王安石有文祭之。《文集》卷八十五《祭范颍州文》："呜呼我公，一世之师。由初迄终，名节无疵……硕人今亡，邦国之忧。刬鄙不肖，辱公知尤。承凶万里，不往而留。涕哭驰辞，以赞醪羞。"

---

① （宋）梅尧臣著，朱东润校注：《梅尧臣集编年校注》卷十七，上海古籍出版社2006年版，第405页。
② 《长编》卷一百七十二皇祐四年（1052）五月丁卯："资政殿学士、户部侍郎范仲淹，以疾求颍州，诏自青州徙，行至徐州，卒。赠兵部尚书，谥曰文正。"第4146页。

五　编《唐百家诗选》考

　　《唐百家诗选》是一部由王安石所编的宋代重要诗歌选本。关于其编纂过程，王安石有明确说明。《文集》卷八十四《唐百家诗选序》："余与宋次道同为三司判官时，次道出其家藏唐诗百余编，委余择其精者，次道因名曰《百家诗选》。废日力于此，良可悔也。虽然，欲知唐诗者，观此足矣。"

　　嘉祐三年（1058）十月，王安石自江南东路提点刑狱任上，除为三司度支判官。① 翌年初，王安石入京就职，上书言事，此即著名的《上仁宗皇帝言事书》。此后，王安石一直在汴京任度支判官，直至嘉祐八年（1063）八月丁母忧，自汴京返归江宁。② 至于宋敏求（字次道），嘉祐三年（1058）春曾出知太平州。③ 太平州属江南东路，其时王安石提点江南东路刑狱，二人当有过从。④ 嘉祐三年（1058）末或四年（1059）初，宋敏求自太平州回京任三司度支判官，苏颂《苏魏公文集》卷五十一《龙图阁直学士修国史宋公神道碑》："稍迁集贤校理，历通判西京、知太平州。入为群牧判官、开封府推官、三司度支判官。坠马伤足，出知亳州。"杜大珪《名臣碑传琬琰集》中卷十六范镇撰《宋谏议敏求墓志铭》曰："凡三临州，率不满岁召还。"梅尧臣与之唱和，《和次道省中初直》："江南太

---

①　《长编》卷一百八十八嘉祐三年（1058）十月甲子："提点江南东路刑狱、祠部员外郎王安石为度支判官。安石献书万言，极陈当世之务。"第4531页。

②　以上王安石行实，可见《王安石诗文系年》，第118、156页。

③　司马光《温国文正公文集》卷九《送次道知太平州》曰："专城方四十，自古以为荣。"四部丛刊本。《名臣碑传琬琰集》中卷十六范镇《宋谏议墓志》，宋敏求神宗元丰二年（1079）卒，年六十一。"专城方四十"，正在嘉祐三年（1058）。欧阳修著，刘德清笺《欧阳修诗编年笺注》卷十三《送宋次道学士赴太平州》曰："古堤老柳藏春烟，桃花水下清明前。江南太守见之笑，击鼓插旗催解船。"中华书局2012年版，第1442页。梅尧臣亦有诗相送，《梅尧臣集编年校注》卷二十八《送次道学士知太平州因寄曾子固》，系于嘉祐三年（1058），第998页。

④　王安石著，李壁注《王荆文公诗笺注》卷二十九《次韵次道忆太平州宅早梅》："大梁春费宝刀催，不似湖阴有早梅。今日盘中看剪彩，当时花下就传杯。纷纷自向江城落，杳杳难随驿使来。知忆旧游还想见，西南枝上月徘徊。"上海古籍出版社2010年版，第725页。

守归，夜直省中闻。霜气冷侵被，月光斜入扉。官奴休执烛，侍史正薰衣。展转不成寐，幽怀吟更微。"① "省中"，谓计省，三司也。嘉祐五年（1060）七月，欧阳修上所修《唐书》，② 宋敏求因参修《唐书》，自太常博士特授工部员外郎，其时官衔为："三司度支判官、朝奉郎、太常博士、充集贤校理编修唐书官、上骑都尉、赐绯鱼袋宋敏求。"③ 嘉祐六年（1061）闰八月，宋敏求为契丹生辰使。④ 嘉祐八年（1063），"英宗践祚，进兵部。堕马伤足，得请亳州"。⑤

据以上履历，自嘉祐四年至八年（1059—1063），王安石与宋敏求同为三司度支判官，份属同僚。《宋史》卷一百六十二《职官二》："三部副使，各一人，通签逐部之事。三部判官，各三人，分掌逐案之事。"《唐百家诗选》当编于此期。考虑到嘉祐六年（1061）六月以后，王安石已迁知制诰，纠察在京刑狱，又管勾三班院，差遣烦冗，⑥ 故推测《唐百家诗选》当编于嘉祐五年至六年（1060—1061）为妥。

然而，对于此书的编撰时间另有歧说。邵博《邵氏闻见后录》卷十九载："晁以道言：'王荆公与宋次道同为群牧司判官，次道家多唐人诗集，公尽即其本，择善者签帖其上，令吏抄之。吏厌书字多，辄移荆公所取长诗签置所不取小诗上。荆公性忽略，不复更视，唐人众诗集以经荆公去取皆废。今世所谓《唐百家诗选》曰荆公定者，乃群牧司吏人定也。"叶梦

---

① 《梅尧臣编年校注》卷二十八《和次道省中初直》，系于嘉祐三年（1058）末，第1044页。
② 《长编》卷一百九十二嘉祐五年（1060）七月戊戌："翰林学士欧阳修等上所修《唐书》二百五十卷，刊修及编修官皆进秩或加职，仍赐器币有差。"第4635页。
③ 欧阳修：《文忠集》附录《转礼部侍郎制词》，《文渊阁四库全书》本。
④ 《长编》卷一百九十五嘉祐六年（1061）闰八月己丑："户部郎中、知制诰张瓌为契丹国母生辰使，如京使朱克明副之；度支判官、刑部员外郎、集贤校理宋敏求为契丹生辰使。"第4717页。
⑤ 杜大珪：《名臣碑传琬琰集》中卷十六，宋刻元明递修本。
⑥ 《长编》卷一百九十三嘉祐六年（1061）六月戊寅："度支判官、刑部员外郎、直集贤院、同修起居注王安石知制诰。初，安石辞起居注，既得请，又申命之，安石复辞至七八乃受。于是径迁知制诰，安石遂不复辞官矣。"第4677页。《王荆文公诗笺注》卷二十七《送陈和叔》，自序："嘉祐末，和叔以集贤校理判登闻鼓院……某以直集贤院为三司度支判官，以知制诰纠察在京刑狱，同管勾三班院。"第663页。

得《石林诗话》卷中:"后为群牧判官,从宋次道尽假唐人诗集,博观而约取。"

以上邵博、叶梦得皆以《唐百家诗选》成于王安石任群牧判官任上,时与宋敏求同僚,因假唐人诗集选之。王安石于仁宗至和元年九月至嘉祐元年十二月(1054—1056)。任群牧判官。[①] 若据邵博、叶梦得所云,则《唐百家诗选》当成于此期间。

有学者由此认为:"若以(宋敏求)出知太平州为中界,前后分别任群牧判官和三司度支判官,则与王安石先后任群牧判官,三司度支判官之时间大体相合。故从仕历的角度来看,难以对王安石编选《唐百家诗选》的时间是在任群牧判官或是任三司度支判官之时,作出可信的判断。""关于《唐百家诗选》的成书时间,实有成于任群牧判官和任三司判官二说。从王安石和宋敏求相似的仕历来看,实不能作出简单的去取。"[②]

此结论看似谨慎,其实不然。其一,王安石《唐百家诗选序》明言:"余与宋次道同为三司判官。"其二,王安石任群牧判官的时间及同僚却可以清晰考证。《宋史》卷一百六十四《职官四》:"群牧司,制置使一人……判官二人,以京朝官充,掌内外厩牧之事,周知国马之政而察其登耗焉。"群牧司共置判官二人。至和元年(1054)九月,王安石任群牧判官时,同任者为李寿朋。《全宋文》卷一千一百一十五载赵瞻撰《大宋河中府万泉县移修至圣文宣王庙记》:"至和元年夏六月丁巳,守令赵瞻撰并书。群牧判官、尚书祠部员外郎李寿朋篆额。"至和二年(1055),李寿朋出知汝州,继之者为吴充。《宋史》卷二百九十一《李寿朋传》:"迁群牧判官,击断敏甚。皇城卒逻其纵游无度,出知汝州。"《长编》卷一百八十至和二年(1055)六月庚寅:"群牧判官、祠部员外郎李寿朋知汝州,坐皇城卒报其游从不检也……甲午,太常博士、集贤校理吴充为群牧判官。"由此可见,至和元年九月至嘉祐元年十二月(1054—1056),与王安石同任群牧判官者,前为李寿朋,后为吴充,前后同任群牧判官者皆非宋敏求。故邵博所曰"王荆公与宋次道同为群牧司判官"必误,不足

[①] 《王安石诗文系年》,第 82、91 页。
[②] 汤江浩:《北宋临川王氏家族及文学考论》,人民文学出版社 2005 年版,第 365 页。

为据。

然则宋敏求何年任群牧判官?《宋史》卷二百九十一《宋敏求传》："同知太常礼院。石中立薨,子继死,无他子。其孙祖仁疑所服,下礼官议。敏求谓宜为服三年,当解官斩衰。同僚援据不一,判寺宋祁是其议,遂定为令。加集贤校理,从宋庠辟,通判西京,为群牧、度支判官。"苏颂《苏魏公文集》卷五十一《龙图阁直学士修国史宋公神道碑》曰:"稍迁集贤校理,历通判西京、知太平州,入为群牧判官、开封府推官、三司度支判官。坠马伤足,出知亳州。"据此,则宋敏求先从宋庠之辟,自同知太常礼院通判西京,继而才入为群牧判官。皇祐三年(1051)三月九日,宋庠罢相出知河南府兼西京留守,《宋会要辑稿》职官七八:"(皇祐)三年三月九日,工部尚书、同中书门下平章事、集贤殿大学士宋庠罢为刑部尚书、充观文殿大学士、知河南府。时言者以庠在相位,于国家无所建明,故出之。"宋敏求当于此年从宋庠之辟,通判西京。其时,司马光有诗送之,《温国文正公文集》卷八《送次道通判西京》:"相府新承檄,兰台旧校文。题舆荣得士,把袂惜离群。首夏郊原秀,晴阳草树曛。觚棱日边远,阙塞雾中分。翠岭林端出,飞泉竹外闻。金羁游烂漫,珠履醉缤纷。人服声光重,官无簿领勤。归期肯留滞,汉主待渊云。"既曰"首夏",则宋敏求通判西京,当为皇祐三年(1051)初夏四月。

皇祐五年(1053)七月,宋庠已"以户部尚书徙许州"[1],其知河南府兼西京留守,共计两年。宋敏求应于此两年内,自西京通判入为群牧判官。[2] 以此推算,他最有可能于皇祐五年、至和元年间(1053—1054)任群牧判官,而另一名群牧判官则为上述之李寿朋。至和元年(1054)九月,王安石通判舒州任满后入京任度支判官,所代之人或为宋敏求,二人未尝同任。

---

[1] 王瑞来:《二宋年谱》,《中国典籍与文化论丛》第10辑,北京大学出版社2008年版。
[2] 皇祐四年(1052)春,宋敏求尚在西京通判任上,梅尧臣有诗相寄。《梅尧臣集编年校注》卷二十二《寄西京通判宋次道学士》:"当时交友都无几,欲问欢娱亦异今。花接上林新木变,水分清洛旧池深。"第597页。

六　修《英宗实录》考

　　南宋晁公武《郡斋读书志》卷六著录《英宗实录》三十卷，曰："右皇朝曾公亮等撰。起藩邸，尽治平四年九月正月，凡四年。熙宁元年正月，诏公亮提举，吕公着、韩维修撰，孙觉、曾巩检讨。三月，又以钱藻检讨。四月，又以王安石、吴充为修撰。二年七月，书成上之。"据此，则王安石曾参预修撰《英宗实录》。然陈振孙《直斋书录解题》卷四载："《英宗实录》三十卷。学士寿春吕公着晦叔、长社韩维持国、知制诰浦城吴充冲卿撰。熙宁元年正月奉诏，二年七月宰臣提举曾公亮上之。"此又以王安石未预编修，二者相互抵牾扞格。今《文集》卷四十二有《乞免修实录札子》："臣准阁门报敕，差臣与吴充同修《英宗皇帝实录》。窃缘臣于吴充为正亲家，虑有共事之嫌。今来实录院止阙吕公著一人，臣于讨论缀缉，不如吴充精密，若止差吴充一人以代公著，自足办事。伏望圣恩详酌指挥。所有敕牒，臣未敢受。取进止。"王安石此札子当上于神宗熙宁元年（1068）四月，是否得以免修，则不详。

　　今按，王明清《挥麈三录》卷一："《英宗实录》，熙宁元年曾宣靖提举。王荆公时已入翰林，请自为之，兼实录修撰，不置官属。成书三十卷，出于一手。东坡先生尝语刘壮舆义仲云：'此书词简而事备，文古而意明，为国朝诸史之冠。'"邵博《邵氏闻见后录》卷十四："《英宗实录》：'苏洵卒，其子轼辞所赐银绢，求赠官，故赠洵光禄寺丞。'与欧阳公之志'天子闻而哀之，特赐光禄寺丞'不同。或云《实录》，王荆公书也。又书洵机论衡策文甚美，然大抵兵谋权利机变之言也。盖明允时，荆公名已盛，明允独不取，作《辨奸》以刺之，故荆公不乐云。"

　　以上皆以王安石参预编修《英宗实录》。据邵博所言，因苏洵曾撰《辨奸论》讽刺，故王安石在《英宗实录》中贬低苏洵"大抵兵谋权利机变之言也"，则又将《辨奸论》这一桩宋代历史公案与《实录》的修撰相联系。既然王安石在《英宗实录》中刻意贬低苏洵，为何苏洵之子苏轼反而推许《实录》"为国朝诸史之冠"？可见这两种笔记，由于节外生枝，将

《实录》修撰与王苏关系相缬合，使此事愈加扑朔迷离。

今按，吕希哲《吕氏杂记》卷下："王荆公在翰林兼修《实录》，一日，以诗题实录院壁云：'御柳新黄染旧条，宫沟薄冻未全消。不知人世春多少，先看天边北斗杓。'不数日，遂参知政事。"吕希哲，吕公著之子，《宋史》卷三百三十六有传："希哲字原明，少从焦千之、孙复、石介、胡瑗学，复从程颢、程颐、张载游，闻见由是益广。以荫入官，父友王安石劝其勿事科举，以侥幸利禄，遂绝意进取。安石为政，将置其子雱于讲官，以希哲有贤名，欲先用之。希哲辞曰：'辱公相知久，万一从仕，将不免异同，则畴昔相与之意尽矣。'安石乃止。"吕希哲尝问学于王安石，其父吕公著曾参与《英宗实录》编修，其言相当可信。

又陈瓘《四明尊尧集》卷八引王安石《日录》："余曰：'臣修《实录》，见赵槩《日录》一册，乃知赵槩非长者也。'上问欧阳修，余称其性质甚好。问：'何如邵亢？'余曰：'非亢比也。'又问：'何如赵抃？'余以为胜抃。上曰：'人言先帝服药时，修见太皇太后决事，喜曰："官家病妨甚，自有圣明天子。"'余曰：'语非士大夫之语，必非修出。若太皇太后决事，有称叹之言，容或有之，亦是人之常情。但如陛下所闻，必非修语。'上曰：'语出于赵槩。'余曰：'臣修《实录》，见赵槩所进《日录》一册，如韩琦言语即无一句，岂是韩琦都不语？如欧阳修言语，于传布为不便者，所录甚多，漏中书语人，以此怨欧阳修，但谓其淳直，不能匿事。及见槩所进《日录》，乃知槩非长者也。'"

《日录》，即王安石所撰《熙宁日录》，共八十卷，今佚，部分条目散见于陈瓘《四明尊尧集》、杨时《龟山先生文集》等。是书以日记形式，详细记载了"熙宁元年四月终七年三月，再起于八年三月，终于九年六月"这一期间熙宁变法的始末原委。王安石既亲言"臣修《实录》"，自可为确证。

王安石半山时期的空间书写[*]

新加坡社科大学　陈珀如

　　王安石晚年遭逢丧子之痛与谋国之忧。退居江宁之后，结庐于半山，十年间，王安石闲居于一隅，未曾远离金陵。出入于禅寺，彷徨乎山林。"谁似浮云知进退，才成霖雨便归山"（《雨过偶书》573/1008），隐居虽说从来都是王安石所求之归宿，但功未成而身已退，扁舟易入而天地难回。或许诗人在理智上自信无愧，不以人言为意，但"勋业无成照水羞，黄尘入眼见山愁"（《杂咏六首·其一》895/1008），功业不建而老将至，得见故地却不得归，沉郁的悲愁总是不能避免地萦结于心中。因此这个时期的王安石游于山水之间，行于招提内外，以求涤洗内心的郁结。王安石亦以其诗人的敏感特质，将心情感受叙写记录于文学作品中。考察他的文学作品，我们看到他逐渐地从政治家、经学家，转化为诗人与宗教修行者的人生轨迹。诗与宗教，已成为他安顿人生的最后居处。王安石半山时期作品的场景大都集中于钟山各处，包括南浦、东冈、西崦、北江、半山园以及各个檀林宝刹。诗人在半山时期，如何将钟山地区不同的场域空间架构成一个特有的文人庭园空间，如何透过对这个文人庭园空间的书写，表现他的文化人格和价值的追求，以及这个文人庭园空间如何成为在文学书写中，由一个物质处所转化为作家的精神空间。本文对这些问题兹试作探讨。

---

　　[*] 本文为国家社会科学基金青年项目《中国古代的文人庭园与文学写作研究》（项目批准号：11CZW051）的阶段性成果。

一　文人庭园空间的建构

　　王安石的半山园与王维的辋川别业、杜甫的浣花溪草堂、苏舜钦的沧浪亭、司马光的独乐园、邵雍的安乐窝、苏轼的东坡雪堂、王诜的西园、朱长文的乐圃、杨万里的东园、张镃的南湖园等，都是唐宋之际著名的文人庭园。这些庭园或是占地广阔，或是建筑精美，抑或仅是简陋局促的窄小之处。但因其具有令人回想的文学和文化意蕴，都已成为鲜活的文学风景，所以同为后人所追怀的"文人庭园"。但王安石的半山园其实并不完全类近于其他唐宋时期的文人庭园，因为半山园这个生活空间对于王安石而言，并不与其他作为文人的生活空间的庭园情况相近似。就如浣花溪草堂之于杜甫、东园之于杨万里、乐圃之于朱长文等。这些诗人们经营自己的庭园，并将其作为日常居住活动之所，正如杜甫在草堂时期，除去中间流离梓阆的那段时间，其余大多时间就是在幽居草堂；而杨万里"珍惜与东园相处的每个朝夕，几乎日日必来，来则赋诗"。[①] 但对于王安石而言，半山园与钟山则是一个整体。他在半山时期并不固定长住于半山园，在钟山的许多僧寺禅院中，都有为他所设的住处。以定林院为例，王安石有诗题名为《定林所居》（864/1008），他在定林寺中的书斋，米芾为其题名，诗人自己亦以"昭文斋"为题咏诗。[②] 但半山园中的知妄室诗人却不曾为其着墨一二。诗人以"半山"为题的诗歌仅有三首，其中有两首还是以"半山寺"为题，而以《定林院》为题者却有十余首之众。[③]

---

　　① 关于"文人庭园"的相关定义与论述参阅马东瑶、王润英《文人庭园与诗歌书写——以杨万里东园为考察中心》，《北京师范大学学报》（社会科学版）2013 年第 1 期。以及马东瑶《文人庭园与文学写作——以朱长文乐圃为考察中心》，《齐鲁学刊》2013 年第 4 期。
　　② 《昭文斋》（737/1008），《定林院昭文斋》（819/1008）。
　　③ 以半山园为题者：《半山春晚即事》（381/1008），《题半山寺壁二首》（64/1008）；以定林寺为题者：《定林示道原》（57/1008）、《定林寺》（65/1008）、《题定林壁》（65/1008）、《和耿天骘同游定林寺》（90/1008）、《定林院》（384/1008）、《自白门归望定林有寄》（396/1008）、《宿定林示宝觉》（396/1008）、《题定林壁怀李叔时》（743/1008）、《与徐仲元自读书台上过定林》（754/1008）、《书定林院窗》（759/1008）、《自定林过西庵》（794/1008）、《定林院》（799/1008）、《书定林院》（817/1008）、《定林所居》（864/1008）。

诗人作品中仅有数首提及半山园的诗歌，如《邀望之过我庐》（29/1008）、《谢郏亶秘校见访于钟山之庐》（201/1008）、《江宁府园示元度》（824/1008）等。诗人于诗中并不似杜甫等诗人般详写庭园中的细节与环境景致，仅在《江宁府园示元度》中写道"画船南北水遥通，日暮幅巾筇竹中"。诗歌作意皆是抒发其对官场的厌恶，以及归老钟山后，淡泊闲静、怡然自得的胸怀。但在诗人大量与钟山有关的诗作中，却正如王维写辋川般景景有诗，由南浦、东岗、西崦、北江到书斋佛寺，处处有诗，且多以禅理入诗。历来研究者多有"半山参摩诘"之说，虽然《辋川集》多写意少刻画，得神而忘形，侧重的是生命与哲学理想，表现的是诗人与自然相知相得的惬意，诗境以空静为主，但半山绝句则是重巧思，细雕琢，写景状物精微而细腻，侧重的是生活与政治理想，表现的是对社会现象、人生经历的一种体验和观照，以及对生活、艺术的一种理解和玩味，诗意多悠闲。二者在诗歌的立意与技巧上有些不同，但王安石还和王维一样，在诗中表现了山水风物的自然美，也通过寓情于景来展现自己的理想美。①

诗歌研究者将王安石晚年诗歌中的半山时期诗歌称为"半山体"，但诗歌中最为人所称道者皆是咏诵钟山。因而可知"半山园"虽是知名的文人庭院，但这仅是一个代称，本质上，这个文学空间包含了整个钟山地区。

1. 山林——园林的起点

王安石在数十年的仕宦生涯中，经常徘徊于仕隐之间，"丈夫出处非无意，猿鹤从来不自知"（《松间》667/1008），动静之间，诗人自有成竹在胸。弱冠之时的王安石心中怀抱着远大理想，自期甚高，"材疏命贱不自揣，欲与稷契遐相希"。（《忆昨诗示诸外弟》360/1008）相较之杜甫的"窃比稷与契"与韩愈的"事业窥稷契"更有过之。诗人除了胸怀远志，更因家贫且食口几达"内外数十口"，他曾在《上执政书》中言："某在廷二年，所求郡以十数，非独为食贫而口众也，亦怀如此。"（《临川先生文集》卷七四）因此二十一岁登第之后即以仕养家。虽然身在政府，但他心中山林之思却未曾稍止。"少时为学岂身谋，欲老低回各自羞。乘马从徒真扰扰，求田问舍转

---

① 参阅邓芳《从辋川到半山——兼论盛唐绝句与北宋绝句之异同》，《文史哲》2012年第6期。

悠悠"(《寄平甫》667/1008),"投老翻为世网婴,低回终恐负平生。何时白土冈头路,渡水穿云取次行"(《中书即事》837/1008),可知在他的心中不仅早有出世之思,更已做好暮年退休生活的筹划。

金陵与临川是王安石的两个故乡。王安石是临川人,诗集中有多篇眷恋临川亲友与风物的篇咏,"我忆故乡诚不浅,可怜鹢鹅重相催"(《法喜寺》645/1008)、"曲城丘墓心空折,盐步庭闱眼欲穿"(《过山即事》609/1008)等。但王安石幼时便已离开临川,随父宦游,宝元二年(1039)王安石时年十九岁,王益卒于江宁任上。王家并未依惯例扶柩返临川归葬故里,而是居丧于金陵。嘉祐八年(1063)八月,王安石母丧,亦葬于金陵。金陵是其父母陵墓之邦,自此金陵成为他的第二故乡。治平三年(1066)王安石服阕后,因病未能赴京应召,闲居于金陵。此时的王安石已表现出终老金陵的意向,如《长干寺》中言"羁人乐此忘归思,忍向西风学越吟"(645/1008),《出城访无党因宿斋馆》中言"生涯零落归心懒,多谢殷勤杜宇啼"(641/1008),李璧注曰:"观公末句,已有不归临川之意,盖临川生理亦薄。"所言甚是,因为自少年以来,诗人在金陵的时日已远超临川,故土之情虽在,但已淡薄。特别是就人文环境与自然风光等方面而言,金陵皆非临川可比。"霜筠雪竹钟山寺,投老归欤寄此生"[①],钟山成为王安石心中最后安居之所。

钟山,是王安石的心中追寻自我理想生活的所在,"钟山"是他的"辋川"与"柴桑"。王安石的诗歌以"钟山"、"蒋山"与"北山"为题者有十余首之多,而内容叙写钟山的作品更是不可胜数。他在仕途辉煌时念念不忘归隐钟山之志。如《道人北山来》:

> 道人北山来,问松我东冈。举手指屋脊,云今如此长。开田故岁收,种果今年尝。告叟去复来,耕锄尚康强。死狐正首丘,游子思故乡。嗟我行老矣,坟墓安可忘。(214/1008)

---

① 魏泰:《临汉隐居诗话》,《历代诗话》本,中华书局2004年版,第323页。

陶潜言"尔从山中来"(《问来使》),王维问"君自故乡来"(《杂诗·其一》),王安石正是承其笔法,皆言故人从家乡而来,皆向来者打听家乡之事,所问者为菊、为梅、为松,皆为风雅之物,表现了诗人情趣高雅之所在,透露出他们脱俗超凡的兴致。而王安石正是待钟山之如陶潜之"柴桑"与王维的"辋川",用以安顿其身心性命。

暮年时,王安石终得践行投老山林的心愿。在诗歌中,他表现了对山林的热爱与物我两忘的恬静生活的追求。如《两山间》:

> 自予营北渚,数至两山间。临路爱山好,出山愁路难。山花如水净,山鸟与云闲。我欲抛山去,山仍劝我还。只应身后冢,亦是眼中山。且复依山住,归鞍未可攀。(33/1008)

诗中"山"字反复出现,几乎句句有之,生动地表现出人与山浑然一体的联系,甚至身后亦想埋骨于此,可见其依恋之深。而王安石去世后,由其诸弟将其葬于半山园后,正是实现了他诗中的意念。① 再如《答韩持国芙蓉堂二首》:

> 投老归来一幅巾,尚私荣禄备藩臣。芙蓉堂下疏秋水,且与龟鱼作主人。
>
> 乞得胶胶扰扰身,五湖烟水替风尘。只将凫雁同为侣,不与龟鱼作主人。

据魏泰在《东轩笔录》所载:"王荆公初罢相,知金陵,作诗曰:'投老归来一幅巾,君恩犹许备藩臣。芙蓉堂上观秋水,聊与龟鱼作主人。'及再罢,乞宫观,以会灵观使居钟山,又作诗曰:'乞得胶胶扰扰身,钟山松竹绝埃尘。只将凫雁同为客,不与龟鱼作主人。'"② 可知,前一首为王安石罢相,知金陵时所作,表现出解除机务回到江宁后,凿池养龟饲鱼

---

① 详见邓广铭《关于王安石举例茔墓及其他诸问题》,《北京大学学报》1993 年第 2 期。
② 魏泰:《东轩笔录》卷六,中华书局 1983 年版,第 70—71 页。

的闲情；后一首为第二次罢相，以会灵观使隐居钟山时所作，写出了彻底脱离宦海风尘，摆脱一切尘世羁绊，享受无所拘束的隐居生活的欢愉。从王安石的少年开始，钟山便已融入他的生命之中，半山时期的钟山对他而言，更是安身立命之所在。

2. 园林——山林的投影

王安石于熙宁十年（1077）返金陵，元丰元年（1078）即在江宁府城东郊，钟山白下门下（在今南京大中桥）筑第而居。此地"外去城七里去蒋山亦七里"[1] 故题名为半山园，概寓有身在出世与入世之间之意。在写给朱明之的诗中诗人言"白下门东春水流，相看一噱散千忧"，又言"乐世闲身岂易求，岩居川观更何忧？放怀自遂如初服，买宅相招亦本谋"（《次韵酬朱昌叔五首》475/1008），"寄公无国寄钟山，垣屋青松晻霭间"（《次韵朱昌叔》785/1008），已透露出他择址营建半山园的意向。诗人更作《示元度》以记其事[2]：

> 今年钟山南，随分作园囿。凿池沟吾庐，碧水寒可漱。沟西雇丁壮，担土为培塿。扶疏三百株，莳棣最高茂。不求鹓雏实，但取易成就。中空一丈地，斩木令结构。五楸东都来，剧以绕檐溜。老来厌世语，深卧塞门窦。赎鱼与之游，喂鸟见如旧。独当邀之子，商略终宇宙。更待春日长，黄鹂弄清昼。（82/1008）

白塘"旧以地卑积水为患，自荆公卜居，乃凿渠决水，以通城河"。那里地势低洼，平时积水甚多，不长庄稼，故名"白塘"。诗中所述具体描写凿池决水、栽植树木、构筑房舍的情景，似乎营宅颇为慎重，但其实"所居之地，四无人家，其宅仅蔽风雨，又不设垣墙，望之若逆旅之舍，有劝筑垣辄不答"。[3]

《景定建康志》上虽然记录着半山园极其简陋，但王安石努力地经营

---

[1] 参见《景定建康志》卷四十二与卷四十六，《钦定四库全书》本。
[2] 嘉靖本题下有注："营居半山园作"。
[3] 《景定建康志》卷四十二，《钦定四库全书》本。

着这个他心目中理想的居所,他种桃:"舍南舍北皆种桃,东风一吹数尺高。枝柯蔫绵花烂熳,美锦千两敷亭皋。"(《移桃花示俞秀老》66/1008)养花:"酴醾一架最先来,夹水金沙次第栽。浓绿扶疏云对起,醉红撩乱雪争开。"(《池上看金沙花数枝过酴醾架盛开二首·其二》803/1008)"石梁度空旷,茅屋临清炯。俯窥娇饶杏,未觉身胜影。嫣如景阳妃,含笑堕宫井。怊怅有微波,残妆坏难整。"植松:"青青石上岁寒枝,一寸岩前手自移。闻道近来高数尺,此身蒲柳故应衰。"(《蒋山手种松》809/1008)植柳:"移柳当门何啻五,穿松作径适成三。临流遇兴还能赋,自比渊明或未惭。"(《移柳》773/1008)栽梅:"春半花才发,多应不奈寒。北人初未识,浑作杏花看。"(《红梅》802/1008)"墙角数枝梅,凌寒独自开。遥知不是雪,为有暗香来。"(《梅花》757/1008)历代无数士大夫的艺术创作皆以松、竹、梅、荷、山水、怪石等作为自己人格的象征,皆从此类自然之物的品性之中感到它们与自己心灵的共鸣,[①]王安石亦不例外。"俯窥娇饶杏,未觉身胜影"以脱俗之身,立于清净之地,即使随风萎落,亦纯净如雪,无所怨怼。《梅花》托物寄怀,凌寒胜雪,正是诗人幽冷倔强性格的写照。植愈五柳,遍栽桃花,透露出诗人内心对隐逸生活的追求、对桃花源的向往。

在诗人的努力下,半山园略成规模,"茅檐长扫静无苔,花木成畦手自栽。一水护田将绿绕,两山排闼送青来"。"桑条索漠柳花繁,风敛馀香暗度垣。黄鸟数声残午梦,尚疑身属半山园。"(《书湖阴先生壁二首》882/1008)这本是他题在好友杨德逢(别号湖阴先生)屋壁上的诗,诗中描写的是杨氏清幽怡人的环境,"一水""两山"二句更是造句新颖,以动写静,构画出绿水环绕、青山呈翠的美景。但在第二首诗中,诗人接着叙写自己在凉风送香、鸟鸣婉转的睡意中醒来,蒙眬中却恍惚以为自己身在半山园中,可见他与湖阴先生感情甚笃,完全不必见外。可以推测的是半山园应也是有着相类近的自然环境吧!而据《建康志》载,诗人若欲"游诸寺,欲入城,则乘小舫泛潮沟以行"[②],可以想象半山园外"画船南北水

[①] 王毅:《中国园林文化史》,上海人民出版社2004年版,第338页。
[②] 《景定建康志》卷四十二,《钦定四库全书》版。

遥通，日暮幅巾篁竹中。行到月台逢翠碧，背人飞过子城东"(《江宁府园示元度》824/1008）的情景。

"元丰之末，公被疾，奏舍此宅为寺，有旨赐名报宁，既而疾愈，僦城中屋以居，不复造宅，父老曰，今江宁县治后废惠民药局，其地即公城中所僦之宅也。"[1] 元丰七年大病之后王安石元气大伤，神宗皇帝派太医来诊治，他经历了这次生与死的搏斗，仿佛大彻大悟，他在诗中说："烦疴脱然愈，静若遗身觉。"（《病起》79/1008）病愈之后，他上书请求把自己半山园的住宅改为僧寺，理由是"永远祝延圣寿"[2] 皇帝赐额为报宁禅寺，又称半山寺。诗人还请求把他在上元县购置的荒熟田一律割归蒋山太平兴国寺，为他的亲人营办功德[3]。王安石对佛禅之道研究甚深，从魏晋以来，便有虔诚的佛教信徒，因为亡故亲属追福或发愿时依据佛教教义舍宅为寺。但可能也因为王安石并非时时居留于半山园，与半山园并无太多故园之情，经历了大病，诗人觉得屋宅园囿具为累赘，也是他毅然舍宅为寺的原因之一，据载王安石舍宅为寺的行为，还被他的政敌杨时作为口实，大肆批评诗人以夷狄为师。此年秋天，他就和家人搬往江宁城内赁屋居住，这座租屋名叫秦淮小宅。但由于历史变迁，这座小宅今已无遗迹可寻。

钟山、半山园、秦淮小宅三处在诗人的选择与经营下，逐渐建构起属于诗人的一个特殊的文人庭院空间。

二 园林式的生活图景

1. 智性的交游

北宋学术发展之大势，是在儒、释、道三家交互影响中发展。王安石的"新学"融合儒、释并取得一时的正统地位，更有学者认为"作为一个

---

[1] 《景定建康志》卷四十二，《钦定四库全书》版。
[2] 《王文公文集》卷十九《乞以所居园屋为僧寺乞赐额札子》，上海人民出版社1978年版。
[3] 《王文公文集》卷十九《乞将荒熟田割入蒋山常住札子》，上海人民出版社1978年版。

政治家来说,王安石是一个'援法入儒'的人;作为一个学问家来说,王安石却是一个把儒释道三家融合为一的人"。① 在宋代的佛学中,禅宗独盛,其中又以临济宗最为流行。② 北宋的前期与中期,主要是临济与云门两派禅学的发展。临济宗于宋初时即风靡于江南,宋仁宗时,势力最大的临济宗又分化成杨歧、黄龙两派。黄龙一派于北宋中期更臻全盛。③ 而此时的佛教世俗化程度颇深,方外之交,对于士大夫来说,有着很大的吸引力。参禅悟道、寻山访寺,为士大夫们在经纶世务之余,提供了一块心灵的休憩地,是生活艺术化的一种体现。

王安石与禅僧的交往开始很早,且贯穿一生。他自年少即持续接触佛徒、阅读佛经,所以他晚年退相后归趣佛禅,并不完全是出于政治上的失意,而可以说是其来有自的。在这些与僧众禅寺相关作品中,引述了许多佛家禅理的相关内容,佛语、佛典在王安石的诗中随处可见,《宋史·艺文志四》曾著录其《维摩诘经注》三卷,尤袤《遂初堂书目》著录有其《金刚经注》,晁公武《郡斋读书志》卷五著录其《楞严经解》十卷,可惜均已散佚。我们现在只有从他所留下的作品中,看到他对于佛经钻研所得。从相关的诗作中,我们可以看到王安石与禅僧道师的交往以及寺庙的自然景观,更能感受到王安石"聊为山水游,以写我心悁"(《与望之至八功德水》29/1008),"幽独若可厌,真实为可喜。见山不碍目,闻水不逆耳。翛然无所为,自得而已矣"(《同沈道原游八功德水》87/1008)。他的出游,并非只为了寻幽访胜,畅游山水,目的常是聊发心中的郁积。

王安石经常往来钟山一带的檀林宝刹,据作品中所提及的有可涤烦的新甘

---

① 邓广铭:《略谈宋学》,《宋史研究论文集》第三辑,浙江人民出版社1987年版,1984年会编刊。

② 参见〔日〕阿部肇一《中国禅宗史》第三编第八章《黄龙派的发展与居士》第二节,关世谦译,东大图书公司1991年版。作者分析其因为禅宗直指人心、见性成佛的理念较易为人所接受理解。

③ 关于临济宗黄龙派的发展,参考魏道儒《宋代禅宗文化》,中州古籍出版社1993年版,第59—66页。

与甘露之瑞的木醴①的八功德水②，及其附近的悟真庵③，其他有齐安寺④、宝乘禅寺⑤、光宅寺⑥、法云寺⑦、定力院⑧、清凉寺⑨等。其中最重要的是定林寺，据《景定建康志》所载，金陵有二定林寺，王安石诗中所指应为下定林寺，今为定林庵。寺中有专门为他设置的书斋，米芾为其题名为"昭文斋"。他常在这里读书、著述，与朋友交游。王安石作品中有十余首关于定林寺的作品。⑩

---

① 《同沈道原游八功德水》(87/1008)"新甘出短绠，一酌烦可涤。仰攀青青枝，木醴何所直"，注中引《建康志》："陈后主时，覆舟山、蒋山松柏林冬月常出木醴，后主以为甘露之瑞。"

② 《同沈道原游八功德水》注中引《建康志》："八功德水在蒋山悟真庵后。梁天监中，有胡僧昙隐，飞锡寓山。有庞眉曼，自谓山龙，开此池。"(87/1008) 相关的作品有：《书八功德水庵》(67/1008)、《同沈道原游八功德水》(87/1008)、《八功德水》(504/1008)、《题八功德水》(749/1008)、《与望之至八功德水》(29/1008)。

③ 李注引《建康续志》云："悟真庵在蒋山八功德水之南，有梅挚悟真院亭。"相关作品有：《同熊伯通自定林过悟真二首》(882/1008)、《悟真院》(818/1008)。

④ 李注引《建康志》云："净妙寺即齐安寺，在城东门外，前临官路。今徙置高陇，面秦淮。南唐升元中建，政和中改今额。"相关作品有：《题齐安寺山亭》(395/1008)、《庚申正月游齐安院有诗云水南水北重重柳垄戊正月再游》(815/1008)。

⑤ 《景定建康志》卷四十六："隆报宝乘禅寺，即旧草堂寺，在上元县钟山乡，去城十一里。"相关作品有《对棋与道原至草堂寺》(67/1008)、《与道原游西庄过宝乘》(814/1008)。

⑥ 《景定建康志》卷二十二："今城北七里，钟山下古娄湖苑，齐武帝永明元年，望气者言，娄湖有天子气，帝乃筑青溪旧宫作娄湖苑，以厌之，陈朝更加宏壮，后其地为光宅寺。"相关作品有：《光宅寺》(35/1008)、《光宅寺》(399/1008)、《光宅寺》(791/1008)。

⑦ 李注引《建康志》云："寺在城外东北十里，本齐集善寺，齐世祖为豫章文献王造也。"相关作品有：《法云》(31/1008)、《过法云寺》(791/1008)。

⑧ 李注曰："《建康》二志无定力院，岂定林乎？"东京汴梁有一庙观名定力院。相关作品有：《出定力院作》(945/1088)。

⑨ 《景定建康志》卷四十六："清凉广惠禅寺在石头城去城一里，考证伪吴顺义中，徐温建为兴教寺，南唐升元初，改为石城清凉大道场，国朝太平兴国五年闰三月改今额。"相关的作品有：《清凉寺送王彦鲁》(96/1008)、《送黄吉父入京题清凉寺壁》(790/1008)、《清凉寺白云庵》(793/1008)、《与天骘宿清凉寺》(803/1008)。

⑩ 《景定建康志》卷四十六："定林寺有二，上定林旧在蒋山应潮井后，宋元嘉十六年，禅僧竺法秀造在下定林寺之西，乾道间，僧善鉴请其额于方山重建。下定林寺在蒋山宝公塔西北，宋元嘉元年置，后废，今为定林庵，王安石旧读书处。"相关作品有：《定林示道原》(57/1008)、《定林寺》(65/1008)、《题定林壁》(65/1008)、《和耿天骘同游定林寺》(90/1008)、《定林院》(384/1008)、《自白门归望定林有寄》(396/1008)、《宿定林示宝觉》(396/1008)、《题定林壁怀李叔时》(743/1008)、《与徐仲元自读书台上过定林》(754/1008)、《书定林院窗》(759/1008)、《自定林过西庵》(794/1008)、《定林院》(799/1008)、《定林院昭文斋》(819/1008)、《书定林院》(817/1008)、《定林所居》(864/1008)、《昭文斋》(737/1008)。

王安石退居金陵，朝夕出入佛寺，与僧人过从更加频密。与僧人的交往，是王安石晚年获取内心平静的一个重要途径。如蒋山赞元觉海禅师最获安石景仰，二人相交甚早、交情亦深"舒王初丁太夫人忧，读经山中，与元游如昆仲"，觉海并以用世之志、刚强之气、学问之执为三障警示王安石。① 后来"王结屋定林，往来山中又十年，稍觉烦动，即造元，坐终日而去"。② 王安石晚年住定林寺之时，稍觉烦躁，就去拜访觉海，二人相向默坐，《北山三咏·觉海方丈》诗中言："往来城府住山林，诸法翛然但一音。不与物违真道广，每随缘起自禅深。舌根已净谁能坏，足迹如空我得寻。岁晚北窗聊寄傲，蒲萄零落半床阴。"（484/1008）盖因觉海禅师处已成王安石倚窗寄傲之处，得一音，随缘悟，舌根净，得虚空，大有王维诗所谓"安禅制毒龙"的意味。据传王安石曾作有《华严经解》一卷，其书今已亡佚。③ 诗中"舌根已净谁能坏？足迹如空我得寻"，即典出《华严》第二《地法门》"菩萨得无量神通力，能动天地，以一身为多身，多身为一身，或隐或显，石壁山嶂，所往无碍，犹如虚空，于虚空中，跏趺而去，同于飞鸟，天地如水，履水如地"。

　　王安石交往的禅僧宗派很广，一生中有诗文往返者不下三十人。仅以可考者论，除了曹洞与沩仰外，几乎都有涉及，还与天台的僧人有一定来往。但其中又数与临济（如赞元）、云门（如宝觉）、黄龙（如克文）的

---

①　元曰："公受气刚大，世缘深，以刚大气遭深世缘，必以身任天下之重，怀经济之志，用舍不能必，则心未平，以未平之心持经世之志，何时能一念万年哉？又多怒，而学问尚理于道，为知之愚，此其三也，特视名利如脱发，如淡泊如头陀，此为近道，且当以教乘滋茂之可也。"

②　元念常：《佛祖历代通载》卷十九，《大正藏》第四十九册，台北：新文丰出版社1983年版。

③　据苏轼《仇池笔记》卷上："济南监镇宋保国，出其所集王荆公《华严解》。余曰：'《华严》有八十一卷，今独解其一，何也？'曰：'公谓我此佛语至深妙，他皆菩萨语耳。'曰：'予于藏经中，取佛语数句杂菩萨语中，复取菩萨语数句杂佛语中，子能识其是非乎？'曰：'不能也。'曰：'非独子不能，荆公亦不能也。予昔在岐下，闻河阳猪肉美，使人往致之。使者醉，猪夜逸，买他猪以偿，吾不知也。客皆大诧，以为非他产所及。已而事败，客皆大惭。今荆公之猪未败耳。屠者卖肉，倡者唱歌，或因以悟。子若一念清净，墙壁瓦砾皆说无上法，而云佛语深妙，菩萨语不及，岂非梦中语乎？'保国曰：'唯。'"《四库全书》本。

僧人交往最深，他自己也以接荷临济、德山宗风为己任。① 虽说此时决心寄情林壑，安享晚年"我亦暮年专一壑，每逢车马便惊猜"。(《偶书》)，但是"尧桀是非犹入梦，因知余习未全忘"(《杖藜》)，却也透露出心中对国事关怀的余习仍存。或可说，恬谧宁静的背后，也未必没有一些骚动，这也是他经常往来于佛寺参禅静坐的原因之一。

王安石隐退后居于离江宁城七里的钟山脚下，所以名其居所为"半山园"，并自号"半山"。将书斋号为"知妄室"，并书曰："知妄为妄，即妄是真，认妄为真，虽真亦妄。"② "知妄室"之名，表现出王安石一贯坚持的知妄求真的精神。他选择不偏不倚，恰好处在山林与城市中间地带的半山园，既在山中，又在山外，妙在若即若离。"半"更是王安石精心选择的字眼，也是他晚年心理的一个象征。在这段时期，王安石除了与禅僧交往颇多之外，亦有许多不怕牵连与嫌疑的亲友给予他莫大的安慰与喜悦，与王安石酬唱交往的朋友，计有十余人。③ 在与他们酬唱的作品中，涉及了各方各面的内容，侧写了诗人在这个时期中的部分生活面貌。"城郭山林路半分，君家尘土我家云。莫吹尘土来污我，我自有云持寄君。"(《戏城中故人》830/1008) 这位故人所指的应该是他的好友段缝，段缝字约之，他家是江总旧宅，位在秦淮。诗中以云代表山林之幽，尘土意指城郭内俗世的纷扰。因繁华所在，未免尘土与喧嚣。另一首也是写给段缝的诗："竹柏相望数十楹，藕花多处复开亭。如何更欲通南埭，割我钟山一半青。"(《戏赠段约之》831/1008)④ 此诗内容盛赞了段家宅邸的优美，

---

① 李注《白鹤吟示觉海元公》曰："先是讲僧行详，与公交旧，公延居山中。详有经纶，每以善辩为名，毁訾禅宗。先师普觉，奄化西庵，而觉海孤立，详益骄傲，师弗之争，屡求退庵席，公固留不可，瘖详谲妄，遂逐详而留师，乃作是诗也。"

② 《圆觉经》云："认妄为真，虽真亦妄。"《锦绣万花谷前集》卷二十九《浮图名议》收荆公语录："其妄如火，世间诸相，无所从来，亦无所从去，如钻木火出可以遍世界，烧尽有形还归于无，若知妄为妄，即妄是真，认妄为真，虽真亦妄。"

③ 朋友有段缝（字约之）、宋玘、陈绎（字和叔）、吕嘉问（字望之）、朱明之（字昌叔）、耿宪（字天骘）、王彦鲁、杨德逢（别号湖阴先生）、蔡肇（字天启）、叶涛（字致远）、徐徽（字仲元）、俞紫芝（字秀老）、蒋之奇（字颖叔）、苏轼（字子瞻）、黄吉父（字吉甫）、薛昂（字肇明）。亲属有沈季长（字道原）、蔡卞（元度）、吴显道。

④ 段宅中有亭，名为"割青"，便是因此诗而命名。

但在王安石眼里，钟山亘古如斯的悠悠白云，是与城市的万丈红尘相对立的，它代表着山林的清静、隐逸的高洁，代表着另一方面的价值取向。

元丰七年，王安石大病逾二月。病愈后，王安石虽努力使自己超然物外，但他最终仍不能忘怀新政，他在《杖藜》诗中说："尧桀是非时入梦，固知余习未全忘。"（772/1008）他的内心十分痛苦，有人向他门下一个沽酒老兵了解他的"动止"，老兵说："相公每日只在书院中读书，时时以手抚床而叹，人莫喻其意。"① 他看到改革的成果毁于一瞬，无比忧愤，精神上受到了沉重的打击。此时的他不再到处出游觅友，他在秦淮小宅中摒弃了世俗的追求，有时"卧听檐雨泻秋风""卧看蜘蛛结网丝"；有时与来访的友人清谈、下棋；有时焚香读佛。此年七月，苏轼自黄州"移汝州"团练副使，前来谒见王安石，诗人与东坡同游蒋山，二人相见"诵诗说佛"，王安石作《和子瞻同王胜之游蒋山并序》（462/1008），序中言："子瞻同王胜之游蒋山有诗。余爱其'峰多巧障日，江远欲浮天'之句。因次其韵。"元丰八年三月时，朝中政局发生了重大变化，年仅三十八岁的宋神宗突然去世，王安石失掉了政治上的倚靠，他想到神宗对自己的知遇与关爱，不禁悲怆欲绝，沉痛地写了挽诗，伤心地说："城阙宫车转，山林隧路归。……老臣他日泪，湖海想遗衣。"（《神宗皇帝挽辞二首·其二》978/1008）并写了挽辞："最悲帷幄侍，不复未明衣。"② 元祐元年（1086）二月，王安石连续受到神宗之死和新法尽废的刺激，身心交瘁，原来"小愈"的身体又一次病了。到三月末，他已知沉疴难起，写下了他的绝笔③《新花》："老年少忻豫，况复病在床。汲水置新花，取慰以流芳。流芳只须臾，吾亦岂久长。新花与故吾，已矣两可忘。"年老力衰本令人气短，加上疾病缠身则会有忻豫可言。折花虽好但脆弱易谢，就如王安石衰败的身体，如花般凋落。

---

① 陆友：《研北杂志》，《宋人轶事汇编》卷十，中华书局1981年版。
② 《王文公文集》卷七十八《神宗皇帝挽辞》，上海人民出版社1974年版。
③ 陆游：《家世旧闻》卷下，中华书局1993年版。陆游在《家世旧闻》中追记其事说："荆公元祐改元三月末间，疾已甚，犹折花数枝，置床前，作诗曰：'老年少忻豫，况复病在床。汲水置新花，取慰此流光。流光只须臾，我亦岂久长。新花与故我，已矣两可忘。'自此至没，不复作诗。此篇盖绝笔也。"

2. 诗性的栖居

从王安石在半山时期"平日乘一驴，从数僮，游诸寺，欲入城，则乘小舫，泛潮沟以行，盖未尝乘马与肩舆也"①。这段记载中，我们可以知道，骑驴是晚年王安石的标准形象。神宗曾多次赐马给王安石。②"恩宽一老寄松筠，晏卧东窗度几春。天厩赐驹龙化去，谩容小蹇载闲身。"（《马死》807/1008）诗记马亡，却毫无伤情，字里行间反而流露出一丝如释重负之感。原因在于此马乃"天厩赐驹"，身份贵重，但对于王安石而言，这个时期的他投老山林，排遣政治上的挫折，所追求的是一种简单平淡的生活，御赐虽丰，却只徒增负累。同时马的死故或可视为一种与朝事切割的表征，"小蹇""闲身"正是适合此时所需，故诗曰"谩容"。

王安石经常或骑驴，或杖藜，出入于南浦、东岗、西崦、北江，随兴漫游。如："小雨轻风落楝花，细红如雪点平沙。槿篱竹屋江村路，时见宜城卖酒家。"（《钟山晚步》820/1008）"西崦水泠泠，沿冈有浐亭。自从春草长，遥见只青青。"（《浐亭》739/1008）"钟山未放朝云散，奈尔黄梅细雨何。"（《南荡》770/1008）"沟西直下看芙蕖，叶底三三两两鱼。若比濠梁应更乐，近人浑不畏春锄。"（《沟西》（770/1008））诗人骋目赏景，出口吟诗，春花青草，白云细雨，卓然而立的荷花，悠游戏水的游鱼，入目皆是风景，入诗皆为佳句。在他笔下，钟山仿佛是陶渊明的武陵源。绿草如茵，山花烂漫，空气澄鲜，从稀稀落落的住家中，时而传来几声鸡鸣犬吠，衬托得四周更加宁静。

诗人从半山园到城里，或者到城外的定林寺，除了"乘小舫泛潮沟以行"，常靠驴代步，"虽得康庄亦好还，每逢沟堑便知难"（《驴二首·其二》969/1008），"蹇驴愁石路，余亦倦跻攀"（《自白门归望定林有寄》396/1008），他笔下的驴"力侔龙象或难堪，唇比仙人亦未惭。临路长鸣有真意，盘山弟子久同参"（《驴二首·其一》969/1008）。笔调轻松而戏谑。半山时期的诗人不再如论政时期，事理所在，略无假借，在日常生活

---

① 《景定建康志》卷四十二，《钦定四库全书》版。
② 《王文公文集》卷十九《谢赐衣服银绢等表》《谢赐生日礼物表》，上海人民出版社1978年版。

上颇好谐趣。如写给朋友的小诗："扶衰南陌望长楸，灯火如星满地流。但怪传呼杀风景，岂知禅客夜相投。"(《戏示蒋颖叔》825/1008) 诗中以诙谐的语调，描写蒋颖叔来访的气派，体现诗人会晤老友心中之欢悦。"山林投老倦纷纷，独卧看云却忆君。云尚无心能出岫，不应君更懒于云。"(《招杨德逢》812/1008) 诗中借云为媒，由云而思君，以云谓君。套用陶渊明语，却能别开生面，转换其意，毫无生安硬套之感。

王安石爱赏陶诗，在金陵退闲时期，对于陶诗胜境渐有所得。如被黄庭坚称誉得"古诗句法"的《半山春晚即事》："春风取花去，酬我以清阴。翳翳陂路静，交交园屋深。床敷每小息，杖屦或幽寻。惟有北山鸟，经过遗好音。"(381/1008) 将其与陶诗《和郭主簿》并而读之，王诗中的"春风取花去，酬我以清阴"与陶诗中的"蔼蔼堂前林，中夏贮清阴。凯风因时来，回飙开我襟"[①]，虽前者巧用虚字仅以两句描摹春风徐徐之感，后者以四句描写夏季堂中微风轻拂之景，但二者皆写出自然灵动之美，表现出观物而自得的境界。王安石的词作中运用集句的方式，同样营造出了悠闲恬静的意境，表达了洒脱闲逸之情。如《菩萨蛮》："数家茅屋闲临水。窄衫短帽垂杨里。花是去年红，吹开一夜风。梢梢新月偃。午醉醒来晚。何物最关情。黄鹂三两声。"[②] 在词中，诗人对自己的隐居生活进行白描，以动静结合及无声写有声的手法写成，虽是从诗中取义取句，集句而成，但如出己口，贴切地表现了半山时期诗人村居生活的闲情逸趣，可谓开江西诗派"诗词同理"之先河。王安石写过很多精美的小诗，反映出身居半山园时的生活情况。如《金陵即事三首·其一》："水际柴门一半开，小桥分路入青苔。背人照影无穷柳，隔屋吹香并是梅。"(841/1008) 诗人透过倒影来描写身后的层层柳树，身影与柳林交叠摇曳在水面，构成幻妙的诗境。尤其是由远处飘来若有若无的梅香，在静默中创造出动感。诗中充满着层层开阔的美感，生动地写出了半山园的自然风光。

王安石笔下的窣堵招提没有传统中的庄严肃穆，反而充满了盎然生气。如《定林所居》诗："屋绕湾溪竹绕山，溪山却在白云间。临溪放艇

[①] 《先秦汉魏晋南北朝诗》，《晋诗》卷十六，中华书局1983年版，第978页。
[②] 《王文公文集》卷八十，上海人民出版社1978年版。

依山坐，溪鸟山花共我闲。"（864/1008）定林寺是王安石在半山时期常往之处，诗中句句有山溪，却不觉反复，只见定林寺如画风景，清幽秀丽，发抒诗人闲适恬淡的情趣。"春山撩乱水纵横，篱落荒畦草自生"（《台城寺侧独行》864/1008），以动态的笔法描摹静物，春山缭乱，春草自生，呈现大地郁勃之气。而登上宝公塔远眺，"江月转空为白昼，岭云分暝与黄昏"。夜景静谧开阔，江上皓月当空，郊原皎洁犹如白昼，晚云出岫，深化了暮色的昏沉。"当此不知谁客主，道人忘我我忘言"营造出舒缓从容宁谧之感。诗人亦善用"春风"，并以香味拨动气氛，使静谧之景活络起来，如"与客东来欲试茶，倦投松石坐敧斜。暗香一阵连风起，知有蔷薇涧底花"（《同熊伯通自定林过悟真二首·其一》818/1008），暗香袭人，午后困倦立时消除。"野水从横漱屋除，午窗残梦鸟相呼。春风日日吹香草，山北山南路欲无。"（《悟真院》818/1008）只见野水纵横，禽鸟喧鸣，一派春意盎然，充满乡村野趣。"城郭纷纷老倦寻，幅巾来寄北山岑。长遭客子留连我，未快穿云涉水心。"（《同熊伯通自定林过悟真二首·其二》818/1008）"漱甘凉病齿，坐旷息烦襟。因脱水边屦，就敷岩上衾。但留云对宿，仍值月相寻。真乐非无寄，悲虫亦好音。"（《定林院》384/1008）在这两首诗中，王安石以散文句式融入诗歌作品中，"运古于律"，造语古质而不刻意求工，表现出半山时期因生活、心境的改变，融奇崛于寻常的诗歌风格，诗意上甚有"辋川幽澹之趣"。

　　王安石在这个时期写了大量的题壁诗，随情而生，率性而题。如《题北山隐居王闲叟壁》："荒村日午未开门，雨后余花满地存。举世但能旌隐逸，谁人知道是王孙。"（883/1008）同时在意象的经营，语言的运用都达到了深精华妙、炉火纯青之境。如《题何氏宅园亭》"荷叶参差卷，榴花次第开"两句，以灵活多样的并置式的意象组合为主要经营方式，其中上下句的意象并置。分别以"荷叶"和"柳花"为中心意象，一"卷"一"开"，既透着一种生趣，又呈现着时序的变迁，与杜牧的"旧事参差梦，新程逦迤秋"（《别沈处士》）句法类近。而"日净山如染，风暄草欲薰。梅残数点雪，麦涨一溪云"，（《题齐安壁》736/1008）诗中"日"与"山"、"风"与"草"等意象并置，动静结合，虚实相生，诗中亦见迎目绚丽春色，青山如碧，香风拂煦，麦浪如云，残梅似雪，描述出饶有生趣的场面。

元丰初年，王安石的身体已较前衰弱，他在《再答吕吉甫书》中说："某今虽无大病，然年弥高矣，衰亦滋极。稍事劳动，便不支持。"[①] 王安石后期所居住的秦淮小宅原是槽司旧厅，位于秦淮河畔一条僻静的小巷内，仅有老屋数椽，非常简陋。他在《金陵即事三首·其一》中说："结绮临春歌舞地，荒蹊狭巷两三家。东风漫漫吹桃李，非复当时仗外花。"（841/1008）可知周围环境尚属幽静。但这所屋子夏天不能防暑，冬天不能防寒。曾有秋热虐人之时，诗人老衰难耐，写下诗句描述当时狼狈不堪的情景，诗中云："火腾为虐不可摧，屋窄无所逃吾骸。织芦编竹继栏宇，架以松栎之条枚。"（《秋热》85/1008）为挡骄阳热浪，只好在院内挂起席子、架起树枝避暑。李壁因而感言曰："公以前宰相奉祠，居处之陋乃至于此。今之崇饰第宅者，视此得无愧乎！"宋代官员退休后的待遇十分优渥，同时期的一些南渡官员退职后崇饰第宅，生活豪侈。而王安石贵为一介前首辅的住房却如此简陋，足见王安石暮年生活俭朴，自律甚严。

元丰七年（1084）春天，王安石重病，一时"众病并作"，数十日卧床不起。他在《病中睡起折杏花数枝二首·其一》诗中说："独卧南窗榻，翛然五六旬。已闻邻杏好，故挽一枝春。"还又说："独卧无心起，春风闭寂寥。鸟声谁唤汝，屋角故相撩。"（755/1008）诗人以超越的心灵撷取朴实的景物，借以表达内心更为深刻的感受。虽写折花，却不见描摹杏花之美。邻杏飘香，淡淡地传入寂寥的病榻上，病中睡起的诗人，只觉花香虚浮不真，默默折花并无喜悲。作者既无心起，鸟声啾啾，却也只是更加衬托出索寞无奈的情境。

三 场域转换中的精神栖居

王安石早年随父亲宦游南北，及第以后曾出仕于海滨小邑，中年更数

[①]《王文公文集》卷六《再答吕吉甫》，上海人民出版社1974年版。

度迎送辽使，游历甚广，但王安石对钟山始终怀抱着一份特殊的情感。王安石的钟山情结不仅因为少年时随父赴任，曾居江宁，也与父母死后葬于江宁有关，"母兄呱呱泣相守，三载厌食钟山薇"（《忆昨诗示诸外弟》360/1008），而爱子王雱早逝，归葬于江宁，更让王安石对江宁有着一份"故有情钟未可忘"（《题永庆壁有雱遗墨数行》824/1008）的情感。面对严峻的政治环境，王安石经受了心灵上的折磨，饱尝到人间的世态炎凉。"此身已是一枯株，所记交朋八九无。唯有微之来访旧，天寒几夕拥山炉。"（《谢微之见过》971/1008）"朝阳映屋拥书眠，梦想钟山一慨然。投老安能长忍垢，会当归此濯寒泉。"（《杂咏五首·其三》896/1008）诗人梦寐以求者为何？当是远离现实尘网，归返山中涤洗心灵。钟山对王安石而言，不仅是生活上的故乡，更是情感上的皈依，钟山以自然山水熨帖他的伤口，众多的名刹古寺，让他的精神找到皈依，钟山成为诗人"客愁"的最后落脚。

王安石的本性质朴淡泊，志趣本在山林。相较于名利场的汲汲营营，他更渴望的是退隐的身心安宁。早年未投老归乡之前，每次离开钟山，诗人总是眷恋依依，"北山云漠漠，南涧水悠悠。去此非吾愿，临分更上楼"（《再题南涧楼》742/1008）。在远方时思恋切切，"嗟人皆行乐，而我方坐愁。肠胃绕钟山，形骸空此留"（《送张拱微出都》136/1008）。其中《忆金陵三首》（832/1008）更是回旋反复，动人心弦。

> 覆舟山下龙光寺，玄武湖畔五龙堂。想见旧时游历处，烟云渺渺水茫茫。
> 烟云渺渺水茫茫，缭绕芜城一带长。蒿目黄尘忧世事，追思陈迹故难忘。
> 追思陈迹故难忘，翠木苍藤水一方。闻说精庐今更好，好随残汴理归艎。

诗人在诗中追怀金陵旧游，山崖湖畔，烟云渺茫之处，苍藤翠木之间，处处皆留下游赏的美好记忆。诗人安排甚为巧妙，三首诗歌紧密联缀，前两首的末句，分别为后两首的起句，形成一种循环往复，抑扬顿挫之致。

在王安石的大量诗作中都表现了对钟山的喜爱："云从钟山起，却入钟山去。借问山中人，云今在何处。"（《即事二首·其一》70/1008）人与山、云融为一体。"终日看山不厌山，买山终待老山间。山花落尽山长在，山水空流山自闲。"（《游钟山》864/1008）写"我"与"山"的融洽，山若知音，近乎李白所谓之"相看两不厌，唯有敬亭山"，亦写山水自得之态，"乐山乐水"之思。"日日思北山，而今北山去。寄语白莲庵，迎我青松路。"（《思北山》87/1008）终日思归终得归，表现了人与山不可分，与意欲托身钟山之思。再如《两山间》（33/1008）句句有山，犹如陶渊明的《止酒》诗中，句句有"止"，正见其欲"止"而不能。

罢相之后，隐居钟山，作诗参禅成了他寂寞生涯的一种抚慰。山水与佛禅，可说是王安石暮年诗歌的重要内容，二者皆为诗人表现生活追求的具体凭借而统合于他的诗歌中。诗人此时的诗歌作品中，山水的寓意是归隐之所，而深层结构则是诗人的参禅之境，所谓安身立命之地。一日参禅未透，则留在山中迷糊境地，终是参透玄机，入目尽是秀水明山，如《游钟山》（864/1008）、《两山间》（33/1008）等诗。另外如《南浦》《染云》《午睡》《蒲叶》《题舫子》《题齐安壁》等诗①，皆能摆脱抽象的说理或叙事，融情于景，意境澄澈，透着一股淡淡的禅意。《苕溪渔隐丛话》引《漫叟诗话》语云："荆公定林后诗，精深华妙，非少作之比。尝作《岁晚》诗云：'月映林塘静，风涵笑语凉，俯窥怜净绿，小立伫幽香。携幼寻新的，扶衰上野航，延缘久未已，岁晚惜流光。'自以比谢灵运，议者亦以为然。"②又引《冷斋诗话》："山谷云：'荆公暮年作小诗，雅丽精绝，脱去流俗，每讽味之，便觉沉潜生牙颊间。'"胡仔并加按语："荆公小诗，如'南浦随花去，回舟路已迷，暗香无觅处，日落画桥西。''染云为柳叶，剪水作梨花，不是春风巧，何缘见岁华。''檐日阴阴转，床风细

---

① 《南浦》（740/1008）、《染云》（735/1008）、《午睡》（736/1008）、《蒲叶》（753/1008）、《题舫子》（753/1008）、《题齐安壁》（736/1008）。
② 胡仔：《苕溪渔隐丛话·前集》卷三十三，《四库全书》本。

细吹,倏然残午梦,何许一黄鹂。''蒲叶清浅水,杏花和暖风,地偏缘底绿,人老为谁红。''爱此江边好,留连至日斜,眠分黄犊草,坐占白鸥沙。''日净山如染,风暄草欲薰,梅残数点雪,麦涨一川云。'观此数诗,真可使人一唱而三叹也。"①

此时他对佛教的理解,也更多偏向于"万事皆空"即"出"的一面,比较符合佛教作为一种解脱学说的本意。他在《再答吕吉甫书》云:"观身与世,如泡梦幻,若不以此洗心而沉于诸妄,不亦悲乎!"② 据《苕溪渔隐丛话》引《王直方诗话》云:"李希声言荆公罢政事时,居于州东刘相宅,于书院小厅题'当时诸葛成何事,只合终身作卧龙'数十处。"③ 此诗乃唐薛能所作,王安石对此玩味不已,可以看出他对自己过去轰轰烈烈政治作为的一种追悔。"无奈被些名利缚!无奈被它情耽阁!可惜风流总闲却!当初谩留华表语,而今误我秦楼约。梦阑时,酒醒后,思量著。"④ 在这首词作中,诗人深切地感叹着自己被名缰利锁所拘,表现出对政治生活的厌倦,对无羁无绊的生活,充满留恋及向往,意致清迥,不着一愁语,而寂寂之情,隐隐在目。

诗人亦感人生扰扰,恰似大梦一场。其《梦》诗云:"知世如梦无所求,无所求心普空寂。还似梦中随梦境,成就河沙梦功德。"(84/1008)《清凉寺送王彦鲁》云:"空怀谁与论?梦境偶相值。莫将漱流齿,欲挂功名事。"(84/1008)《华藏寺会故人得泉字》云:"共知官似梦,莫负酒如泉。兴罢重携手,江湖即渺然。"(403/1008)《北窗》云:"空花根蒂难寻摘,梦境烟尘费扫除。"(489/1008)《与耿天骘会话》云:"邯郸四十余年梦,相对黄粱欲熟时。万事只如空鸟迹,怪君强记尚能追。"(813/1008)《春日即事》云:"细思扰扰梦中事,何用悠悠身后名。"(966/1008)

对世间万物莫生执着、莫生分别,既无善也无恶,无可无不可,委运

---

① 胡仔:《苕溪渔隐丛话·前集》卷三十五,《四库全书》本。
② 《王文公文集》卷六,上海人民出版社1978年版。
③ 胡仔:《苕溪渔隐丛话·前集》卷三十四,《四库全书》本。
④ 《千秋岁引·秋景》,《唐诸贤绝妙词选》卷二,《唐宋人选唐宋词》,上海古籍出版社2004年版。

任化，一语不如一默，类似这样的思想在王安石晚年的思想中占据了主导的地位，其中有不少是直接用佛理诗的形式表达出来。如王安石在《即事二首》中：

> 云从钟山起，却入钟山去。借问山中人，云今在何处。
> 云从无心来，还向无心去。无心无处寻，莫觅无心处。(70/1008)

诗人以钟山为场景，以云之来去为事件，寓理趣于写景造境之中。"钟山"寓意着佛理中山河大地等"器界"，而来去无踪的云则是比喻着随缘起灭的一切法。

诗人舍宅为寺之后，那时从秦淮河的水路可以直达半山园，怀念钟山时可乘舟前往。元丰八年（1085）春天，他就曾扶病乘舟回过一次半山园。他在诗中说："强扶衰病牵淮舸，尚怯春风溯午潮。花与新吾如有意，山于何处不相招。"（《秦淮泛舟》836/1008）"溯筏开新屋，扶舆绕故园。……难忘旧时处，欲宿愧桑门。"（《溯筏》389/1008）据李注引《后汉书·楚王英传》中言："桑门，沙门也。"此时的他其实未能对半山园仍有依恋。病愈后，诗人再次回到半山园，此时半山园已是半山寺。面对旧院，诗人心中思潮迭起，写下《题半山寺壁二首》："我行天即雨，我止雨还住。雨岂为我行，邂逅与相遇。""寒时暖处坐，热时凉处行。众生不异佛，佛即是众生。"（64/1008）此时的诗人已经明白寒暑本无自性，人世间的一切均是临时凑泊，遂是率性直行，无复牵挂。

另外，因为这个时期从容的生活，让他的创作呈现出一种舒缓的心境，王安石晚年的创作上流露出"即兴抒写"的倾向。《北山》（803/1008）诗中"细数落花因坐久，缓寻芳草得归迟"二句，吴可《藏海诗话》论曰："'细数落花'、'缓寻芳草'，其语轻清。'因坐久'、'得归迟'，则其语典重，以轻清配典重，所以不坠唐末人句法中。盖唐末人诗轻佻耳。"叶梦得《石林诗话》亦言："但见舒闲与之态耳。而字字细考之，若经檃栝权衡者，其用意亦深刻矣"，惠洪亦曾评其诗"字字有根蒂"，此二句本出于王维的"兴阑啼鸟换，坐久落花多"，但这首诗有别于摩诘原诗的自然平和，表现出一种"刻意"与逍遥的情态，而诗中之心绪实是十分曲折。

王安石早年诗歌以论政、咏史为主，退闲之后，乃转以宗教与人生体悟为主要的义理内涵。如诗人在三首皆题为《光宅寺》的作品中，抒发沧海桑田，人事变迁。

> 翛然光宅淮之阴，扶舆独来止中林。千秋钟梵已变响，十亩桑竹空成阴。昔人倨堂有妙理，高座翳绕天花深。红葵紫苋复满眼，往事无迹难追寻。（《光宅寺》35/1008）
> 今知光宅寺，牛首正当门。台殿金碧毁，丘墟桑竹繁。萧萧新犊卧，冉冉暮鸦翻。回首千岁梦，雨花何足言。（《光宅寺》399/1008）
> 齐安孤起宋兴前，光宅相仍一水边。蜂分蚁争今不见，故窠遗垤尚依然。（《光宅寺》791/1008）

光宅寺原为梁武帝萧衍的故宅。萧衍称帝后，舍宅为寺。后来云光法师曾讲法华经于此，每有花如飞雪，满空而下。如今不见金碧台殿，不见空中雨花，只留新犊暮鸦。这时的王安石业已请舍半山园为报宁禅院①，不知是否诗人见景思己，故发此慨。

事实上，王安石晚年归隐钟山，既没有因信仰佛教而偏向于灰灭枯寂，也不是系心于世务而难以忘怀，而是进入了一种泯灭荣辱、随缘所适的自由境界。诗作中以"即事""漫成"为题者不下数十首，如《即事二首》《即事六首》《半山春晚即事》《初夏即事》《春日即事》《舟夜即事》《季春上旬苑中即事》《过山即事》《金陵即事》《钟山即事》《游城南即事》《漫成》等。② 另有许多径取诗首二字为题者，更是数目繁众。"诗到

---

① 李德身：《王安石诗文系年》，陕西人民教育出版社1987年版。据载《光宅寺》三首皆作于元丰八年（1085）。

② 《即事二首》（70/1008）、《即事六首》（149/1008）、《半山春晚即事》（381/1008）、《初夏即事》（780/1008）、《春日即事》（966/1008）、《舟夜即事》（423/1008）、《季春上旬苑中即事》（573/1008）、《过山即事》（609/1008）、《金陵即事》（841/1008）、《钟山即事》（846/1008）、《游城南即事》（869/1008）、《漫成》（947/1008）。

无题是化工"①，无事不可入诗，随意捻题，率尔成章，境界更臻化工。这类创作可以说渊源于杜诗，杜甫在创作中大量以日常琐事入诗。② 义山学杜，"无题诗"以其为最。"王荆公谓学杜须从义山入手"③，他自己可谓是最佳的实践者。而这种随笔创作，即事抒写的诗风亦有"目击道存"的道家思想，以及"触事而真"的禅宗思想的影响在其中，不需刻意经营雕琢，而能收获幽深玄远的清雅乐趣。"川原一片绿交加，深树冥冥不见花。风日有情无处著，初回光景到桑麻。"(《出郊》807/1008)"随月出山去，寻云相伴归。春晨花上露，芳气著人衣。"(《山中》741/1008)"径暖草如积，山晴花更繁。纵横一川水，高下数家村。静憩鸡鸣午，荒寻犬吠昏。归来向人说，疑是武陵源。"(《径暖》388/1008)"白石冈头草木深，春风相与散衣襟。浮云映郭留佳气，飞鸟随人作好音。"(《出金陵》949/1008)"南浦东冈二月时，物华撩我有新诗。含风鸭绿鳞鳞起，弄日鹅黄袅袅垂。"(《南浦》774/1008)《冷斋夜话》云："用事琢句，妙在言其用而不言其名。此法惟荆公、东坡、山谷三老知之。荆公'含风鸭绿鳞鳞起，弄日鹅黄袅袅垂'。此言水柳之用，而不言水柳之名。"④"扶舆度焰水，窈窕一川花。一川花好泉亦好，初晴涨绿深于草。"(《法云》31/1008)陈无己语："山谷最爱舒王'扶舆度焰水，窈窕一川花'谓包含数个意。"⑤ 在这些诗歌中，王安石似乎是意随兴至地绘写下金陵的山水田园，但诗人对"白""黄""青""绿"等表色彩字精妙的应用，使这一类诗的意境具有清新可人、明丽丰腴的特点。而"陂塘""孤桐""杏花""梅""青松""竹""柳"等这些高洁而孤寂的意象，更是诗人用来象征自己脱去流俗、洁身自好的人格。

诗人借钟山为表，以佛禅为里，诗与佛学成为他安顿人生最后的利

---

① 袁枚：《随园诗话·补遗》卷二。
② 吕正惠：《诗圣杜甫》，第八章《杜诗与日常生活》，生活·读书·新知三联书店2015年版。
③ 《筱园诗话》引纪昀言，《清诗话续编》本，上海古籍出版社1983年版，第2438页。
④ 释惠洪：《冷斋夜话》卷四，《六一诗话·冷斋夜话》本，凤凰出版社2009年版，第62页。
⑤ 《增修诗话总龟》卷九，人民文学出版社1987年版。

器。"委质山林如许国,寄怀鱼鸟欲忘形"(《招吕望之使君》493/1008),王安石在政坛上叱咤风云多年,久经佛禅思想熏陶,让他能够委身山林如许国,一旦去位,内心无执无妄无痴,得以寄情于山水田园之间。他在钟山的十年隐居生活,令他的思想获得了一种超越,进入了一个更高、更圆满的人生境界。以钟山为主所构成的文人庭园空间成为诗人心绪的寄托与归整之地,而他的半山诗也成就了钟山,以一种恒久的文学形象永存于后世。

在否定语境中走向经典
——王安石散文经典化历程及文化内涵
（1127—1279 年）

中国社会科学院　裴云龙

文学作品的经典化，大多包括被批评者标举、解读、传播等一系列漫长且复杂的历程。在很多情况下，这一过程中还会伴有质疑、批判等否定、争议性因素，即所谓"反经典"的作用。在中国古代许多文学作品的经典化历程中，来自肯定、否定双方面的文化因素发挥了同样重要的作用，它们从不同的角度对文学作品的经典属性进行了阐释和解析，从而对其文学史地位的奠定发挥了共同的影响[①]。

在"唐宋八大家"中，王安石（1021—1086）的散文是在否定语境中走向经典的最突出范例。宋室南渡之后，"荆公新学"被普遍视为应该对宋室的播迁承担历史责任的"邪说"。但尽管如此，在 1127—1279 年这一理学思想影响力日趋扩大的历史时期里，王安石的散文作为文学经典的属性仍然得到了有力的确认。本文将尝试探索，在这一时期里，王安石的散文如何在被否定、质疑的文化语境中被确立为经典，他学术思想上的反对者为何能给他的文章赋予经典的价值。

[①]　参见吴承学、沙红兵《中国古代的经典与反经典》（《文史哲》2010 年第 2 期）中"反经典使经典的原有地位发生动摇，同时又可能使经典的内涵得到必要的补充，重新激发经典的活力"的表述。

一 王安石散文经典化历程中的特殊要素

在1127—1279年的话语体系里,北宋六家中欧阳修(1007—1072)、苏轼(1037—1101)、曾巩(1019—1083)的文章被接受者普遍推崇为代表宋代儒家文化的卓越典范,并经多重阐释被定位为包含思想、文法、学识等多维度的复合型经典。然而,王安石散文经典化的路径与它们有明显的区别,其过程中包含了三个显著的特殊要素。

第一,由于复杂的政治文化形势,王安石的学术思想在1127年后遭受了帝王、士大夫严厉的指责。具有理学背景的士大夫认为,王安石的学术见解不符合"道"的规范。程颐(1033—1107)的弟子杨时(1053—1135)说道:

> 某尝谓王金陵力学而不知道,妄以私智曲说眩瞽学者耳目,天下共守之,非一日也。①

在学术批判之外,杨时在政治上还有过果断的行动,且在文章中叙述了"昔王荆公以邪说暴行祸天下三十有余年,余备位谏省,论之,去其王爵,罢配享"这一事件的过程②。

宋室南渡后,强烈批判王学祸国的士大夫还有很多。例如杨时的弟子陈渊(1067—1145)指出,王氏之学的实质是"以异端为正道,以公论为流俗",其盛行的结果是在士人当中形成了"偷安徇利之俗",致使"日入于衰薄乱亡而不悟",因此他断言"王氏之学不熄,则祖宗之治不复"③。杨时的另一位弟子廖刚(1070—1143)为此向高宗(1107—1181,1127—1162年在位)上书说道"如安石之学术,大抵专功尚利,轻改作而废典

---

① (宋)杨时:《与吴国华别纸》,曾枣庄、刘琳主编《全宋文》卷2678第124册,上海辞书出版社、安徽教育出版社2006年版,第152页。
② (宋)杨时:《题诸公〈邪说论〉后》,《全宋文》卷2685第124册,第274—275页。
③ (宋)陈渊:《答廖用中正言书》,《全宋文》卷3296第153册,第193—194页。

常，乐软熟而贱名节，使天下靡靡，日入于偷薄而莫之悟，其为害亦深矣"①。高宗最终在声讨王学的舆论影响下，判定王安石的思想为"邪说"并罢黜其配享孔庙的荣誉。胡寅（1098—1156）奉旨所撰《追废王安石配享诏》中写道：

> 朕临政愿治，表章斯文，将以正人心，息邪说，使不沦胥于异学。荆舒祸本，可不惩乎？安石废绝《春秋》，实与乱贼造始。今其父子从祀孔庙，礼文失秩，当议黜之。夫安石之学不息，则孔子之道不著。②

直至100余年后的淳祐元年（1241），当时的帝王宋理宗（1205—1264，1225—1264年在位）仍斥责王安石对祖宗成法与社会舆论的傲慢态度：

> 王安石谓"天变不足畏，祖宗不足法，人言不足恤"，此三语为万世之罪人，岂宜崇祀孔子庙庭？合与削去。于正人心、息邪说，关系不小。③

可见在宋室南渡后的主流语境中，王安石的学术思想遭遇了强势抨击。这种以批判为主的舆论基调，与欧、曾、苏散文经典化的情境存在巨大差异。

第二，王安石散文的卓越之处虽得到承认，但被认可的力度相对逊于欧、苏，没有被普遍视为承续儒家文统的独立典范。后人在议论北宋的文章成就时也时常会提到王安石，但多数情况下都是与欧、曾、苏等人并举，较少对他的文章予以单独的评骘。

例如，主要活动于高宗、孝宗（1127—1194，1162—1189年在位）时

---

① （宋）廖刚：《论王氏学劄子》，《全宋文》卷2990第138册，第367—368页。
② （宋）胡寅：《追废王安石配享诏（奉旨撰）》，《全宋文》卷4158第189册，第106—107页。
③ （宋）宋理宗：《王安石不宜从祀孔子庙庭诏》，《全宋文》卷7971第345册，第188页。

期的倪朴（1105—1195）在列举江西"人物之盛，甲于东南"时说：

> ……宋之文超汉佚唐，粹然为一王法，则欧阳公启之也。临川王文公，虽其所为有戾于人情，然其文字宏博魁然，有荀、扬气象。南丰曾夫子以辞学显，豫章山谷先生以文行著。①

此后，《朱子语类》中记录了"江西欧阳永叔、王介甫、曾子固文章如此好"的言说②。真德秀（1178—1235）在《跋彭忠肃文集》中提到"欧、王、曾、苏以大手笔追匹古作"③，认为这四人的文章足以和西汉文、韩柳文媲美。在1127年后的评述话语中，王安石的文章贡献大多是在与欧、曾、苏等人相较时会被提及。

但在多数情况下，人们仍以欧、苏来指代北宋散文的突出成就。比如杨万里（1127—1206）在谈及"儒宗文师，老于文学者"时列举了"本朝之欧、苏、曾、王者，磊磊相望"④，但他心中"传斯文之正脉，得斯文之骨气，上以窥孔孟之堂奥，下以蹑诸公之轨辙"的只有欧、苏两人⑤。并且，吕祖谦（1137—1181）、叶适（1150—1223）等人试图弥合，融会文章、道学的努力，也被概括为"合周程、欧苏之裂"⑥。在前述多人并称的情形之外，王安石较少单独出现在"古文"领域的历史追述中。因此，王安石散文的经典地位在北宋六家中略显模糊，它的文化价值在得到承认的同时也时常被忽略。

第三，在被解读的维度上，王安石散文没有被广泛视为知识层面和写作技法层面的典范。在1127年后，人们没有如同编纂《经进东坡文集事略》那样，为王安石的文集出版一部知识性的导读本，也没有撰写类似

---

① （宋）倪朴：《筠州授雷教授书》，《全宋文》卷5407第242册，第92页。
② （宋）黎靖德编，王星贤点校：《朱子语类》卷139，中华书局1986年版，第3315页。
③ （宋）真德秀：《跋彭忠肃文集》，《全宋文》卷7171第313册，第258—259页。
④ （宋）杨万里：《再答虞少卿》，辛更儒点校：《杨万里集笺校》卷107，中华书局2007年版，第4071页。
⑤ （宋）杨万里：《问本朝欧苏二公文章》，《全宋文》卷5342第239册，第181页。
⑥ （元）刘壎：《隐居通议》卷2"合周程、欧苏之裂"条，《丛书集成初编》本，第17页。

《东莱标注三苏文集》的概要性解读著作。与此同时，一些以讲解、指导作文方法为要旨的文章选本，对王安石散文的关注程度也相对较低。站在"旧党"的学术立场上，吕祖谦《古文关键》没有选录王安石的散文。其后，楼昉（生卒年不详）《崇古文诀》收录的王安石文章只有9篇，这一数目远小于欧阳修的18篇和苏轼的15篇，甚至少于苏洵（1009—1066）的11篇。而在谢枋得（1226—1289）《文章轨范》中，王安石只有《读孟尝君传》一文进入了该书的视野。另外，《朱子语类》中"论文"的卷目在讲解文章写作的示范时，对王安石的提及频率也相对较低。其中"文字到欧曾苏，道理到二程，方是畅。荆公文暗"一句更能说明①，朱熹认为王安石的"文字"价值逊于欧、曾、苏三人。这说明，人们在阅读王安石的文章时，没有将其普遍视为获取、研讨知识的文本资源，也没有将其标举为习得作文技法的主要借鉴。

总而言之，王安石散文的经典化过程中包含了三个突出的特殊要素：它在主流舆论中遭遇强烈指责、抨击；它在宋代散文经典体系中的地位相对微妙、模糊；它被解读的主要视角和维度也有别于欧、苏等家。明代中叶的茅坤（1512—1601）在《唐宋八大家文钞·临川文钞引》中将这一情形概括为"新法既坏，并其文学知而好之者半，而厌而訾之者亦半矣"②。这些特殊要素所指向、预示的问题是，在1127—1279年间特殊文化语境的作用下，王安石的散文被赋予的经典属性与欧、苏等人具有显著区别。

接下来，本文将分别从文学选本对王安石散文的择录情况、王安石散文经典价值标举者的文化身份属性、知识精英对王安石散文的解读方式这些角度，论析王安石散文在1127—1279年间的经典化历程，并在此基础上探索其历史意义。

---

① 《朱子语类》卷139，第3309页。
② （明）茅坤：《唐宋八大家文钞·临川文钞引》，据《四库总集选刊》本影印，上海古籍出版社1993年版，第2册第1页。

二 文学选本对王安石散文的择录

1127年后，王学的式微冲击了王安石文章的接受效果，但仍有不少的文学选本收录了其许多篇目。在这一时期之前，《圣宋文选全集》即已选录了两卷"王介甫文"，包括阐述经学义理的"论"体文、探讨政治与学术问题的上书和书信，以及《虔州学记》《君子斋记》等有关教化、道德的文章，共计27篇①。

1127年后出现的文学选本，仍然比较青睐王安石有关经学、道德、政治等内容的系列文章。比如《新刊诸儒批点古文集成》选录的《送孙正之序》阐述了君子因"术素修而志素定"而"不肯一失诎己以从时，不以时胜道"的修为问题，《谏官论》探讨了谏官作为"士"的地位与职责，《原过》对"有过而能悔，悔而能改"表示理解和肯定②；《妙绝古今》中选录的《书洪范传后》则强调了领会经典不应为传注所干扰的阅读准则③。另外，《新刊国朝二百家名贤文粹》中入选的王文，也以《礼论》《大人论》《上皇帝万言书》《答韩求仁书》《诗义序》《周礼义序》等谈论道德、政治、教化、经学之类议题的文章为主。

此外，王安石的碑志类文章也得到了选家的青睐。杜大珪（活动于宋光宗时期）《新刊名臣碑传琬琰之集》当中收录了8篇王安石写作的神道碑、墓志铭和行状。另外真德秀《续文章正宗》也对王安石这一类文体的散文选录最多。值得关注的是，被选录的王安石碑志文大多在平白铺叙传主生平的基础上，还经常抒发不少有关道德的议论和感慨。比如《续文章正宗》"叙事（名儒文人事迹、贤士大夫事迹）"卷中选录的这两篇文章：

> 始，公自任以当世之重也，虽人望公则亦然。及遭太宗，愈自谓

---

① 佚名：《圣宋文选全集》卷10、卷11，中华再造善本，北京图书馆出版社2006年版。
② （宋）王霆震主编：《新刊诸儒批点古文集成》前甲集卷2、前丁集卷3、前壬集卷8，中华再造善本，北京图书馆出版社2005年版。
③ （宋）汤汉编：《妙绝古今》，清乾隆、嘉庆间（1736—1820）刻本。

> 志可行，卒之闭于奸邪，彼诚有命焉。悲夫，亦正之难合也。虽其难合，其可少枉乎？虽其少枉，合乎未可必也，彼诚有命焉。虽然，其难合也，祇所以见正也。孔子曰："所谓大臣者，以道事君，不可则止。"於戏！公之节，非庶几所谓大臣者欤？(《户部赠谏议大夫曾公墓志铭》)

> 嗟乎！以忠为不忠，而诛不当于有罪，人主之大戒。然古之陷此者相随属，以有左右之谗，而无如苏君之救，是以卒至于败亡而不寤。然则苏君一动，其功于天下，岂小也哉？苏君既出逐，权贵人更用事，凡五年之间，再赦而君六徙，东西南北，水陆奔走辄万里。其心恬然，无有怨悔。遇事强果，未尝少屈。盖孔子所谓刚者，殆苏君矣！(《广西转运使苏君墓志铭》)①

其中《曾致尧墓志铭》一文也被《名臣碑传琬琰集》中卷2所收录②，再如被选入此书的《孔处士旼墓志铭》：

> 当汉之东徙，高尚守节之士，而亦以故成俗，故当世处人之闻独多于后世。乃至于今，知名为贤而处者，盖亦无有几人，岂世之所不尚，遂湮没而无闻，抑上之趋操，亦有待于世邪？若先生，固不为有待于世，而卓然自见于时，岂非所谓豪杰之士者哉！③

这些议论性段落的存在，一方面使文章超越了对传主生平的平白描述，而唤起了读者的共鸣，后世茅坤称赞道"予每读其碑志、墓铭，及他书所指次世之名臣、硕卿、贤人、志士，一言之予，一字之夺，并从神解中点缀风刺，翩翩乎凌风之翮矣，于《史》《汉》外别为三昧也"④；另一

---

① 以上两段，参见《真文忠公续文章正宗》卷8，明南京国子监刻弘治17年戴镛重修本，全国图书馆文献缩微中心1986年版。
② (宋)杜大珪主编：《名臣碑传琬琰集》中卷2，台北文海出版社1969年版，第469—473页。
③ 《名臣碑传琬琰集》中卷35，第919页。
④ 《唐宋八大家文钞·临川文钞引》第2册，第2页。

方面，这些语段大多结合传主的生活遭际，抒发对道德坚守者的崇敬，并揭示了人格理想准则与现实处境命运的矛盾，也将对道德话题的探讨置于真实、鲜活的场景中。由此可知，王安石的碑志类文章得到后世重视的原因也与其文字中包含的道德性内容有密切关联。

概而言之，1127年后各类文学选本中收录的王安石文章包含了议论、叙事文类的多种文体，但在内容上却大多共同涉及经学、道德、政治、教化等文化议题。这也意味着王安石文章因这些内容的存在而得到相对普遍的认可。这些内容也由此成为与王安石散文经典性相关联的重要基础因素。

三　理学家对王安石散文经典价值的标举

1127年前，王学得到了帝王与士大夫的共同推崇。徽宗（1082—1135，1101—1125年在位）在《故荆国公王安石配享孔子庙庭诏》中将王安石的文化成就褒扬为"由先觉之智，传圣人之经，阐性命之幽，合道德之散，训释奥义，开明士心……盖天降大任，以兴斯文，孟轲以来，一人而已"[①]。此外，被《宋元学案》归入"荆公新学略"的陆佃（1042—1102）在写给王安石的祭文、墓文中说道"维公之道，形在言行，言为《诗》《书》，行则孔孟"[②]，以及"天锡我公，放黜淫诐，发挥微言，贻训万祀"[③]。

1127年后，政治文化局势发生了巨大转变，南宋"朝廷惩创王氏邪说之祸，罢配享，仆坐像，更科举法"[④]。但值得注意的是，宋室南渡后对王安石文章、学术予以高度关注的是几位重要的理学大儒，最突出的

[①]（宋）宋徽宗：《故荆国公王安石配享孔子庙庭诏》，《全宋文》卷3556第163册，第371—372页。

[②]（宋）陆佃：《祭丞相荆公文》，《全宋文》卷2211第101册，第269页。

[③]（宋）陆佃：《江宁府到任祭丞相荆公墓文》，《全宋文》卷2211第101册，第270页。

[④]（宋）吕祖谦：《故左朝散郎徽猷阁待制提举江州太平兴国宫江都县开国子食邑五百户致仕赠左通议大夫王公行状》，《东莱吕太史文集》卷9，黄灵庚、吴战垒主编《吕祖谦全集》第1册，浙江古籍出版社2008年版，第145页。

当属朱熹（1130—1200）、陆九渊（1139—1193）、黄震（1213—1280）、吴澄（1249—1333）四人。

朱熹对王安石的态度以否定为主，但批判的强烈程度却不及其对于"苏学"的批判。他在给汪应辰（1119—1176）的两封书信中写道：

> 今乃欲专贬王氏而曲贷二苏，道术所以不明，异端所以益炽，实由于此。愚恐王氏复生，未有以默其口而厌其心也。①
>
> 今日之事，王氏仅足为申、韩、仪、衍，而苏氏学不正而言成理，又非杨、墨之比。②

在朱熹看来，王安石与苏氏兄弟的学说都存在瑕疵，但苏学对社会思想的迷惑要甚于王学。此外，朱熹的临川籍弟子吴琮（生卒年不详）记载过这样一段师生对话：

> 问："万世之下，王临川当作如何评品？"曰："陆象山尝记之矣，何待它人问？""莫只是学术错否？"曰："天资亦有拗强处。"曰："若学术是底，此样天资却更有力也。"③

这些材料说明，朱熹对王安石的学说及其客观存在的影响力颇为重视，并且在批判之余不乏同情之理解。

朱熹所提到的"陆象山尝记之矣"，当指陆九渊的名篇《荆国王文公祠堂记》，该文作于淳熙十五年（1188）。文中对王安石"君臣相与，各欲致其义耳。为君则自欲尽君道，为臣则欲自尽臣道，非相为赐也"的识见和勇气大加赞赏，并由此展开对王安石的深入评价：

---

① （宋）朱熹：《答汪尚书（七月十七日）》，刘永翔、朱幼文点校《晦庵先生朱文公文集》卷30，载朱杰人、严佐之、刘永翔主编《朱子全书》第21册，1301页。
② （宋）朱熹：《答汪尚书（十一月既望）》，《晦庵先生朱文公文集》卷30，《朱子全书》第21册，1304页。
③ 《朱子语类》卷130，第3101页。

秦汉而下,当涂之士亦尝有知斯义者乎?后之好议论者之闻斯言也,亦尝隐之于心以揆斯志乎?惜哉!公之学不足以遂斯志,而卒以负斯志;不足以究斯义,而卒以蔽斯义也。①

这几句话的语气由赞扬逐步转为遗憾、痛惜。从朱熹的话来看,陆九渊此文的基本观点在理学士大夫群体中有广泛的影响。陆九渊自己也在一封书信中证实了这一点:

《王文公祠记》乃是断百余年未了底大公案,自谓圣人复起,不易吾言。余子未尝学问,妄肆指议,此无足多怪。同志之士犹或未能尽察,此良可慨叹!足下独谓使荆公复生,亦将无以自解,精识如此,吾道之幸!②

他确信自己的文章对王安石的思想及其问题做了精准的解析。与朱熹的评论相比,陆九渊对王安石的文化贡献有了更多的称许。另外,《朱子语类》中记载"陆子静好令人读介甫万言书,以为渠此时未有异说"③,亦可见陆九渊承认王安石的"万言书"具有积极的教育意义。

13世纪后,理学学者黄震在其《黄氏日钞·读文集》的单元中以"王荆公文"一卷来记录自己阅读王安石文章的体会,既有对具体篇目的分析,也有对王文的整体观感。该卷与"欧阳文""南丰文""苏文"等卷目并列,可见在北宋六家中,黄震对王安石散文的总体重视程度等同于欧阳修、曾巩、苏轼,而高于苏洵、苏辙(1039—1112)。生于1249年、学承朱熹并会同朱、陆的江西抚州士人吴澄,将他对古文家的最高评价赋予了王安石:

---

① (宋)陆九渊:《荆国王文公祠堂记》,钟哲点校,《陆九渊集》卷19,中华书局1980年版,第232页。
② (宋)陆九渊:《与胡季随》,《陆九渊集》卷1,第7—8页。
③ 《朱子语类》卷124,第2978页。

  宋三百年文章，欧、曾、二苏各名一世，而荆国王文公为之最。何也？才、识、学俱优也。①

在《临川王文公集序》一文中，吴澄有更具体的评述：

  荆国文公才优学博而识高，其为文也度越辈流。其行卓，其志坚，超超富贵之外，无一毫利欲之汨，少壮至老死如一。其为人如此，其文之不易及也固宜。②

  在吴澄眼中，王安石的文章及其中所包蕴的人格与学术内涵都堪称典范。这一评价在力度上又有极大擢升。在否定、抨击王学的总体语境中，吴澄的系列评价是赋予王安石的最高褒奖。

  总之在1127—1279年间，尽管王学被主流学术话语质疑、排斥，但以朱熹、陆九渊、黄震、吴澄为代表的重要理学家却以多种角度、多种方式认可王安石文章与学术之于社会的正面影响和典范意义，并对王安石散文的经典价值有所褒扬。这或许可以说明，尽管存在学术见解上的分歧，但王安石与理学大儒之间在精神上具有深层的默契。

四　王安石散文的解读与典范价值的确立

  本文所谓"解读"，既包括对王安石全部文章的整体性的理解，也包括对王安石部分单篇文章的析读。1127—1279年间，人们对王安石散文的解读大多兼顾两个方面：一方面阐释王安石散文中的经学与道德内涵；另一方面对王文中被他们所认定的谬误观点予以批判。

  1127年前，王安石文章所包含的经学与道德属性即已得到重视。苏轼在拟撰《王安石赠太傅》的制诰中称赞他"少学孔、孟，晚师瞿、聃。网

---

① （元）吴澄：《王友山诗序》，李修生主编《全元文》卷486第14册，江苏古籍出版社1998年版，第384页。

② （元）吴澄：《临川王文公集序》，《全元文》卷485第14册，第351页。

罗六艺之遗文，断以己意；糠粃百家之陈迹，作新斯人"①。宋室南渡之后，人们对王安石文化成就的称许也大多由此出发。比如孙觌（1081—1169）在《读临川集》中说：

> 王荆公自谓知经明道，与南丰曾子固、二王（深父、逢原）四人者，发六艺之蕴于千载绝学之后，而自比于孟轲、扬雄，凡前世之列于儒林者，皆不足道也。②

郭孝友（1086—1162）在《六一祠记》中也记载：

> 逮熙、丰间，临川王文公又以经术自任，大训厥辞，而尤详于道德性命之说，士亦翕然宗之。③

"道德性命"是理学思想家关注、研讨的核心问题。由此可知，王安石散文受到重视的原因在相当大的程度上基于其内容、思想当中与理学相通的学术因素。这不仅与"三苏"区别明显，而且彰显了与欧阳修所谓"性非学者所急"不同的学术路径。南渡之后，虽然王学已经从宋代官方学术的话语体系中被驱除，但这并未妨碍士大夫对其学理内涵的思考与探研。活动于孝宗时期的员兴宗（1174年前后在世）在一篇策文中说：

> 昔者国家右文之盛，蜀学如苏氏，洛学如程氏，临川如王氏，皆以所长经纬吾道，务鸣其善鸣者也。程师友于康节邵公，苏师友于参政欧阳公，王同志于南丰曾公。考其渊源，皆有所长，不可废也……苏学长于经济，洛学长于性理，临川学长于名数。诚能通三而贯一，明性理以辨名数，充为经济，则孔氏之道满门矣，岂不休哉……今

---

① （宋）苏轼：《王安石赠太傅》，孔凡礼点校，《苏轼文集》卷38，中华书局1986年版，第1077页。
② （宋）孙觌：《读临川集》，《全宋文》卷3477第160册，第328页。
③ （宋）郭孝友：《六一祠记》，《全宋文》卷3405第158册，第117页。

> 苏、程、王之学未必尽善，未必尽非，执一而废一，是以坏易坏。宜合三家之长，以出一道，使归于大公至正，即楚人合二第之义也。①

这段话将苏、程、王三家学术平等看待，没有体现出立场上的偏向，也没有简单地从古文、道学并立的视角看待问题，因而将同属于散文六家的欧、苏与曾、王分列于不同的宋学门派。此时期北方的士大夫也认为王学属于性理哲学的范畴，赵秉文（1159—1232）在《性道教说》中提到：

> 自王氏之学兴，士大夫非道德性命不谈，而不知笃厚力行之实，其蔽至于以世教为俗学。②

这一认识纵贯时代与地域，一直延续至茅坤《唐宋八大家文钞》的表述中：

> 王荆公湛深之识，幽渺之思，大较并本之古六艺之旨，而于其中别自为调，镂刻万物，鼓铸群情，以成一家之言者也。③

综合上述因素可以发现，在众多知识精英的判断中，王安石散文的经典属性与欧、苏有较明显的区别。王安石的文章从属于古文经典的系统，但在这一系统内部，构成其经典性的特殊要素主要来自经学学术与道德哲学层面的价值。《朱子语类》中有关王安石的评说言论多见于"本朝"卷，而在"论文"卷中稀见，也可从侧面证实这一问题。乃至于后世《宋元学案》中，王安石所撰《王霸论》《性情论》《勇惠论》《中述》《行述》《原性》《原教》《原过》八篇文章被全文引录，作为"荆公新学略"的内容纲领。

---

① （宋）员兴宗：《苏氏王氏程氏三家之学是非策》，《全宋文》卷4842第218册，第217页。
② （金）赵秉文：《性道教说》，《闲闲老人滏水文集》卷1，《四部丛刊初编》本，第3—4页。
③ 《唐宋八大家文钞·临川文钞引》第2册，第1页。

然而，大多数肯定王安石文章正面价值的言说者，也都以批判的眼光指出了其中存在的严重问题。前文引述的赵秉文《性道教说》即直言王安石文章在普及"道德性命"时使这一"世教"贬值为"俗学"。这些否定、批判的话语在文学经典化的过程中，发挥了"反经典"因素的作用。

北宋六家散文在1127—1279年经典化的历程中无一例外，不同程度地经受了"反经典"的冲击。欧、曾文章被定性为思想纯正但深入细微处有缺陷的"大醇小疵"，"三苏"虽多受质疑但正反力量旗鼓相当。与另五家相比，王安石的文章与思想承受了最多的非议与责难。在总体的否定语境下，"反经典"因素构成了王安石散文经典化过程中无法回避的重要成分。

陆九渊的《荆国王文公祠堂记》以很大篇幅褒扬了王安石的正面意义，但也同样包含了批判的内容，其重心主要落在对他最终"负斯志""蔽斯义"的惋惜。该文从道学的视角出发，认为王安石过于重视政治制度的改良而忽视道德心态的建设，在著述、思想中也没有彰显"大学"的要义，以致造成"不造其本而从事其末，末不可得而治"的局面①。此外，认为王安石的"才、识、学、行"在古文家中"为之最"的吴澄②，也在王安石文集的序言中提到：

> 然而公之学虽博，所未明者，孔、孟之学也；公之才虽优，所未能者，伊、周之才也。不以其所未明、未能自少，徒以其所已明、已能自多，毅然自任而不回，此其蔽也。③

这篇序文在肯定王安石的学识与才能之余，也痛惜其才学未能得到理想的发挥。这两段话综合揭示了这样的问题，即便是如王安石这样与道学理路最为接近的古文家，其思想、识见亦因巨大的局限性而难以成为修身、治国的文化纲领。

对于单篇的王安石文章，也有人从学理的角度做了批判性的解读。比

---

① （宋）陆九渊：《荆国王文公祠堂记》，《陆九渊集》卷19，第233页。
② （元）吴澄：《王友山诗序》，《全元文》卷486第14册，第384页。
③ （元）吴澄：《临川王文公文集序》，《全元文》卷485第14册，第351页。

如浙东士人唐仲友（1136—1188）对王安石《荀卿论》一文提出了不同的见解，认为荀卿"谓知己者贤于知人者"的主张与孔子"克己复礼，天下归仁焉"的论断无悖，故王安石对荀卿的批判因此不能成立①；他的《刺客论》一文指斥曹沫、专诸、聂政、荆轲四人为"贼礼、贼义、贼仁、贼信"，只称赞豫让"抗节致忠"，并批评司马迁（前145—?）将五人并举为"不亦薰莸之共器"②，以此和王安石《书〈刺客传〉后》中赞扬另外四人"挟道德以待世"却非议豫让的观点对立③。另外，黄震在《黄氏日钞》中记录了解读多篇王文的随想，其中相当一部分内容也坚持了否定、批驳的基调。比如对影响深远的《上仁宗皇帝言事书》：

> 谓方今患在不知法度……愚读之骇然。盖公之昏愎妄作，尽见此书……神宗以锐意斯世之心而卒听之，公遂得以鄙夷当世之人才，效尤王莽之法度，朝廷竟以征诛为威，公亦卒为排逐而不变，悉如前日所言。悲夫！④

这段话从"万言书"的观点生发，剖析王安石政治改革失败的思想成因。数百年后，茅坤《唐宋八大家文钞》对该文的解读要点也与此近似：

> 荆公以王佐之学与王佐之才自任，故其一生措注已尽于此书中，所以结知主上亦全在此书中。然其学本经术，故所言非汉唐以来宰相所能见，而其偏拗自用，大较与商鞅所欲变法处相近，故其功业亦遂大坏，而反不如近世浮沉者之得。学者须具千古只眼看之。⑤

---

① （宋）唐仲友：《题王介甫〈荀卿论〉下》，《全宋文》卷5860第260册，第290页。
② （宋）唐仲友：《刺客论》，《全宋文》卷5863第260册，第341页。
③ （宋）王安石：《书〈刺客传〉后》，李之亮笺注：《王荆公文集笺注》卷34，巴蜀书社2005年版，第1191页。
④ （宋）黄震：《慈溪黄氏日抄分类》卷64"读文集·王荆公"，中华再造善本，北京图书馆出版社2005年版。
⑤ 《唐宋八大家文钞》卷81第2册，第4页。

可见黄震的解读对于后世"唐宋八大家"文化史观念重要阐释者的思路也存在共鸣。对于王安石就儒学思想史热门议题阐发己意的几篇文章，黄震也有直接的非议：

《伯夷论》：谓伯夷未尝有叩马谏伐之事，而韩子之颂为大不然，疑伯夷不过老死道路耳。果如公言，则孔子"求仁得仁又何怨"之说及"饿死首阳之下，民到于今称之"之说，果何为而发哉？甚矣！公之好异论，疾正人，而不顾经训也。

《夫子贤于尧舜论》：孟子此言，不过以其集大成功施万世耳。而公以制法为言，盖借以发一己之私见。①

这些解读概括了文章的大意，也揣测了王安石写作的动机，对其夹带私货随意解释经典并公然翻案的做法提出了指责。此外，黄震的批评也指向了王安石几篇重要的书信：

《答司马公书》：执迷之说也。
《答曾子固书》：谓小说无所不读，然后能知大体。呜呼，此公之所以不能知大体欤！又谓方今乱俗不在于佛，此公之所以自误而乱俗者欤！②

这一批判的态度也影响了黄震对王安石文章的总体评价：

公之文有论理者，必欲兼仁与智，而又通乎命；有论治者，必欲养士、教士、取士，然后以更天下之法度。其文率暧昧而不彰，迂弱而不振，未见其有挚然当人心，使人心开目明，诵咏不忘者。或者辨析义理之精微，经纶治道之大要，固有待于致知之真儒耶。③

---

① 《慈溪黄氏日抄分类》卷64"读文集·王荆公"。
② 同上。
③ 同上。

黄震肯定王安石的"论理之文"体现了对"仁、智、命"等儒学问题的重视和阐发，但直言王安石的设想未能达到期待中的效果。上引语段中最后一句话的思想，贯穿于他对欧、王、苏三人文章的总评中，即认为只有程门理学家才能实现对儒学道德义理的精确把握。

黄震的品评代表了理学家对王安石文章进行批判解读的基调。他们试图以理学视角发现、解析王安石文章、思想中所包含的缺失与纰漏，探寻其学术体系与政治主张所存问题的根源。王安石的散文由此具有了供士大夫鉴戒、反思的文化效用。

概而言之，经由1127—1279年间理学精英的解读梳理，王安石散文所拥有的经学学术内涵与道德哲学意义得到阐释、确认，其内容思想中包含的问题与局限同时被深入思考、辨析。在否定语境的强力作用下，王安石文章的典范性和影响力同时显现于正反两个向度——人们既尊重、肯定其与理学相通的学术与道德属性，也努力解析、反思其与主流儒学存在冲突的偏颇因素。

五　王安石散文经典化的意义

王安石的文章作为弘扬"道德性命"的文学载体，堪称将儒学思想与文学传统紧密结合的示范，而这也能够契合吕祖谦、叶适、真德秀、魏了翁（1178—1237）等理学学者的学术追求。但是，1127年后的主流学术已经拒斥了"荆公新学"，因此王安石的文章并未被知识精英共同标举为体现"文章"与"道学"相融合的杰出范例。

如前所述，承认、肯定王安石散文具有经典性的代表人物是朱熹、陆九渊等主攻"心性之学"的理学宗师和他们的后辈弟子。这是由于王安石的观念学说与他们具有相通性。《王霸论》从心理动机的因素来探讨"王者之道"与"霸者之道"的各自根源[①]，《性情论》对"性者情之本，情者性之用"的理解近似于对"未发"和"已发"不同状态的各自描述[②]，

[①] （宋）王安石：《王霸》，李之亮笺注：《王荆公文集笺注》卷30，第1061页。
[②] （宋）王安石：《性情》，李之亮笺注：《王荆公文集笺注》卷30，第1062页。

这些涉及心性话题的文章后来都被视为"荆公新学"的纲领之作。钱穆（1895—1990）在1946年的论著中已经指出王安石探讨心性问题的理路已经与周、邵、张、程的"第二期宋学"接近，"如其辨性情，实颇近濂溪。此后晦翁仍沿此路"①；邓广铭（1907—1998）也认为王安石属于推动心性义理之学融合儒家学说之取向达到高峰的代表人物②。余英时进一步指出，王安石"以'道德性命'之说打动神宗，这是他的'内圣'之学；他以《周官新义》为建立新秩序的根据，这是他的'外王'理想"，他将"内圣外王"的系统抢先完成了一步，"成为道学家观摩与批评的对象"③。理学家试图通过"内圣"向度的修为而促进"外王"理想的实现，王安石成为他们必须在学理上加以借鉴、反思并超越的历史范例。

此外在政治层面，宋代士大夫与帝王"共定国是"的理想在王安石的实践中达到了高峰，并且使士大夫的政治主体意识得以具体落实。这也切合了南渡后理学型士大夫改良政治局势的事业理想。并且，王安石关于兼学百家，"致其知而后读，以有所去取"的治学主张也与朱熹等理学家一致④。《朱子语类》所包含的话题也涉及对多家学派思想的研讨。王安石对老庄思想的理解，也和朱熹具有一定的相似度，例如王安石称老子"抵去礼、乐、刑、政，而唯道之称焉，是不察于理而务高之过矣"⑤，而朱熹与弟子郑可学（？—1212）就此问题有过如下切磋：

> 先儒论老子，多为之出脱，云老子乃矫时之说。以某观之，不是矫时，只是不见实理，故不知礼乐刑政之所出，而欲去之。⑥

---

① 钱穆：《初期宋学》，《中国学术思想史论丛·卷五》，安徽教育出版社2004年版，第12页。
② 邓广铭：《王安石在北宋儒家学派中的地位——附说理学家的开山祖问题》，《邓广铭全集》第8卷，河北教育出版社2005年版，第85页。
③ 余英时：《朱熹的历史世界：宋代士大夫政治文化的研究》"绪说"，生活·读书·新知三联书店2004年版，第45—46页。
④ （宋）王安石：《答曾子固书》，李之亮笺注：《王荆公文集笺注》卷36，第1264页。
⑤ （宋）王安石：《老子》，李之亮笺注：《王荆公文集笺注》卷31，第1083页。
⑥ 《朱子语类》卷125，第2990页。

同时王安石将庄子与伯夷、柳下惠共同置于"矫于天下者"的层面来讨论①，而朱熹关于"庄子、老子不是矫时；夷、惠矫时，亦未是"的说法，也可谓在王安石论点基础上的进一步探研②。因此，王安石对理学士大夫的影响还延伸至政治实践和知识结构等多种维度。后世理学家对王安石散文中所含经学性与道德性内容的肯定，也标示了他们在精神旨趣上存在相当的契合之处。

然而，王安石的文章学术并没有因此在理学话语体系中得到权威的地位。理学主流对王学的强烈否定，构成了重要的"反经典"因素。对这一因素的具体内涵，理学家基于对王安石文章的解读，产生了大体一致的见解，包括其学说本身因掺入了杂学的因素而不够纯正，没有明确突出心性之学的基础地位，性格过于执拗、褊狭以及喜发异论等等。朱熹在《读两陈谏议遗墨》中颂扬王安石"行己立朝之大节"和"志识之卓然"，均达到了"秦汉以来诸儒所未闻"，但指出其性格与学术思想中仍存在致命的问题：

> 然其为人，质虽清介而器本偏狭，志虽高远而学实凡近，其所论说，盖特见闻亿度之近似耳。顾乃挟以为高，足己自圣，不复知以格物致知、克己复礼为事，而勉求其所未至以增益其所不能。是以其于天下之事，每以躁率任意而失之于前，又以狠愎徇私而败之于后。此其所以为受病之原。③

这段话揭示了王安石未能领悟"格物致知、克己复礼"的要义。陆九渊也在一封书信中阐述类似见解：

> 荆公英才盖世，平日所学，未尝不以尧舜为标的。及遭逢神庙，

---

① （宋）王安石：《庄周》（上），李之亮笺注：《王荆公文集笺注》卷31，第1085页。
② 《朱子语类》卷125，第2990页。
③ （宋）朱熹：《读两陈谏议遗墨》，《晦庵先生朱文公文集》卷70，《朱子全书》第23册，第3380页。

君臣议论，未尝不以尧舜相期，独其学不造本原，而悉精毕力于其末，故至于败。①

道学与王安石的学术思想有类似的路径，但在思考的方式和顺序上却有不同。日本学者土田健次郎对此做过概括，"道学把以性命问题为中心的格物致知放在学问的起点，以治国平天下为最终的结果，王学的方向正好与此相反"②。由于二者间存在相似性，理学家对王安石文章和学术思想的深入解析与批判更具有现实的作用。王安石的文章已经论及"先王所谓道德者，性命之理而已"，他的行动也接近于实现从"内圣"走向"外王"的理想，这些都被理学家基本的文化立场所认同。因此在理学话语体系中，王安石学术思想的缺陷而导致政治实践失败的警示价值也更为突出。这也构成了理学家在否定语境中将王安石散文树立为经典的基本意义。

并且，陆九渊也指出了"旧党"在历史教训中应该承担的责任：

于是排者蜂起，极诋訾之言，不复折之以至理。既不足以解荆公之蔽，反坚神庙信用之心。故新法之行，当时诋排之人当与荆公共分其罪。此学不明，至今吠声者日以益众，是奚足以病荆公哉？③

在否定王安石已经成为主流共识的舆论下，如何摆脱利益、门派以及人云亦云的局限，真正意识到王学思想纰漏的本原，从正面的角度凝聚共识，具有更重要的现实意义。

王安石志在以学术思想推动政治改革，他的用心与努力也得到了一批后辈理学士大夫的承认和欣赏。然而在历史的作用下，他未能进入儒学道统的谱系，而是在否定语境影响下的经典化进程中步入了文学经典的序

---

① （宋）陆九渊：《与钱伯同》，《陆九渊集》卷9，第121—122页。
② ［日］土田健次郎：《道学之形成》第六章，朱刚译，上海古籍出版社2010年版，第352页。
③ （宋）陆九渊：《与钱伯同》，《陆九渊集》卷9，第121—122页。

列。爰及清代，张伯行（1651—1725）在其《唐宋八大家文钞》序文中指出王安石文章思想的弊病在于"坚僻自用"①；沈德潜（1673—1769）将王安石散文评价为"半山之文纯粹狠戾互见，芟而存之，勿以人废言可也"②，"纯粹"指向其与理学相通的内容，"狠戾"指向其争议性的思想以及由文章渗透出的文化性格，"芟而存之"的态度也贯彻了在批判、反思中对其保持认可、尊重的接受立场。可知，这一在1127—1279年间由理学家所主导的经典化进程，基本上奠定了王安石散文在"唐宋八大家"这一文学经典体系中的特殊地位。

（此文原刊于《中国文化研究》2018年第2期）

---

① （清）张伯行：《唐宋八大家文钞·原序》，《丛书集成初编》本，第2页。
② （清）沈德潜评点，[日]岛田正干纂评：《纂评唐宋八家文读本》"凡例"，大阪：田中菊三郎1887年版。

苏轼前身故事的真相与改写

朱 刚 赵惠俊

宋人好言前世，在宋代笔记中经常能看到谈论士大夫前身的条目。这种转世书写也影响了后世戏曲小说的情节架构，出现了一些今生宿怨来世得报的故事。著名的红莲故事母题便是如此。

红莲故事最早著录于《古今诗话》，后因张邦几《侍儿小名录拾遗》的征引而广为流传①。其本身只是得道高僧因美女红莲的引诱而破淫戒的故事，并不涉及转世或前身。然而这个故事后来被拼贴上了轮回转世的情节，在引诱事件结束之后，红莲与高僧相继转世，在来生世界再次相遇，并了悟前世因缘。增加的转世故事主要有三大系列，犯戒高僧分别转世为柳翠、苏轼与路氏女。本文要探讨的是高僧转世为苏轼的故事。此高僧名曰五戒禅师，现存最早的文本见于《清平山堂话本》所收之《五戒禅师私红莲记》。后又经过改写，被冯梦龙以《明悟禅师赶五戒》为题收入《醒世恒言》。在之后的戏曲创作中，此主题不断出现，情节皆本自此二种小说。②

红莲故事母题的研究自 20 世纪 20 年代以来便成果丰硕，但是关注点多集中在高僧转世为柳翠的系列，对于转世为苏轼的"五戒禅师"则研究

---

① 五代时有一僧，号至聪禅师，祝融峰修行十年，自以为戒行具足，无听诱掖也。夫何一日下山，于道傍见一美人，号红莲，一瞬而动，遂与合欢。至明，僧起沐浴，与妇人俱化。有颂曰："有道山僧号至聪，十年不下祝融峰。腰间所积菩提水，泻向红莲一叶中。"张邦几：《侍儿小名录拾遗》，见王云五主编《丛书集成初编》第3313册，商务印书馆1937年版，第5页。

② 如沈泰《盛明杂剧二集》卷二十四收录的《红莲债》，李玉所作传奇《眉山秀》等。

较少①。其实宋代笔记中已经存在不少关于苏轼前世为僧的条目，不过这位禅僧法号五祖师戒，与小说有所差异。那么笔记条目与小说故事是否存在着联系？宋人谈论中的苏轼前身与小说里的苏轼前身是否分别有着文外之意？本文即拟从"五戒禅师"的原型与形象变迁出发，对此进行一些探究。由于《明悟禅师赶五戒》与《五戒禅师私红莲记》中关于五戒禅师的情节基本一致，故本文从早，以《五戒禅师私红莲记》为征引文本。

一 苏轼前身在宋代笔记中的记载与流变

苏轼前身为僧的故事在北宋后期即已流传，其中最早也最为详尽的记载当属禅僧惠洪于《冷斋夜话》卷七所记之"梦迎五祖戒禅师"条：

> 苏子由初谪高安时，云庵居洞山，时时相过。聪禅师者，蜀人，居圣寿寺。一夕，云庵梦同子由、聪出城迓五祖戒禅师，既觉，私怪之，以语子由，未卒，聪至，子由迎呼曰："方与梦山老师说梦，子来亦欲同说梦乎？"聪曰："夜来辄梦见吾三人者，同迎五戒和尚。"子由拊手大笑曰："世间果有同梦者，异哉！"良久，东坡书至，曰："已次奉新，旦夕可相见。"二人大喜，追笋舆出城，至二十里建山寺，而东坡至。坐定无可言，则各追绎向所梦以语坡。坡曰："轼年

---

① 参见青木正儿《柳翠传说考》，郑师许译，载《小说世界》1929 年第 5 卷第 2 期。张全恭《红莲故事的演变》，载《岭南学报》1936 年第 5 卷第 2 期。白化文《从"一角仙人"到"月明和尚"》，载《中国文化》1992 年第 6 期。谭正璧《三言两拍资料》，上海古籍出版社 1980 年版，第 162—170 页。吴光正《中国古代小说的原型与母题》，社会科学文献出版社 2004 年版，第 23—52 页。这些论著皆很好地梳理了红莲故事的原型与流变。但是对于苏轼前身的问题，只有谭正璧在《三言两拍资料》中有一定的资料辑录，其他诸文均未重点关注。许外芳《"红莲故事"中的苏轼前身"五戒禅师"》一文，是目前所见唯一一篇专注于五戒禅师的论文。但是此文材料并未超越《三言两拍资料》，属于介绍性文字，没有探讨这一形象在笔记与戏曲小说之间的流变过程、原因以及背后蕴藏的意义。见许外芳《"红莲故事"中的苏轼前身"五戒禅师"》，载《文史知识》2008 年第 10 期。另《"前世为僧"与唐宋佛教因果观的变迁——以苏轼为中心》一文中有对于苏轼前世的论述，惠本文良多。但此文关注点不在红莲故事，只是论及苏轼前身形象最原初的样态。见戴长江、刘金柱《"前世为僧"与唐宋佛教因果观的变迁——以苏轼为中心》，载《河北师范大学学报》（哲学社会科学版）2006 年第 29 卷第 3 期。

八九岁时，尝梦其身是僧，往来陕右。又先妣方孕时，梦一僧来讬宿，记其颀然而眇一目。"云庵惊曰："戒，陕右人，而失一目，暮年弃五祖游高安，终于大愚。"逆数盖五十年，而东坡时年四十九矣。后东坡复以书抵云庵，其略曰："戒和尚不识人嫌，强颜复出，真可笑矣。既法契，可痛加磨砺，使还旧规，不胜幸甚。"自是常衣衲衣。①

惠洪言之凿凿地声称苏轼的前身是五祖戒禅师，并将苏轼、苏辙兄弟本人拉入叙述，大大增强了可信性。惠洪似乎更加大力鼓吹此说，在所著《石门文字禅》卷二十七"跋东坡仇池录"中亦提及此事：

欧阳文忠公以文章宗一世，读其书，其病在理不通。以理不通，故心多不能平。以是后世之卓绝颖脱而出者皆目笑之。东坡盖五祖戒禅师之后身，以其理通，故其文涣然如水之质，漫衍浩荡，则其波亦自然而成文。盖非语言文字也，皆理故也。自非从般若中来，其何以臻此。②

这里惠洪直接将禅师转世作为解释苏轼文风的重要形成原因，可见他将五祖戒禅师转世为东坡当作已然成立的事实。惠洪之外，受苏轼荐举得官的何薳在其《春渚纪闻》卷一"坡谷前身"条中也持是说：

世传山谷道人前身为女子，所说不一。近见陈安国省干云，山谷自有刻石记此事于涪陵江石间。石至春夏，为江水所浸，故世未有模传者。刻石其略言：山谷初与东坡先生同见清老者，清语坡前身为五祖戒和尚，而谓山谷云："学士前身一女子，我不能详语。后日学士至涪陵，当自有告者。"③

---

① （宋）惠洪撰，陈新点校：《冷斋夜话》卷七，中华书局1988年版，第56页。
② （宋）惠洪：《石门文字禅》，《四部丛刊》初编本。
③ （宋）何薳撰，张明华点校：《春渚纪闻》，中华书局1983年版，第5页。

由于苏轼的门生现身说法，苏轼前身为五祖戒禅师的说法自然会获得很高的可信度。实际上苏轼本人的笔下也有着这种前世今生的转世书写，《和张子野见寄三绝句·过旧游》一诗就说："前生我已到杭州，到处长如到旧游。"① 此诗所云在《答陈师仲主簿书》一文中有详细的说明："轼亦一岁率常四五梦至西湖上，此殆世俗所谓前缘者。在杭州尝游寿星院，入门便悟曾到，能言其院后堂殿山石处，故诗中尝有'前生已到'之语。"② 尽管苏轼在诗文中只是用转世话语表达对于杭州的喜爱与眷恋，但这却被笔记作者当作前世为僧的证据而记于笔记，巧合的是，此人正是何薳：

> 钱塘西湖寿星寺老僧则廉言：先生作郡倅日，始与参寥子同登方丈，即顾谓参寥曰："某生平未尝至此，而眼界所视，皆若素所经历者。自此上至忏堂，当有九十二级。"遣人数之，果如其言。即谓参寥子曰："某前身山中僧也，今日寺僧皆吾法属耳。"后每至寺，即解衣盘礴，久而始去。则廉时为僧雏侍仄，每暑月袒露竹阴间，细视公背，有黑子若星斗状，世人不得见也。即北山君谓颜鲁公曰"志金骨，记名仙籍"是也。③

何薳将苏轼诗文中对于杭州寿星院的梦悟演绎成先知台阶数的故事，又加上了星斗状黑子等神秘情节，使得前世为僧说的可接受性更强。当然，此处只是记载苏轼自言前世为僧，真正记载苏轼明确承认前世为五祖戒的条目见于惠洪《冷斋夜话》卷七"苏轼衬朝道衣"条：

> 哲宗问右珰陈衍："苏轼衬朝章者，何衣？"衍对曰："是道衣。"哲宗笑之。及谪英州，云居、佛印遣书追至南昌，东坡不复答书，引

---

① （宋）苏轼撰，冯应榴辑注，黄任轲、朱怀春点校：《苏轼诗集合注》，上海古籍出版社2001年版，第625—626页。

② （宋）苏轼撰，孔凡礼点校：《苏轼文集》卷四十九，中华书局1986年版，第1428—1429页。

③ （宋）何薳撰，张明华点校：《春渚纪闻》卷六，中华书局1983年版，第93—94页。

纸大书曰："戒和尚又错脱也。"后七年，复官，归自海南，监玉局观，作偈戏答僧曰："恶业相缠卅八年，常行八棒十三禅。却着衲衣归玉局，自疑身是五通仙。"①

这样一来，苏轼前世为五祖戒禅师的说法已然十分圆满。根据记载的来源可以大致判断，不论五祖戒禅师的卒年与苏轼生年有无事实之巧合，苏轼前世为五祖戒禅师的说法主要是由惠洪、何薳二人大力鼓吹的。由于苏轼自己经常使用转世话语入诗文，大众对于此说的接受也就相当迅速，南宋初年即已成为士大夫间的共识。如周煇在《清波杂志》卷二"诸公前身"条列举有前世者数人，其中就有苏轼：

> 房次律为永禅师，白乐天海中山。本朝陈文惠南庵，欧阳公神清洞，韩魏公紫府真人，富韩公昆仑真人，苏东坡戒和尚，王平甫灵芝官。近时所传尤众，第欲印证今古名辈，皆自仙佛中去来。然其说类得于梦寐渺茫中，恐止可为篇什装点之助。②

陈善《扪虱新话》上集卷一"自悟前身"条亦有相关记录：

> 东坡前身，亦具戒和尚。坡尝言在杭州时，尝游寿星寺，入门，便悟曾到，能言其院后堂殿石处，故诗中有"前身已到"之语。③

这是苏轼前身故事流变史上的一个重要节点，陈善开创性地将五祖戒禅师与杭州寿星院这两个原本相对独立的元素合并，五祖戒从此在故事中成为杭州高僧。这番修改，充分利用了现有的材料，使得苏轼前身故事在时间地点上达到了完整与圆融。当然，质疑此说真实性者亦有人在，如陈

---

① （宋）惠洪撰，陈新点校：《冷斋夜话》卷七，中华书局1988年版，第53页。
② （宋）周煇撰，刘永翔校注：《清波杂志校注》，中华书局1994年版，第56页。
③ （宋）陈善：《扪虱新话》，见王云五主编《丛书集成》第310册，商务印书馆1939年版，第5页。

著有诗云：

> 我惜苏子瞻，气豪天地隘。雄文万斛前，盛名表昭代。自负学见道，欲涨欧阳派。胡为所以学，先与本论背。或者交浮屠，聊尔奚足怪。何至敢昌言，前身五祖戒。①

看来南宋时候已经产生了对于这件事的争论，但也正因为有正反两方的冲突，士大夫阶层对于此事的熟知当无异议。士大夫尚且如此，世俗社会当然更不会放过这种著名文人轮回转世的传闻，前世为僧的说法在他们那里一定广为流传，何况是苏轼这么一个传闻极多的风流人物。这样，宋元之后的世俗民众将这个轮回转世的故事与红莲故事相结合就成为可能，而这两者的结合显然也能获得广阔的市场。

二 宋代文献所见五祖师戒禅师形象

笔记所言的五祖戒禅师即五祖师戒禅师的省称，其法名为师戒，由于主持蕲州五祖山，故被称为五祖师戒。宋人习惯以单言法名下字为省称，故上引材料中出现"五祖戒禅师""戒禅师""戒和尚"等多种称谓。五祖师戒是云门宗禅僧，乃云门文偃弟子双泉师宽的法嗣。在北宋李遵勖辑录的《天圣广灯录》卷二十一中，收录了数量可观的五祖师戒说法条目，从中可见五祖师戒的敏锐机锋与高超的禅学造诣。不过现今并没有关于五祖师戒的传记留存，他的言行事迹只散见于不同的文献。尽管惠洪为唐宋禅僧所撰的《禅林僧宝传》中没有给五祖师戒立传，但是卷二十九《云居佛印元禅师传》中，却有一段与《冷斋夜话》"同梦五祖戒禅师"条高度重合的文字：

> 东坡尝访弟子由于高安。将至之夕，子由与洞山真净文禅师、圣

---

① （宋）陈著《本堂集》，见《影印文渊阁四库全书》第1185册，台北：商务印书馆1986年版，第833—834页。

寿聪禅师连床夜语。三鼓矣，真净忽惊觉曰："偶梦吾等谒五祖戒禅师。不思而梦，何祥耶？"子由撼聪公，聪曰："吾方梦见戒禅师。"于是起，品坐笑曰："梦乃有同者乎！"俄报东坡已至奉新，子由携两衲，候于城南建山寺。有顷，东坡至。理梦事，问："戒公生何所？"曰："陕右。"东坡曰："轼十余岁时，时梦身是僧，往来陕西。"又问："戒状奚若？"曰："戒失一目。"东坡曰："先妣方娠，梦僧至门，瘠而眇。"又问："戒终何所？"曰："高安大愚，今五十年。"而东坡时年四十九。后与真净书。其略曰："戒和尚不识人嫌，强颜复出，亦可笑矣。既是法契，愿痛加磨励，使还旧观。"①

《禅林僧宝传》和《冷斋夜话》都是惠洪所撰，其将同一个故事分别纳入了禅宗叙述系统与士大夫叙述系统之中。除此之外，在禅宗文献中很难再找到有关五祖师戒的记事了，更无法找到他与苏轼存在转世关系的其他证据。

由于五祖师戒的传记资料极少，惠洪所记载的筠州确认苏轼前身事件就成了五祖师戒形象的主要来源。《冷斋夜话》和《禅林僧宝传》的叙述中提及的五祖师戒生于陕西，盲一目以及圆寂于江西高安大愚寺，成为五祖师戒形象的三个重要元素。禅宗文献《林间录》卷下也有相关记载：

> 庐山玉涧林禅师作《云门北斗藏身因缘》偈，曰："北斗藏身为举扬，法身从此露堂堂。云门赚杀他家子，直至如今谩度量。"五祖戒禅师，云门的孙，有机辩，尝罢祖峰法席，游山南，见林，问作偈之意。林举目视之，戒曰："若果如此，云门不直一钱，公亦当无两目。"遂去。林竟如所言，而戒暮年亦失一目。
>
> 戒暮年弃其徒来游高安。洞山宝禅师，其法嗣也。宝好名，卖之，不为礼。至大愚，未几倚挂杖于僧堂前，谈笑而化。五祖遣人来

---

① （宋）惠洪：《禅林僧宝传》，中州古籍出版社2014年版，第204页。

取骨石，归塔焉。①

这里很详细地记载了五祖师戒盲一目的因果以及为何晚年圆寂于高安大愚山，可以和《冷斋夜话》《禅林僧宝传》互相印证。但是，《林间录》的作者依然是惠洪，五祖师戒形象的所有细节都出自其手。于是我们可以得出这样的结论，五祖师戒禅师形象最初见于禅僧灯录，其间只有一些说法语录，没有更多的信息，是一位元典型的禅僧形象。但后来其形象发生了改变与重塑，一些细节被添入，并在宋人好言前世的风气下被说成是苏轼前身。这场改变的最早与最主要的记录者便是惠洪，他将五祖师戒的形象构建出来，在士大夫话语世界里大力宣扬，同时又将这个新形象融入禅宗话语世界，造成了一种其本身就源于禅宗文献的假象，而这个假象又给新形象在士大夫间的传播带来了有据性和可信度。后经何薳与陈善的递改，惠洪记录的五祖师戒新形象与杭州西湖寿星院相结合，最终完成了五祖师戒的笔记形象。这个笔记新形象包含了四个重要元素：苏轼前身、盲一目、住持杭州寿星院、暮年倚杖谈笑坐化。这四者与灯录毫无关系，但灯录形象很快就被笔记形象掩盖。至此，士大夫间多不知五祖师戒高妙的话语机锋，只将他当作苏轼前身，五祖师戒对后世发生影响的形象正是这四要素融会的笔记形象。

三　小说中的五戒禅师形象及其与五祖师戒之关系

现在再来看小说中的五戒禅师，则其形象的传承就非常明显了，就是从始作俑者惠洪的五祖师戒笔记形象而来。首先二者皆是苏轼的前世，乃是最明显的相关性。再者小说中有关于五戒禅师圆寂的描写亦是坐化：

五戒听了此言，心中一时解悟，面皮红一回，青一回，便转身辞回卧房，对行者道："快与我烧桶汤来洗浴！"行者连忙烧汤，与长老

---

①　（宋）惠洪：《林间录》，见于亭编注《禅林四书》，崇文书局2004年版，第184—185、207页。

洗浴罢，换了一身新衣服，取张禅椅到房中，将笔在手，拂一张纸开，便写八句《辞世颂》，曰：

吾年四十七，万法本归一。
只为念头差，今朝去得急。
传与悟和尚，何劳苦相逼？
幻身如雷电，依旧苍天碧。

写罢《辞世颂》，交焚一炉香在面前，长老上禅椅上，左脚压右脚，右脚压左脚，合掌坐化。①

这段详细的坐化描述虽然与"倚拄杖谈笑而化"有一定的差别，但是其坐化的方式是一致的。满足了这两要素的统一还不能完全将二者画上等号，还须考察另外两个细节要素。对于五戒禅师的面相，在小说的开头即有明确交代：

这五戒禅师，年三十一岁，形容古怪，左边瞽一目，身不满五尺。本贯西京洛阳人，自幼聪明，举笔成文，琴棋书画，无所不通。长成出家，禅宗释教，如法了得，参禅访道。俗姓金，法名五戒。②

此处已然明言五戒禅师盲一目，只不过较《冷斋夜话》泛言盲一目而言，这里明确其盲的是左眼而已。不仅如此，《冷斋夜话》中关于苏轼自述其母孕时梦盲眼和尚的记载在小说中也一并出现：

且说明悟一灵真性，自赶至西川眉州眉山县城中，五戒已自托生在一个人家，姓苏，名洵字明允，号老泉居士，诗礼之人。院君王氏夜梦一瞽目和尚走入房中，吃了一惊，明旦，分娩一子，生得眉清目秀，父母皆喜。③

---

① （明）洪楩辑，程毅中校注：《清平山堂话本校注》，中华书局2012年版，第236页。
② 同上书，第230页。
③ 同上书，第237页。

由此，二者在盲一目元素上的吻合程度可谓完全一致了。至于最后一个杭州西湖的要素，更在小说的开篇就已交代：

> 话说大宋英宗治平年间，去这浙江路宁海军钱塘门外，南山净慈光孝禅寺，乃名山古刹。本寺有两个得道高僧，是师兄师弟，一个唤作五戒禅师，一个唤作明悟禅师。①

这净慈寺乃杭州著名寺庙，南宋五山之一，《咸淳临安志》卷七八记载：

> 报恩光孝禅寺 即净慈
> 显德元年建号慧日永明院，太宗皇帝赐寿宁院额，绍兴十九年改今额。②

小说将五戒禅师定性为杭州和尚承自陈善，唯一的改变就是寺庙由寿星院变成了净慈寺。但是净慈寺在北宋时名为寿宁院，与寿星院只一字之差，故十分可能在流传说唱中发生混淆。再者，作为五山之一的名刹，以净慈寺为故事发生的背景地点，对于市民听众的接受则更为方便。这种将地名由陌生变换成熟知，是小说戏曲中惯用的手段。由此，小说中的五戒禅师形象与五祖师戒的笔记形象在四大元素上都可相互印证，我们有理由相信，小说的五戒禅师就来源自五祖师戒，是从士大夫的话语世界转入世俗社会的话语世界，与灯录中的那位高僧越来越远。

理清了小说中的五戒禅师就是源于五祖师戒后，还有个问题有待考察，即五祖师戒的称谓是如何转变成五戒的。如果从禅林省称惯例来看，五祖师戒是不可能减缩成为五戒的，但是无论是"五祖戒"还是"戒"，都不符合汉语词汇双音节的趋势，因而不利于在世俗社会中传播这个故

---

① （明）洪楩辑，程毅中校注：《清平山堂话本校注》，中华书局 2012 年版，第 230 页。
② （宋）潜说友等编纂：《咸淳临安志》，见中华书局编辑部编《宋元方志丛刊》，中华书局 1990 年版，第 4058 页。

事，而一个双音节化的称谓则能很好地扮演这个角色。但为何世俗社会没有选择"师戒"呢？在宋代笔记中从没有出现过"五祖师戒"这个全名，都是以"五祖戒"省称，从而世俗社会成员从笔记中截取这个形象的时候也就只知道"五祖戒"这个名称了。对于普通市民来说，让他们从这个省称中还原出"五祖师戒"的全名似乎是困难的，毕竟全名只出现在一般市民不会去看的灯录中。故而由"五祖戒"三字省为两字，"五戒"应是最为顺畅的方式了。其实《冷斋夜话》的记载中也已经有了端倪，同梦五祖师戒的聪禅师就已然说道"夜来梦见吾二人同迎五戒和尚"。无论是何种原因在《冷斋夜话》中出现了这样的文字疏误，都可以证明从"五祖师戒"简缩为"五戒"是最为简便自然的方式。

当然，《冷斋夜话》称"五戒"的现象只不过是偶出，其他宋代文献还是秉持着"五祖戒"这一正确的叫法，"五戒"则要到元明以后才大量出现。这种讹变的原因除了上述的推理外，或还与五祖师戒形象发生的第二次变化密切相关。

提起五戒，人们首先想到的义项乃是佛教五条基本戒律，这五条戒律也是在世俗社会广为人知的常识。一个市民可以完全不知道佛教徒详密的修行清规，但他一定知道五戒。因此，市民们提到五戒自然就会联想到和尚，久而久之，五戒也就成为和尚的代名词了。明清戏曲已经习惯以五戒指称配角和尚。如：

    自家乃是弥陀寺中一个五戒。（《琵琶记》第三十四出）[1]
    小僧扬州府禅智寺一个五戒是也。（《南柯记》第七出）[2]
    自家非别，天竺寺一个五戒是也。（《锦笺记》第十五出）[3]

---

[1] （元）高明：《琵琶记》，见毛晋《六十种曲》第一册，中华书局2007年版，第128页。
[2] （明）汤显祖：《南柯记》，见（明）毛晋《六十种曲》第四册，中华书局2007年版，第16页。
[3] （明）周履靖：《锦笺记》，见（明）毛晋《六十种曲》第九册，中华书局2007年版，第45页。

在这样的联想下，市民们将五戒和尚与五祖师戒的省称混为一谈也就不是那么奇怪了。而小说中也顺势将五戒的得名之由理所当然地与五条戒律相关联：

> 长成出家，禅宗释教，如法了得，参禅访道。俗姓金，法名五戒。且问：何谓之五戒？
> 第一戒者，不杀生命。第二戒者，不偷盗财物。第三戒者，不听淫声美色。第四戒者，不饮酒茹荤。第五戒者，不妄言绮语。此谓之五戒①

这里已经明确说"五戒"乃法名，但"五祖师戒"的法名是"师戒"，可见到了小说时代，称谓已经讹变得不知所由了。但从另一角度来看，法名讹变为"五戒"却能达到与红莲故事相辅相成的文学艺术功用。

在惠洪的笔下，五祖师戒尽管已经较禅僧灯录有了比较丰满的变化，但是其毕竟只是作为苏轼前世而于他者口中出现，其形象还是一个幻影，没有实际血肉。但是由于小说将其与红莲故事中被引诱的高僧相结合，顿时有了活体生命，主动破淫戒成为五祖师戒在小说戏曲中的主要形象，这就是五祖师戒形象的第二次转变，从笔记形象转变为小说戏曲形象。由于淫戒是五戒之一，其法名五戒但却破了淫戒，诚然构成了一对奇妙而有趣的反照。这种法名五戒的僧人却犯五戒的故事，早在唐宋时即有此类流传。《太平广记》卷一百二十七录有《僧昙畅》：

> 唐乾封年中，京西明寺僧昙畅，将一奴二骡向岐州棱法师处听讲。道逢一人，着衲帽弊衣，掐数珠，自云贤者五戒，讲。夜至马嵬店宿。五戒礼佛诵经，半夜不歇。畅以为精进一练。至四更，即共同发。去店十余里，忽袖中出两刃刀子，刺杀畅。其奴下马入草走。其五戒骑骡驱驮即去。主人未晓梦畅告云："昨夜五戒杀贫道。"须臾奴

---

① （明）洪楩辑，程毅中校注：《清平山堂话本校注》，中华书局2012年版，第230页。

走到，告之如梦。时同宿三卫子，披持弓箭，乘马趁四十余里，以弓箭拟之，即下骡乞死。缚送县，决杀之。①

　　这个故事里的五戒和尚可比作为苏轼前身的五戒禅师要恐怖得多。但无论如何，他们在名为五戒，又精于佛学，但却触犯最基本的五条戒律之一这三点上是完全一致的。虽然我们尚不能证明这个杀人五戒和失身五戒之间有什么联系，但或许可以推测有一个故事原型的存在，说的就是法名五戒的和尚做了触犯五戒之事。其实，在宋元之后的小说戏曲中，和尚的形象大部分都是不守清规戒律的。尽管法名五戒的不多，但是分别触犯荤酒、杀、偷、妄、淫五戒的和尚形象比比皆是。这种现象或许是处于世俗社会和尚们的真实反映，也可能是世俗社会对于士大夫社会的一种叛逆的想象吧。

　　随着五祖师戒第二次形象转变，作为苏轼前世的那个和尚就主要以五戒为名了。不仅五祖师戒鲜为人知，就是五祖戒也变得十分罕见。同属世俗社会文本的《初刻拍案惊奇》卷二十八《金光洞主谈旧迹，玉虚尊者悟前身》中就如是写道：

　　　　要知从来名人达士、巨卿伟公，再没一个不是有宿根再来的人。若非仙官谪降，便是古德转生。所以聪明正直，在世间做许多好事。如东方朔是岁星，马周是华山素灵宫仙官，王方平是琅琊寺僧，真西山是草庵和尚，苏东坡是五戒禅师。②

　　像这样历数前代人物前世的条目不仅出现在世俗文学中，就连士大夫的笔下也是如此。历官江宁知县的王同轨在《耳谈类增》卷二十七"王文成公"条就云：

　　　　古言聪慧士多自般若中来，若《冷斋夜话》载张方平是琅琊寺僧

---

① （宋）李昉等编：《太平广记》卷一百二十七，中华书局1961年版，第901页。
② （明）凌濛初：《初刻拍案惊奇》，天津古籍出版社2004年版，第335页。

轮化公孙。《谈圃》载冯京是五台僧。《癸辛杂识》载真西山为草庵和尚。《扪虱新语》载苏东坡为五戒禅师。《梅溪文集》载王十朋即严阇黎后身。《明皇杂录》载智永禅师托生为房琯。①

这段话与《初刻拍案惊奇》基本一致，唯一不同的就是士大夫为显示博学，将这些转世说的出处一并写了出来，而这一写便露了马脚。《扪虱新话》的材料已见上引，明明白白写的是戒和尚，但王同轨笔下却是五戒禅师。因此，王同轨显然受到小说戏曲形象的深刻影响。也就是说，自从红莲记与苏轼故事相结合之后，社会上对于苏轼前身故事的接受就从小说中来，惠洪构建出的笔记形象遭受了与灯录中的禅僧形象一样的岑寂命运。

四　惠洪构建苏轼前身的言外之意与宋人的转世话语

上文大致厘清了五祖师戒禅师从灯录形象转变为笔记形象再到小说戏曲形象的过程，也分析了笔记形象是惠洪一手记录的。如果我们相信惠洪的记载，那么讨论似乎也就到此为止，然而惠洪的记录是否值得相信却是一个需要重新审视的问题。

惠洪和何薳在年纪上相去未远，都是比苏轼小一辈的人物，二人关于苏轼前身的记载已经有所不同。在惠洪的笔下，苏辙与真净克文、圣寿省聪在筠州一起确认了苏轼的前身是五祖师戒，然而何薳则声称见到黄庭坚手书刻石，上云清老者向苏轼与黄庭坚点破各自前身。这种抵牾不仅存在于不同人的记载中，也发生在惠洪自己的笔下。《冷斋夜话》中苏辙先与真净克文会面，后同遇圣寿省聪，二僧一前一后叙说梦境，而《禅林僧宝传》中却是苏辙一开始就与二僧在一起；《冷斋夜话》中苏轼与真净克文的对话是苏轼先说自己生平细节，克文揭示与五祖师戒相合处，而《禅林僧宝传》则是苏轼问五祖师戒形象细节，克文作答，苏轼再答以自己与其相合的事迹。这些矛盾不能不令人对惠洪记载的可信性产生疑问。

---

① （明）王同轨：《耳谈类增》，见《续修四库全书》第 1268 册，上海古籍出版社 1996 年版，第 167 页。

更明显的违背事实之处见于《禅林僧宝传》，惠洪在叙述完筠州确认前身事件后马上接以"（苏轼）自是常着衲衣，故元以裙赠之，而东坡酬以玉带。有偈曰：'病骨难堪玉带围，钝根仍落箭锋机。会当乞食歌姬院，夺得云山旧衲衣。'又曰：'此带阅人如传舍，流传到我亦悠哉。锦袍错落差相称，乞与佯狂老万回。'"① 可知在筠州确认前身事件之后较长的一段时间内，苏轼经常穿着僧衣，于是佛印赠以衲裙。这两首偈亦见于苏轼诗集，诗集中题云"以玉带施元长老元以衲裙相报次韵二首"，乃苏轼先赠佛印玉带，佛印以衲裙回赠，与《禅林僧宝传》的记载截然相反。又据南宋王十朋注文可知此诗本事发生于元丰八年的镇江金山寺，即是苏轼先留玉带，佛印以衲裙相报②。苏轼苏辙在元丰七年相会筠州，于此相距不过一载，《禅林僧宝传》不仅主客颠倒，而且所云"自是常衣衲衣"隐含着的时间长度亦不存在。惠洪显然是保留了真实事件的框架，对细节加以篡改，作为筠州确认前身事件的证据。如是，其前所云的筠州确认前身事件的可信性更成问题，完全有可能动了相似的手脚③。

不仅如此，惠洪笔下的五祖师戒形象与禅林灯录所述亦有所龃龉，特别是上引《林间录》卷下所载五祖师戒晚年不幸的故事。五祖师戒的法系前后三代主要如下：

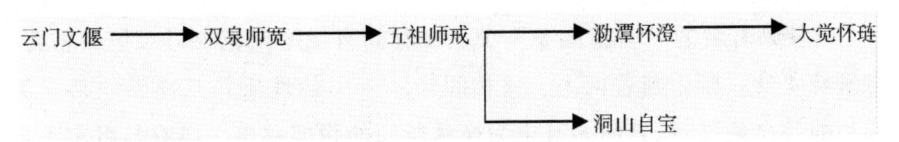

云门文偃 ⟶ 双泉师宽 ⟶ 五祖师戒 ⟶ 泐潭怀澄 ⟶ 大觉怀琏
                                    ⟶ 洞山自宝

《林间录》所云五祖师戒暮年来筠州投附的洞山宝禅师即是洞山自宝。

---

① （宋）惠洪：《禅林僧宝传》，中州古籍出版社 2014 年版，第 204—205 页。

② （宋）苏轼著，冯应榴辑注，黄任轲、朱怀春点校：《苏轼诗集合注》卷二十四，上海古籍出版社 2001 年版，第 1205 页。

③ 惠洪记载的疑点尚存两处。其一，苏辙与真净克文一起确认苏轼前身，然而元丰七年克文是否真在筠州可能有疑问。次年三月王安石上疏朝廷请求克文主持金陵保宁寺，可知元丰八年三月之前克文已到金陵，且与王安石交往了一段时间。那么元丰七年下半年克文极有可能已经离开筠州。其二，惠洪记载五祖师戒的卒年比苏轼生年早一年，苏轼生于仁宗景祐四年（1037），那么按照惠洪的说法，五祖师戒应圆寂于仁宗景祐三年（1036）。然而李遵勖于天圣七年（1029）进献的《天圣广灯录》中已记载大段五祖师戒的语录，很可能此前已经圆寂。然此二点还须详细论证，尚难成立，姑述俟考。

在惠洪的谈论中，洞山自宝对待晚年的五祖师戒很是不善，然而这并不符合灯录中对自宝的评价。北宋惟白辑录的《建中靖国续灯录》卷二有云：

> 筠州洞山妙圆禅师，讳自宝，寿州人也。峡石寺受业，头陀苦行，粝食垢衣。参戒禅师发明心地，天人密护，神鬼莫测。所至丛林，推为导首。①

据此条可知，自宝可谓是五祖师戒最得意的弟子，丛林推为导首的禅师似乎不会对受业恩师做出卖之而不礼的举动，况且自宝得以主持洞山亦是缘于五祖师戒的大力举荐，《禅林宝训音义》有云：

> 瑞州洞山自宝禅师，卢州人，嗣五祖戒禅师，清源下九世。为人严谨，尝在五祖为库司，戒病，令侍者往库中取生姜煎药，宝叱之。侍者白戒，戒令取钱回买，宝方取姜与之。后筠州洞山缺住持，郡守以书托戒，所举智者主之。戒曰："卖生姜汉住得。"遂出世住洞山，后移归宗寺。②

这便是著名的"自宝生姜"公案，其间自宝的风范与灯录记载相合，与《林间录》所云判若两人。《林间录》一书的性质乃是惠洪"得于笑谈"的"余论"，故其间多有未为禅林所知的隐闻秘事，亦有与事实不合之乱谈。陈垣先生就曾指出："或为禅者一家所说，他宗不谓然也。且语气之间，抑扬太过。"③ 至于所载自宝不礼师戒的故事是真实的秘闻还是夸诞的街谈巷议虽不能下定论，但惠洪利用此故事为筠州确定前身事件张目则应能确认。毕竟同梦五祖师戒的地点正是筠州，这也是条目里真净克文所云五祖师戒的圆寂地点，是确定前身事件的重要机缘，惠洪于他书中记

---

① （宋）惟白撰，朱俊红点校：《建中靖国续灯录》卷二，海南出版社2014年版，第65页。
② （明）大建校：《禅林宝训音义》，《续藏经》第113册，台北新文丰出版公司1995年版，第281页。
③ 陈垣：《中国佛教史籍概论》卷六，上海书店2001年版，第119页。

录下五祖师戒圆寂大愚的缘由能起到与此事遥相呼应的效果。同时，真净克文的确主持过洞山和大愚，惠洪借克文之口说出师戒圆寂于大愚，能使这件事情显得更加无懈可击。

如此不仅五祖师戒的形象主要由惠洪记录，确认苏轼前身就是五祖师戒的故事也极有可能是惠洪一手建构。惠洪如此费心机显然有着言外之意，故事中的真净克文，与惠洪具有法系上的传承关系。惠洪其实就是真净克文的弟子，而真净克文则是临济宗黄龙派创派宗师黄龙慧南的弟子，在灯录系统中苏轼也被列入黄龙慧南法系：

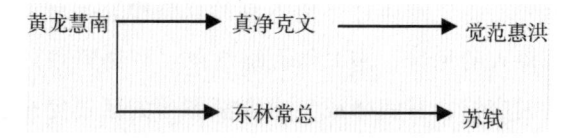

```
黄龙慧南 ──→ 真净克文 ──→ 觉范惠洪
         └──→ 东林常总 ──→ 苏轼
```

尽管黄龙慧南在灯录中被列为临济宗石霜楚圆的法嗣，然而他却是从云门宗转投而来。《禅林僧宝传》黄龙南禅师本传中详细记载了这次转投事件的因果，简要来说就是慧南原在泐潭怀澄那里学习禅法，深得怀澄器重，得到了"分座接纳"和"领徒游方"的资格，可见慧南对于怀澄的禅法掌握的精深，也是怀澄默认的传法弟子。但慧南后来在临济宗僧人云峰文悦的鼓吹下转投到石霜楚圆的门下，与怀澄一系断绝往来①。临济宗的这次挖云门宗墙脚事件对两宗今后的发展产生了深远影响，奠定了临济宗在南宋兴盛的基础。上文已言，慧南叛出的泐潭怀澄正是五祖师戒嫡传法嗣，云峰文偃在劝说慧南改投临济时指出："云门如九转丹砂，点铁作金。澄公药汞银，徒可玩，入锻即流去。"这是在批评怀澄并没有传承老师的心法，慧南在受石霜楚圆开悟后亦云："泐潭果是死语。"亦是认可文偃的批评。

泐潭怀澄是否真的没有很好承继五祖师戒的法门，从惠洪的记载来看似乎确实如此。《禅林僧宝传》记载，怀澄还不知慧南已叛出师门的时候，曾遣僧审问慧南提唱之语，慧南有曰："谓同安无折合，随汝颠倒所欲，南斗七，北斗八。"怀澄对此语颇为不怿，这也坚定了慧南叛出的决心②。

---

① （宋）惠洪：《禅林僧宝传》，中州古籍出版社2014年版，第147—149页。
② 同上书，第149页。

此事后来被《五灯会元》所采而广为人知。其实慧南在这里说的"南斗七，北斗八"正是引用五祖师戒所创机锋①，怀澄对此的不悦只能说明他没有掌握老师的话语，同时说明黄龙慧南的禅学虽与泐潭怀澄不同，却与五祖师戒相合。慧南叛变师门之后，怀澄最得意的弟子便是大觉怀琏，其于皇祐元年（1049）受仁宗征召进京，住持"十方净因禅寺"②。怀琏选择与皇室合作，掌握了京城这一最大的弘法阵地，云门宗由此大振，成为北宋中后期声势最浩大的禅宗宗派。然而五祖师戒似乎并不认可与皇室合作③，黄龙慧南与其弟子东林常总拒绝皇室征召的做法再次不同于怀澄而与师戒相合。此外石霜楚圆通过怀澄不喜的赵州禅开悟慧南，而五祖师戒对赵州禅却有着深入的见解；南宋僧人晓莹在《罗湖野录》中记载了五祖师戒与上方齐岳的交锋，其间师戒三次点额齐岳的话语完全就是著名的黄龙三关之先声④。种种迹象表明，在惠洪的禅史话语体系中，黄龙慧南的法门其实跳过泐潭怀澄直承五祖师戒，如此黄龙慧南的叛变师门就并非大逆不道，他不是背叛云门，而是纠正误入歧途的老师，将本门法系拉回到祖师的正确道路上。黄龙慧南之所以可以在临济宗自成一派，显然是其同

---

① 《天圣广灯录》卷二十一记载了五祖师戒的这段机锋："问：'如何是祖师西来意？'师云：'南斗七，北斗八。'进云：'恁么即大众证明。'师云：'七棒对十三。'"（宋）李遵勖撰，朱俊红点校：《天圣广灯录》卷二十二，海南出版社2011年版，第394页。

② （宋）志磐撰，释道法校注：《佛祖统纪校注》卷四十六，上海古籍出版社2012年版，第1080页。

③ 《五灯会元》卷十五记载五祖师戒与某僧的对话："问僧：'近离甚处？'曰：'东京。'师曰：'还见天子也无？'曰：'常年一度出金明池。'师曰：'有礼可恕，无礼难容。出去。'"普济：《五灯会元》，中华书局1984年版，第973页。

④ 《罗湖野录》卷二："湖州上方岳禅师，少与雪窦显公结伴游淮山。闻五祖戒公喜勘验，显未欲前，岳乃先往。径造丈室。戒曰：'上人名甚么？'对曰：'齐岳。'戒曰：'何似泰山？'岳无语。戒即打趁。岳不甘，翌日复谒。戒曰：'汝作甚么？'岳回首，以手画圆相呈之。戒曰：'是甚么？'岳曰：'老老大大，胡饼也不识。'戒曰：'趁炉灶熟，更搭一个。'岳拟议，戒拽拄杖趁出门。及数日后，岳再诣，乃提起坐具曰：'展则大千沙界，不展则毫发不存。为复展即是，不展即是？'戒遽下绳床把住，戒云：'既是熟人，何须如此？'岳又无语，戒又打出。以是观五祖，真一代龙门矣，岳三进而三遭点额。张无尽谓雪窦虽机锋颖脱，亦望崖而退，得非自全也耶？"（宋）晓莹：《罗湖野录》卷二，见朱易安、傅璇琮主编《全宋笔记》第五编第一册，大象出版社2012年版，第233页。其实这段公案依旧由惠洪最早记录于《林间录》，只是没有晓莹详细完整而已。（宋）惠洪：《林间录》，见于亭编注《禅林四书》，崇文书局2004年版，第207页。

时得云门、临济两宗之正的缘故。

于是可知，惠洪大力建构苏轼前身为五祖师戒的言外之意便是黄龙慧南的这次叛出师门事件，慧南因此次事件遭受了绝大多数云门禅僧的指责，与他们的交往也随之断绝。惠洪通过僧传的记述将黄龙慧南的学说上承五祖师戒，似乎是在为慧南洗清罪名，而将苏轼前身认定为五祖师戒同样秉承着此种精神。从禅门谱系上来说，苏轼是黄龙慧南的再传弟子，而这位徒孙却是祖师的转世，显然是对慧南秉承师戒心法的认可，也是慧南叛出师门并非等同于背叛云门的表现。在惠洪的笔下，五祖师戒弟子的形象似乎都不是很好，显然是在非议他们并不能传承师戒心法，只有自己的祖师才能承担。《林间录》中对洞山自宝的记叙放在这个背景下来看便显得意味深长。

如是，惠洪建构苏轼前身只是利用佛教中的转世话语为自己宗派服务，在北宋末年云门宗逐渐式微、临济宗方兴未艾的时候为本宗张目，获取兴盛的合理性与解释话语，与真正的佛法奥义并没有太多的关系。其实，宋人的好言前世亦是如此，笔记中揭示前世的条目更多的是为了解释此生性格、遭际的来由，不太计较转世话语所承载的佛理。本文所论转世故事的主角苏轼便是典型，尽管苏轼并没有说过自己的前世就是五祖师戒，但在他的诗词文中多次出现对于自己前世的认定：《答周循州》一诗中自认前世或为六祖惠能或是韩愈、《次韵子由三首·东楼》一诗中自认前世为董仲舒、《题灵峰寺壁》一诗自认前世为德云和尚、《江城子》（梦中了了醉醒）一词中自认前世为陶渊明，此外还有两三处诗文中对苏辙表示自己前世就是其兄长。这些例子体现了苏轼其实并不在意自己前世究竟是谁，只要转世话语能够表达此刻之情、内心之志，便不妨借来一用。

尽管宋代士大夫并不把前世故事与佛法相联系，但苏轼前身故事进入世俗世界的小说戏曲之后在市民眼中却带上了佛法的色彩，二者的不同正体现着士大夫文化与世俗文化的差异。惠洪建构的苏轼前身在世俗社会与红莲故事相拼合，尽管隐去了惠洪为本宗立说的言外之意，却与惠洪在欲行禅的理念相暗合。红莲故事其实与《维摩诘经·佛道品》"火中生莲花，是可谓希有。在欲而行禅，希有亦如是。或现做淫女，引诸好色者，先以欲勾牵，后令入佛道"一语密切相关，所指就是修行者于欲望满足之时领悟舍弃欲望之境的修行方式。经文将欲望比作火,而把在欲望中的觉者比作莲花,这就是"在欲行禅"所追求的境界。对于士大夫来说,他们完全可以通过研习经文悟得道理,但世俗社会的民众却不具备这样的能力,所以需要通过故事来传播佛法要义。而用一个带有情色的故事来宣传戒欲的主题,则是禅宗世俗化后所惯用的传法手段,苏轼前身与红莲故事的拼合便是这样一个传法典型。

就小说而言,五戒禅师这个形象是一个淫僧,但这个淫僧与明代后期的淫僧形象迥异。在"世间乃渐不以纵谈闺闱方药之事为耻"的社会风气下,明代后期的淫僧形象多是展现人性与禁欲的对立,这些和尚实际与土匪无异,完全没有使读者听众皈依佛教的能力。但五戒禅师故事则不同,故事中对这位淫僧的态度更多的是同情,并给予了他回头是岸的机会。整个故事以淫事开始,用轮回因果的方式在皈依佛教中结束,到头来却是在宣传一个戒淫的主题。这样来说,五戒禅师是谁并不重要,苏轼其实也只是用来方便宣传的配角,只是从士大夫话语世界中拿来的现成故事,重要的在于其用"在欲行禅"的方式来讲佛法。《金瓶梅词话》第七十三回《潘金莲不愤忆吹箫,郁大姐夜唱闹五更》中的一段情节道出了苏轼前身故事在世俗社会的言外之意:

> 说着只见小玉拿上一道土豆泡茶来,每人一盏。须臾吃毕,月娘洗手,向炉中炷了香,听薛姑子讲说佛法。……①

这里薛姑子讲说的佛法既不是经文也不是灯录,就是五戒禅师的故事。引文省略处便是将《五戒禅师私红莲记》篡改后全文抄录。吴月娘所听的佛法就是这么一个带有色情的故事,可以想见世俗社会的佛法面貌就是诸如此类的存在。同样的转世话语呈现出了笔记与戏曲小说两种人物形象,其间各自承载着不同的言外之意,这是宋人与明人的分野,也是士大夫社会与世俗社会的分野。

---

① (明)兰陵笑笑生撰,陶慕宁校注:《金瓶梅词话》,人民文学出版社2008年版,第971—974页。

苏轼七言古诗中的对仗艺术
——兼论古体诗"律化"的问题

四川大学　张　淘

序　言

　　对仗指符合平仄标准的对偶，是中国古代诗歌中一种重要艺术手法，体现了古人的平衡美学观。古体诗并不要求对仗，即便使用也以古拙为目标，不讲求精致工整，王力先生曾指出"自杜、韩以后，一韵到底的七古总以完全不用对仗为原则。至于五古和转韵七古，就有些地方是对仗的了"[①]，唐代杜甫的七言古诗中较为频繁地使用对仗，但大多属于拙对。直到宋代苏轼，古体诗中开始大量使用对仗，与当时欧阳修的创作态度趋向保守相比，苏轼则更为大胆，实际上他有一部分七古中掺杂对仗或律句[②]，甚者除首尾两联外皆用律句。陈衍（1856—1937）认为"东坡五七古遇端庄题目，不能用禅语、恢谐语者，则以对偶排奡出之"[③]，善谑和善比拟是构成苏轼诗风的重要因素，而对仗在他古诗的作用不亚于二者。这种做法

[①] 王力：《汉语诗律学》（《王力全集》第十七卷，中华书局2015年版）第二章第十一节"古体诗的对仗"，第496页。

[②] 律句是指符合律诗平仄标准的诗句，即律诗的中间两联，自然也包括对仗在内。律句包括对仗要求，同时又比对仗更严格。如宋李洪的《偶成律句十四韵》，如"白雪人谁和，朱弦世所轻。薄才惭吐凤，豪气欲骑鲸。岂有江山助，应无风雨惊"等。

[③] 曹中孚校注：《宋诗精华录》卷二，巴蜀书社1992年版，第215页。

使七古形成了迥异于前代的新式模式，清代李重华认为苏轼"各体中七古尤阔视横行、雄迈无敌"①，说明这一诗体在其作品中的地位。但目前关于苏轼古诗的研究多从结构、声律入手②，本论文通过对律诗形成前后七言古诗中对仗运用的考察，分析苏轼七古风格的形成及其渊源。

对仗艺术是在律诗形成过程中逐步得到提高的③，古体诗大量使用工整对仗会模糊古律体之间的界线。七言古诗的常体是偶尔用对仗，而苏轼的创作在杜甫的基础上使古体诗与律诗一样达到了艺术上的审美并重，用韵和句式都越来越接近律诗，这点也表明宋代诗人对古体诗的审美在悄然发生变化。这种做法甚至导致后人经常将他的拗体七律与七古相混淆，如沈涛（约1792—1855）《瓠庐诗话》卷下中说："（《出颍口初见淮山是日至寿州》）乃拗体律诗，阮亭选作七古，误也。④"古体诗"律化"大概从初唐时期开始，经过韩愈、白居易等人的反拨，直至北宋初期诗坛，曾经围绕着古近体诗产生过分歧和斗争，西昆体、台阁体以近体诗创作为主，欧阳修等人大力提倡古体诗，尤其七古呈现出"反律化"的倾向，而从王安石、苏轼开始，频繁地援古入律（以古为律）。苏轼做法继承杜甫，纠正了韩欧等人的过度，古体诗借鉴了律诗的创作手法，同时律诗也借鉴古体诗的做法⑤，达到了互相弥补的作用。本文从清人的一则评价材料出发，探讨苏轼的七古创作，并追溯一直以来对仗手法在七言古诗中扮演的角色和地位发生的变化，从而引申出古律体互相影响的问题。

---

① 李重华：《贞一斋诗说》，《清诗话》（下），上海古籍出版社2016年版，第961页。
② 张智华：《苏轼七言古诗的结构艺术》，《安徽师大学报》1995年第23卷第1期；任正霞：《浅析苏轼七言古诗艺术风格——以〈凤翔八观〉为例》，《铜仁学院学报》2007年第1卷第1期；等等。
③ 关于对偶与律诗产生的关系，可参考钱志熙《唐诗近体源流》，北京大学出版社2015年版。
④ 曾枣庄：《苏诗汇评》，四川文艺出版社2000年版，第209页。
⑤ 刘占召曾在《中国古代诗学中"以古为律"思想的演进》一文（载《文艺理论研究》2013年第6期）中指出："以古为律"是中唐以来出现的一个重要的诗学观念，即律诗在创作过程中借鉴古诗的修辞技巧、篇章结构、表现功能、审美趣味和创作精神。其相关论文还有《"以古为律"与杜甫七律艺术的革新》[《安徽大学学报》（哲学社会科学版）2014年第1期]。

一　苏轼七言古诗中的对仗

苏轼的古诗约867首，七古约为361首[1]，约占三分之一强[2]。完全不使用对仗的约有184首，使用一两联[3]对仗的约128首，使用三联对仗的23首。从比例上来看与欧阳修、王安石等人集中七古使用对仗的频率（详见第三节）大体类似，但是苏诗中大量使用对仗的约有26首，这个数字看似无足轻重，却形成了一种新的创作模式，尤其是那些首尾皆对的作品。对此清初汪师韩（1707—?）《苏诗选评笺释》卷一有云：

> 颜、谢以后，古诗多有对偶终篇者。入唐遂以有声病者为律，无声病者为古。至于七言古体，亦时一有之。若少陵之"霜皮溜雨四十围，黛色参天二千尺"、"子规夜啼山竹裂，王母昼下云旗翻"；昌黎之"大蛇中断丧前王，群马南渡开新主"、"何人有酒身无事，谁家种竹门可款"，硬语排纂，视唐初四子及元、白诸家之宛然律调者，不可同日语也。若其自首至尾无句不对，无对不瑰伟绝特，则惟轼集中有之，实为创格[4]。

这段话中提及的杜甫和韩愈的七古，将在第二节中详细讨论，先来看

---

[1] 本文讨论的主要是齐言七古的对仗使用情况，这也是宋元人概念中的七言古诗，但方便起见，在统计时也将杂言体七古以及歌行体、七言乐府等包括在内，但不包括骚体七言诗。

[2] 刘尚荣《〈新编东坡先生诗集〉考辨》（收入《苏轼著作版本论丛》，巴蜀书社1988年版，第103页）一文中提到中华书局图书馆收藏一部十九卷本《新编东坡先生诗集》是唯一按诗体分类编次的苏诗传本，据卷首《目录》，此书共收四言诗4首，五言绝句75首，六言诗32首，七言绝句493首，五言律诗114首，七言律诗501首，五言排律39首，七言排律5首，五言古诗530首，七言古诗337首；另附乐府词34首。但笔者无缘得见，在统计时利用的是（清）冯应榴辑注《苏轼诗集合注》（黄任轲、朱怀春校点，上海古籍出版社2009年版）。卷四七至卷五十的他集互见诗和补编诗未计入在内。

[3] 古体诗中本无"联"之说，但欧阳修已使用"联"来称呼古诗对仗（见本文第三节），故此袭用。

[4] 曾枣庄编：《苏诗汇评》，四川文艺出版社2000年版，第137、138页。

苏轼七古中对仗的使用。这里提到他有"自首至尾无句不对"的作品，实际上数量并不多，本文统计出的26首大量使用对仗的作品标准更宽，可分为四种类型：A类是长韵（大于10韵）而对仗占据过半分量；B类是全诗10韵而中间8韵全用对仗的，此类数量最多；C类是并非长韵但是对仗比重过半的作品；D类是对仗比重未过半但超过三联的作品。下面以冯应榴《苏轼诗集合注》中的卷次顺序（此书编年排列，本文既注出卷数，不再一一注出创作时间），对这些作品一一进行分析。

嘉祐年间在凤翔所作的《石鼓歌》（卷四、A）是苏轼初次尝试大量使用对仗，也成为其七古的代表作之一，全诗共30韵，15联对仗句重视上下句的逻辑关系，如"细观初以指画肚，欲读嗟如钳在口"、"忆昔周宣歌《鸿雁》，当时籀史变蝌蚪"、"厌乱人方思圣贤，中兴天为生耆耇"、"遂因鼓鼙思将帅，岂为考击烦蒙瞍"、"欲寻年岁无甲乙，岂有文字记谁某"、"勋劳至大不矜伐，文武未远犹忠厚"、"扫除诗书诵法律，投弃俎豆陈鞭杻"、"暴君纵欲穷人力，神物义不污秦垢"及"兴亡百变物自闲，富贵一朝名不朽"，上下句之间存在意识的流动，同时又有逻辑的跳跃，如"古器纵横犹识鼎，众星错落仅名斗"及"上追轩颉相唯诺，下揖冰斯同鷇鷇"。刻画的句子有"模糊半已隐瘢胝，诘曲犹能辨跟肘"、"娟娟缺月隐云雾，濯濯嘉禾秀稂莠"、"东征徐虏阚虓虎，北伐犬戎随指嗾"及"象胥杂沓贡狼鹿，方召联翩赐圭卣"。语言上学习前代韦应物、韩愈、梅尧臣、刘敞的《石鼓歌》，但形式上打破了前人作品[①]。

《二十七日自阳平至斜谷宿于南山中蟠龙寺》（卷四、B）除最后两句外整首诗几乎全为对仗，清人称此首为古律。"横槎晚渡碧涧口，骑马夜入南山谷"用叙述的口吻描述自己行进的路线，以"碧涧口"对"南山谷"可见作者用心。"谷中暗水响泷泷，岭上疏星明煜煜"简单描述所见风景。"寺藏岩底千万仞，路转山腰三百曲"，笔锋陡转，写出寺庙所在地的险峭，"千万仞"对"三百曲"，既造成了数字上的悬殊对立又是一种夸张描述气势的横放。"风生饥虎啸空林，月黑惊麕窜修竹"，"风生"对

[①] 唐宋时期石鼓歌的创作可参考李娟《由唐入宋石鼓诗之流变》，《云南社会科学》2014年第6期。

"月黑"不够工整,但却是为了突出夜晚山林中的险象作者采取的妥协。"入门突兀见深殿,照佛青荧有残烛"描写从进门到一眼见到的景象,对仗浑然天成。"愧无酒食待游人,旋斫杉松煮溪蔌"写僧人招待自己的举动,"愧无"对"旋斫"属于粗对,但是非常巧妙。"板阁独眠惊旅枕,木鱼晓动随僧粥"从游人的角度来写,能够感受作者的机敏和巧思。"起观万瓦郁参差,目乱千岩散红绿"是平常的写景,"门前商贾负椒荈,山后咫尺连巴蜀",以"商贾"对"咫尺",以"椒荈"对"巴蜀",灵活多变。最后归结为"何时归耕江上田,一夜心逐南飞鹄"。汪师韩评此诗"其中写景处,语刻画而句浑成,读之可怖可喜,笔力奇绝",指的便是其中对仗的地方既用心又不留痕迹,能够使读者忘却对仗这种形式,通过多重角度的叙述达到浑然天成的效果。

《渼陂鱼》(卷五、B)10韵中有8韵对仗,"紫荇穿腮气惨凄,红鳞照坐光磨闪"对仗工整,"磨闪"二字是经过作者熟虑后的用辞。"携来虽远鬣尚动,烹不待熟指先染"用熟典而意义与典无涉,重在有趣生动,"携来虽远"对"烹不待熟"增加时间跨度,使此两句成为叙述语气。"坐客相看为解颜,香粳饱送如填堑",苏轼擅长在对仗中加入趣味因素,如这里用曹植《与吴季重书》"食若填巨壑"语,却用"解颜"来对,妙趣横生。之后是回忆:"早岁尝为荆渚客,黄鱼屡食沙头店。滨江易采不复珍,盈尺辄弃无乃僭。自从西征复何有,欲致南烹嗟久欠",后四句接近对仗。"游鯈琐细空自腥,乱骨纵横动遭砭","砭"字本是针扎皮肤,这里写小鱼刺多难下咽,让人忍俊不禁。最后归结为"故人远馈何以报,客俎久空惊忽赡。东道无辞信使频,西邻幸有庖齑酽"。

《送任伋通判黄州兼寄其兄孜》(卷六、C)8韵4联对仗是一首送别之作,前两句领起之后连用对仗写友人:"无媒自进谁识之,有才不用今老矣。别来十年学不厌,读破万卷诗愈美。黄州小郡隔溪谷,茅屋数家依竹苇。知命无忧子何病,见贤不荐谁当耻。"叙述人物生平及仕途不显的状况且夹杂议论,一气呵成。"桐乡遗老至今泣,颍川大姓谁能棰",连用史书之中的典故。

在杭州作的《再游径山》(卷十、A)又是一首除首尾外全诗对仗的七古，相对而言，这首的对仗显得尤其稳重谨慎，如数字对"日三竿"对"天一握"、"双痕"对"一咉"，以及专名对"含晖亭"对"凌霄峰"，以及重字对"丝杉翠丝乱"对"玉芝红玉琢"，态度一丝不苟，对得非常严整。其中也有几处巧思，如以"忆钦"对"征璞"。这种工稳可能与此时作者的写作心态有关，其中重在描写僧人行迹与学禅理想，故而议论也较少，风格也其他作品不同。

《大风留金山两日》（卷十八、C）6韵4联对仗，作者欲写出大风大浪的情形以及人物的心理，故而要强化气势，此时使用的对仗如"朝来白浪打苍崖，倒射轩窗作飞雨。龙骧万斛不敢过，渔舟一叶从掀舞。细思城市有底忙，却笑蛟龙为谁怒。无事久留童仆怪，此风聊得妻孥许"，自由奔放，与前首作品形成鲜明对比。

《定惠院寓居月夜偶出》（卷二十、B）《次韵前篇》（卷二十、B）是在黄州的作品。此两诗的对仗收敛了横放气势，变得更加细腻。试看前首：

> 幽人无事不出门，偶逐东风转良夜。参差玉宇飞木末，缭绕香烟来月下。江云有态清自媚，竹露无声浩如泻。已惊弱柳万丝垂，尚有残梅一枝亚。清诗独吟还自和，白酒已尽谁能借。不辞青春忽忽过，但恐欢意年年谢。自知醉耳爱松风，会拣霜林结茅舍。浮浮大甑长炊玉，溜溜小槽如压蔗。饮中真味老更浓，醉里狂言醒可怕。闭门谢客对妻子，倒冠落佩从嘲骂。

除首两句外都是对仗。虽然刻画细腻但笔力不弱，尤其是从"已惊"句至"但恐"句，句意几经转折。"自知醉耳爱松风"对"会拣霜林结茅舍"打破了全诗的严整，从逻辑关系上来属对。最后两句用"妻子"对"嘲骂"也十分风趣幽默。

后一首《次韵前篇》对仗更为洒脱一些。前四句采用排比句式"去年花落在徐州，对月酣歌美清夜。今年黄州见花发，小院闭门风露下"，如果纯用对仗则显得板滞，故而修改了语句顺序，这种做法多见于唐人七古。接着用一联包含妙喻的对仗"万事如花不可期，余年似酒那禁泻"总结。然后又回忆往昔"忆昔还乡溯巴峡，落帆樊口高桅亚"，连用五联对仗"长江滚滚空自流，白发纷纷宁少借。竟无五亩继沮溺，空有千篇凌鲍谢。至今归计负云山，未免孤衾眠客舍。少年辛苦真食蓼，老景清闲如啖蔗。饥寒未至且安居，忧患已空犹梦怕"，纯是议论。结句"穿花踏月饮村酒，免使醉归官长骂"才归到赏花饮酒之事上。

《上巳日与二三子携酒出游随所见辄作数句明日集之为诗故辞无伦次》（卷二二、D）20韵8韵对仗，如诗题所称，此诗各句间逻辑关系不强，对仗位置也显得零乱，但是延续了苏轼一贯不羁的风格。如"三杯卯酒人径醉，一枕春眠日亭午""出檐蘖枳十围大，写真素壁千蛟舞""卧开桃李为谁妍，对立鸤鹊相媚妩""辘轳绳断井深碧，秋千挂索人何所""映帘空复小桃枝，乞浆不见应门女""崎岖束缊下荒径，娅姹隔花闻好语""更随落景尽余樽，却傍孤城得僧宇"等。

《龟山辩才师》（卷二四、C）8韵6联对仗，虽然对仗位置固定，但跳跃性也比较大：用"古人宴坐虹梁南"对"新河巧出龟山背"，其实是在写河上桥梁，但突兀写出。接下来寺庙诵经声与屋檐上的装饰物，"木鱼呼客振林莽，铁凤横空飞彩绘。忽惊堂宇变雄深，坐觉风雷生磬欬"属粗对，但"呼"字想象奇特，"横"气势排夐，后一联则变换主语（"堂宇"和"磬欬"）位置，句法灵活。"羡师游戏浮沤间，笑我荣枯弹指内。尝茶看画亦不恶，问法求诗了无碍"对仗工整。"千里孤帆又独来，五年一梦谁相对"用两个当句对同时又是半成品对仗，前句虚写，后句实写。全诗的对仗写法灵活，富于变化。

类似的作品还有《蔡景繁官舍小阁》（卷二四，C）8韵6联对仗："戏嘲王叟短辕车，肯为徐郎书纸尾"属粗对，但都用史书中语。"三年弭节江湖上，千首放怀风月里"对仗工整。"手开西阁坐虚明，目净东溪照清泚"，前句手是主语，后句东溪是主语，虚明是虚景，清泚是实景，句式灵活。"素琴浊酒容一榻，落霞孤鹜供千里"用熟语和当句对加强诗歌容量。"大舫何时系门柳，小诗屡欲书窗纸"，思维跳跃。"文昌新构满鹓鸾，都邑正喧收杞梓"用比喻而构思精巧。

《次韵王定国南迁回见寄》（卷二四、A）11 韵 6 联对仗，全诗前半部分写王巩如宝剑锋从磨砺出一般，经过贬谪后诗思更佳，"十年冰蘖战膏粱，万里烟波濯纨绮"想象奇特用语新颖。中间部分写归来后的心态，"逝将桂浦撷兰荪，不记槐堂收剑履。却思庾岭今何在，更说彭城真梦耳。君知先竭是甘井，我愿得全如苦李。妄心不复九回肠，至道终当三洗髓"，前四句用虚词将意思连贯起来，后四句上下句意同语不同，反复说明哲理。诗中还将佛经语化用为对仗："心通岂复问云何，印可聊须答如是。"

元祐元年所作《用前韵答西掖诸公见和》（卷二七、B）是第五首中间全用对仗的作品，而且首尾两联接近对仗：

    双猊蟠础龙缠栋，金井辘轳鸣晓瓮。小殿垂帘白玉钩，大宛立仗青丝鞚。风驭宾天云雨隔，孤臣忍泪肝肠痛。羡君意气风生坐，落笔纵横盘走汞。上樽日日写黄封，赐茗时时开小凤。闭门怜我老太玄，给札看君赋云梦。金奏不知江海眩，木瓜屡费琼瑶重。岂惟蹇步困追攀，已觉侍史疲奔送。春还宫柳腰肢活，雨入御沟鳞甲动。借君妙语发春容，顾我风琴不成弄。

此诗次韵的原作是《送陈睦知潭州》，此诗中只有一联对仗，但次韵之作则变换形式来写，除"羡君"两句外都是工对。手法与五言古诗相近。

《送表弟程六知楚州》（卷二七、C）和《次前韵送程六表弟》（卷三十、C）两诗更能看出苏轼古诗对仗的手法：前诗 10 韵 5 联对仗，后诗 10 韵 6 联对仗，加上前诗中用到的隔句对"子方得郡古山阳，老手生风谢刀笔。我正含毫紫微阁，病眼昏花困书檄"，两首中的对仗都占了过半的份量。第一联对仗中虽然都提到了刺史，且用典故写送其赴任之事（前诗送知楚州，后诗送漕江西）"里人下道避鸠杖，刺史迎门倒凫舄""竹使犹分刺史符，上方行赐尚书舄"，但句法不同。随后两诗都忆往昔伤今时，一从儿时写起，一从前年写起。前诗用到的对仗如"健如黄犊不可恃，隙过白驹那暇惜。醴泉寺古垂桔柚，石头山高暗松栎。诸孙相逢万里外，一笑未解千忧集"。"莫教印绶系余年，去扫坟墓当有日"，后诗用到的对仗有"前年持节发仓廪，到处卖刀收茧栗""君才不用如涧松，我老得全犹樗栎。青衫莫厌百僚底，白首上有千薪积①""未应便障西风扇，只恐先移北山檄。凭君寄谢江南叟，念我空见长安日"。可能是前诗用了隔句对而后诗没有的关系，后诗的对仗更灵活一些，但虽然写法不同，对仗在两诗中发挥的作用却是不言而喻的。

同样使用隔句对的还有《过于海舶得迈寄书酒作诗远和之皆粲然可观子由有诗相庆也因用其韵赋篇并寄诸子侄》（卷四二、D）共10韵有4联对仗："我似老牛鞭不动，雨滑泥深四蹄重。汝如黄犊走却来，海阔山高百程送。"

《兴龙节侍宴前一日微雪与子由同访王定国小饮清虚堂……》（卷三十、B）是第六首10韵而中间全用对仗的作品：

天风淅淅飞玉沙，诏恩归沐休早衙。<u>遥知清虚堂里雪，正似苍卜林中花</u>。<u>出门自笑无所诣，呼酒持劝惟君家</u>。<u>踏冰凌兢战疲马，扣门剥啄惊寒鸦</u>。<u>羡君五字入诗律，欲与六出争天葩</u>。<u>头风已倩檄手愈，背痒却得仙爪爬</u>。<u>银屏泻油浮蚁酒，紫盌铺粟盘龙茶</u>。<u>幅巾起作鹳鹆舞，叠鼓谁掺渔阳挝</u>。<u>九衢灯火杂梦寐，十年聚散空咨嗟</u>。明朝握手殿门外，共看银阙暾朝霞。

此诗与之前同类作品相比显得成熟了许多，从容不迫又游刃有余。对仗工整又不失意识流动。

《同正辅表兄游白水山》（卷三九、A）绍圣二年作，12韵10联对仗：

伟哉造物真豪纵，攫土抟沙为此弄。<u>劈开翠峡走云雷，截破奔流作潭洞</u>。<u>因随化人履巨迹，得与仙兄蹑飞鞚</u>。<u>曳杖不知岩谷深，穿云但觉衣裘重</u>。<u>坐看惊鸟投霜叶，知有老蛟蟠石瓮</u>。<u>金沙玉砾粲可数，古镜宝奁寒不动</u>。<u>念兄独立与世疏，绝境难到惟我共</u>。永辞角上两蛮

---

① "积"字与上诗不同，但原诗如此。

触，一洗胸中九云梦。浮来山高回望失，武陵路绝无人送。筠篮撷翠瓜甲香，素绠分碧银瓶冻。归路霏霏汤谷暗，野堂活活神泉涌。解衣浴此无垢人，身轻可试云间凤。

有不少当句对，如"攫土抟沙""金沙玉砾""古镜宝奁"。所有对仗上下句几乎没有句意重复的，上下两句描写和表达的意思不尽相同却围绕一个主题。

此外《送江公著知吉州》（卷三三、C）共8韵，中间6联全为对仗："岂惟浊世隐狂奴，时平亦出佳公子。初冠惠文读《城旦》，晚入奉常陪剑履。方将华省起弹冠，忽忆钓台归洗耳。未应良木弃大匠，要使名驹试千里。奉亲官舍应有择，得郡江南差可喜。白粲连樯一万艘，红妆执乐三前指。"

《庞公》（卷三三、C）共6韵，中间4联全为对仗："世所奔趋我独弃，我已有余彼不足。鹿门有月树下行，虎溪无风舟上宿。不识当时捕鱼客，但爱长康画金粟。杜口如今不复言，庞公为人不曲局。"

除中间全用对仗的作品外，如《西湖秋涸东池鱼窘甚因会客呼网师迁之西池为一笑之乐……》（卷三四、C）8韵5联对仗；《聚星堂雪》（卷三四、C）10韵6联对仗；《游罗浮山一首示儿子过》（卷三八、A）12韵6联对仗；绍圣二年惠州作《游博罗香积寺》（卷三九、C）10韵7联对仗；《次韵正辅同游白水山》（卷三九、D）20韵9联对仗；《欧阳晦夫遗接篱琴枕戏作此诗谢之》（卷四三、D）11韵4联对仗；等等，对仗在诗中的地位也非常重要。这些作品中不乏佳作，尤其是B类作品中的《定惠院寓居月夜偶出》，往往被编入各种选本为人熟知，故而给人留下了七古好用对仗的印象。不过即使从七古诞生之初至苏轼为止的发展历史来看，他的对仗使用在当时也是具有鲜明特点的。以下简略回顾七古中对仗的使用历史，列举可能对苏轼产生影响的作家（杜甫、韩愈等），以分析苏轼七古对仗使用特点的成因。同时列举与苏轼同时的宋代七古创作大家（欧阳修、王安石等）作为参照，来比较苏轼大胆地在七古中使用对仗究竟具有怎样的突破意义。

二　作用力分析：从柏梁体到老杜体

现存最早的七言诗据传是汉武帝等人的《柏梁诗》[1]，其中只有"郡国吏功差次之，乘舆御物主治之"一联近似对仗，汉代其他七言诗中也没有对仗，原因是从汉代至魏文帝的《燕歌行》为止七言都是句句为韵，每句各叙一事，因此不宜鸿篇巨制，又须精心锻炼。宋代范温的《潜溪诗眼》中评价建安诗歌特点："辩而不华，质而不俚，风调高雅，格力遒壮。其言直致而少对偶，指事情而绮丽，得风雅骚人之气骨，最为近古者也。"[2] 这类诗成为高古类七古的典型之作，后世也称为柏梁体、燕歌行体。

自南朝宋颜延之（384—456）、谢灵运（385—433）的五言诗开始有对仗终篇的诗作，《沧浪诗话》中云"灵运之诗，已是彻首尾成对句矣，是以不及建安也"[3]。五言通首对句被称为"选体"，七言中的对仗则稍微滞后一些，"白纻"系统的歌、辞、曲都只有当句对[4]，鲍照（414—470）的十八首《拟行路难》开始有对仗"红颜零落岁将暮，寒光宛转时欲沉"（其一，共10句）、"璇闺玉墀上椒阁，文窗绣户垂罗幕"（其三，共10句）、"朝悲惨惨遂成滴，暮思绕绕最伤心"（其十二，共14句），可以发

---

[1]　关于七言古诗的研究，除明清人的诗话等中涉及外，现代学者的研究专著有：王锡九《唐代的七言古诗》（江苏教育出版社1991年版）、《宋代的七言古诗（北宋卷）》（天津人民出版社1993年版）、《宋代的七言古诗（南宋卷）》（天津人民出版社1996年版）、《金元的七言古诗》（南京师范大学出版社2000年版）。

[2]　郭绍虞辑：《宋诗话辑佚》，中华书局1980年版，第315页。

[3]　严羽著，郭绍虞校释：《沧浪诗话校释》，人民文学出版社1983年版，第158页。

[4]　宋洪迈《容斋续笔》三："唐人诗文，或于一句中自成对偶，谓之当句对，盖起于楚辞'蕙蒸兰借，桂酒椒浆'、'桂櫂兰枻，斫冰积雪'。自齐、梁以来，江文通、庾子山诸人亦如此"。实际上如谢灵运、谢惠连的《燕歌行》、鲍照《代白纻舞歌词四首》、刘铄的《白纻曲》、汤惠休的《白纻歌三首》、王俭的《齐白纻辞五首》（第1510页）、萧衍的《白纻辞二首》（第1520页）、沈约的《四时白纻歌五首》（第1626、1627页）、谢庄的《怀园引》等作都有，鲍照诗中更是有大量的当句对：纤罗雾縠、含商咀征、车怠马烦、桂宫柏寝、朱爵文窗、象床瑶席、秦筝赵瑟、垂当散佩、弦悲管清、凝华结藻、簪金错绮、恩厚德深、洁诚洗志、乌白马角等。见《先秦汉魏晋南北朝诗（中卷）》。

现这些作品已非句句用韵，而是隔句用韵或换韵的①。七言中出现对仗应该可以看作与押韵从句句用韵发展到隔句用韵甚至换韵有关。这种多用句中对、偶尔掺杂一至四联对仗的样式可以看作是押平韵七古的常式，故而有人认为七古成于鲍照②。同题之作南齐释宝月和梁代吴均（469—520）、费昶的《行路难》或者有句子亦非常接近对仗，或者有一两联对仗③，与鲍照之作在内容和形式上都有继承关系。南朝时期的七言呈现出系统性创作的特点，或者与音乐性有关，也与模仿创作有关。即使押韵规则改变，同一题目下的作品往往在形式上也具有相似之处，不过这一时期用韵开始从多变转向成熟。梁武帝萧衍（464—549）的《河中之水歌》《东风伯劳歌》能熟练地换韵，音节和谐，但还停留在使用当句对的阶段。王融（466—493）的《努力门诗》《回向门诗》是隔句用韵且全诗对仗的作品。张率（475—527）的《白纻歌九首（其一）》也开始出现了一联对仗④，萧子显（489—537）、萧绎（508—555）、王褒（约513—576）、庾信（513—581）的《燕歌行》都是换韵且用对仗的形式（7/12、3/11、4/13、7/14）⑤，七言开始脱离系统性，新的题材越来越多，对仗的运用也更自如，如简文帝萧纲（503—551）和庾信的《乌夜啼》都是七言（3/4），萧纲《和萧侍中子显春别诗四首（其二）》和梁元帝萧绎《春别应令诗四首

---

① 清代王士禛认为七古换韵法"起于陈、隋，初唐四杰辈沿之，盛唐王右丞、高常侍、李东川尚然，李、杜始大变其格"[《师友诗传录》，《清诗话》（上），第139页]。然而陈代之前已有换韵之作，此说不确。

② 李重华《贞一斋诗说》："七古自晋世乐府以后，成于鲍参军，盛于李、杜，畅于韩、苏，凡此俱属正锋"[《清诗话》（下）]上海古籍出版社2016年版，第959页。

③ 释宝月《行路难》"空城客子心肠断，幽闺思妇气欲绝。凝霜夜下拂罗衣，浮云中断开明月。夜夜遥遥徒相思，年年望望情不歇"句式接近对仗。吴均《行路难五首》其一的对仗有"白璧规心学明月，珊瑚映面作风花""年年月月对君子，遥遥夜夜宿未央"，后两句也可以看出与宝月之作的关系。其二："摩顶至足买片言，开胸沥胆取一顾""吾丘寿王始得意，司马相如适被甲"。其四："丹梁翠柱飞流苏，香薪桂火炊雕胡"。费昶《行路难二首》其一："玉阑金井牵辘轳，丹梁翠柱飞流苏"，其二："朝逾金梯上凤楼，暮下琼钩息鸳殿""既逢阴后不自专，复值程姬有所避"。完全使用吴均的句子，更用其他对句（《先秦汉魏晋南北朝诗》中卷，第1480、1727、1728、2083页）。

④ 《先秦汉魏晋南北朝诗》中卷，第1783页。

⑤ 为行文方便，以下将各诗中对仗的联数与总共韵数用分数表示，即括弧中的数字。

（其二）》皆共六句且全为对仗句，沈君攸的《薄暮动弦歌》（4/6）《羽觞飞上苑》（6/8）《桂楫泛河中》（8/9）格式接近七言排律。在五言诗中也加入对仗句子，如戴暠的《度关山》、萧综的《听钟鸣》等。

七古的成熟大概是在梁陈时期，江总（519—594）的对仗运用多且工整。而隋至初唐的七言创作却并不多，以卢照邻（636—680）为例，保存下来的七古总共只有5首（其中2首骚体），五古14首、五律30首、五排21首、五绝10首、七绝3首①，骆宾王共6首七古②，近体诗创作远远占据上风，不过七古中对仗的比重不小，如卢照邻的《失群雁》（6/12）、《行路难》（6/20），尤其是《长安古意》（23/34），基本上都是对句形式。骆宾王的《帝京篇》等也有大量的对仗。王勃的《秋夜长》《采莲曲》《江南弄》等都只有当句对和半成品的对仗，间有对仗的有《滕王阁》（1/4）。

七古的繁荣期在盛唐，李白集中乐府和歌吟占了绝大部分③，然而多用杂言体（故亦有人称之为长短句），有时故意用"之""兮""于"等字来加强诗歌偏向文章，对仗以一至两联为主④，尤其是他的《白纻辞

---

① 本文统计时使用的是《卢照邻集笺注（增订本）》（祝尚书笺注，上海古籍出版社2011年版）。
② 本文统计时使用的是《骆丞集》，《丛书集成初编》本。
③ 本文统计时使用的是《李太白全集》[（清）王琦注，中华书局2013年版]。
④ 一联对仗的有：《战城南》（1/11，卷三）、《胡无人》（1/9，同上）、《阳春歌》（1/5，卷四）、《双燕离》（1/6，卷四）、《白头吟》（1/15，卷四）、《采莲曲》（1/4，卷四）、《司马将军歌》（1/10，卷四）、《少年行》（1/15，卷六）、《长相思》（1/5，卷六）、《扶风豪士歌》（1/14，卷七）、《金陵城西楼月下吟》（1/4，卷七）、《峨眉山月歌送蜀僧晏入中京》（1/8，卷八）、《赠郭将军》（1/4，卷九）、《驾去温泉宫后赠杨山人》（1/8，卷九）、《上李邕》（1/4，卷九）、《流夜郎赠辛判官》（1/7，卷十一）、《江夏赠韦南陵冰》（1/17，卷十一）、《对雪醉后赠王历阳》（1/7，卷十二）、《忆旧游寄谯郡元参军》（1/31，卷十三）、《寄韦南陵冰、余江上乘兴访之，遇寻颜尚书，笑有此赠》（1/10，卷十三）、《庐山谣寄卢侍御虚舟》（1/14，卷十四）、《自汉阳病酒归，寄王明府》（1/6，卷十四）、《别山僧》（1/5，卷十五）、《宣州谢朓楼饯别校书叔云》（1/7，卷十八）、《酬宇文少府见赠桃竹书筒》（1/3，卷十九）、《醉后答丁十八以诗讥予捶碎黄鹤楼》（1/7，卷十九）、《鹦鹉洲》（1/4，卷二十一）、《下途归石门旧居》（1/9，卷二十二）、《万愤词投魏郎中》（1/19，卷二十四）、《观元丹丘坐巫山屏风》（1/9，卷二十四）、《寄远十二首》其八（1/6，卷二十五）、《代美人愁镜二首》其二（1/5，卷二十五）等；两联对仗的有：《凤笙歌》（2/8，卷五）、《江上吟》（2/6，卷七）、《草书歌行》（2/13，卷八）、《述德兼陈情上哥舒大夫》（2/4，卷九）、《答杜秀才五松山见赠》（2/20，卷十九）等；唯有《酬殷明佐见赠五云裘歌》（3/16，卷八）、《行路难》（4/7，卷三）、《捣衣篇》（4/13，卷六）、《幽歌行上新平长史兄粲》（5/10，卷七）、《猛虎行》（6/22，卷六）有多联对仗。

三首》（卷四）亦是杂言不带对仗，从这个意义上说，李白的七古与齐梁时代的作品有一线之隔。王维的古体诗共150首，其中七古21首。《老将行》《燕支行》《桃源行》《洛阳女儿行》《同崔傅答贤弟》《同比部杨员外十五夜游有怀静者季》《故人张諲工诗善易卜兼能丹青草隶顷以诗见赠聊获酬之》《送崔五太守》（4/8）《不遇咏》（3/6）中皆有大量对仗，施补华《岘佣说诗》评价说"摩诘七古，格整而气敛，虽纵横变化不及李、杜，然使事典雅，属对工稳，极可为后人学步"①，不过他的七古大多属歌行体②，杜甫则在文人五言发展而来的七古中大量加入对仗，而且避免非常工整以求一种张力，上下句有逻辑层次关系。

据学者统计，杜甫的七古共119首，其中运用对仗的72首，接近三分之二③。王观国《学林新编》中引用诗例证杜诗对仗不拘正对，并称"子美岂不知对属之偏正邪？盖其纵横出入无不合也"。明代王嗣奭（1566—1648）也曾评价《奉赠韦左丞丈二十二韵》："此篇本古诗，而颇带排句，以呈左丞，故体近庄雅耳（《杜臆》）。"如《古柏行》一诗以武侯祠前的古柏为描述物件，24句中对仗达到了16句，旨在形容刻画对象，以"四十围"对"二千尺"在宋人诗话中形成了争议，有人认为这种做法不合理，也有人评价此为激昂之语，不应深究，以"子规"对"王母"为借对，子规诗中意指杜鹃鸟，又有望帝之意。韩愈集中以五古居多，李汉《昌黎先生集序》称"古诗二百一十、联句十一、律诗一百六十"，笔者统计出七古共54首④。韩愈和杜甫在诗歌表现方式上皆有背离规范之处，前人经常将二人并提，但在七古中对仗的使用上他们却有较大区别，施补华《岘佣说诗》云："少陵七古，多用对偶；退之七古，

---

① 施补华：《岘佣说诗》，《清诗话》（下），第1019页。

② 虽然歌行体也可以归入七言古诗，但唐人眼中的歌行体与七古是有区别的，如吴融《禅月集序》中有提及："且歌与诗，其道一也。然诗之所拘，悉无之。足得放意取非常语，非常意，又尽则为善矣。"

③ 韩晓光：《整中寓变 拙中见巧——杜甫七言古诗中的对仗句例析》，《杜甫研究学刊》2010年第2期。

④ 本文统计时使用的是《韩昌黎诗系年集释》（钱仲联集释，上海古籍出版社2007年版）。

多用单行。退之笔力雄劲，单行亦不嫌弱，终觉钤束处太少。"① 韩诗多用单行或者当句对，有时在故意回避使用对仗句②，如《鸣雁》一诗中有"风霜酸苦稻粱微，毛羽摧落身不肥。徘徊反顾群侣违。哀鸣欲下洲渚非"，非常接近对仗，但却有几个字不完全相对，当句对较多："穷秋南去春北归""去寒就暖""天长地阔""江南水阔朔云多""草长沙软""闲飞静集""违忧怀惠"。又如《山石》诗的当句对有"山石荦确行径微""升堂坐阶""芭蕉叶大支子肥""铺床拂席""清月出岭光入扉""山红涧碧"等。《八月十五夜赠张功曹》③ 中的当句对有"清风吹空月舒波""沙平水息声影绝""洞庭连天九疑高""蛟龙出没猩鼯号""下床畏蛇食畏药""迁者追回流者还""十生九死""嗣皇继圣""涤瑕荡垢"等，《华山女》等作亦是如此。清代黄钺曾称韩愈七言古诗间用对句者唯《游青龙寺赠崔大补阙》《赠崔立之评事》《桃源图》三篇而已④，前两首对仗所占比例分别为：5 联（共 20 韵）、6 联（共 25 韵），第三首却不尽然，虽然俞旸也称"公七言古诗，少用对句。此篇诸对，亦甚奇伟"⑤，但实际上只有一联对仗（大蛇中断丧前王，群马南渡开新主），黄钺、俞旸所说的对句应该是指其中的当句对："流水盘回山百转""驾岩凿谷开宫室""接屋连墙""嬴颠刘蹶""地坼天分""听终辞绝""礼数不同樽俎异""骨冷魂清"等。其他有对句的作品寥寥无几，如《寒食日出游夜归张十一院长见示病中忆花九篇因此投赠》（2 联，共 20 韵，不过此诗中有十四句为律句），《短灯檠歌》（2 联）等⑥。

---

① 施补华：《岘佣说诗》，《清诗话》（下），第 1023 页。
② 其五古亦有时故意不用对仗，如《唐子西文录》中云："韩退之作古诗，有故避属对者，'淮之水舒舒，楚山直丛丛'是也。"此两句出自《此日足可惜一首赠张籍》，朱彝尊曰"添一之字，故避对，乃更古健。然《秋怀》诗何尝不对。此要看上下调法如何"。
③ 此诗被翟翚评曰"纯用古调，无一联是律者"，见《韩昌黎诗系年集释》卷三该诗集评，（《集释》，第 263 页）。
④ 见《游青龙寺赠崔大补阙》一诗集评（《集释》，第 916 页）。
⑤ 见《桃源图》一诗集评（《集释》，第 568 页）。
⑥ 集中还有《河南令舍池台》一诗："灌池才盈五六丈，筑台不过七八尺。欲将层级压篱落，未许波澜量斗石。规摹虽巧何足夸，景趣不远真可惜。长令人吏远趋走，已有蛙黾助狼藉。"蒋抱玄曰：此首似仄韵拗律。

韩愈对待偶对的态度从他的文章中也能体现出来，《旧唐书·本传》中称其"常以为自魏、晋以还，为文者多拘偶对，而经诰之指归，迁、雄之气格，不复振起矣。故愈所为文，务反近体，抒意自言，自成一家新语"，他以矫正时文之弊为自任，这或许是其七古不大用对仗的原因。

尽管汪师韩认为杜韩诗的作品"视唐初四子及元、白诸家之宛然律调者，不可同日语也"，但在使用对仗上两位作家之间仍然有区别。苏轼七古多使用对仗学自杜甫，甚至被人称为老杜体。《苕溪渔隐丛话前集》卷四十七有：

  老杜自我作古，其诗体不一，在人所喜取而用之，如东坡在岭外《游博罗香积寺》、《同正辅游白水山》、《闻正辅将至以诗迎之》，皆古诗，而终篇对属精切，语意贯穿，此亦是老杜体，如《岳麓山道林二寺行》、《追酬故高蜀州人日见寄》、《入衡州奉赠李八丈判官》、《晚登瀼上堂》之类，概可见矣①。

"终篇对属精切，语意贯穿"是老杜体的特点。张耒（1054—1114）《明道杂志》中记载了苏轼评价杜韩诗："子瞻说吏部古诗，凡七言者，则觉上六字为韵设，五言则上四字为韵设，如'君不强起时难更'，'持一念万漏'之类是也。不若老杜语韵浑然天成，无牵强之迹。"② 苏轼学习杜甫古诗的韵，一是指其押韵，二便是指使用律句。而语言提炼和结构布置则学韩。韩愈自言要"险语破鬼胆，高词媲皇坟。至宝不雕琢，神功谢锄耘"（《醉赠张秘书》），他的心思似乎都放在语言、用韵和单句句法上，清代刘熙载（1813—1881）《艺概》曾评价"昌黎七古，出于《招隐士》，当于意思刻画、音节遒劲处求之。使第谓出于《柏梁》，犹未之尽"③，而

---

① 胡仔纂集，廖德明校点：《苕溪渔隐丛话》，人民文学出版社1962年版。
② 张耒：《明道杂志》，《丛书集成初编》本，第6页。但此段话标点有问题，已更正。"持"当作"挂"。
③ 刘熙载著，王气中笺注：《艺概笺注》，贵州人民出版社1986年版，第197页。

创新的语言结构打破了诗歌对仗的句式①。汪师韩对韩愈两句诗（"大蛇中断丧前王，群马南渡开新主""何人有酒身无事，谁家种竹门可款"）的评价也是从语言上而言的：硬语排奡。苏轼自己也曾说过："学诗当以子美为师，有规矩，故可学。退之于诗，本无解处，以才高而好尔。"② 规矩大概包括了对仗一类具体可学的做法。

其他中唐诗人的古体诗仍然以五古为主，如白居易，讽喻诗、闲适诗、感伤诗几乎全是五言古诗，五十篇新乐府"篇无定句，句无定字，系于意不系于文"（自序），显示出重内容不重形式的追求，如《法曲》《捕蝗》等作虽是七言，但无一对仗。《昆明春水满》、《陵园妾》（4联）、《城盐州》（2联）、《驯犀》（2联）及《缭绫》（1联）。唯有《牡丹芳》12联对仗。前人也评价他的诗作"言简而意尽，不以排比见长"③。

三　参照系：欧、王的七古创作及理论

宋初诗坛受晚唐体和西昆体影响，主要以近体诗创作为主。首先大量创作古体诗并且注意到对仗这种手法对于古诗创作有重要意义的是欧阳修（1007—1072），他曾经教人作诗"但古诗中时复要一联对属，尤见工夫"④，诗话中也有相似记载，如吴可《藏海诗话》中有"欧公云：古诗时为一对，则体格峭健"⑤，陈善《扪虱新话》上集卷一有"欧公尝言，古诗中时作一两联属对，尤见工夫"⑥，此说在当时应该产生了一些影响。

---

① 张耒《明道杂志》曰："韩退之穷文之变，每不循轨辙。古今人作七言诗，其句脉多上四字而下三字成之。如'老人清晨梳白头'、'先帝天马玉花骢'之类。而退之乃变句脉，以上三下四。如'落以斧斤引缰徽'、'虽欲悔舌不可扪'之类是也"。（同上书，第6页）川合康三《终南山的变容》（上海古籍出版社2007年版）中提及此问题，并称这打破了对句规则（第107页）。

② 《后山诗话》引苏轼语，（清）何文焕辑，《历代诗话》，中华书局1982年版，第304页。

③ 《白居易集笺校》引查慎行，朱金城笺校，《白香山诗评》，上海古籍出版社1988年版，第17页。

④ 苏轼：《跋陈氏欧帖》，孔凡礼点校，《苏轼文集》卷六十九，中华书局1986年版，第2186页。

⑤ 吴可：《藏海诗话》，丁福保辑，《历代诗话续编》，中华书局1983年版，第335页。

⑥ 陈善：《扪虱新话》，《丛书集成初编》，第6页。

欧阳修提出的方法是"一联对属"(《扪虱新话》中为"一两联属对"),即偶尔为之,这其实与李白的七古创作不谋而合,而事实上欧诗的七古的确有学习李白的一面。

欧阳修的古体诗共229首,其中七言古诗共106首,约占二分之一[①]。七古中全诗无一对仗的据笔者统计约有69首,占了大多数。其次是仅有一两联对仗的,约有28首。三联的有3首,为《归田四时乐春夏二首》《奉送原甫侍读出守永兴》,集中用对仗最多的两例为,一为《千叶红梨花》,"愁烟苦雾少芳菲,野卉蛮花斗红紫"刻画写景;"春风吹落复吹开,山鸟飞来自飞去",其中重复用字在律诗中是应避免的,在古诗中使用则会显得天真自然;"风轻绛雪樽前舞,日暖繁香露下闻"较为工整。一为《伏日赠徐焦二生》:

<u>徐生纯明白玉璞,焦子皎洁寒泉冰</u>。清光莹尔互辉映,当暑自可消炎蒸。<u>平湖绿波涨渺渺,高榭古木阴层层</u>。嗟哉我岂不乐此,虽欲往身未能。<u>俸优食饱力不用,官闲日永睡莫兴</u>。<u>不思高飞慕鸿鹄,反此愁卧偿蚊蝇</u>。(省略中间16句)<u>只今心意已如此,终竟事业知何称</u>。少壮及时宜努力,老大无堪还可憎。

对仗的位置不固定,功能不尽相同,有在句首发挥领起作用的,也有在句中为叙事服务的,可见欧阳修对于对仗的使用功能还没有进行定位。可以推测欧阳修基本的观点是古诗当中不应该使用对仗,使用一两联对仗只是偶尔现象,或者说他有变换风格的目的,但并没有达成。而这部分作品便是欧阳修所做的尝试。但是这部分作品并没有达到预期"体格峭健",反而那些打破对仗的诗歌往往能够达成这点,如《盆池》诗中前大段描述都脱离盆池这一主题,而是从长江支流贡水(西江)是如何波澜壮阔谈起。其中除"余波拗怒犹涵淡,奔涛击浪常喧豗"接近对仗外,看不出诗人有任何打算使用对仗的意图。但读此诗仍然能感觉到西江水势险恶,从

[①] 本文统计时使用的是《欧阳修诗文集校笺》(洪本健校笺,上海古籍出版社2010年版),卷一至卷九标注为古体诗,但其中包括几首绝句在内。

西江水脉悠长联想到灊石，又提到夜登滕王阁所见景象，随之写到古时神话中的老蛟，一气泻下又不断变换描写物件，结尾以盆池中鱼类与自我对比来收束。全诗主要靠出奇不意的章法、雄健奇瑰的意象和思深意远的议论取胜。

欧阳修的七古主要叙写议论，刻画的地方少，或者说用意太过而似古文，他的《鬼车》都可以等同于文章。缺少对仗会使得其古诗较少形象刻画，容易气弱，但是欧诗中特别喜爱使用当句对，仅举《庐山高赠同年刘中允归南康》一诗，其中便使用了"洪涛巨浪""云消风止""泊舟登岸""千岩万壑""悬崖巨石""仙翁释子""丹霞翠壁""晨钟暮鼓""幽花野草""幽寻远去""买田筑室""青衫白首""宠荣声利""青云白石"等当句对，都是熟语，不仅读起来朗朗上口，也增加了形式美，可能是出于对全诗质朴平淡风格的一种补救。还有一些诗中会使用接近对仗的句子，如上诗中的"清泉白石对斟酌，岩花野鸟为交朋"、"煌煌正色秀可餐，蔼蔼清香寒愈峭"（《希真堂东手种菊花十月始开》）、"上不能宽国之利，下不能饱尔之饥"（《食糟民》）、"万钱方丈饱则止，一瓢饮水乐可涯"（《寄圣俞》）、"妍媸向背各有态，远近分毫皆可辨"（《盘车图》）、"山行马瘦春泥滑，野饭天寒饧粥香"（《送公期得假归绛》）及"宫花正好愁雨来，暖日方催花乱发"（《啼鸟》）等，只须改变一二字或调整字词顺序便可称为对仗，这让人不得不怀疑作者是在刻意地回避使用对仗。另外还有一些使用了隔句对，如"一声两声人渐起，金井辘轳闻汲水。三声四声促严妆，红靴玉带奉王"（《鹁鸪词》）。欧诗与韩诗同样多用当句对，但在用语上却有差异，苏轼则在语言上更接近韩愈。

如果欧诗的上述特征与他不喜杜诗有关[①]，那么宋代另一位古体诗的创作大家王安石（1021—1086）则积极学杜，集中共439首古诗，其中以七古132首，约占三分之一[②]。诗中完全不使用对仗的有101首。使用一两联对仗的约有18首。使用三联对仗的1首（《到郡与同官饮》）。多用于

[①]　《后山诗话》"欧阳永叔不好杜诗"，《历代诗话》，第303页。
[②]　本文在统计时使用的是《王荆文公诗笺注》[（宋）李壁笺注，高克勤点校，上海古籍出版社2012年版]，卷一至卷二十一为古诗。

写景刻画，如《光宅寺》全诗共 8 句，中间一联对仗"千秋钟梵已变响，十亩桑竹空成阴"描述该寺所处环境；《移桃花示俞秀老》17 句，夹杂对仗句"山前邂逅武陵客，水际仿佛秦人逃"用与桃花相关的典故；《秋热》18 句，对仗"金流玉熠何足怪，鸟焚鱼烂为可哀"夸张性描述秋热程度。三联对仗的有《九井》《寄题众乐亭》《寄平甫弟衢州道中》。四联对仗如《同王濬贤良赋龟得升字》中有"揩床才堪比瓦砾，当粟孰肯捐斗升。糁头腥臊何足嗜，曳尾污秽适可憎。盛溲除聋岂必验，蹈背出险安敢凭。刳肠以占幸无事，卷壳而食病未能"，叠用多重典故且对仗工整，全诗 52 句中仅有此 4 联对仗。《次韵欧阳永叔端溪石枕蕲竹簟》36 句中有 4 联对仗，"端溪琢枕绿玉色，蕲水织簟黄金纹"放在句首起领起开篇作用，"形骸直欲坐弃忘，冠带安能强修饰""笛材平莹家故藏，砚璞坳清此新得"放在中间，一为议论一为叙事，"心于万事久萧然，身寄一官真偶尔"放在诗末抒怀，位置分散。值得注意的是：《独山梅花》《忆鄞县东吴太白山水》两首押平韵而中间对仗，但全诗整体不符合平仄，应该算是七古。押仄韵的七古中有两首平仄使用较多的作品：一首为《和王乐道烘虱》：

秋暑汗流如炙輠，敝衣湿蒸尘垢涴。施施众虱当此时，择肉甘于虎狼饿。咀啮侵肤未云已，爬搔次骨终无那。时时对客辄自扪，千百所除才几个。皮毛得气强复活，爪甲流丹真暂破。未能汤休取一空，且以火攻令少挫。踞炉炽炭已不暇，对龟张衣诚未过。飘零乍若蛾赴灯，惊扰端如蚁施磨。欲殚百恶死焦灼，肯贷一凶生弃播。已观细黠无所容，未放老奸终不堕。然脐郿坞患溢世，焚宝鹿台身易货。冢中燎入化秦尸，池上燅随迁莽坐。彼皆势极就烟埃，况汝命轻俟涕唾。逃藏坏絮尚欲索，埋没死灰谁复课。熏心得祸尔莫悔，烂额收功吾可贺。犹残众虮恨未除，自计宁能久安卧。

全诗 16 韵 12 联对仗，一首为《次韵和中甫兄春日有感》，10 韵 8 联对仗：

雪释沙轻马蹄疾，北城可游今暇日。溅溅溪谷水乱流，漠漠郊原草争出。娇梅过雨吹烂熳，幽鸟迎阳语啾唧。分香欲满锦树园，剪彩休开宝刀室。胡为我辈坐自苦，不念兹时去如失。饱闻高径动车轮，甘卧空堂守经帙。淮蝗蔽天农久饿，越卒围城盗少逸。至尊深拱罢箫韶，元老相看进刀笔。春风生物尚有意，壮士忧民岂无术。不成欢醉但悲歌，回首功名古难必。

王安石的七古虽然从比例上说不如欧阳修，但他更多的是在艺术手法加工，虽然也有韩愈那种以文为诗的特点，但在用典上比欧诗更丰富生僻，语言和句法学习杜甫，不重在前后意思连贯，讲究字词，加入不少经书佛经、诸子小说中语，语言和哲理的差别使得形成了自己的风格。虽然大部分七古中的对仗数量仍然与欧诗相近，但当句对要少于欧诗。

尽管没有对唐宋七古进行全面而细致的分析，从以上对七古产生之初至宋代的一些大家作品的介绍可见，苏轼的七古在宋代当时具有一定的特殊性，这来自他对初唐以及杜诗的继承，尤其是在可视为其座师的欧阳修继承李白诗风的基础上，能够开辟新的路径，这也是后世将他与杜韩七古并列的原因。当然，欧诗的重逻辑和王诗的重语言对苏轼也有所影响，从而达成了"瑰伟绝特"的风貌，以下将对宋人及苏轼的对仗原则进行探讨。

四　苏轼的对仗原则

从现存诗话来看，宋人普遍注意收集可用于对仗的词汇，且在对仗艺术上多有开拓。如《后山诗话》云："国初士大夫，例能四六，然用散语与故事耳。杨文公笔力豪赡，体亦多变，而不脱唐末与五代之气，又喜用古语，以切对为工，乃进士赋体耳。欧阳少师始以文体为对属，又善叙事，不用故事陈言，而文益高。"[1] 以文体为对属是指先文体后对属，将叙

---

[1] 《后山诗话》，《历代诗话》，第310页。

事寓于对仗之中，从而开辟了新的属对方法。《石林诗话》中也记载了欧阳修为矫正昆体以偶俪为工而语意轻浅的弊病，专以气格为主[①]。《王直方诗话》中则云："荆公云：凡人作诗，不可泥于对属，如欧阳公作《泥滑滑》云：画帘阴阴隔宫烛，禁漏杳杳深千门。千字不可以对宫字，若当时作朱门，虽可以对，而句力便弱耳。"[②]《泥滑滑》为古体诗，可见王安石也是赞成欧阳修这种做法的。意与言会的最佳效果就是使读者不觉有对仗。苏轼七古对仗手法积极学杜，又在宋人诗歌当以意为主的观念下发挥自身才华，形成了一种瑰伟绝特的"似律古体诗"。

东坡善于作对是当时人的普遍评价，他的对仗法有自己的心得。首先他认为对仗须的对，但应广收博取。惠洪《冷斋夜话》卷一：

东坡曰：世间之物，未有无的对者，皆自然成文之象，虽文字之语，但学者不思耳。如因事，当时为之语曰"刘蕡下第，我辈登科"，则其前有"雍齿且侯，吾属何患"。太宗曰"我见魏征常妩媚"，则德宗乃曰："人言卢杞是奸邪"[③]。

这种例子还可以举出很多，如《孙莘老求墨妙亭诗》（卷八）中的句子："奇纵散出走吴越，胜事传说夸友朋"等。

苏轼属对不仅从自然界中各种成对的现象汲取，还吸收典籍中的语言，学问是他对仗的基础。他学习了陶渊明五言诗对仗的自然流利，不讲究精致工整，而重在意贯其中，通畅有余韵。如《冷斋夜话》中还有这样一段记载：

东坡尝曰渊明诗初看若散缓，熟看有奇句。如"日暮巾柴车，路暗光已夕。归人望烟火，稚子候檐隙"。又曰："采菊东篱下，悠然见南山。"又曰："暧暧远人村，依依墟里烟。犬吠深巷中，

[①] 叶梦得：《石林诗话》，《历代诗话》，第407页。
[②] 《王直方诗话》，《宋诗话辑佚》，第90页。
[③] （宋）惠洪撰，陈新点校：《冷斋夜话》，中华书局1988年版，第15页。

鸡鸣桑树巅。"大率才高意远，则所寓得其妙，造语精到之至，遂能如此。似大匠运斤，不见斧凿之痕。不知者疲精力，至死不知悟，而俗人亦谓之佳。如曰："一千里色中秋月，十万军声半夜潮。"又曰："蝴蝶梦中家万里，子规枝上月三更。"又曰："深秋帘幕千家雨，落日楼台一笛风。"皆如寒乞相，一览便尽。初如秀整，熟视无神气，以其字露也①。

惠洪在这里批评晚唐诗人赵嘏、崔涂、杜牧的诗为寒乞相，是指两句之中只出一意，字露的意思是就读者观感而言，读后使人留意的只在字句。惠洪又云"东坡作对则不然，如曰'山中老宿依然在，案上《楞严》已不看'之类，更无龃龉之态。细味对甚的而字不露，此其得渊明遗意耳"。而其中举出的苏轼的对仗，用"老宿"对"楞严"，故意打破工整性，且两句之中意思流动，从而转移了人们对于对仗的关注。

苏轼作对不爱用熟语，运用典故，同时注意意思的连贯，大用运用流水对的方式，并且故意造成一种不平衡感。如"《复斋漫录》云：韩子苍言，作语不可太熟，亦须令生。近人论文，一味忌语生，往往不佳。东坡作《聚远楼》诗，本合用'青山绿水'对'野草闲花'，以此太熟，故易以'雪（云）山烟水'，此深知诗病者。予然后知陈无己所谓'宁拙毋巧，宁朴毋华，宁粗毋弱，宁假毋俗'之语为可信"②。苏轼在写诗时经常几经修改，这段话显示了他在对仗上的用心。如《王直方诗话》云：

> 对句法，人不过以事以意，出处备具，谓之妙。荆公曰：平昔离愁宽频眼，迄今归思满琴心。又曰：欲寄荒③寒无善画，赖传悲壮有能琴。不如东坡特奇，如曰：见说骑鲸游汗漫，亦曾扪虱话酸辛。又曰：龙骧万斛不敢过，渔舟一叶从④掀舞。以鲸为虱对，龙骧为渔舟

---

① 《冷斋夜话》，第13页。
② 《苕溪渔隐丛话》后集卷二七。
③ 《冷斋夜话》作"岁"。
④ 《冷斋夜话》作"纵"。

对，大小气焰之不等，其意若玩世，谓之秀杰之气，终不可没①。

通过大小不同物体以及不同品种的物体相对，达到一种奇倔排奡的效果②。这些都是苏轼的经验之谈，也使得其能够把对仗更好地融入古体诗的创作中去。

五　代结语：七言古诗"律化"的问题

对仗是律诗的要素之一，对句与律句（符合平仄规则的句子）有重合部分，苏轼在古诗中大量加入对仗，也是一种反常规的做法。"真正的好诗不在于结构的工整规则，而在于合常规与反常规、合形式与非形式等多种对立因素的辩证统一，如杜甫诗一样，'稳顺'而'奇特'。具体说来，在律诗当用对仗处，出之以散体，在绝句不当用对仗处，又出之以骈体。"③ 苏轼舍弃了李白、欧阳修七古熟调的风格，学习杜甫古诗创作手法在其中加入骈俪，可以看作是对作诗难度进行挑战，结果便是他的古诗既能够有形式美，又能达到流变健拔的风格。前人评价七古往往用纵横阖辟、抑扬顿挫、气势雄健等词语来评价，如叶梦得《石林诗话》云："七言难于气象雄浑，句中有力，而纡徐不失言外之意。"创作七古时"拟古"的意愿可能比创作五古时更淡薄，但审美从柏梁体以来，或以意象奇瑰为高，或以叙事酣畅为美，如胡应麟《诗薮·内编》卷一云："古诗之妙，专求意象；歌行之畅，必由才气；近体之攻，务先法律；绝句之构，独主风神。"④ 很少有人关注其格制以及对仗等具体的作法上，只是认为古体诗写法灵活。七古从诞生至发展成熟至律化的过程其实是很复杂且难完全区分的，而从对仗这条线索或许可以探索出七古的内在规律。

---

　　① 《宋诗话辑佚》，第 103 页。此段话又见《冷斋夜话》卷四。

　　② 不仅古诗如此，宋人认为律诗也要遵循这一原则："古人律诗，亦是一片文章，语或似无伦次，而意若贯珠"（《苕溪渔隐丛话》引《诗眼》）。

　　③ 周裕锴：《宋代诗学通论》，上海古籍出版社 2007 年版，第 464 页。

　　④ （明）胡应麟：《诗薮》，上海古籍出版社 1979 年版，第 1 页。

律诗出现以后，诗人们在创作押平韵的七古时往往采用避免使用对仗，有意识地将古、近体区分开来。唐宋人回避在七古中使用对仗是出于反律化的目的，宋代李之仪（1048—1117）《谢人寄诗并问诗中格目小纸》中曾提到近体诗的形成过程"近体见于唐初，赋平声为韵，而平侧协其律，亦曰律诗。由有近体，遂分往体，就以赋侧声为韵，从而别之，亦曰古诗。格如律，半格铺叙抑扬，间作俪句，如老杜《古柏行》者"①，这段话可以代表当时一般宋人的理解，即古诗只能偶尔出现俪句（对仗）。大约至北宋末南宋初才有人较为明确地论及这个问题。张戒（？—1158）比较唐人古律诗的创作时说："韦苏州律诗似古，刘随州古诗似律，大抵下李、杜、韩退之一等，便不能兼""李义山、刘梦得、杜牧之三人，笔力不能相上下，大抵工律诗而不工古诗。"② 这些材料都说明他认为律诗似古或者古诗似律并不能算作杰作。

在古体诗中是否可以使用律句的问题上古人曾有争议。《岁寒堂诗话》中记载苏轼认为古诗中免不了使用律句："东坡评文勋篆云：世人篆字，隶体不除，如浙人语，终老带吴音。安国用笔，意在隶前，汲冢鲁壁，周鼓泰山。东坡此语，不特篆字法，亦古诗法也。世人作篆字，不除隶体，作古诗不免律句，要须意在律前，乃可名古诗耳。"③ 有认为"古不可涉律"的，如明代李东阳（1447—1516）云："古诗与律不同体，必各用其体，乃为合格。然律犹可间出古意，古不可涉律。古涉律调，如谢灵运'池塘生春草'、'红药当阶翻'，虽一时传诵，固已移于流俗而不自觉。若孟浩然'一杯还一曲，不觉夕阳沈'，杜子美'独树花发自分明'、'春渚日落梦相牵'，李太白'鹦鹉西飞陇山去，芳洲之树何青青'，崔颢'黄鹤一去不复返，白云千载空悠悠'，乃律间出古，要自不厌也。"④ 清代王士禛（1634—1711）将押平韵的古诗使用律句视为大忌："古诗要辨音节。

---

① 《姑溪居士全集》卷一六，《丛书集成初编》，第129页。
② 《岁寒堂诗话》卷上。
③ 郭绍虞《清诗话前言》中曾指出：写古诗而讲究声调，自赵执信《声调谱》始。但赵氏作《谱》之动机实受王士禛的启发［《清诗话》（上），上海古籍出版社2016年版，第15、16页］，实际上苏轼已经注意到此问题。
④ 李东阳：《麓堂诗话》，《历代诗话》，第1369页。

音节须响，万不可入律句"①，他曾多次表达这一见解："七言古自有平仄。若平韵到底者，断不可杂以律句"②，"七言古平仄相间换韵者，多用对仗，间似律句无妨。若平韵到底者，断不可杂以律句。大抵通篇平韵，贵飞扬；通篇仄韵，贵矫健。皆要顿挫，切忌平衍"③。翁方纲（1733—1818）批评了这种论断："古诗之兴也，在律诗之前，虽七言古诗大家多出于唐后，而六朝以上，已具有之，岂其预知后世有律体而先为此体以别之耶？是古诗体无'别律句'之说审矣。"④翁氏抓住了王士禛论七古总是以唐宋七古大家如韩愈、欧阳修、苏轼、王维、杜甫、李白等人的作品为例，其实在律诗出现以前，对仗曾逐渐出现在古诗中，如果从整体概观诗歌发展过程来说，平韵古诗是逐渐律化的，所以翁氏的批评是有道理的。苏轼不仅押仄韵和篇中换韵者的古诗大量律句以外，押平韵的亦使用律句，如上面提及的《二十七日自阳平至斜谷宿于南山中蟠龙寺》一诗，亦可称为古律。押仄韵或转韵的七古一般不用担心对仗的问题，而且更有作者使用有意加入律句的方法。深受王士禛平仄论影响的梁章钜（1775—1849）提出了："七古有仄韵到底者，则不妨以律句参错其间，以用仄韵，已别于近体，故间用律句，不至落调。"⑤又云："（七古）其篇中换韵者，亦可用律句，如少陵之《丹青引》，东坡之《往富阳新城》皆是。而王右丞之《桃源行》，凡三十二句，律句至二十三见。此皆唐宋大家可据为典要者。"⑥

虽然目前尚不能证实唐宋人是否明确的"反律化"意识，明清人的争论也最终以无定论告终，郭绍虞认为"声律之论，古调律调确有分别。古调乃自然之音调，律调则人为的声律。所以古调以语言的气势为主，而律

---

① （清）何世璂：《然镫记闻》，《清诗话》（上），上海古籍出版社2016年版，第121页。
② （清）王士禛：《王文简古诗平仄论》，《清诗话》（上），上海古籍出版社2016年版，第230页。
③ （清）郎廷槐：《师友诗传录》，《清诗话》（上），上海古籍出版社2016年版，第137页。
④ （清）王士禛：《王文简古诗平仄论》，《清诗话》（上），上海古籍出版社2016年版，第235页。
⑤ 《退庵随笔》卷二十二，《二思堂丛书》，光绪元年刊本。
⑥ 同上。

调则以文字的平仄为主"①，不过从对仗使用可以看出，苏轼与欧阳修的七古是有区别的，欧阳修可能具有较为明确的反律化意识，而苏轼则不拘泥于此，他的做法虽然弱化了古体诗与近体诗的差别，但也因此形成了一种新的七古审美。

参考文献：

［1］（宋）苏轼著，（清）冯应榴辑注：《苏轼诗集合注》，黄任轲、朱怀春校点，上海古籍出版社2009年版。

［2］曾枣庄编：《苏诗汇评》，四川文艺出版社2000年版。

［3］吴文治编：《宋诗话全编》，凤凰出版社1998年版。

［4］（清）王夫之等撰，丁福保辑：《清诗话》，上海古籍出版社2016年版。

［5］（唐）杜甫著，（清）仇兆鳌注：《杜诗详注》，中华书局2013年版。

［6］（唐）韩愈，钱仲联集释：《韩昌黎诗系年集释》，上海古籍出版社2007年版。

［7］（宋）欧阳修著，洪本健校笺：《欧阳修诗文集校笺》，上海古籍出版社2010年版。

［8］（宋）王安石著，（宋）李壁笺注：《王荆文公诗笺注》，高克勤点校，上海古籍出版社2012年版。

---

① 郭绍虞：《清诗话前言》，《清诗话》（上），上海古籍出版社2016年版，第20页。

苏轼与杨万里诗中山水的拟人化

大阪大学　浅见洋二

自然界的山水、风物作为一种客观事物是没有人格特征和人性情感的。然而，人类很早就将其当作具有人格、人情的存在来表现，也就是自然的拟人化。这也完全符合中国诗中自然界山水、风物的描写情况。

中国诗歌中的自然拟人化已见于《诗经》，可谓历史悠久。在整个历史长河中，特别值得注意的是宋诗中的自然拟人化。很多学者一致认为在中国诗歌史上，唐宋尤其是宋代可谓是自然拟人化的发展乃至深化时代。例如小川环树《自然对人怀有善意吗？——宋诗的拟人法》[1] 基于钱钟书《宋诗选注》的论述，将中国诗歌史上拟人法（自然界的拟人化）最兴盛的时代定位于唐宋，尤其是宋代。小川先生在书中举例说明，自然对人的善意与亲密是宋诗拟人化最显著的特征之一，并认为由此展现出宋人幸福而明朗的人生观。

此外，小川先生还列举了使用拟人手法的代表诗人——北宋苏轼及南宋杨万里。与其一致，笔者亦认为苏轼与杨万里在表现宋诗自然拟人化方面占有极其重要的地位。本文主要以苏轼和杨万里为中心，而杨万里在自然界拟人化中最具个性，故二人中尤以后者为着力点。[2]

---

[1] 载小川环树《风与云——中国文学论文集》，朝日新闻社1972年版，第56—63页。
[2] 关于杨万里"山水的拟人化"问题，今之学者所论颇多。如周启成将"以万象为宾友的观察角度"作为诚斋体的特征之一，参见其论著《杨万里和诚斋体》（上海古籍出版社1990年版，第104页）。此外，沈松勤《杨万里"诚斋体"新解》（《文学遗产》2006年第3期）对此亦有所涉及。

一　与山水的交流、交感

关于宋诗中自然拟人化问题，小川环树曾考察过苏轼及杨万里诗中的以下典型之例。如苏轼《新城道中二首》其一云："东风知我欲山行，吹断檐间积雨声。"① 意谓东风吹断雨声，来帮助诗人山行。杨万里《彦通叔祖约游云水寺二首》其二云："风亦恐吾愁路远，殷勤隔雨送钟声。"② 风担心诗人因路远哀伤，故殷勤送来钟声。这两首诗皆将不通人意的"风"拟人化，若借小川先生的话说，歌咏的应是"对人满怀好意的自然界"的姿态。自然界山水、风物被描述成满怀亲密情感，仿佛是诗人朋友一样的存在。基于小川先生的观点，接下来笔者将对苏轼、杨万里诗中歌咏的对人怀有好意的自然山水、风物的例子加以考察。

（一）"故人"

先看苏轼诗歌的情形。除上述小川先生列举的诗句外，苏诗中还有诸多此类作品。如《越州张中舍寿乐堂》：

> 青山偃蹇如高人，常时不肯入官府。高人自与山有素，不待招邀满庭户。③

将青山比拟为不肯入官府的高洁隐士，言其虽不被邀请也屡屡去拜访张次山的寿乐堂。自然之山被表现为与高人张次山一样怀有高洁志向的隐士，宛如亲密的朋友一般。还有"朝见吴山横，暮见吴山纵。吴山故多态，转折为君容"（《法惠寺横翠阁》）④、"泉流知人意，屈折作涛濑"（《追和子由去岁试举人洛下所寄五首·韩子华石淙庄》）⑤、"花不能言意

---

① 冯应榴辑注：《苏轼诗集合注》卷九，上海古籍出版社 2001 年版，第 410 页。
② 辛更儒笺校：《杨万里集笺校》卷三，中华书局 2007 年版，第 140 页。
③ 《苏轼诗集合注》卷七，第 301 页。
④ 《苏轼诗集合注》卷九，第 399 页。
⑤ 同上书，第 440 页。

可知，令君痛饮更无疑。但持白酒劝嘉客，直待琼舟覆玉彝"（《玉盘盂二首》其二）①、"道人出山去，山色如死灰。白云不解笑，青松有余哀。忽闻道人归，鸟语山容开"（《闻辩才法师复归上天竺以诗戏问》）②、"多情明月邀君共，无价青山为我赊"（《次韵送徐大正》）③等诸多诗句，分别将自然的山、水、花、云、木、月等拟人化。

再看杨万里诗歌的情况。杨万里诗中，此类例子不胜枚举。如《轿中看山》吟咏旅途中所见之山：

> 不如近看山，近看不如远。请山略退步，容我与对面。我行山欣随，我住山乐伴。有酒唤山饮，有蔌分山馔。……孤秀呈复逃，层尖隐还显。掇入轿中来，置在几上玩。劣行三两驿，已阅百千变。非我去旁搜，皆渠来自献。④

山被当作亲密朋友与诗人共同饮酒、吃饭，展现了诗人与山共同游玩的欢快场景。对杨万里来说，自然界的山水风物是"故人"。如《跋常宁县丞葛齐松子固衡永道中行纪诗卷》："一江风月两溪云，总与诚斋是故人。"⑤

沿"故人"之说，以下拟对杨万里诗中自然拟人化的典型例子作一分类。

其一，鸟、花、山等自然风物"知人意"。如"春鸟岂知人意绪，新声只欲劝衔杯"（《立春新晴》）⑥、"飞花岂解知人意，风里时时戏作团"（《和汤叔度雪韵》）⑦、"诸峰知我厌泥行，卷尽痴云放嫩晴"（《宿小沙溪》）⑧、

---

① 《苏轼诗集合注》卷一四，第 649 页。诗题中的"玉盘盂"是芍药的品种名。
② 《苏轼诗集合注》卷一六，第 801 页。
③ 《苏轼诗集合注》卷二六，第 1303 页。
④ 《杨万里集笺校》卷三二，第 1656 页。
⑤ 《杨万里集笺校》卷三五，第 1831 页。
⑥ 《杨万里集笺校》卷一，第 29 页。
⑦ 《杨万里集笺校》卷二，第 100 页。
⑧ 《杨万里集笺校》卷八，第 444 页。

"天念孤舟人寂寞，不教月色故相撩"（《舟中元夕雨作》）①、"杨花知得人孤寂，故故飞来入竹窗"（《题青山市汪家店》）②等，均明确陈述自然通晓人意之事。

其二，虽未用上述"知人意"那样明确的话语，但所描述的自然山水在行为举止间透露着亲密。如"野寺鸣钟招我宿，远峰留雪待谁看"（《往安福宿代度寺》）③、"远岭元无约，开门便见投"（《睡起理发》）④、"山色亦如人送客，送行倦了自应归"（《出峡》）⑤、"恨杀惠山寻不见，忽然追我到横林"（《午过横林回望惠山》）⑥、"两边岸柳都奔走，不及追船各自回"（《过洛社望南湖暮景》）⑦等，自然与诗人宛如缔结了"故人"一般的亲密关系。

其三，以"故人"的身份揶揄、戏弄，甚至生气斥责诗人。如"似妒诗人山入眼，千峰故隔一帘珠"（《小雨》）⑧、"城东行遍却城西，欲问梅花乞一枝。雪糁久团霜后朵，嗔人频看故开迟"（《城头晓步》）⑨、"二年常州不识山，惠山一见开心颜。只嫌雨里不子细，仿佛隔帘青玉鬟。……看山未了云复还，云与诗人偏作难"（《惠山云开复合》）⑩、"风伯劝尔一杯酒，何须恶剧惊诗叟。端能为我霁威否，岸柳掉头荻摇手"（《檄风伯》）⑪、"山川嗔老我，醒眼对风烟"（《阻风泊舒州长风沙》）⑫、"去岁春时正病身，对花不饮被花嗔"（《积雨新晴，二月八日东园小步》）⑬、"花

---

① 《杨万里集笺校》卷二九，第 1496 页。
② 《杨万里集笺校》卷三四，第 1732 页。
③ 《杨万里集笺校》卷二，第 126 页。
④ 《杨万里集笺校》卷五，第 291 页。
⑤ 《杨万里集笺校》卷一五，第 771 页。
⑥ 《杨万里集笺校》卷二七，第 1380 页。
⑦ 《杨万里集笺校》卷二九，第 1496 页。
⑧ 《杨万里集笺校》卷四，第 202 页。
⑨ 《杨万里集笺校》卷一一，第 579 页。
⑩ 《杨万里集笺校》卷一三，第 648 页。
⑪ 《杨万里集笺校》卷一六，第 822 页。
⑫ 《杨万里集笺校》卷三五，第 1821 页。
⑬ 《杨万里集笺校》卷三八，第 1966 页。

枝夹路颭人过，径脱老夫头上巾"（《至后与履常探梅东园》）①等，这些行为举止只有在朋友面前才能表现出。

（二）"天公"

关于苏轼、杨万里诗中自然的拟人化问题，更引人注目的是自然界山水、风物被表现为主宰万物的"天公""天女"或与之类似的自然神创造出的作品。如苏轼《次韵吴传正枯木歌》：

> 天公水墨自奇绝，瘦竹枯松写残月。梦回疏影在东窗，惊怪霜枝连夜发。生成变坏一弹指，乃知造物初无物。②

诗中明月照耀瘦竹、枯松的情形被比作天公绘出的水墨画。中国很早就将自然山水比拟为绘画之例。唐以后的诗中，风景"如画"出现的频率日趋增多。③ 此诗可以说是继承此潮流并加以发展的产物。自然界山水、风物是天公创造出的艺术品（水墨画），"天"已被当作具有人格特征的"人格神"，故亦可将其视为一种自然的拟人化。

类似的例子在杨万里诗中也能看到。如《过望亭》中的"两岸山林总解行，一层送了一层迎。天公收却春风面，拈出酸寒水墨屏"④、《瓦店雨作》其二中的"天嫌平野树分明，便恐丹青画得成。收入晚风烟雨里，自将水墨替丹青"⑤等，与苏轼的诗例一样，杨万里诗中的风景也被描述成天公创作的画。另外，《雨中春山》描写烟雨迷漫、云雾朦胧的风景：

> 谁作春山新障子，尖峰为笔天为纸。近看点缀八九山，山外远山

---

① 《杨万里集笺校》卷三九，第2072页。
② 《苏轼诗集合注》卷三六，第1861页。
③ 关于这种风景的把握，请参考杨玉成《世界像一张画：唐五代〈如画〉的观念谱系与世界图像》（《东华汉学》2005年第3期）；浅见洋二《"天开图画"的谱系》（浅见洋二《距离与想象——中国诗学的唐宋转型》，上海古籍出版社2005年版，第19—80页）。
④ 《杨万里集笺校》卷二八，第1438页。
⑤ 《杨万里集笺校》卷二九，第1505页。

三万里。纸痕惨淡远山昏，上有长松青到云。自嫌松色太青在，旋拈粉笔轻轻盖。须臾粉淡松复青，至今远山描不成。"①

此诗将天空比作纸，风景比作纸上的画。山上茂密的青松在朦胧烟雨中的样子用"粉笔"轻轻涂盖描白来比拟说明。近山雨霁时，青松能清晰鲜明地映入眼帘，而现在远山却被云雾笼罩而变得模糊不清。此处虽未使用"天公"等人格神的词语，却描述了天公为诗人创作展现风景的情形。

除绘画之外，还有把自然比拟为丝织品的例子。如《岭云》："天女似怜山骨瘦，为缝雾縠作春衫。"②写天女怜惜山骨嶙峋，所以用云雾为它缝制春衫。《夜宿东渚放歌三首》其三："天公要饱诗人眼，生愁秋山太枯淡。旋裁蜀锦展吴霞，低低抹在秋山半。须臾红锦作翠纱，机头织出暮归鸦。暮鸦翠纱忽不见，只见澄江净如练。"③描写天公担心秋山枯寒平淡，所以替山织布裁衣。云霞雾霭和红叶浸染的树木等，在诗人笔下都化作了华美的丝织品。

此外，还有将自然比拟为"天公"制造的艺术品或观赏品的例子。如《过乌沙望大唐石峰》："更借天公修月斧，神工一夜忙䂵镂。近看定何者，远看真可画。"④将山水比拟为（山神）借天公月斧雕刻成的艺术品。《英石铺道中》："一峰过了一峰来，病眼将迎看不足。先生尽日行山间，恰如蚁子缘假山。……英州那得许多石，误入天公假山国。"⑤将自然之山比作天公制造的假山，把自己比作出行在外的蚂蚁。

在上述所举的一组诗中，作为人格神的"天公"对诗人怀有好意，宛如亲密的朋友一般，还具有一系列精彩纷呈、生动鲜活的动作。据考，宋代苏轼率先明确这样的"天公"形象。如《僧清顺新作垂云亭》云："天功争向背，诗眼巧增损。……天怜诗人穷，乞与供诗本。"⑥诗僧清顺于杭

---

① 《杨万里集笺校》卷三四，第1766页。
② 《杨万里集笺校》卷一六，第822页。
③ 《杨万里集笺校》卷二六，第1365页。
④ 《杨万里集笺校》卷一八，第863页。
⑤ 同上书，第933页。
⑥ 《苏轼诗集合注》卷九，第428页。

州城外新建垂云亭，此诗吟咏的就是从此亭眺望的风景。这里的"诗眼"是诗人敏锐、独特的眼光。"诗本"意谓作诗的基础、诗歌的素材等。前一联写"天"巧妙地创造出的自然样态，是由具有审美能力的诗人清顺恰当安排的；后一联写"天"因担心诗人穷苦所以提供诗歌素材给他。

之后，杨万里继承并深化了这样的"天公"形象，如《瓦店雨作》其三描写旅途中降雨时的情形："诗人长怨没诗材，天遣斜风细雨来。领了诗材还又怨，问天风雨几时开。"① 此处的"诗材"与苏轼所言"诗本"同义，皆指诗歌素材。上述同题组诗的第二首写"天"为诗人展现如画的风景，本诗主要写"天"为了向诗人提供素材故意差遣"风""雨"，而诗人在领了素材之后又想要风停雨止。杨万里趁着"天"对诗人温柔体贴的照顾任意向天要求。而这种行为举止的被宽恕，也可说明天与诗人间的亲密关系。

上述两首诗歌值得注意的是，拟人化的自然被看作是诗人写诗的督促者。"天"或由其创造出的自然界与文学是怎样的关系？这是中国文人自古以来所面对的重要问题。当然他们从诗学角度对此进行了各种考察。在诗学考察的历史中，苏轼及杨万里诗中山水拟人化的定位如何？

二 山水与诗

围绕自然界与文学关系的诗学考察，最为普遍的认知应是"感物说"（物感说）。如《礼记·乐记》云："凡音之起，由人心生也。人心之动，物使之然也。感于物而动，故形于声。"② 梁朝钟嵘《诗品·序》云："气之动物，物之感人，故摇荡性情，形诸歌咏。"③ 这些都属于"感物说"的代表性言论。一言以蔽之，"感物说"意谓自然山水、风物作用人心，人受到自然感发情感波动随之创作出作品。若在中国诗学史的大框架中看的话，自然界山水、风物拟人化可以说是"感物说"的表现方式之一。以

---

① 《杨万里集笺校》卷二九，第 1505 页。
② 《礼记》卷三七，《十三经注疏》本。
③ 陈廷杰注：《诗品注》，人民文学出版社 1980 年版，第 1 页。

下，笔者将对此进行举例说明。

（一）"催诗"

"雨催诗"可以说是通过拟人手法来表现诗人受到自然感发创作诗歌的例子，其中杜甫可谓发其嚆矢。如《陪诸贵公子丈八沟携妓纳凉晚际遇雨》其一："片云头上黑，应是雨催诗。"① 之后，此创作思维被继承下来。如苏轼的"纤纤入麦黄花乱，飒飒催诗白雨来"（《游张山人园》）②、"归途更萧瑟，真个解催诗"（《道者院池上作》）③、"急雨岂无意，催诗走群龙"（《行琼儋间肩舆坐睡梦中得句云千山动鳞甲万谷酣笙钟觉而遇清风急雨戏作此数句》）④ 等诸多诗句。

此类创作至杨万里变得更多，乃至不可枚举。试举部分例子加以说明，如"吾诗未大好，也辱片云催"（《发枫平》）⑤、"烛花半作紫芝开，诗兴频遭白雨催"（《春梦纷纭》）⑥、"闭户何缘得句来，开窗更倩雨相催"（《清明雨寒》其七）⑦、"山云管得侬愁雨，强做催诗数点声"（《过长峰径遇雨遣闷十绝》其二）⑧、"错计浪随云出岫，感君能遣雨催诗"（《和周元吉左司梦归之韵》）⑨ 等诗句，均是自然山水、风物催促诗人作诗之例。⑩

与"催诗"类似的说法还有"撩诗"。此语虽未见于杜甫、苏轼诗中，却于王安石《南浦》的"物华撩我有新诗"⑪、黄庭坚《刘邦直送早梅水仙花四首》其四的"暗香靓色撩诗句"⑫ 等诗句中出现。杨万里尤爱此语，

---

① 仇兆鳌注：《杜诗详注》卷三，中华书局1979年版，第172页。
② 《苏轼诗集合注》卷一六，第791页。
③ 《苏轼诗集合注》卷二七，第1360页。
④ 《苏轼诗集合注》卷四一，第2108页。
⑤ 《杨万里集笺校》卷二，第85页。
⑥ 《杨万里集笺校》卷八，第460页。
⑦ 《杨万里集笺校》卷九，第488页。
⑧ 《杨万里集笺校》卷一七，第870页。
⑨ 《杨万里集笺校》卷一九，第978页。
⑩ 《夜同文远祷雨老冈祠》："槁苗似妒诗人懒，作意催成祷雨章。"（《诚斋集》卷2；《杨万里集笺校》卷2，第116页）此诗虽不是雨催诗，但也是其他自然风物催诗之例。
⑪ 《临川先生文集》卷二七，《四部丛刊》本。
⑫ 黄宝华点校：《山谷诗集注》卷15，上海古籍出版社2003年版，第380页。

试观其部分诗例，如"诗人元自懒，物色故相撩"（《春日六绝》)①、"老穷只是诗自误，春色撩人又成句"（《长句寄周舍人子充》）②、"病后霜威不见饶，吟边月色苦相撩"（《迓使客夜归》其四）③、"两袖拂空捎舞片，数点落几撩孤吟"（《舟中雪作和沈虞卿寄雪诗韵》）④ 等诗句。这些诗歌表现可视为"物感说"的延伸，并非宋人独特的新发现。那么，宋人在此类创作中是否有创新之处？试观其他诗例。

（二）"诗材"

变成"诗材"出现在诗歌中的自然界山水、风物又在不断地催促、撩动诗人创作诗歌。上一节末尾已经阐述过苏轼、杨万里诗中的"天"为诗人提供"诗本""诗材"的观点。由所举诗例可知，诗人确实是通过"天"的拟人化方式来陈述自然界变为写诗素材的。"诗本""诗材"（其他还有"诗料"）等含有诗歌素材之意的词语，至宋才开始使用。关于这些词语在宋代诗学中的意义，拙论《论"拾得"诗歌现象与"诗本""诗材""诗料"问题——以杨万里、陆游为中心》⑤ 已有所论述。在此，笔者拟列举杨万里在运用自然风物拟人化手法时一首提及"诗材"的例子。《郡治燕堂庭中梅花》描写庭中梅花绽放的情形：

> 林中梅花如隐士，只多野气无尘气。庭中梅花如贵人，也无野气也无尘。……诗翁绕阶未得句，先送诗材与翁语。有酒如渑谁伴翁，玉雪对饮惟渠侬。翁欲还家即明发，更为梅兄留一月。⑥

杨万里称梅花为"梅兄"，将其视为具有高洁品格的朋友。梅花对于诗人来说是互斟共酌的朋友，亦是提供"诗材"的交谈对象。此处，自然界对诗人施予的好意是让诗人写出佳作。

---

① 《杨万里集笺校》卷五，第 286 页。
② 《杨万里集笺校》卷六，第 314 页。
③ 《杨万里集笺校》卷一〇，第 540 页。
④ 《杨万里集笺校》卷二七，第 1415 页。
⑤ 收于浅见洋二《距离与想象——中国诗学的唐宋转型》，第 434—464 页。
⑥ 《杨万里集笺校》卷一二，第 616 页。

以下列举苏轼、杨万里诗中通过拟人化手法表现自然界山水、风物帮助诗人作诗的例子。如苏轼《次前韵送程六表弟》的"忆昔江湖一钓舟,无数云山供点笔"[1]、《次韵送张山人归彭城》的"水洗禅心都眼净,山供诗笔总眉愁"[2] 等诗句,均是写自然赠与诗人写诗之笔。杨万里《戏赠子仁侄》的"天公念子抄诗苦,借与朝阳小半窗"[3]、《发银树林》的"清风一阵掠人面,晴色半开关客心。远岭惹云秋里雪,淡天刷墨晓来阴。几多好句争投我,柳夺花偷底处寻"[4]、《江雨》其三的"江天万景无拘管,乞与诗人塞满船"[5]、《发慈湖过烈山望见历阳一带山》其二的"一出还添二百诗,风光投到费推辞。江湖物色休吟尽,留取西归一半题"[6] 等诗句,同样对自然的举止行为有所描述。其中《发银树林》写自然赠予诗人佳句,花柳却将其夺取并隐藏起来。《发慈湖过烈山望见历阳一带山》写自然殷勤过度地赠予诗材,诗人对此费力推辞,是想保留一半以备以后吟诗之用。

杨万里提及吟咏自然界风物的例子也值得注意。如"胆样银瓶玉样梅,北枝折得未全开。为怜落莫空山里,唤入诗人几案来"(《昌英知县叔作岁赋瓶里梅花时坐上九人七首》其二)[7]、"岸柳垂头向人揖,一时唤入诚斋集"(《晓经潘葑》)[8]、"三春弱柳三秋月,半溪清冰半峰雪。只今六月无此物,君能唤渠来入笔。恰别新莺百啭声,忽有寒蛩终夜鸣"(《送彭元忠县丞北归》)[9] 等诸多诗句,与通常的"吟入"不同,而是采用了"唤入"的说法。也就是说,诗人对自然界的风物如同款待朋友一般。这也应是杨万里诗歌语言的独特之处。

此外,还有诸多带有杨万里风格、完全发挥其奇思妙想的例子。如

---

[1] 《苏轼诗集合注》卷三〇,第 1497 页。
[2] 《苏轼诗集合注》卷三二,第 1593 页。
[3] 《杨万里集笺校》卷八,第 456 页。
[4] 《杨万里集笺校》卷三二,第 1653 页。
[5] 《杨万里集笺校》卷三五,第 1823 页。
[6] 同上书,第 1828 页。
[7] 《杨万里集笺校》卷五,第 263 页。
[8] 《杨万里集笺校》卷一三,第 648 页。
[9] 《杨万里集笺校》卷一六,第 320 页。

"青天忽成纸，似欲借诗翁"（《中秋后一夕登清心阁二首》其二）[1]、"古人浪语笔如椽，何人解把笔题天。昆仑为笔点海水，青天借作一张纸"（《谢邵德称示淳熙圣孝诗》）[2]、"潇湘之山可当一枝笔，潇湘之水可当一砚滴。白石得官斑竹林，天锡笔砚供醉吟。好将湘山点湘水，洒满青天一张纸"（《送黄岩老通判全州》）[3] 等诗句，写"天公"分别将青空、山、河川当作纸、笔、墨赐予诗人。上一节所举杨万里的《雨中春山》将天空当作纸，风景比拟为纸上的画，与这些诗歌一样均是诗人的巧思。这些例子或许是以黄庭坚《寿圣观道士黄至明开小隐轩太守徐公为题曰快轩庭坚集句咏之》的"吟诗作赋北窗里，安得青天化作一张纸"[4]、惠洪《世明九客同登滕王阁索诗口占》的"秋天便是一张纸，写取江南觉范诗"[5] 等诗句为依据的。据此可知，杨万里通过"天"的拟人化表现来陈述他所营造的壮丽的虚构。

（三）"诗眼"

由上可知，自然界的山水、风物通过拟人化手法被视为作诗的帮手，或是对诗人满怀好意的朋友等。在理解此表现方式时，应该注意"诗眼"一词。管见所及，最先使用此语的应是苏轼。如前述《僧清顺新作垂云亭》有"天功争向背，诗眼巧增损"之句。具有敏锐眼光的诗人可以更加准确地表现自然风景之美——这样的文学观，进而凝缩成"诗眼"一词。

在苏轼之后，杨万里最喜用"诗眼"，并以之创作了众多诗歌。除前述《夜宿东渚放歌》的"天公要饱诗人眼"外，还有"向来一雪亦草草，天知诗人眼未饱"（《次主簿雪韵》）[6]、"天公管领诗人眼，银汉星槎借一来"（《南海东庙浴日亭》）[7]、"东风作意惊诗眼，搅乱垂杨两岸黄"（《过

---

[1] 《杨万里集笺校》卷六，第1828页。
[2] 《杨万里集笺校》卷二四，第1224页。"古人浪语笔如椽"语出《晋书·王珣传》，晋王珣在梦中曾被赐予如椽般巨大的毛笔。
[3] 《杨万里集笺校》卷三七，第1939页。
[4] 《山谷外集诗注》卷九，第1053页。
[5] 《石门文字禅》卷一六，《四部丛刊》本。
[6] 《杨万里集笺校》卷三，第161页。
[7] 《杨万里集笺校》卷一八，第918页。

秦淮》)①、"路入宣城山便奇,苍虬活走绿鸾飞。诗人眼毒已先见,却旋寨云作翠帏"(《晓过花桥入宣州界》其一)②、"青迹无痕可得寻,不将诗眼看春心"(《过杨二渡》其一)③ 等。这些诗句皆通过拟人化方式来表现"诗眼"中的山水风物。

在此还须注意的是,若站在自然界山水、风物的立场来看的话,有时"诗眼"是危险或应该避开的东西。如《晓过花桥入宣州界》云:"诗人眼毒已先见,却旋寨云作翠帏。""毒"意谓敏锐得足以伤害到对方。这两句诗是说山峦害怕诗人眼光敏锐,所以寨帷作帐隐藏身姿。④ 诗人所凝视的自然界山水、风物害怕被吟入诗歌,类似的看法在杨万里其他诗中亦有表现。如《过安仁岸》云:

> 兹游良不恶,物色困诙嘲。⑤

"诙嘲"是对吟入诗歌的事物的嘲弄与讥讽,也可看作是一种戏谑行为。由此可知,自然风物苦于被吟入诗中。另有《正月十二日,游东坡白鹤峰故居。其北思无邪斋,真迹犹存》云:

> 诗人自古例迁谪,苏李夜郎并惠州。人言造物困嘲弄,故遣各捉一处囚。不知天公爱佳句,曲与诗人为地头。诗人眼底高四海,万象不足供诗愁。⑥

"嘲弄"与上述"诙嘲"大抵同义。此诗说的是吟诗、临摹之事。杨

---

① 《杨万里集笺校》卷三一,第 1591 页。
② 《杨万里集笺校》卷三二,第 1666 页。
③ 《杨万里集笺校》卷三四,第 1730 页。
④ 另有以"乖"字形容诗人眼光的例子。如《题胡季亨观生亭》其二:"漏泄春风有阿亨,一双诗眼太乖生。"(《诚斋集》卷 41;《杨万里集笺校》卷 41,第 2187 页)此处"乖"有刁钻、狡猾之意,与诗人眼"毒"之说类似。
⑤ 《杨万里集笺校》卷四,第 218 页。
⑥ 《杨万里集笺校》卷一八,第 911 页。

万里在此表述了以下的旨趣：作为造物者的天公苦于诗人的揶揄嘲笑，所以将他们流放天涯。实际并非如此，天公是期待诗人写出佳句，所以才委婉地或者说特意地给他们安排地方。然而，天涯的风物难以安慰诗人敏锐的审美眼光。

上述二首，诗人吟咏自然之事被当作"诙嘲""嘲弄"。类似的观点已见于苏轼的《次韵李公择梅花》：

> 诗人固长贫，日午饥未动。偶然得一饱，万象困嘲弄。寻花不论命，爱雪长忍冻。天公非不怜，听饱即喧哄。①

由此可知杨万里确实继承了苏轼的说法。此外，杨诗的"自倚文字工，意取造物嗔"（《戊子正月六日雷雨感叹示寿仁子》）②、"诸峰尽处一峰出，凛然玉立最高寒。溪声细伴吟声苦，客心冷趁波心去。掉头得句恐天嗔，且唤征夫问前路"（《夜宿杨溪晓起见雪》）③、"也知口业欠消磨，造物嗔人奈口何"（《野望》）④ 等诗句，还提及造物之嗔。造物主生气不满的原因或可推测为害怕或尽可能地躲避被吟入诗中，但最终没能逃脱被诗人吟咏的命运。

钱钟书《宋诗选注》有关杨万里的解读，引用了姜夔称赞杨万里在描写自然方面具有敏锐眼光的诗句"处处山川怕见君"（《送朝天续集归诚斋时在金陵》）⑤。这句描述的仍是自然界的山水害怕被杨万里吟入诗中。在此方面，钱先生举出杜甫《江上值水如海聊短述》的"老去诗篇浑漫与，春来花鸟莫深愁"⑥ 来说明姜夔所言"怕"与杜甫所言"愁"大抵同义。杜甫说自己老年的诗歌都是散漫之作，花鸟应能逃脱他迟钝的眼光，故而告诉它们无须忧愁。钱先生作为补充还列举唐代韩愈的"勃兴得李杜，万

---

① 《苏轼诗集合注》卷一九，第 945 页。
② 《杨万里集笺校》卷五，第 264 页。
③ 《杨万里集笺校》卷六，第 331 页。
④ 《杨万里集笺校》卷四一，第 2172 页。
⑤ 《白石道人诗集》卷下，《四部丛刊》本。
⑥ 《杜诗详注》卷一〇，第 810 页。

类困凌暴"(《荐士》)①,及宋代黄庭坚的"任君洒墨即成诗,万物生愁困品题"(《和答任仲微赠别》)②等诗例来阐释此观点。上述苏轼及杨万里对自然界的认知也应属于这个系统。

如上所述害怕诗人敏锐眼光的自然界的举止,与满怀好意地帮助诗人作诗的自然界的行为似乎可看作相反的两极,然而这样考虑仍有些不恰当。从社会关系的角度观察,人与人也并非总是友好的,有时也会嫌弃、躲避对方,这种表现并非真正敌视对方或者完全否定其存在。所以这里自然界对诗人的害怕应不是真正的害怕,诗人也并非让自然界苦恼的。也就是说,这里强调的是自然界与人所处的地位是一样的,或者说是站在同一侧或同一立场的,且两者保持着人与人之间伙伴似的关系。至此可知,自然界与诗人的关系总体上是亲密而友好的。

(四)"诗债"

上述杨万里《送彭元忠县丞北归》云:"三春弱柳三秋月,半溪清冰半峰雪。只今六月无此物,君能唤渠来入笔。"描写拟人化的自然界山水、风物被吟入诗歌。承接这些诗句,原诗还有"我欠天公诗债多,霜髭捻尽未偿他"句,"诗债"意谓诗的债务。杨万里在此写他向天公借了很多债,即使是捻断胡须苦吟也不能偿还完债务。着眼于本句的"诗债",以下笔者将对此作一考察。此语属于诗歌中的自然界山水、风物拟人化的表现,且能体现出苏轼、杨万里等人的诗学特质。③

最先使用"诗债"或类似之语的是唐代白居易。此语基本上是用来比喻不能酬答友人的赠诗就像负债一样的状态。白居易的"诗债"意识,在之后的唐代及整个宋代被继承下来。杨万里也不例外,在其诗中与白诗同义的"诗债"用例所见颇多。然而,笔者认为此语在杨万里笔下又衍生出了新意。以下,试举部分诗例加以说明。

如《淋疾复作,医云忌文字劳心,晓起自警》其二,描述晚年因病被

---

① 钱仲联集释:《韩昌黎诗系年集释》卷五,上海古籍出版社1984年版,第528页。
② 陈永正、何泽棠注:《山谷诗注续补》卷四,上海古籍出版社2012年版,第429页。
③ 关于"诗债",详细内容可参考浅见洋二《杨万里与"诗债"》(王水照、朱刚主编:《新宋学》第4辑,上海人民出版社2015年版,第63—76页)。

医生告诫停止作诗的心境：

> 荒耽诗句枉劳心，忏悔莺花罢苦吟。也不欠渠陶谢债，夜来梦里又相寻。①

过去此诗被理解为：以往沉溺于锤炼诗句枉费心神，现在只能对着莺啼花开的情形忏悔（请求饶恕罪过），想要停止作诗；然而尽管未曾向陶渊明、谢灵运借债，在梦里陶谢二人却又来催收债务。"陶谢债"意谓向古代大诗人陶渊明、谢灵运借债之意。对杨万里来说，作诗应是受陶谢文学的恩惠的行为，所以恩惠以"债"的形式表达就是"陶谢债"。从陶谢在梦中寻债来看，诗人尽管尝试停止作诗，结果却又被催促写诗，这种说法颇具幽默感。②

然而，个人认为后两句亦可理解为：对于莺啼花开那样的春日景色，我并没有欠下它们写出像陶谢那样的诗歌的债务，但是它们却在夜晚的梦中向我索求佳句。若如此理解，独创性反而更加显著。诗人对朋友负的"诗债"在这里演变成向莺啼花开的风景负的债，这种理解可以说前所未见。

由此，可看出杨万里诗歌中诗人向"天公"或自然界山水、风物借债，为了偿还债务不得不写诗创作。也就是说，他把写诗当作向天或自然偿还债务的行为。杨万里反复使用与之同意的"诗债"，上述《送彭元忠县丞北归》的"我欠天公诗债多，霜髭捻尽未偿他"就是其中之一，写诗人对自然所欠的债务太多，为了还债不得不作诗。具体说，所欠的"债"就是自然赐予的"诗本"或"诗材"，诗人要以这些素材创作诗歌作为酬答来还债。

以下，笔者将关注对象转向诗人向自然酬答的情况。为了报答自然的

---

① 《杨万里集笺校》卷四二，第 2223 页。
② 关于后二句，周汝昌《杨万里选集》（中华书局香港分局 1972 年版，第 241—242 页）有如下解读：" '陶谢'，六朝大诗人陶潜、谢灵运。唐代诗人杜甫等都把他们当作为前代大诗人的代表。作者把自己爱作诗说成是如同欠陶谢的债一样，他们总是要来'讨账'。是诙谐语。"

恩惠，诗人必须吟咏自然界的山水、风物入诗。这种观点被杨万里在诗歌中反复陈述，如"老来不辨琱新句，报答风光且一篇"（《寒食雨作》）①、"报答风光只有诗，今夕不醉仍无归"（《多稼亭前两株梅盛开》）② 等，所写内容均是凭借诗歌向"风光"（前者是向雨、燕、桃李，后者是向梅花）"报答"之事。另有《晨炊旱塘》云：

> 一岁官居守一州，天将行役赐清游。青山绿水留连客，碧树丹枫点缀秋。夜梦昼思都是景，左来右去不胜酬。我无韦偃丹青手，只向囊中句里收。③

用"酬"字来写对旅途中遇到的山水美景的报答。因无丹青之手，所以只能通过囊中诗句来报答。这也是把吟诗当作对景色的酬谢来表现的。

此外还有"江山岂无意，邀我觅新诗"（《丰山小憩》）④、"一搭山村一搭奇，不堪风物索新诗"（《山村》）⑤、"清风索我吟，明月劝我饮"（《又自赞（严陵决曹易允升自官下遣骑归写予老丑因题其额，又自赞）》）⑥ 等诸多诗句，皆言自然界风物向诗人索要诗篇。另《题分宜李少度燕谷》云："谷中花柳莫放过，乞取风月三千篇。"⑦ 意谓诗人告诉花柳不要放过李少度，一定要向他索取自然风月之诗。此时的"天公"或自然界并没有要求诗人必须返还"诗本"或"诗材"。因而这些诗句也可以解读为：从自然界接受馈赠的诗人想要感谢自然同时又怀有愧疚，流露出无论如何都要回馈自然的心情。

在这里应该注意的是，杨万里围绕"诗债"亦采用了诗歌表现上的拟人手法。"债"是在人与人之间关系上生成的，它是人类社会中一种特有

---

① 《杨万里集笺校》卷九，第 486 页。
② 《杨万里集笺校》卷一二，第 614 页。
③ 《杨万里集笺校》卷二六，第 1334 页。
④ 《杨万里集笺校》卷五，第 295 页。
⑤ 《杨万里集笺校》卷三二，第 1652 页。
⑥ 《杨万里集笺校》卷四二，第 2225 页。
⑦ 同上书，第 2223 页。

的现象。对自然有债的观念,或者说人与自然之间债务关系确立的前提是将自然拟人化。

那么,这种观点在杨万里之前是否完全不存在?在如此发问时,值得注目的是苏轼《与胡祠部游法华山》:

不将新句纪兹游,恐负山中清净债。①

描写寻访法华山之事,言若不用新句记录此次游览,恐怕要欠下山中清静景色的债。诗人对山中清静的景色也就是自然负债,作为回馈就不得不吟咏山中景色。从把写诗当作还债的角度考察,此诗体现了与杨万里同样的认知,可谓是先驱性的创作。管见所及,宋代在杨万里之前没有人继承苏轼此说,仅此一首足以确立苏轼的先驱性地位。苏轼不愧是创立诗学认知新框架的诗人,之前所举之例亦能佐证。

小　结

钱钟书在《宋诗选注》中,这样解读杨万里与自然界的关系:"他努力要跟事物——主要是自然界——重新建立嫡亲母子的骨肉关系,要恢复耳目观感的天真状态。"② 他认为两者之间缔结了极其亲密友爱且充满幸福感的关系。钱先生此论述不仅对杨万里诗歌,对苏轼等其他宋人诗歌中的山水拟人化研究亦有很大启发。另外,本文开头所引小川环树《自然对人怀有善意吗?》指出,宋诗的拟人法传达了苏轼、杨万里等宋人幸福而明朗的人生观。这可以说与钱先生的立场大抵一致。

钱先生的观点是根据杨万里《诚斋荆溪集序》的内容得出的:

戊戌三朝时节,赐告,少公事。是日即作诗,忽若有寤。……试令儿辈操笔,予口占数首,则浏浏焉无复前日之轧轧矣。自此每过

---

① 《苏轼诗集合注》卷一九,第957页。
② 钱钟书:《宋诗选注》,人民文学出版社1989年版,第161页。

午,吏散庭空,即携一便面,步后园,登古城,采撷杞菊,攀翻花竹,万象毕来,献予诗材。盖麾之不去,前者未雠而后者已迫,涣然未觉作诗之难也。①

这篇序文写杨万里淳熙五年(戊戌,1178)于常州知州任职时顿然有所领悟,从此作诗非常容易之事。值得注意的是以下两点:其一,"万象毕来,献予诗材",自然界的物象接连不断向诗人呈献诗材;其二,"前者未雠而后者已迫",写诗人努力酬答之事。这段话与本文所举的多数诗例一样,都表达了同样的观点,可以说是集中表现杨万里笔下的自然与诗人独特关系的一段。

本文所见自然与诗人亲密友好的关系状态,并不是突然在宋代成立的。南朝梁刘勰《文心雕龙·物色篇》对自然界的山水、风物与文学的关系已有论述:

  春秋代序,阴阳惨舒。物色之动,心亦摇焉。……物色相招,人谁获安。……是以诗人感物,联类不穷。流连万象之际,沉吟视听之区,写气图貌,既随物以宛转,属采附声,亦与心而徘徊。……若乃山林皋壤,实文思之奥府。略语则阙,详说则繁。然屈平所以能洞监风骚之情者,抑亦江山之助乎?

写自然界感发诗人心动,由此文学作品产生,即所谓"物感说"。其中"物色相招"或"江山之助"均是陈述自然温柔地将诗人揽入怀抱帮助诗人创作之语。承接此议论,本篇的赞云:

  山沓水匝,树杂云合。目既往还,心亦吐纳。春日迟迟,秋风飒飒。情往似赠,兴来如答。

---

① 《杨万里集笺校》卷八〇,第3260页。

值得注意的是最后两句，意谓诗人将"情"（从自然界那里获得的感动）赠给自然，自然就会回赠诗人"兴"（文学的感兴）。这也是通过拟人化手法表现诗人与自然之间充满友爱、慈爱的亲密关系，可谓是苏轼与杨万里诗中人与自然酬答关系认知的源头。宋代之前的文人对这种认知的继承与发展情况，有待以后进一步探讨。

论南宋祠官文学的多维面相：
以周必大为例*

复旦大学中文系 侯体健

一 作为南宋独特景观的祠官文学

宋代的祠禄官制[①]对文学产生了一定影响，这已逐渐为学界所认识[②]，但这种影响在哪些层面发生，如何发生，又是怎样呈现的，则仍是一个值得深入探讨的话题。如众所知，狭义的祠官（或称"宫观官"）从北宋开始设置，初衷本在"佚老优贤"，以任领宫观而享受俸禄，对象多为高官重臣。王安石变法后又以此"处新法之异议者"，任此职以闲置不用，成

---

* 本文为教育部人文社科规划基金项目"宋代祠官文学研究"（项目批号：17YJA751012）的阶段性成果，并获上海市"曙光计划"项目资助。本文修订得到马东瑶先生、林岩先生、许浩然先生及《文学遗产》两位匿名评审专家的宝贵意见，在此一并致谢。

① 汪圣铎《关于宋代祠禄制度的几个问题》（《中国史研究》1998年第4期）将祠禄官分为广狭二义，认为广义的祠禄官包括三种类型的宫观官，狭义的祠禄官则特指"专职的但却无实际执掌的宫观官"，为宋代所独有，辨析甚明，请参看。本文讨论的祠禄官制即为狭义。

② 从文学角度涉及此问题者，有侯体健《刘克庄的乡绅身份与其文学总体风貌的形成——兼及江湖诗派的再认识》（《中山大学学报》2011年第3期）、刘蔚《宋代田园诗的政治因缘》（《文学评论》2011年第6期）及侯体健《南宋祠禄官制与地域诗人群体：以福建为中心的考察》（《复旦学报》2015年第3期）等。《南宋祠禄官制与地域诗人群体：以福建为中心的考察》一文首次提出了"祠官文学"概念，并从奉祠者和他者两个角度描述其内涵，认为这是观察地域文人群体心态的特殊视角，本文在此基础上，再作考察。

为排除异己的辅助手段。不过,北宋神宗朝祠官总人数也仅 100 余人而已,只占官僚总体的三百分之一弱,对士人阶层及其文学创作产生的影响比较小。至南宋高宗朝,祠禄制度进入"冗滥阶段",祠官总人数已逾千人,与三省吏人数相当①。周必大在给张焘撰写的神道碑中就记载:"(宋高宗绍兴九年,1139)七月除权吏部尚书,首论官冗,半年间授宫观岳庙九百余员,坐縻廪禄,虚理资考。"② 仅半年,祠禄官的数量即增至九百余人,规模空前。此后,上至朝廷名臣,下至低级幕僚,或提举宫观,或监领岳庙,祠官群体迅速扩大。朱熹对此议论精当:

> 本朝先未有祠禄,但有主管某宫、某观公事者,皆大官带之,真个是主管本宫、本观御容之属。其他多只是监当差遣。虽尝为谏议官,亦有为监当者,如盐船场、酒务之属。自王介甫更新法,虑天下士大夫议论不合,欲一切弹击罢黜,又恐骇物论,于是创为宫观祠禄,以待新法异议之人。然亦难得,惟监司郡守以上,眷礼优渥者方得之。自郡守以下,则尽送部中与监当差遣。后来渐轻,今则又轻,皆可以得之矣。③

这种"皆可以得之"的局面,导致南宋一大批代表性文学家都具有奉祠经历,如刘一止、洪适、周必大、陆游、朱熹、尤袤、杨万里、吕祖谦、楼钥、辛弃疾、叶适、赵蕃、曹彦约、程公许、真德秀、刘克庄、文天祥等无一不领受过祠禄,甚至长期任领祠官。祠官成为许多南宋文学家不可抹去的身份角色,在他们的交游活动、群体心理、文化记忆、诗文创作等方面,留下了浓重的印记。由于奉祠并非南宋少数士人的个别遭遇,而是大量士人的共同经历,祠官身份也就承载了整个南宋士人的集体经

---

① 以上数据均来自梁天锡《宋代祠禄制度考实》(学生书店 1978 年版)附录《宋祠禄奉罢年表》及《宋代之祠禄制度(提要)》的统计。
② 周必大:《资政殿大学士左太中大夫参知政事赠太师张忠定公焘神道碑》,《庐陵周益国文忠集》卷六一《平园续稿》卷二一,清道光二十八年欧阳棨刊、咸丰元年续刊本,下文所引同。
③ 朱熹:《朱子语类》卷一二八,《朱子全书》第 18 册,上海古籍出版社、安徽教育出版社 2010 年版,第 4008—4009 页。

验,将之诉诸文学作品,便形成了独特的"祠官文学"现象。

我们认为,所谓的"祠官文学"并非指文人奉祠期间所作的所有文学作品,而是任领祠禄官(特指狭义的、专职却无实际执掌的宫观官)的宋代文人表达请祠愿望、记录奉祠心理、书写任祠情怀、认识祠官身份的各类创作之总和,也涵括周边文人酬唱、体味祠官们特殊精神处境的文学作品。"祠官文学"所涉及的文体亦不仅仅是诗词的唱和,还有大量的"乞宫观札子""丐祠申状""任祠谢表""贺得祠启"等奏状表启的文章创作和相关文字(如日记、序跋等记录),它们共同组成了宋代独有的文学景观。

"祠官文学"虽非独立的文学概念,但却能独立指称相关作品,具有一定合理性,它呈现出的宋代祠官特有的精神世界与文学面貌,更是饶有兴味的话题。这一概念的提出,既是在梳理宋代大量相关奉祠作品基础上,对此现象的理论提炼与命名,同时也具有文学批评史上的旁证根据。古人在诗话、词话、文话等典型批评著述中,并未提及"祠官文学"或相似概念,但是在一些类书中,设立有"宫观类"条目,所收作品正与"祠官文学"相呼应。《白孔六帖》卷八九所设"宫观"条,尚是对道教各宫观建筑作铺排介绍,《海录碎事》卷一三"宫观门"、《锦绣万花谷》后集卷二七"宫观"条,仍承续这种方式而略有变化。到了《古今事文类聚》前集卷三四"道观"条即注"奉祠附",所录内容除仍有介绍各个道观概况外,其下"古今文集"部分,开始收录不少文人的奉祠作品,如陆游《玉局歌》、朱熹《拜鸿庆宫有感》等,《遗集》卷一五又补入刘克庄《方寺丞除云台观》《蒙恩监南岳庙》,这都是典型的书写奉祠感想与身份表达的祠官文学作品。《翰苑新书》前集卷三七"宫观"条,亦将大量篇幅留给了宫观官使相关文献,而对道教宫观建筑的介绍已占很小比例。特别是到了《翰苑新书续集》卷三九"宫观类",就仅收刘克庄《除仙都观丞相启》等典型祠官文学作品了。类书不是诗文评著作,不会直接表述文学观念,但它反映出古人认知世界的方式与眼光,它的类目设置建立在编者对相关文本的性质认识的基础之上。宋代类书中"宫观"条目的设置及其收录文献性质的变化,反映出类书编者对祠官文学作品的关注,说明当时士人对祠官文学已经有所感知并有了初步的认识。

　　王水照先生曾敏锐地指出，南宋文学"在内蕴特质、艺术表现上也有自己的特点，不是北宋文学的'附庸'"①，这一重要论断对我们认识祠官文学在南宋文学中的意义很有启发性。祠禄制度为宋代所独有，然祠官书写在北宋仍较鲜见，此时虽有一定数量的祠官文学作品，诗歌如宋庠《太一奉祠夜即事》、沈遘《奉祠东太乙宫七首》、孔武仲《奉祠城西夜坐苑中即事》、黄裳《立春奉祠太一》、晁说之《乞宫观报罢作》，文章如范纯仁《乞宫观札子》《谢复观文殿大学士充中太一宫使表》等，但这些作品数量上不成规模，更重要的是它们呈现出的精神世界比较单一，作者奉祠心态相对简单，他们大多数是奉祠太乙宫，这在当时仍属优厚待遇，与南宋士人奉祠多因政治失意，颇显异趣；而且北宋的奉祠士人并不具有自觉的祠官身份意识，没有在文学作品之中表现出祠官所特有的心理状态，他们奉祠期间的作品也就很难作为一个独立的文学现象加以讨论。只有到了南宋，祠官文学作品不但数量激增，蔚为一道独特的文学景观，而且能够互相勾连，共同反映出较为丰富的南宋士人心态。这与当时的政治风向、社会心理、士人品格互相关联，具有突出的复杂性与多维性，探讨它们的内在意蕴与作品呈现，自然也就成为勾画南宋文学风貌的重要组成部分。

　　南宋的祠官文学，从时间展开角度考察，至少有以下三个维度值得注意。

　　第一，乞祠之时，士人们大量创作"乞宫观"相关的札子、奏状、书信之类的作品，这些文章常常围绕个人政治原因展开写作，虽表面上仍有引疾乞祠、侍亲乞祠、待阙与祠、被罚与祠、政争与祠之分，但根本原因多是陷入政治纷争，故而常能反映出国家政事的分歧，又表现出个人对待政局的看法以及彼时的复杂心态。如洪咨夔于宋理宗端平元年（1234）作《乞祠奏》，文中言自己"性禀狷介，学术迂拙。但知以竭虑为忠，不计以直情为激"，希望皇帝批准"特赐祠廪，俾归求君子时中之学，以备异时器使，实戴终始生成之造"。② 这些个人原因的辞句背后，实则是宋理宗端

---

①　王水照：《南宋文学的时代特点与历史定位》，《文学遗产》2010 年第 1 期。
②　洪咨夔：《乞祠奏》，《洪咨夔集》卷一二，浙江古籍出版社 2015 年版，第 295 页。

平更化之时，各种政治矛盾的集中爆发。洪咨夔当时既以御史身份弹劾李知孝、梁成大，又论完颜守绪骨函事，然因此前闲置日久，对朝政更革虽有着很大期待，却又担心自己再陷政争，故而乞祠之作中矛盾态度多有体现。这些"乞宫观"之文，是揣摩南宋士人与政治关系的重要文本。

第二，领祠之后，一般有两类作品诞生：一是于公而言，奉祠士人多要撰写谢表、谢启之作，这些作品虽多是规制性文本，不能全部表露心迹，然借事说理、言志抒情，勾画出作者的心路历程，颇能见出文笔之妙，展示出一定的政治意图与情感世界。如《翰苑新书续集》卷三九专设"宫观类"收录刘克庄《除仙都观谢丞相》《除玉局观谢二相》《除云台观谢丞相》《除崇禧观谢丞相》《再除崇禧观谢丞相》《复右文殿修撰提举明道宫谢相》《除明道祠谢丞相》七篇作品，将这些作品捉置一处整体考量，刘克庄一生的宦海沉浮，以及他面对政局无从措手的无奈与失落，一览无遗。二是于私而言，奉祠士人此时常与周边好友唱和，以获得精神上的慰藉。如宋孝宗乾道七年（1171），汪大猷提举太平兴国宫，奉祠归里，吕祖谦、范成大、赵汝愚、朱熹、姜特立、司马伋、魏杞等十四人分韵赋诗相送，汪大猷则有次韵酬答之作，这些作品虽然并未全部留存，却让我们一睹特殊政治气候之下、领祠之时，士人们同气相求、同声相应的强烈身份认同[①]。

第三，奉祠期间，许多南宋士大夫将主要精力放在了诗文酬唱上，成为锻造他们诗文品格的关键阶段。比如赵介："奉祠十五年，历主管亳州明道宫、台州崇道观。日与宾客赋诗饮酒弈棋，博通古今，议论缅缅，凡释老诸书，下至稗官小说，无不成诵，听者忘倦，郡守每以上客礼之。"[②]刘克庄也曾夫子自道："奉南岳祠未两考，得诗三百，非必技进，身闲而功专尔。"[③]士人奉祠可谓都将时间都交给了诗文闲适。诚然，士人奉祠期

---

① 目前尚留存吕祖谦《尚书汪公得请奉祠，饯者十有四人分韵赋诗，某得敢字》、范成大《送汪仲嘉待制奉祠归四明分韵得论字》、赵汝愚《送学士汪大猷归鄞》、司马伋《送汪尚书大猷归鄞二首》、朱熹《送汪大猷归里》等作。

② 周必大：《高州赵史君介墓志铭》，《庐陵周益国文忠集》卷七二《平园续稿》卷三二。

③ 刘克庄：《跋黄恺诗》，《刘克庄集笺校》卷九九第9册，中华书局2011年版，第4180页。

间的创作不能都算作祠官文学,但其中一些作品所传递出的祠官身份意识,却在他们的人生经验与文学世界中发挥了不容忽视的作用,甚而地方文人常因共同奉祠归乡,由此结成具有一定规模的地域诗人群体,成为南宋时期重要的文学现象[①]。

除此之外,士人在罢祠之际,祠官身份开始改变:或者继续起用,重入仕途,期待再展抱负;或者由此边缘化,且断了朝廷的薪水,经济上负担愈重。前者已非祠官,可以不论。后者则往往希望能够再次请祠,继续获得祠禄的经济支持。比如朱熹就满足于祠官的身份,罢祠之际又再请祠,他有一篇《乞宫观札子》云:"熹伏自顷岁罢官浙东,圣恩畀以祠禄,至今考满,家贫累重,未能忘禄,欲望特赐敷奏,更与再任一次。"[②] 他不但自己上奏乞祠,更给吕祖谦、周必大写信,望能从中周旋,促成此事。这些罢祠之时的诗文,又呈现出南宋士人另一种精神风貌,他们习惯游离政治,在地方社会施展自己的才华,同时又希望能够借助政策的力量,获得一定的经济支持,以专心文化创造。这也从侧面体现出祠禄制度所具有的积极意义。

总之,政治上的失意、生活中的闲适、文学上的丰收互相交织,合成了南宋祠官文学的多维面相,而这是北宋时期总数较少的祠官文学作品无法支撑起来的。唯有南宋出现的丰富的奉祠诗文,或抒情,或言志,或纪事,或存史,蕴含着南宋特有的政治生态与士人情怀,展现出独特的祠官群体面貌,从而形成了具有时代特点的文学景观。

二 周必大:一个祠官文学的典型样本

如前所言,南宋众多的文学家都有奉祠的经历,一些代表性作家还曾多次、长期奉祠,并写作了大量相关作品。如洪适一生七次提举洞霄宫,陆游历主崇道观、玉局观、冲祐观、佑神观、太平兴国宫等,朱熹自二十

[①] 参前揭《南宋祠禄官制与地域文人群体:以福建为中心的考察》一文。
[②] 朱熹:《乞宫观札子》,《晦庵先生朱文公文集》卷二二,《朱子全书》第 21 册,第 1003 页。

九岁差监南岳庙始,几乎大半生都处于祠官状态;刘克庄七次主管宫观,亦是长期的祠官身份。这些作家都留下了可观的、高质量的祠官文学作品。不过,他们虽然奉祠时间都很长,但是从祠官文学的丰富性、多样性来看,却都比不上奉祠时间比他们短、文学影响比他们小的周必大。

周必大(1126—1204)是南宋中期的政治领袖与文坛宗主,他的一生大体可谓仕途平顺,虽亦有升降沉浮,但他终能位极人臣,参与了南宋中期诸多重大的历史事件,是一位影响当时政局的重要人物[①]。作为一个在政治上有自我见解的士大夫,周必大面对朝政上的纷争,总会表露出自己的态度,与同僚乃至皇帝发生冲突,因而也不免奉祠归乡的命运。大体而言,周必大有三次奉祠经历:第一次,隆兴元年(1163)三月,三十七岁的周必大因反对宋孝宗擢拔"近习"龙大渊、曾觌知阁门事,以起居郎兼权中书舍人身份上奏《缴驳龙大渊、曾觌差遣状》,不书黄,违背了孝宗意志,遭御笔斥责,于是他坚决请祠,主管台州崇道观,直至乾道六年(1170),闲居近八年。第二次,乾道八年(1172)二月,宋孝宗擢拔张说、王之奇为签书枢密院事,二人依惯例上辞免新命奏,周必大又以权中书舍人身份坚持不草"不允诏",孝宗震怒,限当日奉祠离京,提举江州太平兴国宫。至乾道九年(1173)起用,旋即又再次请祠,直至淳熙二年(1175)年初止。第三次,淳熙十六年(1189)五月,身为观文殿大学士的周必大,被谏议大夫何澹等严厉弹劾,自请以元官奉祠,除醴泉观使归乡,至绍熙二年(1191)八月止,绍熙五年(1194)二月再任醴泉观使,直至庆元元年(1195)七月致仕。这三次奉祠经历占去了他仕宦生涯的四分之一,其中还有许多情节的反复[②],更是折射出周必大的复杂心态。因

[①] 关于周必大在南宋政局中的表现,余英时《朱熹的历史世界:宋代士大夫政治文化的研究》(生活·读书·新知三联书店2004年版)相关章节有所讨论,特别将其作为与"官僚集团"相对的"理学集团"的领袖看待;许浩然《周必大的历史世界:南宋高、孝、光、宁四朝士人关系之研究》(凤凰出版社2016年版)一书则对其政治、人事的各种关系进行了更深入的探讨,可资参考。

[②] 关于周必大生平履历及请祠的详细情况,这里不再细述,可参看李仁生、丁功谊《周必大年谱》(江西人民出版社2014年版)及王聪聪《周必大年谱长编》(博士学位论文,华东师范大学,2014年)。

而在他两百卷的《文忠集》中，留存了大量乞祠奏状、谢祠表启、归祠日记、奉祠诗歌、告归祝文，以及与其他祠官的酬唱之作，乃至讨论宫观祠禄制度的章奏等。这些文章透露出周必大的心路历程、文化性格与文学品格，同时也呈现出祠官文学难得一见的丰富性，是剖析南宋祠官文学多维面相的典型样本。由于周必大权高位重，每次奉祠背后的政治人事关系都广泛而复杂，我们不拟对这些作品的历史语境和文学成就作全面探讨，而仅截取相关样本，从乞祠、领祠以及奉祠里居三个时段，一窥周必大祠官文学不同时段、不同体裁的多维展开，期能具体地展示南宋祠官文学系统的立体结构。

（一）乞祠奏状：从书生意气到沉稳圆熟

隆兴元年的"反近习"政争是南宋孝宗朝的重要历史事件，孝宗即位不久即有大批士人上书言事[①]，周必大在这次事件中扮演了重要角色，也造成了他第一次奉祠。本文无意就此事件本身作更深入的探讨，因为事实是清楚的，先行研究亦已达到较高水平[②]。这里仅从乞祠文本观察周必大的心曲。

宋孝宗即位之初，"近习"龙大渊和曾觌即为台谏激烈弹劾。周必大原本并非事件中心人物，他在《缴驳龙大渊曾觌差遣状》说："臣等于大渊、觌功过能否初不详知，但见缙绅士民指目者多，又闻台谏相继有言，臣等亦不知其所劾何事也。"并向孝宗指出："今若轻犯众怒，不少退听，是陛下将欲爱之适所以害之，非计也。"[③] 立场虽有倾向性却并不坚决，其初衷乃在于公议强烈反对，故而缴驳以示操守，但孝宗却因此懊恼不已。次日，周必大上《同金给事待罪状》以谢罪，然其真实想法，却绝不是自

[①] 事件概况可参李心传《建炎以来朝野杂记》乙集卷六"台谏给舍论龙曾事始末"条（中华书局2000年版，第603—607页）。详细讨论可参看张维玲《从南宋中期反近习政争看道学型士大夫对"恢复"态度的转变》第一章"道学型士大夫的凝聚——反近习主力的形成"（花木兰文化出版社2010年版，第17—55页）。

[②] 如杨瑞《周必大研究》（博士学位论文，浙江大学，2007年）、邹锦良《周必大生平与思想研究》（江西人民出版社2013年版）、李光生《周必大研究》（中国社会科学出版社2015年版）以及前揭许浩然《周必大的历史世界：南宋高、孝、光、宁四朝士人关系之研究》等。

[③] 周必大：《缴驳龙大渊曾觌差遣状》，《庐陵周益国文忠集》卷九九《掖园类稿》卷六。

甘认错。同日给右相史浩去信云："某非不知思权时之宜，为调停之策，但若不决去，则此辈必谓士大夫可以爵禄诱，可以威命胁。"同时又指出："为今之计，使二人者（指龙、曾二人）出奉外祠，则士气自伸，公论自息。然后某自以私计，或以疾病为请，求一宫观差遣，仰以释圣上朋党之疑，下以解二人报复之怨，此上策也。"①想以双方奉祠，缓和当时情势。最后的结果，龙、曾并未奉祠，周必大自己则确实写作了平生第一篇《乞宫观奏状》，并获准"任便居住"，回到庐陵。文章如下：

> 臣辄沥血诚，仰干圣造。复念臣先茔多在吉州，惟臣母葬信州，久欲迁奉，缘臣备数于朝，力所未能。爰自今年正月屡经朝廷陈乞假告，继又力请外祠，而宰执不为敷奏，因循至今。人子之心，晨夕不遑。缘此心气怔忡，居常抱病，安能纂修记注，摄赞书命？必由旷职，重抵司败之诛。若非触冒万死，投诚君父，则进退失据，谁肯为臣言者？伏望圣慈下臣此章，宣问宰执。如臣前此果因迁葬乞去，非敢矫妄，即授臣宫观一次，使遂其区区之志。今齿发尚壮，他时或有繁剧任使，虽赴汤蹈火所不敢辞。轻犯天威，臣无任震灼俟命之至。谨录奏闻，伏候敕旨。②

在这篇乞祠奏状中，周必大寻找的请祠理由并非给史浩信中所设想的"或以疾病为请，求一宫观差遣"，而是回乡为母亲迁坟，"人子之心，晨夕不遑"，这一理由在其大量的乞祠奏状中很异类。我们固然能证明周必大此次回乡确实迁移了母坟，但联系上文所述整个事件的发生经过，可以断定这并非真实的奉祠原因，而真实的原因与他内在心理，在《与史丞相札子》中已比较显明。由此可见，像《乞宫观奏状》这样的乞祠文章，并非孤立的历史文本，这和诗词作为相对单纯的文学文本不太一样。一首诗词可以是随感而发，与现实的关联性不必很大，但一篇乞祠奏状则一定只是相关历史链条中的一环而已。周必大在这篇文章中，可谓无一句言及

---

① 周必大：《与史丞相札子》，《庐陵周益国文忠集》卷九九《掖园类稿》卷六。
② 周必大：《乞宫观奏状》，《庐陵周益国文忠集》卷一二二《历官表奏》卷一。

现实，既未提缴驳事，更未言孝宗斥责，但是又无一句虚发，作为当事人的孝宗读后必定明了背后原因与真实意图。

再看乾道九年（1173）所作《辞富沙乞宫祠第一状》《第二状》《第三状》。乾道八年（1172）二月，周必大因反对张说、王之奇事而触怒孝宗，奉祠归乡近一年。与第一次的主动请祠不同，这次乃是被勒令限期离京，非常狼狈，周必大的心理是有些难以接受的。他在赠侄诗中写道"圣朝有道合羞贫，清昼那容里路珍"①，内心波澜仍未平息。至乾道九年正月，朝廷却突然任命周必大知福建建宁府（治所在富沙），他接连乞祠，甚至在赴任路上仍再上《第三状》，主要理由就是"心气旧疾，日甚一日，腰臂痛楚，通夕呻吟"②。实则疾病无非借口，背后的蹊跷正在于重新起用周必大，并非朝廷悔过，而恰是张说"露章荐之"③，周必大一方面自知不能落入圈套，惹清议指责，一方面又备受朝廷压力，故而徘徊犹豫，行而又停，再三请祠。

乾道奉祠与隆兴请祠，情形很不相同。虽然隆兴请祠的《乞宫观奏状》写得情真意切，但与连上三篇奏状相较，仍不可相埒。我们将周必大隆兴元年（1163）的《乞宫观奏状》与《与史丞相劄子》对读，便知其去意已坚，主动请祠是抱着一种解决问题、缓解事态的心情上奏的，他的整体心态并不是悲观的失意，而是略感遗憾与歉责，又饱含着与佞幸斗争的士人精神。这种"书生意气"，在此时入仕未深的周必大身上，显得很突出。而乾道九年（1173）的三篇乞祠奏状，我们则可以和《王季海丞相》书札对读，该文说："起废之由既已报行，士大夫皆知朝廷之意，可以无嫌。已力恳相参，更望舍人赞成之，毋使至于再三，却贻罪戾也。乞祠文字亦止说疾病，不敢他及，恃知爱夐出等伦，乃尔干渎，乞赐矜念。"④ 同时《赵子直丞相》书札则说："某恳辞富沙，自谓必获大戾。今

---

① 周必大：《奉祠还家侄绎以诗相迎次韵》，《庐陵周益国文忠集》卷五《省斋文稿》卷五。
② 文长不具录，参周必大《辞富沙乞宫祠第一状》《第二状》《第三状》，《庐陵周益国文忠集》卷一二二《历官表奏》卷一。
③ 周密：《癸辛杂识》"周莫论张说"条，中华书局1988年版，第282页。
④ 周必大：《王季海丞相》，《庐陵周益国文忠集》卷一九〇《书稿》卷五。

日闻圣恩赐允,未审果否?若所传不妄,则感戴宽宥,何以报塞?长与农夫歌咏德化,真幸民也。"① 与王淮之信,百般表达准祠之无奈;与赵汝愚信,则袒露心迹,担心孝宗"大戾"。乞祠奏状与两篇信札一比照,周必大处境的矛盾纠结与写作心态的曲折往复可以想见。周必大与张说、王之奇之间的斗争,仍是第一次奉祠时"反近习"的延续。但乾道时期的周必大并不想那么决绝地离开官场,他进退两难,只好再三请祠,结果则是"必大三请祠,以此名益重"②,在士林中获得了盛名。

周必大经历了两次奉祠之后,书生意气渐消,而沉稳圆熟的一面逐渐显露。学者已经指出,从淳熙元年开始,周必大的仕途由逆转顺,既缘于朝廷政治方针的改变,孝宗日益重视周必大,亦是其性格与态度嬗变使然③。这种转变从他的乞祠文章中也可窥出轨迹,可举淳熙五年(1178)十一月乞祠事为证。

淳熙五年十月二十二日,会庆节(孝宗生日),金国有贺,周必大执笔国书回复,却出了差错,为此特上《乞宫观札子》(文长不录)。文章从幼时遭际"臣以孤生,蒙陛下简擢,致身侍从"写至身体疾病"爰自早岁即苦心气不宁,今年以来,其疾益甚",再转至曾经有乞外补请求"累曾控告君父,冀从外补",然后说到"每遇撰述,往往思虑移时,仅能下笔,芜累不工",做足了铺垫后再说"近因回答国书,果致语意失当,仰勤宸笔改定,臣之不职,罪岂容诛"?并乞求:"念臣恳求闲散,前后非一,稍宽刑诛,特授一在外宫观差遣,使之归伏田庐,寻访医药。"④ 全文分寸拿捏到位,写得非常得体。当然,仅从这篇文章,我们实难确定周必大背后的真正动机,但若干年后他自撰《御批丐祠不允奏并诏书跋》,交代得比较清楚:

淳熙五年冬,臣为学士一年有半矣。数求去,未遂。曾觌、韩彦

---

① 周必大:《赵子直丞相》,《庐陵周益国文忠集》卷一九一《书稿》卷六。
② (元)脱脱等:《宋史》卷三九一《周必大传》第34册,中华书局1977年版,第11968页。
③ 参前揭杨瑞《周必大研究》第二章第三节"周必大与孝宗"相关论述。
④ 周必大:《乞宫观札子》,《庐陵周益国文忠集》卷一二四《历官表奏》卷三。

古辈间言日闻，因答北虏贺会庆节国书，曲意指摘。适殿帅王友直捉军大扰，密疏其事，贵近滋不悦，孤踪益危，急援杨亿邻壤事引咎丐祠。而上恩过厚，保全甚力，御笔涂去误改国书等六十余字，亲批降诏不允，不得再有陈请。他侍从殆无此礼，以是不敢复言。①

可见，代草国书出错只是乞祠诱因，背后还有诸多政治角力在斗争。《宋史》载："是岁（淳熙六年，1179），加觐少保、醴泉观使。时周必大当草制，人谓其必不肯从，及制出，乃有'敬故在尊贤之上'之语，士论惜之。"曾觌本是周必大反对过的近习，然这一次周必大却出以违心之言。这自然让反近习阵营失望了，但却表现出他仕宦心态的转变。这次为近习草制，恰在淳熙六年元月，我们有理由怀疑周必大借口乞祠，正是与近习相逼有关。周必大这次请祠，已不是隆兴请祠的政治表态，也不是乾道请祠的无可奈何，原因虽然多样，仍不妨看作一个成熟官员政治手腕的表现。周必大所倚仗的根本，不消说还是孝宗的信任，但是从以上的行文中，我们已经能够感受到此时周必大在政治局势中的沉稳圆熟，能够看到他在权力角逐中如何化解危机，转危为安。

总之，乞祠奏状乃南宋祠官文学之大宗，它们所反映的作者心态幽微而复杂，是正面了解祠官心迹的重要路径，我们必当抉剔爬梳，始可照见隐曲奥赜。《文忠集》共收录近30篇乞祠奏状，其中包括多次丐祠不允的情况，这些乞祠文章有些是去意已决，有些是试探上意，有些是半推半就，心态不一，联系起来观察，则犹如大型联章组诗，勾连成了周必大宦海浮沉的晴雨表，展现了他面对朝局变化时或忧谗畏讥，或发扬蹈厉，或迟疑顾望，或刚勇任气的复杂心态。细品它们的措辞用语，结合周边文本分析，对其中细密幽眇的个人心曲、脆弱无常的人事关系、波谲云诡的朝堂政治，都可获得更深刻入微的认识。

（二）领祠诗文：政治失意时的心理宣泄

在写作乞祠奏状时，作者仍面临着多种结果的可能，怀着不同的心理

---

① 周必大：《御批丐祠不允奏并诏书跋》，《庐陵周益国文忠集》卷一四《省斋文稿》卷一四。

期待，行文也就表现出多样的变化，心态总体趋向相对复杂，文辞表达也有含蓄隐晦的一面；而在领祠之后写作的任祠表启（主要是谢表谢启），所表达出的心理则比较显性，主要是对既定事实的认同，失落遗憾或者轻松自在，都能较为明白地表露。任祠表启是南宋祠官文学书写的重要类型，出现了众多优秀的作品，如前文提及的《翰苑新书续集》卷三九"宫观类"收录的刘克庄七篇奉祠谢丞相启，都是优秀的骈文，其他南宋文学名家此类谢启亦不在少数。这些表启与乞祠奏状相比，文辞更讲究，藻饰更优美，更具有审美价值。周必大号为词臣之冠，本就是四六文高手，《鹤林玉露》即云"渡江以来，汪孙洪周，四六皆工"①。他的奉祠表启数量不多，然仍可见出一时心态与行文艺术。比如乾道元年十一月周必大续任台州崇道观，乾道二年（1166）作《再任宫观谢宰执启》：

> 三年去国，梦断朝参；再命奉祠，喜加堂帖。踪迹已沉于农亩，姓名尚录于朝廷。虽至冥顽，宁忘荷戴！伏念某禀资极陋，殖学不丰。本期久次于雠书，敢望骤深于载笔？冠沐猴于仗下，实愧水官；齿路马于君前，常忧山野。身非不遇，心自弗安。仰繄恤隐之施，俯遂投闲之请。年丰冬暖，无叹于饥寒；日迈月征，有惭于夙夜。曾经更之未久，而宠任之已加。博矣惠施，不忍偏悭于数子；大哉钧播，固应块圠于无垠。②

此时的周必大自隆兴请祠以来，早已寄情山水，周游名胜，诗酒酬唱，忘却了政治与朝局，《闲居录》一卷正是记载这段时期悠游生活的详细文本。所以在这篇谢启中，与乞祠奏状里那种战战兢兢相比，全无半点抑郁之气，而多有清通之辞，"踪迹已沉于农亩""本期久次于雠书"诸句，如联系此时所作诗歌如《青衣道人罗尚简论予命宜退不宜进，甚契鄙心，连日求诗为赋一首》等题来看，其中求退之意是真切无饰的。

从政治失意到获得心理的平衡，领祠谢启（表）常常具有情感宣泄的

---

① 罗大经：《鹤林玉露》丙编卷二"文章有体"，中华书局1983年版，第265页。
② 周必大：《再任宫观谢宰执启》，《庐陵周益国文忠集》卷二四《省斋文稿》卷二四。

先导作用。周必大在乾道八年奉祠，乃因孝宗震怒，所作《谢宫观表》就是一篇既带谢罪性质，又表谢恩态度，更见内心委屈的文本。比如他说："再兹妄发，可谓数奇。苏苏威命之行，岌岌孤踪之殆。晨趋凤阙，绾五组之光华；夕侣渔舟，被一襏之蓝缕。虽云去国，尚尔全生。"在"晨趋凤阙"与"夕侣渔舟"的对比之中，足见其无奈酸楚之感。又说："皇帝陛下御众以宽，退人以礼。纵负丘山之罪，不加斧锧之诛。姑使汰归，俾知循省。臣虚沾廪稍，实腼面颜。身在江湖，怅阙庭之浸远；心如葵藿，望天日以常倾。"① 则在在表现出作者接受处罚的诚意，但又饱含向往再起用的期待。这些复杂的情绪在谢表中都得到宣泄与慰藉。

如果说奏状表启中的情感表达方式因裹着政治外衣而略隔一层，那么诗歌唱和的情感则显性直露得多。奉祠因为带有贬谪色彩，所以朋友间的互相慰藉总是免不了的，梳理相关奉祠酬唱诗歌，大都在文人离京饯别之际，因为就奉祠过程来看，这个时段是最具仪式感、情绪最需要安顿的。在周必大的仕宦经历中，最先是以旁观者身份作诗安慰奉祠归乡同僚，最显著者有两例。

一是绍兴三十一年（1161）正月十日，周必大在秘书省正字任，同僚胡宪因论荐主战派张浚、刘锜被罢正字，主管台州崇道观以归。馆阁同僚汪应辰、王十朋、周必大等人赋诗相送，周作《胡原仲正字特改官除宫观，馆中置酒饯别，会者七人，以"先生早赋归去来"为韵，人各赋一首，仆得早字》②。周必大比胡宪年轻四十岁，原非同一辈人，而且此时的他涉及政事也较浅，与胡宪政治立场并不完全一致，所以诗中并未对时事有太多议论，只是以出处之道相勉励，以怀抱倾倒相鼓舞，以相思善祷相祝福。他在《籍溪胡先生宪墓表》记云："明年，原仲上书论事求去，天子待之良厚，缙绅皆荣其归。"③ 对待胡宪奉祠的整体态度是比较平和的。

---

① 周必大：《谢宫观表》，《庐陵周益国文忠集》卷一二二《历官表奏》卷一。
② 周必大：《胡原仲正字特改官除宫观，馆中置酒饯别，会者七人，以"先生早赋归去来"为韵，人各赋一首，仆得早字》，《庐陵周益国文忠集》卷二《省斋文稿》卷二。
③ 周必大：《籍溪胡先生宪墓表》，《庐陵周益国文忠集》卷三五《省斋文稿》卷三五。

二是同年春李浩（字德远）奉祠，周必大赠七言歌行《送光禄寺丞李德远得请奉祠》，所表达的情感则较上次强烈得多：

> 君家临川我庐陵，两郡相望宜相亲。长安城中初结绶，石灰桥畔还卜邻。扣门问道日不足，篝灯照夜论心曲。寸莛那许撞洪钟，跛鳖逝将随骥骛。闻君上书苦求归，君今岂是当归时。满朝留君君不顾，我虽叹息何能为。莫攀杨柳涛江岸，莫唱阳关动凄断。行行但祝加餐饭，潮落风生牢系缆。①

李浩与周必大同乡，立朝忠愤激烈，言切时弊，这次奉祠乃主动请祠，故有"闻君上书苦求归"之句，陆游《送李德远寺丞奉祠归临川》、王十朋《李德远寺簿敢言勇退，今之古人也，东嘉王某赋诗以高其行》都是为此而作，足见李浩当时声名满朝。周必大这首作品的情感力量，在他的作品中可谓上等，七言歌行体惯于唱叹多情，"两郡相望宜相亲""篝灯照夜论心曲""我虽叹息何能为""莫唱阳关动凄断"诸句更是热烈而真诚。

这两首为他人奉祠而作的诗歌，很能体现奉祠官员在情感慰藉上的共同指向，而周必大自己奉祠，周边文人因他而作的酬答之作，在其生命中也有特殊的意义与作用。《归庐陵日记》是周必大隆兴元年（1163）奉祠归乡写下的行记，从奉祠起因着笔，至抵达家乡为止，共记载了三个多月的行程，其中四月即载："甲子（四日），雨旋霁。骨肉登舟出城，予循城过北关就之。李平叔大监、陆务观编修、邹德章监丞、王致君判院、范至能省干携诗相送。"② 周必大携家属离京，朋友携诗相送，可惜我们已经找不到李端民、陆游、邹橒、王迷四位的诗作，唯有范成大《送周子充左史奉祠归庐陵》仍在集中：

> 黄鹄飘然下九关，江船载月客俱还。名高岂是孤臣愿，身退聊开

---

① 周必大：《送光禄寺丞李德远得请奉祠》，《庐陵周益国文忠集》卷二《省斋文稿》卷二。
② 周必大：《归庐陵日记》，《庐陵周益国文忠集》卷一六五《杂著述》卷三。

壮士颜。倾盖当年真旦暮,沾巾明日有河山。后期淹速都难料,相对犹怜鬓未斑。①

诗歌以送客离京起篇,颔联两句最是切题,"名高"与"身退"都是奉祠的结果,然前者并非主观所愿,后者却是可以料知的结果。颈联、尾联既叙及彼此感情,又以"鬓未斑"尚有再起之时相宽慰。可以推想,李、陆、邹、王诸人诗作亦当多以宽慰为主调。五人之中,陆游与周必大此时心境最为相似②,他此时也因反对龙大渊、曾觌而被外任通判建康府。陆诗虽佚,周必大的答诗《次韵陆务观送行二首》则俱存:

蓬阁虚生白,兰台汗杀青。英游迷岁月,神武动风霆。迁擢恩频忝,黔黎困未醒。空睎范蠡去,羞对浙江亭。

议论今谁及,词章更可宗。三年依玉树,一别送尘容。尽日寻山寺,思君傍塞烽。(自注:务观将赴京口。)五言何敢续,持用当缄封。③

全诗以赞扬陆游才能为主调,许其为"范蠡",赞其"议论"与"词章",而缺乏一般贬官送行的安慰。这也比较容易理解,因为陆游只是离京换任,而周必大自己则是奉祠里居,从仕途前程来看,此时的周必大似无安慰陆游的资格。

倘若从奉祠情感流露的真诚度来说,周必大写给从兄周必正的一首次韵诗可算典型之作。周必正(1125—1205),字子中,伯父周利见之子,比周必大年长一岁,二人性情相投,趣味相近,关系最密切,周必大晚年所称"二老堂"之"二老"正是指自己和周必正。周必正笃好诗文,与周

---

① 范成大:《送周子充左史奉祠归庐陵》,《范石湖集》,上海古籍出版社2006年版,第110页。

② 承许浩然先生告,周必大与陆游在绍兴三十一年至隆兴元年,同居百官宅,虽政见有异而交谊颇厚,参见许浩然《地理空间与交游场域——南宋临安百官宅考论》,《史林》2016年第1期。

③ 周必大:《次韵陆务观送行二首》,《庐陵周益国文忠集》卷三《省斋文稿》卷三。

必大多有唱和，隆兴元年奉祠归乡，周必正有诗相赠，惜已亡佚，周必大的酬答之作题《恩许奉祠子中兄重寄臣字韵诗再次韵》：

> 迂儒岂足助维新，日奉威颜谢主臣。可罢本非缘一事，致疑初不怨三人。弟兄有禄供温饱，畎亩何阶答圣神。此去读书真事业，向来正字误根银。①

诗题说得很清楚，请祠获准之后，周必正将此前一首"臣"字韵的诗再寄给周必大，周必大次韵回酬此作。这首诗是周必大正面表达奉祠心情的重要作品，全诗可谓句句指向奉祠事件。本诗开篇即自称为"迂儒"，并认为自己实在不堪辅佐孝宗亲政"维新"，而颔联所谓"可罢""致疑"之句则意味自己奉祠，根源不在他人，乃在个人性情与官场不合。颈联笔锋一转，回到从兄身上，言及兄弟二人从今只需一起居乡躬耕、读书，便足了此生。尾联的"根银"即"校鱼鲁，分根银"的"根银"，暗指自己当将全部精力用在读书之上，不再过问政治。与这首诗相呼应的，是一首题为《四禽》的作品，该作虽然没有正面提及奉祠，却可以断定乃是就奉祠事件而发：

> 人言百舌巧，暑至辄无声。不如鸠虽拙，四时知阴晴。提壶劝我饮，我醉谁解醒。布谷独可听，要当早归耕。②

诗中写到四种鸟，百舌、鸠、提壶、布谷，此作又作于奉祠之际，因而前两种的隐喻对象就实在太明显了，百舌即谄媚的朝臣，自己则为"知阴晴"的鸠，最后两联"醉"与"归"乃关键词，向世人表明了自己的价值取向与人生态度。如果我们将这两首诗与此后周必大的腾达仕途相对照，不免觉得周必大晚年已放弃了此时的书生意气，而更多地沾染了官僚

---

① 周必大：《恩许奉祠子中兄重寄臣字韵诗再次韵》，《庐陵周益国文忠集》卷三《省斋文稿》卷三。
② 周必大：《四禽》，《庐陵周益国文忠集》卷三《省斋文稿》卷三。

习气。然这两首诗确实表达了第一次任领祠官的周必大此时内心最为真实的一面，即面对官场的尔虞我诈，自己只求全身而退，失意、不平之感亦交杂其中。较之那些奏札之作，此诗情绪虽显消极，却不乏性情真率的一面，正是在政治失意中获得心理平衡的必然举动。

从整体风格来说，周必大诗歌缺乏一种澎湃的情感表达和机敏的叙事策略，特别是与同时的陆游、杨万里相比，这种缺点更为突出，他的诗作雍容平和有余，而藻思波澜不足。同僚奉祠，他写诗相赠是如此，自己领祠时的酬唱之作风格也大体近似，但其中所透露的身份认同之感，却仍比较强烈。领祠之际所作诗歌的眼光与立场许多时候乃将他者与自我相融合，基调多为安慰与鼓励，在赠人的姿态中完成自我情感的慰藉。这种不分彼此的情感表达模式背后，其实是作者对祠官身份的感同身受，我们从中可以看到，领祠时的诗歌酬答是士人们情感涤荡、宣泄的重要途径，促成了他们在审美趣味、艺术风格、淑世怀抱上的交流，由此获得共同的精神归属感。这也同时为我们认识南宋士大夫的精神世界，提供了别样的窗口。

（三）归祠里居：庐陵地域诗人群体的聚合契机

在讨论祠禄制度与地域诗人群体形成关系时，我们曾经提出："地域性诗人群体的聚合，固然在于多方面因缘际会的促成，就南宋来说，隐在的地域——家族网络就是一个重要的依附条件，而同样重要的是核心文学家的凝聚力。"又认为"祠禄制度下的文学家主盟地方，成为一股不可忽视的文学凝聚力量，在南宋多层次的网络性、块状化文坛中显得颇为重要"。[①] 士人们奉祠里居后的诗文创作，自然不必也不可能处处体现出他们的祠官身份，但是共同的乡居却正是孕育地域诗人群体最基础、最重要的时空条件。作为祠官的周必大，在庐陵地区士人群体的离合聚散中也发挥了核心作用，至少有两个地域诗人群体在他前后两次奉祠时显现出来。一个是以胡铨、周必大为核心的乾道年间庐陵诗人群体，一个是以周必大、杨万里为核心的庆元年间庐陵诗人群体。这两个不同时期的地域诗

---

① 参前揭《南宋祠禄官制与地域诗人群体：以福建为中心的考察》。

人群体的出现，所依赖的正是核心文学家周必大、胡铨、杨万里的奉祠归乡，他们三人均具有重要的政治影响力和出色的文学创造力，一旦稳定里居，即有凝聚众人之效。以下我们试对这两个群体的聚合概貌略作勾勒。

周必大与两个人的唱和频次最高，一是上文提及的从兄周必正（子中），唱和之作有30余题40余首，另一位则是同样奉祠居乡的胡铨（邦衡），酬唱诗作更是多达30题近50首。这在周必大现存的800余首诗中所占比例很突出。这两位诗友，前者算是隐在的地域——家族网络成员，后者则正是奉祠归乡的核心文学家。胡铨（1102—1180）与周必大虽同是庐陵人，但胡比周大二十四岁，在同时奉祠里居之前并无交往①。周必大于隆兴元年（1163）奉祠归居庐陵直至乾道六年（1170），而胡铨则自隆兴二年（1164）闰十一月始提举太平兴国宫，奉祠里居②。两人目前最早相涉之作乃《访胡邦衡庭前四菊茂甚因赋二绝》，题下注"乙酉十月"则已是乾道元年十月事。此前，周必大与胡铨侄子胡维宁（字季怀，1123—1170）相识，且多有唱和，如《道中忆胡季怀》（绍兴二十二年）、《抵苏台寄季怀》（绍兴二十三年）等作。乾道元年六月，周必大作《胡季怀有诗约群从为秋泉之集，辄以山果助筵戏作二叠》诗，他与胡铨的订交，极可能就在此次雅集。自此以后，二人及周边士人多有唱和。周必大记载胡铨说："士子投献，必用韵酬答，虽百韵犹然，盖愈多而愈工。"③可见胡铨不只是一位主战的名臣，还是一位充满诗兴的文人。可惜的是，胡铨、胡维宁及其他师友的作品都没有留存下来，我们仅能从周必大诗集中略窥一斑，兹将其中有代表性的几次酬唱诗题按时间分组，罗列如下：

---

① 关于周必大与胡铨的交往概况，可参考前揭邹锦良《周必大生平与思想研究》第四章（第210—216页）及李光生《周必大研究》第三章（第86—91页）。
② 胡虡《胡忠简公年谱》（贵阳中央日报社1945年版）仅记隆兴二年"闰十一月，公与尹穑并罢"。《宋史》本传则记"久之，提举太平兴国宫"，由此推知此年闰十一月胡铨奉祠归乡。
③ 周必大：《跋胡忠简公和王行简诗》，《庐陵周益国文忠集》卷四七《平园续稿》卷七。

《顷创棋色之论，邦衡深然之，明日府中花会，戏成二绝》丙戌二月十六日

《二月十七日，葛守、钱倅出所和胡邦衡羊羔酒诗，再次韵简二公》丙戌

《戊子岁除，以糊代酒送邦衡，邦衡以诗见戏，仍送牛尾狸次韵》
《邦衡再送二诗，一和为屠酥，二和牛尾狸》己丑正月十日

《胡邦衡生日，以诗送北苑八铐日注二瓶》己丑六月三日
《邦衡再和次韵》己丑六月六日
《邦衡侄季怀亦惠二诗，再次韵二首，一颂其叔侄之美，一解季怀生日不送茶之嘲》同前

《邦衡再送皇字韵诗来次韵》癸巳闰正月二十四日
《又次邦衡长子泳总干韵》癸巳
《又次邦衡族侄长彦司户韵》癸巳

这些诗都是在相关雅集活动中唱和写作的，除了周必大、胡铨，第一组还涉及葛守、钱倅①，这两位在周必大其他诗文中也曾多次出现，如《十二月二十二日葛守送羊羔酒戏占小诗》《葛守坐上出点绛唇道思归之意走笔次其韵》《答钱倅五月旦问候启》《转官回钱倅状》《戏答钱倅》等作品均是；第三组多出胡维宁，周必大里居时期与胡维宁的唱和陡增；第四组则有胡铨子胡泳、族侄胡长彦，周必大集中尚有《次胡长彦司户韵为其生日寿长彦新授桂椽》《次张钦夫经略韵送胡长彦司户还庐陵》等作。可见，一个以胡铨、周必大为核心，胡氏家族成员胡维宁、胡泳、胡长彦等为羽翼，以地方官吏葛守、钱倅为辅助的庐陵诗人群体呼之欲出。耐人

---

① 据笔者考订，"葛守"当为葛立象，字像之，江阴人，葛次仲子。周必大《庐陵周益国文忠集》卷二〇《葛亚卿庐陵诗序》即云："隆兴甲申，公子右朝奉大夫立象来守此邦。""钱倅"当为钱稚先，周必大《庐陵周益国文忠集》卷二七有《回吉州倅钱稚先启》。

寻味的是，周必大与胡铨两人在重大的政治问题上是存在分歧的，胡铨为主战派干将，一生从未放弃恢复故土的理想，而周必大则与主和派关系密切，在对金态度上有游移的一面①。不可否认的是，胡铨长周必大二十四岁，周对胡多有敬仰之情，他们的乡邦之谊更是冲淡政治分歧的主要原因，而另一个潜在的关系，即彼此的祠官身份认同恐怕也是不可忽视的作用因子。恰是祠官身份让两个年龄相差很大的庐陵人杰共聚乡间，在日常的饮酒、赏花、品茶、弈棋、庆寿、酬诗之中找到了情感共鸣，彼此的政治分歧由此得以搁置。

另一地域诗人群体的出现，是周必大庆元元年奉祠归乡时。在周必大的乡邦酬唱作品中，有一首比较特别，也很能表明周必大祠官书写的丰富性以及退居庐陵的闲居雅兴，那就是在杨万里罢祠时的次韵之作。周必大与杨万里早年即已相识，二人酬唱赠答的诗文，两人性格虽不相同，周必大有他稳重圆熟的一面，杨万里性格却比较刚直，但私交一直较好②。两位庐陵同乡在晚年的交往更是频繁，常有诗书酬答，现存周必大诗集中26首给杨万里的诗，有24首是六十岁以后写的，《鹤林玉露》"二老相访"条就记载了两人诗歌酬唱的生动场面。③ 庆元元年（1195），也即"党禁"前夕，周必大以醴泉观使的祠官身份里居在乡，六十九岁的杨万里也以提举万寿宫的祠官身份在庐陵。四月，杨万里祠官任满，作《四月二十八日祠禄秩满喜罢感恩进退格》：

> 随牒江湖四十年，寄名台阁两三番。全家廪食皆天赐，晚岁祠官是地仙。匹似分司转闲散，也无拜表及寒温。明朝更省毛锥力，十字名衔尚请钱。自注：白乐天得分司官，作诗夸拜表、行香、寒温之外并无职事；未知今日祠官，并行香、拜表，亦皆不赴。予以中大夫、

---

① 参许浩然《诗学、私交与对金态度——胡铨、周必大的乡邦唱和》，《井冈山大学学报》2015年第2期。

② 关于周必大与杨万里的交往，参见李光生《周必大与杨万里政治关系考辨》（《上饶师范学院学报》2010年第5期）、邹锦良《杨万里与周必大交谊考论》（《井冈山大学学报》2011年第6期）、杨瑞《周必大与杨万里交游考述》（《西南交通大学学报》2013年第5期）等。

③ 罗大经：《鹤林玉露》乙编卷五"二老相访"条，第210—211页。

秘阁修撰提举隆兴府玉隆万寿宫，辞满，系阶遂省十字云。①

此时的杨万里提举万寿宫已无贬谪之感，而多有"佚老优贤"遗意，他在诗中以一贯的调侃笔法说自己"晚岁祠官是地仙"，并不无自豪地与白居易分司官作比，说与分司官一般闲散，但连分司官的拜表、行香、寒温等一律省却。祠禄一罢，还省却了用笔多写"十字名衔"的工夫，所谓"十字名衔"即"提举隆兴府玉隆万寿宫"十字。这首诗一反祠官诗歌中常有的失落与不满笔调，而将罢祠写得值得庆贺。周必大读后即作《廷秀用进退韵格赋奉祠喜罢感恩诗次韵》：

> 寿宫均逸跨三年，谏纸停书剩几番。闻道君王开献纳，岂容公子散神仙。
>
> 东华行踏京尘软，南涧休贪钓石温。三字底须论十字，券钱何似给餐钱。自注：来诗云十字名衔尚请钱。按外任及官祠随衙官支券钱，在内侍从职事官则给职钱食厨钱。②

周必大也回之以诙谐笔法，言及祠官罢了，尚有可能"君王开献纳"，仍会被召回朝廷为官，祠官的"券钱"变成了职官的"给餐钱"。周必大与杨万里归乡之后，这种既将祠官身份逐渐看淡，又以此为契机呼朋引伴、诗酒酬酢的做派，越发显示出二人在晚年奉祠期间淡化政治、强调私谊的趋向。从两人诗集中，我们可以钩稽出在他们周边聚集的如周必正（子中）、胡涣（季亨）、王子俊（才臣）、萧伯和、萧仲和以及庐陵的地方官员等一批共同诗友，是又一庐陵诗人群体。

总之，作为祠官的周必大归乡里居，利用充裕的时间写作、刻书，凭借自身的凝聚力和影响力，既带来了诗文创作和地方文化建设事业的丰

---

① 杨万里：《四月二十八日祠禄秩满喜罢感恩进退格》，《杨万里集笺校》第4册，中华书局2007年版，第1901—1902页。

② 周必大：《廷秀用进退韵格赋奉祠喜罢感思诗次韵》，《庐陵周益国文忠集》卷四一《平园续稿》卷一。

收,也带动了周边文友的酬唱雅集。周必大与其他具有祠官身份的士人相聚合,更是多种力量激荡,促进了庐陵地区的文学活动,丰富了南宋祠官文学的创作风貌。

三 祠官文学与南宋文人的心灵世界

上文从乞祠之时、领祠之际、归祠之后三个时段,以奏状、表启、诗歌等文体的创作,结合奉祠者和他者两个身份,阐述了周必大祠官文学的主要内容与基本结构。此外,像奉祠归乡的行记创作、代皇帝起草的他人奉祠"不允诏",以及讨论祠禄制度的奏章等,在周必大的文集中也有体现,但这些文体要么与奉祠心态关系不够密切,要么内容不多,就不再细谈。

在我们看来,政治制度对文学的影响,至少有三个重要绾合点:一是制度与文体形态,有些制度的设置,会催生新的文体,如设置官员弹劾制度就必定有相应的弹劾文产生,劝农制度则对应着劝农文的发展,科举制度所要求的考试文体更是典型;制度的新设,有时还会促进原有文体的变化与兴衰,比如唐代著作郎制度变迁带来碑志文的变化,宋代词科制度与四六文的发展也有关系。二是制度与文学空间,有些制度会促使文人进入特定的空间,而这些特定空间的存在,又常常意味着文人生活方式较之往常的转变,比如科举锁院制度带来的封闭空间创作、交通制度带来的风景转换、游幕制度促使文人走向边塞与地方等,都会因空间而改变文人的眼界、趣味、交游,从而影响文学创作的题材、意象乃至表达体裁的选择等。三是制度与文人心灵,有些制度是直接作用于文人心灵的,它们的设置、运作会造成文人心态的直接转变,贬谪制度就是明证。它将士人排除在中心、群体、政局之外,改变他们的心理状态,冲击他们的心灵,进而影响他们的文学精神。以上这三者当然并不是非此即彼的关系,而是相互依存、相互渗透,共同作用于文学。本文所要讨论的祠官文学,就是在祠禄制度影响下的特殊文学景观。祠禄制度在某种程度上类似于贬谪制度,它也是通过作用于文学空间与文人心灵的路径影响文学生态结构与文学创作面貌。从文学空间来说,我们以祠禄制度促成福建地域诗人群体形成为例①，已作了一定探讨，兹不再述。从根本上说，祠官文学还是一种独特心态的体现，是我们观察南宋文人心灵世界的一扇窗口。

这里不妨再以陆游和朱熹的两首诗歌略作申说。

陆游一生奉祠时间甚长，他在晚年时常感叹自己的仕宦遭遇，说"平生扬历半宫祠"（《自嘲》）②、"五侍仙祠两挂冠，此生略有半生闲"（卷六二《夏日感旧四首》其二，第3546页）、"宦游强半是祠官"（卷七一《剪牡丹感怀》，第3951页），反复表达他的祠官身份。陆游最长的奉祠经历，是绍熙元年（1190）至庆元四年（1198），其间连续提举武夷山冲祐观。至庆元四年九月，秩将满，七十四岁的陆游决定不再请祠，为此，他自入秋后连续写了多首诗作，准备告别祠官身份与祠禄收入，所谓"扫空祠禄吾何欠，陋巷箪瓢易属厌"（卷三八《新作火阁》，第2430页）之类。其中有一首《病雁》引人关注，题下注："祠禄将满，幸粗支朝夕，遂不敢复有请，而作是诗。"诗云：

　　芦洲有病雁，雪霜摧羽翰。不辞道路远，置身湖海宽。稻粱亦满目，鸣声自辛酸。我正与此同，百忧双鬓残。东归忽十载，四忝侍祠官。虽云幸得饱，早夜不敢安。乃知学者心，羞愧甚饥寒。读我病雁篇，万钟均一箪。（卷三七，第2418页）

这首诗的写作背景是明确的，其象征寓意也非常明显。作者以病雁自况，而之所以有此感慨，皆因"四忝侍祠官"，虽然能够获得一定的经济收入，"虽云幸得饱"，但是报国无门，理想落空，仍只能似病雁一般"鸣声自辛酸"罢了。不复请祠的现实，促使他不断地回顾、反思自己多年奉祠的经历，"百忧双鬓残""东归忽十载"，奉祠里居带来的痛苦与失落，此时全部迸发出来。这首诗充分体现出陆游对祠官身份的矛盾态度，是我

---

① 参前揭《南宋祠禄官制与地域诗人群体：以福建为中心的考察》。
② 陆游：《自嘲》，《剑南诗稿校注》卷五二，上海古籍出版社1985年版，第3089页。以下随文注。

们体察其晚年心理的重要作品之一。

另一位长期领任祠官的南宋文学家是朱熹。朱熹一生虽怀抱天下却与政治中心相疏离,他历主南岳庙、崇道观、冲祐观、云台观、鸿庆宫等,借助祠禄收入兴办书院、讲授学问。清代夏炘即云:"(朱熹)归即杜门食贫,不仕者二十年。每朝廷授官进秩,稍不以道,便辞谢退避。其所以养亲读书者,惟恃朝廷之祠禄耳。此区区祠禄,在廊庙有养贤之恩,在朱子无伤廉之取。"[1] 将朱熹经济依赖祠禄的事实揭示出来。朱熹每每为请祠而致书朝廷,如乾道五年(1169)就反复给汪应辰去信,希望能斡旋准祠,云:"熹近拜手启,并申省状,自崇安附递,恳请祠禄,不审已得彻台听否?"[2] 其心情可以想见。淳熙十二年(1185)《与刘子澄》云:"熹又三四日,祠禄便满。前日因便已托尤延之为再请,势必得之。"[3] 亦言及托尤袤请祠之事。诸如此类往复请求他人帮助以获得祠禄的文书,在朱熹集中频繁可见。其中很特别的一封,是淳熙十四年(1187)给刘清之(字子澄)的书信,其文不但提到"云台将满"(即提举云台观到期),另改新命提举鸿庆宫,而且录有绝句一首:

昨日拜鸿庆敕,偶得一绝云:"旧京原庙久烟尘,白发祠官感慨新。北望千门空引籍,不知何日去朝真?"年衰易感,不觉涕泗之横集也。[4]

这首七绝在朱熹诗集中即题作《拜鸿庆宫有感》,它与一般的奉祠诗歌表现出非常不一样的情感旨归。全诗并未感叹自己的奉祠人生,而是以自己奉祠鸿庆宫,引起收复故土的思绪。鸿庆宫位于当时的南京(今河南商丘),原为宋太祖所建赵宋宗庙,真宗时供奉太祖、太宗、真宗塑像,

---

[1] 夏炘:《记朱子屡请祠禄》,《述朱质疑》卷一六,《续修四库全书》子部第952册,上海古籍出版社1996年版,第146页。
[2] 朱熹:《答汪尚书书》,《晦庵先生朱文公文集》卷二四,《朱子全书》第21册,第1098页。
[3] 朱熹:《与刘子澄》,《晦庵先生朱文公文集》卷三五,《朱子全书》第21册,第1547页。
[4] 朱熹:《与刘子澄》,《晦庵先生朱文公文别集》卷三,《朱子全书》第25册,第4892页。

是一个具有王朝象征意义的宫观。南宋之时，鸿庆宫已在金国统治区。从祠禄制度的规定来说，朱熹自然不必实地上任，但此时提举鸿庆宫，在国家"恢复"的大背景下，主战的朱熹不免"北望千门"而"涕泗横集"。在奉祠作品中，表现出对南宋"恢复"大业的感慨，这是大量南宋祠官作品中较为罕见的，在朱熹的诗歌中也颇显特别。

明人崔铣曾指出"宋之祠禄，始也奸臣以置元老，终也儒者以当辟地"[①]，祠禄制度最终成了南宋士人的政治避风港，士人们在此制度的庇护之下开展大量文学学术活动，这种特殊环境下创作的作品也呈现出心灵世界的异样色彩，并与他们整体的文化性格遥相呼应。陆游和朱熹的这两首诗作，不过是南宋士人大量祠官文学作品中的代表，我们如将这些作品都辑录出来，结合具体历史语境，必定可以加深我们对南宋文学家心态的认识。而在周必大的祠官文学作品中，鲜有陆游长期奉祠后不复请祠的矛盾心理表达，也没有朱熹借奉祠的机会感叹故土恢复无望的愤懑与遗憾。他们三位各具面貌的奉祠心态，启示我们南宋祠官文学的丰富性仍有待进一步深入探索。

---

① 崔铣：《述言上》，《士翼》卷一，《景印文渊阁四库全书》本，第714册，台湾商务印书馆1986年版，第463页。

汉诗、雅集与汉文化圈的余韵：
1922年东亚三次赤壁会考论

南京大学文学院　卞东波

一　引言

　　东坡生前身后都受到当世和后世，甚至域外人士的喜爱，这种喜爱有一种特殊的表现形式就是东亚地区举办的"寿苏会"和"赤壁会"。所谓"寿苏会"，就是在东坡生日这一天，举行祭拜活动以纪念东坡。所谓"赤壁会"则是模拟东坡元丰壬戌七月既望的赤壁之游，举行游赏活动。当然"寿苏会""赤壁会"不仅仅是单纯的仪式性活动，其实质是一种集诗歌创作、书画欣赏及文物鉴赏为一体的高品位文人雅集。中国"寿苏会"在清代中期就已经流行，清代学者宋荦、毕沅、翁方纲等人都举办过寿苏活动[1]。

　　同属东亚汉文化圈的日本在江户时代和近代都举办过多次"寿苏会"和"赤壁会"。江户时代，被称为"宽政三博士"之一的柴野栗山（1736—

---

[1] 有关清代寿苏活动的研究有魏泉《翁方纲发起的"为东坡寿"与清中叶以后的宗宋诗风》，《清代文学研究集刊》第一辑，人民文学出版社2008年版，第140—180页（又参见魏泉《士林交游与风气变迁——19世纪宣南的文人群体研究》，北京大学出版社2008年版）。张莉《清代寿苏活动的开端》，《清代文学研究集刊》第六辑，人民文学出版社2013年版，第60—72页。

1807）"常钦慕苏公，壬戌夕会诸名士"①。从宽政十二年（1800）开始，一共举办了三次赤壁会。日本近代最有名的"寿苏会"是尾雨山（1864—1942）在大正、昭和年间举办的五次寿苏会（1916、1917、1918、1920、1937）。这几次"寿苏会"都留下了文字资料，即《乙卯寿苏录》《丙辰寿苏录》《丁巳寿苏录》《己未寿苏录》《寿苏集》，这些文献都已经收录到池泽滋子所编的《日本的赤壁会和寿苏会》一书中了②。大正十一年（1922）是东坡壬戌赤壁之游后的第十四个甲子，纪念意义重大，日本文人学者对此颇为重视，在各地举办了多个"赤壁会"，尤以长尾雨山等人在当年9月7日（阴历七月十六）组织的京都赤壁会最为轰动，影响也最大，但大正十一年的京都赤壁会没有留下成集的文字资料③。最近笔者在哈佛燕京图书馆读到奥村竹亭刻印的《赤壁赋印谱》一书，正是本次赤壁会留下的文字资料，弥足珍贵。1922年的同一天，侨居中国大连的日本汉诗人田冈正树（1861—1936）组织大连浩然、嘤鸣两大诗社的中国、日本三十余位诗人聚会吟诗，以继赤壁雅游之会。会后，田冈正树还征稿于中国、日本诸多未与会的汉诗人，最后得诗百首，编为《清风明月集》一书。《清风明月集》因为是在大连编印的，故在日本收藏比较少，海内外只有大连图书馆、哈佛燕京图书馆等少数图书馆有收藏，笔者有幸在哈佛燕京图书馆读到《清风明月集》。同一天，在东京芝山红叶馆也举办了一次赤壁会，事后编成一部汉诗集《壬戌雅会集》。《赤壁赋印谱》《清风明月集》《壬戌雅会集》是笔者发现的三部关于1922年中日两国赤壁会的新资料，通过阅读这三部日本汉籍，结合其他相关史料，庶几可以让我们部分还原出近百年前，在相同的时间，不同

---

① 角田简：《续近世丛语》卷二《文学上》，弘化二年（1845）东京冈田屋嘉七刊本，叶23b。

② 池泽滋子编：《日本的赤壁会和寿苏会》，上海人民出版社2006年版。池泽滋子《日本的赤壁会和寿苏会》言："从现存的资料中可以知道，江户时代以后，明治大正时代，除了长尾雨山以外还有一些人举办赤壁游。相反，在长尾雨山以前，为了祝贺苏轼生日在阴历十二月十九日举办寿苏会的资料很少见。"载《日本的赤壁会和寿苏会》，第13页。

③ 关于此次赤壁会最重要的文献是长尾雨山长子长尾正和所写的《寿苏会与赤壁会》（上、下），载《墨美》1974年第252、253号。原文为日文，中译摘抄本见池泽滋子《日本的赤壁会和寿苏会》，第222—236页。

的空间，日本的京都、东京，中国的大连同时举办的这三次文人雅集的盛况。

二　赤壁之游乐未央：1922年的京都赤壁会及其发起者

大正十一年（1922）9月7日（阴历七月十六日），是苏轼赤壁之游后的第十四个"壬戌既望"，长尾雨山等人在日本京都府南宇治桥西万碧楼举办赤壁会，以仿苏轼元丰五年（1082）壬戌岁七月既望的赤壁之游，这次赤壁会既是前几次寿苏会的延续，也是江户时代以来，日本文人"赤壁之游"的延续。在这次赤壁会前一年大正十年（1921）的8月，长尾雨山就提前向诸友发出了邀请：

> 宋东坡先生苏轼，元丰五年壬戌岁七月既望、十月望两次游赤壁，赋前后《赤壁赋》以来，泛舟看月的千秋美事由其灵笔在艺苑里流传下来，在文坛里朗诵二赋，余韵不尽，高风堪挹。我辈久佩其雅藻，钦其超怀。今年正值东坡赤壁游后第十四次壬戌，因此招募志同道合的人，希望在九月七日即阴历既望在洛南宇治清溪泛舟，与文雅诸贤追拟当年的仙游。期望各位光临，尽兴地欣赏江上清风，畅享举匏樽、挟飞仙以遨游的情趣。①

本次赤壁会与此前所办的寿苏会有一些不同，不但本次雅会提前一年启动，而且还充分利用了媒体的力量加以宣传，使之成为一次广受关注的文化事件。本次赤壁会的发起人中就有很多人从事媒体工作，如本山彦一当时正是《大阪每日新闻》的社长。除了在《大阪每日新闻》上预先刊载通知外，1922年9月6日还刊载了长尾雨山和内藤湖南题为《赤壁雅游》的长篇谈话录，为第二天即将举办的赤壁会造势。内藤湖南又在9月6日的《大阪每日新闻》发表文章，写道："因此借用东坡的想法来看，即是

---

① 长尾正和：《寿苏会与赤壁会》，见池泽滋子《日本的赤壁会和寿苏会》，第229页。原为日文，此处对所引译文略有修改。

东坡的'赤壁'在黄州，我们的'赤壁'在宇治也无所谓。"① 黄州在长江之畔，而宇治则在诞生《源氏物语》的宇治川之畔。长尾雨山的邀约得到当时各方文人学者的响应，最后出席的人数竟然在300人左右，大大超过了前几次寿苏会的规模。虽然期间因为突然遇雨，出了一些混乱，同时也受到一些非议，但总体而言，这次雅集还是圆满结束②。关于这次赤壁会的目的，长尾雨山在8月28日的《京都日日新闻》发表讲话说："《赤壁赋》不仅是记事的文章，而且包括东坡的人生观，是富有诗意的感叹，因此使后代文人向往……赤壁会雅集的主旨只不过是向往文艺的我们，怀念古人写名篇的来由，给只追求名利的社会以一服清凉剂。"③ 这也是针对大正时期社会风气的有感而发。

大正十一年的京都赤壁会可以说是大正时期日本汉学界、书画界、鉴赏界、文物界、收藏界的一次大集结，一次盛大的文化雅集。本次赤壁会的参与人员，突破了前几次寿苏会仅限于关西地区的局限，扩展到关东的东京等地。本次赤壁会的发起者有：

东京：犬养毅（木堂）、国分高胤（青崖）、西村时彦（硕园）、牧野谦次郎（静斋）、菊池长四郎（惺堂）、山本悌二郎（二峰）、黑木安雄（钦堂）、榊原浩逸（铁砚）、田边为三郎（碧堂）。

大阪：矶野惟秋（秋渚）、本山彦一（松阴）、小川为次郎（简斋）。

奈良：林平造（蔚堂）。

冈山：坂田快太郎（九峰）、荒木苍太郎（看云）、柚木梶雄（玉村）。

广岛：桥本吉兵卫（海鹤）。

香川：大西行礼（见山）。

京都：富冈百炼（铁斋）、山本由定（竟山）、内藤虎次郎（湖

---

① 长尾正和:《寿苏会与赤壁会》，见池泽滋子《日本的赤壁会和寿苏会》，第232页。
② 同上书，第230、235页。
③ 同上书，第231页。

南)、狩野直喜(君山)、铃木虎雄(豹轩)、大谷莹诚(秃庵)、三浦丰二(梅痴)、奥村直康(竹亭)、长尾甲(雨山)。[①]

可见发起者皆为当时汉学界、文化艺术界的一时之选。

日本近代几次寿苏会、赤壁会的核心人物是长尾雨山，他尝自称有所谓"东坡癖"。长尾甲，字子生，号雨山，又号石隐、无闷道人、睡道人，通称槙太郎。香川县人。明治、昭和时期，日本汉学家、书画家和篆刻家。明治二十一年（1888），东京大学文科大学古典讲习科毕业后，与冈仓觉三共同为设立东京美术学校而努力，并创办了美术杂志《国华》。明治三十二年（1899），任东京高等师范学校教授、东京大学文科大学讲师。明治三十五年（1902），退休后，居住在上海，任商务印书馆顾问，从事中等教科书的编纂工作。并成为西泠印社早期的会员[②]。大正三年（1914）回国，定居京都。与清朝驻日公使黎庶昌，书记官郑孝胥，以及吴昌硕、罗振玉、内藤湖南、狩野直喜、犬养毅、副岛种臣等当时一流学者交往。曾任平安书道会副会长、日本美术协会评议员。著有《中国书画话》《雨山先生遗作集》等。他是日本近代几次寿苏会、赤壁会的主要发起人，编有《丙辰寿苏录》（1918）、《寿苏集》（1937）等。

另一位核心人物是富冈百炼（1837—1924），字无倦，号铁斋，别号铁人、铁史、铁崖，通称猷辅，后又称道昂、道节，京都人。明治、大正期的文人画家、儒学家。早年，从大国隆正（1793—1871）学习国学，从岩垣月洲（1808—1873）学习汉学、阳明学、诗文。文久元年（1861），至长崎游学，接受长崎南画派的祖门铁翁（1789—1871）、木下逸云（1800—1866）、小曾根乾堂（1828—1885）等人的指导。幕末与勤王者交往，为国事奔走。曾任私塾立命馆教员、京都市美术学校教员。所画之画以中国古典题材为主，其作品主要收藏于兵库县宝塚市的清荒神清澄寺的"铁斋美术馆"和西宫市的"辰马考古资料馆"，其为帝室技艺员、帝国美术院

---

① 长尾正和：《寿苏会与赤壁会》，见池泽滋子《日本的赤壁会和寿苏会》，第229页。
② 参见杉村邦彦《西泠印社早期日籍社员长尾雨山研究》，载《孤山印证——西泠印社国际印学峰会论文集》，西泠印社出版社2006年版，第407—453页。

会员。代表作品有《山庄风雨图》《阿倍仲麿明州望月图》《苏子会友图》《蓬莱仙境图》等，编有画集《铁斋画剩》（1913）、《百东坡图》（1922），画帖《米寿墨戏》（1923）、《铁斋翁遗墨集》（考槃社编，文华堂书店，1925）。富冈铁斋画有多种与《赤壁赋》有关的绘画。

寿苏会的参加者基本都是关西京都、大阪地区的诗人学者，而赤壁会的发起人已经扩大到了关东的东京，中部地区的广岛、冈山等地。地域的扩大，不但标志着有新的参与者的加入，也象征着关西地区的寿苏活动已经引起了日本全国的注目，这次赤壁会也成为全国性的文化事件。除京都之外，来自东京的学者最多，而连接东京学者与京都学者的桥梁便是长尾雨山，他早年曾在东京任教，晚年则定居在京都，他在东京和京都积累了大量人脉。寿苏会的参与者基本都是汉学家、汉诗人、书法家、篆刻家，而赤壁会的发起人的身份，更增加了政治人物、实业家、银行家、医师、僧侣、媒体人士等，显示了赤壁会参与阶层的广泛，也表现出日本大正年间，日本社会各界对汉学、对汉文化的兴趣还没有完全消退。

大正十一年的日本赤壁会表面上是模仿东坡壬戌既望的赤壁之游，实际上是大正时期汉学家的一次雅集和文化界爱好中国文艺者的一次大集结。这次赤壁会将当时的这些第一流人物集结在一起，但实际上这些人物之间就有很多交集，这些交往不仅仅是行动上的交游，更多的是文化的互动，如参与共同的学术组织。这些文人学者不少人是斯文会、东亚学术研究会的成员。斯文会成立于明治十三年（1880），旨在复兴儒教孔学，《斯文学会报告书》第7号（1882）刊载三田称平《汉学改正论大意》云：

> 余尝欲矫汉学之弊习，乃曰天地间何教不崇人伦之道，圣人人伦之至也。孔子之学是而已。然今世称汉学者，但为知文字之具，而不复顾实用。其为世害，亦非浅鲜也。……不用汉学支那学之名，直称孔圣学。

斯文会在明治十三年六月六日成立之时，京都赤壁会参与者坂田快太郎的叔父阪谷朗庐就参加了开幕仪式。斯文会会员分为荣誉会员、特别会员、赞助会员,京都赤壁会的发起者狩野直喜、黑木安雄、西村时彦、牧野谦次郎、内藤湖南都是特别会员。东亚学术研究会(1910—1918)是当时另一个汉学研究组织,该会的宗旨为研究中国之学术,研究东亚诸国之文物,期资国民智德之发达。内藤湖南、黑木安雄都是该组织的评议员。东亚学术研究会发行机关刊物《汉学》(东亚学术研究会编,育英舍1910年起出版),在《汉学》第一卷第一号上刊有黑木安雄所作的汉诗《祭诗龛招饮同玉田蓄堂赋》,第二号(1910)上登载了长尾雨山的汉诗《石隐歌》,第三号上刊载了《来自北京大学校长罗振玉有关殷代新发掘的通信》(《北京大學學長羅振玉氏より殷代遺物新發掘に就ての通信》),第六号发表了黑木安雄《从艺术方面看石碑》(《藝術上より見たる石碑》),第八号上刊载了《口绘苏东坡像及书》。第二卷第三号发表西村时彦的《文明版大学之原本》(《文明版大學の原本》),第六号发表了黑木安雄的《墨话》(《墨の話》)以及西村时彦的汉诗。以上诸人皆为京都赤壁会的发起人。斯文会与东亚学术研究会都是以研究汉学为中心的组织,他们能共同参与这些机构,应该是基于相同的学术理念。

他们还为文友的诗集、画册、书法集作序、题签。矶野惟秋的《玉水题襟集》有长尾雨山、内藤湖南之序,书名亦由长尾雨山题签。柚木梶雄的《双璧斋琐谈》有内藤湖南的序。田边碧堂的《碧堂先生画观》有国分青崖的题诗,以及长尾雨的序。碧堂的汉诗集《改削碧堂绝句》也有国分青崖的序。汉诗人镰田玄溪(1818—1892)《玄溪遗稿诗文钞》(1935),由田边碧堂编选,而由柚木梶雄出版。他们之间还互相赠诗,内藤湖南有诗《送田边碧堂柚木玉村同舟游禹域》[①]。

总之,赤壁会的参与者表面上是松散的群体,实际上他们都有共同的学术理念、共同的艺术品味以及相似的文艺修养,这也是赤壁会能够举办的很重要的因素。

[①] 内藤湖南撰,印晓峰点校:《内藤湖南汉诗文集》,广西师范大学出版社2009年版,第26页。

三　浑在雕虫篆刻中：奥村竹亭 《赤壁赋印谱》与京都赤壁会

1922年京都赤壁会不仅是一次"雅游"，而且是一次高品位的艺术鉴赏活动。长尾雨山收集了大量与《赤壁赋》及东坡有关书画文物，供参加者欣赏，长尾正和《寿苏会与赤壁会》对此有详细的记载：

<blockquote>
本部的菊屋（万碧楼）二楼，在台上摆着明代河南窑东坡像，以祭奠苏东坡。旁边挂着明陈老莲《苏长公像轴》、明曾波臣《东坡采芝图轴》、清改七芗仿唐六如《东坡像轴》。房间里陈列着明唐伯虎前后《赤壁图赋》合璧卷、明戴文进《赤壁图轴》、元钱舜举《赤壁图轴》、明钱叔宝《赤壁图轴》、明祝枝山《前后赤壁草书卷》、清王椒畦《赤壁图扇面》、端溪赤壁砚、东坡像砚、明文衡山《前后赤壁赋卷》、东坡雪浪盘铭、东坡双钩本、明董玄宰草书赤壁怀古词卷、唐伯虎《赤壁图轴》、明张瑞图《后赤壁图赋卷》、张瑞图《后赤壁赋卷》、祝枝山草书《赤壁赋卷》、东坡书断碑砚、明归元恭草书前《赤壁赋卷》等。

第二席是茗筵。在壁龛里装饰着富冈铁斋《东坡春梦婆图》。陈列奥村竹亭《赤壁赋》印六十九颗①并印谱。

第三席是酒饭席（宴席）。房间内挂着富冈铁斋画的山水东坡之一、铁斋《赤壁前游图》、铁斋《赤壁四面图》、吴缶庐《前后赤壁图》轴。

第四席是茗筵。设在万碧楼后边江畔的画舫。在壁龛里装饰着山本梅逸画赖山阳题《观月》七绝的山水画，在橱架上摆着用天然木头做的东坡像。在门口挂着用古竹织的东坡笠和古木杖。挂着田能村竹田、帆足杏雨、村濑秋水在癸巳既望舟中合作的扇面。

第五席是茗筵。在平等院旁边花宅邸登仗亭举办。在壁龛里装饰着石川丈山的石壁画赞。
</blockquote>

---

① "六十九颗"有误，当作"九十六颗"。

第六席是茗筵。在花宅邸翠云居。在前席的壁龛里装饰着山阳书《咏鹤》诗轴,屏风是贯名菘翁画的《赤壁赋》一曲一双。①

本次赤壁会没有留下"寿苏录"之类的文字,而奥村竹亭的《赤壁赋印谱》则是这次雅集留下来的为数不多的出版物②。奥村竹亭参加了这次赤壁会的准备工作,特地为此精心雕篆了96枚印,当时会上展示的就是这96枚印。

《赤壁赋印谱》一函二册,日本昭和三年(1928)古梅园京都支店印刷发行。函套上有书签,除书名外,有小字云:"大正壬戌之秋七月,竹亭主人刻。"《赤壁赋印谱》全书共收奥村所刻96枚印,初刻于1922年,于奥村去世后一年出版。印文并非印刷上版,而是书印好后盖在书上的。《赤壁赋印谱》是东亚篆刻史上的杰作和奇作,全谱将苏轼《赤壁赋》全文每一句拆开,奥村为每一句刻一方印。所有的印文合在一起,便是整篇的《前赤壁赋》全文。该书打开之后,便是书名镂空字"赤壁赋",旁署"东坡居士书"。扉页书"苏子与其客泛舟游于赤壁之下",后有一图,图上书:"赤壁前游。依明人图。大正壬戌之秋九襄,铁斋书画。"图上钤有一印为"东坡富生"。"铁斋",即富冈百炼,也是大正年间寿苏会、赤壁会的灵魂人物。这幅《赤壁前游图》也展示在本次赤壁会上。贯名海屋(1778—1863)的《菘翁先生行书前后赤壁赋》屏风在当时比较常见,而且1912年鸠居堂就已经出版,这次赤壁会也做了展示。

《赤壁赋印谱》所收之印基本上都是正方形或长方形的朱文印或白文印,印文古雅,与赋作契合。印文全部是《赤壁赋》原文,故字数长短不一,但奥村在篆刻时颇能考虑到印面的布局,并不显得杂乱,少的仅有两字,如"歌曰""客曰",多的达九个字、十一个字,如"少焉月出于东山之上""此非孟德之困于周郎者乎"。

上述两方印,一为朱文,一为白文,可以窥见奥村的篆刻艺术。即使

---

① 长尾正和:《寿苏会与赤壁会》,见池泽滋子《日本的赤壁会和寿苏会》,第233—235页。
② 《書論》第20号"特集"《昭和壬戌赤壁記念蘇東坡に関する書画資料展》有原印的照片,1982年。

同一字，在不同的印面上，也有不同的刻法，如上面两方印都出现了"于"字，但我们可以看到这两个"于"字刀法是不同的。田边碧堂《赠奥村竹亭》云："铁笔纵横模汉铜，书生胆大弄英雄。寿亭侯与军司马，浑在雕虫篆刻中。"① 从"模汉铜"可见，奥村学习的是汉代的书法，笔法古朴而有力。扬雄曾言，童子雕虫篆刻，壮夫不为也（《法言·吾子篇》）。本指写作辞赋而言，后人亦用此来形容篆刻为雕虫小技。印章虽小，但别有天地，寿亭侯和军司马都能容纳其中。此诗无疑是赞扬竹亭的篆刻艺术有容乃大。我们从他雕刻的《赤壁赋印谱》亦可看出其治印的功力所在。

奥村竹亭的《赤壁赋印谱》也是东亚艺术史上最早以《赤壁赋》为雕篆对象的印谱，晚近以来亦有人以《赤壁赋》刻印，但应以奥村竹亭的印谱为最早②。在东亚文化史上，《赤壁赋》深受喜欢，后人对其有多种接受形式，或以绘画，或以书法，或以之刻石，又从中国流传到日本、朝鲜，有所谓"跨体""跨国"传播之说③。竹亭的《赤壁赋》既"跨体"又"跨国"，糅合了多种文化元素，在东亚文化史颇为独特。

除了《赤壁赋印谱》，目前可见的有关大正十一年京都赤壁会的文献有限，田边碧堂有一首诗《赤壁》可能也写于本次赤壁会：

苏公逸兴在孤舟，无尽江山半夜秋。
后八百年东海客，月明醒酒过黄州。

---

① 田边华：《碧堂绝句》，富士川英郎、松下忠、佐野正己编《诗集日本汉诗》第二十卷，东京汲古书院1990年版，第324页。

② 1922年日本也出版了梨冈素岳、石井双石编的《赤壁印兴》，中泽广胜编的《苏赋印谱》也以《赤壁赋》每一句为篆刻对象，但都由诸人每人刻一句而成，非成于一人之手。为纪念苏东坡撰《赤壁赋》九百年以及中日国交正常化十周年，日本刻字协会也按句分刻前后《赤壁赋》，于1982发行了《赤壁赋印谱》。

③ 欧明俊先生《论苏轼〈前赤壁赋〉的"跨体"传播与"跨国"传播》谈到《赤壁赋》从文学变为书法、绘画"跨体"，从中国传到日本、韩国的"跨国"现象，载《苏东坡研究》2014年第4期。但欧先生没有谈到《赤壁赋》的另一种传播方式，即以印谱的方式流传，本文所论似可以补充。又参见王兆鹏《宋代〈赤壁赋〉的"多媒体"传播》，载《文学遗产》2017年第6期。

此诗的前两句演绎东坡游赤壁之事，而后两句则写日本赤壁会之事，所谓"八百年"也是举其成数而已。诗中很多语汇也与《赤壁赋》形成互文，如"无尽""江山""秋""月明"都曾出现在《赤壁赋》原作中。诗中的"黄州"当然不是东坡的黄州，而是京都之南的宇治川。本次赤壁会从上午十点到下午五点，可能并没有持续到夜里，所谓"月明醒酒"也许是美好的文学想象，但也不妨看作当天赤壁雅游的风流遗韵。

　　日本大正、昭和时期的寿苏会与赤壁会的固定形式就是要在会上展示有关东坡的书、画、文具、古董。此两会上之所以有如此多的文物供展示，有一个很重要的原因就是中国辛亥革命后，当时的一些清朝官员失去了经济支柱，开始变卖书画文物以度日。还有一些晚清收藏家，如当时大收藏家端方，因为突然被杀，其藏品散出。大量的中国书画文物被运到日本出售，当时的中国卖家委托汉学家犬养毅、内藤湖南帮忙寻找买家，他们都推荐了大阪的博文堂，博文堂遂成当时日本最有名的经营中国古美术的书店兼出版社。当时的博文堂主人原田悟朗（1893—1980，号大观，通称庄左卫门）大量收藏中国古代书画，为了提高鉴定水平，他也不断向犬养毅、内藤湖南、长尾雨山，以及当时流寓到京都的罗振玉学习。1916年、1917年、1918年的寿苏会，原田大观都展示了他收集到的中国有关东坡的文物。大正十一年日本赤壁会的参与者，长尾雨山、内藤湖南、菊池惺堂、富冈百炼等人都是博文堂的固定买家①。本次赤壁会展示的文征明行草书《赤壁赋》，也是由博文堂收购的，并在本年11月11日影印出版，应该是赤壁会展览后立即出版的②。所以大正时期赤壁会的举办，与当时中国的古董文物涌入日本很有关系。

　　这次赤壁会之后，这些学者与东坡的因缘并没有停止。1922年，菊池

---

① 参见朱省斋《海外所见中国名画录》，香港：新地出版社1958年版。鹤田武良撰，蔡涛译《原田悟朗先生访谈——大正、昭和初期中国画藏品的建立》，载《美术史与观念史》（XIV），南京师范大学出版社2013年版，第530—560页。本文主要参考了万君超《博文堂往事纪略》，载《收藏·拍卖》2014年9月刊。原田悟朗的访谈有不少错误，衣若芬教授多有驳正，参见衣若芬《历劫神物：〈黄州寒食帖〉的历代流传与往还日本的文图学意涵》，见衣若芬《书艺东坡》，上海古籍出版社2019年版。

② 《文征明行草书前后赤壁赋》，内藤湖南题署，大阪博文堂合资会社1922年版。

惺堂买到与东晋王羲之《兰亭序》、唐代颜真卿《祭侄稿》并称为"天下三大行书"的东坡手迹《寒食帖》。1923年,东京大地震,惺堂的收藏受到很大的损失,但在大火中,他冒死抢救出《寒食帖》,才没有让这件无价之宝化为乌有。

四　今宵同抱景苏情：《清风明月集》《壬戌雅会集》与1922年大连与东京的赤壁会

1922年京都举办的赤壁会,因为参与人数众多,参加者又多为当时一流汉学家,并且还有不少回忆资料,已经为学术界所周知。但就在同一天,中国大连也举办了一场赤壁会,也是由日本汉诗人主导的,却不被学界所知。笔者偶然读到大连赤壁会会后所编的汉诗文集《清风明月集》,才得以知晓这段尘封的往事。

1922年9月7日,也是为了纪念东坡赤壁之游第十四个甲子,寓居中国大连的日本汉诗人田冈正树(1861—1936)邀集中日诗友30多人,在大连登瀛阁举办雅集。这次雅集除饮酒赏月之外,最重要的活动就是与会诗人各作诗词若干首以纪念此次盛事,事后由赤壁会的发起者田冈正树编纂成《清风明月集》一书,是集所收不但有当日与会30多位诗人的作品,而且还有会后田冈邀集未与会者的投稿,大概有100位诗人的作品。

关于大连赤壁会的文献基本见于《清风明月集》中,书前有金子雪斋、傅立鱼所作之序,书末有尹介表所撰之跋,都交代了是次雅集的缘起。更有价值的是,《清风明月集》书末还附有《本集作家名字及乡贯》,对我们了解本次聚会参与者的身份提供了很大的便利。同时又汇编了当时报纸上所刊载的这次赤壁会的中文和日文的报道,具有重要的史料价值。此会的缘起比较清楚,与京都赤壁会的目的相同,雪斋迂人《清风明月集序》云：

> 今兹壬戌,正值苏子游赤壁之八百四十周年。淮海(田冈正树)为东道主人,张筵于登瀛阁,与吟社同人偕宴,以舒想风之情焉。至期藻客满堂,一唱一和,钩古挹今,吐气万丈,尽欢而散。

傅立鱼《清风明月集序》交代了是集编辑的经纬：

　　本年阳历九月七日，壬戌之秋七月既望，即苏东坡游赤壁后第十四回纪念日也。先生是日招请中日名流于大连电气花园之登瀛阁，饮酒赋诗，汇集所得凡九十余首，以付枣梨，永留记念，名曰《清风明月集》，盖取《赤壁赋》中之字句以命名，意颇深远。

《清风明月集》前有田冈正树所撰的《小引》对本次雅集有比较清楚的介绍：

　　今兹九月七日，即阴历壬戌七月既望，亦即苏东坡赤壁泛舟后，第十四壬戌之良辰，距今已八百四十年矣。余适客于大连，乃移檄于此地日华两国之吟友名流。招请诸登瀛阁，以追古贤之雅怀。并资两国文界之亲交。届时群客联袂来集，约及三十许人之多，乃临清风，赏明月，酌酒赋诗，觥筹交错，笔飞墨舞，兴会淋漓，诚极一时之盛。是日各吟坛所得诗，及同人未与此会，而所寄怀咏长短凡一百首。余编为一卷，永志雅兴，以传韵事云尔。

9月7日的赤壁会余韵未了，据《明风明月集》所附的《东北文化月报》1922年10月号载："八月二日，嘤鸣社员又招宴田冈及浩然吟社诸诗友于大东酒家，席间多有所作。此外或三或五，晨夕过从，酒垆铭盌之前，山巅水涯之地，卒意吟眺，各有篇什，以记其事。"故大连赤壁会应该包括农历七月、八月的诗会。

本次赤壁会的发起人和组织者是日本汉诗人田冈正树。田冈正树，字子长，号淮海，土佐县人。清末曾任袁世凯北洋讲武学堂翻译官。日本同文学社成员，上海同文书院第一代教授，满铁第一代调查员。他长期定居大连，最后也去世于大连。田冈足迹遍及中国[1]，并以诗歌形式的反映出

---

① 参见兰娜、漆姝玥、杨琳《二十世纪早期来华日人"文化纪行"考》，载《北方文学》2017年第21期。

来，出版了《游杭小草》《楚南游草》《汴洛游草》《燕齐游草》《入蜀诗纪》《南游吟草》《长安纪行》《台湾游稿》《乘槎稿》《沪上游集》《保定杂诗》《燕北小稿》《满洲杂诗》《槿域游草》《归东诗纪》等诗集，又有诗集《淮海诗钞》（1931）。金念曾在《辽东诗坛》第五十五号专刊《登瀛阁雅集诗稿》跋中称："淮海先生为日本汉学家之泰斗。尤工吟咏，诗境甚高。前读《淮海诗钞》窃叹不类今人作。其吊古篇章骨格苍老，气韵沉雄，尤为罕见。"他在大连组织了浩然社、嘤鸣社等诗社。除编有《清风明月集》外，他还编辑了日本近代在华的汉诗杂志《辽东诗坛》[①]。本次赤壁会能够办成功与田冈正树的组织密不可分，虽然田冈的身份仅是浩然吟社的领袖，但他在中国人脉甚广，人缘较好，又深谙汉学，金子雪斋《清风明月集序》中称"吾友田冈淮海，素濡儒书，私淑前哲，造诣匪浅，又好赋诗，把杯吟咏，畅怀自如，而至其秉性忠厚，操持廉直，尤足为士人表率也"。傅立鱼序中则称"老友田冈淮海先生，日本汉学界之铮铮者也……其人品之高洁，更足以模范中外"。故他邀请之后，得到了中日诗友的积极响应。

大连赤壁会是以大连当地的两个诗社浩然社、嘤鸣社为中心举办起来的，据《清风明月集》末所附的《满洲报》的报道称：

> 本埠浩然吟社领袖田冈淮海氏以本年为第十四回壬戌七月之既望日，特于日昨下午六时（夏历七月十六）假电气花园登瀛阁，邀约浩然社及嘤鸣社诸诗友宴会，藉以观月。是日到会者，浩然社方面，有金子雪斋、立川卓堂、相生铁牛、荒木天空、上中刿溪、今公村、滨田零亭、森井野鹤、杉原游鹤、片冈孤筇、大内地山、山本朴堂、吉川铁华、松崎柔甫、野村柳洲、大谷弥十郎诸氏。嘤鸣社方面，有傅

[①] 关于辽东诗坛，参见孙海鹏《〈辽东诗坛〉研究》，载大连图书馆网站 http：//www.dl-library.net.cn/publication/pub_content.php？id=422（2017年8月10日检索有效）。又参见焦宝《〈辽东诗坛〉中的中日古典诗歌交流考》，载《社会科学辑刊》2014年第1期。该文注8云："浩然社虽是由侨居大连的日本诗人组成，但其影响力并不局限于东北地区，在京津地区也得到中国诗人如郑孝胥、孙雄、郭则沄等人的唱和。浩然社以田冈正树为核心，以《辽东诗坛》为阵地，吸引了一大批日本汉诗诗人向《辽东诗坛》投稿。"

立鱼、尹介甫、黄伟伯、黄越川、林心裁、杨橐吾、毕大拙、毛漱泉、万云鸿诸氏等。

与会的日本方面的学人虽然成就和名气比不上京都赤壁会的诸公，但当时也有不少是著名的日本汉学家和汉诗人，有的还对中国颇有好感。如金子雪斋（1864—1925）就与中国革命党人黄兴、宋教仁关系很好。他在大连创办《泰东日报》，聘请傅立鱼为编辑长，放手让傅立鱼站在中国立场上发表言论，而不惜得罪大连的日本殖民当局。其他的日本人大多是在大连的企业家、从政者。如立川卓堂（1857—1936）曾在大连开设律师事务所，是民权活动家，曾任大连市议会议员及议长。相生铁牛（1867—1936），曾任南满洲铁道株式会社理事，大连埠头事务所长，大连商业会议所会头，大连市会官选议员等。上述日本诗人中有不少与中国文人多有交往，如张锡銮（1843—1922）有诗赠森井野鹤，其《寄森井国雄野鹤》云："野鹤横飞向战场，凤山鸭水几翱翔。笔锋杀敌无余事，独倚寒灯拂剑霜。"① 应是对其诗的赞扬。刘鹗（1857—1909）、宋恕（1862—1910）与森井野鹤亦有交往②。松崎鹤雄（1868—1934）为叶德辉弟子，师事叶氏长达9年③。

中国方面的参加者也多是诗人、学者，如黄伟伯（1872—1955），著有《负暄山馆诗词》《负暄山馆联话》《十五省记游诗草》《知稼穑斋纪游吟草》等。黄越川著有《小梅苑唱和集》。还有革命者，最著名的是傅立鱼（1882—1945），字新德，号西河，安徽英山（今湖北英山）人。他早年时留日，并加入中国同盟会。毕业回国，任安徽省视学官。武昌起义后，曾参加安徽、江苏等省的军事活动。南京临时政府成立，任外交部参事。1913年，因为发表激烈反袁言论遭缉捕，被迫出走大连，被聘为《泰

---

① 陈衍著，郑朝宗、石文英点校《石遗室诗话》卷二十，人民文学出版社2004年版，第305页。
② 参见樽本照雄《刘铁云和日本人》，《清末小说集稿》，齐鲁书社2006年版。胡晓明《近代上海诗歌系年初编》，上海教育出版社2003年版。
③ 参见刘岳兵《叶德辉的两个日本弟子》，载《读书》2007年第5期。

东日报》编辑长。1916年,参加中华革命党在东北发动的武装反袁斗争。1925年,"五卅"惨案发生后,被推为大连沪变救援会会长。1928年7月,被大连日本当局驱逐出境。"九一八"前后,应邀赴天津《大公报》协助胡政之从事经营管理工作,曾多次募款支援东北义勇军。抗日战争开始后,隐居在天津。可以看出,傅立鱼是一个纯粹的革命者,虽然在日本留学过,但他对日本的侵略行径亦不能容忍。

1922年,由田冈正树主导的赤壁会与京都长尾雨山等人发起的赤壁会遥相呼应。在京都赤壁会之前,长尾雨山组织过四次寿苏会;而田冈正树等人在大连此次赤壁会之后,于1925年、1926年、1928年、1929年、1930年又举办了五次寿苏会①,可视为1922年赤壁会的遗韵。京都赤壁会的发起者与大连赤壁会的参与者之间亦有交集,如山本悌二郎就有诗《大连客舍次立川卓堂见寄韵》赠立川卓堂(见山本悌二郎《游燕诗草》),折射出这两个赤壁会之间的微妙联系。京都赤壁会没有留下当时雅集诗作的结集,而大连赤壁会则留下了一部汉诗集《清风明月集》,这与主事者田冈正树的用心很有关系。田冈正树刊成《清风明月集》后,寄赠给当时日本的汉诗人,《清风明月集》在当时也产生了一定的影响,如1923年6月22日,桥川时雄(1894—1982)收到田冈正树赠送的《清风明月集》后,于《顺天时报》(6932号)第五版《艺林》发表了《喜淮海诗人见惠清风明月集有序》一文。

《清风明月集》所收的汉诗在艺术上并不算特别出色,主题基本是咏古怀今,盛赞1922年的壬戌雅集,如编者田冈正树的诗:

东坡夜游赤壁记念会,赋此敬呈惠临诸大吟长,并希哂正
良辰历尽几星霜,月白风清想望长。绝代文章关气运,一筳樽酒见心肠。
高怀谁继东坡笔,豪兴偕称北海觞。多谢诸公应檄至,联交两国壮词场。

---

① 参见焦宝《论晚清民国报刊诗词中的东坡生日雅集》,载《社会科学研究》2016年第4期。

又得二绝句

一棹清秋江上烟，奇游赤壁感雄篇。高风千古推坡老，回忆襟怀八百年。

清风明月扫心慵，樽酒还浇磊块胸。如此良宵如此会，苍茫频忆古贤踪。

席上书感二首

排奸忤众为君忧，应识精忠绝匹俦。二赋风怀旷今古，长公此事亦千秋。

虎掷龙拏冒险艰，英雄陈迹夕阳殷。文章长与毅魂在，千岁煌煌天地间。

田冈第一首有点类似于开场诗，历叙"月白风清"之"良辰"正是雅集的好时光。第二联盛赞东坡人品和性情，这也是壬戌之夜何以要纪念东坡的原因。第三联对得比较工整，尤其是"东坡笔"对"北海觯"较妙，既是方位对方位，又是人名对人名。北海，即孔融。孔融曾任北海相，《后汉书》卷七十《孔融传》载："岁余，复拜太中大夫。性宽容少忌，好士，喜诱益后进。及退闲职，宾客日盈其门。常叹曰：'坐上客恒满，尊中酒不空，吾无忧矣。'"[1] 北海觯，又称北海樽，用来形容"豪兴"非常恰当。此联用东坡笔、北海觯来形容此次雅集的诗情与酒兴。最后一联束尾，回到社交的主题，末一句与田冈提倡的"以文学亲善国交"[2]的观点相呼应。第二首的两篇赞扬《赤壁赋》及赤壁奇游，又赞扬东坡的"高风千古"，最后又落到现实，点出举办赤壁会就为了回味古人的襟怀。第三首的两篇继续礼赞东坡的人与文，东坡为人忠贞耿直，"排奸忤众""虎掷龙拏"都是形容东坡为政时奋不顾身之貌，其所作前后《赤壁赋》亦是"风怀旷今古"，真正达到了"文章"与"毅魂"的高

---

[1] 范晔：《后汉书》，中华书局 1965 年版，第 2277 页。
[2] 田冈正树在《辽东诗坛》发刊词中云："由是言之，嘤鸣、浩然两社，鼓吹文化缘也。嘤鸣浩然，与非嘤鸣非浩然，以文学亲善国交，亦缘也。"《辽东诗坛》第一号《本社启示》第五条就说"本杂志发刊宗旨在抉扬风雅，兼资国交"。

度合一。

　　与京都赤壁会类似，当时的人可能也会产生疑问，东坡之游在赤壁，千里之外的大连何以能称为"赤壁"？《清风明月集》中的诗有时也似乎在回应这一疑问，如黄越川《壬戌之秋七月既望，田冈淮海先生开东坡夜游赤壁记念会，招饮登瀛阁，席上卒赋志怀，即希郢正》云："八百年来同此月，吾侪仿佛在黄州。"毛漱芳《东坡游赤壁后第十四回壬戌之秋七月既望，蒙淮海先生招饮，卒成一绝以作记念，工拙不计也》："今宵明月来何处，曾照东坡赤壁游。"黄越川《壬戌七月既望，淮海词宗开东坡夜游赤壁纪念会，谨赋一律以谢，并恳斧政》："须知古月同今月，更喜新秋胜暮秋。"杉原游鹤《今兹大正壬戌七月既望，正遇坡仙赤壁后十四回之甲子，于是诗坛领袖田冈淮海，飞檄于瀛华两国士大夫，开雅筵于登瀛阁，以追坡仙当日之游，洵诗坛罕觏之快事也。余亦与此会焉。乃赋短古一篇，以赠主人，并希郢正》："只有明月无古今，佳话相传犹藉藉。"这些诗句反复表达的意思是，虽然大连赤壁会的地点不在赤壁，但今宵的明月与东坡赤壁之游的明月乃是同一轮明月，故其兴是相同的，其意趣也是相同的。

　　还有不少诗称赞此次壬戌之会的风流不亚于东坡赤壁之游，如林酸叟《席上赋呈淮海先生二首》："阁上登瀛似小舟，豪情赤壁忆前游。清风明月文人管，总起坡翁也点头。"（其一）"壬戌已经十四回，游踪赤壁酒盈杯。坡仙终古无生死，对此掀髯一笑开。"（其二）万云鸿《步森井野鹤先生赤壁记念会诗原韵》："雅集何殊赤壁游，今来古往共悠悠。飞觞不减坡仙兴，为问当年同此不。"立川卓堂《登瀛阁赤壁记念会席上即事》其二："八百年前赤壁游，回头往事梦悠悠。樽前试问天边月，昔日风流似此不。"

　　1905 年，日俄战争之后，大连从俄国的租借地沦为日本的殖民地，日本在大连设立关东州，直到 1945 年日本战败投降，大连沦为日本殖民地长达 40 年。当时有大量日本侨民居住在大连，这其中就包括不少日本汉学家和汉诗人，他们对中国的态度各异。本次赤壁会的主导者田冈正树，他对中国文化怀有热爱之情，也结交了大量的中国友人，不过他的思想也游移在文化与政治之间，他在《嘤鸣社诗钞序》中说：

或曰情思之所钟，意气之所感，是人间之至交也。惟余窃以为不然，缘此虽动物亦或能之。独以艺术相交，以文会友者，始可以谈人类特有之尊严神秘矣。盖因文化之至境，不能外此耳。日本之诗，中国之诗也；日本之文，即中国之文也。日本之词客文人，对中国之文豪词雄，固心焉慕之，无奈蓬壶三岛，重洋间隔，有碍于把臂之会也。英国文豪喀雷儿，与美国哲人耶马逊，以文相识，愈交愈厚。喀氏每有文问世，耶氏乃必为序以荐，作书以评之。其后耶马逊竟绝大西洋，访喀雷儿于伦敦瑟璃西庐，淹留忘返。文坛传为千古之佳话。此类之事，英法德奥间，不乏其例，而我两国间不无稍欠融洽之嫌焉。不知我文运之隆，不如彼乎？抑亦词林之时会未至乎？余曾有感于此。前年适值壬戌七月既望，邀请嘤鸣、浩然两社同人，特开赤壁记念诗会，开怀畅饮，尽欢而散。是实为我嘤鸣、浩然两社联盟之初也……

田冈在此序中先谈到了文化的超越性，以及"艺术相交，以文会友"的重要性。他以英国文豪喀雷儿（Thomas Carlgle，1795-1881，今译为托马斯·卡莱尔）和美国哲人耶马逊（Ralph Waldo Emerson，1803-1882，今译为拉尔夫·沃尔多·爱默生）相交的例子来说明，相同的文化背景可以消弭地域的区隔。英美两国都使用英语，一如中日两国都使用汉字，故"日本之诗，中国之诗也；日本之文，即中国之文也"，但中日两国之间自近代以来"不无稍欠融合之嫌焉"，故田冈希望中日两国的分歧可以通过文化来弥合，这是他与同人创办嘤鸣社的初衷，也是举办1922年赤壁会的缘起。傅立鱼在《清风明月集》序中说："尝谓凡欲谋两国之亲善，必先图两国思想之融合；而欲图两国思想之融合，尤必先谋两国文人学士之接近。"这其实也是配合田冈正树编纂《清风明月集》而言的，田冈希望通过文学达到"亲善国交"的目的。田冈看到了中日"同文"的历史，但他忽略了中日"稍欠融合"的现实及其原因。

在《清风明月集》中，可以看到该集对"同"的强调。杨豪吾《壬戌之秋七月既望，田冈淮海先生开东坡夜游赤壁纪念会，招饮登瀛阁，席上卒赋志怀，即希郢正》："江流何用分南北，瀛海诗人聚一家。"杨橐吾《次淮海先生原韵》其二："文字知交无畛域，横通万里纵千年。"这里杨氏反复说"瀛海诗人"是"一家"，"知交无畛域"，试图强调中日是"一家"，中日并无"畛域"，这与杨氏曾经主张的"中日亲善"① 思想一脉相承。这其实也是田冈正树的理念，田冈正树主编的《辽东诗坛》第六号载《本社启示》，将发行《辽东诗坛》的"同人社"改名为"同文社"，"同文"意味着中日两国都使用汉字，在文化上接近，实无分别。田冈正树在《辽东诗坛》发刊词中说："若就我佛无边际言，辽东藏世界，世界缩辽东耳，不必泥其地点。以佛之无执着言，诗坛大同人，同人小诗坛耳，不必分为谁何。""不必分为谁何"的观点与"无畛域""聚一家"的观念很是接近。其背后的政治意图，不言而喻。

　　就在京都、大连举办赤壁会的同一天，在东京芝山红叶馆也举办了一次赤壁会。笔者偶然读到本次赤壁会后编纂的汉诗集《壬戌雅会集》，才终于弄清这次雅集的来龙去脉。雅集的目的与京都、大连赤壁会一样，都是纪念苏轼壬戌之游第十四个甲子，所以这次雅集后的遗集直接就以"壬戌"命名。参加这次雅集的东京汉诗人有34人，没有参加但也寄来汉诗者有44人，此外还有日后寄来诗歌的亦有数人。规模虽比不上京都的赤壁会，但也不亚于大连之会。雅集是9月7日举办的，两个多月后的12月1日，本次盛会的汉诗集《壬戌雅会集》就正式出版发行了，编者为当时著名汉诗人国府犀东（种德，1871—1950）。该书首有序，编者国府种德所作之引，喜多张辅的《红叶馆雅集记》等文，集首为赤壁会当日的参加者所作的《壬戌之秋古历七月既望红叶馆雅集柏梁体联句》，末有跋。

　　《壬戌雅会集》既以追摹赤壁之游为目标，故席上诸公都纷纷感发"景苏情"："座客陶然撤城府，今宵同抱景苏情（河原田稼吉《红叶馆雅

---

① 参见杨成能本人所作的《私の日支亲善观》，载《亚细亚公论》第1卷第7期。又《吴宓自编年谱：一八九四年至一九二五年》"民国十二年"条云："江苏人杨成能，字橐吾，在大连市，任日本南满铁道会社附设之东北文化协会职员。其职务，在编撰《东北文化月报》（须鼓吹'中日亲善'）。"生活·读书·新知三联书店1995年版，第248页。杨成能1929年任辽宁省政府秘书，后任市政公署秘书，"九一八"事变后去任，也没有与日本当局合作，而是选择了隐居。

集予亦陪席末奉次香堂内相原倡韵清政》)。""无私风月任人用,卧游同得景苏情(石丸重美《香堂内相卜景苏之良夜招宴席上有诗坊间亦传诵乃次原韵谢其夕负宠招之至懒》)。"最后又由"景苏"发展为"超苏",即苏轼赤壁之游也不及此次的盛会,"觥船一棹弄珠兴,不让坡仙前度游(胜岛仙之助《壬戌之秋古历七月既望红叶馆雅集攀香堂内相瑶础》)。""月明千里两京秋,压倒苏髯赤壁游(结城琢《菟道赤壁会诗筵电致七绝一首仰东都红叶馆雅集席上诸星粲正》)。""游迹岂徒追赤壁,流风未必输兰亭(细井薰《阴历七月既望于菟道万碧楼赤壁会席上卒赋》)。"上引末两首诗,也透露出很重要的信息,即当时东京与京都赤壁会的参与者之间是有互动的,上诗中的"两京",即东京和京都;而"菟道"就在京都的宇治,也就是长尾雨山赤壁会召开之处。而且《壬戌雅会集》也收入了京都赤壁会参与者田边碧堂、山本悌二郎的诗,应该是事后邮寄的。

本次雅集除了"追忆当时苏子游"(彬浦重刚《大正壬戌七月既望》),模拟苏轼赤壁之游,以文会友之外,与《清风明月集》讲"同"一样,《壬戌雅会集》也想营造一种天下合同的景象,这在本书的序中有明显的呈现:"日东骚人与槿域词友,气息串贯,其间无一纤丝,以芥蒂胸宇,虚心坦怀,同以振斯文为期。""槿域"指的是朝鲜,1910 年,日本吞并朝鲜,朝鲜成为日本的殖民地,至于"槿域词友"是不是真的能与"日东骚人""无一纤丝",毫无芥蒂,笔者是表示怀疑的。序文号召同振的"斯文"恐怕亦不会是传统的儒家价值观。

《壬戌雅会集》是一部典型的社交型总集,这类文献从文学上来说,主题都比较单调,基本以"颂"为主,或颂世道太平,或颂主人恩德,《壬戌雅会集》也不例外。"即今四海颂文明,诗酒只应酬太平。"(日下宽《雅集席上次香堂内相瑶韵二首》其二)这样的诗句在《壬戌雅会集》中也多次出现。句中反复出现的"升平"也只能是日本要想的升平,恐非当日东亚诸国所能共享的"清风明月",这也是对水野序中之语的呼应。

从文学上来看,《壬戌雅会集》成就并不高,其意义更多的是文化史上的。尽管明治维新已过半个世纪,但日本文人学者仍喜欢以东坡《赤壁赋》为代表、为表征的中国文化，汉诗仍然是他们沟通最主要的媒介，这也是汉文化最后的绝响。"清风明月取无尽，倚遍芝山第一楼"（胜岛仙之助《席上更和香堂内相原作》)，在"诵诗酾酒赏晴秋"（荒川义太郎《红叶馆席上次香堂先生均韵》）的背后，东亚汉文化传统的余韵正在消散。

结　语

1922 年第十四个壬戌，京都、东京与大连同时举行的赤壁会雅集是有其文化史意义的。这三次赤壁会都是由日本学者和汉学家主导的。在明治维新之后，日本脱亚入欧，原本在日本家喻户晓的汉学一下子被视为弃履。我们通过京都赤壁会看到，即使到了 20 世纪初的大正时期，汉文化、汉文学仍有生命力。尽管他们喜爱的中国是活在古董、书画、文物中的中国，可能并不是现实中的中国，但我们依旧感到传统东亚汉文化圈最后的文化一体性。当时中国正经历着军阀混战，日本自甲午战争后就再也没有把中国放在眼里，但日本文人、学者，甚至政治家还会主动向苏东坡致敬，这再一次表明了文化上的软实力才是真正的实力。中日两国，语言不通，风俗不同，但通过汉字、汉诗文、书法、绘画、篆刻，中日两国的知识精英还可以通过汉文化这个共同的平台进行交流和对话。这正显示了汉字与汉文化绝不是东亚的文化负资产，其绝对可以在 21 世纪发挥更大的作用。

1922 年 9 月 7 日，在日本的海外殖民地中国大连，中日两国诗人通过汉字、汉诗结成了一个文字上的社群，他们共同分享对苏轼的热爱，分享雅集带来的和谐，这是汉文化圈的一抹余晖，也是最后一丝余韵。随着东亚政治局势的进一步恶化，赤壁会与会诸公或逝或走，《清风明月集》成为一个特殊年代遗留下来的历史印迹，让我们依稀感受到时代暗潮涌动下的最后一丝清风明月，也是最后一丝余韵。随着战争阴云的密布，1937 年在长尾雨山举办了最后一次寿苏会后，日本再没有举办过类似的寿苏会和赤壁会。汉学渐衰，耆旧凋零，雅集不再，1922 年第十四个壬戌年的赤壁会雅集在东亚亦成永远的回响。

诗曲交侵下的词体重构

清华大学人文学院　李飞跃

两宋之交，词体发展面临着前所未有的诗曲交侵、词将不词的局面。一方面，"不协音律"，"曲子中缚不住"，以诗为词、以文赋为词等创作方式使词体逐渐长短句化，成了"句读不葺之诗"[1]；另一方面，移宫转调、添声衬字、唱赚转踏等表演方式使部分词体逐渐曲化，"为三犯、四犯之曲"[2]。李清照、王灼、姜夔、杨缵、周密、沈义父、张炎从创作、表演、风格、文本、声律等理论与实践层面对歌词辨体、正体，促进了雅词与格律词派的形成，实现了"别是一家"的词体重建。历史上，唐五代曲子词、宋代歌词与明清律词分别基于不同的文体形态与文艺生态，从乐曲、歌唱与文本层面促进了词体的规范与重构，明确了词之本质特征与历史定位。

一　词体发展中的两极分化

随着北宋词的发展与繁荣，词体演变日趋多样，出现了以诗为词和以词为曲的两极分化现象。

一方面，文人词的长短句化现象日趋明显。从苏轼、黄庭坚到辛弃疾的"文词派"，以诗入词、以文为词，把诗赋的表现手法移植到词中，突

---

[1] 李清照：《李清照集》，中华书局1962年版，第79页。
[2] 张炎著，蔡桢疏证：《词源疏证》卷下，中国书店1985年版，第1页。

破了音乐对词体的制约和束缚，把词从音乐的附属品变为一种独立的抒情诗体。这对词的艺术个性有所削弱，对唐五代宋初词的体格特征有所异化，也是词向诗体的某种程度的回归。苏轼、黄庭坚、晁补之、李之仪、贺铸等人的词都有一定诗化倾向，其后朱敦儒、张元幹、张孝祥等词人也继承了这一传统。陆游之时，以诗为词已成为文人词的主调。"曲子中缚不住"，词乐日渐分离，打破了原有"按曲拍为句"的倚声规范。如果不拘词体规范及历史传统，任由"以诗为词""不协音律"发展下去，结果必然是词的破体，或与诗赋同质化。

沈义父曾批评当时的填词乱象："近世作词者不晓音律，乃故为豪放不羁之语，遂借东坡、稼轩诸贤自诿。"① 以学习苏辛豪放词为名，实则不谨倚声法度，又或因"古曲谱多有异同，至一腔有两三字多少者，或句法长短不等者"②。杨缵也批评填词不按谱的现象："自古作词，能依句者已少，依谱用字者百无一二。词若歌韵不协，奚取焉？或谓善歌者融化其字，则无疵，殊不知详制作转折，用或不当，则失律；正旁偏侧，凌犯他宫，非复本调矣。"③ "谱"指"乐谱"，当时词人少有精通音乐者，填词不守歌韵、音律。杨缵认为，这不仅将致词乐乖合，甚至会导致"非复本调"的破体。与此同时，同名异调、同调异体现象大量出现和词题、小序的采用，词调的历史统一性被进一步打破，词体标识出现了从词调到词题的转变。词体的诗赋化，尤其乐调、声韵、句法完全自由的自度曲更是极大冲击了既有词体规范。填词不再讲究音谱声律，当时主要文集或词选收录歌词开始按主题、风格、功能等分类，基本不再标注宫调、音谱与歌法。

以周邦彦、姜夔、张炎等为代表的音律派主张严格按乐填词，一字一音（拍），声字对应，却导致了新的填词机制的出现。王灼指出，古人因事作歌，歌无定句，句无定声，"今音节皆有辖束，而一字一拍不敢辄增

---

① 沈义父著，蔡嵩云笺释：《乐府指迷笺释》，人民文学出版社1963年版，第75页。
② 蔡嵩云：《乐府指迷笺释》，第80页。
③ 杨缵：《杨守斋作词五要》，《词源疏证》卷下，中国书店1985年版，第72页。

损。何与古相戾欤"?① 新的倚声方式不仅与传统倚声方式"相戾",也与当时民间通行的倚声实践不符,标志着词的创演方式发生了变革。其实,姜夔、张枢、杨缵等人按音谱一音填一字,方千里、杨泽民、陈允平等按周邦彦旧作一字填一字,本质上是相通的,都是从乐曲本位转向以文本为本主。词体逐渐案头化、文本化,促使词体辨识的标志从宫调、词调到字句声律的转变。

另一方面,民间词的俗曲化现象日趋明显。在令慢之体兴起的同时,词的另一种复合形态,诸如联章、缠令、缠达、转踏、诸宫调等文艺形式充分吸收了词唱之所长,广受群众喜爱,展现出蓬勃生命力和广泛影响。姜夔、张枢等文人词的创演执行的是一字一音、音声对应,而民间俗词的创演则是另一种机制。刘攽《中山诗话》说:"近世乐府为繁声加重叠,谓之缠声,促数尤甚,固不容一唱三叹也。"② 这与燕南芝庵《唱论》所说唱曲"有字多声少,有声多字少,所谓一串骊珠也"③ 一致。以当时民间流行的赚词为例,"兼慢曲、曲破、大曲、嘌唱、耍令、番曲、叫声,接诸家腔谱也"④。它综合了多种文艺形式的长处,具有音节繁复、音律多变的特点,因而广受不同阶层欢迎。这一时期,词体的曲化主要表现为三种形态。

一是词的俗词俚曲形态。在勾栏瓦舍的唱词表演中,可以移宫犯调、添声减字,采用各种新奇多变的唱法,以至于衬字、衬腔、俚语、方音等充斥其间。文学性强而不易入乐的词作无人问津,流行的往往是那些节奏旋律优美而格调不高的作品。沈义父《乐府指迷》指出:"前辈好词甚多,往往不协律腔,所以无人唱。如秦楼楚馆所歌之词,多是教坊乐工及闹井做赚人所作,只缘音律不差,故多唱之。求其下语用字,全不可读。"⑤ "不协律腔"、以诗为词在文人士大夫间盛行的同时,更为流行的还是"只

---

① 王灼著,岳珍校正:《碧鸡漫志校正》卷一,人民文学出版社 2015 年版,第 22 页。
② 刘攽:《中山诗话》,《宋诗话全编》,江苏古籍出版社 1998 年版,第 450 页。
③ 燕南芝庵:《唱论》,《中国古典戏曲论著集成》,中国戏剧出版社 1959 年版,第 161 页。
④ 吴自牧:《梦粱录》卷 20,台北:新文丰出版公司 1986 年版,第 740 页。
⑤ 蔡嵩云:《乐府指迷笺释》,第 69 页。

缘音律不差"的伶工词或市井俗词。精通音律的文人也会尝试创制这种俗词俚曲，如"少游名作甚多，而俚词亦不少"①，而"今少年""十有八九，不学柳耆卿，则学曹元宠（组）"②。柳永词是俗词的代表，曹组词以"侧艳"和"滑稽下俚"著称，它们虽为文人士大夫所鄙弃，却为一般民众所喜爱和效仿。这类流行歌词虽协音律，但衬字衬腔宛转无定格，任其发展，结果就是后来散曲的兴起。

二是词的组词大曲形态。在单双调令慢之词流行的同时，另外的组词大曲形态虽然淡出了主流文人视野，但仍是一种重要形式。欧阳修十一首歌咏西湖的《采桑子》、赵令畤十首咏崔张爱情故事的《商调蝶恋花》、曾慥《乐府雅词》所载诸家之转踏词、《鄮峰真隐大曲》、曾布《水调》大曲、金元诸宫调等，皆"词变为曲"之例证③。郑骞甚至认为《董西厢》"是一部从词到曲蜕变时期的作品，也是南北曲将分未分时的作品。往上说与词有关；往下说不只为北曲之祖，与南曲也有极密切的关系"。④ 将词体的组合形态与北曲相比，可以说二者之间并无不可逾越的沟堑。联章词、鼓子词、缠令、缠达、转踏、诸宫调等将只词单曲缀合，不再以一两阕而是一组或一套词为单位，其趋势就是词的套曲化。套曲就是把同一宫调或不同宫调的若干支不同曲牌的曲子连缀一起，少则数首，多则十几首，甚至几十首。组词大曲形态为后来金元套数的兴起奠定了基础，只是套曲规模更大，结构更为严密而已。

三是词的歌舞杂剧形态。词与诗、赋、骈文、散文等文艺形式构成更为复杂的曲艺结构，如以词为中心兼有诗赋的队舞大曲、兼有诗文的诸宫调、诗赋文及俗语构成的杂剧词等。在宫廷乐舞表演中，词唱往往作为大曲歌舞的一个环节而存在。从《武林旧事》、《宋史·乐志》及《高丽史·乐志》所载宴会表演中穿插的唱词来看，词的歌舞剧形态一直没有消亡，并对杂剧的兴起产生了直接影响。徐渭《南词叙录》说："永嘉杂剧兴，

---

① 陈廷焯：《白雨斋词话》卷1，唐圭璋《词话丛编》，第3785页。
② 岳珍：《碧鸡漫志校正》卷2，第29页。
③ 王易：《词曲史》，东方出版社1996年版，第253—272页。
④ 郑骞：《从诗到曲》下册，商务印书馆2015年版，第756页。

则又即村坊小曲而为之，本无宫调，亦罕节奏，徒取其畸农、市女顺口可歌而已。""其曲，则宋人词而益以里巷歌谣，不叶宫调，故士大夫罕有留意者。"① 我们往往只注意到大曲摘遍为词调，却忽略了大曲及歌舞剧一直存续演出，并在金元之世呈现为与杂剧融合的复兴态势。

宋金元时期直接采用一些词调益为曲牌，或者词就直接看作或归为曲体。词曲不分或诗词曲共有乐府之名，就反映了它们之间同气连枝、枝叶交扶的关系。陶宗仪说："金季国初，乐府犹宋词之流。"② 臧懋循甚至提出了"曲为词余"之说，"诗变而词，词变而曲，其源本出于一"。③ 据王国维《宋元戏曲考》，南戏出于唐宋词者一百九十支，约占全部曲调的五分之二。④ 在诗词曲单线演变的文学史观念中，仿佛它们只是简单的兴替关系。事实上，在诗词曲递变的主线之外，还有以诗为词、以词为曲、以曲为词的交互演变，乃至联章、缠令、缠达、转踏、诸宫调、杂剧词等递生并不断孕育着新的可能。

二　诗曲交侵与词体危机

词体两极分化的另一面，是诗曲对词体的侵蚀，在一定程度上造成了诗词莫辨、词曲难分的局面。从观念理论到创作表演、作品编选，词体的独立面临着前所未有的考验与危机。

首先，是概念与观念的歧异。新概念的出现与使用，反映了人们对事物现象本质的不同把握与概括。"长短句"一词首见于苏轼《与蔡景繁书》："颁示新词，此古人长短句之诗也。"⑤ 作为"诗"之定语，"长短句"指的是新词形态。惠洪《冷斋夜话》也有多处称词为"长短句"，以之作为词的特指。⑥ 北宋以降，"长短句"已用作词集之名，如陈振孙《直

---

① 徐渭：《南词叙录》，《中国古典戏曲论著集成》，第240页。
② 陶宗仪：《南村辍耕录》卷27，中华书局1959年版，第332页。
③ 臧晋叔：《元曲选》序二，中华书局1958年版，第4页。
④ 王国维：《宋元戏曲考》，《王国维文学论著三种》，商务印书馆2010年版，第143页。
⑤ 苏轼：《苏轼文集》卷55，中华书局1986年版，第1662页。
⑥ （宋）惠洪：《冷斋夜话》，上海古籍出版社2012年版，第23、46页。

斋书录解题》记载"《坦庵长短句》一卷,赵师侠介之撰"。①"长短句之诗"说明宋人认为词不仅是不同于乐府、声诗的一种新生事物,有其独特体征面貌,也与曲子词、歌词等相较具有了不同的样式风貌,须作出新的界定。因为已有概念不足以概括新的形态特征,所以出现了"今乐府""近体乐府""寓声乐府""琴趣外编"等驯化名词,以及"句读不葺之诗""女郎诗"等描述式指称。人们注意到了词之不同于声诗、乐府、大曲、杂诗等,开始关注词体"别是一家"的独特性与排他性。王灼《碧鸡漫志》说:"唐歌曲比前世益多,声行于今、辞见于今者,皆十之三四,世代差近尔。大抵先世乐府有其名者尚多,其义存者十之三,其始辞存者十不得一,若其音则无传,势使然也。"②南宋初年,唐曲中声辞并存于世者"十之三四",古乐府更是"其音无传",对其命名亦从表现音乐色彩的"曲子"转变为表现其文本形态的"长短句"。此外,苏轼《祭张子野文》又提出了"诗之裔"说:"清诗绝俗,甚典而丽。搜研物情,刮发幽翳。微词宛转,盖诗之裔。"③"诗之裔"即后来的"诗余"之意,它与"以诗为词"在本质上是相通的,目的都是推尊词体,却造成了词的破体与诗词不分。

  词和曲曾是同一事物,随着词的结集和北曲的兴起,"词"才逐渐确定为一类歌诗的共称。宋末元初,张炎仍将完整的可歌唱的词称为"曲",将文字乃至填词等未付诸歌唱者称为"词":"美成诸人,又复增演慢曲引近,或移宫换羽,为三犯四犯之曲,按乐律为之,其曲遂繁。美成负一代词名,所作之词,浑厚和雅,善于融化诗句,而于音谱且间有未谐,可见其难矣。作词者多效其体制,失之软媚,而无所取。"④ 这段话在"曲"与"词"之间切换,其实都是指当时的词。王力云:"词和曲,这两个名称都选择得不很好。现在普通所谓'词',唐代叫做'曲'。因此,唐崔令钦《教坊记》所录的曲名,如《望江南》《浪淘沙》

---

① 陈振孙:《直斋书录解题》,上海古籍出版社1987年版,第627页。
② 岳珍:《碧鸡漫志校正》卷一,第9页。
③ 苏轼:《苏轼文集》卷63,中华书局1986年版,第1943页。
④ 蔡桢:《词源疏证》卷下,第1页。

之类，也就是词名；而且有些词牌简直就叫做'曲'，例如《金缕曲》。现在普通所谓曲，元明两代却又有许多人叫做词，例如周德清《中原音韵》里面所谓'词'，都是指曲而言（周氏有《作词十法疏证》）；李玄玉《北词广正谱》，宁献王《涵虚子词品》，徐渭《南词叙录》等书所谓'词'，也都是曲；箓斐轩《词林韵释》和戈载《词林正韵》所谈的韵其实是曲韵。"[1] 名词概念的歧异，说明当时人们在观念上对词体缺乏明确界定和整体性把握。随着北曲的兴起，词曲的文本形态、歌唱方式乃至乐曲体系都发生了较大变革。"长短句""诗余""词"等概念的应用，说明当时人们已着眼于从文本特征来界定词，忽略甚或摒弃了词体的乐曲或歌唱特征。

其次，词体批评与理论的含混。诗化、曲化现象给词体带来了严重危机，一些词人因而提出了正体、尊体的主张，甚至不惜借用雅乐对词体进行强制规范。他们用词来比附诗体，冀参照诗体来确立词体规范，以抗拒俗词俚曲之影响。但左诗右曲，稍有逾矩则以损伤词体特质为代价。与此同时，从词体观念、理论方法、创作表演，都表现出诗化、长短句化倾向，即李清照所批评的"句读不葺之诗"；继则姜夔强调"声依咏"、朱熹用"添声说"解释词的起源、张炎用"协律说"维持词乐一体性和词体的独立性，都是这种文体危机和理论焦虑的表现。刘将孙回顾了词体的发展历史，揭示了词乐分离背景下主声与主辞者的相左："歌喉所为，喜于谐婉者，或玩辞者所不满；骚人墨客乐称道之者，又知音者有所不合。"[2] "玩辞"与"知音"者各执一端，反映了南宋时文士不重声、乐工不重辞的不同评价标准。

批评主张与创作实践不符甚至矛盾，也是这种理论含混的直接表现。李清照认为"歌词分五音，又分五声，又分六律，又分清浊轻重"，对词与诗之区别的一些列举连她自己也未能践行。姜夔、杨缵、沈义父等人的创作与批评也不乏矛盾之处。至于周邦彦、吴文英、张炎等人词作的词韵

---

[1] 王力：《曲律学》，中国人民大学出版社 2012 年版，第 1 页。
[2] 刘将孙：《新城饶克明集词序》，《养吾斋集》卷九，台北：商务印书馆 1986 年版，第 84 页。

格律，更是并非都如张炎所说的"引近六均慢八均"①。标准的确立不是一蹴而就，而其一旦确立，词体就是可能被有选择地塑造。从李清照、王灼到沈义父、张炎等人的一系列理论主张，实际上为南宋词体确立了新的倚声规范与创作标准。

再次，作品结集与分类标准的凌乱。最早将词独立依附于诗文之后的是晏几道《乐府补亡》，后来南宋人编纂别集，已普遍以词为独立文类收入。词集编排体例从按宫调、词调分类向主题、风格、题材等转变，不仅体现了词体形态的变化，也说明人们对词体的关键特征与文体功能认知的变化。陈振孙《直斋书录解题》一书曾著录坊编词选《类分乐章》《群公诗余前后编》《五十大曲》《万曲类编》等多种，惜均已亡佚。从这些书名可以看出，词体的分类或乐章、诗余、大曲、曲等不同概念，其形态差异亦较大。名词的历史性与多变性，加剧了词的分类与整理标准的凌乱。张炎曾见"旧有刊本《六十家词》，可歌可诵者，指不多屈。中间如秦少游、高竹屋、姜白石、史邦卿、吴梦窗，此数家格调不侔，句法挺异，俱能特立清新之意，删削靡曼之词，自成一家，各名于世"。②"格调不侔，句法挺异"，说明各自有家法，并无一定之规。金元时期，"入派三声"已经成为人们的必然选择，如万树《词律》说："况词之变曲，正宋元相接处，岂曲入歌，当以入派三声，而词则不然乎？"③词中除"入派三声"外，逐渐打破了各声独押格局，向曲韵的三声通叶靠拢。

词在字数、平仄、声律、用韵等方面，并无一定之规，因而在词集或诗集中往往出现词曲乱入现象。这种乱入现象一直难以规避，如《乐府诗集》收声诗、词、曲，《全唐诗》收有乐府、词，《全宋词》收有声诗、乐府与大曲等。④《南词叙录》《碎金词谱》《九宫大成》等，以词名之，实以曲为主。"南宋戏文的曲（即被元人到今人所称之'南曲'），是与南宋

---

① 张林：《宋代词律无成规　张炎均拍无法击》，《黄钟》2003年第1期。
② 蔡桢：《词源疏证》卷下，第2页。
③ 万树：《词律》，上海古籍出版社1984年版，第64页。
④ 任半塘和胡忌就曾指出唐圭璋编纂《全宋词》，因"词"的界限过宽而收入一些"曲"。参见解玉峰《"曲"变为"词"：长短句韵文之演》，《文艺理论研究》2014年第2期。

词及词唱处在同一时代切面上的间曲子。它与南宋词及其唱互相渗透着，又是兼含当时'缠达'、'唱赚'、'曲破'等曲子的汇聚。"① 历史上看作词集的《乐府混成集》及《高丽史·乐志》所收宋代歌舞词，未尝不可以曲视之。

此外，自度曲的涌现，也对词体规范带来了较大破坏，一定程度上冲击了既有词调系统，危及词体的独立与规范统一。如果按照南宋初的趋势发展下去，词体能否长期保持独立历史地位，尚是未知数。一方面是文人士大夫阶层自上而下地推尊词体，消解了词体的本质特征，造成了词与乐府、声诗、杂言诗等诗体的界限模糊；另一方面，来自民间俗曲自下而上的侵入，使得词与俗词、俚曲、民歌、诸宫调甚至杂剧词的界限日益模糊。这两种倾向在南宋时期已经比较严重，造成了不同的词体形态，而不同词体形态之间的区别甚至比它们各自与诗曲之间的差别还要大。如何在乐曲、歌唱乃至文本上进行界定，成为当时有识之士的关心问题和致力方向。文士们不断强调尊体、正体，以期从律调、歌法、声韵等层面推出新的词体规范。

三 雅词的兴起与词体规范

面对诗曲的强势影响，词之固有特征与标识日益模糊，甚至影响到词的本质特征与创演规范。如何维护词体的独特性与独立性，成为时人共同关心和探讨的问题。从李清照、王灼到杨缵、沈义父、张炎等，他们从乐曲、歌法、文本到风格等不同层面对词体进行界定和重建，倡导雅词和新的倚声规范，赋予词体以不同于诗曲的新的质的规定性。

首先，标举雅词促进了词体文本的规范。文士之所以能维护词体的独立，主要是基于乐谱规范与文本规范。这一时期出现了"歌词""歌曲""诗余""长短句""今乐府""近体乐府""寓声乐府""琴趣外编"等词类概念，对词体本质的界定分明包含乐曲与文本两个层面。其中，"长短

---

① 洛地：《词乐曲唱》，人民音乐出版社1995年版，第276页。

句""诗余""雅词"等名词在南宋的广泛使用，反映了人们对词体的认知与界定出现了新的变化，即主要是基于文本特征而非词乐一体性。如果没有南宋时期对于词体文本特征的认定，以及随后词韵、词谱、词律等出现，诗词曲之分也未必如今天这般畛域分明。正因为突出了词的文本特征，形态相近的几种歌诗才没有淆乱不清。

"雅词"概念的提出，既与诗相区别，又与俗词俚曲相区别，并围绕这一概念形成了一系列有章可循的具体规范。杨缵谈及作词之法，明确提出一系列要求，诸如"要择腔，腔不韵，则勿作""要择律，律不应月，则不美""要填词按谱""要推律押韵"，以及避免蹈袭前人诗词之意等。① 沈义父也说："音律欲其协，不协则成长短之诗；下字欲其雅，不雅则近乎缠令之体；用字不可太露，露则直突而无深长之味；发意不可太高，高则狂怪而失柔婉之意。"押韵"不可杜撰"，"歌时最要叶韵应拍，不可以为闲字而不押"。② 张炎主张词"皆出于雅正"，倡导雅词而鄙弃俚俗之词，认为"若邻乎郑卫，与缠令何异焉"。他不欣赏完全不能歌唱或唱则拗折嗓子的文人词："辛稼轩、刘改之作豪气词，非雅词也。于文章余暇戏弄笔墨，为长短句之诗耳。"③ 他们的共同目的是通过净化词体来确立新的标准规范，而且事实上这些举措都有助于词体独特的文体与审美规范的建立。

其次，明确了词体的声字规范。词具有格律与音律双重规定性，既不能成为句读不葺之诗，也不能成为衬腔犯调之曲。李清照《词论》较早提出了词体的本质界定与声字规范问题，她批评晏殊、欧阳修、苏轼所作歌词"皆句读不葺之诗尔，又往往不协音律"，认为"诗文分平侧，而歌词分五音，又分五声，又分六律，又分清浊轻重"④，以词曲音律与诗文声律相结合，将活动层面的歌唱规范落实为文本层面的声字规范。嗣后，王灼、姜夔、沈义父、张炎等也都强调词乐一体、声字对应。沈义父《乐府

---

① 杨缵：《杨守斋作词五要》，《词源疏证》卷下，第71—74页。
② 蔡嵩云：《乐府指迷笺释》，第67页。
③ 蔡桢：《词源疏证》卷下，第1、45、67页。
④ 李清照：《李清照集》，中华书局1962年版，第79页。

指迷》指出："腔律岂必人人皆能按箫填谱？但看句中用去声字，最为紧要。然后更将古知音人曲，一腔三两只参订，如都用去声，亦必用去声。其次如平声，却用得入声字替。上声字最不可用去声字替。不可以上、去、入尽道是侧声便用得，更须调停参订用之。""初赋词，且先将熟腔易唱者填了，却逐一点勘，替去生硬及平侧不顺之字。久久自熟，便觉拗者少，全在推敲吟嚼之功也。"① 讲究四声虽未成为普遍的创作规范，但对填词中四声的分别与强调事实上有助于以平仄为核心的词律的建立，正如严格四声八病之说的永明体客观上促进了近体诗的形成一样。此外，他们还对字词、句法、修辞等作了详细申定。

与词体关系密切的缠令、缠达、转踏、诸宫调等文艺形式只求声字大体相符而非严格一一对应，因此出现了众多字少声多、声多字少甚或衬字帮腔之作。有鉴于此，文人雅士一方面强调音谱对于填词的主导性与规范性，如姜夔、杨瓒、张炎等强调一字一音，声字相协；另一方面强调词体文本的规范性与统一性，如清真词派的追随者方千里《和清真词》93 首、杨泽民《和清真词》92 首、陈允平《西麓继周集》123 首等，他们模仿周邦彦作品的四声变化，几至字声无一差别。杨瓒有《圈法美成词》，吴熊和指出："所谓圈法，实指以圈求法，重在指示和发明周词的字声或句法。"② 揭示了《圈法美成词》实为早期之格律谱。当然，起关键性作用的还是一字一音关系的确立。王灼《碧鸡漫志》所言"音节皆有辖束，而一字一拍不敢辄增损"③，《白石道人歌曲》中缀有旁谱的词采用一字一音，张枢倚声改字、一字一声严格对应。只有一字一音的倚声新法的确立，乐谱与文字谱才能产生一一对应关系，词体格律才具备建构的声字基础。

再次，词作编选客观上促进了词体的定型。词集、词选代表和确立了一种独立的文本样式与审美规范。宋室南渡之后，词坛出现了"复雅"思潮。作为现存最早的一部宋人词选，曾慥《乐府雅词》明确以"雅"为选词标准，"涉谐谑则去之"，选署名欧阳修的词 83 首而不选柳永词，并认

---

① 沈义父：《乐府指迷》，《词话丛编》本，第 280、284 页。
② 吴熊和：《唐宋词通论》，浙江古籍出版社 1989 年版，第 47 页。
③ 岳珍：《碧鸡漫志校正》卷一，第 22 页。

为"欧公一代儒宗,风流自命,词章窈眇,世所矜式。当时小人或作艳曲,谬为公词,今悉删除"。①通过将"谬为公词"的"艳曲""悉删除",彰显以欧阳修为代表的雅词,同时屏蔽和排斥以柳永为代表的俗词。在崇雅观念影响下,词人或学者又编选了《复雅歌词》《阳春白雪》《绝妙好词》等词选,通过彰显和遮蔽某些词人,以达到正体、尊体之目的。赵闻礼《阳春白雪》大量选录史达祖、吴文英、周邦彦、姜夔等人的词作,对俚俗之作尽量摒弃不录。周密《绝妙好词》也多选雅正一派,如周密、吴文英、姜夔、王沂孙等人词作均在10首以上,而辛弃疾词仅选3首,辛派词人也只选录了陆游、刘过等人的数首作品。对诗化之词或曲化之词的摒弃,不仅有助于词与古诗、乐府、声诗的区分,也有助于词与民歌、散曲、套曲之分别。

词集呈现的主要是词的文本形态,已知有《乐府混成集》《白石道人歌曲》《寄闲集》等少数词集兼收音谱,多数也已失传。词集传播势必造成人们关注词体文本的规范性与统一性。通过校正谱字、唱和拟作、选词圈点等方式,后人自觉向先贤典范之作看齐,确立了唐五代北宋词的正统与经典地位。编者通过对词体核心要素的承继,维护了以词调为代表的乐曲与文本的规范统一,不因诗曲的交互侵犯而累及词的主体性与独立性,避免了再出现同调异体或同体异调等现象。

此外,自度曲的出现与退出也具有特别意义。早期词调的创制与改编,可以说都是自度,只是有其实而无其名。"自度曲"类名的出现说明形成于唐五代及北宋时期的词调系统已然闭合,词调的创制期已然结束。它们的退出说明词体已然定型,消除了词曲之间的模糊地带,无论先乐后词还是先词后乐,都须以现有词调为基础。如果说姜夔等人的自度曲还能被接纳为词调的话,那么后来再出现的自度曲已不被纳入词调系统,词集、词谱也很少再收南宋以后的自度曲。词调不再新增,词调系统逐渐稳固,很少再有别调、异体等现象出现,进而确保了词体的历史统一与文体规范。

---

① 曾慥:《乐府雅词引》,金启华《唐宋词集序跋汇编》,江苏教育出版社1990年版,第352页。

雅词派与格律词派为突出词与之前歌诗体式的本质不同，特别强调新的倚声规范。如杨缵、毛敏仲、徐理等人细心研讨音律，为词人创作提供了可供遵循的音谱、词式，如都尊崇周邦彦和姜夔，奉守杨缵《紫霞洞谱》《圈法美成词》等音谱、词谱，遵循杨缵《作词五要》、沈义父《乐府指迷》、张炎《词源》《乐笑翁要诀四则》等倚声新法，以及有姜夔《白石道人歌曲》、张枢《寄闲集》、周密《绝妙好词》等代表性的词集、词选。可以说，"雅词派从理论到实践、从填词到唱词，已形成了一套以声字对应为核心的新的倚声规范"。[①] 随着文本规范逐渐加强，虚声、和声、衬字、叠唱等歌唱附件不再纳入词体。可以说，从词调到文本、风格、功能，词与诗曲都有了明显区分：一方面是诸如联章、缠令、缠达等组词或大曲形式逐渐转移到了曲，而词随之确立了单双片的主体结构；另一方面乐府、声诗、齐言词等回归诗体，词以长短句为其最显著特征，南宋以后也很少再将诗词混同。

词体之独立与自觉，是在诗与曲的压迫下，通过辨体而不断自我确认和建构的。词乐失坠之后，如何体现其"上不似诗，下不类曲"[②]的独特体征，也是明清学者所关心的问题。他们基于宋人关于声字关系的论述，基于文本的比勘归纳，完成了词体的新建构。与诗相较，词体规范主要体现在三个层面：一是乐曲层面，乐府、声诗可对应固定的乐曲，也可用不同乐曲进行演唱，而词所对应的乐曲、音谱是唯一的、确定的；二是歌唱方式上，乐府、声诗更多采用叠唱、和声、虚声等方式进行诗乐配合，而词的演唱主要是声字基本对应，甚至一字一声；三是文本形式上，乐府、声诗主要是齐言单片形式，而词主要是长短句的分片形式。词与曲的分别也不外这些方面，诸如曲的乐曲形式较为自由，词的较为稳定；曲唱衬字弄腔，灵活多变，词唱讲究声字严格对应；曲的平仄规范不具有普遍性，可以叶声通韵，而词的格律相对规范严谨。可以说，词与诗曲在乐曲、歌唱及文本等层面具有了系统性区分。

[①] 李飞跃：《倚声改字与词体的律化》，《文艺研究》2017年第2期。
[②] 李渔：《窥词管见》，《词话丛编》，第549页。

四　词体发展史上的三次重构

中唐时期，词体肇兴，刘禹锡、白居易、元稹等人提出"按曲拍为句""调同字不同"等创作理念，不仅指出词是按乐填词、乐主词从，还明确了曲调与词格的对应统一关系。以词调为核心的创作机制的确立，是词体独立的重要标志，它使词体获得了自身质的规定性，呈现了与声诗、乐府不同的特征与功能，从歌诗中独立成为一种新的艺术形式和文学体裁。

随着词体发展，诗曲乱入造成了大量诗词不分或词曲不辨现象。先是陈师道、李清照等批评苏轼以诗为词"虽极天下之工，要非本色"，为"句读不葺之诗"，之后姜夔、杨缵、沈义父、张炎等人关于声字关系的论述，重新确立了词乐的对应以及音谱对歌词的规范，确保了同调之词，其体相去不远。他们强调韵字的声调与基音的音高相配，反对歌韵不协或词非本调："若歌韵不谐，奚取焉？或谓善歌者融化其字，则无疵，殊不知详制转折，用或不当，则失律；正旁偏侧，凌犯他宫，非复本调矣。"[1] 在"以诗为词""以文为词""以词为曲""以曲为词"的混乱中，雅词派日趋严格的声律规范维护了词体的独立，奠定了词为一代之文学的文体基础。除南宋时期基于雅俗之辨、词曲交侵局面下的词体重构，其前后还曾发生过两次词体重建。

第一次建构是晚唐五代时期的诗词之分。面对中唐伶工词多用泛声、和声、叠唱等形式，花间词、南唐词等文士词基本摒弃了虚声、和声、衬字等，参照诗律初步规范了词体文本。具言之，一是词体中衬字、衬腔、虚声、和声、叠唱等现象削减，词体文本呈现出规范、规整的特点；二是词之联章、缠令、转踏等形式被打破，原有大曲、组曲被拆解，随着词调独立而确立了单双片为主的篇章结构；三是词集结撰以调编排，开始注意同调之词的统一规范；四是维护词调与词格的对应统一关系，出现了添

---

[1] 杨缵：《杨守斋作词五要》，《词源疏证》，第72页。

声、减字、摊破、犯调等乐曲或歌唱类型，以区分同调异体之词。此次重构主要是基于声词对应，使词之文本体式与乐谱词调对应起来。相较早期词的乐主词从、曲拍为句，这次重构使词与声诗、乐府、大曲、民歌初步分离，为维护词体的独立而奠基立桩。

第三次重构是元曲兴起之后的词曲之别。元明时期，词从内容、语言、风格上都呈现出明显的曲化特征，词曲相混现象甚为普遍。元明人以词为曲常为后人所诟病，如："元人词其流利者每似曲，又多合为一编，易于相混。白朴以《小桃红》入词，而他无论已。"① "盖明词无专门名家，一二才人如杨用修、王元美、汤义仍辈，皆以传奇手为之，宜乎词之不振也。其患在好尽，而字面往往混入曲子。"② 陈廷焯也批评说："（杨）用修小令，合者有五代人遗意，而时杂曲语，令读者短气。"③ 王骥德已注意严词、曲之辨："词之异于诗也，曲之异于词也，道迥不侔也。诗人而以诗为曲也。文人而以词为曲也，误矣，必不可言曲也。"④ 词曲实分两途，间有采入南、北二曲者，或"仍其调而易其声"，或"稍易字句"，或"止用其名而尽变其调"。⑤ 沿用词之原有调名及格律，但音乐上已有改变；或格律上稍有改动，沿用原有词调调名而音乐不同，这也是早期乐府、声诗嬗变为曲子词、联章词的故有路径。

嘉靖年间所刊的《升庵长短句》《升庵长短句续集》中已杂有散曲，瞿佑《乐府遗音》则将乐府诗与词、曲编为一集。面对散曲和套曲的强势影响，尤其别调别名、衬字俗语、声韵通叶造成的同名异调、同调异体、以题为调等现象，明清词谱或词律通过"别调""别格""又一体"等方式，将它们仍系为同调，最大程度上维护了词调的统一与词体规范。如果说第一次重构是基于诗词之辨，使词从大曲、乐府、声诗、民谣等歌诗中突围并获得了独立的话，那么第三次重构则是基于词曲之辨，抵御了俗词、散曲、套

---

① 刘毓盘：《词史》，上海古籍出版社2011年版，第149页。
② 吴照衡：《莲子居词话》，《词话丛编》本，第2461页。
③ 陈廷焯：《白雨斋词话》，《词话丛编》本，第3824页。
④ 王骥德：《曲律》，《中国古典戏曲论著集成》，第159页。
⑤ 同上书，第57页。

曲、民歌等强势文体的影响，摒弃了衬字衬句，强调同调之词在字数、平仄、用韵方面的一致性与规范性，最终基于文本格律而实现了词体的重建。

晚唐五代词体的重构，其实是基于词作汇集与词集编纂，与民间曲子、伶工词相区分，获得了体例上的新规范。南宋词体的重构是基于雅俗之辨，与缠令、缠达、诸宫调等实现了区分。明清词体的重构是基于文本比对与格律的归纳建构，与散曲、套曲实现了区分。每一种新文体的出现，也不断刺激和强化已有文体的自身认同与本质界定。这三次重构都是在不断强化词调的代表性与标志作用，强化了词调作为词体本质特征的核心地位。词在历史上的三次重构也可如下概括：一次是词有定调，即按乐填词、以词从乐；一次是调有定格，即词乐相应、声字相协；一次是格有定律，四声平仄及字数用韵等凛不可犯。由此，"词上承于诗，下延为曲。虽源流相绍，而界域判然"。①

严诗词、词曲之辨，就是对诗词、词曲的差异性亦即词体本质特征的强调。一方面强调词的本色，通过对其音乐特征的维护，以避免词体的诗赋化；另一方面强调词的雅正，通过对其文学特征的维护，以避免词体的杂曲化。相较前后两次词体建构，南宋时的词体重构更为关键，事实上确立了诗、词、曲分野的理论观念、创演方式与审美风格，维护了词体的文本规范、历史统一与独立地位。

在诗词、词曲辨体过程中，不仅词体得以界定，也使诗、词、曲形成了相对稳定的边界与文体形态。词体特征是在与诗、曲比较中逐渐确认的，亦即在诗词曲辨体中产生了相对规范。诗歌体式特征不是先天具备的，而是在发展过程中不断具备、明确和凸显的。许多文体历史上都发生过不止一次重构，每次都强化或增添了新的质素，同时也改变已有规范，呈现出较为分明的形态特征与本质功能。

五 余论

文体的界定具有历史性与相对性，它们在不断重构的过程中建立了相

---

① 万树：《词律》，上海古籍出版社1984年版，第17页。

反相成、同构共生的关系。首先，词体规范是借助诗曲才得以形成和建立的。词体文本格律的确立不仅晚于诗，也晚于曲，可以说是借助于诗韵、曲韵来建构的词韵，借助于诗格、曲谱来建构的词律。通过与俗曲、散曲、杂剧在音乐体制上的区别，词形成了相对独立稳定的声调系统；通过与诗曲在修辞上的区别，又形成了相对稳定成熟的审美风格。词乐、歌法的失坠，词的案头化，反而促成了词体的独立地位。对乐曲特征的强调使其不同于诗体，避免了词体的诗赋化；对文本特征的强调，使其不同于杂曲，摒弃了早期词体中还曾出现的添声、减字、衬字、衬句，以及移宫转调等，避免了词体的杂曲化，客观上也造成了词的"别是一家"。

其次，词体重构同时也是对诗曲的重构。"历史上任何一种文体，都是不断接受重新界定的，词体也不例外。依调填词兴起之后，同一类型的作品从传统诗体中脱离，获得了文体上的独立地位，不仅实现了词体的新生，也是对原有诗体概念的一次重新界定。同样，曲体的出现不仅是新的文体类型的独立，也是对诗、词的一次重新界定。"① 虽然词的艺术高峰出现在北宋，词的主流是艳科俗词，但其本质特征的确立及历史地位的形成却是基于南宋雅词尤其是格律词派的形成。于曲而言也是如此，正如徐调孚所说："在最初，一首可歌的诗，必定包括文字与音乐两部分，文字部分是'词'，音乐部分是'曲'；'词'和'曲'是不能相离的。到了宋代，把'词'作为一种新诗体的名称，于是'词'另有一种意义了。到了元代，'曲'又成为一种新诗体的名称，于是'曲'也不是从前的旧意义了。又因为'曲'是金元戏剧中可唱的部分，于是再把自抒胸臆纯粹是'诗'形的作品称为'散曲'，而放在戏剧中的则别称为'剧曲'。"② 词的兴起带动了歌诗界域的重新划分，将诗词曲等指称性名词逐渐实体化、定格化。

再次，诗词曲的辨别既是历史问题，也是观念问题。对词体的诸多命名是基于部分特征或阶段形态的一种揭示，如"乐府""诗余""长短句""词"等，反映了人们对词体本质特征的认识不断调整与深化。如果没有

---

① 李飞跃：《律词辨正》，《北京大学学报》2014年第2期。
② 徐调孚：《中国文学名著讲话》，中华书局1984年版，第142页。

对当时文学生态以及文化背景的深入了解，仅从具体层面对李清照、王灼、沈义父、张炎等人的词论进行索解，不但它们之间互有矛盾，甚至同一人的主张与实践也多有不符。如姜夔提出"七音之协四声"，"各有自然之理"，但究竟怎样来对应，并无明确主张。这种理论与实践不一的情况并非仅见，如沈约本人并不谨守"四声八病"之说，李清照"五音六律"说、张炎"审音改字"说等理论主张与创作实践也存在脱节，明清词律的归纳与建构互有矛盾等。这些自相矛盾、捉襟见肘的主张背后，反映了时人在新兴文体面对强势文体侵袭而可能破体时的焦虑。在诗词曲各为一代文学之今日，逾矩就意味着破体，对词体格律的维护，也是对其本性的维护，诚如林大椿所说："词之体格，既不类诗，亦不似曲，另是一种之文体。如有作者，宜保其矩律性，仅能恪守范围，从容发挥，慎勿强作解事，独创新格，仍复沿用旧有之词牌；俾词之本性，得以整个的系统之保存，以待后世有识者之研究，是亦吾人维护文化之应有责任也。"[①]

总之，词体是历史的生成，也是人力的建构，是个体的发展，也是众体的同构。有宋词史上的雅俗之辨、诗词之辨、词曲之辨，从创演、理论、批评、风格、声律等不同方面，都体现了鲜明而一致的时代主题与历史逻辑。只有在诗词曲联系发展的整体视域中，厘清哪些是客观事实，哪些是基于辨体需求的理论主张或人为设定，才能对诗词曲辨体作出系统性与贯通性解释，从而避免用线性文体观去剪裁事实，突出强调或遮蔽词体的某一方面或某一阶段特征。诗曲交侵下的词体重构，实质是词体如何在诗曲的刺激影响下逐渐独立的过程，易言之，也是词体如何影响和重塑诗曲的过程。

[①] 林大椿：《词之矩律》，张璋等《历代词话续编》，大象出版社2005年版，第1099页。

第三条道路：词乐式微与格律词的日用之道

浙江大学中国语言文学系　叶　晔

在主流词史观中，晚宋以后词乐式微与文人词的一家独大，是互为因果的关系。近十余年来，随着元明词研究的兴起，学界对后词乐时代的词与音乐之关系，有了较深入的考察。我们得以认识，"词调曲唱"是词在元明时代的另一种可歌方式[1]；小说、戏曲等说唱文学的繁荣，亦为词的生存和演化提供了不小的空间[2]。然而，无论是向上的文人化、典雅化，表现为以诗为词、以文为词，还是向下的民间化、通俗化，表现为以曲入词、以民歌入词，甚至以词入小说、戏曲，都是艺术内部的一种融合与演变，与文学外部世界的关系不大，尚不能反映词作为一种"文学文化现象"的独特体性。因此，跳出文体学的视角，考察后词乐时代中词的诸种生长方式，有利于我们更好地认识词的多阶层面相及与音乐的关系。

一般认为，词体的发展，有一个从曲子词到格律词的变化过程。二者的重要差别之一，就在于词与音乐的关系不同。早期的唐五代词中，既有《花间集》这样的文人拟艺人言，也有《云谣集》这样口头传唱的民间歌词。其中较特殊的一种类型，就是如《定风波·伤寒》《兵要望江南》这样的歌诀词。歌诀词的记诵传播形式，是否借用了曲子词的歌唱形式，我

---

[1] 张若兰：《明代中后期词坛研究》，中国社会科学出版社2010年版，第150—158页；胡元翎：《依时曲入歌——"明词曲化"表现方式之一》，《吉林大学社会科学学报》2012年第6期。
[2] 叶晔：《论古典小说、戏曲中的词"别是一家"》，《中国社会科学》2015年第11期。

们无法考证，但在词的发展早期，这一类词是可歌的、口传的、底层的、实用的，应无疑问。随着南宋以后词乐的式微，出版业的兴起，文学权力的下移，它们如何适应新的生存环境，滋生出与前代不同的文体面貌及功能特征来，是现今词学界较少关注的一个问题。在这一领域，歌诀诗的研究已走在前列[1]，适当借鉴很有必要，但如何挖掘歌诀词与歌诀诗的不同体性，不至于沦为歌诀诗研究的一种附庸，也是接下来需要留意的一个问题。

一　歌诀词的定类、源流及传播渠道

本篇所谓的歌诀词，指词调通俗便于普及，内容简明便于记诵，以知识记忆为主要功能的词文本。作为一种实用色彩较强的词作，这里有必要把它和宋代的祝颂词区别开来。南宋的民间颂词、寿词甚至赠别词，都有一定的书写程式，很多通俗类书、类选中的祝颂词，就是为了便于读者在日用场合即写即用的。词调通俗且普及、内容简明可记诵等歌诀体特征，在祝颂词身上同样具备。两者的较大不同在于，歌诀词以知识记忆为功能，而祝颂词以社会交往为功能，故后者属于应酬词而非歌诀词的范围。

在此概念范围内，笔者将歌诀词分为宣教型、知识型两大类，分别对应民间信仰、日用生活两个领域。偈颂、内丹、劝世等词类型，属于宣教型歌诀；汤药、算法、路程等词类型，属于知识型歌诀。唯占验词较特殊，两种性质兼有之。

现存最早的歌诀词，是敦煌词中的《定风波·伤寒》三首，任半塘有"宋词两万首未及医药歌括"[2] 之比较。可惜类似个案，仅此一例而已。其实，唐五代的民间歌诀数量甚大，不过大多数作品的音乐属性较难界定，不便归入歌诀词中考察。但我们须认识到，从类型学的角度来说，后世歌

---

[1] 罗时进：《宋代医学典籍歌诀类作品探论——以刘信甫〈活人事证方〉（前后集）为例》，《苏州大学学报》2017 年第 1 期；刘天振：《试论明代民间类书中歌诀的编辑功能》，《中国典籍与文化》2007 年第 3 期。

[2] 任半塘编著：《敦煌歌辞总编》卷三，上海古籍出版社 1987 年版，第 619 页。

诀词的不少子类型，在敦煌歌辞中已有体现。如见于伯2250号的释法照《归去来·归西方赞》十首，属于典型的净土宗偈颂，与宋代流行的净土词有明显的传承关系；又如见于斯5588号的《求因果》45首，任半塘分作"孝义""悌让""修善""苦学""真悟""息争"六类①，多儒家劝世之口吻，可视为劝世词的一种早期形态。

从现在的词史序列来看，署名晚唐易静的《兵要望江南》，是歌诀词第一次大规模地出现在词文献中。《郡斋读书志》称其"寓声于《望江南》词，取其易记忆"②，则宋人对其歌诀属性已有明确的认知。虽然学界对这组作品的时代归属尚有争议，但无论是张璋版《全唐五代词》，还是曾昭岷版《全唐五代词》，都对易静的创作权持肯定态度。720首的数量，放在总共1963首的全唐五代词中，非常显眼，占总数的三分之一强。它与敦煌词、花间词等一起，组成了唐五代词的基本版块与面相。在某种意义上，因为《兵要望江南》的存在，歌诀词的研究成果，有可能改变我们对唐五代词整体格局的认识，这是宋以后的歌诀词无法做到的。虽然这种奇象，只是早期词文献流存之偶然性所造成的。

《兵要望江南》这一类占验词，在两宋时期的发展如何，我们尚难判断。类似书籍在两宋公私书目中著录不少，如《崇文总目》中的《神机武略兵要望江南词》《周易断圭梦江南》，《郡斋读书志》中的《兵要望江南》，《宋史·艺文志》中的《望江南风角集》，《绍兴四库阙书目》中的《大道梦江南》等。但这些著述早已有目无书，我们只能通过书名想见其大致内容及创作声势。它们与现存720首的《兵要望江南》之间的关系，其实是不明确的。

与之相比，宗教词后来居上，在宋金元的歌诀词中颇具规模。主要有两种类型：一是保存在《大藏经》等佛教文献中的偈颂词③，尤以净土词

---

① 任半塘编著：《敦煌歌辞总编》卷三，第871页。
② 晁公武撰，孙猛校证：《郡斋读书志校证》卷十四"《兵要望江南》一卷"条，上海古籍出版社1990年版，第645页。
③ 饶宗颐在《〈李卫公望江南〉序录》中指出，"禅家之唱道词中，望江南为最常用之调，其性质实同于歌诀"，见氏编《李卫公望江南》，新文丰出版公司1990年版，第5页。

为大宗；二是道教文人的修习之词，特别是占据词史重要位置的全真教内丹词。

  与敦煌文献及兵要歌的下层属性不同，这两类词皆属于宗教上层人士的独立作品。当然，从歌诀之特性来看，偈颂词的公共性要比内丹词更鲜明一些。王安石的《望江南·三皈依》，是现存较早的文人偈颂词。在禅林内部，北宋僧词多禅理、禅趣之词，文人词的倾向较明显；进入南宋以后，纯粹宣扬教义的偈颂词渐多①，如《全宋词》所载释净圆的《望江南·娑婆苦》6首、《望江南·西方好》6首，释可旻的《渔家傲·赞净土》20首等，都是典型的净土词。这一系列创作，上承敦煌文献中释法照的《归去来·归西方赞》10首，下接元末释梵琦的《渔家傲·娑婆苦》16首、《渔家傲·西方乐》16首，形成了一个净土宗的偈颂词传统。虽然作者皆僧侣，内容以宣扬教义为主，但从元代赵孟𫖯手书净圆的《望江南》12首来看，这一类宗教词在文人世界中亦有较大的影响。

  与之相比，全真教的内丹词是否属于歌诀，仍有争议。此类型自北宋陈朴、张伯端、薛式以后渐次成熟，至金元终成大观。陶然《金元词通论》中对全真道教词有"或为口诀，或作点化"②的评价，在一定程度上代表了学界对其功能属性的游离态度。一方面，从文本生成的角度来说，它们是真人潜修的原创文字，带有较强的个人色彩，并非民间世代层累的作品；另一方面，从文本传播的角度来说，它们确有在中下层社会广泛流布的现实需求，因教化目的而在创作中植入一些口头元素，亦在情理之中。如何处理作者思想与作品形制、功用之间的关系，是我们须考虑的一个问题。但有一点毋庸置疑，即它们之所以能流存至今，实依赖于宗教文献的上层传播及典藏，无论是《大藏经》还是全真教文集，在中国古代的文献层级中，都不属于底层文献。

  由上可知，现存明以前的歌诀词，基本上有三种类型，即兵要歌诀、

---

① 周笃文《全宋词辑佚增补》据《禅宗语录辑要》等文献，补各类偈颂词176首。其中"十二时"调是否属词，或有争议；但"捣练子"调共92首，当属词无疑。《词学》第22辑，华东师范大学出版社2009年版。

② 陶然：《金元词通论》，上海古籍出版社2001年版，第211页。

偈颂歌诀和内丹歌诀。入明以后，随着民间日用类书及通俗读物的广泛流通，我们有机会看到更多保存完好的底层文献①。歌诀词的发展和变化，也因这一类通俗文献的新发现，得以被更深入而全面地关注。

首先，歌诀词的应用范围，从民间信仰扩大到日用生活。早期的占验兵要、佛偈唱颂、内丹修为，都带有较强的宗教信仰色彩，只不过后二种明确关涉佛教和道教，而前者指向广义的民间信仰。入明以后，这一功能特征渐趋淡化，很多歌诀词的内容，已非民间信仰诸事所能涵盖。如果说相面、卜算之词仍带有底层信仰的一些痕迹，那么，对日用知识的记诵，则连底层的精神寄托都谈不上，只是为了让生活便利而已。如《学海不求人》卷十七的"算法示例"《西江月》，《万用正宗》卷六的"药剂汤方"、《西江月》及《鹧鸪天》，同书卷二十的"奇巧灯谜"、《西江月》及《蝶恋花》等。歌诀内容的变化，从有诉求的宗教知识发展至无动机的日用知识，是词文本之庶民化的一个重要表现。

其次，歌诀词调的多元化，是词真正深入底层生活的一个重要标志。如果一个时代只有"望江南""西江月"等寥寥几个词牌为民众所熟知，那么，歌诀词的前景是有限的，至多是一种维系式的生存而已。明代歌诀词的用调情况，远比前代丰富，很难用便于记忆来解释。如《玉洞金书》收录占验词139首，涉及35个词调，其中"水调歌头""贺新郎""桂枝香"等皆百字左右的长调，若纯粹从体式特征来说，并不适于简明易记诵的歌诀创作。历代歌诀词的诸多类型中，无论知识记诵，还是宗教传布，一直停留在"望江南""西江月""鹧鸪天"等少数词调上，唯占验词在词调的使用上多样善变。如《万用正宗》卷三的25首相面词，有5首使用了"满庭芳"长调，而相面之法亦即广义占验术的一种，这恐怕不是巧合而已。我们追溯道教歌诀的早期形态，全真教词人就擅用各种词调甚至自创新调来阐发教义，以词传道的马钰《丹阳神光灿》百首，使用的就是"满庭芳"调，可见道教词一直以来都有使用长调的习惯。虽然从金元的

---

① 关于明代日用类书的研究，参见刘天振《明代通俗类书研究》，齐鲁书社2006年版；吴蕙芳《万宝全书：明清时期的民间生活实录》，花木兰文化出版社2005年版。关于明代日用类书中词的研究，参见汪超《论明代日用类书与词的传播》，《图书与情报》2010年第2期。

内丹词到明代的占验词，道教词的原创性在减弱，词的功能从正统的教义传布，走向了鱼龙混杂的民间信仰活动，总体上是在退步的。但如果考虑到内丹词和占验词分属两个不同的社会阶层，前者是有较高知识素养的宗教文人，后者是连基本文化修养都谈不上的算命先生，那么，在后一阶层非常有限的词学知识中（有些人可能只会"西江月"一调[①]），因为前代道教词传统的影响，引入了种类丰富、篇幅较长的词调创作，无疑是一种进步。

另外，现存宋元文献中的歌诀词，大多有明确作者；而明代日用类书中的歌诀词，甚至单刻成卷的组词，大多无名可考，即使有名可实，这个署名也未必可靠。如现存的《兵要望江南》，所有明刻本、抄本皆署名李靖；《学海不求人》载《玉洞金书》一卷，题曰《刘海蟾先生灵课颂舆》；《五车拔锦》《崇文阁万用正宗》《万宝全书》等书中，都载录了吕洞宾的叹世词。这些作者当然不可信，但至少说明此类托名在明代歌诀词中相当普遍。从有名到无名，展现了相关作品在明代知识界的生存状态和寄居阶层之下移；而从无名到托名，则看出相关作品借助普通民众的崇古心理来打开新的传播渠道的一种努力。我们可以说歌诀词在明代的生存环境进一步恶化了，也可以说歌诀词在明代被更广阔、更底层的社会群体所接受，这在一定程度上取决于观者的视角。

其实，这些在明代突起的歌诀词类型，有可能在宋元时代早已存在，只是因为文献的底层性而未被妥善地保存下来。那么，对明代歌诀词丰富面相的考察，不仅反映了日常化、底层化等近世转型之特征，还可在作品的类型及生成机制等层面，为考溯宋元歌诀词的情况，打开一个已经变相却不失真实的窗口。

歌诀词固然是独立的文本，但其短小篇幅和知识记忆之功能，更适宜于口头及抄本传播，此两种传播方式比较狭隘，且容易造成文本的不稳定。这个时候，以非独立文本的形式借助刻本传播，是对原传播方式的一

[①] 汪超指出，《万用正宗》所收《西江月》《满庭芳》两调25阕相面词，在《学海不求人》中只剩下《西江月》14阕，在《五车拔锦》《崇文阁万用正宗》中只剩9阕。原有的5阕《满庭芳》皆被删去，《论明代日用类书与词的传播》，《图书与情报》2010年第2期。

种有益补充。自南宋以来，小说、戏曲、类书成为民间诗词的重要生存土壤，这些文类构成了底层词文本的新传播渠道。《全宋词》中的不少寿词，辑自宋末元初的《事文类聚》《截江网》等日用文章类选；宋本《草堂诗余》之所以按类编选，原因之一就是便于"入话"①，配合说书艺人在话本演出时的临场发挥。以上这些情况，都反映了词在脱离音乐歌唱后，在底层社会仍有一定的市场需求。虽然这种需求，在当时主要依赖于口头或抄本的传播方式，很难以物质遗存的形式保留下来，但它们另以非独立文本的面相（小说、戏曲、类书中词），通过新兴广布的著述形式得以保存。故我们须留意，这种借特定文献保存下来的样态，未必反映当时歌诀词的主流传播情况。另外，在新传播渠道下生存的词文本，涵括了祝颂词、歌诀词等多种类型。祝颂词的实用性，主要体现在文本套式的学习上；歌诀词的实用性，主要体现在知识要点的普及上。前者应用于社交活动，后者应用于日用生活，二者的需求层次，有所不同。在服务底层社会上，歌诀固然走得更远，但对于格律词的日用之道来说，祝颂词却是连接文人日常和歌诀日用的一座桥梁。

前面将歌诀词分为宣教型、知识型两类，由于创作身份和受众群体的不同，它们进入刻本时代的时机亦不同。早期印刷业在佛教文献中接受度较高，且偈颂词、内丹词多为身份较高的僧侣、真人所撰，其词文本较早就以刻本的形式被固定下来；知识型歌诀则不同，它没有明确的宗教背景，有些组词具有明显的世代层累特征，理应经历过一个较漫长的抄本阶段，即在早期刻本时代，它们仍主要以抄本的形式传播。《兵要望江南》便是一个典例，现存八个版本中有七个是明清抄本，异文不少；《玉洞金书》两个版本之间的文本差异情况，甚至比《兵要望江南》还复杂。那么，这一类歌诀词，其抄本阶段的文本样态是怎样的？在从抄本过渡到刻本的过程中，其文本变异及定形机制又有哪些特征？虽然我们没有直接的唐宋抄本可以依据，却可通过《兵要望江南》《玉洞金书》等明本窥其一斑。甚至以此为切入点，讨论早期词文本生成、变异的某种可能性，及与

---

① 吴世昌：《〈草堂诗余〉跋——兼论宋人词集与话本之关系》，《中国古典文学研究论丛》第1辑，吉林人民出版社1980年版，第252—261页。

早期诗歌文本生成、变异的文体性差异，这是一个很有意思的话题。

二 从《玉洞金书》看歌诀词的文本变异机制

对多数词学研究者来说，《玉洞金书》是一个陌生的名字。这是明代的一部占卦书，内有上百首歌诀词，《全明词》《全明词补编》皆未收录。从词学层面考察《玉洞金书》的，首推汪超的《〈全明词〉未收词作缀补》一文[1]，他征引的版本是明刻本《学海不求人》，卷五总题曰《玉洞金书》，又题《刘海蟾先生灵课颂舆》，共收词131首。其实，此书有单刻本存世，国家图书馆现藏西畴老农署序的明万历刻《刘海蟾玉洞金书》一卷，共收词139首，笔者对勘过一遍，两书内容基本一致。另《明史·艺文志》著录有刘基《玉洞金书》一卷，归入占卜类，惜此书已佚，我们无法判断它与前二书的版本关系。

无论署名刘海蟾，还是署名刘基，相信都是书贾的营销行为而已。倒是国图本署名的"西畴老农"，值得我们留意。现存旧籍序跋中题署"西畴老农"的，有南京图书馆藏徐学谟的《南纪集》，卷首有西畴老农作于嘉靖四十一年（1562）的《南纪集引》。陆音先生考察顾氏过云楼旧藏，对此书作过介绍，他根据引文中"予雅知于君，敢僭许之，以刻于味秘草堂"一句，考证西畴老农是辽王朱宪㸅的别号[2]，结论可信。朱宪㸅是明宗室中为数不多擅填词的人，《全明词》《全明词补编》录其作品10首。他笃信道教，深受明世宗宠信，赐号清微忠教真人，与《玉洞金书》的道教背景颇为相契。《玉洞金书》署序万历己卯，即万历七年（1579），此时朱宪㸅尚在世（已废为庶人，锢高墙）。综上考虑，笔者认为，朱宪㸅或参与了此书的后期编订。

如前所言，歌诀词的传播方式，主要以口头和抄本为主，明中叶后才进入刻本时代。故现存刻本反映的文本差异，依然保留了抄本时代的一些特征，我们实可借此一窥歌诀词的早期变异情况。《玉洞金书》的两个现

---

[1] 汪超：《〈全明词〉未收词作缀补》，《词学》第23辑，华东师范大学出版社2010年版。
[2] 陆音：《顾氏过云楼旧藏拾零》，《图书馆杂志》2004年第6期。

存版本皆为刻本，单刻本卷首有西畴老农序，有可能属于藩府本；类书本则属于刊印质量低劣的书坊本。不同的书籍性质及使用对象，决定了二书编印者在文字校勘上的严谨程度。笔者无意通过刻本中的文本，来还原更早的抄本面貌，而是尝试通过不同刻本之间的文本差异，来讨论歌诀文本变异的诸种方式及其原因。诚然，我们见到的这种变异是呈现在刻本文献上的，但其内容却指向了口头或抄本传播阶段的某些特征，与记诵者、抄写者的身份及知识构成等密切相关。总的来说，单刻本的内容更精确，类书本的内容常出现低级的形讹、音讹、意讹之误。但单刻本的这种精确，是接近歌诀词的早期面貌，还是经朱宪㸅手订后的文人改作，须待进一步的考察。

笔者接下来借鉴传统的古典文献学之法，将歌诀异文分为两类。前一类是校勘学层面的异文，分为脱文、衍文、倒文、讹文四种情况；后一类是词汇学、语法学层面的异文，分为同义换用、句式转换、虚词换用等多种情况，为便于表述，笔者统称为"改文"，与校勘学视野下的四种情况相对应。以下举"鹧鸪天"词一例，来分析其中的脱、衍、倒、讹、改五种异文情况：

鹧鸪天　乙卯辰（单刻本）
匹马西风谒贵家，傍墙折得一枝花。时闻小事虽加意，愿望资财事少差。　嗟薄命，漫波查。前程事顺两交加。关山重叠多劳碌，虽得真金淘尽沙。①

鹧鸪天　乙卯辰（类书本）
匹马嘶风谒故家，因人折得傍墙花。时问小事难如意，欲望资事小差。　嗟薄命，慢慢查。前程失得两交加。关山重叠多劳落，洗出真金淘尽沙。②

---

①　佚名《刘海蟾玉洞金书》，明万历刻本（国家图书馆藏）。以下征引此书，皆简称"单刻本"。
②　佚名《鼎锲龙头一览学海不求人》卷五《玉洞金书》，明刻本（日本东京大学东洋文化研究所藏）。以下征引此书，皆简称"类书本"。

对歌诀词来说，因受词调体制的约束，出现脱文、衍文的可能性较小。以上这组"鹧鸪天"，仅类书本的上阕末韵脱去一字。我们当然可以理解为这是抄工或刻工的手民之误，但事实上，据笔者对《玉洞金书》中诸多词调的考察，作者或传播者对词调体制的了解相当有限，除了"西江月""鹧鸪天"等少数词调的使用可以确保无误外，其余未必熟悉，有些词文本与词调的差别，谬以千里。因此，以当代的词律系统来判别明代底层文人的词律知识及用调之正误，亦未必妥当，不应以脱文、衍文一概视之。

就歌诀词的文本变异而言，比较重要的是讹文、倒文、改文三种情况。笔者在此尤强调文本的可还原性，即我们是否可以通过版本间的异文，来判定哪个文本更接近作者的原貌；抑或两个文本的文意皆通，以至于我们无法在逻辑层面上判定其优先级。在笔者看来，只有可判定优先级的异文，方可视为讹文或倒文。如在上引"鹧鸪天"中，有一些字词，我们可判别其中对错及其讹误属性。有音讹之误，如"闻"误作"问"，"碌"误作"落"；有形讹之误，如"加"误作"如"。总的来说，以上两类讹误，并没有制造出不可逾越的阅读障碍。因为抄写行为本身有一套修复语意的机制，抄写者虽不明白"虽加意"为何义，可通过对整体语境的理解改为"难如意"，以确保语意的大致通顺。

但是，词中有一句，却是由于抄写者知识素养的局限，而造成了偏差较大的意讹之误，即下阕首韵"嗟薄命，漫波查"。"波查"为宋元时口语，在小说、戏曲中经常出现，泛指困苦危害后的艰辛磨折，与"薄命"一词形成对应。类书本的编者（或此版本先前的抄写者，已难考订发生在哪个环节），显然没有明白这句话的意思，径改为"嗟薄命，慢慢查"。"慢慢查"虽然脱离整首词的语境甚远，至少在三字内是有含义的，也就是说，在无法理解某词词意的情况下，抄写者会稍作改动，以确保字词组合的基本通顺，而舍弃对整体语意的追求。由此"鹧鸪天"一例，可见歌诀词传播讹误之普遍和多样，相当多的传播者不具备对口头语言或书面文字的精准辨识能力，而编印者也没有能力对已经发生的讹误作出理校式的覆改。

在口头或抄本的世界中，文本间的关系未必是直接、单向的。即使我们通过纸张、避讳等特征判定了版本的实物年代，也不代表可以判断相关文本的先后关系。故歌诀词中那些无法判定优先级的异文，我们皆可视为改文。当然，其中情况千差万别。如前引"鹧鸪天"词中，"傍墙折得一枝花""因人折得傍墙花"，为句式转换之改文；"前程事顺""前程失得"，为同义换用或近义换用之改文；"虽得真金""洗出真金"，为虚词换用之改文。以上三例，虽然形式不同，但从发生环节来看，皆为口头或抄本传播者根据自己的记诵习惯对文本作不失原意的改动，我们可视为"意改"。与之相比，另一种情况较复杂，如词中的"西风""嘶风"之别，"贵家""故家"之别，虽然改动无伤大雅，但从发生环节来看，属于口头传播者因未能听清上一位诵读者的发音，对文本作相近字音的改动，这本属于口头传播中的音讹之误，但由于我们无法判断两个文本的优先级，只能视为"音改"。当然，既然讹文有音讹、意讹、形讹之分，改文也应有音改、意改、形改之别，只不过形讹和形改发生在抄写、刊印诸环节，并非以口头传播为核心特征的歌诀词的典型样貌，这里不作过多介绍。

客观地说，以上讹文、改文之现象及分类，为口头文学的普遍特征，非歌诀词独具。那么，歌诀词较之歌诀诗及其他口传韵文的不同之处在哪里呢？笔者认为，正在于词调带给词体的丰富面相。这在《玉洞金书》不同版本的异文中，体现得尤为明显。

《玉洞金书》之于歌诀词的一大意义，在其用调的多样化。类书本收词131首，涉34个词调；单刻本收词139首，涉35个词调。现存数量在百首以上的歌诀词，另有《兵要望江南》720首，全用"望江南"调；《醒心谚》210首，除首尾4首"鹧鸪天"调外，其余皆用"西江月"调。从这两组作品不难看出，歌诀组词一般采用单一词调，且多用底层文人熟悉的"望江南""西江月""鹧鸪天"等调，有利于读者记诵。但这两条惯例在《玉洞金书》中完全失效，有违常理。此书不仅用调多样，而且对同一文本，有时用调不同，如将"柳梢青"改为"浪淘沙"，"朝中措"改为"风入松"等。这就不仅是用调多样性的问题，更涉及词调研究中的另一个重要话题，即对同一文本的改调行为。

这种对同一文本的改调,在《玉洞金书》中共有 13 例。词的改调现象,在前代颇为少见。苏轼将张志和《渔歌子》加语以"浣溪沙"歌之,学界一般视为檃栝词;同样情况还有寇准的《阳关引》和无名氏的《古阳关》,今人多视为对王维《渭城曲》的改写檃栝,而非宋人对同时代另一文本的改调。另外,文人词的改调,主要强调书面文字层面的一种技巧;而民间歌诀词的改调,则重在口头语言层面的变通和实用。现存《玉洞金书》虽为明刻本,但作者难考,不排除宋元以降世代层累的可能。若此成立,则此书不失为考察宋元时期词文本在口头传播中改调变异的一个窗口,毕竟这一类情况,倚赖现有常规的宋元词文献,我们很难还原出来。

以下姑举二例,来看底层词文本是如何在不同词调间变异的:

西江月　乙申酉（单刻本）
莫虑公庭讼事,模糊之事堪图。忧疑目下自然无,中有贵人扶助。　官鬼退而作喜,危桥反见安途。运筹帷幄可吞吴,强盛报君进步。

鹧鸪天　乙酉酉（类书本）
公庭公事两模糊。每望两日事可图。目下有忧应获吉,中间却得贵人扶。　官鬼退,庆欢娱。运筹为握可吞吴。一时决胜逢公论,正是临危却不危。

踏莎行　丙戌申（单刻本）
东头买得,西头好卖。买来那更人心爱。晓风吹起价声高,重重喜得财轻快。　便宜得了,任将看待。嫉妒壅来终无害。桃花浪暖画桥东,一只大船还稳载。

鹊桥仙　丙戌申（类书本）
东头买的,西头好买。卖更至逢心爱。晓风吹起价声高,大喜得爱财轻快。　便益得了,任堪将带。疾妒拥来无害。桃花浪暖画桥边,一只大船满载。

以上有不少例句，可佐证之前对歌诀异文的分类。如单刻本"西江月"调中"运筹帷幄可吞吴"一句，类书本"鹧鸪天"调作"运筹为握可吞吴"，这显然是抄写者听写之误造成的，我们甚至可以判断，抄写者对常用词调的熟悉程度，超过了他对典故、熟语的熟悉程度。这一点至关重要，至少证明民间歌诀在词乐式微的大势下，仍保留了常用词调的某种可歌方式。只要这些词依然可歌可吟，词调的稳定性和优先级就要高于词文本，因为歌者会根据自己的用调习惯，对词文本进行口头层面的细微改动。以此来解释上述的改调现象，或更合理。

又如单刻本"踏莎行"中的"任将看待"，在类书本"鹊桥仙"中作"任堪将带"，显然是音讹而致的前后倒文。单刻本首韵"东头买得，西头好卖"，一买一卖，语意连贯，但在类书本中作"东头买的，西头好买"，完全不知所云。笔者认为，发生错讹的原因，并非"买""卖"二字音近而讹，而是因为古代文献没有句读，不熟悉"踏莎行""鹊桥仙"句读的抄工或刻工，容易将上下相连的"卖买"二字径改为"买卖"。与其说他们理解中的句读是"东头买的，西头好买。卖更至逢心爱"，不如说是"东头买的西头好，买卖更至逢心爱"。由此可见，至少在《玉洞金书》类书本的年代，歌诀词的发展，已走过了抄本时代，开始进入刻本时代，从口头词变成了书面词。无论是类书的刊刻者还是使用者，逐渐失去了对口头韵文的敏感度，否则不可能会出现这种错误。

当然，对歌诀词研究来说，词之特性比歌诀之特性更重要，故我们还是回到改调行为本身。讨论改调，首先须解决文本先后的问题。像歌诀词这样的世代层累型文本，要判断多个版本间的先后关系，并非易事，但《玉洞金书》因有"漫波查""任将看待"等案例，我们可作出大致的判断，单刻本比类书本更接近文本的早期面貌。因为再厉害的编校者，也很难将"慢慢查""任堪将带"改回至"漫波查""任将看待"。

明确了文本的先后关系后，我们还要落实两个认识。首先，普通民众只熟悉"望江南""西江月""鹧鸪天"等词调，当牵涉一些不常用的词调时，就会错误百出，甚至文本与所标词调完全不合，难以卒读。因此，尽管歌诀词中有一定量的改调行为，却不能证明创作者或记诵者就有扎实的词律基础知识。其次，改调亦有常规的路径及法则。有的先缩写，后增句，如前引"西江月"改至"鹧鸪天"；有的先删句，后扩写，如后引"西江月"改至"清平乐"。但不管怎样，如果不涉及对词调差异性的考察，就无法与相同词调下的文本改写行为区分开来，那么，所谓的法则就只是口头诗学的共同特征，不能体现词体的独特面相，此尤须留意。

在此认识前提下，我们来关注改调的两个核心问题，一是文本变化，二是韵脚变换。文本变化的基本法则，本适用于一切文体，但落实到歌诀词中，有一个问题必须重视，即文本改调的发生，是改者据熟悉的词调来改写文本，还是据已发生的文本变异来改换词调？这涉及词调、文本二者在改写者知识体系中的优先级问题。

若是因文本变异而改调，则须符合两个条件：一是文本差异较小，停留在简单的脱文、衍文、倒文、讹文范围内；二是词调差异较小，以至于较小幅度的文本变异即可转为另一词调。从现有的13个案例来看，只有"踏莎行"改"鹊桥仙"一例符合条件。更多的情况，是词调相近而刻意改换，如"西江月"改"鹧鸪天"、"西江月"改"清平乐"等。当然，在刻意改调中，改写者词学素养较低的缘故，经常出现因改动而失调的情况。如《玉洞金书》中出现三例"朝中措"改"风入松"，改得面目全非，原词与"朝中措"调小异，而改词与"风入松"调大相径庭。笔者认为，改者缺乏基本的词律知识，只是用自己的惯调对文本进行改诵，以合长短声律，尚没有达到词体意识下自觉变调的程度。

另外，随着词调的改动，韵脚也在发生变化，部分改写者对此留意不足。如前引"西江月"词，在平仄（虞、御、遇）通押的情况下，改为"鹧鸪天"调。"两模糊"的移用和"庆欢娱"的改写，颇为应手；但改末句曰"一时决胜逢公论，正是临危却不危"，却与原韵不叶，明显失韵。作为歌诀词，本应有较强的口头色彩，改写者于韵不察，也在一定程度上说明歌诀词发展至明后期，书面性在不断增强。总的来说，《玉洞金书》中改调、改韵的成功案例不多，但对民间性较强的歌诀来说，用文人世界的平仄法则去规范，亦不尽合理，没必要过度深究。

三　现存《兵要望江南》创作时代的再讨论

借《玉洞金书》考察歌诀词的文本变异机制后，我们再来看《兵要望江南》。这组词的具体情况，可见王兆鹏先生的《〈兵要望江南〉版本及作者考辨》[①]。笔者初涉词学时，对作者易静深信不疑，由衷地感佩唐人的创造力，在词的发展早期竟有如此规模的巨制。但在对历代歌诀词有一个连贯的考察后，这些《兵要望江南》是否真是唐人所作，笔者颇有疑问。以下姑妄言之，敬请方家指正。

《兵要望江南》的版本系统，王兆鹏先生已梳理得很清楚，共有四个系统，即《神机武略兵要望江南词》（署名易静）、《兵要望江南》（署名易静）、《李卫公望江南》（署名李靖）和《白猿奇书兵法杂占象词》（署名李靖）。根据四个系统的信息相似度，以及为了论证的方便，笔者把前两个称为《兵要望江南》系统，把后两个称为《李卫公望江南》系统。现有的旧本共有八种，包括刻本一种、抄本七种，全部属于后两个系统，即《李卫公望江南》系统（今国家图书馆藏抄本《兵要望江南词》，原题《白猿奇书兵法杂占象词》，乃传抄者据《崇文书目》改题，属于第四个系统，而非第二个系统）。在这八种旧本的著录和序跋中，抄写者无论相信与否，都说是唐李靖撰，根本没提到易静。我们现在之所以将这七百余首《望江南》的署名权归于易静，是因为《郡斋读书志》《通志》《宋史》《国史经籍志》四书在著录《神机武略兵要望江南词》或《兵要望江南》时，均提到易静的名字。到了清后期，京本（即国家图书馆藏抄本）的抄写者看到了此中关联，擅自把书名改为《兵要望江南词》，把作者改为易静，至此《兵要望江南》系统和《李卫公望江南》系统开始发生联系。后来学者如周中孚、缪荃孙、况周颐等，看到的都是京本，"作者易静"说逐渐成为词学界的主流观点。而事实上，我们没有直接证据可以证明《兵要望江南》和《李卫公望江南》是同一部书。对宋代书目中记载的《兵要

[①] 王兆鹏：《〈兵要望江南〉版本及作者考辨》，《国学研究》第4卷，北京大学出版社1997年版。

望江南》的内容，我们除了知道它"杂占行军凶吉，寓声于《望江南》词，取其易记忆"① 外，其他一无所知。书目中既没有提到"望江南"词的大致数量，也没有提到具体的二级门类情况，在如此少的信息下，判定宋代书目中的《兵要望江南》和晚明出现的《李卫公望江南》是同一部书，实有些勉强。

其实，对现存《兵要望江南》创作时代的质疑，饶宗颐先生在《〈李卫公望江南〉序录》中早有论说。其证据有三条：一，《崇文总目》《宋史·艺文志》分别著录《周易断圭梦江南》《望江南风角集》二书，正对应了现存《兵要望江南》中的"周易占候""占风角"二门，故《兵要望江南》或由宋人此类作品递相增益而来；二，《望江南》自注中，有纪五代、宋末史事之句，这几首断不可能是唐人所作；三，卷末所附《五音姓氏》，以赵姓为第一姓，明显是宋人行径②。王兆鹏先生对此作了批驳，大致意思是文本局部的植入和别出，孰先孰后很难确考，某些细节的后人，无伤作品的整体真实性。这样的解释固然解决了文本细节上的一些矛盾之处，但也为笔者主张的"世代层累"说提供了一定的空间。考虑到现存最早的实物是明万历刻本，距唐甚远，笔者认为，《兵要望江南》的体量有一个从唐至明世代层累的过程，甚至在明清两代抄本的不断衍生中，仍有一定数量的补充和删并，这也解释了为什么现存八个版本的词作数量会有较大的差距。

有关《兵要望江南》的世代层累，除了各版本之间的数量差别外，其实还有一些线索可循。饶宗颐举《周易断圭梦江南》《望江南风角集》《大道梦江南》，以为"宋时以'望江南'作为占验口诀，实繁有徒，递相增益，故《兵要望江南》可积至七百首之夥"③，是很有见识的一种说法。三书与《兵要望江南》是否直接有关，固然已难考证，但《望江南》作为一种歌诀词，在宋人日常生活中的使用颇为普遍，恐难否认，前及佛教偈颂词多用"望江南"调，即为一证。另外，如果我们把现存《兵要望江南》

---

① 晁公武撰，孙猛校证：《郡斋读书志校证》卷十四"《兵要望江南》一卷"条，第645页。
② 饶宗颐：《〈李卫公望江南〉序录》，氏编《李卫公望江南》，第4—6页。
③ 同上书，第4页。

看作晚唐以来一直不变的一个整体的话，那么，明代《文渊阁书目》卷十四同时著录《兵要望江南》和《李卫公望江南》一卷，就有违常理。虽然我们可以解释为当时已有两个版本系统，但从宋代书目著录了多部《望江南》歌诀集的情况来说，《兵要望江南》和《李卫公望江南》是两部不同的书可能性亦大。近来有学者从音韵学的角度进行考察，指出《兵要望江南》的押韵特征更接近宋代音系，而非晚唐五代音系，其中最明显的是书中江韵未曾独用，而与阳、唐韵通用①。这是一个新颖的视角，别开生面，但如果仍采用整书的眼光，希望用概率的研究方法来得出非唐即宋的结论，亦未免执着。如果我们融通一些，用世代层累的角度去看《兵要望江南》的不断生成，则语言学方法的尝试将变得更有效。

其实，笔者最想强调的是，从词的发展脉络来看，逾七百首的《望江南》组词，出现在整个中国词史的早期，难道不是一个很突兀的存在吗？根据现已整理的历代词文献，就算到了清代，也没有文人创作组词能达到如此规模。单从歌诀词的情况来看，这一类型发展到晚明已是高峰，最多也不过两百余首一组而已。如果我们将《兵要望江南》的属性，从绝对的唐词，变为由唐至明的层累作品，视为若干相对独立的子集删并而成的，则歌诀词的发展史将变得更合理。文献著录也好，文本留存也罢，这些固然是重要的信息，但现实情况是，已知的文献著录和文本留存，并不存在直接对应的关系；再重要的信息，一旦违背了文学发展的基本规律，就应当引起我们的足够警惕，否则便有局部失真的可能。

前面梳理《玉洞金书》的文本变异情况，其实也有这方面的目的。从书中的音讹、意讹之误来看，《玉洞金书》保留了早期口传状态下的某些文本特征，应无疑问。而《兵要望江南》现存有八个版本（其中七个抄本），无论在书籍性质及其版本数量上，还是作者时代与版本时代的距离上，它都应比《玉洞金书》存在更大的文本不稳定性。现实情况是否如此，我们只要细读《全唐五代词》中的校勘记，便可知晓。

曾昭岷等主编的《全唐五代词》，录《兵要望江南》词720首。编者

---

① 蒋雯：《从〈兵要望江南〉的押韵特征看作者所属时代》，《合肥师范学院学报》2010年第5期。

整理了详细的校勘记，完整呈现了八个版本的文字样貌。在这些校勘记中，校勘者对词文本之异文给出明确优先级意见的，共有96例。其中"A，某本作B，非/误"格式，有45例；"A，某本作B，当以B为正"格式，有8例；"A，原本作B，据某本改"格式，有43例。①

在考察96个案例之前，我们先把讹误性异文（非改动性异文）的产生原因，分为音讹、形讹、意讹、倒讹四种；把校勘者判断其文字优先级的理由，分为音断、意断两类。用这一标准去观照已有案例，大致呈现出以下情况：

表1　　　《兵要望江南》中的讹误性异文及其判断归类

讹误原因	判断理由	案例数量	讹误原因	判断理由	案例数量
意讹	意断	17例	意讹	音断	14例
音讹	意断	9例	音讹	音断	1例
形讹	意断	32例	形讹	音断	6例
音讹/形讹	意断	2例	倒讹	音断	11例
原因不明	意断	4例			

由表1可见，形讹而意断的情况最常见，占案例总数的三分之一，形讹之误，意味着文本变异发生在抄写或刊刻环节，而非口头传播环节。意讹而意断的情况亦不少，这种情况比较复杂，西方抄本校勘学理论中有一条重要经验，即"取难不取易"，认为抄写者有对他而言较难理解的字句加以改写的冲动，特别是那些乍看有错、实则有理的异文②。这就意味着，所谓的意断，只能根据语意的是非而断，不能根据语意的远近而断。因为语意顺畅的词句，有可能是抄写者根据自己时代的知识而作出的改写；语意难通的词句，反更接近早期文本所在时代的词汇及语法习惯。故在严格意义上，据语意远近而断的情况，未必是讹误性异文，也可能是改动性异文，这17个案例，我们须谨慎对待。

最能代表歌诀词之口头传播特征的，是音讹而意断一类。表2为《兵要望江南》校勘记中11例音讹（包括音讹兼形讹）而意断的异文情况。

---

① 曾昭岷、曹济平、王兆鹏、刘尊明著：《全唐五代词》，中华书局1999年版。
② 苏杰编译：《西方校勘学论著选》前言，上海人民出版社2009年版，第3页。

可以发现，除了"知兵""知明"与"昏昏""纷纷"略有音异外，其余九例皆为同音之讹。其在音讹的复杂程度上，远不及《玉洞金书》中"慢慢查""漫波查"与"任堪将带""任将看待"二例。当然，"任堪将带""任将看待"一例，我们亦可视为倒讹之误，但《兵要望江南》中的所有倒讹，皆可以韵脚断之（11例），而"任堪将带""任将看待"之是非，无法靠音断来解决。这种音讹兼倒讹而意断的复杂情况，在数量更大、时代更早、版本更多的《兵要望江南》中，竟无一例，亦值得留意。

表2　　　　《兵要望江南》校勘记中音讹而意断的异文情况

类别序号	底本之文本	校本之文本	校勘者态度
委任其四	须要素知兵	须要素知明	从底本
委任其十七	后行刑戮择其由	后行刑戮择其尤	从校本
委任其二十四	蜂城垒	封城垒	从校本
占风角其十五	勿拘朝暮速吞攻	勿拘朝暮速吞功	从底本
占雾其四	雾气昼昏昏	雾气昼纷纷	从底本
占霞其三	霞气日辰兵	霞气日辰并	从校本
占虹其十	昼见地青天	昼见地侵天	从校本
占雷其十一	陌地一声如雷响	蓦地一声如雷响	从校本
占月其一	一一细分情	一一细分清	从校本
占鸟其六十二	一与五声将快和	一语五声将快和	从底本
占梦其七	破敌擒王有此兆	破敌勤王有此兆	从底本

综上例证，从讹文的产生机制来看，《玉洞金书》要比《兵要望江南》更复杂。这显然有违学界对两部书的时代判定，如果《兵要望江南》真是唐人之作，在经过六百多年的口头和抄本传播后，它所呈现的异文面貌理应更复杂。而事实上，版本简单且传播时间较短的《玉洞金书》，其异文情况（特别是保留口头文本变异特征的案例），要比抄本众多且传播时间久远的《兵要望江南》复杂。我们当然可以说，兵要词没有占验词那么底层，可能经过了中层文人的改订；《兵要望江南》虽抄本众多，现存版本之间的关系却可能相当紧密。但这些可能的因素，用来解释《兵要望江南》中文本变异之口头特征的匮乏，仍不够有力。何况这两个原因，本身也可被纳入"世代层累"说的解释体系之中。

四　词之底层：作为"日常"之下的日用词

如前所言，晚宋直至明初，词的音乐性逐渐丧失，其体式属性从曲子词渐变为格律词。在此不可逆的趋势下，一般认为，词的发展有两个方向，即雅化（诗化）和俗化（曲化）。前一条路，服从文人诗创作之模式，提升词境和词品，让词承担起与诗歌相通的文学功能，此为"文人词的日常生活状态"；后一条路，回归通俗文学，让词与戏曲等说唱艺术紧密互动，或词调曲唱，或语言民歌化，继续保持词的音乐性，此为"艺人词的日常生活状态"。其实，自晚宋以来，词还有一条在常规文学史之外的发展道路，罕有提及，即词的知识化倾向，最具代表性的，就是宋元明三代的歌诀词。作为词在近世社会的底层样貌，这是较之文人、艺人的"日常生活"更残酷的底层民众的"日用生存"。

元以前的偈颂、内丹、劝世、占验四类歌诀，虽在日常知识的范围内，但都带有思想信仰的色彩，不像汤药歌诀、算法歌诀等，是一种"纯知识"的记诵。知识型歌诀词虽早在敦煌文献中就已出现，但在宋元文献中近乎销声匿迹[①]，明代日用类书的盛行，为这类歌诀词的传播打开了方便之门。我们看汪超从明代日用类书中辑出的三百多首词，大多是"纯知识"的日用歌诀，或半知识半信仰性质的占验歌诀，偈颂、内丹、劝世三类歌诀较少。究其原因，还是宣教型歌诀的思想门槛较高，教化意识较浓，普通民众接受不了，他们更关注适用于日用生活的知识口诀。这个时候，占验词作为一种扎根于民间信仰的广义宗教词，显露出与众不同的亲民优势来。它不像偈颂词、内丹词那样强调个人的修为和领悟，而是旨在为百姓的日常事务指点迷津，对没有人生方向的底层民众来说，先验知识和经验知识同等重要，这也是为什么占验词的传播途径和方式更接近知识型歌诀而不是宣教型歌诀。

当然，同为占验歌诀，《兵要望江南》占验行军凶吉，《玉洞金书》占

[①]　任半塘在《敦煌歌辞总编》中指出，明高武《针灸聚英》卷四下《八法八穴歌》，乃"西江月"八首，撰人不详，可能为宋词，则《伤寒定风波》之遗法，第617页。

验日常琐事，这一转变已有明显的近世化倾向。《兵要望江南》关涉行军打仗等国家大事，一般民众读来没用，亦非普通士兵职责所在，它主要面向中上层军官，这些人都是国家精英，只是文化素养较低，阅读内容不得不浅显易懂而已。《玉洞金书》的目标读者群则不同，一是略识文字的下层百姓，便于他们照本实践；二是略通占卜的算命先生，借口耳相传将信仰扩散至社会底层。这才是真正面向底层民众的占验读物，与前代的兵要词（中上层军官）、偈颂词（佛教僧侣）、内丹词（全真教真人）等针对性较强类型相比，去文人化的倾向更明显。

在歌诀词发展的高峰期，除了720首词的《兵要望江南》外，最具规模的是210首词的《醒心谚》和144首词的《玉洞金书》，它们代表了明代歌诀词的两个方向，即民间社会中的社群力量和个体经验。这两组词的出现，意味着歌诀词这一独特的文学样式，已自觉深入民间社会的各个方面，既发挥文学文本之于社会的维护稳定作用，也依赖这块看似贫瘠的土地维系着词体的生存。这是词乐式微后的第三条道路，卑微而坚强。这条底层知识化之路究竟始于何时，实难确考，现存文献虽以明抄本、刻本为主，有的甚至散见于明日用类书中，但有可能包含了唐宋词的一部分遗产。故与其静态地将《兵要望江南》定为唐词，将《玉洞金书》定为明词，不如用世代层累的眼光，动态地看待歌诀词的发展，或许更接近历史的真实面貌。

（原载《苏州大学学报》2018年第1期）

他者视域中的数字方志建设[*]
——以燕行录中的蓟州为中心

中国社会科学院文学研究所 刘京臣

近年来,随着信息技术的发展,越来越多的方志实现了数字化,一些具有较高质量的方志数据库也随之问世[①]。无论从保存文献,还是从开发利用、服务科研的角度,将方志数字化,都是功在当代、利在千秋的善事。

那么,是不是实现了扫描存档、建立目录、识别文本、建成数据库,或者再进一步,实现了PC与移动端的访问,就意味着数字方志的建成?

在回答这个问题之前,我们先看下面这个问题:

明清时期,蓟州是否有安禄山桥?

方志详细记载一地的地理、沿革、风俗、教育、物产、人物、名胜、古迹以及诗文、著作等,那么既然与某地的桥渡相关,定然首先要翻检该地的方志。遗憾的是,现存的几种蓟州志对此皆无记载。蓟州志中失载安禄山桥,有几种可能:一是此地根本没有这座桥;二是虽有此桥,但方志失载;三是根据现有的文献,无法确知此桥是否存在。

已有的数字方志,从国图"数字方志"到爱如生"中国方志库"再到籍古轩"中国数字方志库",收录范围都严格以中国历代方志为主,在现有方志数据无法回答这一问题的时候,就意味着我们有必要开阔视野,扩

---

[*] 本文为国家社会科学基金青年项目"宋代文学地图数字分析平台研究"(项目编号:12CZW032)、中国社会科学院"中华文艺思想通史"项目阶段性成果。

[①] 例如国家图书馆"数字方志"、爱如生"中国方志库"以及北京籍古轩图书数字技术有限公司"中国数字方志库"等皆为业内翘楚。

大数字方志的文献范围。

"疏不破注",所谓"扩大文献范围",并不是要更改数字方志的收录体例,并不是要将虽与该地相关但并不符合方志体例的其他文献都纳入数字方志中,而是要转变思路,与其他综合型、专题型数据库实现联动。例如,数字方志可以考虑与《四库全书》《四部丛刊》《中国基本古籍库》《中国历代石刻史料汇编》《韩使燕行录》《燕行录丛刊增补版》等实现数据交互。通过数据交互,就能从其他数据库中抽取相应的数据,为己所用。当然,不同数据库之间的数据分享可能存在着知识产权、产品收益等一系列问题,但是如果数据提供者能够意识到数据分享、数据共享对数据分析、数据挖掘的潜在意义[①],那么至少在技术层面这不成问题。可惜的是,迄今所有的数字方志虽然也声称注重对"外国地理""外国游记"等文献的收录,但是这些文献基本上是国人对于他国(如日本、朝鲜、越南、埃及等)地理的记载,是某种程度上的"列国志"而非他者视域中的本国志,对于完善本国的方志数据,意义有限。

我们可以换个思路,从外国人记载中国地理、风物的文献中去寻找与中国方志相关的数据。明清时期,朝鲜与中国往来频繁,朝鲜使臣留下了大量记载中国疆域、山川、形胜、关隘、邮驿、桥渡、古迹、坊市、风俗、人物等的文献,部分文献具备较为鲜明的方志数据特征,在一定程度上与中国的方志数据特征相吻合,故而能够成为扩大数字方志文献来源的重要途径。

在扩大文献范围的基础上,建立起文献之间,特别是数据与数据之间的关联,有了不同类型的数据库支撑,有了大数据,就有可能发现仅凭数字方志单一数据源所无法发现的隐含信息。通过数据的整合,还有可能在数字方志的自动分析等领域有所突破。

一 一驿

众所周知,方志对时间、空间极为敏感,对一些建筑的兴建时间、具

[①] 可详参刘京臣《大数据时代的古典文学研究——以数据分析、数据挖掘与图像检索为中心》,《文学遗产》2015 年第 3 期。

体方位、格局规模等记载较为周详。一些在两国文献中皆曾出现的对象，在朝鲜文献中是如何被记载的，与中国方志的记载有何差异，为何会出现差异？这些都值得我们格外关注。朝鲜使臣往返两国，途中时常停宿渔阳驿，我们便先以此驿为例进行考察。

明天顺三年（1459），李承宜以奏闻副使赴京，九月初三（1459 年 9 月 29 日）宿于蓟州渔阳驿，有《三日宿渔阳驿怀古》。蓟州，正是当年安禄山起兵之地，诗称"不是禄山能为乱，不是太真能召兵。只是明皇无远见，至今论者多讥评"①对明皇颇多批评，李承宜此行无意中将渔阳驿明示在诗歌中，使得此诗成为朝鲜文献中与渔阳驿相关、能与蓟州方志相关联的诗歌之一。这种相关与关联，还仅局限于方志中的"诗文"层面，因为诗歌并没有提供关于渔阳驿的方位、建制等地理标示类信息。

次年（1460），徐居正奉其主命入觐于京，其间"上则观乎都城之宏壮、宫阙之崇丽、车书文物之会同、礼乐典章之明备，下则睹乎山水之高深、道途之修回、民风土俗之熙皞、鸟兽草木之咸若，凡其接于目触于心者，悉于诗发焉"②，在回朝时途经蓟州，有《渔阳驿次韵》一首。此诗与李承宜诗歌一样，也是经行怀古之作。徐居正乃东国大手笔，诗文兼擅，可谓集大成者，士林极为服膺。所以即使在 15 年之后的明宪宗成化十一年（1475），崔淑精以校理陪谢恩使赴京过渔阳驿时，仍有《渔阳驿次徐四佳韵》③向徐居正致意。诗歌深感安史之乱使中原涂炭，较之李、徐二诗更为凄怆悲凉。至此，朝鲜文献中与渔阳驿相关的这些诗歌，因缺少诸如方位、规模、建制等较为明确的地理性标志，只能被视为单纯的诗文类材料，与中国蓟州方志中的诗文部分发生关联，以补国内方志此部分之缺。

成化七年（1471）、十一年（1475）、二十一年（1485）成伣曾先后三次赴京，成化十一年还是与崔淑精、李琼仝同行，其间三人相与唱和，应

---

① 李承宜：《三日宿渔阳驿怀古》，《三滩集》卷二，《韩国文集丛刊》第 11 册，民族文化推进会 1988 年版，第 392 页。
② 祁顺：《北征录序》，《四佳集》卷七第六，《韩国文集丛刊》第 10 册，第 324 页。
③ 崔淑精：《渔阳驿次徐四佳韵》，《逍遥集》卷一，《韩国文集丛刊》第 13 册，第 28 页。

答如响，滔滔不绝。在其某次赴京路过蓟州渔阳驿时，有《还过渔阳永济桥》，其云："晚发渔阳驿，南临五里河。水深分作渡，桥断已成涡。汩没随沙转，凄凉阅岁多。曾闻路人说，安史此经过。"① 由诗歌可知，渔阳驿与"永济桥""五里河"相近，对于地图定位而言，多增加的这两个地点标示意义非凡。

弘治元年（1488）初，崔溥自济州渡海回乡奔丧，遇海难漂流至中国台州，先经京杭大运河，再经陆路辗转返朝。四月二十七日（1488年6月6日），行至渔阳驿，他写道："驿在蓟州城南五里许。驿之南有南关递运所，驿丞乃曹鹏也。"② 短短数语，交代出渔阳驿的方位，驿南有何，驿丞为谁。这些信息对于完善明代蓟州方志极富意义。二十八日，崔溥"过永济桥，桥跨龙池河，一名渔水，流入白龙港，谚传此桥乃安禄山所筑也"③。根据描述，龙池河又名渔水，此河之上有一座永济桥，传为安禄山所筑。那么这座跨龙池河的永济桥是否就是我们开篇提及的"安禄山桥"？孤证不立，我们接着梳理文献。

又是一甲子，嘉靖二十七年（1548），崔演以冬至上使赴京，经蓟州有《抵渔阳驿遇风埃涨天怅然有作》，诗前小序曰："驿在蓟州城南，安禄山起兵处。"④ 与崔溥一样，崔演也称渔阳驿在城南，只是具体在城南多少里，他未交代。再过24年，也就是隆庆六年十月二十七日（1572年12月2日），许震童"自玉田县发行，过采亭桥，午饷于别山店，到蓟州城南二里许渔阳驿，借宿莫违忠家"⑤。万历二年七月二十八日（1574年8月14日），赵宪"宿于蓟州南门外渔阳驿，驿中有达子来寓，宿于驿前莫违忠之家⑥，

---

① 成俔：《还过渔阳永济桥》，《虚白堂诗集》卷四，《韩国文集丛刊》第14册，第270页。
② 崔溥：《漂海录》（三），《锦南先生集》卷五，《韩国文集丛刊》第16册，第488页。
③ 同上书，第489页。
④ 崔演：《抵渔阳驿遇风埃涨天怅然有作》，《艮斋集》卷三，《韩国文集丛刊》第32册，第57页。
⑤ 许震童：《朝天录》，《东湘集》卷七，《韩国文集丛刊》续集第3册，民族文化推进会2005年版，第588页。
⑥ 莫违忠家，是当时燕行使臣往返经常借宿之处，朝鲜使臣常借借宿之机与百姓攀谈，刺探时政、民情乃至人心向背等。所以，如果有必要，还可以将朝鲜文献中所有与朝鲜使臣借宿民家相关的资料抽取出来，与数字方志进行关联。

家甚宏侈"①。

通过朝鲜文献对渔阳驿的记载,我们发现:至少自天顺三年(1459)至万历二年(1574)的100余年间,渔阳驿一直位于蓟州城南,虽然或言五里,或言二里,但在城南是无疑的。

国内的蓟州志是如何记载渔阳驿的?现存最早的《蓟州志》为嘉靖三年(1524)熊相所纂修,其称渔阳驿"国朝洪武三年,徙城南"②。康熙四十三年《蓟州志》称:"渔阳驿署,旧在南门外,即今之馆驿庄。故明天启二年,移于文化街之路南。崇祯年焚毁,犹存基址。今在东察院,即旧道署废基内。大门一座,东土地祠一间,康熙三十八年驿丞邬棠建。二门五间,左二间书皂房,右二间徒犯仓。堂三间,又东西各一间,堂后宅门内住宅五间,东厢房三间,西厢房四间,两厢房俱系茅舍,驿丞邬棠盖造。"③

据此可知,渔阳驿自洪武三年(1370)即移至蓟州城南。天启二年(1622)自城南移至蓟州城内文化街路南,后焚毁,复移至东察院(旧道署废基内)。这些信息与朝鲜文献记载相结合,就会发现,朝鲜文献对100多年渔阳驿位置的记载,是确凿无疑的。这对于完善、细化中国方志中的渔阳驿地理方位信息至关重要。

囿于体例,旧志对与该地相关的诗文,多仅摘名篇。在数字方志迫切需要与其他数据库建立关联时,朝鲜文献中的一些与渔阳驿相关的诗文,理应"虽微必录",理应与方志中原有的其他诗文数据建立起关联,从而成为整个数字方志体系的有机整体。

二 一桥

据朝鲜文献,我们还发现渔阳驿附近有一座跨越龙池河(又名渔水)的永济桥,这座桥据传是安禄山所建,是否属实,是否就是开篇所提及的

---

① 赵宪:《朝天日记》(上),《重峰先生文集》卷十,《韩国文集丛刊》第54册,第367页。
② 熊相纂修:《(嘉靖)蓟州志》卷二,中国国家图书馆编《原国立北平图书馆甲库善本丛书》第288册,国家图书馆出版社2013年版。
③ 张朝琮修:《(康熙)蓟州志》卷二,国家图书馆藏康熙四十三年本。

安禄山桥？

　　还是在天顺三年（1459），李承宜返程时又经蓟州，有《渔阳石桥》诗，首联"马首荒桥百尺危，行人尚认禄山时"虽然并未指出其所经过的"渔阳石桥"就是安禄山桥，但一句"行人尚认禄山时"也多少引逗出几分此桥与安禄山的关系，这更令后人心生疑窦。弘治十一年（1498），曹伟以万寿节使赴京，洪贵达送别之际勉励其多观华夏风物："至如燕昭之金台、周宣之石鼓、昌黎之山斗、孤竹之清风，莫不徙倚摩挲、瞻仰咨嗟。乃若禄山之桥、丁仙之表，亦皆吊古兴怀，发于性情，形于讽咏，其所得又岂不万万哉。"① 洪氏将"禄山之桥"与昭王台、华表柱等胜迹相提并论，可见在他看来，确有此桥可供观瞻兴吊。无独有偶，嘉靖五年十月十五日（1526年11月19日），金䥴以质正官赴京，周世鹏送别时也说："安市城边问主人，华表柱下访丁威。览山海之雄关、壮秦皇之暴威，昭王之台、禄山之桥、昌黎之杰、天祥之忠，可喜可愕，可敬可丑，可哀可乐。"② 亦将"禄山之桥"与昭王台、华表柱等并提，在他看来这些沿途景物皆能触目生感，既能"瞻眺乎山川城郭之壮"，又能"翱翔乎礼乐文物之盛"，所以我们推断可能真有一座"安禄山桥"。

　　直到嘉靖二十七年（1548），崔演以冬至上使赴京路经玉田县采亭桥时，饶有兴趣地创作了一首《采亭桥有怀》，他诗前小序中写道："桥在玉田县西二十里，跨蓝水，金学士杨绘氏所建，而采亭乃绘之号，故因名云。"③ 可见崔演经行途中对桥渡之事格外留心，将采亭桥的渊源、得名了解得一清二楚。过了玉田，便是蓟州，有《题安禄山桥》诗：

　　　　古驿渔阳是蓟门，坏桥犹自卧荒村。行人欲问州人讳，疾恶良心喜尚存。

---

① 洪贵达：《送曹太虚赴京诗序》，《虚白亭集》卷二，《韩国文集丛刊》第14册，第70页。
② 周世鹏：《送金翰林以质正官如京序》，《武陵杂稿》卷七《原集》，《韩国文集丛刊》第27册，第43页。
③ 崔演：《采亭桥有怀》，《艮斋集》卷三，《韩国文集丛刊》第32册，第56页。

小序称："蓟州城南五里,世传有安禄山桥,州人讳之。"① 依崔演所说,在蓟州城南五里,有一坐卧荒村的"坏桥",传为安禄山桥,但探问时,当地人却讳言之。过采亭桥时,崔演写道"黄尘满面困炎敲,古店萧然柳数条。行客远思杨学士,居民能说采亭桥"(《采亭桥有怀》),玉田人"能说采亭桥";到了蓟州,当地人却是"讳言"禄山桥。一"能说",一"讳言",一正一反,给崔演留下了很深的印象。此后,他又分别写到了"渔阳驿",称其在"蓟州城南";写到了"独乐寺",称其在"蓟州城西"。揆之方志,崔演写到的采亭桥、渔阳驿、独乐寺的地理方位大抵皆不谬,所以他对安禄山桥的记载也应可信。我们的推断可以再进一步:嘉靖二十七年(1548)时,在蓟州城南五里处,确有蓟州人讳言、传为安禄山桥的"坏桥"。曾在诗中写到蓟州人讳言安禄山桥的,还有权擘《晚次渔阳驿》,诗云:"客路斜阳外,邮亭古戍边。厨人饥欲爨,枥马病频颠。野暗燕山雪,城寒蓟树烟。犹余断桥在,往迹问无缘。"诗末注云:"城南有安禄山桥,居人讳之。"② 可知城南虽有安禄山断桥,但是州人讳言,所以"往迹问无缘",未得探访。

依旧是上文言及的许震童,过渔阳驿次日(1572年12月3日),他写道:"二十八日辛巳,晴。发渔阳,渡禄山桥,穿蓟州城中行八里许。"③ 在《赴北京道里馆站》中,许震童记下了禄山桥的方位:"禄山桥,在南五里,安禄山所筑。"④ 在许震童看来,蓟州城南五里处就是禄山桥。他又有一首《过禄山桥》:"渔阳桥下水西流,烟树苍茫恼客愁。孽虏垢天遗臭远,山河犹带昔年羞。"⑤ 安史遗臭,使大好河山数百年蒙羞。既然蒙羞,便欲一洗之。万历二十五年(1597),李晬光经过安禄山桥时,正值"谯楼画角暮城头,山色苍苍落日愁",诗人深感"遗愤千年桥下水,至今难洗禄儿羞"⑥,在他看来,此地因安禄山叛乱而蒙羞,即使奔流的河水也难

---

① 崔演:《题安禄山桥》,《艮斋集》卷三,《韩国文集丛刊》第32册,第57页。
② 权擘:《晚次渔阳驿》,《习斋集》卷二,《韩国文集丛刊》第38册,第44页。
③ 许震童:《朝天录》,《东湘集》卷七,《韩国文集丛刊》续集第3册,第588页。
④ 许震童:《赴北京道里馆站》,《东湘集》卷七,《韩国文集丛刊》续集第3册,第599页。
⑤ 许震童:《过禄山桥》,《东湘集》卷三,《韩国文集丛刊》续集第3册,第552页。
⑥ 李晬光:《禄山桥》,《芝峰集》卷十《朝天录》,《韩国文集丛刊》第66册,第99页。

以洗刷掉这种羞辱。

朝鲜使臣对蓟州有一种复杂的心情,此地既有贤太守张堪,又有犯上作乱的安禄山,竟然还有一座横亘河上的禄山桥。清顺治十三年(1656)八月,麟坪大君李㴭赴京。九月十九日(1656年11月5日),"渡渔阳石桥,水源自大漠流入中国,下为运流河,经百余里入于海。石桥一号禄山桥。禄山虽起渔阳,既是贼子,何乃留号此桥耶?千载河流,犹自不平。桥北有石碑,乃《永济桥重修记》,永济亦其渔阳桥一号也。桥下虹门,渔艇出入,河广可想。渡城南石桥,入阳和门,是城之南门"。① 所谓"千载河流,犹自不平",也正是诗人所说的:"谁人乃作此桥名,每欲回车意不平。从古蓟门征战地,夕阳残郭暮烟生。"②

借朝鲜文献来发现、定位安禄山桥,主要通过以下两个阶段:一,部分记载较为虚化,只能推断蓟州可能有一座安禄山桥;二,有些记载非常肯定,明确表示在蓟州城南五里(或曰城南)确有安禄山桥,并且这座桥还有一个名字"永济桥"。兹将这两部分材料梳理如下:

时间	作者	文献描述	文献出处	备注
天顺三年(1459)	李承宜	马首荒桥百尺危,行人尚认禄山时	《渔阳石桥》	根据文献,只能推断可能有一座安禄山桥
弘治十一年(1498)	洪贵达	乃若禄山之桥、丁仙之表,亦皆吊古兴怀,发于性情,形于讽咏	《送曹太虚赴京诗序》	
嘉靖五年(1526)	周世鹏	览山海之雄关、壮秦皇之暴威,昭王之台、禄山之桥、昌黎之杰、天祥之忠,可喜可愕,可敬可丑,可哀可乐	《送金翰林以质正官如京序》	
弘治元年(1488)	崔溥	过永济桥,桥跨龙池河,一名渔水,流入白龙港,谚传此桥乃安禄山所筑也	《漂海录》	永济桥,传为安禄山桥

---

① 李㴭:《燕途纪行》(中),《松溪集》卷六,《韩国文集丛刊》续集第35册,民族文化推进会2007年版,第278—279页。

② 李㴭:《次方叔过禄山桥》,《松溪集》卷二,《韩国文集丛刊》续集第35册,第217页。

续表

时间	作者	文献描述	文献出处	备注
嘉靖二十七年（1548）	崔演	蓟州城南五里，世传有安禄山桥，州人讳之	《题安禄山桥》	
?	权擘	城南有安禄山桥，居人讳之	《晚次渔阳驿》	
隆庆六年（1572）	许震童	1. 二十八日辛巳，晴。发渔阳，渡禄山桥，穿蓟州城中行八里许	《朝天录》	城南五里/二里城南确有安禄山桥
		2. 禄山桥，在南五里，安禄山所筑	《赴北京道里馆站》	
		3. 渔阳桥下水西流，烟树苍茫恼客愁。蘖房垢天遗臭远，山河犹带昔年羞	《过禄山桥》	
顺治十三年（1656）	李澝	1. 渡渔阳石桥……石桥一号禄山桥。禄山虽起渔阳，既是贼子，何乃留号此桥耶？千载河流，犹自不平。桥北有石碑，乃《永济桥重修记》，永济亦其渔阳桥一号也	《燕途纪行》	
		2. 谁人乃作此桥名，每欲回车意不平。从古蓟门征战地，夕阳残郭暮烟生	《次方叔过禄山桥》	

至此，基本可以断定：明清时期，蓟州城南五里处，确有一座安禄山桥，也被称为永济桥。但文献对安禄山桥（永济桥）位于哪条河上仍有分歧，这时就有必要从国内的方志中去寻找辅助材料。《明一统志》《清一统志》《畿辅通志》等对流经蓟州之河流皆有记载，其中《日下旧闻考》记载河流、桥梁尤为详备。兹将《蓟州志》中相关记载梳理如下：

河/桥	方位	又名	兴建/重修时间	文献来源
沽河	州南五里	不知何时建永济桥于上，故又更名永济河		嘉靖三年（1524）《蓟州志》
沽河	州南五里			康熙四十三年（1704）《蓟州志》
龙池河	在州南	一名渔水		嘉靖三年（1524）《蓟州志》

续表

河/桥	方位	又名	兴建/重修时间	文献来源
龙池河	州南一里。逶迤三里,东南流入沽河	一名渔水		康熙四十三年(1704)《蓟州志》
永济桥	城南五里,跨沽河		相传金大定间建……尝淤塞为平地,天顺庚辰复浚之……襄城李敏有记……正德七年……为浮桥,有记在焉	嘉靖三年(1524)《蓟州志》
永济桥	州南五里,跨沽河		先曾河北徙桥淤为陆,后又南决,是以重修。今又北徙桥淤于河之南为陆地,每于秋冬春则搭土木桥而行,夏月必需船渡。康熙四十年,知州事陈公廷柏劝捐造渡船二只以济行者	康熙四十三年(1704)《蓟州志》
龙池河桥	南门外百余步,跨龙池河		辽统和间建	嘉靖三年(1524)《蓟州志》
龙池河桥	州南里余			康熙四十三年(1704)《蓟州志》

综合朝鲜文献、中国方志,特别是嘉靖、康熙《蓟州志》,可以得出如下结论:明清时期,沽河在蓟州城南五里处,其上有永济桥,相传为金大定间所建①,永乐间淤塞为平地。正统三年(1438)曾疏通之,未几复南决。天顺四年(1460)二月十二日至三月初二重修,复垒石为桥。万历三十二年(1604)五月至三十四年(1606)四月,增修为石桥。康熙四十年(1701),以渡船济行者②。

至于龙池河,则在城南一里,其上有龙池河桥。所以弘治元年(1488)四月二十八日(1488年6月7日),崔溥称"过永济桥,桥跨龙池河,一

---

① 《(嘉靖)蓟州志》卷三《桥渡》。
② 详见李敏《永济桥记》、成宪《增修永济桥记》,《(康熙)蓟州志》卷八《碑记》,国家图书馆藏清康熙四十三年刊本。

名渔水,流入白龙港,谚传此桥乃安禄山所筑也",是将沽河与龙池河、将永济桥与龙池河桥混为一谈,并不确切。

朝鲜使臣所称安禄山桥,实际上就是中国方志中的永济桥。同是那座石桥,在不同的语境中出现了不同的称呼。官修方志中,不太可能出现以乱臣贼子来命名的桥梁,这可以理解。朝鲜文献屡屡称道,似非空穴来风,这是否说明当时民间确实曾这样称呼过此桥?

三 一祠

不妨再回到开篇那个问题:明清时期,蓟州是否有安禄山桥?

最初,我们的论证思路是:既然涉及某地的桥梁,自然要先从本国的该地方志入手,查无所获后,借助朝鲜文献寻觅到线索,再转回中国方志,两国文献交相印证,最终得出结论。

这样论证、推演,是基于我们认为"蓟州是否有安禄山桥"是一个地理问题,是一个是或否的简单问题。我们忽视了一点,这个问题所涉及的"安禄山"自载入史册便具有了价值判断,所有的主流声音都对其持批判态度,在这样的思想体系与价值体系之下,我们怎么能指望官修的方志、史书中出现以其命名的石桥?所以,官修方志中"安禄山桥"的缺失,是一个必然。但是,我们所忽视的民间声音或曰民间立场,却没有那么多的禁忌,朝鲜使臣所记载下来的"安禄山桥"之名,不正来自民间,不正是民间的称法吗?

康熙十五年(1676),李瑞雨过蓟州,写下了《娘娘庙在蓟俗传禄山所立杨妃庙》诗:

谁将十万洗儿钱,博得荒祠蓟岫颠。肠断胡儿恋乳处,鸡头新肉玉团圆。

诗歌由"洗禄儿""鸡头肉"等传说中的安、杨亵事勾连而成,了无深意。诗题却蕴含了重要信息:蓟州有一座相传是安禄山为杨贵妃所立的娘娘庙。所谓的"俗传",正是民间传闻。当李颐命看到蓟州路边的安禄山、杨贵妃庙时,也忍不住说:"渔阳遗俗尚淫祠,妃子终归锦褓儿。地下明皇能悟未,鸿都道士果逢谁。"① 在他看来,蓟州竟然有安、杨二人庙,他推断说大概是因为此地"遗俗尚淫祠"吧。

蓟州一地"淫祠"之风,由来已久。早在清王朝定鼎不久,成以性过境蓟州时便有此感慨。顺治二年五月二十日(1645年6月13日),他在《燕行日记》中写道:"二十日辛丑,阴,卯初发程。中火于庙堂前,乃关王庙也。关王之庙,无处无之。而至于淫祠寺刹,遍满村间。路上无人之地,亦皆处处建祠,相望不绝。城邑之中,殆无虚地,金碧照耀,匾额辉煌。"② 无论是无人之地还是城邑之中,"淫祠寺刹"处处可见,这种大背景下,出现安禄山祠、杨贵妃庙,似乎就好理解了③。

但是这些只能出现在百姓生活中,只能出现在朝鲜使臣笔下。《蓟州志》中虽也常有"坛庙"之列,但其主旨或昭明德,或祈神佑,且多为风雨雷神坛、文庙、城隍庙、火神庙之类;至于"祠",则选"能兴利去弊、有恩德及民者作祠以祀之","墓者,慕也,形归窀穸,其嘉言懿行令人思慕而不能忘者,望其墓而慕之"④。据此可知,若以官方立场,是绝无可能为安禄山立祠建庙的,也绝无可能将民间可能存在的此类祠庙记载到方志中。所以,朝鲜使臣笔下屡屡出现的安禄山祠、贵妃庙,反映的是民间的真实情况,并且这种真实是官方所不愿见到、不能载入史册的。

那么,朝鲜使臣记载下来的安禄山祠、杨贵妃庙,对于我们而言又有何意义?

其一,这些隐含在朝鲜文献中的信息,是补充、完善数字方志不可或

---

① 李颐命:《次副使禄山贵妃庙韵》,《疏斋集》卷一,《韩国文集丛刊》第172册,第65页。

② 成以性:《燕行日记》,《溪西逸稿》卷一,《韩国文集丛刊》续集第26册,民族文化推进会2006年版,第92页。

③ 葛兆光先生大作《明烛无端为谁烧:清代朝鲜朝贡使眼中的蓟州安、杨庙》(《书城》2006年第2期)曾对清代蓟州的安、杨祠庙进行过考察。黄钟大吕,惠人良多。

④ 《(康熙)蓟州志》卷二。

缺的重要材料。我们之所以称其"不可或缺",主要因为这些隐含信息,往往是当时社会生活最为真切生动的反映,这种真切与生动,在官方的方志话语体系中是见不到的。如果不将这一部分内容补充进来,我们就会以为在当时的蓟州,百姓尊奉的只有孔夫子、关帝、火神……很难想象百姓竟然会向安禄山这样一位为正史所不齿之辈"以祈冥佑"。从这个意义上讲,是补缺,并且所补之缺,是中国历来方志所刻意回避的。

其二,除了关注到了隐含信息,我们还应注意隐含信息的变化。乾隆四十三年五月十二日(1778年6月6日),李德懋过蓟州时注意到:"距城十里,田畔有两石人,一大一小,大者禄山小者庆绪,行人以石投其面,至目陷鼻塌,状甚狞丑。山顶有庙,同祀禄山贵妃云。"① 此时,既有禄山贵妃庙,距城十里的田畔,又有被百姓以石投面的安禄山安庆绪二石人。既有祀者,亦有恨者,这也是一种民间立场的转变。到了道光九年二月初六(1829年3月10号),朴思浩自京返程过蓟州,见渔阳石桥旁,见"二石人并肩而立,若面缚者然。行人指点曰:'禄山、贵妃,昔为唐家乱阶,故刻石像,从而缚之,立于渔阳之地,以谢千古云'"。② 朴思浩借行人之口说道,之所以立石缚之,"盖中国人愤尚未免,故致有此说也"。由此可见,当时在蓟州确有二石人,虽然不能确知所立者究竟为何人,但无论是"以石投面"以至于"目陷鼻塌",还是"从而缚之",百姓对其态度却是昭昭无疑的。故而,我们可以说,蓟州的安禄山祠、杨贵妃庙,是淫祠之风的表现;所立二石人,又是百姓恶恶贱不肖的明证。

祠/庙代表了一种民间立场,石人又代表了一种新的立场。这两种立场本身,特别是两种立场之间的转变,借助朝鲜文献记载了下来。这些隐含在异国文献中的真实生动的社会风貌,对于我们理解和还原当时的社会场景,颇具意义。

其三,无论是对安禄山桥、安禄山祠、杨贵妃庙,还是对二石人,朝鲜使臣在记载时多有自己的态度与立场。像"弹鞭吟度禄山桥,处处斜阳

---

① 李德懋:《入燕记》(上),《青庄馆全书》卷六十六,《韩国文集丛刊》第259册,第215—216页。

② 朴思浩:《燕蓟纪程》,《心田稿》(一)。

酒旆摇。红杏绿杨春十里，几将兴废问渔樵"① 这种借古咏怀的、像"自是明皇遗虎患，非缘胡羯朵羊颐。当时若听九龄计，天宝何曾有乱离"② 这种批评明皇的，皆不指斥当下与时政，此类文字在中国的方志中亦不少见。相较之下，一些借机对当下与时政颇多讥讽、批评的，往往更有价值，因为它所体现出来的，是异国的他者之声，这种声音在中国的官修方志体系中肯定是要被遮蔽、被淹没的。所以，依托朝鲜文献，才有可能还原当时复杂多面的社会风貌。

四 结语

随着信息化的汹涌大潮，很多领域投入这股科技洪流中，很多研究者也意识到了应对数字方志进行理论创新与技术升级。在国家层面，2015 年，国家科技支撑计划"中国地方志数字化关键技术研究与演示平台设计"项目正式启动，国家图书馆、汉王科技有限公司、华中师范大学分别负责源数据加工、知识抽取、可视化实现等子课题。这个项目是现阶段对数字方志从理论创新，到技术架构，再到应用实践的有力尝试，是数字方志领域的深耕之举。

但也正如开篇所说，即使我们将已知已有的所有方志实现了数字化，实现了文本知识的自动抽取，简单事件的自动系年、分析，以及可视化呈现。它所面对的对象，也仅仅是所有方志，超越了方志范围的其他信息便无能为力了：它无法回答"明清时期，蓟州是否有安禄山桥"这个简单问题，就是一个明证。

所以，未来的数字方志建设，应注意借助其他已经成熟并广泛应用的数据库，与其中的相应字段建立关联，实现文本知识的匹配、抽取③，这

---

① 柳思规：《送郑佐郎熙绩赴京》（其六），《桑榆集》（上），《韩国文集丛刊》续集第 4 册，民族文化推进会 2005 年版，第 327 页。
② 赵纬韩：《渔阳桥》，《玄谷集》卷五，《韩国文集丛刊》第 73 册，第 219 页。
③ 徐蒙蒙《地方志时空数据组织与应用》（硕士学位论文，南京师范大学，2014 年）从时间、空间的数据特征、数据建模及数据库建设等角度展开，对相关研究很有裨益。

样一来，能够使尽可能多的数据库联动起来，从而实现数据的交流与互补。数据交流起来，会出现很多情况。不同来源的数据，可能会表现、印证同一个问题，也有可能在某一问题的推论中出现差异、矛盾，还有可能出现自说自话等情况。我们应当明白：数据越多，就越有可能发现隐含的信息，也就越有可能接近与还原真实。

就本文的推演来看，如果不借助朝鲜文献，就无法确知自天顺三年（1459）至万历二年（1574）这100余年间，蓟州渔阳驿的具体方位；无法知道明清时期蓟州不但有安禄山桥，还有安禄山祠、杨贵妃庙等。于我们而言，最为关键的，不是呈现出来的这些表象，也不是表象背后的隐含信息，而是所有这一切背后的鲜活与真实。我们所选择的一驿、一桥、一祠，是很小的例子，却能从中窥见数字方志领域的发展方向。扬帆远行，正当其时。

宋代词科与士人的文学交游

厦门大学　中文系　钱建状

宋代词科考试，是一种以振拔应用文写作人才，特别是庙堂代言词臣为目标的科举考试科目。从北宋后期，迄南宋末，这一考试科目，与宋代文章学、骈体文的关系极为紧密。近年来，宋代词科考试对宋代文章学、骈体文以及文学批评的诸多影响，逐渐为研究者所关注。但是，从宋代词科考试的考试程序，以及考前士人应考策略等方面，来分析宋代词科考试的，似不多见。词科考试的专门化倾向与区别于其他类型考试的特殊性，仍未被充分地揭示出来。这就必然给我们正确描述宋代词科考试的运行轨迹及其文学影响制造了困难。有鉴于此，本文以士人文学交游与文学活动为研究重心，力图对宋代词科考试的某些环节进行细化与补充，以此为进一步解释宋代词科考试与文章学、骈文的内在联系提供参考。

一　投献

宋代词科，名称凡三变，哲宗绍圣元年，此科始立，称"宏词科"，至徽宗大观四年，试法稍加变更，称"词学兼茂词"，高宗绍兴二年，易为博学宏词科。理宗嘉熙三年，因习词科者少，在博学宏词科之外，别立"词学科"，"止试文词，不责记问"[①]，但仅行之七年，且所试较易，为世

[①] 嵇璜：《续文献通考》卷三十七《选举考》，《影印文渊阁四库全书》本，第627册，第237页。

所轻，因此史籍记载较少。词科者，乃宏词、词学兼茂、博学宏词三者之通称。

哲宗朝立宏词，似与制科之废有关。马端临在《文献通考》中说："绍圣元年罢制科，自朝廷罢诗赋，废明经，词章记诵之学俱绝。至是而制科又罢，无以兼收文学博异之士，乃置宏词，以继贤良之科。"①《宋史选举志》及《文献通考》皆以制举与词科混列，而《宋会要辑稿》选举一二，于宏词科之上冠以"制科"二字，这是视词科为制举在著书体例上的体现。但"置宏词以继贤良之科"这一表述，考诸事实，并不准确。宋代制举在设科目的、应试资格、考试内容、考试程序等方面，与词科区别很大。

其一，宋代制举，以振拔非常之士为目的，而词科之设，专为振拔代言人才，用意不同。

其二，就应举者的资格而言，通常情况下，应制举者，须由人论荐，不得投牒妄请。而应词科者，则允许自举。

其三，宋代制举，有阁、殿二试，而词科仅上舍或省试一试。在考试环节上，词科较为简化。就主持考试的机构而言，制举经过皇帝亲试，方可推恩。而词科则由省试主考官主持，考试结果上呈三省或中书看详覆核。宋人视词科不若制举之重，由此略可见出。

其四，宋代制举，"兼用考试、察举之法"②，因此，士人之德行、气节、才干、学识、文词，一一要纳入考察的范围。所谓"特于万人之中，求其百全之美"③，其取士所悬的标准，过于完美，也过于理想化。而宋代词科，重点考察应试者的知识面与组织文词的能力。应举者比事秘属词辞、抽黄对白的能力，是能否中程的关键。

以上几点，是宋代制举区别于词科的几个关键要素，也是我们理解宋代应词科者考前文学活动和社会交游的重要依据。

---

① 马端临：《文献通考》卷三十三《选举考》（六），中华书局1986年版，上册，第315页。
② 苏轼著，孔凡礼点校：《苏轼文集》卷四十六《谢制科启二首》第4册，中华书局1986年版，第1312页。
③ 同上。

宋代应制举人，为了取得应举资格，往往要编辑文卷，投献给可以荐举他们的高级官员。根据宋代制举诏令的规定，学士、两省、御史台五品以上，尚书省诸司四品以上，于内外京朝官、幕职州县官及草泽中，可以举贤良方正之士各一人。这些可以举荐贤良的高层官员，是宋代应制举者最主要的投献对象。由于名额有限，应举士人，在考前的竞争就很强烈。宋代士人，在应制举之前，往往有频繁的投献活动，现存的宋代应制举者的文集，其中保留了大量他们投献时所书的书信，就是一个有力的证明。

而宋代应词科者，无论是应宏词、应词学兼茂，还是应博学宏词科者，无须保举，可以自由于礼部投状就试。哲宗朝，登宏词首科的赵鼎臣在谢启中说，"虽投牒之且千，来思不拒；而限员之以五，中者几希"①。极言中程之难，是年登科者五人，而应试者"且千"，当是虚语。但"来思不拒"，当是事实。宋代应词科人，在考前也要向在政治上、文学上（特别是有词学才能者）的当世闻人投卷，但数量并不算多。这一方面可能是宋代应词科者的文集散佚太多，另一方面，则可能与怀牒自进的制度有关。

就现存的资料来看，宋代应宏词科者，其投献的对象，主要包括宰相、曾应词科人等者，以及有可能成为礼部考试官的朝中文臣这几类。

王应麟《辞学指南》卷二引野处洪公赞所业书曰："昔丁文简公未遇之日，手其所为制诰一编赞诸王公大人之门。人见者皆非之，丁独毅然不顾，曰：'异日当有知我者。'其后直掖垣，登玉堂，以至政地，而昔日所为文始尽得施用。有志者事之竟成如此。②"野处，洪迈之号，其《赞所业书》，收入《国朝二百家名贤文粹》，题曰《上秦师相赞所业书》。其文略谓：

> 会天子设两科以取士，闻有所谓博学宏词者，就求其术，或出所

---

① 赵鼎臣：《竹隐畸士集》卷十一《谢宏词启》，《影印文渊阁四库全书》本，第1124册，第202页。
② 王应麟：《玉海》卷第二百二《辞学指南》，《影印文渊阁四库全书》本，第948册，第292—293页。

试文章，则以制诰为称首，于是私窃喜幸，……棘闱既辟，一上而不偶，退因自取所试读之，则……是其业不本实而其中空虚无有而然也。……或教之曰："大丞相秦公道德淳备，文章隽伟，方驾乎前人，宗师乎当世，盖其始也实以此科进，晚出之士不能亲炙先烈以增益其所不及，是亦自弃也已。"……旧所拟制诰、杂文凡十篇，谨赋诸下执事，……愿安承教①。

洪迈于绍兴十五年试博学宏词科中选，赐同进士第。故"棘闱既辟，一上而不偶"，当指绍兴十二年应科试落选之事。是年正月，洪迈曾随二兄同赴临安应词科试，二兄中选，而洪迈不偶。《上秦师相赘所业书》当作于绍兴十二年至绍兴十五年之间。秦桧宣和五年中词学兼茂科。绍兴二十三年，陆时雍刊词科时文总集《宏词总类》，"以秦桧之文冠其首"②，洪迈书中称"将求大手笔北面而师之"，不完全是违心之言。但是在洪迈试博学宏词前，洪遵、洪造已同年中程，洪迈长年随二兄习词科，其词科程文亦自不俗。他以所业向秦桧投卷，内在的动机并不仅为求教益。

宋代的宰相，往往左右词科考试的最终结果，应考人即使宏词中程，若曾触怒宰相，就有可能被黜落。据朱子《傅自得行状》载："初，秦丞相桧以公忠臣子，年少能自力学问，有文词，通吏事，遇之甚厚，然亦疑其刚果负气，终不为己用，故虽使之连佐两郡，然皆铨格所当得。召试博学宏辞科，又已奏名，而故黜之。"③潜说友《（咸淳）临安志》卷六十七人物八载："洪咨夔，为文典丽该洽。……应博学宏词科，有司奇其文，时相恶人以科目自致，报罢。"④宁宗嘉定间，朝廷未尝诏罢博学宏词科，

---

① 曾枣庄、刘琳主编：《全宋文》卷四九一五第 222 册，上海辞书出版社、安徽教育出版社 2006 年版，第 18 页。
② 方回：《桐江集》卷三《读宏词总类跋》，江苏古籍出版社 1988 年版，第 208 页。
③ 朱熹撰，朱杰人等编：《朱子全书·晦菴集》卷九十八，上海古籍出版社、安徽教育出版社 2002 年版，第 4543 页。
④ 潜说友：《（咸淳）临安志》卷六十七《人物》（八），《影印文渊阁四库全书》第 490 册，第 699 页。

但有司看宰相脸色可否上下，望风承意太过。"每遇郡试，必摘其微疵①"，"（嘉定）戊辰以后时相不喜此科，主司务以艰僻之题困试者，纵有记忆不遗，文采可观，辄复推求小疵，以故久无中选者②"。因此，十七年间，仅陈贵谊一人中程推恩。士人因之弃而不习宏词，博学宏词科遂式微。宰相可否，是宏词考试进程的一个关键环节。因此，应宏词者，在考前以所业向宰相投献，以博其一粲，也就不算奇怪。

周辉《清波杂志》卷三"宏词取人"条载：

> （族叔）初试宏博，以所业投汤岐公，时季元衡（南寿）待制亦投文字，汤尝师之，初许其魁夺。一日谓季曰："近有一周某至，先生当处其下。"既奏名，季果次焉③。

周辉族叔周麟之，绍兴十八年与季南寿应博学宏词科中程。二人以所业投汤思退，事当在绍兴十七年或绍兴十八年春。据《宋会要辑稿》选举一二载，绍兴三年新立博学宏词科，较之北宋宏词、词学兼茂科，改动处较多，一是不限有无出身命官，并许应诏。二是愿试人先投所业三卷，朝廷降付学士院考其能者召试。三是命官非见任外官，许径赴礼部自陈。若见在任，经所属投所业，应格召试，然后离任。四是试卷由试官考校中程者，不仅申三省看详，其"内制诏书依例宰执进呈"④。其应试的基本流程为士人投所业三卷——朝廷付学士院考其词业，能者召试——省试试官考校，中程者申三省看详——内制诏书等由宰执进呈——推恩。据《建炎以来系年要录》《南宋阁馆录》《绍兴十八年同年小录》等书所载，汤思退绍兴十五年博学宏词科中程后，本年四月，除秘书省正字，绍兴十七年五月，由秘书省正字兼提举秘书省编定书籍官，守司封员外郎。绍兴十八年

---

① 叶绍翁撰，沈锡麟等点校：《四朝闻见录》甲集，"宏词"条，中华书局1989年版，第35页。
② 陈振孙：《直斋书录解题》卷十五，上海古籍出版社1987年版，第451页。
③ 周煇：《清波杂志》卷第三，上海古籍出版社1991年版，第24页。
④ 徐松著，刘琳等校点：《宋会要辑稿》选举一二第9册，上海古籍出版社2014年版，第5500页。

三月，仍在司封员外郎任。绍兴十九年由尚书司封员外郎试秘书少监，绍兴二十年为秘书少监，绍兴二十一年直学士院。绍兴十七年三月，朝廷下科举诏。至周麟之等中程，汤思退先在馆阁，后在吏部司封司，并非学士院官员。因此，周麟之、季南寿向汤投"所业"，属投献所进，与应词科人向朝廷投所业三卷，并非一回事。

南宋词科考试，地点在礼部贡院。其考试场次，据刘埙《隐居通议》卷三十一《杂录》"贡院排场日分"载：

> 二月初一日、初二日、初三日，引试太学、诸州军正解、免解诗赋论策三场。
>
> 二月初六日、初七日、初八日，引试太学、诸州军正解、免解经义论策三场。
>
> 二月十二、十三日、十四日，引试博学宏词三场，并宗子取应二场①。

博学宏词所差阅卷官，在省试考官中差，而由知贡举、同知贡举统筹负责。例如开禧元年试博学宏词科，阅卷官为同知贡举李大异。宁宗嘉定四年，徐凤、刘澹然应词科，由点检试卷官陈璧阅卷②。绍兴十七年、十八年间，汤思退尚非两制官员，且在朝官职未显。周辉所记汤允诺季南寿"初许其魁夺"云云，恐失实。据《绍兴十八年同年小录》，是年省试知贡举为尚书吏部侍郎并权直学士院边知白，同知贡举为尚书礼部侍郎周执羔、右正言巫伋，其余参详官八人，点检试卷官二十余人，汤思退不在其中。周麟之等词科入等，与汤无关。但此年省试后，汤思退为殿试覆考官。汤思退词科出身，又在朝中吏部为官。从其资格与词科背景来看，他

---

① 刘埙：《隐居通议》卷三十一《杂录》，"前朝科诏"条，《丛书集成初编》本，第332页。

② 叶绍翁撰，沈锡麟等点校：《四朝闻见录》甲集，"词学"条，中华书局1989年版，第20页。徐松著，刘琳等校点：《宋会要辑稿》选举一二第9册，上海古籍出版社2014年版，第5506页。

很有可能充省试考官，又很有可能在贡院差任博学宏词阅卷官。季南寿本为汤思退的老师，以前辈的身份屈尊向汤投献，本意当不仅是求教益。

由以上考论可知，宋代应词科的士人，在应考之前，往往要编辑所业，投献给有可能充省试考试官，或者对词科考试的结果产生一定影响的朝中官员。其中，有词学背景的士大夫，往往是他们要投献的重要对象。兹再举二例，以坚此论。绍兴二十年，韩元吉曾与周必大同应宏博科，周中程而韩落选。在考试之前，韩曾向礼部侍郎辛次膺投献。韩元吉《上辛中丞书》曰："某之得见门下三矣，始则阁下在春官，某以妄应科目，执其业而献焉。"① 此为韩之自述，不容置疑。又据《四朝闻见录》记载，叶绍翁曾访真德秀，"席间偶叩以今岁词学有几人"②，真德秀答曰"试者二十人，皆曾来相访"③，并自言遣人誊录众者试卷，以便赏鉴、月旦。此言得之叶绍翁亲闻，当可信。南宋博学宏词科省试，三年一开科。大约在省试年，朝中权臣、文臣，特别是有词学背景的文臣如真德秀等，接受应诏者的拜访、投贽，频率与人数也随之增高、增多。宋代词科考试在一定程度上刺激了士人间的文学交游，加深了文坛前辈、新人之间的沟通与交流。

附带指出的是，北宋之宏词、词学兼茂科，与南宋的博学宏词科虽有前后相承之处。但北宋乃词科初设、草创阶段，试法未严，程序也不周密。由此对应诏者的考前文学活动方式也产生了影响。刘弇《龙云集》中，有《上中书侍郎李邦直书》《上曾子宣枢密书》《上许左丞（冲）书》《上蔡内翰元长书》《上吕观文吉甫书》《上章仆射子厚书》六封书信，各书并有"旧所为古律诗杂文"，谨献左右云云，集中又有《上蔡元度右丞书》《再上蔡元度》二书，后书末云："旧所为古律、歌诗、经解、杂文等，合一通。"④ 考诸各受卷者之生平仕履，绍圣元年

---

① 韩元吉：《南涧甲乙稿》卷十二《上辛中丞书》，《丛书集成初编》本，第227页。
② 叶绍翁撰，沈锡麟等点校：《四朝闻见录》甲集，"词学"条，中华书局1989年版，第20页。
③ 同上。
④ 刘弇：《龙云集》卷十七，《影印文渊阁四库全书》本，第1119册，第205页。

(1094)二月至绍圣三年正月,李清臣(字邦臣)为中书侍郎;曾布(字子宣),绍圣元年六月,同知枢密院事,绍圣三年闰二月,知枢密院事;绍圣二年冬十月,许将(字冲元),拜尚书左丞,蔡卞(字符度),拜尚书右丞;蔡京(字符长),由户部尚书为翰林学士;吕惠卿(字吉甫),拜观文殿学士、知延安府;绍圣元年四月,章惇(字子厚),拜左仆射,元符初罢。宏词初设于绍圣五年五月,刘弇宏词入等在绍圣三年三月。其《上中书侍郎李邦直书》有"方且指西蜀①"一语,其《上蔡内翰元长书》中曰:"今又服吏役,当县道,转而为左蜀之行矣。"②《上蔡元度右丞书》中有"今怵迫邛蜀万里道③"云云。据李彦弼《刘伟明墓志铭》:"绍圣二年,改宣德郎、知嘉州峨嵋县。适遭宏词科,伟明……一出,遂唾手掇之。④"据知此六封书信,当为绍圣二年刘弇应宏词前投献所附。但细按刘弇信中口吻,如"冥心昔人翰墨小技,似一日之长处。……伏望赐之采瞩"(《上章仆射子厚书》),"伏望诱而进之,使颇姓字公卿间"(《上许左丞书》),"伏望阁下之教也,辱一言焉"(《上吕观文吉甫书》),"阁下亦将何以教之"(《上中书侍郎李邦直书》),"某……独以文鸣……冀阁下不以其微而忽之"(《上蔡内翰元长书》),皆有请求对方汲引、延誉、提携之意。这是宋代应制举者投献中的常见口吻。刘弇《谢中宏词启》中说:"洪惟上圣之有作,申以先朝之未行。乃设词场,爰代制举。"⑤ 大约在绍圣宏词初置之时,士人习惯上循着制举的方式来投献、交游。刘弇的投献对象,皆为朝中的重臣,这与应制举多以侍从官为投献对象,也有合辙之处⑥。

---

① 刘弇:《龙云集》卷十六,《影印文渊阁四库全书》本,第1119册,第194页。
② 刘弇:《龙云集》卷十七,《影印文渊阁四库全书》本,第1119册,第201页。
③ 同上书,第203页。
④ 刘弇:《龙云集》卷三十二,《影印文渊阁四库全书》本,第1119册,第335页。
⑤ 刘弇:《龙云集》卷十二,《影印文渊阁四库全书》本,第1119册,第160页。
⑥ 据朱子所述,秦桧为密州教授时,"翟公巽时知密州,荐试宏词"(《朱子语类》)。若朱子之语可信,则北宋后期,应试词学兼茂科,似乎也参用了制举考试中的荐举制,至少有可能是自荐、他荐并存制。因资料有限,俟后考。

二　请益

与宋代的常科相比，甚至与制举相比，士人习业词科带有更明显的专业性质。换句话说，词科属专门之学。这个专门之学包含以下几层内涵。

一，宋代词科考试含制、诰、诏、表、露布、檄、铭、记、赞、颂、序等十多种实体性文体。其中某些文体，如制、诰、诏、露布、檄等，往往附带有强烈的仪式性与政治内涵，其适用的场合与作者的身份有较特殊的要求。这是一般科场文体如诗、赋、论、策所不具备的。宋代的贤良进卷、宋代名臣的奏议与论策，往往是举子揣摩的范文，因而常常成为书商射利的工具。原因也与论、策等文体的普遍性与通用性有关。

二，词科习业，从原始资料的收集、整理、分类，到记诵，再到揣摩词科时文，然后假拟题目，包含了一套循序渐进、颇有章法的过程。为适应词科考试的出题导向与衡文标准，词科习业的每一个阶段，皆独具特点，而与一般的举业有所区别。以备举资料的整理、分类——宋人称之为"编题"为例，从现存的科举用书来看，应词科的科举用书，细目更多，所采用的书目也务求齐备，这是对记问之学的苛求，为一般举子用书所不及。此外，宋代策问贤良，殿试试策等，往往允许甚至鼓励应试者对时政得失发表见解，寻求治国方略，答策者可以用激烈的言辞批评当下的时政。宋代科举时文写作指南，提出"策要方"，原因也在此。但是，词科考试文体，如赞、颂、制、诏等，多偏向颂体，颂圣、颂君、颂时，颂君的内容更多。因此，祥瑞之事，要多加记诵。习词科者，在编题时，也会刻意加以收集。南宋末王应麟为应博学宏词科，编类《玉海》，是书分天文、律宪、地理、帝学、圣制、艺文、诏令、礼仪、车服、器用、郊祀、音乐、学校、选举、官制、兵制、朝贡、宫室、食货、兵捷、祥瑞二十一门，每门各分子目，凡二百四十余类。诚如四库馆臣指出的，此书为词科应用而设，故"胪列条目，率巨典鸿章，其采录故实，亦皆吉祥善事"。与其他科举类书相较，其体例迥殊。这正是词科作为专门之学的一个反映。

三，"词科考试比起其他科目来，需要更广博的知识储备与更严格的文词训练"，为了应试，应试举子必须"作出针对性的应试反应"，从而形成专科化的倾向①。换句话说，习业词科实际上是一门专门的学问，因此有家学、有师承的习业者在考试中更容易脱颖而出。

宋代词科中程者，彼此之间的血缘亲属关系，聂崇岐先生《宋词科考》一文已有详尽的考证。管琴女史《南宋的"词科习气"批评》一文也有涉及。宏词，绍圣四年吴兹、吴开兄弟同年登科；词学兼茂科，滕康、滕庚，李正民、李长民，袁植、袁正功，兄弟相继登科。博学宏词，洪遵、洪造（后更名适）、洪迈兄弟，莫冲、莫济兄弟，王应麟、王应凤兄弟相继登科，陈晦及其子陈贵谦、陈贵谊更是父子、兄弟相踵登科，允称科场盛事。

有一些词科习业者，因未曾中程，与词科登科的血缘、亲属关系，不太为人所注意。如傅伯寿，乾道八年博学宏词科登科，其父傅察绍兴间曾三应此科，因得罪权相秦桧报罢。又如袁桷《（延祐）四明志》卷五载："王撝……壮岁试词学科，不中，辄弃去。自誓曰：它日必令二子业有成……后二子果俱中科。②"又如韩元吉，绍兴间曾与周必大同试词科，不中。韩与大儒吕祖谦为翁婿关系，而吕祖谦隆兴元年博学宏词登科。

词科习业者彼此间的师承关系，真德秀一人即可见出。真德秀曾从傅伯寿习业。《四朝闻见录》"庆元党"条："文忠已中乙科，以妇翁杨公圭勉之同谒乡守傅伯寿，尽傅公之业，未几中选。③"真德秀《傅枢密文集序》自言："公（傅伯寿）守建安时，某以新进士上谒，请问作文之法，公不鄙而教之……惜其时尚少，所问者科目之文而已。④"真德秀登庆元五年（1199）进士第，特授南剑州判官。庆元六年，傅伯寿尚在知建宁府任上。建宁府与南剑州毗邻，且治所甚近，故真德秀能得便从傅伯寿习业。

---

① 王水照：《王应麟的"词科"情结与〈词学指南〉的双重意义》，《社会科学战线》2002年第1期。

② 袁桷：《（延祐）四明志》卷五，《影印文渊阁四库全书》本，第491册，第421—422页。

③ 叶绍翁撰，沈锡麟等点校：《四朝闻见录》丁集，中华书局1989年版，第20页。

④ 真德秀：《西山文集》卷第二十七，《影印文渊阁四库全书》本，第1174册，第421页。

在南剑州任上，真德秀又尝从倪思习业词科。周密《齐东野语》卷一载，真德秀登第，"初任为延平郡掾，时倪文节喜奖借后进，且知其才，意欲以词科衣钵传之。……与之延誉于朝"，真德秀遂登科。倪思嘉泰四年（1204）六月知建宁府，次年七月罢①。真德秀师从倪思习业词作，当在嘉泰四年末至次年春。

真德秀又曾师陈晦，《四朝闻见录》记陈晦与真德秀最厚，《辞学指南》卷一载陈晦教诲真德秀习业宏词之语甚多。《辞学指南》引《与王器之书》，乃真德秀所作，其中有"初见陈国正（晦），呈《汉金城屯田记》"云云。考陈晦任太学正在庆元五年（1199）正月，升国正（国子监）或在庆元六年或嘉泰元年（1201），与真德秀在南剑州任上从傅伯寿、倪思等肄业词学或相后先。

从真德秀习业词学者，有王埜，字子文。《宋史》王埜本传载，"登嘉定十二年进士第，仕潭时，帅真德秀一见异之，延致幕下，遂执弟子礼"。真德秀文集中，与王埜往还文字甚多。一为李刘，李刘欲应词科，西山曾以"竹夫人"为题试之。真德秀门人刘克庄曾亲见此事②。

此外，王玲，字器之。庆元五年（1199）进士，与真德秀为同年，试宏词不中，亦为该洽之士。真德秀《与王器之书》载探讨词学习业之法甚详，味其意，似作于真德秀词学登科前。王器之者，当与真德秀同时肄业，可为讲友。

真德秀再传弟子为王应麟。清张大昌《王深宁先生年谱》载，淳祐元年七月，王应麟侍父于婺州，"从王埜受学，习宏词科"。且云："初，真文定从傅伯寿为词科，埜与文忠相后先，源绪精密。先生遂得吕成公、真文忠之传。"③兹仿《宋元学案》，为真德秀、王应麟词科传承谱系图如下：

1. 傅察— 傅伯寿　王玲（器之）

---

① 林日波：《真德秀年谱》，硕士学位论文，华中师范大学，2006年，第43页。
② 刘克庄：《后村先生大全集》卷一百六，《四部丛刊》初编本，第14页。
③ 张大昌：《王深宁先生年谱》，"淳祐元年"条，《四明丛书》本。

倪思　—真德秀—王埜—王应麟
陈晦　　　　　—李刘
2. 吕祖谦—楼昉—王撝
徐凤—王应麟
王埜

　　词科习业的专门化倾向，对于当时的士人家庭与个人皆产生了深刻的影响。一方面，诚如论者所指出的，为了应试，士人家族必须作出针对性的应试反应，从而形成了家学中某些专科化倾向①。另一方面，为了扩大搜罗备考资料的范围以及更快地掌握词科肄业方法，通过求助与请益，习业士人往往要在考前展开广泛的人际交往与文学活动。对于出身于平民的士人，或者家学中缺乏词科知识累积的士人，更是如此。

　　宋代士人要想在科场中取得成功，一是要靠个人的天生的资质、禀赋，二要有财力的保障，三要丰厚的藏书与备举资料，四要有良好的家学与师承。科场成功的四要素，只有第一个是先天的，不可强求。其余的几个要素，则要仰仗个人、家族、社会的支持。一个富裕的平民家庭，往往通过家族成员的分工，让资质聪颖的子弟专心举业，用财力购置书籍，聘请名师教授举业，或进入州学、太学学习举业。通过以上的途径与阶梯，平民家族在三代或五代人的努力下，往往出一个或多个科场成功者。宋代出版业较为发达，通过书肆购置图书并非难事。时文的出版更是日新月异，以满足举子之需要。仁宗朝庆历革新以后，太学、州、县学等普及教育机构越来越发达，至崇宁三舍法推行全国以后，基层教育机构几乎遍及全国，即使边远地区也不例外。南宋以后，每当地方州县学废置或残破以后，地方政府与当地乡绅往往自发修复。加之书院的发达，有力地弥补了州县学教育力量的不足，使得南宋的教育较之北宋更加发达。此外，贡士庄、贡士库等民间经济互助组织的建立，也使得财力不足的士人家族有机会参与到科场的竞争当中。凡斯种种，使得南宋的平民子弟，借着天赋与

---

　　① 王水照：《王应麟的"词科"情结与〈词学指南〉的双重意义》，《社会科学战线》2002年第1期。

勤勉，在举场可脱颖而出。

与普通举子应进士科不同，习业词科，在时文、备举资料的获得，以及词学师弟关系的建立方面，都要困难得多。由于习业词科者的资格为进士及第或荫补得官者，在应举资格上有限制，加之登科难度很大，习业词科者，毕竟是社会上的少数。受市场销售量的影响，书商出版词科时文的积极性不算太高。宋世词科时文集，著称者有陆时雍《宏词总类》。此外，王应麟编有《词学题苑》四十卷。二书今皆不存。《宏词总类》，陈振孙《直斋书录解题》曰，是书前集四十一卷，后集三十五卷，第三集十卷，第四集九卷，"起绍圣乙亥，迄嘉定戊辰，皆刻于建昌军学。相传绍兴中太守陆时雍所刻前集也。余皆后人续之"①。因资料的限制，《宏词类稿》在南宋的流传情况并不清楚。但在当时，类似的习业词科的备举资料，并不易得，却是肯定的。据程珌《上陈舍人书》记载，程珌习业词科，而无词科时文、备举用书，"圣经贤传，每一展编，如望大洋，茫无畔岸"②，"闻宛陵汪先生有《总括纲目》，号为词题者"③。因此，走介持书，问此书亡恙，"因窃有请焉"④。又王应麟兄弟欲应词科，其父王撝鉴于家藏习业词科的藏书不足。因此，求参知政事余天锡修书为先容，"往借周益公、傅内翰、鄱阳三洪，暨其科习词学者凡二十余家藏书"⑤。又宁宗朝徐凤试宏词，访知主司有欲出《唐历八变序》者，合用僧一行《山河两界历》为据，欲借此书而不得，场屋中几于拽白⑥。词科考试，一要通古，一要知今，非博闻强记、谙熟本朝典章制度者，不能入选。因此，广求僻书、难得传出之书，就显得非常重要。沈作喆《寓简》卷八记载，他中进士科后，从叶梦得，欲求试博学宏词，石林勉励他说："宏词不足为也，宜留心制科工夫，他日学成，便为一世名儒，得失不足论也。"因授予所编方

---

① 陈振孙：《直斋书录解题》卷十五，上海古籍出版社1987年版，第451页。
② 程珌：《洺水集》卷十三，《影印文渊阁四库全书》本，第1171册，第401页。
③ 同上。
④ 同上。
⑤ 张大昌：《王深宁先生年谱》，"绍定三年"条，《四明丛书》本。
⑥ 叶绍翁撰，沈锡麟等点校：《四朝闻见录》甲集，"词学"条，中华书局1989年版，第20页。

略,又极论修习次第,且曰:"天下之书浩博无涯,昔有人习大科十余年,业成,因见田元均,论及《论语正义》中题目。元均曰:'曾见博士周生列传中亦有一二好题,合入编次。'其人骇未尝见此书也。"① 习制举与习词科,必需的习业功课是编题。而一书未见,则有可能导致见闻不广,有不识题之虞。宋代习业词科者,在考试之前,费心费力,展开各种社会交际,以求不见之书。道理就在这里。

但是,即使词科时文、词科应考用书的搜罗齐备,也还仅是完成习业的一个必备条件。诸如如何编题、编文、诵书、作文、语忌等习业词科的重要方法与心得,仍需精通此业者指点传授。宋代习业词科者,若资料丰富,其源绪精密的师承关系,往往可以勾勒得较清楚。前面所论的真德秀师从傅伯寿、倪思、陈晦习业词科,即是典型的一例。此外如宋惠直曾与王明清的祖父王萃②,韩元吉与刘一止,汤师退与季南寿,陈晦与倪思③,等等,皆以习业、传授词科为机缘,建立了师徒关系。这种以习业词科为旨归的师徒关系,被宋人称为"词科衣钵",犹如禅门宗师间的心法相传,并不轻易示人。绍兴年间,周闻想师从一同乡习词科,但此人"不肯传授宏词衣钵",周闻歉然有不满之意,写信给友人林季仲诉苦。④ 可见,欲承前辈衣钵,并不容易。为得心法,习词业者,往往先将自己满意的作品呈给前辈,以展示自己在文词方面的天赋与才华,以期得到对方的奖掖与指授。王柏的祖父王师愈,"尝习词科,求正于庚溪岩肖,陈得其所业,称之曰:'辞气严密,无愧古作'","后陈公法当举自代,始终以大父一人应制"⑤。可见一旦习业者的文才得到前辈的认可,则不仅衣钵可传,双方的相知相契也从此开始。王明清的祖父王萃知江州,爱下属德化主簿宋惠直清修好学,教以习宏词科,"日以出题,以其所作来呈,不复责以吏事"⑥,

---

① 沈作喆:《寓简》卷八,《丛书集成初编》本,第63页。
② 王明清:《挥麈录》第三录卷二,《丛书集成初编》本,第671—672页。
③ 叶绍翁撰,沈锡麟等点校:《四朝闻见录》甲集,中华书局1989年版,第37页。
④ 林季仲:《竹轩杂著》卷五,《影印文渊阁四库全书》本,第1140册,第354页。
⑤ 曾枣庄、刘琳主编:《全宋文》卷七七九五第338册,上海辞书出版社、安徽教育出版社2006年版,第174页。
⑥ 王明清:《挥麈录》第三录卷二,《丛书集成初编》本,第762页。

又荐之于时相何执中,得除书局。后宋惠直政和七年词学兼茂科登第。原来政治上的同僚关系,加深为师徒关系、举主与被荐者的关系。政治、学术上的连带关系更趋向于紧密。真德秀曾师从傅伯寿,傅氏与朱子虽有过从,但政治、学术与朱子皆有分歧。且傅氏草朱子制词无褒语,因此深受朱子门人的诟病。但是,真德秀为傅伯寿文集作序,不仅盛称其学术文章,"犹濯锦于蜀江"①,如璞玉而加琢,"晚登朝廷,议宗庙大典礼,援据敷析,出入经史百子,衮衮数千言,虽汉儒以礼名家者,未能远过也"②。序中"一不幸用非其时,生平素心,遂有不克自白者③"云云,公开为傅伯寿与韩侂胄的微妙关系辩白。因此,也引起了理学中人的不满。又倪思"喜奖借后进",知真德秀之才,"以词科衣钵传之",终真德秀一生,对倪思皆有眷念之情。"衮有公诲,公诲在耳",观其《祭倪尚书文》可知。宋代科场中衍生而出的同年关系,座主与门生的关系,以及习业举业师弟关系,是宋代裙带政治中相当突出的现象。考察宋代的文学、学术与政治的关系,多于此处究心,当有所得。

三 词科衣钵与文学传承

宋代词科,名称凡三变,其考察重心也随之发生变化。"盖是科之设,绍圣颛取华藻,大观俶尚淹博,爰暨中兴,程序始备,科目虽袭唐旧,而所试文而异矣!"④绍圣初立宏词科,程序未备,又专以文词取士。因此,平素留心于诗赋四六之文士,往往一试而中。李彦弼《刘伟明墓志铭》载,刘弇"绍圣二年,改宣德郎、知嘉州峨嵋县,适遭宏词科,伟明……一出,唾手掇之"⑤,形容得过分轻巧,恐有夸饰,但也说明了词科初设之始,文人只是将作赋的手段移之于宏词科目。刘弇在试宏词之前,逗留京

---

① 真德秀:《西山文集》卷第二十七,《影印文渊阁四库全书》本,第1174册,第421页。
② 同上。
③ 同上书,第422页。
④ 王应麟著,张骁飞点校:《四明文献集(外二种)》,中华书局2010年版,第384页。
⑤ 刘弇:《龙云集》卷三十二,《影印文渊阁四库全书》本,第1119册,第335页。

城，以"旧所为古律诗杂文"遍投京城显官，以求延誉，其目的并非求教益。这还是业进士者考前活动的常态。李廌《论宏词书》，从体、志、气、韵四方论习业宏词要领，叮嘱习业者"宜取宏词所试之文，种种区别，各以其目而明其体，研精玩习，寤寐食息必念"①，以体会各体文学的精妙之处。这种指授之法，兼通其他文体写作，虽不乏意义，但还略嫌粗疏。习业词科作为专门之学尚未完全显山露水。但政和以后迄南宋初年，由词学兼茂而变为博学宏词，文词之外，兼考记问，应试难度加大，习业者需要更专业、更细致的指导，方能在词场应格。与之相适应，考前、场外，有意传承词科衣钵的前辈，口传心授，其指导方式也更加贴心与具体。王明清《挥麈录》，记其祖父王莘教宋惠直习宏词科，其方法是"日与出题"，然后改窜指导。王莘之子王铚，著《四六话》，记王莘之言曰："四六须只当人可用，他处不可使，方为有工。"②因此，宋惠直在长沙席上所作乐语，"句句着题"，王莘读之大喜。倪思欲传词科衣钵，"每假以私淑之文"③，以己作示真德秀，然后叩其一二，真德秀皆能成诵，倪思大惊喜。真德秀从陈晦习业，先呈以习作，其铺叙之有伦者，如《汉金城屯田记》，则数蒙奖掖。其不满意者，则"再三为指其瑕疵，令别作一篇，凡四番再改，方惬渠意"④。程珌上书陈宗召⑤，"凡平日所为文所谓词题，若所以用力之地，条列而枚示之"⑥。请求对方勿有所爱，勿以为不足教而舍之，欲

---

① 李廌：《济南集》卷八《答赵士舞德茂宣义论宏词书》，《影印文渊阁四库全书》本，第1115册，第818页。

② 王水照主编：《历代文话》第1册，复旦大学出版社2007年版，第12页。

③ 周密：《齐东野语》卷一，中华书局1983年版，第12页。

④ 王应麟：《玉海》卷二百一《辞学指南》，"作文法"条，《影印文渊阁四库全书》本，第948册，第274页。

⑤ 程珌：《洺水集》卷十三《上陈舍人》，影印《文渊阁四库全书》本，第1171册，第401页。按，程珌绍熙四年（1193）进士。据黄宽重《程珌年谱》，其欲试词科，在嘉泰元年（1201）《上陈舍人》目的在于请益。作年当更早。书称"左史陈公"又有"往年癸丑，尝得阁下词坛之文，伏而读之，已有执笔砚以从函丈之意。间一岁来试教官，怀刺屏墙，已而以用韵不审见黜有司，悒悒而归，故无因扫门，以至于此"。陈宗召绍兴四年博学宏词登科，疑"词坛之文"指此。陈宗召庆元三年十一月为起居舍人。故疑此"舍人"指陈宗召。

⑥ 程珌：《洺水集》卷十三《上陈舍人》，《影印文渊阁四库全书》本，第1171册，第401页。

尽传其业，其问目已细。宋末王应麟的《词学指南》，是宋代习业词科的集大成之作。其中所录多为精通词业的名师如吕祖谦、真德秀等人的诲人心得，往往就习业的具体方法、步骤以及关键性的细节处理，交代得非常明白、具体，使人一望而知，有法可循。以习业词科的必备前提——编题为例，吕祖谦指出：

> 编题只是经子、两《汉》、《唐》书实录内编。初编时须广，宁泛滥不可有遗失，再取其体面者分门编入。再所编者，并须覆诵，不可一字遗忘。所以两次编者，盖一次便分门则史书浩博，难照顾，又一次编，则文字不多，易检阅。如宣室、石渠、公车、敖仓之类，出处最多，只一次编，必不能尽。记题目须预先半年，皆合成诵，临试半年覆试，庶几于场屋中不忘①。

编题的范围与原则，所编的次数，如此编的原因，以及记诵题目的方法，一一为习业者拈出。诸如此类的口授手画的授业之法，与普通的举业相比，有过之而无不及。因此，以习业词科为纽带，北宋末期文人特别是南宋文人之间，形成的师承传授与文学精神上的契合，就不是松散而是紧密的，不是肤浅的，而是深入的。正是在这一点上，宋人所谓的"词科衣钵"的传承，对南宋文学，特别是科场常用文体产生了不小的影响。南宋词臣，文脉代代相传，渊源相当清楚，部分原因即在此。

以韩元吉四六文创作为例，其词科受业师中书舍人刘一止②，"制诰明白有体，丽而不俳"，深得代言之体。今观韩元吉之文，如代刘一止所作《谢复秘阁修撰致仕表》等，不用僻字、少用僻典，"落笔天成，不事

---

① 王应麟：《玉海》卷二百一《辞学指南》，"编题"条，《影印文渊阁四库全书》本，第948册，第269页。
② 绍兴十七年（1147），韩寓居湖州德清县，从曾任中书舍人刘一止游，欲应词科。直至绍兴三十一年（1161）刘一止卒，十几年中，两人的文学交游始终未衰。因出入其门，深为刘一止所厚爱，韩元吉应刘一止二子之请，为作《阁学刘公行状》。

雕饰"①。学刘一止的痕迹很明显。韩元吉在为刘一止所作的《行状》中，对其文风有非常全面、精确的体认，"于文盖无所不能，于学无所不通"②，对刘一止的文章、学问推崇备至。这种体认与揄扬，实际上"包含了一种前后相传的词学训练与词学之精神统系的承传"③，与一般文人之间的评品、推赏实有深浅之别。

又以真德秀的文体观为例，其授业师之一傅伯寿的父亲傅自得，作文最重体制。汪藻曾评介傅自得之文曰："今世缀文之士虽多，往往昧于体制，独吾子为得之不懈。④"其另一授业师倪思亦曰："文章以体制为先，精工次之。失其体制，虽浮声切响，抽黄对白，极其精工，不可谓之文矣。凡文皆然，而王言尤不可以不知体制。"⑤ 真德秀尽传傅氏、倪思之学，故论文亦特重明体制。"词科之文谓之古则不可，要之与时文亦复不同。盖十二体各有规式，曰制曰诰，是王言也，贵乎典雅温润，用字不可深僻，造语不可尖新。⑥"这段文字，被王应麟编入《词学指南》，但不见载于今本《西山文集》，极有可能是王应麟得之于其业师王埜之手。不管此文传播情况如何，从南宋初的傅自得，经傅伯寿、倪思、真德秀的递传，至王应麟，作文有体，制诰文贵乎典雅温润的文体观实际上一直在强化。这一点当毋庸置疑。

《词学指南》卷一"语忌"一栏，记陈自明（晦）草《右相制》用"昆命元龟"，倪思谓人臣不当用，乞帖麻。此事见载于《四朝闻见录》：

> 宁皇嘉定初，拜右相制麻，翰林权直陈晦偶用"昆命于元龟"

---

① 陆游：《陆游集·渭南文集》卷四十一《祭韩无咎尚书文》第 5 册，中华书局出版社 1976 年版，第 2393 页。
② 韩元吉：《南涧甲乙稿》卷二十二，《丛书集成初编》本，第 227 页。
③ 管琴：《词科与南宋文学》，博士学位论文，北京大学，2013 年，第 94 页。
④ 王应麟：《玉海》玉海卷二百一《辞学指南》，《影印文渊阁四库全书》本，第 948 册，第 277 页。
⑤ 王应麟：《玉海》玉海卷第二百二《辞学指南》，《影印文渊阁四库全书》本，第 948 册，第 294 页。
⑥ 同上书，第 291 页。

事，时倪文节公思帅福闽，即束装奏疏，谓："哀帝拜董贤为大司马，有'允执其中'之词，当时父老流涕，谓汉帝将禅位大司马。"宁宗得思疏甚骇，宣示右相。右相拜表，以为"臣一时恭听王言，不暇指摘，乞下思疏以示晦"。晦翌日除御史，遂上章遍举本朝自赵普而下凡拜相麻词用元龟事至六七，且谓："臣尝学词科于思，思非不记此。特出于一旦私愤，遂忘故典，以藩臣而议王制，不惩无以示后。"文节遂不复敢再辩，免所居官。陈与真文忠最厚，盖辩明故典，颇质于文忠云①。

此文"臣尝学词科于思"一语，另一本子作"臣尝词科放思"，倪思淳熙五年（1178）博学宏词登科，陈晦光宗绍熙元年（1190）登科，所谓"词科放（倪）思"，显误。因此，陈晦自云"尝学词科于思"当可信。陈、倪师生交恶，不知何因。但是，用《尚书》"昆命于元龟"一事于宰相制词，倪之所非与陈之所辩，表面相背，其实都指向了制诰文的一个特点，即尽量不触语忌。不吉祥之语、不吉祥之事不能用。真德秀既曾师从倪思，又曾师从陈晦，二人关系"最厚"，而陈晦与倪思又曾有过师从关系。因此，三位词科习业者，对于宋代制诰文的文体特点，有相同或相似的体认，是不奇怪的。王应麟在《词学指南》一书中，专设"语忌"一目，实际上是再次强化了制诰文的这一写作禁忌。

真德秀初习词科，文字有体轻语弱之病。陈晦告诫他："读古文未多，终是文字，体轻语弱，更多将古文涵泳方得。②"真德秀后来谨记此条，主张"作文之法，见行程文，可为体式，须多读古文，则笔端自然可观"。据其门生刘克庄的记述，真德秀掌内制六年"每觉文思迟滞，即看东坡"。刘克庄本人也主张词科文字不宜过于组丽瑰美，"国家大典册，必属笔于

---

① 叶绍翁撰，沈锡麟等点校：《四朝闻见录》甲集，"昆命于元龟"条，中华书局1989年版，第37页。
② 王应麟：《玉海》卷二百一《辞学指南》，"作文法"条，《影印文渊阁四库全书》本，第948册，第274—275页。

其人焉，然杂博伤正气，缔绘捐自然"①。也就是，制诰等代言之体，不能太注重文字技巧的装饰性，否则伤自然之气，似受真德秀的影响。王应麟的家学得自吕祖谦、楼昉，吕氏有《古文关键》，楼氏有《迂斋古文标注》，"大略如吕氏《关键》，而所取自《史》、《汉》而下，至于本朝，篇目增多"。因此，在《词学指南》中，骈文、古文互补的主张，亦得以一以贯之，王氏还为词科习业者开列相关古文书目。从陈晦、真德秀，再至刘克庄、王应麟，源绪清楚，不是偶然之论。南宋中后期，骈文与古文有合流之势，骈文典重之中，复杂流利。在真德秀、王应麟的两支词科谱系中，这一特点表现得比较突出。

　　宋代的词科考试文体，在文体形态与写作规范方面，有其相对稳定的一面，因此有程式化的倾向。例如制文分制头、颂词、戒辞三段，破题几句以包尽题目为最佳，音节要平仄搭配，语言不能多用口语、俗语，要典雅庄重，下语要有分寸，符合制词对象的政治身份，等等。导致科场文体形态的稳定的主要原因，一是经典范文的示范效应，一是科举衡文的规范作用，一是某种文体发生时的功能属性。而"词学衣钵"的传承，其中介作用也不容被忽视。实际上，无论是经典文本、还是科举规范，或是文体的相关功能，通过名师的指点，其特点才更容易以知识传授的方式，被凸显、强化与再次体认，并付诸写作实践。并且，一些良好的文学创新——如骈文汲取古文的营养——在这些传承中也被多次认可、复写，并慢慢强化，从而扩大了创作的路径。王应麟的《词学指南》，对经典范文的选取，与其所录前辈的口传心授，总能看到其词学师承的印记，就是很好的说明。以习业词科为中心，历代经典文本、考场衡文标准，辅之师弟相承的文学传统，三者形成合力，从而推动着词科考试文体程式化与文体的稳定性。这种因合力形成的规范与稳定，又以其个人写作的惯性和社会约定的方式，约束场外的相关文体的创作。南宋人秘不示人的"词科衣钵"，参与文学创作的过程及其正面的影响，大致如此。但是，必须注意的是，教学内容失当与失衡，南宋词科的衣钵传承，也会导致创作上的不妥与偏

---

① 刘克庄：《后村集》卷二十三，《影印文渊阁四库全书》本，第1180册，第241页。

执。南宋人所批评的"词科习气",与词科门户森严的封闭性训练与单一承传,有一定的关联①。王应麟所辑《词学指南》,于南宋词臣及习业词作者之言论、作品多有节录,独不见刘一止与韩元吉之文,于"坦易有体"之文,似有不取,多少是失于门户之见的。

---

① "词科习气",管琴《南宋的词科习气批评》有全面论述,载《文学遗产》2007年第2期。